CIPRESSEN IN DE STORM

Barbara Piazza

Cipressen in de storm

VAN HOLKEMA & WARENDORF
Uitgeverij Unieboek | Het Spectrum bv, Houten – Antwerpen

Oorspronkelijke titel: *Die Frauen der Pasqualinis*
Vertaling: Hilke Makkink
Omslagontwerp: Wil Immink
Omslagfoto portret: Maria Teijeir / Getty Images
Omslagfoto landschap: Rolf Richardson / Alamy / IQ Images
Omslagfoto bloem: Scientifica / Visuals Unlimited / Corbis
Opmaak: ZetSpiegel, Best

www.unieboekspectrum.nl

ISBN 978 90 475 17153 / NUR 302

© 2009 by Barbara Piazza
Nederlandstalige uitgave:
© 2011 Uitgeverij Unieboek | Het Spectrum bv, Houten – Antwerpen
Oorspronkelijke uitgave: © 2009 by Limes Verlag, a division of Verlags-
gruppe Random House GmbH, München, Germany

Van Holkema & Warendorf maakt deel uit van
Uitgeverij Unieboek | Het Spectrum bv
Postbus 97, 3990 DB Houten

Voor mijn overgrootmoeder,
Katharina Piazza

Proloog

Napels, zomer 1905

Sofia Mazone interesseerde zich voor de wereldse liefde en het leven in het hiernamaals. Beide interesses waren een logisch gevolg van haar leeftijd en het milieu waarin ze leefde. Maar het kwam vooral doordat zowel het één als ook het ander achter sluiers van onwetendheid verborgen lag – en ze was gek op geheimen. Sofia was vijftien jaar oud en bevond zich sinds anderhalf jaar in het internaat van de franciscaner nonnen van Napels.

Ondanks de dikke muren van het oude klooster, was de lucht in het gewelfde leslokaal bedompt en broeierig. Als druppels uit een kapotte waterkraan druppelden de woorden van de een of andere heiligenlegende uit de mond van de magere, achterdochtige zuster Agneta, om vervolgens langs de gedachten van de acht jeugdige leerlingen af te glijden als regen van een vensterglas.

Sofia legde het laken van fijn linnen dat over enkele jaren haar echtelijke bed moest gaan sieren aan de kant. Haar opdracht was om met wit, zijden garen een open zoom te maken. Voor de duizendste keer vroeg ze zich verbitterd af waarom ze toch moest leren naaien. Haar vader, reder Archangelo Mazone, had tenslotte genoeg geld om tientallen, zelfs honderden van dit soort spreien te laten maken door mensen die heel wat beter waren in dit werk, of die het tenminste graag deden.

Tante Serafina bijvoorbeeld bracht hele middagen en avonden door met deze belachelijke bezigheid; zij gebruikte haar naald zoals een klokkenmaker zijn instrumenten gebruikt, elke steek een perfecte kopie van de vorige. De stompzinnigheid

9

van het werk leek haar niet te deren. Ze zong en kletste erbij, nam telkens weer een slokje port uit haar geliefde Venetiaanse glaasje en maakte toch geen enkele vlek.

Opstandig bekeek Sofia haar eigen onregelmatige steken en de vlekken die haar bezwete vingers op het tere weefsel hadden achtergelaten. Ze verwenste haar familie, die erop had gestaan dat zij deze school van de franciscaner nonnen zou bezoeken, om al die dingen te leren die een dochter uit de Napolitaanse elite nodig had om een huishouden te kunnen leiden.

Zogenáámd nodig had.

Want uiteraard diende dit verblijf in het internaat vooral om kostbare, toekomstige huwelijkskandidates een tijdlang ver weg te houden van de verleidingen die overal op de loer lagen.

Behalve de pater superior, een grijsaard van over de zeventig, was er in deze gevangenis die voor een school moest doorgaan geen enkele man aanwezig.

En juist dat was wat de meisjes werkelijk bezighield. In hun gesprekken en gedachten droomden zij zelfs tijdens de vijf dagelijkse gebeden van een ridder op een wit paard die hen op handen droeg en rozenblaadjes over hen heen strooide. Ze droomden van een man die alles had, maar die vooral aantrekkelijk en charmant was.

Maar tijdens sommige nachten, wanneer ze door iets uit haar lichte slaap wakker was geworden en ze luisterde naar de ademhaling van de drie andere meisjes in de slaapzaal, dacht Sofia aan het hiernamaals; aan het onbekende waarin haar moeder verdwenen was.

Volgens de nonnen bevond ze zich daar in een toestand van eeuwigdurend geluk.

Sofia vroeg zich vaak af hoe dat geluk er dan uitzag. Tenslotte had Carlotta Mazone door haar dood noodgedwongen een belangrijke en onafgemaakte taak achter moeten laten, namelijk de opvoeding van haar dochter Sofia.

Sofia miste haar moeder vreselijk, vooral als ze het niet eens was met haar vader of haar tante. Bij de beslissing voor de kloosterschool was dit het geval geweest en haar weerstand daartegen was tot de dag van vandaag gebleven. Als ze haar moeder nog had gehad was ze nooit achter deze kloostermuren terechtgekomen, dat wist ze zeker. Wat Sofia er dan ook van overtuigde dat haar huidige ongeluk en het allesomvattende geluk van haar moeder in het hiernamaals niet met elkaar in verhouding stonden.

En dus had Sofia haar twijfels over de juistheid van de goddelijke voorzienigheid geuit. Maar haar pogingen om hierover te praten met haar vader, met tante Serafina of zelfs met de pater superior hadden enkel geleid tot blasfemische woedeaanvallen van haar vader, berustend gezucht van haar tante Serafina en de opdracht van de pater superior om deze lasterlijke gedachten met rozenkransgebeden weer goed te maken.

Sofia vertrok haar gezicht tot een grimas. Ze wikkelde een nieuw stuk zijdedraad van het klosje, knipte het af, maakte het uiteinde nat met wat speeksel, drukte het plat en stak het toen door het oog van de naald. Ze moest nog minstens een uur doornaaien voordat de zuster het boek zou dichtklappen en de leerlingen vrij zouden zijn voor hun lunch. Maar in plaats van verder te werken, stond ze op en liep naar de monotoon voorlezende non toe.

'Mag ik even naar buiten?' fluisterde ze, terwijl ze zedig haar ogen neersloeg, zodat zuster Agneta de leugen daarin niet zou kunnen herkennen.

De Havik, zoals zuster Agneta door de leerlingen genoemd werd vanwege haar snavelachtige neus, knikte even, maar een kort, verachtelijk opheffen van de wenkbrauwen maakte Sofia duidelijk dat Agneta haar plannetje doorzag. Blijkbaar vond ze het echter beneden haar waardigheid om met haar in discussie te gaan over de noodzakelijkheid van deze actie.

Opgelucht trok Sofia de deur achter zich dicht en slenterde door de lange, halfdonkere, koele kruisgang, die op een schaduwrijke binnentuin uitkwam.

Opgewekt liep ze over het verzorgde gazon naar de grote fontein die het middelpunt van de verder sobere tuin vormde. Snel schoof ze de lange mouwen van haar katoenen jurk omhoog om haar vingers onder het klaterende water te houden.

Toen ze zich weer omdraaide, zag ze hem.

Hij had woeste, zwarte krullen, een mannelijk, hoekig gezicht met een mooi gewelfde mond en een energieke kin – en hij was bloot vanaf zijn taille.

Onder zijn diep gebruinde huid was hij zichtbaar gespierd. Hij zag eruit alsof hij uit brons gegoten was, maar dit standbeeld, dat een moment lang net zo verstijfd gestaan had als Sofia, begon nu te bewegen, zelfs te spreken.

'Buon giorno, signorina,' zei de vreemde man. 'Weet u misschien waar ik de moeder-overste kan vinden?'

Sofia slikte.

'De overste?' vroeg hij, nog altijd vriendelijk, maar nu met wat meer nadruk.

Vreemd genoeg had hij blauwe ogen, zo blauw als de Tyrreense Zee op een zonnige dag, een intensieve, staalblauwe kleur.

Sofia staarde hem strak aan en voelde opeens hoe een onbekend gevoel van hitte door haar lichaam schoot, waardoor er iets leek te smelten, waarvan ze tot dan toe het bestaan niet vermoed had. Ze draaide zich om en rende met ruisende rokken terug naar de kruisgang.

De jongeman keek haar na.

Haar donkerbruine, steile haren wapperden als een vlag in de wind. Het meisje had het figuur en de bewegingen van een kind, maar toch was ze vrouwelijker dan welke vrouw ook die hij tot dan toe tegengekomen was. Het leven had nog geen afdrukken achtergelaten op de tere huid van haar gezicht, maar toch was er al een zweem van de kracht en hartstocht van de vrouw die ze ooit zou worden zichtbaar.

Ze was duidelijk heel bijzonder en plotseling wist hij welke trekken hij de stenen Immaculata zou geven, die in opdracht van de overste in de toekomst de zuil in het midden van de fontein zou sieren.

Sofia rende de lange kruisgang door, alsof de duivel, waarover zuster Agneta soms op fluistertoon sprak, haar op de hielen zat. Naast de deur naar het leslokaal bleef ze staan om op adem te komen. Ze leunde met haar rug tegen de zandstenen muur, sloot haar ogen en zag de vreemdeling nog een keer voor zich, duidelijker nog dan tijdens de korte, daadwerkelijke ontmoeting. Ze probeerde dit beeld vast te houden, totdat haar adem weer regelmatig kwam en de zoete hitte uit haar lichaam verdwenen was. Toen opende ze de deur en liep ze terug naar haar plek.

Zuster Agneta draaide haar hoofd niet eens om, onbewogen las ze verder. Pas later keek ze even op, toen ze merkte waarmee Sofia bezig was.

De zuster stond op en liep, met het boek in de hand en nog altijd voorlezend, richting het bureau van haar moeilijkste leerlinge. Ze is intelligent, verwend, eigenzinnig en onberekenbaar, dacht ze, terwijl ze zich ervan bewust was dat dit onhandelbare veulen haar meer vreugde gaf dan alle andere meisjes die ze tijdens de vierendertig jaar van haar kloosterleven onder haar hoede gehad had.

Sofia had de reeds genaaide zoom weer open getornd en wilde net, maar dit keer met een gouden draad, opnieuw beginnen.

'Wat moet dit voorstellen?' wilde zuster Agneta weten. Ze verafschuwde overdreven praal en was van mening dat het gouden garen enkel gebruikt mocht worden voor het borduren van altaarkleden.

'Ik ben van gedachten veranderd,' antwoordde Sofia laconiek.

'En waarom?'

'Omdat ik een aandenken aan deze dag wil hebben,' zei Sofia, en haar stem had een vreemde ondertoon.

Met een bedenkelijke blik bekeek zuster Agneta de eerste gouden steken. Bezorgd vroeg ze zich af, wat er tijdens die paar minuten van Sofia's afwezigheid gebeurd kon zijn, maar ze had genoeg mensenkennis om niet aan te dringen bij het meisje. Als het iets belangrijks geweest was, en daarvan ging ze uit, dan zou deze vijftienjarige dat zeker niet toevertrouwen aan een non die ze vergeleek met een havik.

Deel 1

1

Napels, maart 1908

*N*atuurlijk was het een excuus, maar Sofia gebruikte graag excuses. Ze vormden haar enige kans om het huis te verlaten en het deel van het leven te leren kennen dat zich afspeelde buiten de dichte laurierheg die het terrein van de reder Mazone omsloot. Gelukkig was tante Serafina niet al te streng; niet te vergelijken met die onvergetelijke Havik in elk geval. Bovendien kon haar tante haar moeilijk verbieden het graf van haar moeder te bezoeken.

Sofia zocht een schaar en liep de tuin in om een paar vroeg bloeiende rozen van de struiken te knippen. Ze wikkelde de bloemen in een vochtige lap, legde ze in haar mand en wandelde naar het kerkhof, dat niet al te ver weg lag.

Natuurlijk ging het hier niet om een algemene begraafplaats, waar gewone burgers werden begraven, maar om Santo Michele, de rustplek van de uit zo'n tienduizend mensen tellende Napolitaanse elite. Een plek die de laatste mogelijkheid bood om het aanzien ten toon te spreiden van degenen die daar voor eeuwig ter ruste waren gelegd.

Santo Michele was een dodenstad, waarin iedereen zijn eigen, het liefst zo pompeus mogelijke huis had. Er waren familie- en individuele graven in de vorm van kleine kapelletjes, minuscule paleisjes, tempels, fantasiebouwwerken en grotten, waartussen zich ommuurde verhogingen bevonden waarop kruizen, obelisken en engelen, Griekse en Romeinse goden en godinnen of treurende mythologische wezens te zien waren.

Sofia's moeder lag in een mausoleum dat enkele weken na haar dood was gebouwd. Het was een kopie van de Acropolis en Sofia vond het foeilelijk. Soms vroeg ze zich af of haar moeder ook had gekozen voor dit bouwwerk als ze het haar hadden kunnen laten zien voordat ze het tijdelijke voor het eeuwige had verwisseld. Helaas was die mogelijkheid nooit bij iemand opgekomen, wat ook niet verwonderlijk was: Carlotta Mazone was amper twintig jaar oud geweest toen ze overleed. Dat was trouwens als gevolg van haar geboorte, zoals Sofia zichzelf af en toe met een gevoel van schuld voorhield. Het was op deze dagen dat ze de overledene haar allesomvattende geluk in de onbekende nabijheid van God van harte gunde.

De rozen hadden niet geleden onder de korte wandeling. Sofia wikkelde ze uit de lap en legde ze op de kalksteentjes voor het grafmonument. Ze sprak een kort gebed, terwijl ze opnieuw de foto van de haar onbekende vrouw bekeek die onder beschermend glas op de grafsteen was bevestigd. Haar gestorven moeder had hetzelfde ovalen gezicht als zijzelf, gedomineerd door levendige, bruine ogen. Net als bij de dochter was het omlijst door een krans van dik, donker haar. Allebei hadden ze de karakteristieke, smalle neus en de hun volle lippen van de Scotti's – en waarschijnlijk ook dezelfde neiging tot eigenzinnigheid, want ook het kuiltje in de rechter mondhoek was identiek. Het was alsof ze in de spiegel keek.

Sofia rilde, hoewel het een zachte, warme ochtend was.

Ze draaide zich om, en het wonder geschiedde opnieuw.

Daar stond hij, precies, alsof hij zo uit een van haar vele dromen was komen springen.

Zijn haar krulde nog net zo als toen, het was hooguit een beetje langer. Op zijn wangen en kin lag de donkere schaduw van een baard en ook dit keer was hij ontbloot tot aan zijn taille. In zijn rechterhand hield hij een met stenen gevulde emmer, wat de spieren onder zijn bruine huid nog duidelijker deed uitkomen.

Zwijgend bekeken ze elkaar.

Toen vertrok de man zijn mooi gevormde mond tot een klein glimlachje en zei, terwijl hij de emmer neerzette: 'Het kind uit het klooster!'

Sofia was met stomheid geslagen.

Hij had haar herkend, wat bijzonder was. De ontmoeting destijds was tenslotte maar kort geweest en inmiddels waren ze bijna drie jaar verder.

'Ik ben geen kind meer,' verklaarde Sofia hooghartig.

Zijn glimlach werd breder. 'Neemt u mij niet kwalijk, signorina,' zei hij geamuseerd.

'Het is al goed,' antwoordde Sofia een beetje bits, terwijl ze koortsachtig nadacht over hoe ze deze ontmoeting zou kunnen rekken. Want eigenlijk zou ze nu met een arrogant knikje langs hem heen moeten schrijden, zoals ze dat aan haar stand verplicht was.

Aan de andere kant: zij bevond zich hier bij het graf van haar moeder, maar wat had hij hier eigenlijk te zoeken?

'Ik ben bezig met de reparatie van die engel daar,' legde de man uit, alsof hij haar gedachten kon lezen, en hij wees naar het grafmonument van de familie Vicoretti, schuin achter dat van de Mazones. Nu zag ook Sofia de huilende engel die in twee stukken op de grond naast de grafsteen lag.

'En hoe doet u dat?' vroeg ze niet-begrijpend, terwijl ze een blik op de emmer wierp. Misschien was de engel vanbinnen hol, en was de man van plan om hem met stenen op te vullen, zodat hij zwaarder zou worden en beter bestand zou zijn tegen de winterse buien.

'Met cement,' legde Stefano uit.

'En wat doet u dan met die stenen?'

'Die heb ik nodig voor een nieuw platform.'

'O ja,' zei Sofia, en ze wist dat het gesprek hiermee eigenlijk beëindigd zou moeten zijn. Toch bleef ze staan. 'En wat deed u destijds in het klooster?'

'Daar heb ik een nieuw beeld voor de fontein gemaakt. Een madonna, een Immaculata. Hebt u die dan nog nooit gezien?'

'Jawel. Natuurlijk wel,' loog Sofia snel, terwijl ze rood werd. Ze was niet van plan hem te vertellen dat ze enkele weken na hun ontmoeting van destijds het klooster vroegtijdig had verlaten, om er daarna nooit meer een voet te zetten. Het was een van haar vele overwinningen op de wil van haar vader geweest dat ze die twee verschrikkelijke jaren met een halfjaar had weten in te korten. Geen enkele naald had ze sindsdien nog aangeraakt; zelfs de beddensprei met de gouden zoom had tante Serafina af moeten maken.

De halfnaakte man balanceerde voorzichtig over het smalle paadje tussen de graven, zette toen opnieuw zijn emmer neer en keek Sofia vragend aan. Het duurde even voordat ze begreep dat ze de man in de weg stond, tenzij hij bereid was over de grafstenen te lopen.

Verlegen deed ze een stap achteruit, struikelde en viel op de gedenksteen van de familie Cucci.

'Hebt u zich bezeerd?' vroeg hij, terwijl hij haar omhoogtrok uit de hortensiastruik, die haar val gelukkig verzacht had.

'Nee,' fluisterde Sofia.

Ze was volledig verdoofd. Niet omdat ze nu zo geschrokken was. Het was de nabijheid van de man, de kracht van zijn armen, de aanraking van zijn handen, de onbekende geur van zijn huid en het blauw van zijn ogen, die haar bezorgd aankeken.

Op dat moment besloot ze om uit te vinden wie hij was. Drie jaar lang had ze van hem gedroomd en ze zou niet toelaten dat hij opnieuw uit haar leven verdween.

2

*O*p een zondag in midden maart bestond het menu, hoewel de vastentijd voor Pasen al was begonnen, uit met spinazie en kaas gevulde ravioli, in witte wijn gesmoorde baars met truffels, gepaneerde kip en als dessert panna cotta, een specialiteit van kokkin Gloria. Toen Archangelo Mazone hierbij ook nog eens een glas van zijn kostbaarste wijn schonk en Sofia daarbij niet oversloeg, was het duidelijk dat hij iets in zijn schild voerde.

'Je bent nu bijna achttien jaar, Sofia,' zei hij veelbetekenend.

Plotseling besefte Sofia dat deze heerlijke maaltijd wel eens de ouverture van een naargeestige opera zou kunnen zijn.

'Ik ben niet van plan met Sandro te trouwen,' verklaarde ze daarom snel, om alle pleidooien en argumentaties voor te zijn.

Archangelo Mazone, een rijzige man van vijfenveertig jaar met een dikke, staalgrijze bos haar, bekeek zijn enige dochter met een glimlach, waarin zowel goedkeuring als geamuseerdheid te lezen was.

Het meisje had een scherp verstand en was ongewoon snel van begrip. Dat wist hij al sinds ze kon praten – en de franciscaner nonnen hadden deze indruk nog eens bevestigd. Dat gold overigens ook voor de keerzijde van deze goede eigenschappen.

'Sofia kan alleen met uiterste voorzichtigheid gestuurd worden,' had de moeder-overste haar fijntjes omschreven.

De waarheid was dat Sofia uitermate eigenzinnig was.

Archangelo onderdrukte een zucht, maar wist uit ervaring dat het geen nut had om om de zaken heen te draaien.

'Je zult wel moeten, schat,' zei hij dus beslist.

'Papa!' riep Sofia woedend en ze nam een strijdlustige houding aan. 'U kunt niet van mij verlangen dat ik met die oude, afschuwelijke man trouw, alleen omdat uw grond aan die van hem grenst!'

'Ooit zal het ook jouw grond zijn, lieve kind!'

En we hebben die extra grond dringend nodig, had hij er nog het liefst aan toegevoegd. Hoe moeten we anders de nieuwe loodsen bouwen die onze rederij zo dringend nodig heeft om niet ten onder te gaan in de moordende concurrentiestrijd?

Maar hij wist dat hij zich deze toelichting kon besparen. Geen enkel argument zou zijn dochter ervan te overtuigen dat Sandro Orlandi een geschikte echtgenoot was. Hier hielp alleen nog maar vaderlijke autoriteit.

'Tante Serafina!' zei Sofia nu luid en dwingend. 'U kunt toch niet toestaan dat hij mij... verkóópt!'

Serafina Mazone klemde haar lippen op elkaar en keek naar de gouden rand van haar honderd jaar oude porseleinen bord. Ze had vanuit het diepst van haar hart medelijden met haar nichtje, maar ze zag absoluut geen mogelijkheid om haar broer van dit idee af te brengen. Nog afgezien van het feit dat ze de noodzakelijkheid van zijn overwegingen wel degelijk inzag.

Sofia zag aan de gezichtsuitdrukking van haar tante wat zij dacht.

'Zo zit het dus,' mompelde ze grimmig.

Het ging hier niet om een proces, waarin het nog mogelijk was om haar eigen belangen te verdedigen, nee, dit was de veroordeling al.

'Dan ga ik het klooster in,' zei ze vastbesloten.

De reder moest moeite doen om zijn lachen te onderdrukken. Hij had niets anders verwacht.

'Die nemen je echt niet aan, Sofia. Geen orde ter wereld zal dat doen!'

Sofia's blik zocht die van haar vader en ze herkende daarin de ijzeren wil waarom hij zo bekend stond. Zijzelf had er nog maar zelden mee te maken gehad; veel van de problemen tot dan toe had ze met behulp van tranen, smeekbedes en haar charme in haar voordeel kunnen oplossen.

Maar over deze kwestie was, zo begreep Sofia nu, niet meer te onderhandelen.

'Dan maak ik een eind aan mijn leven,' zei ze bokkig.

'Nee hoor, dat doe je niet,' antwoordde Archangelo rustig.

Het zou wat anders geweest zijn, als Sofia net zoals de meeste andere meisjes van haar leeftijd geweest was: onnozel en oppervlakkig. In dat geval zou hij wel degelijk bang geweest zijn voor deze mogelijkheid. Maar omdat ze behoorlijk intelligent was zou ze, nadat de eerste woede weggeëbd was, niet alleen begrip hebben voor de macht van geld, maar ook inzien dat het leven te kostbaar was. Ze zou zich onderwerpen aan deze verplichting, om door haar huwelijk dat te behouden en te vermeerderen, wat acht generaties Mazones voor haar opgebouwd hadden.

Opnieuw kwam Archangelo in opstand tegen het lot dat hem de zo gewenste zoon onthouden had. Een situatie waaraan niets meer te veranderen was, aangezien hij bij een val van zijn paard slechts enkele maanden na de dood van zijn vrouw zodanig verwond was geraakt dat hij niet meer in staat was om kinderen te verwekken. Gelukkig was zijn vermogen om te genieten van de geneugten van de liefde niet beschadigd en daarvan maakte hij dan ook maar wat graag gebruik. Hij was echter niet van plan om opnieuw te trouwen. Waarom ook? Niemand kon dit huishouden beter leiden dan zijn zus Serafina en zij deed dat zonder onnodige eisen te stellen of overdreven aandacht voor zichzelf op te eisen.

Hij was een man in de kracht van zijn leven, hij was stellig van plan om nog enkele tientallen jaren verder te leven, zelfs nog heel goed verder te leven. Voorwaarde daarvoor was wel dat de rederij floreerde en dit geplande huwelijk was het middel om dat te realiseren. Hij kon erover piekeren, zoveel als hij wilde: in dit geval was het onmogelijk om rekening te houden met Sofia's wensen.

3

$\mathcal{D}$ie nacht sloop Serafina Mazone steeds opnieuw de gang door om aan de deur van haar nichtje te luisteren.

Ze had wanhopig gehuil verwacht en stond al klaar om haar te troosten en met haar te praten. Tenslotte was zij degene geweest, die dit meisje grootgebracht had alsof het haar eigen kind was. Maar troost en goede raad bleken niet nodig en ook niet raadzaam. Uur na uur luisterde Serafina naar de woedende voetstappen waarmee Sofia door haar kamer liep, hoorde ze afgemeten, woedende woorden en zinnen achter de gesloten deur. Bijna had de bezorgde tante zichzelf door een gilletje verraden toen een luid kabaal met veel gerinkel de nachtelijke stilte verstoord had. Sofia had in haar drift de standaard met de waskom omgestoten – waarschijnlijk niet helemaal per ongeluk. Pas tegen de ochtend werd het eindelijk rustig.

Tot grote verbazing van Archangelo Mazone verscheen zijn dochter op het gebruikelijke tijdstip aan de ontbijttafel.

Ze zag bleek en had vage, blauwe schaduwen onder haar ogen, maar verder kwam ze verbazingwekkend beheerst over.

'Ik wil dat ons buitenhuis op mijn naam gezet wordt,' eiste ze. 'En daarnaast wil ik een rekening waarover ik, zonder toestemming van mijn echtgenoot, kan beschikken!'

Archangelo was met stomheid geslagen. Hij was bang geweest voor nog meer beschuldigingen.

'En wat voor bedrag had je daarbij in gedachten?'

Sofia vertelde het hem.

Zijn kleine meid had veel mooie eigenschappen, maar bescheidenheid hoorde er niet bij.

'U hebt mij altijd voorgehouden dat je nooit iets onder zijn waarde mag verkopen,' zei ze, toen ze de diepe frons zag die boven zijn neus verschenen was.

Nu gleed er een glimlach over het gezicht van de reder. Hij had zich niet vergist: ze was een echte Mazone. Hij knikte bedachtzaam.

'Goed. Ik ga akkoord.'

Sofia's mond krulde in een triomfantelijke glimlach. Hier had ze niet op gerekend. Maar de volgende woorden van haar vader brachten haar snel weer met beide benen op de grond.

'Je krijgt het allebei, maar pas zodra je dertig wordt. Je krijgt het alleen eerder, als ik voor die tijd mocht komen te overlijden. In dat geval is sowieso alles van jou.'

'En waarom pas als ik dertig word?'

'Omdat ik precies weet wat er anders gebeurt. Je zou je meteen na de bruiloft, terugtrekken op het landgoed en je echtgenoot degraderen tot een echtgenoot op papier.' Archangelo verhief zijn stem en kwam tot de kern van zijn overweging: 'In plaats daarvan wil ik dat je doet wat noodzakelijk is en wat ik van mijn enige dochter mag verwachten. Je zult Sandro's kinderen krijgen en ook al eindigt onze naam met mij, je zult ervoor zorgen dat de haven in elk geval aan de bloedlijn van de Mazones verbonden blijft. De Mazones zijn sterk en slim, terwijl de Orlandi's altijd al een zwak gestel en een twijfelachtige intelligentie hadden. Maar in de natuur wint de sterke het van de zwakke – en jij bent het instrument dat daarvoor zal zorgen!'

Sofia klemde haar lippen op elkaar. Ze wist dat hij er verder geen woorden aan vuil zou maken – en ze wist dus ook dat ze geen keus had. Hoe en waarvan zou ze moeten leven, als ze weigerde om aan dit huwelijk mee te werken? Ze moest denken aan de in lompen gehulde, uitgemergelde vrouwen in de haven of in de Spaanse wijk, die ze soms in het voorbijgaan vanuit de koets had gezien. Ze woonden in vervallen, stinkende huizen en tante Serafina had haar verteld dat ze regelmatig door hun echtgenoten in elkaar werden geslagen, hoewel ze constant in verwachting waren en kinderen op de wereld zetten die zwak waren omdat ze niet genoeg te eten kregen en sneller stierven dan de vliegen in Villa Mazone.

Na een lange pauze zei Sofia uiteindelijk: 'Ik heb dus gewoon geen keus!' Koppig staarde ze naar haar in elkaar verstrengelde vingers. Toen keek ze op: 'Maar er is nog iets!'

Archangelo begon nu een beetje geïrriteerd te raken. Hij was niet van plan om nog meer concessies te doen.

'Het gaat om moeders grafmonument. Ik vind het verschrikkelijk en smakeloos!'

Even wist de reder niet wat hij moest zeggen.

'Het is van Berlucci,' zei hij toen. Tot zijn ergernis klonk het als een verontschuldiging.

'Maar ik vind het niet mooi,' hield Sofia vol. 'Ik zou graag zelf een monument ontwerpen.'

'Jij?' Hoe kwam het kind nu op zo'n bizar idee?'

'Ik ga er vaak naartoe en het stoort me elke keer. Alsjeblieft, papa. Ik heb nog nooit iets voor mijn moeder kunnen doen.'

Haar stem werd kinderlijk en klagend toen ze eraan toevoegde: 'En ik denk dat u me dit op z'n minst toch kunt toestaan, voordat u me wegstuurt!'

Meteen voelde Archangelo een gevoel van schaamte. Hij hield van zijn dochter, ook al kon hij het niet toestaan dat die liefde het zou winnen van het verstand.

'Als je het echt zo belangrijk vindt,' mompelde hij met verstikte stem. 'Kijk dan maar wat je mooi vindt – en laat het maken!'

'Dank u, papa,' zei Sofia zo deemoedig dat hij opnieuw een steek in zijn hart voelde en bedacht dat het hem toch niets kon schelen wat voor monument er op het graf zou staan wanneer hij daar ooit naast zijn gestorven vrouw zou liggen.

4

Stefano stond in de schuur die zijn vader, steenhouwer Cesare Pasqualini, als werkplaats gebruikte.

Ze hadden hetzelfde beroep, maar niet dezelfde ambities. Cesare had nooit moeite gedaan om, zoals bij zijn grootse voornaam had gepast, iets te veranderen of zelfs te willen veroveren. Hij was altijd tevreden geweest met dat waarvoor hij voorbestemd was: de ambachtelijke lessen van zijn vader, de overname van diens kleine bedrijfje, dat gunstig gelegen was naast de begraafplaats Santo Michele, waar de voorname families van Napels begraven lagen, en uiteindelijk een huwelijk met Maria, de dochter van de visser die drie huizen verderop woonde. Maria beschikte over uitmuntende kookkunsten.

Daarna had hij gewillig alle grafmonumenten en stenen balustrades gemaakt die bij hem besteld waren en ook af en toe een fonteinfiguur.

Met veertien jaar had Stefano dit allemaal al net zo goed gekund als zijn vader. Maar wat die hem leerde had hem geen voldoening gebracht. Hij wilde een gediplomeerd bouwmeester worden.

Het was destijds niet gemakkelijk geweest om zijn vader, en vooral zijn moeder, ervan te overtuigen hoe belangrijk het voor hem was, om naar Rome te gaan.

'Schoenmaker, blijf bij je leest,' had Maria Pasqualini gezegd. Zij zag de grote stad als poel des verderfs en vreesde voor de ziel van haar lievelingszoon.

Ook zijn vader zag het niet zo zitten: 'Waarom ben je niet tevreden? Je bent toch een prima steenhouwer!'

Het was het grootste compliment dat hij zijn oudste zoon ooit gegeven had.

Maar Stefano wilde niet voor altijd steenhouwer van de begraafplaats blijven. En de hartstocht, die nodig was om zich helemaal aan het beeldhouwen te wijden, was onvoldoende aanwezig. De paar beelden die hij gemaakt had, waren weliswaar naar tevredenheid van zijn klanten geweest, maar Stefano was zich er al vroeg van bewust dat ze niet meer dan een mooi stukje handwerk waren geweest en geen kunst.

Steeds meer voelde hij dat zijn voorkeur en talent op een ander gebied lagen: zijn droom was om gebouwen te ontwerpen en te bouwen.

Het was een lang en zwaar gevecht geweest, maar het was Stefano gelukt.

In Rome had hij alles geleerd om zich bouwmeester te mogen noemen: de basiskennis van de architectuur, van de statica en van de kunst, de techniek van stenen stapelen zonder te metselen. Hij werd vooral goed in het leggen van vloeren – zelfs met patronen en versieringen – en was ook handiger geworden in het stukadoren.

'Dat kan allemaal wel zijn,' zei zijn vader wanneer ze het erover hadden. 'Maar wat heb je er nu uiteindelijk aan, mijn zoon?'

Helaas sprak hij daarmee de waarheid, want de bouwschool waar hij op had gezeten was inmiddels opgeheven en een baan in Rome had hij niet kunnen vinden. Het waren moeilijke tijden en het werd alleen nog maar moeilijker, waardoor het belangrijk was om geld te sparen.

Steeds weer hetzelfde credo, maar de geestelijkheid, de adel en de rijke burgerij van Rome leken dit plotseling allemaal ter harte te nemen en hadden daardoor weinig zin in nieuwe bouwprojecten of renovaties van oude gebouwen. Bovendien was er, in die paar gevallen dat er wel een positie vrijkwam, altijd wel een zoon, broer of neef van een Romeinse architect of bouwmeester, die voorrang kreeg. Drie jaar geleden had Stefano dan ook geen andere keus meer gehad, dan terug te keren naar Napels.

Maar in het kleine bedrijfje van zijn vader was er niet altijd genoeg werk voor alle drie de mannelijke Pasqualini's. Ver hongeren deden ze nog niet, maar de winst was ook niet zo hoog dat drie gezinnen ervan konden eten. Dit was een van de redenen waarom zowel Stefano als zijn broer Roberto nog steeds ongehuwd was.

Bovendien werd Stefano argwanend door zijn jongere broer in de gaten gehouden, die vond dat hun vader hem voortrok. Stefano op zijn beurt vond weer dat Roberto, het nakomertje, ook elders op zoek naar werk kon gaan, iets wat de rentabiliteit van het bedrijfje aanzienlijk ten goede zou komen. Maar Roberto was lui en wist zich gesteund door zijn moeder die, als een echte moederkloek, het liefst al haar kinderen om zich heen had.

Regelmatig kwam het daarom dan ook tot spanningen tussen de mannen. Cesare Pasqualini wist ergens heel goed dat Roberto's beschuldigingen terecht waren, want Stefano was niet alleen de betere vakman, hij was ook betrouwbaarder. Maar zijn oudste zoon was, zeker nadat hij uit Rome teruggekeerd was, wel heel koppig en als hij ervan overtuigd was dat iets de moeite waard was, dan wilde hij ook graag zijn zin doordrijven.

Als Cesare echter ergens niet tegen kon, dan was dat wel verschil van mening binnen zijn werkplaats. Want die was nog steeds van hem; en wat hem betrof kwam daar de komende twintig jaar ook nog geen verandering in. Wie bij hem wilde werken, had zich aan te passen en hield zijn mond, al ging het hier om zijn eigen zonen.

Maria Pasqualini fungeerde als scheidsrechter en zij had dus altijd het laatste woord. Wanneer de spanningen in de werkplaats de overhand dreigden te nemen, dan opende zij haar trukendoos en wees de mannen op haar zwakke hart. Ze ging in bed liggen, weigerde iets te eten en kreunde hartverscheurend, net zo lang tot de gemeenschappelijke ongerustheid om haar gezondheid de mannen weer met elkaar verzoend had.

Gina, met haar dertien jaar de jongste van het Pasqualinigezin, schrok in het begin elke keer erg van die regelmatig voorkomende hartaanvallen van haar moeder. Maar haar vrouwelijke intuïtie had haar algauw beter geleerd en sindsdien steunde ze Maria's toneelstukjes.

Wat niets veranderde aan het feit dat Stefano's ontevredenheid nog steeds toenam. Hij wilde namelijk geen bevelen meer op hoeven volgen, hij wilde creëren.

Tijdens de lange winteravonden ontstonden in zijn hoofd de prachtigste gebouwen; gebouwen, waar zijn leraren in Rome jaloers op zouden zijn geweest. En hij, de bouwmeester Stefano Pasqualini, gaf in zijn dromen de sleutels van deze huizen aan de toekomstige bewoners, in een zwart pak met lakschoenen, helemaal zoals het hoorde.

Stefano's gedachten werden ruw verstoord op het moment dat de deur van de werkplaats geopend werd. Verbluft staarde hij naar de golf van auberginekleurige stof, die in eerste instantie zichtbaar was en die even later bleek te behoren bij een klokvormige mantel.

Het sierlijke meisje dat in de mantel gehuld was, droeg een bijpassende, modieuze strohoed met brede rand, die haar gezicht in het halfdonker hulde. Toch herkende Stefano haar meteen.

Signorina Mazone schonk hem echter geen enkele aandacht. Doelbewust liep ze op de oudste van de aanwezige Pasqualini's af, waarbij de zoom van haar mantel over de grond veegde en het steengruis deed opwaaien.

'Bent u de steenhouwer Pasqualini?'

Cesare knikte. 'Dat ben ik.' Hij wist niet wat hem overkwam. Zolang hij zich kon herinneren, was het nog nooit eerder voorgekomen dat een jongedame uit de hogere klasse in zijn werkplaats verschenen was – en dat nog wel zonder enige vorm van begeleiding.

'Ik ben gekomen voor een nieuw grafmonument voor mijn moeder,' zei Sofia snel, toen ze de verbaasde gezichtsuitdrukking van de steenhouwer zag.

'Helaas is mijn vader niet in de gelegenheid en mijn tante, die mij hiernaartoe begeleid heeft, voelt zich niet zo goed en wilde buiten in de koets blijven.'

Cesare Pasqualini knikte met geveinsd begrip, hoewel hij het gedrag van de jonge vrouw nog altijd merkwaardig vond.

'Ik heb een tekening gemaakt. Heel eenvoudig natuurlijk. Maar ik neem aan dat u voor zulke dingen wel een specialist in huis hebt. Dat is in elk geval wat mij verteld is, toen ik onlangs de fonteinfiguur in het franciscanenklooster bewonderde.'

Ze trok een blad papier uit haar mantelzak en legde het voor Cesare op de werkbank.

Stefano die, evenals zijn broer Roberto, dichterbij gekomen was, keek over de schouders van zijn vader mee.

Hij besefte meteen wat dit was. Het kind, dat geen kind meer was, had een dun vel papier over de afbeelding van een Grieks standbeeld gelegd en met een koolpotlood de lijntjes overgetrokken. De weergave van de gezichtstrekken van het vrouwelijke lichaam was grof, amateuristisch en toonde duidelijk het ongeduld van degene die de kopie gemaakt had.

Stefano moest moeite doen om niet te lachen, want zijn vader had zich al door de jonge vrouw laten overtuigen en zei: 'Ik denk dat dit een opdracht is voor mijn oudste zoon hier! Hij heeft onlangs nog een dergelijk beeld gemaakt dat zich verderop tussen onze voorbeelden naast de kerkhofmuur bevindt. Of heeft u misschien al gelegenheid gehad om daar te kijken?'

'Nee,' loog Sofia, zonder blikken of blozen en keek daarbij voor het eerst die dag Stefano in de ogen.

Cesare vond het noodzakelijk om wat meer in detail te treden. 'Het beeld was besteld voor het graf van de familie Sadi en zal daar binnenkort ook geplaatst worden.'

'Mijn moeder was een Scotti en haar graf zal dat ook moeten uitstralen,' zei Sofia enigszins arrogant. De familie Sadi woonde nog geen twee generaties in Napels en ze waren, zo werd gezegd, van Osmaanse afkomst.

'Bovendien moet het oude mausoleum afgebroken worden en uiteraard heb ik ook zo mijn ideeën over hoe de sokkel eruit moet komen te zien!'

'Natuurlijk, natuurlijk,' viel Cesare haar bij, hoewel het hem allemaal allesbehalve natuurlijk voorkwam, gezien de leeftijd van deze persoon. Hopelijk was ze in elk geval in staat om haar ideeën te financieren. Hij wilde zijn twijfel al voorzichtig onder woorden brengen, maar Sofia leek zijn gedachten te raden en viel hem in de rede. 'Geld speelt geen rol,' verklaarde ze gedecideerd – en dat was in elk geval volledig naar waarheid.

'Dan stel ik voor dat mijn zoon Stefano u nu meeneemt naar ons kantoor, zodat u uw ideeën daar verder kunt toelichten!'

Sofia knikte. Dit voorstel van vader Pasqualini kwam helemaal overeen met hoe zij het zich voorgesteld had. Ze pakte haar rokken op en wilde al richting de deur van het kantoor lopen.

'Wij verlangen echter wel een redelijke aanbetaling,' zei Cesare snel, want deze jongedame leek hem van de avontuurlijke soort en mensen zoals zij waren over het algemeen nogal wispelturig van aard en kregen vaak snel nieuwe interesses en ideeën, waardoor ze de oude net zo makkelijk weer vergaten.

Sofia bleef staan en haalde een portemonnee uit de zak van haar mantel.

'Hoeveel?' vroeg ze, en haar toon was nu helemaal die van haar vader.

Cesare schrok en verminderde snel het bedrag dat hij had willen noemen met een kwart.

Nonchalant legde Sofia het geld op de werkbank en schreed Stefano toen voorbij, die beleefd de deur naar het kantoortje voor haar openhield en daarna achter haar aan naar binnen verdween.

'Soms gebeuren er van die dingen,' zei Cesare hoofdschuddend, toen hij er zeker van was dat ze hem niet meer kon horen, 'die bijna niet te geloven zijn!'

'Wat maakt het uit,' antwoordde Roberto, die het geld inmiddels nageteld had en vaststelde dat het meer was dan zijn vader gevraagd had.

In het kantoortje ernaast hadden Sofia en Stefano inmiddels levendige discussies over de vormgeving van het nieuwe grafmonument. Toen ze het, ruim een uur later, eindelijk eens geworden waren, begeleidde de jonge bouwmeester zijn cliënte naar de wachtende koets buiten.

De koetsier was op zijn bok ingedut, waardoor Stefano zich

gedwongen zag, zelf de deur van de koets te openen en de jongedame het trapje op te helpen. Hierbij stelde hij vast dat de koets
vanbinnen helemaal leeg was. De tante, die zich niet zo lekker
voelde, leek in het niets te zijn opgelost of lopend naar huis
gegaan te zijn, iets, wat Stefano voor nogal onwaarschijnlijk
hield.

5

*H*et huwelijk zou plaatsvinden op 29 april, de feestdag van de heilige Katharina van Sienna. Die was, zo verzekerde Archangelo, al ten tijde van haar heiligverklaring in 1461, de speciale beschermheilige van de familie Mazone geweest en zou het toekomstige huwelijk, alleen al door de keuze voor deze datum, haar bijzondere zegen geven.

Serafina Mazone, die de familiegeschiedenis beter kende dan wie dan ook, had tijdens haar vele research nog nooit een bevestiging van deze bewering van haar broer kunnen vinden. Maar ook voor haar was het duidelijk dat er goede argumenten nodig waren om de haast, waarmee Sofia's huwelijk georganiseerd werd, te verklaren. De enige echte reden, namelijk dat er nog dit jaar begonnen zou worden met de bouw van de scheepswerfhal, was te banaal om te kunnen worden uitgesproken. Elke dag bestudeerden de reder en zijn zus nauwkeurig de gezichtsuitdrukkingen en het humeur van de jonge bruid. Ergens waren ze nog steeds bang voor eventuele bedenkingen of erger nog misschien. Maar Sofia leek haar lot geaccepteerd te hebben. Ze was zelfs bereid om samen met Serafina de huwelijkslijst nog een keer door te nemen, te noteren wat er nog ontbrak, en dat aan haar vader door te geven zodat die alsnog voor de bestelling kon zorgen. Ook sprak ze gewillig af met de naaister om de bruidsjurk te bespreken, de maat op te laten nemen en meerdere keren te passen.

Dat het ophanden zijnde huwelijk echter wel degelijk een aanslag op Sofia's gemoedstoestand deed, was te merken aan haar afnemende eetlust en aan een, nog nooit eerder opgemerkte, enorme vermoeidheid.

Terwijl ze eerder vaak, tijdens de uurtjes na het middageten, haar vader en tante tijdens hun welverdiende siësta met allerlei vragen en verzoekjes had lastiggevallen of zelfs lawaaierige activiteiten ontplooid had, trok ze zich gedurende deze weken net zoals de anderen terug in haar kamer, om daar een uitgebreid middagslaapje te houden.

Het was vroeg in de middag van 25 april dat Sofia de klaargezette mand pakte.

Vanuit de kamer van haar tante klonk een zachte ademhaling, vanuit de slaapkamer van haar vader was een enorm gesnurk hoorbaar. Sofia luisterde even aan beide deuren, sloop toen de dienstbodetrap af en verdween door de achterdeur. Al sinds haar vroegste kinderjaren wist ze dat ook het personeel van de familie Mazone de siësta van hun werkgevers gebruikte, om uit te rusten van het werk van een lange ochtend.

Ze vond het gat in de laurierheg, dat ze intussen iets groter gemaakt had, en kroop voorzichtig door de struiken heen. Twee minuten later had ze de straat bereikt. Ze zette haar hoed recht, trok de sluier over haar gezicht en klapte de parasol open.

De wandeling duurde niet langer dan tien minuten, toen liep ze al door een zijpoort in de kerkhofmuur, die hier door een klein kerkje onderbroken werd. Doelbewust stapte ze over de smalle paadjes en trappetjes en herkende na zo'n drie minuten de bouwplaats op het graf van haar moeder.

Stefano hoorde Sofia's voetstappen op de kiezels, nog voordat hij haar gestreepte, katoenen jurk tussen de monumenten waarnam. Ze zag eruit als een van de vele kindermeisjes of gouvernantes, die werkzaam waren in de omliggende villa's van de rijken. Stefano had al lang begrepen dat dit ook precies haar bedoeling was.

Ook al het andere had hij begrepen.

Het meisje was verliefd op hem. Het was de enige verklaring waarom ze dit allemaal georganiseerd kon hebben.

'Ik heb wat koude kip meegebracht en een stuk citroentaart,' verklaarde Sofia vrolijk, terwijl ze de linnen doek van de mand trok.

'Dank je,' antwoordde Stefano hulpeloos en hij vroeg zich af waar dit allemaal nog toe zou leiden.

Hij was daadwerkelijk verrast geweest door het gulle aanbod van een dagelijkse maaltijd en hij had eigenlijk verwacht dat die door een bediende zou worden afgeleverd. Nooit had hij gedacht dat Sofia Mazone hem het eten persoonlijk zou brengen, op zo'n troosteloze plek nog wel. Hij pakte de mand aan en liep ermee naar een schaduwrijk plekje, direct achter de muur, waar het aangenaam koel was.

Daar, door een paar coniferen aan het zicht onttrokken, spreidde Sofia met geroutineerde vanzelfsprekendheid een kleed op de grond uit en pakte, zoals op elke werkdag van de afgelopen twee weken, de ingrediënten voor hun gezamenlijke picknick uit.

In het begin had Stefano moeite moeten doen om niet in lachen uit te barsten, toen hij de met goud omrande porseleinen borden zag waarop ze het eten had verdeeld. Ze nam zelfs kristallen glazen mee, waarin ze koele, amberkleurige wijn goot, die ze in een afgesloten aardewerken kruik meebracht.

'Perfect,' zei Stefano, en hij liet zich aan de rand van het kleed op het bemoste gras vallen.

Hij pakte een kippenbout en zette zijn tanden in het malse vlees. Ondertussen keek hij toe terwijl ook zij ging zitten en hij registreerde de moeite waarmee ze dat deed. Het zou wel iets te maken hebben met de kledingstukken die zich onder de gouvernantenjurk bevonden.

Stefano was zesentwintig jaar en hij had al de nodige ervaring met vrouwen. Hij was achttien geweest toen hij naar Rome vertrokken was en had toen al lang driften gevoeld, die door de priesters als duivels gezien werden. De Romeinse meisjes die in de buurt van de bouwschool woonden hadden hem verzekerd dat hij het lichaam van een jonge god had. En algauw hadden ze hem geleerd hoe hij hen daarmee goddelijk kon verwennen.

Sinds hij uit Rome terug was, ging hij regelmatig naar Rosita, de weduwe van de hoefsmid. Veel van de jongemannen die hij kende, bezochten Rosita, die wist hoe ze de tijd die de jongens moesten wachten op de geneugten van het heilige huwelijk aangenaam kon verkorten. Maar met Sofia was het anders. Het was ondenkbaar dat hij zulke dingen met haar zou doen. Het was allemaal ondenkbaar en ongelooflijk, zelfs dat wat er hier gebeurde. Elke dag weer nam Stefano zich voor om haar dit te zeggen, aangezien ze het zelf blijkbaar niet inzag. Maar hij dacht elke keer pas weer aan dit voornemen, nadat ze ervandoor was gegaan.

Ze was de dochter van de reder Archangelo Mazone, een fenomeen in Napels. Er bestond geen brug die van de werkplaats van de steenhouwer Pasqualini naar de Villa Mazone voerde – en de omgekeerde route was al net zo onmogelijk. Er moest een einde komen aan deze kerkhofpicknickjes, ook al wachtte hij, zo moest hij toegeven, elke dag ongeduldiger op de komst van Sofia, en dit niet alleen vanwege het eten. Stefano hoefde zichzelf niets wijs te maken. Het meisje had hem destijds bij het klooster al gefascineerd.

Maar de vrouw tot wie ze zich ontwikkeld had prikkelde zijn zintuigen en beroerde zijn hart. Hoewel ze inmiddels bewezen had een bijzonder eigenzinnig persoontje te zijn, straalde ze iets uit dat bij hem de drang tot beschermen losmaakte. Hij had haar elke keer dat hij haar aankeek wel in zijn armen willen sluiten en mee willen nemen naar een kasteel, waar ze veilig zou zijn voor alle kwaad in de wereld. Waarbij hij tegelijkertijd besefte dat ze al lang in zo'n kasteel woonde, dat haar vader meer dan in staat was om haar te beschermen en dat het enige, echte gevaar dat haar bedreigde, van hemzelf afkomstig was.

Hij besloot de koe bij de hoorns te vatten.

'Je moet hier niet meer naartoe komen, Sofia,' zei hij, terwijl hij een grote slok wijn uit het glas nam.

'En waarom niet?'

'Omdat het niet hoort. Je familie weet niets van deze… bezoekjes, of wel?'

'Nee.'

'En ze zouden het ook niet goed vinden, dat weet ik zeker.'

'Dat weet ik ook wel zeker!'

'Waarom doe je het dan?'

Hij had het amper gezegd, of hij besefte al wat een vergissing dat geweest was. Verkeerde formulering. Nu kon hij alleen nog maar hopen op haar schaamtegevoel, maar Sofia bleek niet te stoppen.

'Omdat ik je wil zien,' verklaarde ze kort en bondig.

'Sofia,' zei Stefano, en hij pakte zonder erbij na te denken haar hand.

'Je kunt je goede naam verliezen en je toekomst. Ooit zul je een man vinden uit je eigen sociale klasse. Vriendschap tussen ons is onmogelijk!'

'Ik wil ook helemaal geen vriendschap. En over drie dagen trouw ik met Sandro Orlandi!'

Stefano staarde haar aan. Hij kon niet geloven wat ze had gezegd.

'Ja, geloof me,' verzekerde Sofia hem, die de twijfel in zijn ogen had gezien.

Het bloed in Stefano's hoofd begon te kloppen, toen de consequentie van haar woorden tot hem doordrong. Wie dacht dit meisje wel niet wie ze was? Wie hij was? Wat was haar plan?

Hij pakte haar bij haar kin en dwong haar hem aan te kijken. Maar in haar ogen zag hij geen lichtzinnigheid of lust, hij zag alleen de tranen van het kind dat ze ooit geweest was.

'Het is niet wat je denkt,' fluisterde ze ongelukkig.

'Wat is het dan?'

'Ik hou van je,' bekende ze met trillende stem. 'Ik hou al van je vanaf het moment dat ik je voor het eerst zag. Ik kan het niet verklaren, maar ik heb al die tijd aan je gedacht!'

'Ik heb ook aan jou gedacht, af en toe tenminste,' antwoordde Stefano en hij schrok, want hij was niet van plan geweest haar te vertellen hoezeer hun ontmoeting in de kloostertuin hem destijds had geraakt en hoe hij over dat kindvrouwtje nagedacht had, terwijl hij probeerde de stenen Immaculata haar trekken te geven.

Destijds had hij dezelfde gevoelens gehad als vandaag, alleen niet zo fel en uitgesproken.

Er rolde een traan over zijn hand, die nog altijd op de zachte wang van Sofia lag. Het was alsof dit druppeltje alles wegspoelde wat er ooit aan gezond verstand in zijn hoofd aanwezig geweest was. Hij liet zijn rechterhand op zijn plek, pakte met zijn linkerhand haar smalle taille beet en trok haar tegen zich aan. Hij voelde de baleinen onder de katoenen stof en daaronder de ronding van haar borsten.

Sofia zuchtte onder zijn kus en fluisterde iets wat hij niet verstond, maar waardoor ze wel haar lippen opende. Tegen zijn wil, alsof die niet bij hem hoorde, liet hij zijn tong in haar mond glijden. Even voelde hij hoe ze schrok, maar daarna boog ze haar hoofd een stukje verder naar achteren en antwoordde ze hem, eerst nog aarzelend, maar al snel moediger en hongeriger.

De hartstocht schoot als een bliksemschicht naar zijn lendenen en hij kwam pas weer tot zichzelf, toen ze zich begon te verweren.

'Nee,' zei ze beslist. 'Zo wil ik het niet!'

En daarna hoorde hij hoe ze het dan allemaal wel voor zich zag.

Ze vertelde het hem, terwijl ze met trillende handen de knoopjes van haar gouvernantenjurk weer dichtknoopte en haar haar fatsoeneerde. Ze noemde de dag, het tijdstip en de route. Toen kiepte ze de etensresten onder de coniferen, pakte kleed, serviesgoed, glazen en kruik weer in haar mand en zei hem dat ze hem voor die tijd niet meer zou bezoeken.

Daarna verdween ze in de schaduw van het kerkje en liet hem in totale verwarring achter.

Zoals algauw duidelijk werd, had Sofia het serieus gemeend. De volgende dag kwam ze niet opdagen en ook de dag erna niet en de dag daarna, de laatste voor haar geplande bruiloft.

Stefano deed zijn best om het schrijnende verlangen, dat hij als een lichamelijke pijn ervoer, met continu werken te verdrijven.

's Avonds lag hij met pijnlijke ledematen in bed, maar van slapen was geen sprake. Hij had bijna geen eetlust meer en zijn moeder, geschrokken door de donkere kringen onder zijn ogen, begon zich ernstig zorgen te maken over zijn gezondheid.

Hij struinde door de omgeving, bekeek de dokken, de loodsen en de kantoorpanden van rederij Mazone. Toen hij de binnenplaats overstak kwam hij de reder zelf tegen. Hij slenterde langs de Villa Mazone en zag vanuit de verte hoe een dame van middelbare leeftijd – waarschijnlijk Sofia's tante – het verladen van verschillende kisten in een huifkar controleerde. Van Sofia was geen spoor te bekennen.

Op de middag van de bewuste dag wist hij zeker dat hij het zou doen.

Hij ging naar de zee, beklom de rotsen langs de kant, waar zijn vrienden en hij op warme dagen vanaf doken om in het meer te zwemmen. Lang staarde hij naar de rusteloze, staalblauwe golven en dacht hij na over de consequenties. Na meer dan een uur stond hij op, klopte het zand van zijn broek en ging op weg.

6

$\mathcal{S}$ofia lag zo stil in de kussens dat hij zich geschrokken over haar heen boog. Maar ze was niet dood, integendeel, ze was zo warm en levendig dat ze de zoete waanzin samen zelfs nog een derde en laatste keer konden beleven.

Toen Stefano zich oprichtte om zich eindelijk van haar los te maken, ontdekte hij in het flauwe lichtschijnsel van de vroege ochtend het bloed. Het had een grote vlek op het smetteloze wit van het linnen laken achtergelaten. De angst vloog hem naar de keel als een dier, bij het zien van dit verschrikkelijke bewijs.

Sofia, die voelde hoe hij verstijfde, legde haar armen om zijn bezwete hals, begroef haar vingers in zijn dichte, zwarte krullen en trok hem terug de warmte in. 'Ik heb nergens spijt van,' zei ze met vaste stem en luider dan de situatie het eigenlijk toeliet. 'Absoluut niet!'

Stefano drukte zijn lippen tegen haar hals en voelde haar hart kloppen.

Het sloeg regelmatig en vastbesloten, alsof de zonden die ze tijdens deze nacht begaan hadden er nooit waren geweest. Stefano had de neiging om zijn vingers op zijn eigen pols te leggen, om te kijken of ook zijn eigen orgaan weer het gebruikelijke ritme aangenomen had, wat hij voor onmogelijk hield. Hij voelde zich alsof hij diep in zee gedoken was en met moeite nog een paar slagen zwom om dan, vlak voordat hij het bewustzijn dreigde te verliezen, net op tijd weer aan de oppervlakte te komen.

Hier, met Sofia, bevond hij zich nog steeds onder de waterspiegel. Hij gunde zichzelf nog twee extra seconden voordat hij eindelijk zover was dat hij de werkelijkheid weer tegemoet kon treden. Maar toen stond hij dan ook echt op en pakte zijn kleren.

Sofia lag gekromd en in een onbewust uitdagende houding op het laken dat vreemd genoeg omzoomd was met gouddraad. Terwijl Stefano zich aankleedde, bekeek hij haar. Haar borsten waren volgroeid en vol, bijna te zwaar voor haar verder zo sierlijke figuur. Zijn ogen volgden de vorm van haar heupen, haar welgevormde dijbenen en de vorm van het ene been dat onder het laken uitstak. Hij verwachtte pijn te voelen, of tenminste spijt, omdat het de eerste en laatste keer was dat hij haar op deze manier kon bekijken, maar hij bleef volledig gevoelloos.

Een patroon van parelmoerkleurige strepen viel nu door de half gesloten luiken op het beeld van de vriendelijk glimlachende beschermengel dat boven Sofia's bed hing. Het was tijd om te gaan, de hoogste tijd, dat was het enige wat hij nog kon denken. Hij was zich er van top tot teen van bewust en deze werktuigelijke voorzichtigheid maakte hem woedend. Maar Sofia was een Mazone en deze nacht was verboden en ongehoord.

'Ben je er morgen bij?' wilde Sofia weten.

'Moet ik erbij zijn?'

Sofia dacht even na, toen knikte ze.

'Ja,' zei ze toen beslist. Maar Stefano wist dat ze slechts gedaan had alsof ze erover na moest denken. Ze had dit al lang besloten, net zoals de kwestie van deze nacht.

'Zeg alsjeblieft niets meer,' fluisterde ze nu, en in haar stem waren de tranen al te horen, die ze zo meteen zou huilen.

Stefano knikte. Voorzichtig opende hij de donkergroen geschilderde luiken. De weg naar buiten mocht niet dezelfde zijn als waarlangs hij gekomen was.

Sofia ging rechtop zitten. Haar steile, lange haren lagen als een sluier om haar hoofd en schouders. Ze hief haar rechterarm op en streek een lok uit haar gezicht. Op dit moment was Stefano er absoluut zeker van dat dit het beeld zou zijn dat hij verder bij zich zou dragen.

'Het ga je goed,' zei hij met verstikte stem en Sofia ontstak plotseling in razernij.

'Rot op!' riep ze wild. 'Ga weg!' Daarna schrok ze en staarde hem bang aan. Ondanks zijn groeiende nervositeit moest hij lachen. Ze zag er schattiger uit dan ooit, maar als haar emoties de overhand kregen, was ze onberekenbaar.

Met een zwaai klom hij op de vensterbank, zette zich af en sprong naar beneden, in de dichte laurierstruik.

Sofia hoorde de takken kraken en even durfde ze geen adem te halen. Maar er gebeurde niets. Het personeel van haar vader had nog een klein uurtje rust voor de boeg, voordat het werk van alledag weer zou beginnen. En het idee om laat op de avond nog hondenkoekjes in de bak van huishond Chicca te doen, die ze daarvoor tot vlak onder de rand met papa's beste portwijn gevuld had, leek gewerkt te hebben. Nu ze weer alleen was, kon ze het dronken gesnurk van het dier op de gang horen.

Sofia liet zich in de kussens zakken en staarde naar het plafond.

Toen ze eindelijk begon te huilen, deed ze dat zonder geluid.

Over twee weken zou ze achttien jaar worden, maar ze was er vast van overtuigd, dat er zojuist een einde aan haar leven was gekomen.

Lang lag ze daar onbeweeglijk, alleen de tranen liepen over haar wangen.

Toen kwam er in haar hoofd een gedachte op die hetzelfde effect had als water voor een vermoeide wandelaar in de woestijn. Met terugwerkende kracht bedankte ze zuster Havik, die hen destijds de jezuïtische filosofie bijgebracht had, die leerde dat het verkeerd was om een zaak tot aan het eind te overdenken. Als je wilde bestaan, moest je verder denken dan het einde.

7

*D*e wierook van de hoogmis hing nog in de lucht en moest het opnemen tegen de doordringende geur van de lelies, die de kerk in overdadige hoeveelheden sierden. Archangelo Mazone had kosten noch moeite gespaard om van de bruiloft van zijn enige dochter een grootse gebeurtenis te maken. Sofia haatte lelies, ze haatte deze bruiloft en ze haatte de man, die nu naast haar stond en die haar zo zou vragen of ze hem wilde liefhebben en eren en met hem in goede en slechte tijden tot aan de dood voor God in het echt verbonden wilde zijn.

Haar blik ging omhoog naar het grote Romaanse kruis, naar die God, die zijn donkere, rustige gezicht opzij gedraaid had, richting Sandro, om precies te zijn, en dus weg van haar.

En gelijk had hij natuurlijk ook. Ze was ongetwijfeld een bedriegster en zou deze kerk straks met een meineed op haar geweten verlaten, maar had ze veel keus gehad?

Het terrein van de rederij Mazone en de landerijen van de familie Orlandi grensden aan elkaar, dát was de doorslaggevende factor voor deze prachtige bruiloft geweest.

Sofia wist zeker dat het idee om deze twee percelen door middel van een huwelijk met elkaar te verbinden al bij haar geboorte ontstaan was. En het was steeds belangrijker geworden toen het in de loop van de jaren duidelijk geworden was dat Sofia het enige kind van de reder zou blijven.

Ze draaide zich om naar haar bruidegom en zag zijn gezicht, dat in amper veertig jaar tijd rond geworden was en was getekend door het vele wijngebruik. Ze moest denken aan haar woedeaanvallen, haar dreigementen zichzelf iets aan te doen, toen Archangelo voor het eerst over dit geplande huwelijk gesproken had. Zestien jaar was ze destijds geweest. Maar haar vader had enkel hard gelachen. 'Ik ken jou toch, cara mia,' had hij gezegd. 'Je bent een duivel, maar een duivel die slim is en goed kan nadenken. En die veel te ijdel is om zichzelf iets aan te doen. Jij kunt jezelf nog niet het kleinste schrammetje toebrengen als dat jouw gezicht minder mooi zou maken!'

Deze gesprekken hadden zich vervolgens met enige regelmaat herhaald, net zo vaak tot Sofia al was gaan geloven dat het bij deze verbale aanvallen van haar vader zou blijven.

Maar het was een fout geweest om zo te denken. Net zoals het een fout van haar vader geweest was om haar zo overduidelijk en onbeschaamd in te zetten als slachtoffer van zijn bedrijfspolitiek, haar tot zijn instrument te maken, gedoemd om Sandro's kinderen te baren. In elk geval had ze uiteindelijk geen scrupules meer gehad om de werkelijke liefde te leren kennen, ook al was dat dan maar voor één nacht.

Opeens viel het Sofia op dat het merkwaardig stil was geworden en haar gedachten keerden terug naar het hier en nu. Ze zag Sandro's verbaasd opengesperde ogen en de vragende blik van de grijze pastoor, die alle sacramenten had toegediend die Sofia tot dan toe waren toebedeeld. Hij schraapte zijn keel en stelde toen voor de tweede keer zijn vraag.

'Ja,' zei Sofia nu met heldere stem. Het klonk niet echt onderdanig en Sofia hoopte vurig dat iedereen haar oorlogsverklaring begrepen had. Ze hadden haar dan wel gedwongen om met een stuk grond te trouwen en haar lichaam ter beschikking te stellen, maar haar geest was nog altijd vrij en niet te koop.

Akelig gemakkelijk vond de gouden band die Sandro nu aan haar vinger schoof de plek waar hij hoorde.

Sofia pakte de tweede ring van het zilveren blaadje van de misdienaar en schoof hem aan Sandro's mollige, bleke ringvinger. Hij verzonk erin als een steen in de zee. Toen ze opkeek, ontdekte ze hem eindelijk. Stefano Pasqualini stond in de halfdonkere doopkapel en was amper te zien, maar zijn silhouet was zo vertrouwd dat haar hart pijnlijk verkrampte. En toen glimlachte Sofia voor het eerst tijdens de hele ceremonie.

8

Stefano legde de zakken die hij over de fiets uitgespreid had aan de kant. Daarna bekeek hij het voertuig dat hem bijna al zijn spaargeld gekost had. De fiets was niet nieuw, daarvoor had niet genoeg geld gehad, maar hij verkeerde nog in goede staat. Waarschijnlijk had een rijke vent hem uitgeprobeerd en al snel weer aan de kant geschoven, om zich aan een nieuw stuk speelgoed te kunnen wijden.

Stafono had de fiets twee dagen geleden, op de dag van Sofia's bruiloft, al ontdaan van al het vastgekoekte vuil en stof. Hij had het frame en de velgen opgepoetst tot alles weer glom als zilver. Toch was er geen seconde geweest waarin hij niet had moeten denken aan de vrouw van wie hij hield, die in Sandro's armen zou liggen tijdens het dansen of, erger nog, in de nacht die op het dansen zou volgen. Het was in die nacht geweest dat Stefano zoveel uit de bolle grappafles van zijn vader gedronken had dat hij op de harde, lemen vloer van de werkplaats in slaap gevallen was en pas tegen het ochtendgloren met droge mond, zwaar hoofd en een knorrende maag weer wakker geworden was. Hij had meteen moeten overgeven. Het enige wat zijn lichaam er echter uit had weten te wurgen, was groenige gal geweest. De liefde voor Sofia was als een woekerend gezwel in zijn lijf, in zijn hart en vermoedelijk zelfs in zijn ziel en die kwelling was duizend keer erger dan de wraak van de alcohol.

Krakend ging de deur open en het ronde, blozende hoofd van Maria Pasqualini verscheen in de opening. Stefano kwam overeind en probeerde zo te gaan staan dat zijn lichaam de reeds bepakte fiets grotendeels bedekte, maar aan het gezicht van zijn moeder zag hij dat het vergeefse moeite was.

'Je vertrekt dus weer,' zei ze. Het was een vaststelling, geen vraag.

'Ja,' antwoordde Stefano, terwijl hij het gewicht naar zijn rechtervoet verplaatste, want uit ervaring wist hij dat er nu een eindeloze stroom van woorden en argumenten over hem heen zou komen. Maar vreemd genoeg zei zijn moeder niets. Ze bekeek hem lang met een merkwaardige blik in haar ogen. Toen knikte ze en zei: 'Het zal wel het beste zijn!'

Stefano voelde dat hij rood werd en dat maakte hem woedend.

'Je bent zesentwintig jaar en een man,' zei Maria sussend. Het klonk als een verontschuldiging voor het feit dat hij bloosde. 'Maar een Mazone blijft een Mazone, zelfs als ze getrouwd is met een Orlandi. Als je hier zou blijven, zou dat een ramp zijn voor ons allemaal!'

'Hoe…' begon Stefano, maar Maria hief gedecideerd haar hand en zei, alsof er maar één antwoord mogelijk was: 'Ik ben je moeder!'

Toen deed ze twee passen in zijn richting en tekende met haar wijsvinger een snel kruisje op zijn voorhoofd. Pas nu zag Stefano de tranen in haar ogen. Maar ze had zich alweer omgedraaid en de deur achter zich dichtgetrokken.

Stefano meende de aanraking nog op zijn voorhoofd te voelen, rook nog de vage geur van olijfolie, gist en tijm, het parfum dat hem zijn hele jeugd begeleid had.

Toen hij zich weer bewust werd van de bittere smaak in zijn mond, trapte hij hard met zijn voet tegen de deur. Het felle daglicht sprong naar binnen en liet het opgepoetste metaal van het fietsstuur triomfantelijk schitteren.

Stefano hief zijn hoofd en keek richting het oosten. Het was nog vroeg in de ochtend, over het water en het land lag nog een blauwige waas, maar het zou een mooie dag worden.

Spontaan besloot hij om zijn lievelingsplekje op te zoeken en voor de laatste keer een sprong vanaf de rotsen te wagen. In deze tijd van het jaar was de zee nog ijskoud, maar hij kon het niet over zijn hart verkrijgen om weg te gaan, zonder nog één keer gezwommen te hebben.

9

*N*og even genoot Sofia van de zachte satijnen lakens waarin ze zich had gewikkeld, toen opende ze haar ogen en
draaide zich naar rechts. Tot haar grote opluchting was de plek
naast haar leeg. Ze herinnerde zich dat Sandro gezegd had dat
hij al vroeg zou vertrekken naar de wijnbergen, ooit het begin
van het Orlandi-imperium. Of waren het de olijfboomgaarden
geweest? Hoe dan ook, hij was weg.

Ze ging overeind zitten en trok haar knieën op. Het was de
derde dag van haar huwelijk, maar nu wist ze dat haar voorstelling ervan juist was geweest. Sandro's liefkozingen tijdens
de huwelijksnacht waren voorafgegaan door zoveel wijn dat
haar kleine bedrog geen enkele moeite had gekost. Haar echtgenoot had haar tranen geïnterpreteerd als een gevolg van de
pijn van haar ontmaagding, maar ze waren niets anders geweest
dan een lichamelijk protest tegen Sandro's onhandige inspanningen. Ze had stevig haar tanden op elkaar moeten houden
om niet heel hard Stefano's naam te roepen. Toch probeerde
Sofia redelijk te blijven: Sandro kon er ook niets aan doen dat
ze niet van hem kon houden. Ze besloot om toch op zijn minst
een vriendelijke echtgenote voor hem te zijn – meer kon ze niet
bieden.

Toen sprong ze uit bed, goot water uit een klaargezette kan
in de schaal en begon aan haar ochendtoilet.

Goed, ze had gezworen om trouw te zijn, Maar niemand,
zelfs niet de catechismus of de tien geboden, kon haar verbieden om Stefano te zien. Ze voelde zich meteen vrolijker en
begon een liedje te neuriën terwijl ze haar lange, donkerbruine
haar borstelde.

De vraag waar ze Stefano de komende maanden zou ontmoeten was al beantwoord. Niemand, en al helemaal niet haar
vrome schoonmoeder Odilia Orlandi, kon het haar kwalijk
nemen als ze de mis wilde bezoeken – en aansluitend het graf
van haar moeder. De kwestie rondom het mausoleum was weliswaar slechts een tijdelijke oplossing, maar daarna zou ze wel
weer een andere mogelijkheid bedenken om Stefano te ontmoeten, dat wist Sofia zeker. Zingend opende ze de kastdeur
en koos voor een luchtige jurk van duifblauwe batist.

10

*S*tefano hield van zijn familie en hij hield van de stad waarin hij geboren was. Hij hield van de zee, het land, de geuren en van de milde wind die op deze ochtend in mei zacht over hem heen streek, toen hij de deur van de schuur opende om dit allemaal voorgoed achter zich te laten.

Hij besefte dat hij noch van zijn vader, noch van zijn broer en zus afscheid kon nemen. Van hen kon hij niet het intuïtieve begrip verwachten dat zijn moeder hem had getoond.

Voorzichtig droeg hij de fiets tot voor de poort. Pas daar sprong hij erop en begon hij te trappen. Met elke wenteling van de wielen probeerde hij de gevoelens van verlangen en heimwee kwijt te raken waarvan hij nu al last had, nog voordat hij goed en wel vertrokken was.

Algauw passeerde hij de muren van de begraafplaats Santo Michele, waarachter de klus lag waar hij aan begonnen was. Waarschijnlijk zou het nu de taak van zijn vader worden om het grafmonument van de Mazones af te maken. Roberto was niet handig genoeg voor zo'n gecompliceerde constructie.

Plotseling remde Stefano af.

Sofia, het was echt Sofia, stond in de opening van de poort naast de kerk. Haar haren had ze verborgen onder een donkere kap, waaraan haar nieuwe status viel af te lezen. Ze zag een beetje bleek, maar haar ogen glansden.

'Ik dacht al dat je niet meer kwam,' zei ze, in plaats van hem te begroeten. Een beetje plagend vertrok ze haar mondhoeken en voegde eraan toe: 'Als je in dit tempo verder werkt, dan kunnen we elkaar nog heel wat keren zien voordat het mausoleum klaar is!'

Stefano onderdrukte een kreun. Dit was precies waar hij bang voor was geweest. 'Sofia,' zei hij, en hij bedacht dat zijn stem net zo klonk als die van zijn moeder als ze probeerde zijn zusje Gina een van haar kinderlijke ideeën uit het hoofd te praten, 'we waren het er toch over eens dat we elkaar niet meer zouden zien, voordat er iets ergs gebeurt.'

'Ja. Maar ik heb er nog eens over nagedacht, en er hoeft helemaal niets ergs te gebeuren. We wonen in dezelfde stad, jij werkt voor mijn familie en we ontmoeten elkaar gewoon af en toe. Alleen maar ontmoeten, begrijp je. Dat is toch geen zonde!'

In haar stem klonk zoveel rebellie door dat Stefano het stuur omklemde, op zoek naar extra steun.

'Het is onmogelijk,' zei hij met verstikte stem.

Sofia staarde hem aan. Hij kon nu toch niet serieus haar laatste hoop wegnemen? De hoop die de beproeving van haar gedwongen huwelijk tenminste iets makkelijker zou maken. Hem even te kunnen aankijken, in zijn buurt te zijn. Het vertrouwde gevoel te hebben. De herinnering te koesteren.

'Ook in Rome zal ik je vinden,' zei ze halsstarrig, hoewel ze geen idee had hoe ze dat voor elkaar zou krijgen.

'Ik ga niet naar Rome!'

Ongelovig keek Sofia hem aan. Toen kreeg haar temperament de overhand. Ze verliet de bescherming van de donkere kerkpoort, sloeg haar armen om zijn hals en riep: 'Ik zal je nooit meer laten gaan, Stefano, nooit meer!'

Stefano keek snel om zich heen, maar gelukkig was er niemand te zien.

'Wees toch verstandig, Sofia, alsjeblieft,' maande hij haar, waarbij hij resoluut haar handen van zijn schouders duwde. Archangelo Mazone was niet alleen rijk en invloedrijk, hij was een man van principes. En zijn woede zou ook voor zijn enige dochter niet minder zijn.

Stefano deed een stap achteruit, wat tot gevolg had, dat zijn fiets kletterend op de grond viel.

Pas nu zag Sofia de gitaar, die hij boven op de bagage had vastgemaakt.

'Die zou je nooit meenemen naar Rome,' zei ze meteen.

Stefano zweeg. Hij wist dat hij haar verteld had over zijn angst dat zijn geliefde instrument in het onveilige Rome gestolen zou worden.

'Wat ben je van plan?' wilde ze weten en Stefano besefte dat niets en niemand haar hier van deze plek weg kon krijgen voordat ze een antwoord op deze vraag gekregen had.

'Ik ga naar Duitsland,' bekende hij uiteindelijk. 'Een vriend die ik uit Rome ken, heeft gehoord dat daar nog genoeg werk is voor bouwmeesters.'

Helemaal aan het begin van de straat, uit de richting van de villa's, hoorde Stefano nu een paardenkoets aankomen. Snel pakte hij zijn fiets op. Een scherpe steen had een scheur in het leren zadel veroorzaakt.

'Zul je me schrijven?' vroeg Sofia en ze probeerde het beven van haar knieën onder controle te houden.

'Maar je man...'

'Schrijf maar naar mijn tante Serafina. Zij zal me de brief wel geven. Beloof het me,' smeekte Sofia hem haastig, want ook zij had inmiddels het getrappel van de paardenhoeven gehoord.

Stefano knikte.

Plotseling omklemde ze zijn bovenarmen en boorde haar vingers in zijn vlees, zodat het, ondanks de dikke stof van zijn jas, pijn deed. Ze zei het zacht, maar zo indringend dat het dramatischer klonk dan welke uitroep ook: 'Ooit zullen wij samen zijn, ik voel het gewoon, Stefano!' Even hield ze haar adem in en zei toen: 'Je zult nooit meer van een andere vrouw kunnen houden, nooit meer!'

Het klonk als een belofte en een vloek tegelijk.

Voordat Stefano nog iets kon zeggen, draaide ze zich om en liep met snelle, kordate passen weg. Stefano keek haar na. Haar blauwe rok zwierde achter haar aan. Toen opende ze de poort van de kleine kerk en verdween naar binnen.

Ratelend reed de gesloten koets langs hem heen. Het paard rechts tilde, zonder daarbij uit het ritme te raken, zijn staart op en liet twee zwartgroene paardenvijgen vallen. Eén ervan raakte de punt van Stefano's schoen. Hij schopte hem aan de kant en bekeek de vochtige vlek, die hij achtergelaten had. Volgens zijn moeder bracht zoiets geluk, maar Stefano geloofde niet in zulke bakerpraatjes.

Hij was zich net zo goed bewust van het risico van zijn reis, als van de onmogelijkheid om te blijven.

Waarschijnlijk zou hij zijn vaders werkplaats nooit verlaten hebben zonder deze situatie met Sofia. Maar nu had hij gewoon geen andere keus meer – en hij had het geweten voordat het gebeurd was.

Hij controleerde nog een keer of zijn bagage, zijn kookgerei en zijn gitaar goed vastzaten. Vanuit de haven hoorde hij de scheepshoorn van een uitvarend schip.

Nog een laatste keer groette hij de uitgestrekte bergrug met de top van de Vesuvius, die in het oosten achter hem lag en die de baai en de stad leek te omarmen. Toen nam hij opnieuw plaats op het zadel, trapte op de pedalen en zette koers richting de noordelijke voorstad.

Citroenen bewogen tussen de witte bloesem aan de bomen in de tuinen, een grote, blauwige vlinder, zoals Stefano er nog nooit eerder één gezien had, vloog voor hem uit door de straat en de leverancier van de bakkerij wierp hem, met een blik op zijn bagage, vrolijk een te klein uitgevallen brood toe. Behendig ving Stefano het op en riep een bedankje over zijn schouder. Het brood was nog warm en smaakte vaag naar anijs.

Misschien dat hij ooit toch nog ergens het geluk zou vinden, dacht hij met het optimisme dat bij zijn jeugdige leeftijd hoorde. Geluk kwam immers in vele gedaantes.

11

$\int$ofia bracht de daaropvolgende tijd door in een soort trance.
Ze bewoog zich normaal en het lukte haar ook om te praten, te eten en haar nieuwe plichten na te komen. Af en toe leek ze zelfs vrolijk, maar op de een of andere manier had deze Sofia niets met de echte te maken. De echte Sofia stond namelijk nog altijd in dat kleine kerkje bij de begraafplaats en probeerde te begrijpen wat er gebeurd was. Probeerde het feit dat Stefano haar verlaten had te accepteren.

Niemand bemerkte de aanwezigheid van deze twee Sofia's, zelfs tante Serafina niet, die elke week een keer thee kwam drinken.

Omdat ze zich nergens echt voor interesseerde, viel het de echte Sofia ook niet op dat haar menstruatie uitbleef. Pas tijdens de zevende week van haar huwelijk werd ze zich hiervan bewust.

Het gebeurde, toen ze voor de tweede keer de ontbijttafel moest verlaten, nadat Sandro vergenoegd met zijn mes de kop van zijn eitje had geslagen. Een van de Sofia's begon te kokhalzen, waarna er om de smalle lippen van Odilia Orlandi zo'n voldaan glimlachje verscheen dat beide Sofia's begrepen wat er aan de hand was en ze hun toevlucht zochten in het echtelijke bed.

'Ik ben zo gelukkig,' verklaarde Sandro, die het blijde nieuws nog voordat hij zijn ei ophad van zijn moeder had vernomen, en hij kuste Sofia enthousiast op haar bleke wangen.

'Ik ook,' mompelde de ene Sofia en uitgeput door haar protesterende maag sloot ze haar ogen.

Tot aan deze dag had ze nooit ook maar een spoortje spijt gevoeld over die nacht met Stefano. Integendeel, uit alle macht probeerde ze de herinnering eraan te bewaren en te koesteren en alles, wat er werkelijk gebeurde, uit haar bewustzijn te bannen.

Eindelijk werd Sofia zich bewust van haar schizofrenie en besefte ze dat er niets anders op zat dan de realiteit onder ogen te zien. Tegelijk met dit inzicht en de vereniging van haar twee identiteiten verscheen er, als een Bijbelse onheilstijding, een reusachtig vraagteken voor haar geestesoog: was de vader van het kind dat ze verwachtte haar echtgenoot of was het Stefano Pasqualini?

Enkele dagen lang werd Sofia geplaagd door nachtmerries en even overwoog ze om haar biechtvader in vertrouwen te nemen. Maar op een nacht nam ze het besluit om deze vraag naar het verste hoekje van haar hart te verbannen. Niemand, behalve zijzelf, wist van de liefdesnacht met Stefano, zelfs tante Serafina vermoedde niets. En dus hoefde ze niet bang te zijn dat iemand haar verwijten zou maken of beschuldigen. Nadat ze dit had geconcludeerd kon ze weer slapen.

Sofia moest zelfs concluderen dat de zwangerschap een heerlijke tijd was, zelfs toen haar ochtendmisselijkheid behoorlijk hardnekkig bleek te zijn en vaak tot in de middag aanhield. Sandro overlaadde haar namelijk met bloemen en andere attenties. Voor het eerst sinds haar bruiloft vond Sofia hem echt aardig, vooral omdat hij geen enkele poging tot lichamelijk contact meer deed. Het was bijna weer net zoals voor haar huwelijk. Sofia wenste dat er nooit een einde aan deze toestand zou komen, vooral ook omdat het kwellende verlangen naar Stefano minder werd naarmate de zwangerschap vorderde. Het leek alsof het kindje in haar buik alle emoties als een spons in zich opzoog.

12

$\mathcal{T}$öen Stefano was aangekomen in Venetië, waar hij een paar weken wilde blijven om met wat klusjes zijn reiskas aan te vullen, hoorde hij over de verschrikkelijke epidemie die in een nabije stad met de naam La Guay was uitgebroken.

'De builenpest,' wisten de mannen te vertellen, met wie hij op een avond in een trattoria een kruik wijn dronk. 'Het woedt al sinds Pasen en honderden mensen zijn er inmiddels aan gestorven!' beweerde een jonge timmerman, die al rondtrekkend per ongeluk in het betreffende gebied terechtgekomen was.

Geschrokken besloot Stefano om dan maar weer op te breken en met een ruime boog om het getroffen gebied heen te rijden.

In Innsbruck kon hij vervangend werk doen als bode en bezorger van een delicatessenwinkel. Het werk was niet zwaar en betaalde goed. Maar op een dag, toen hij net een grote kist met geïmporteerde producten bij een van de schitterende herenhuizen in de binnenstad had afgeleverd, kwam hij op het Domplein terecht in een schermutseling tussen twee groepjes jongelui, die elkaar over en weer uitscholden en bedreigden. Terwijl Stefano probeerde het steegje te bereiken dat naar zijn werk leidde, kwam het tot een handgemeen dat algauw escaleerde en uitgroeide tot een brute vechtpartij.

'Hoe zit het met jou? Ben je voor of tegen?' riep een gespierde jongen met blonde krulletjes, terwijl hij Stefano hardhandig bij de arm pakte. Stefano begreep slechts in grote lijnen wat ze van hem wilden, maar hij had er een hekel aan als er tegen hem geschreeuwd werd en hij hield er ook niet van om aangeraakt te worden. Met zijn linkerhand omklemde hij de pols van de knul, duwde hem van zich af en zei dreigend: 'Lazer op, man!'

Zijn tegenstander struikelde achteruit en viel tegen een muur aan. Stefano was nu bevrijd, maar hij had zo wel de aandacht van de medestrijders van de blonde jongen getrokken. Zij wilden hun vriend helpen en gingen met deze vermeende vijand op de vuist.

Stefano voelde hoe zijn neusbeen brak en er warm bloed over zijn lippen en kin stroomde. Waarschijnlijk was het allemaal nog veel erger afgelopen als er niet opeens een schril fluitje had geklonken en er een politieman op het toneel was verschenen. Snel als een paar nachtelijk plunderende ratten bij het aanbreken van de dag verdwenen de daders in de schaduw van de steegjes en portieken van de oude binnenstad.

Stefano hoefde niet lang na te denken. Het was overal ter wereld hetzelfde: als de politie je pakte werd je meteen gezien als de schuldige.

Hij rende een doorgang tussen twee huizen in, veegde ondertussen met zijn mouw het bloed uit zijn gezicht en klom toen over de muur van een binnenplaats.

Op het zolderkamertje van het bedrijf waar hij mocht slapen, onderzocht hij zijn gezwollen neus met behulp van de spiegelscherf die hij gebruikte bij het scheren. Het zou nog weken duren voordat hij die weer kon aanraken zonder dat het pijn deed. En een kleine, nauwelijks zichtbare knik, die alleen en profil te zien was, zou hem voor altijd aan dit gevecht herinneren.

De boekhouder van de firma, die Stefano's gezwollen neus opmerkte, legde hem uit waar de hele ruzie om gegaan was. Het waren studenten van de Universiteit van Innsbruck geweest, die voor of tegen de pauselijke encycliek Pascendi dominici gregis demonstreerden, een document dat zich tegen het modernisme binnen de Rooms-Katholieke Kerk keerde.

'Maar wat heb ik daarmee te maken?' vroeg Stefano zich verbitterd af. Dagenlang moest hij zijn neus koelen met in water gedrenkte lappen die een meelevende verkoopster voor hem geknipt had. Maar toen hij zag dat dit soort ruzies en vechtpartijen aan de orde van de dag waren, waarschijnlijk eerder om de vechtlust van de studenten te bevredigen dan om daadwerkelijk de paus aan te klagen of te verdedigen, pakte Stefano zijn schamele bezittingen weer op zijn fiets en begon hij aan de volgende etappe van zijn reis. Dit bleek een goede beslissing want, zoals hij later ervoer, die zomer werd Tirol geplaagd door hevig noodweer waarbij in totaal vijfentwintig doden vielen. Door velen werd dit gezien als de straf van God voor de lasterlijke opstand van de theologieprofessor Ludwig Wahrmund en zijn studenten tegen de woorden van de paus.

Maar voor Stefano was dit niet meer van belang. Hij fietste verder tot aan de Bodensee, die voor een deel al aan Duitse oevers grensde. Toen hij op een heuvel aan de rand van het meer zat, dat grote, glinsterende wateroppervlak bekeek en zich even inbeeldde dat het de Tyrreense Zee was, dacht hij een visioen te hebben. Hoog boven het water zweefde een ding dat eruitzag als een reusachtige zilveren sigaar. Stefano stond op om het beter te kunnen zien. Het ding leek zelfs te bewegen, langzaam en majestueus tegelijk. Stefano was er zo door gefascineerd dat hij de fruitboer die naast hem was komen staan pas opmerkte toen die zei: 'Dat is de zeppelin, een luchtschip dat in Friedrichshafen gebouwd is. Er kunnen achttien mensen in meevaren!'

Stefano geloofde geen woord van deze onzin, maar hij vond het verstandiger om de man niet tegen te spreken. De adem van de landbouwer rook naar de soort alcohol die hier Schnaps werd genoemd en die werd gestookt van appels en peren. Waarschijnlijk was overmatig gebruik van deze fruitbrandewijn de oorzaak van de hersenspinsels van deze man. Want Stefano had al wel gehoord dat het mogelijk was voor mensen om enkele minuten te vliegen in een vliegtoestel, maar deze sigaar bevond zich nu al meer dan een halfuur in de lucht – en dat leek hem, als je het gewicht van achttien mensen in acht nam, onmogelijk.

13

'Je kunt blijven totdat de aardappels en rapen uit de grond zijn, Stefan,' zei de dikke Hoog-Zwabische boer Franz Seeburger, terwijl hij de gebruinde, zwartharige dagloner welwillend aankeek. De Italiaan had zich behoorlijk bewezen tijdens de graanoogst, beter zelfs dan die twee uit Tirol. Maar die konden weer beter omgaan met de paarden, terwijl die Italiaan zich daar duidelijk wat minder mee op zijn gemak voelde.

'Heb je het Stefan gevraagd?' wilde de boerin weten, toen Franz de dampende bijkeuken binnenkwam om het stof van het land van zijn schoenen te wassen.

'Ja, dat heb ik gedaan. Maar hij wil niet. Hij wil verder reizen!'

'Jammer. Je zou hem moeten kunnen houden. Hij weet van aanpakken en voelt zich ook niet te beroerd om af en toe onze wasmanden te dragen!'

'En hij is ook nog eens grappig!' riep het diensmeisje Resi vanachter de ketel.

De oogsttijd op de boerderij was inderdaad nog nooit zo vrolijk geweest als dit jaar. En niet alleen omdat het koren, de haver en de tarwe er zo mooi bij stonden en er geen onweersof hagelbuien waren geweest die de hoop op volle schuren teniet gedaan zouden hebben. Nog nooit was er op de Seeburger boerderij gezongen tijdens de oogst – en het was de Italiaan geweest, die daarmee begonnen was. Niemand begreep de inhoud van de liedjes die de man uit volle borst zong, ondanks het feit dat boer Seeburger hem het zwaarste werk liet doen, het opladen. Maar door het zingen werd het fijne graanstof vergeten, dat als een gouden waas over de velden lag en dat iedereen deed knipperen en hoesten, dat jeuk veroorzaakte en dat zich met de zweetdruppels op de huid vermengde tot een kleverige massa. Zelfs de insecten hadden minder lastig geleken dan in andere jaren.

Ja, de Italiaan was duidelijk een aanwinst geweest.

'Bied hem gewoon meer geld,' stelde boer Seeburgers dochter Bibi bijdehand voor, terwijl ze met een grote houten lepel in het hete water roerde, waarin het beddengoed dreef.

'Dat heeft hij eigenlijk wel verdiend,' viel de boerin haar bij, hoewel ze normaal gesproken nogal krenterig van aard was.

'Ik doe niet aan extraatjes,' bromde Franz Seeburger, terwijl hij bedacht dat het misschien toch beter was als Stefano weer zou verdwijnen. De boerin was zijn tweede vrouw, de eerste was in het kraambed gestorven toen Hannele, zijn derde kind, geboren werd. Hannele was nu veertien, zijn vrouw twee keer zo oud en zijn oudste, Bibi, was net zeventien geworden. Hijzelf daarentegen liep al tegen de vijftig en hij had de blikken van de vrouwen wel gezien, die van zijn echtgenote niet uitgezonderd, die de knappe Italiaan werden toegeworpen als ze dachten dat niemand het zag. Gelukkig leek het een fatsoenlijke kerel te zijn die wist waar zijn plaats was 's avonds: in de dienstkamer boven de paardenstal en niet in het herenhuis – of hij nu een gitaar had of niet.

Het was inderdaad jammer dat hij verder wilde trekken, vooral omdat Franz Seeburger van plan was om een nieuwe stal te bouwen en Stefan, die duidelijk verstand had van het bouwvak, hem al enkele handige tips gegeven had. Maar de huiselijke vrede was een groot goed en je moest de kat niet op het spek binden. Je werd geen vijftig jaar oud, zonder de juistheid van dit soort uitdrukkingen te leren inzien.

Op zijn dikke sokken beklom Franz Seeburger de houten trap naar de bovenverdieping en verdween in zijn slaapkamer. Daar pakte hij van de rand tussen de balken en het dak het metalen kistje met contant geld dat hij verstopt had. Hij pakte er het bedrag uit, dat hij de Italiaan beloofd had en deed er nog een paar munten bij. Inzet moest beloond worden, wat dat betrof had de boerin gelijk gehad.

'Dank u, Padrone,' zei Stefano stralend, toen Franz hem het salaris op de eikenhouten tafel in de woonkamer uitbetaalde.

'Ik wens je veel geluk op je verdere reis!'

'Geluk ik zoek en vind,' zei Stefano grijnzend.

Van de mensen tussen Tirol en het achterland van de Bodensee, waar hij zich nu bevond, had hij niet alleen de lokale liedjes, maar ook de betekenis van enkele woorden geleerd. Zijn Duits was nog altijd gebrekkig maar hij kon zich verstaanbaar maken.

Toen hij de schuur in liep om zijn al bepakte fiets te halen, moest hij lachen. De meisjes hadden een soort zadeltas van zeildoek voor hem gemaakt, zoals je die ook wel bij paarden zag. En met wat er links en rechts in die tas gestopt was, hoefde hij voorlopig geen honger en dorst te lijden.

'Kom je nog eens terug, Stefan?' vroeg Hannele, die achter de strobalen op hem had zitten wachten.

'Misschien,' antwoordde Stefano luchtig. Inmiddels was hij handig geworden in het afscheid nemen: hij vermeed concrete uitspraken. Door het open raam ontdekte hij Bibi, die met een chagrijnig gezicht, onder toezicht van haar grootmoeder, aardappels voor het middageten schilde. Toen ze opkeek om hem nog een keer toe te knikken, zag hij dat ze gehuild had. Maar hem viel niets te verwijten. Het enige wat hij gedaan had was wat vrolijkheid en optimisme verspreiden, maar blijkbaar had dit voor het soort serieuze mensen dat hier woonde hetzelfde effect als sterke wijn.

Stefano stak zijn hand op en zwaaide. Toen controleerde hij of de gitaar stevig vastgebonden was, sprong op zijn stalen ros en reed weg. In Stuttgart, zo hadden de voermannen in de herbergen onderweg hem verteld, werd veel gebouwd en waren vakmensen meer dan welkom. Heel ver kon het niet meer zijn, gezien de meer dan duizend kilometer die inmiddels al achter hem lagen.

Het was een prachtige dag om te fietsen. Stefano passeerde velden met daarop hoge staken. Tot voor kort hadden daaraan nog vruchten gehangen die gebruikt werden voor de drank die hij inmiddels had leren kennen als bier. Dit werd in enorme koperen ketels bereid en het productieproces was streng geheim. Elke brouwerij, zoals de bedrijven die de drank produceerden genoemd werden, had zijn eigen recept, hoewel Stefano, die tijdens zijn vrije zondagen al meerdere keren zo'n schuimende verfrissing uitgeprobeerd had, geen verschillen kon ontdekken. De drank kon hem niet bijzonder bekoren. Maar hij had inmiddels wel ontdekt dat wijn in de ten noorden van de Alpen gelegen landen geen primair voedingsmiddel was. Dat was voorbehouden aan mensen uit de betere klassen.

Tegen de avond zag hij in de verte de toren van een grote kerk. Een schitterend silhouet dat afstak tegen de pastelkleurige avondlucht. Stefano besloot in een met hooi gevulde schuur te overnachten zodat hij de volgende dag de kerk kon gaan bekijken.

Voor het eerst sinds lange tijd lukte het hem niet om Sofia uit zijn gedachten te verdringen. Met pijnlijke nauwkeurigheid zag hij haar beeltenis voor zich. Hij zag de zachte, donkere haartjes die van haar oor richting haar nek groeiden en overeind gingen staan als Sofia opgewonden of boos was, hij zag haar frisse, rode lippen en kon haar volle en stevige borsten bijna onder zijn handen voelen. Hij zag de wanhopige, aan waanzin grenzende blik in haar ogen, toen ze hem gezegd had dat hij nooit meer in staat zou zijn om van een andere vrouw te houden. Hij kreunde, draaide zich op zijn zij en begroef zijn gezicht in het geurende hooi. Waarschijnlijk had ze gelijk, dacht hij verbitterd, want tijdens al die maanden sinds zijn vertrek uit Napels waren zijn driften als verdoofd geweest. En nu, nu ze zich voor het eerst weer kenbaar maakten, verlangde hij naar Sofia – en alleen maar naar Sofia. Toen hij eindelijk in slaap gevallen was, kwam ze bij hem. Warm en zacht werd hij door haar vlees omhuld. Ze werden één en losten zo compleet in elkaar op, dat het tegelijkertijd voelde als genot en dood. Nooit zou hij meer wakker worden en de confrontatie met de narigheid van het leven aan hoeven gaan.

Een kleine bruine veldmuis maakte hem duidelijk, dat de realiteit anders was. Het muisje zat naast zijn enkel en was druk bezig een gat te knagen in de kostbare wollen sok die Hannele hem bij het afscheid toegestopt had. Stefano joeg de muis weg, strekte zijn ledematen, verdrong zijn nachtelijke dromen en ging liggen staren naar de maan die nog net bleekzilver te zien was, terwijl in het oosten een perzikrood ochtendgloren een mooie herfstdag beloofde.

Stefano fietste naar de kleine beek die hij de vorige dag al ontdekt had. Hij waste zich en dronk van het heldere, een beetje mossig smakende water. Ook vulde hij zijn blikken veldfles ermee. Toen ging hij op weg naar de stad waar de enorme kerk stond die hij gezien had. De plaats droeg de voor hem moeilijk uitspreekbare naam Ulm, zoals een marktkoopvrouw hem vertelde, die net bezig was haar kraam op te bouwen. In het felle ochtendlicht beklom hij de trappen van de toren die zich als een schroef omhoog draaiden. Smalle ramen boden uitkijkjes over de daken van de stad. Aangekomen op het uitzichtplatform werd hij voor zijn moeite beloond met een prachtig weids uitzicht.

Eerst ging zijn blik richting het zuiden waar hij vandaan gekomen was. Heel in de verte, ogenschijnlijk zwevend in de wolken, zag hij het grote meer. Hij dacht aan het verfrissende bad en de goede wijn, die hij daar genoten had. Toen draaide hij zich in westelijke richting waar Stuttgart, de hoofdstad van deze deelstaat moest liggen, het doel van zijn lange reis. Maar hij wist niet dat hij daar nooit aan zou komen.

14

$\mathcal{N}$adat hij door een middelgebergtelandschap gereden was dat na een gevaarlijk steile weg uiteindelijk plaatsgemaakt had voor een grote laagvlakte, sloeg het weer om. Grijze wolken bedekten de vaalblauwe oktoberhemel en het begon zacht maar aanhoudend te regenen.

De wind stak op en dreef de druppels als kleine, ijzige pijlen voor zich uit. Binnen korte tijd was Stefano tot op het bot doorweekt. Zijn koude vingers die zijn fietsstuur omklemden, begonnen pijn te doen.

Het was al donker, toen hij een van de langgerekte dorpjes bereikte. De boerderijen en huizen stonden her en der verdeeld over de straat.

Onder de lantaarn van een pension hing een smeedijzeren dier dat, zo had Stefano inmiddels geleerd, in het Duits *Hirsch* heette. Hij stopte, stapte af en duwde zijn fiets het achterhuis in. Voorzichtig maakte hij de touwen los en haalde hij zijn gitaar van de bagagedrager. Hij controleerde of de stevige tas, waar het instrument in zat, waterdicht was, wat gelukkig het geval bleek te zijn. Toen klemde hij de zak onder zijn arm, gooide de zeildoektassen over zijn schouder en beklom de paar treden naar de ingang. Toen hij de deur naar de gelagkamer opende botste hij bijna tegen een vrouw op die met vier grote bierpullen in haar handen liep. Haar heldere, grijsgroene ogen bevonden zich op precies dezelfde hoogte als de zijne, want ze was ongewoon groot en zeer slank. Haar huidskleur deed hem denken aan het zondagse brood, dat op de Seeburger boerderij gebakken werd: melkwit, met roodbruine spikkels van de gehakte rozijnen. Felrode haren zaten strak om haar hoofd en daaroverheen lag een gevlochten krans, waaruit Stefano donkere spelden zag steken.

'Hopla,' zei het wezen met een verbazingwekkend luide, krachtige stem.

'Hopla,' antwoordde Stefano vriendelijk, want hij ging ervan uit dat het de gebruikelijke avondgroet in deze regio was.

De vrouw lachte. En dat deed de strengheid die ze aanvankelijk uitstraalde verdwijnen. Haar kattenogen fonkelden spottend. Ze zette de bierpullen op de ronde, houten tafel naast de bar en draaide zich toen weer om. 'Wat hebben we hier?' wilde ze weten. Haar luide stem zorgde ervoor dat de blikken van de aanwezige mannen nu allemaal op Stefano gericht waren.

'Ik ben een bouwmeester,' zei Stefano, want dit dorp kon nooit ver meer verwijderd zijn van zijn einddoel en misschien bevond zich hier ook al wel een eventuele opdrachtgever.

'Ha, kijk eens aan,' riep een man die op de bank rond de houtkachel zat. 'Zelfs rondtrekkende handwerkslieden doen tegenwoordig al alsof ze gediplomeerd zijn!'

Het klonk meer geamuseerd dan kwaadaardig en Stefano besloot om er maar niet meteen op in te gaan.

'Ik zoek een warme maaltijd, een glas wijn en een plek om te overnachten,' zei hij gedecideerd, want hij had honger en hij was moe.

'Dat zijn nogal wat wensen op een gewone woensdagavond,' merkte een grote, zware man op, die een witte kiel met smalle, blauwe strepen over zijn broek droeg.

Stefano had inmiddels begrepen dat dit hier de werkkleding van een slager was. Zijn hoop op een lekkere maaltijd groeide meteen. Dit pension leek een combinatie van café, pension en slachterij te zijn.

'Heb je geld?' kwam de verwachte vraag, 'of wil je er voor spelen?' De man imiteerde – niet zonder talent – een gitarist, waar zijn maten hard om moesten lachen.

Stefano greep in zijn broekzak, waar hij zijn geldbuidel bewaarde. Hij opende hem en liet de slager demonstratief de inhoud zien. Het was genoeg voor eten, drinken en een slaapplaats, maar hij was slim genoeg om het grootste deel van zijn verdiende geld te bewaren in een dunne, leren tas, die met lussen aan de binnenkant van zijn riem bevestigd was.

'In orde,' zei de slager. 'Geef hem maar wat van de vleessoep, Anna, en zeg tegen Babett dat ze het bed in het kleine kamertje boven opmaakt!' Hij sprak in een gutturaal klinkend dialect, dat Stefano weliswaar kon verstaan, maar dat wel anders klonk dan dat wat de mensen in de buurt van de Bodensee gesproken hadden. Hij vertaalde de woorden van de slager eerst voor zichzelf in het Hoogduits, dat hij uit de boeken kende die een Hoog-Zwabische pastoor hem geleend had en die hij tijdens de zomernachten bij kaarslicht bestudeerd had, en daarna in het Italiaans. Om die reden duurde het even voor hij antwoord kon geven, maar dat was amper merkbaar.

Stefano had gemerkt dat de Duitse mensen, die hij tot dan toe had leren kennen, minder rad van tong waren dan de Italianen. Maar hij had ook vastgesteld dat je daaruit niet overhaast mocht concluderen dat Duitsers ook langzaam of zelfs slecht dachten. Ze mochten dan misschien een beetje sloom zijn, dom waren ze beslist niet. Zelfs zijn visioen boven het meer bleek uiteindelijk toch dat geweest te zijn wat de boer beweerd had.

Stefano legde zijn gitaartas op een bank, nam de tassen van zijn schouder en ging bij de vier mannen aan de ronde tafel zitten. Meteen verstomde hun mompelende gesprek en zwijgend keek iedereen hem aan.

'Wat heb ik gedaan verkeerd?' vroeg Stefano uiteindelijk, maar geen van de drinkebroers gaf hem antwoord.

Anna, de roodharige vrouw die net met een groot wit bord uit de keuken gelopen kwam, glimlachte en zei met de spottende glinstering in haar ogen, die Stefano inmiddels kende: 'Wij zijn Zwaben. En een Zwaab zou nooit bij andere gasten aan een tafel gaan zitten als het geen familieleden of goede vrienden zijn. Wie hier als vreemde binnenkomt gaat alleen aan een tafel zitten!'

'Scusi!' antwoordde Stefano, die meteen opstond.

'Blijf nu maar zitten, mannetje,' zei een van de oudere mannen goeiig.

'Je hebt duidelijk fatsoen, dus je mag erbij!'

'Hij bedoelt dat ze bereid zijn je te tolereren,' zei Anna, die het blijkbaar grappig vond. Ze zette het bord voor hem op tafel en bracht hem ongevraagd ook nog een pul bier.

'Wijn hebben we alleen in flessen, en dat is nogal duur,' zei ze, voordat ze weer verdween.

'Eet smakelijk,' wensten de heren hem in koor.

Grazie,' mompelde Stefano, terwijl hij een beetje radeloos de enorme berg geelgroene brij bekeek, die het grootste gedeelte van zijn bord innam. Ernaast lag een plak vet vlees en een donkere, opgezwollen rol, die aan beide uiteindes met een touwtje dichtgebonden was en dus een 'worst' moest zijn, zoals Stefano geleerd had. Voorzichtig pakte hij zijn vork, prikte een paar van de dubieuze, groenige draadjes op en bekeek ze een beetje wantrouwend.

'Zuurkool,' verklaarde de man die naast hem zat, en hij wendde zich weer tot zijn maten. 'Dat heeft hij waarschijnlijk nog nooit eerder gehad, die spaghettivreter!'

'Alsof jij zou weten waar hij vandaan komt,' mompelde een klein, gedrongen mannetje met dun, grijs haar.

'Hij zei *grazie,'* merkte Stefano's buurman op. *'Gratias agamus, Domino Deo nostro,'* citeerde hij vervolgens. 'Dat is Latijn – en Latijn is de voorloper van het Italiaans!'

'Leraren moeten ook altijd opscheppen,' bemoeide de slager zich ermee, terwijl hij behendig een heldere vloeistof in een waterglas schonk. Vervolgens nam hij een grote slok, terwijl Stefano weer probeerde snel te vertalen.

'Heeft de man gelijk,' zei hij toen, met de nodige vertraging, die wederom niemand leek te zijn opgevallen.

De onbekende groente, die er behoorlijk onsmakelijk uitgezien had, bleek verrassend lekker te smaken. Vol goede moed pakte Stefano nu zijn mes en stak met zijn vork in de worst, om er een stuk van af te snijden. Een fontein van heet vet spoot omhoog, over zijn linnen overhemd en zijn handen.

'Hopla!' riep de roodharige vrouw opnieuw en Stefano besefte nu dat het geen avondbegroeting was, maar meer een uitroep van verbazing.

Met zijn zakdoek veegde hij zo goed mogelijk het vettige spoor af, om vervolgens opnieuw hongerig op het eten aan te vallen dat hij nu met een behoorlijke snelheid verorberde terwijl hij er regelmatig een flinke slok bier bij dronk.

De vier mannen keken zwijgend toe. Toen Stefano met een stuk brood de laatste resten van zijn bord geveegd had, constateerde de oudste man met een brede grijns: 'Als hij net zo snel werkt als hij eet, dan hoeft hij zich over inkomsten geen zorgen te maken!'

De roodharige vrouw had inmiddels zijn bierpul voor de tweede keer bijgevuld, maar ze hield hem nog vast en zei bijdehand: 'Die is van het huis, wanneer jij de kat uit de zak haalt en ons wat voorspeelt.' Daarbij wees ze op zijn gitaartas.

Er klonk instemmend gemompel en Stefano besloot het verzoek in te willigen. Hij pakte de tas, opende het afsluitkoord en haalde het honingkleurige, glanzend gelakte instrument tevoorschijn. Licht, bijna teder, liet hij zijn vingers over de snaren glijden. Hij luisterde, stemde wat bij en sloeg toen het eerste akkoord aan.

Met een snelle blik om zich heen herkende hij de sporen van vermoeidheid die deze lange, verregende herfstdag op de verweerde gezichten van de mannen had achtergelaten. Hij glimlachte, zijn aanslag werd sneller en zijn volle, aangenaam klinkende baritonstem vond een lied dat hij 's avonds vaak gezongen had voor de vermoeide vissers in zijn vaderland. Het werk van de mensen hier aan tafel mocht dan wel niet hetzelfde zijn: hun land koud, hun taal als het krassen van raven en hun voedsel een beetje vreemd, het medicijn was hetzelfde. Algauw zag hij dat zijn inschatting de juiste geweest was, want de vrolijkheid van de Napolitaanse deuntjes werkte op de mannen alsof ze mousserende wijn uit Asti gedronken hadden. De slager deelde rond uit de fles met de heldere inhoud, die hij tot dan toe helemaal voor zich alleen gehouden had. Voor iedereen vulde hij een piepklein glaasje. Deze drank bleek nog wranger dan die in de hooglanden, zoals ook de mensen in deze streek dat waren. En het brouwsel was ook sterker dan Stefano gedacht had. Toen ze de tweede fles ervan leeggedronken hadden, had hij het bijna net zo heet als tijdens zijn droom over Sofia. Het was al kwart over twee 's nachts toen hij eindelijk afscheid nam van zijn nieuwe vrienden. Hun namen waren Karle, Eigen, Schorsch en Heiner: Karl, Eugen, Georg en Heinrich; Carlo, Eugenio, Giorgio en Enrico, vertaalde Stefano voor zichzelf.

Toen de mannen er luid joelend vandoor gegaan waren, pakte Anna de zeildoeken tassen, want Stefano was niet bereid om zijn gitaartas uit handen te geven. Met een flakkerende petroleumlamp in de hand begeleidde ze hem naar de derde verdieping, waar ze de deur opende van een piepklein kamertje. Stefano zag het enorme bed en wist zeker dat hij hier heerlijk zou slapen.

'Doe de deur nog niet op slot, ik kom zo nog even terug,' fluisterde de roodharige vrouw, voordat ze weer naar buiten glipte.

Stefano was verbaasd dat deze vrouw, die zo stug geleken had, nu opeens zo toegankelijk was. Hij liet zich op het grote bed vallen en voelde voor het eerst sinds maanden weer een zwak gevoel van verlangen. Hopelijk was deze vrouw in staat om genoeg olie op het smeulende vuur te gieten.

De deur kraakte zachtjes toen ze terugkwam. 'Dit kun je vast wel gebruiken,' zei ze half fluisterend, terwijl ze iets tegen zijn dijbeen legde. Toen was ze alweer verdwenen.

Verbluft ging Stefano overeind zitten.

In het schijnsel van de lamp zag hij dat het een soort fles van koper was, met een gehaakt hoesje eromheen. De kruik was gevuld met heet water en afgesloten met een schroefdop. Nog nooit had Stefano iets dergelijks gezien.

De spanning in zijn lendenen maakte plaats voor zo'n enorm gevoel van vrolijkheid, dat hij begon te lachen en niet meer kon ophouden. Uitgeput en met betraand gezicht liet hij zich uiteindelijk in de donzen kussens terugvallen. Hij lag heerlijk totdat hij de scherpe, ijskoude wind door de kieren in het dak voelde waaien, en hem duidelijk maakte wat het nut van de kruik was.

Hij trok zijn broek uit en nestelde zich onder de dekens. Daarna drukte hij de licht klotsende, koperen fles tegen zijn buik en trok zijn benen op. Hij sliep diep en ontspannen. Maar zijn droom voorspelde hem niet dat hij langer op deze plek zou blijven.

15

*D*e Zwabische haan won het ook van de ergste kater. Stefano keek door het kleine raampje en stelde vast dat het niet meer regende. Kreunend trok hij zijn broek aan, intussen zichzelf en de drank vervloekend. Hij dacht aan de sterke, Turkse koffie van zijn moeder en daarna aan de melksoep die hij in plaats daarvan hier waarschijnlijk geserveerd zou krijgen. Meteen kreeg hij braakneigingen, die aanhielden totdat hij de gelagkamer binnenkwam.

Eugen, de waard, wierp één blik op zijn nieuwe vriend, de 'spaghettivreter', opende de tapkraan en vulde een pul met bier. Toen trok hij Stefano op de bank bij de kachel, drukte de pul in zijn handen en beval hem: 'Opdrinken. Dat zal je goeddoen!'

Stefano had zo zijn twijfels, maar het bleek een wijze raad te zijn. Toen hij de pul uiteindelijk met dorstige slokken geleegd had, voelde hij zich al een stuk beter. Hij besloot een wandelingetje te maken voordat hij zijn bagage zou pakken om verder te trekken.

Een koele mist hing over de beek die zich op een steenworp afstand van het pension door het dorp heen slingerde. Op een bord las Stefano de naam van deze nederzetting: Wisslingen. De onverharde dorpsstraat zat vol kuilen en overal lagen plassen. Een woedend blaffende hond kwam tussen de huizen tevoorschijn en hapte naar zijn broek. Stefano bukte zich en hield het dier zijn geopende hand voor.

De hond gromde, maar zijn nieuwsgierigheid won het van zijn agressie. Met vochtige neus besnuffelde hij de hand van de vreemdeling en hij liet zich, na enkele kalmerende woorden, zelfs aaien.

Toen Stefano zich weer omdraaide om terug te gaan naar het pension, bleef de hond hem halsstarrig volgen. Voor de ingang van de herberg ging hij uit zichzelf zitten.

De vrouw met het rode haar was net bezig met het vegen van de hal. Stefano bleef staan en bekeek de vieze, aangestampte kleivloer. Afkeurend schudde hij zijn hoofd en zei: 'Slechte vloer voor huis met veel bezoekers!'

'Helemaal mee eens,' zei de waard, die ondertussen zijn slagerskostuum weer aangetrokken had. 'Maar wat doe je eraan? Hout is ook geen goede oplossing. Dan ben je alleen maar bezig met schuren en in de was zetten. En daarvoor heeft niemand hier tijd!'

'Je zou kunnen doen terrazzo,' overlegde Stefano hardop. 'Heeft geen voegen en je kan makkelijk schoonmaken met water en zeep.'

Eugen bekeek Stefano met nieuwe interesse. 'En zoiets zou jij kunnen doen?'

'Perfetto,' verzekerde Stefano hem zelfbewust, om zichzelf meteen daarop voor de tweede keer die dag te vervloeken. Maar nu had hij het al gezegd en het gevolg was dat hij diezelfde middag nog op de ossenkar van de waard meereed om in de nabijgelegen stad het materiaal voor een nieuwe vloer in te kopen.

Onder de kritische blikken van de hele familie, van het personeel en van de gasten, mengde Stefano de juiste hoeveelheden kalk en zand met elkaar. Hij hakte de stukken natuursteen, die hij gekocht had, totdat de splinters het juiste formaat hadden en voegde ze, samen met de juiste hoeveelheid water, toe aan de specie.

'Het is eigenlijk hetzelfde als taart bakken,' zei de roodharige Anna, die de opdracht gekregen had om hem te helpen. Ze was, zoals Stefano inmiddels begrepen had, een nichtje van de waard dat hier tijdelijk meehielp totdat het dienstmeisje, dat haar arm gebroken had, weer in staat was om haar taken over te nemen. Als dochter van de plaatselijke metselaar was ze bovendien ook nog eens bijzonder benieuwd naar het resultaat van al deze inspanningen.

'Wacht maar af, wat wordt van ons mooie deeg,' zei Stefano lachend en hij besloot het beste te maken van zijn ongeplande oponthoud en een pronkstuk te fabriceren. Hij verdeelde de terrazzobrij met grote, bedreven streken over de ruw gemaakte kleivloer en legde een aparte rand uit van te voren op maat gezaagde tegeltjes.

De aanwezigen wisten niet wat ze zagen, maar enthousiast konden ze nog niet zijn.

'Geduld,' zei Stefano. 'Is nog niet klaar!'

Toen het terrazzo droog genoeg was voor verdere behandeling, begon Stefano met het schuren van de vloer. Het was een zware en langdurige klus. Anna mopperde omdat de donkere meubels in de gelagkamer langzaam bedekt werden onder een dunne, witte waas van steengruis.

Stefano deed net alsof hij niets hoorde. Voor extra effect polijstte hij de hele nacht door en toen hij klaar was, was er niemand meer die het niet mooi vond. Donkergrijs-wit, met kleine, rode spikkels, omlijst door een zwart-witte band, bood de brede hal nu een indrukwekkende, bijna representatieve aanblik. 's Avonds, toen de fris gepoetste wandlampen het glanzende, spiegelgladde oppervlakte nog eens extra mooi uit lieten komen, zag het er zelfs nog deftiger uit dan in de foyer van het plaatselijke kasteel, zoals Eugen trots opmerkte. De volgende ochtend betaalde hij Stefano met een dikke, gerookte ham en beloofde hij hem een afsluitende vleesmaaltijd, evenals kwijtschelding van de rekening voor zijn overnachtingen.

Maar Anna, die achter de bar was blijven staan en het gesprek gehoord had, schudde haar hoofd en zei beslist: 'Hij blijft hier. Vader heeft gezegd dat hij sowieso nog mensen nodig heeft om mee te helpen met de renovatie van de kerk, die volgende week begint!'

In een eerste impuls wilde Stefano zeggen dat het eigenlijk zijn bedoeling was om naar Stuttgart te gaan om daar als bouwmeester aan de slag te gaan, maar Anna gaf hem de kans niet eens. 'In Stuttgart zitten ze echt niet op je te wachten,' vertelde ze hem. 'En beter één vogel in de hand, dan tien in de lucht!'

Stefano vroeg zich af wat vogels met zijn toekomst te maken hadden, maar hij meende de strekking van het spreekwoord wel te begrijpen. En als hij heel eerlijk was, dan moest hij toegeven dat ze misschien wel gelijk had. Stuttgart was weliswaar de hoofdstad van deze deelstaat, maar ook daar zou de bouw van nieuwe gebouwen tijdens de wintermaanden op een laag pitje staan, zo niet helemaal stil liggen. Werk in een kerk echter betekende niet alleen een regelmatig inkomen en eten op tafel, het bood ook bescherming tegen regen, kou en andere slechte weersomstandigheden.

'Je kunt in het kamertje boven blijven wonen,' zei Eugen, want ook hem leek het opeens niet slim om zo'n vakman weer te laten gaan. En hij moest wel een echte vakman zijn, deze Italiaan, want zijn gewiekste broer Hermann had de terrazzovloer gisteravond lang en nauwkeurig bekeken voordat hij vandaag zijn dochter met dit aanbod hiernaartoe gestuurd had.

'Niks ervan,' zei Anna gedecideerd. 'Hij kan bij ons de achterkamer krijgen. Die grenst aan de stal, daar zit hij warmer dan in dat tochtige hok van jou, oom!' En daarmee was de zaak geregeld.

Stefano duwde de met zijn bezittingen bepakte fiets door de dorpsstraat, op de voeten gevolgd door de hond, die op hem had zitten wachten alsof ze dat zo afgesproken hadden.

Anna liep er puffend achteraan. In haar linkerhand droeg ze een gevlochten wilgenmand, waarin het stuk gerookte ham, een flinke homp kaas en twintig verse eieren zaten. In haar rechterhand hield ze een afsluitbare kruik met bier. Ze had niet alleen meer verstand van de huidige lonen, ze kende vooral haar gierige oom maar al te goed.

'Welkom,' zei ze sarcastisch, toen ze de deur naar het achterkamertje opende.

Stefano moest bijna lachen toen hij zag wat ze voor hem in gedachten had. De kamer bevatte een oude kast, een nog veel oudere houten kist, een krakkemikkige stoel en een bed, dat gelukkig wel een solide indruk maakte. Het kleine kamertje was doordrongen van de stank van de ernaast gelegen koeien-

stal, maar het was er, zoals Anna hem verzekerd had, aangenaam van temperatuur.

Tot aan het voorjaar, dacht Stefano. Het was tenslotte aangenamer leven met deze stank dan met de ijzige kou van de
aanstaande winter, waarover Anna hem tijdens de afgelopen
dagen de meest vreselijke verhalen verteld had.

16

*W*oest geblaf deed Stefano uit zijn slaap rechtop schrikken. Hij stond op, opende de luiken en wist niet wat hij zag. Vanaf de dakgoot hingen vreemde, lange voorwerpen, die wel gemaakt leken van glas. Grote, witte vlokken dwarrelden erlangs naar beneden, zweefden naar de grond en vormden een dik, wit tapijt dat zich over alles heen uitgespreid had: over de binnenplaats, de gierput, de daken van het dorp en de kerktoren, over het kasteel, de bomen, de heggen en de struiken.

Dit moest sneeuw zijn, waarvan in de afgelopen weken steeds opnieuw sprake geweest was. Hij zag nu ook zijn hond, die hij de naam Basta gegeven had. Als een waanzinnige kwam hij vanachter de schuur geraasd, sprong de lucht in en hapte naar de sneeuwvlokken, om vervolgens dol van plezier over het witte tapijt te rollen.

Stefano rekte zich uit, trok zijn kleren aan en ging op weg naar de keuken.

'Aha, meneer laat zich ook nog een keer zien!' zei Anna vinnig, terwijl ze met de pook een ring uit de haardplaat haalde, zodat die extra heet zou worden voor het aanbraden van het zondagsgebraad. 'Vader was alweer aan het mopperen, hij noemde je een godvergeten luie knecht!'

Mopperen betekende boos praten. Zijn werkgever had er nogal een handje van, dat had Stefano al lang vastgesteld, net zoals het feit dat hij deze gewoonte maar beter niet over kon nemen.

'Ik ben niet godvergeten; jullie God is de verkeerde,' antwoordde Stefano, en hij haalde de theemuts van de koffiekan.

Gelukkig had Anna ervoor gezorgd dat er nog wat van deze hete drank overgebleven was.

'Er is maar één God,' beweerde Anna, ook al had ze iets anders geleerd tijdens haar bijbellessen.

'Heeft de dominee geen andere mening?' vroeg Stefano sceptisch.

'Die weet ook niet alles. Vroeger, vroeger baden de mensen ook allemaal tot één God, voordat Luther opdook. Als klein meisje vroeg ik me al af of al die oorlogen en doden nu werkelijk nodig waren, enkel en alleen omdat de één een betere christen dacht te zijn dan de ander!'

Over zijn koffiekopje heen bekeek Stefano geamuseerd glimlachend de roodharige vrouw en hij sneed voor zichzelf nog een dikke plak van het zondagse brood af.

'Vroeger was jij verbrand voor zulke praat!'

'Dat zouden ze toch wel gedaan hebben,' antwoordde Anna onbewogen. 'Al was het alleen maar vanwege mijn haarkleur!'

'En jouw kleine rozijntjes,' vulde Stefano aan, terwijl hij met zijn wijsvinger naar de sproeten op haar gezicht wees.

Anna deed een stap achteruit, maar beledigd was ze niet.

'Die heten zomersproeten!' verbeterde ze hem.

'Het is winter. En rozijntjes vind ik mooister!'

'Mooier,' corrigeerde ze streng. 'Je moet beter Duits leren!'

'Wanneer ik leer te goed Wisslingen-Duits, moet ik leren opnieuw, wanneer ik kom in Stuttgart. Duitse taal heeft overal ander uiterlijk.'

Anna moest lachen. 'Wat je van jou niet kunt zeggen. Jij loopt nog altijd in dezelfde kleren, maar je hebt nu toch dringend een warmere jas nodig, met deze sneeuw!' Peinzend bekeek ze hem. 'Boven in de kast liggen nog wat spullen van Ähne. Die zouden wel eens kunnen passen!'

Voordat Stefano ook maar de kans kreeg om te vragen wat 'Ähne' betekende, stond hij alweer buiten. Wanneer ze een idee had, moest dat over het algemeen meteen ten uitvoer worden gebracht en ze zei meestal precies wat ze dacht, of haar vader het daarmee eens was of niet.

De andere bouwvakkers, met wie Stefano tijdens de afgelopen vier weken aan de kerk gewerkt had, hadden het er vaak over. In hun ogen was er een nieuwe 'generaal' gekomen, nadat de bazin vorig jaar overleden was. Anna zou een heks zijn, wat alleen al te zien was aan haar rode haren, die Onze Lieve Heer als waarschuwing voor iedere man op haar hoofd liet groeien. En als ze dan tenminste nog wat verleidelijke rondingen en kokette maniertjes had gehad, maar nee.

'Een brutale heks en verder neks,' zei Eberhard, die het al een keer bij haar had geprobeerd, wat hem niets had opgeleverd behalve een flinke oorvijg. Wat onbegrijpelijk was, want Anna was inmiddels negenentwintig en dus al aardig op weg een oude vrijster te worden, aldus Eberhard, van wie overigens nog nooit iemand had beweerd dat hij een tovenaar was, ook al was hij gezegend met een flinke bos rossig haar.

Soms is niet alleen de taal in dit land verwarrend, dacht Stefano.

Toen hij terugkwam van zijn ochtendwandelingetje, waarbij hij de nog nooit eerder meegemaakte sneeuw in al zijn pracht had bewonderd, vond hij op zijn bed een schoudermantel van donkere stof. Bevroren als hij was, trok hij het zware kledingstuk snel aan. Het was een beetje te wijd en de mouwen waren iets te kort, maar het bood beduidend betere bescherming tegen dit weer dan het wollen jasje dat hij van zijn eerste, in Wisslingen verdiende loon gekocht had.

Hij liep de keuken in om Anna te bedanken.

'Alsjeblieft, ik zei het je toch,' zei zij, terwijl ze hem tevreden bekeek. Vervolgens tilde ze de hoge, metalen pan van het vuur, kiepte het water in de afvoer en schudde de gekookte aardappels op het stenen afdruipvlak. 'Over een uur eten we,' kondigde ze aan. 'Tot die tijd mag je sneeuwruimen op de binnenplaats.'

Stefano zocht een schep, laadde die vol met sneeuw en gooide die in de gierput. Een deel smolt, de rest veranderde in een smerig uitziende brij. Toen hij ongeveer de helft gedaan had, kwam de baas terug van zijn ochtenddrankje.

'Och kerel toch,' zei hij hoofdschuddend. Hij verdween in de schuur en kwam terug met een apparaat waarmee hij Stefano meteen voordeed wat de bedoeling was. Hij noemde het een 'sneeuwschuiver'. Hiermee had Stefano slechts een fractie van de tijd nodig die hij voor het schoonmaken van de eerst helft gebruikt had.

Na het zondagse eten, dat – zoals altijd – uit gebraden vlees, zure aardappelschijfjes en zelfgemaakte noedels bestond, die de moeilijk uitspreekbare naam 'Schpätzla' droegen, hield de baas een siësta, dat hier 'slaapje' genoemd werd. Zijn rood-harige dochter waste af en vertrok daarna naar haar bijbel-klasje dat, zo wist Stefano inmiddels, meestal al snel veranderde in een middagje koffiedrinken en kletsen. Voordat het donker werd hoefde er niet op haar terugkeer gerekend te worden. De baas sliep meestal de hele zondagmiddag door, totdat aan het begin van de avond de stalklusjes weer gedaan moesten wor-den, waarmee Stefano hem vaak hielp.

'Waarom twee banen?' had hij eens gevraagd.

'Je kunt beter het zekere voor het onzekere nemen,' was het antwoord van de baas geweest. In lange moeilijke zinnen had hij Stefano uitgelegd dat er voor hem als huizenbouwer niet altijd genoeg werk was, zodat hij daarnaast als veeboer ook nog melk, boter en vlees produceerde.

Stefano had tijdens zijn zondagse wandelingen van de afge-lopen weken de geoogste, maar keiige akkers gezien. Hij was over de heuvelachtige velden gelopen, vol fruitbomen waaraan kleine appels, peren en pruimen groeiden. En hij had gemerkt hoe weinig nieuwbouwhuizen je zag in dit dorp, en zelfs in de stad verderop.

Algauw was hij tot de overtuiging gekomen dat het een arm land moest zijn, waarin hij zich op dit moment bevond. Nog armer dan het achterland van de Tyrreense kust, want daar was de bodem winstgevender en het weer barmhartiger.

Hier was te weinig zon en licht, te weinig vreugde en levens-lust. En te weinig wijn. Die zure appel- of perenwijn die de mannen 's avonds in plaats van wijn dronken, smaakte naar azijn en aarde. Geen wonder dat de mensen hier allemaal zo'n ernstig, bijna nors karakter hadden en hun plichten met een taaie verbetenheid uitvoerden.

Ze waren ook niet makkelijk toegankelijk of op te fleuren, zoals de mensen in de zogenaamde 'hooglanden'. Ze zongen niet tijdens het werk, en slechts heel af en toe werd er eens een grapje gemaakt. En dan meestal nog ten koste van hem, de buitenlander. Het waren geen slechte mannen, die bouwvakkers, maar ze wantrouwden nu eenmaal alles wat vreemd was. Ook al waren ze heimelijk onder de indruk van Stefano's professionele kwaliteiten en kennis, ze zouden het nooit uitspreken.

Was hij tijdens zijn eerste dagen als reizende nog met terughoudende vriendelijkheid behandeld, met behulp van wat alcohol zelfs vaak vriendschappelijk, nu was hij 'die Italiaan' en, achter zijn rug, vaak ook die 'spaghettivreter'. Ze tolereerden hem, omdat hij zich nuttig kon maken. Meer niet. Zoals hij de hond tolereerde, het enige levende wezen dat hem onvoorwaardelijke genegenheid toonde.

Stefano zuchtte eens en staarde naar buiten, naar de steeds dichter vallende sneeuw. Nog nooit had de verwijdering van zijn thuisland, van zijn familie zo sterk geleken, niet eerder voelden de omgeving en de gewoontes van de hier wonende mensen zo anders dan wat hem vertrouwd was. Het was alsof er ook in zijn muffe kamertje een soort 'sneeuwjacht' aan de gang was: zware, grijze flarden melancholie dwarrelden door de sobere ruimte. Hoe lichter en witter het buiten werd, des te donkerder werd het in Stefano's ziel.

Hij pakte zijn gitaar en speelde wat weemoedige melodieën, net zolang tot hij tranen in zijn ogen kreeg en de hond Basta, die op een oud kussen in de hoek van de kamer lag, begon te janken.

Stefano stopte de gitaar terug in de tas, staarde een poosje naar de grove plankenvloer van de kamer en stond toen op om in zijn koffer naar de inktpot, de veer en het papier te zoeken, die hij daar ergens onderin gestopt had. Het was de hoogste tijd om zijn belofte na te komen en aan Sofia te schrijven.

Stefano doopte de veer in de inkt en begon aan zijn brief: *Lieve Sofia...*

Toen legde hij de veer weer neer en keek radeloos naar het witte papier. Sofia zat rotsvast in zijn hart en in zijn bloed. Hij kon er niets aan doen: tijdens zijn reis en tijdens het werk in de hooglanden, toen hij elke dag nieuwe indrukken opgedaan had, had hij het verlangen kunnen onderdrukken. Maar nu, terwijl hij het zichzelf probeerde te verbieden, lukte het hem geen enkele dag of nacht om niet aan haar te denken. Toch was het moeilijk, bijna onmogelijk, om zijn gevoelens onder woorden te brengen. Bovendien was het verboden, Sofia was tenslotte met iemand anders getrouwd.

En dus schreef hij uiteindelijk slechts een paar regeltjes: over zijn onverwachte verblijf in Wisslingen, het werk aan de kerk en over de sneeuw.

Hij adresseerde de envelop aan Serafina Mazone, zoals Sofia had gevraagd, plakte hem zorgvuldig dicht en verstopte hem toen op de bodem van zijn koffer. Als hij in de komende week met de baas mee naar de stad zou rijden, zou hij wel op zoek gaan naar een postkantoor.

17

Op de ochtend van 25 december wilde Odilia Orlandi net een met diamanten afgezette schildpaddenkam in haar hoog opgestoken haren steken, toen er een hoge, snerpende gil door alle ruimtes van de grote villa klonk. Odilia wist meteen hoe laat het was. Al sinds een paar dagen was haar de gelige kleur rondom de neus en mond van haar schoondochter opgevallen en nu was het dan zover: over enkele uren zou de eerste Orlandi van de nieuwe generatie het wereldlicht aanschouwen, nu al gezegend door het voorrecht dat hij zijn geboortedag mocht delen met de zoon van de Allerhoogste. Als het meisje tenminste niet uitgerekend op deze dag het leven zou schenken aan een dochter – of te lang over de bevalling zou doen.

'Antonio!' schreeuwde Odilia en ze greep de in lichtblauwe flanel gehulde schouder van haar echtgenoot om die stevig te schudden.

Antonio Orlandi schoot omhoog in zijn bed en staarde zijn vrouw aan. Hij kon zich niet heugen, dat hij ooit zo hardhandig door haar gewekt was.

'Het kind komt!' riep Odilia en de schrik sloeg Antonio om het hart. Hij was die vreselijke dag waarop zijn eerste zoon was geboren, nog niet vergeten. Meteen zag hij weer de grote hoeveelheden bloed die zich over het beddengoed en de vloer hadden verspreid, het gele gezicht van zijn vrouw, die niet aanspreekbaar was, en het monster dat ze had gebaard: blauwrood, rimpelig en zonder ook maar de geringste behoefte om zijn stem te verheffen of te ademen. Een paar ferme tikken van de vroedvrouw hadden hier uiteindelijk voor gezorgd.

Antonio begon te beven, zo sterk was de kracht van de herinnering, maar toen vermande hij zich en wist hij zich weer een houding te geven.

'Ik zal Gustavo opdracht geven om de vroedvrouw te halen,' zei Odilia.

'En de dokter,' eiste Antonio, denkend aan zijn eerdere ervaring.

Zijn vrouw vond dit wat overdreven, maar ook zij was het niet vergeten en bedacht dat het het geld wel waard zou zijn, want ze kende haar zoon Sandro en wist niet zeker of hij nog een tweede keer zou willen trouwen, als zijn huidige vrouw in het kraambed zou sterven.

Een nieuwe schreeuw maakte een eind aan alle overpeinzingen. Odilia haastte zich naar de slaapkamer van haar zoon en trof haar schoondochter aan in een staat van hevige pijn en hysterie, de knieën naar zich toe getrokken en zich vastklampend aan de koperen stangen die aan het hoofdeinde van het bed zaten.

'Ik ga dood,' kreunde Sofia, en ze was daar ook echt heilig van overtuigd, vooral als ze dacht aan wat haar arme moeder destijds was overkomen.

'Zo snel gaat dat niet,' antwoordde Odilia beslist, tenslotte had zijzelf het destijds net zo ervaren. 'Probeer je te ontspannen, Ik stop een paar kussens achter je rug en zal een beker warme melk voor je halen, dat zal je goeddoen!'

Een nieuwe wee trok aan Sofia's ingewanden. Een ijzeren band leek haar onderlichaam te omknellen. Sofia vergat te schreeuwen, zo geschrokken was ze van de oerkrachten die hier aan het werk waren. Ze bedacht dat het vandaag Eerste Kerstdag was en dat deze vreselijke pijn maar één ding kon betekenen: hemelse wraak voor haar bedrog. Uitgerekend op de dag waarop de onbevlekte Maagd Maria de zoon van God had gebaard, op die dag zou zij, de met schuld bevlekte, haar terechte straf krijgen. Amper had ze dit gedacht of er leek iets in haar te scheuren. Ze had het gevoel alsof ze uit elkaar barstte.

'In hemelsnaam,' schreeuwde Odilia, toen zij terugkwam in de kamer. Ze liet de beker met hete melk vallen, haastte zich naar het bed toe en ontdekte tussen de opgetrokken benen van Sofia de zwarte kruin van een hoofdje.

'Nonnina, help mij toch,' krijste Odilia, niet minder geschrokken dan haar schoondochter. Maar die richtte zich op en bracht een geluid uit dat Odilia nog nooit gehoord had. Toen verloor Sofia een golf nattigheid met wat bloed, gevolgd door een wezentje dat op de damasten beddensprei gelanceerd leek te worden. Er waren geen tikken nodig, het kind begon direct en met krachtige stem te huilen.

'Het is een jongen!' riep Sandro's grootmoeder Chiara, die gehuld in een zijden ochtendjas inmiddels was toegesneld.

Het was een mooi, sterk kind. Toen de nonnina met behulp van een borduurschaar beheerst de navelstreng doorgeknipt en afgebonden had, kwam Sofia heel even overeind om haar zoon te bekijken, voordat hij werd weggenomen om gewassen te worden.

Slechts één blik was ervoor nodig om vast te stellen wie de vader van dit kereltje was. Zeker niet de man die meteen na haar eerste gekerm naar zijn herenkamer gevlucht was en pas weer bij haar in de buurt zou durven komen, nadat moeder en grootmoeder hem verzekerd hadden dat de kust veilig was.

Sofia sloot haar ogen toen de vroedvrouw, die inmiddels was gearriveerd, met geoefende handen haar lichaam masseerde. Er gleed nog iets uit haar naar buiten. Verbluft opende ze haar ogen weer en vroeg of ze misschien nóg een kind had gebaard.

De vroedvrouw, die ook Sofia op de wereld had gezet, moest hard lachen.

'Nee, nee, lieve schat,' zei ze. 'Daarmee moet je nog maar even wachten!'

Sofia zei niets, maar was er heilig van overtuigd dat het nooit meer zover zou komen.

De vroedvrouw complimenteerde haar intussen met de ongewoon snelle bevalling en de goede conditie van het jongetje.

'Hoe ga je hem noemen?' vroeg ze.

'Stefano,' zei Sofia en voegde er snel aan toe, dat dit op uitdrukkelijke wens van Sandro was.

Odilia Orlandi was verbaasd en verheugd tegelijk over deze

betrokkenheid van haar zoon. Giovanni, de naam van haar geliefde vader, was in haar ogen weliswaar passender geweest, maar Stefano was een geliefde heilige en een martelaar. Als het kind de volgende dag zou worden gedoopt, dan vielen zijn doopdag en zijn naamdag samen, wat haar een veelbelovend begin voor een jonge christelijke ziel leek. Goedkeurend streelde ze haar schoondochter over de bezwete haren, terwijl ze in gedachten al de gangen van het doopmenu samenstelde.

Toen pas bedacht ze dat ze Sandro nog op de hoogte moest brengen.

Ze vond hem op de chaise longue van de herenkamer, waarop hij zich in nerveuze afwachting, had uitgestrekt. Hij was diep in slaap.

18

$\mathcal{D}$e brief uit Duitsland bereikte Serafina Mazone op 2 februari 1909, de dag van Maria Lichtmis. Ze bekeek het vreemde handschrift en draaide de eenvoudige envelop verbaasd rond in haar handen. Toen pakte ze haar met opaal ingelegde briefopener en sneed het couvert voorzichtig open. Er zat een briefje in, waarop te lezen stond dat ze de tweede, iets kleinere envelop ongeopend aan haar nichtje, signora Sofia Orlandi, moest geven.

Serafina Mazone was vijftig jaar oud. Ze was nooit getrouwd geweest, wat haar er niet van weerhouden had om de liefde te leren kennen. Het betrof een hoofdstuk uit haar leven waarvan slechts twee personen op de hoogte waren: haar inmiddels gestorven schoonzus Carlotta, Sofia's moeder, en de heer in kwestie, die tegenwoordig een rode kardinaalshoed droeg.

Serafina's relatie met hem had vier gelukkige, maar ook verschrikkelijke jaren geduurd. Haar oorspronkelijk bescheiden aanleg voor misleiding en bedrog was in die periode uitgegroeid tot een meesterlijk talent, evenals haar intuïtieve gave om gevoelens te herkennen, die beter verborgen konden blijven.

Haar indruk was dus juist geweest. Er was een man in het leven van haar nichtje, die er niet hoorde te zijn. Ze herinnerde zich de nerveuze onrust, de glinsterende ogen van Sofia tijdens de twee weken voorafgaand aan haar huwelijk, haar toegenomen behoefte aan een middagslaapje en het pas later ontdekte gat in de laurierheg. Hier was maar één conclusie mogelijk en ze snapte nu ook waarom Sofia tijdens de huwelijksvoltrekking bijna haar jawoord niet gegeven had.

Meteen erna kwam er een vreselijke gedachte bij haar op.

Het kind. Stefano. De trots van de familie Orlandi. Geschokt telde ze de maanden na op haar vingers. Ze pakte er zelfs een potlood bij om de weken en dagen te berekenen. Daarna was ze opgelucht, hoewel niet helemaal gerustgesteld. Ze kende de Mazones, ze kende zichzelf en ze kende haar nichtje Sofia.

Haar moeder had altijd beweerd dat de rijkdom van hun familie terug te leiden was naar plunderende voorouders. De Mazones zouden niets meer zijn dan door de eeuwen heen gesocialiseerde piraten – en waarschijnlijk had ze gelijk gehad. Alle Mazones hadden altijd gedaan waar ze zin in hadden. En Sofia, zo leek het nu, vormde daarop geen uitzondering.

Serafina bekeek de envelop nu wat nauwkeurige. Een afzender stond er niet op, de man leek voorzichtig te zijn. Kort, heel kort overlegde ze of ze de brief zou vernietigen. Maar meteen zag ze in gedachten haar schoonzus voor zich, die haar ervan beschuldigde haar dochter Sofia de dienst te weigeren die zij, Carlotta, Serafina juist tientallen keren had verleend.

De zaken leken zich te herhalen. Met een grimmig glimlachje bekeek Serafina de buitenlandse postzegel op de envelop. Germania. Dat maakte de zaak in elk geval een stuk eenvoudiger. Het leek niet erg waarschijnlijk dat de inhoud van deze brief tot een snelle, stiekeme ontmoeting zou leiden. Tot een eventueel weerzien zouden tenminste enkele weken voorbijbaan; weken, waarin ze op het geweten van Sofia zou kunnen inpraten.

Want haar eigen geval en dat van haar nichtje verschilden op twee belangrijke punten: Serafina had nooit iemand huwelijkse trouw beloofd – en ze had nooit het geluk gehad een kind te krijgen. Als deze onbekende man haar nichtje nog een laatste keer wilde spreken, dan had hij daar recht op: misschien was het ook wel belangrijk voor Sofia om deze hele geschiedenis voor eens en voor altijd achter zich te kunnen laten.

Maar daarna, dat stond voor Serafina als een paal boven water, mocht en zou er geen verdere correspondentie meer zijn, geen contact en het liefst ook geen enkele gedachte.

Die arme Sofia, dacht ze medelijdend, maar er was geen alternatief. Op vijftigjarige leeftijd had Serafina niet alleen afstand van de liefde kunnen nemen, ze had inmiddels ook genoeg levenservaring om de verschrikkelijke gevolgen te kennen van een buitenechtelijke relatie als die ontdekt zou worden.

Ze stopte de brief in een lade van haar bureau en besloot er in elk geval nog een paar nachtjes over te slapen.

19

*D*e winter was ijzig koud en het was jaren geleden dat er zoveel sneeuw was gevallen.

'Dat is goed,' vond Hermann Sailer, in dit geval als veeboer en niet als huisboer. 'Bij deze temperaturen crepeert het ongedierte.'

'Creperen' betekende dat ze de winter niet zouden overleven, begreep Stefano.

Soms was Stefano bang dat hem hetzelfde lot beschoren was. Hoewel de roodharige Anna handschoenen van pure schapenwol voor hem gebreid had, die hij zelfs tijdens het werken nog aanhield, en ondanks de kolenkachel die de baas in de kerk had laten neerzetten, moesten de werkzaamheden uiteindelijk gestaakt worden. Het was te koud.

Stefano, werkloos nu, zorgde dat de binnenplaats vrij bleef van sneeuw en hielp meer dan anders mee in de stal. De rest van de dag repareerde hij, op bevel van de baas, beschadigd gereedschap, onderhield hij de weinige apparaten en machines en hakte hij hout. Loon voor die klusjes kreeg hij niet.

'Daarvoor krijg je kost en inwoning,' zei de baas koel. Stefano hield er rekening mee dat hij nu wel gauw ontslagen zou worden, een bedreigend idee. Dagelijks inspecteerde hij de doorgaande weg en hij was ervan overtuigd dat het onmogelijk was om met de fiets over deze ijsbaan naar Stuttgart te rijden. Het was pas eind februari. Het kon nog weken duren voordat de sneeuw gesmolten zou zijn en de lente begon, zei Anna.

Zij regelde voor hem dat hij een week aan de slag kon in de villa van een ondernemer in de stad waar hij een plafond moest stukadoren. Stefano klaarde het karwei tot grote tevredenheid van de opdrachtgever, maar daarna zat hij weer in de schuur de zeisen te slijpen, waarmee Hermann Sailer in het voorjaar het gras voor de koeien zou maaien. Hij voelde de beschuldigende blikken van de baas als hij tijdens het warme middageten twee keer opschepte en het viel hem op dat zijn porties appelwijn kleiner werden.

Op een ochtend trof hij zijn beide huisgenoten gekleed in donkere rouwkleding aan. De baas spande een van de baron geleend paard voor de wagen en Anna legde hem uit dat haar peettante, een zus van haar moeder, gestorven was. Ze gingen naar haar begrafenis in een stad met de naam Schwäbisch Gmünd, gelegen achter de heuvelrug die te zien was vanuit het zolderraam.

Stefano bleef alleen achter. Hij hield het vuur in de gaten, zorgde voor de dieren en kookte eenzame maaltijden, want de reis van de Sailers nam twee hele dagen in beslag, ook al zou de begrafenis zelf niet langer dan een klein uurtje duren, zo had Anna hem gezegd.

Hij kon nog niet vermoeden dat de dood van deze onbekende vrouw achter de heuvels zijn leven danig zou veranderen.

20

*A*nna Sailer pakte de brief die enkele dagen eerder gearriveerd was uit haar sieradenkistje. Ze bracht de envelop naar haar neus en moest geërgerd vaststellen dat de zwakke, bloemige geur, die haar meteen al opgevallen was, nog altijd aan het dikke, geschepte papier kleefde. Nog een laatste keer dacht ze na over haar genomen besluit, toen stak ze de brief in de zak van haar schort.

Op weg naar de keuken keek ze door het matte raam en zag dat het eindelijk was gaan dooien.

De aangekoekte sneeuw, die tijdens de lange winter grauw geworden was, zou nu gauw zacht worden en de binnenplaats en de straten voor enkele dagen in een modderpoel veranderen.

Toen ze de deur van het grote keukenfornuis opende en de brief erin gooide, vlamde het vuur uitbundig op, instemmend bijna.

Ze was niet van plan om de kwestie op de lange baan te schuiven – en vandaag was gunstig. Haar vader was naar een vakbondsvergadering in de stad.

Ze hoefde niet eens de moeite te doen om hem te roepen, Stefano kwam al uit zichzelf.

'Is er nog post voor mij gekomen?' vroeg hij zo nonchalant mogelijk, want hij had gemerkt dat Anna bijzonder afwijzend op deze vraag kon reageren.

'Nee,' antwoordde ze en ze glimlachte voor het eerst sinds hij begonnen was hiernaar te vragen.

Stefano knikte. Eigenlijk was hij niet verrast. Toch had zijn laatste hoop zich net zo hardnekkig aan zijn hart vastgeklemd als de verwelkte klimop buiten aan de muren van het prieeltje.

Hij moest haar uit zijn hoofd zetten, voordat met zijn hart hetzelfde zou gebeuren als met de half vergane planken onder die parasieterende plant. Sofia was getrouwd en het huwelijk was een heilig sacrament, dat alleen door de dood beëindigd kon worden. Hij zag het mollige gezicht van Sandro Orlandi voor zich en begon aan zijn innerlijke klimop te trekken.

Anna keek hem doordringend aan. 'Ga eens zitten,' zei ze toen, terwijl ze een rode pluk haar uit haar gezicht streek. 'Ik moet met je praten!'

Het is zover, dacht Stefano. De baas heeft haar opgedragen mij te ontslaan. Hij heeft mij niet langer nodig en wil vast dat ik vertrek. In gedachten zag hij al voor zich hoe hij met het stuur van zijn fiets stevig in zijn handen door een landschap van vieze sneeuwdrab voorploeterde, geplaagd door de vraag waarom dit hem juist nu moest overkomen. Hij voelde alweer de prikkende druppels van de regen op zijn handen en wangen, de klamme kleding aan zijn koude lijf, de doorweekte laarzen aan zijn voeten – en een gevoel van woede steeg in hem op. Woede, omdat hij ooit op dit winter-intermezzo ingegaan was. Hij had al vier hele maanden in Stuttgart kunnen zitten. Waarom had hij zich in vredesnaam laten afschrikken door de herfstwind? Die zou tijdens het laatste stuk van zijn reis een betere reisgezel geweest zijn dan alles wat zich op dit moment buiten afspeelde, in dit ongastvrije land, waar de mensen zichzelf als het voorbeeld van Gods schepping zagen.

'Begin maart zul je in Stuttgart nooit werk vinden en al helemaal niet als buitenlander,' zei Anna, alsof ze zijn gedachten kon lezen.

'Het zal niet eeuwig winter blijven,' antwoordde Stefano nors.

'Maar dat verandert niets aan de zaak. In het voorjaar zijn er genoeg lokale bouwvakkers. En het idee, om daar voor Italiaanse bouwmeester te gaan spelen, moet je maar helemaal uit je hoofd zetten. Zwaben zijn wantrouwend, gierig en liever onder elkaar. Ze zijn niet snel bereid om vreemden vriendschappelijk in hun midden te onthalen. En als het om bepaalde functies gaat, hebben ze liever een minder vakkundig iemand uit de buurt, dan een getalenteerde buitenlander. In Stuttgart zul je niet meer zijn dan een manusje-van-alles!'

'Ze spreekt de waarheid, niets dan de verschrikkelijke waarheid!' klonk een stem in zijn hoofd, zo luid, dat Stefano een gekwelde grimas niet kon onderdrukken.

'Het lijkt wel of je het leuk vindt,' bromde hij toen, want er had wel iets van leedvermaak doorgeklonken in haar stem. Vreemd eigenlijk, want juist bij haar had hij altijd het gevoel gehad dat ze hem vriendelijk gezind was en zonder enige vorm van voorbehoud behandelde. Helemaal zeker was hij hierover niet, zo goed was zijn Duits tenslotte nog niet, maar een paar keer had hij toch de indruk gehad dat ze zijn interesses fel verdedigd had tegenover zijn collega's. Ze was zelfs een paar keer voor hem tegen haar vader in opstand gekomen.

Intussen was Anna in de Gute Stube, zoals de salon hier heette, verdwenen, om even later met een kruikje en een klein glaasje terug te komen.

'Drink een borreltje,' nodigde ze hem uit, waarschijnlijk om de schok van het ophanden zijnde ontslag te verzachten.

Zwijgend sloeg Stefano de inhoud van het glaasje achterover, waarna Anna het meteen opnieuw opvulde. Toen keek ze hem lang aan en zuchtte.

'Makkelijk vind ik dit niet,' zei ze uiteindelijk.

Ik ook niet, had Stefano bijna gezegd, want plotseling besefte hij dat hij helemaal niet graag weg wilde.

Toegegeven, zijn kamer stonk nogal, maar als hij hier op zondagochtend in de keuken zat, bij het brandende haardvuur, de warme ruimte gevuld met de geur van gebakken brood en gebraden vlees, wanneer Anna's heldere hoge sopraan hem uitnodigde om zijn gitaar tevoorschijn te halen en de vrome liederen te begeleiden die zij vaak zomaar begon te zingen, dan vergat hij al zijn eigen ellende en genoot hij alleen nog maar van een vredige rust in zijn ziel, zoals hij die vroeger nooit gekend had.

'En vader is er ook tegen!'

'Waartegen?' vroeg Stefano verbaasd. Blijkbaar ging het hier om iets anders dan zijn ontslag.

'Volgens hem kan ik wel iets beters krijgen nu ik geld heb.

Hij ontkent heus niet dat jij wat kunt en een goed karakter hebt. Maar als schoonzoon had hij toch iets anders in gedachten dan een... spaghettivreter!'

Voor het eerst klonk deze bijnaam niet verachtelijk, maar bijna teder – en Stefano begreep het.

De roodharige vrouw had hem een aanzoek gedaan. 'Ik heb geërfd,' legde ze uit, terwijl ze zijn glaasje voor de derde keer vulde. 'Van mijn peettante in Schwäbisch Gmünd. Ze had net zulk rood haar als ik.' Hier glimlachte ze even en Stefano besefte dat ze heel goed wist dat er achter haar rug om de spot met haar gedreven werd, wat haar volgende woorden nog eens bevestigden: 'Ze is maar kort getrouwd geweest, tante Babett, ze had geen kinderen en iedereen beweerde altijd dat ze een heks was!'

Anna bekeek Stefano net zo aandachtig als het deeg van het zondagsbrood, als ze controleerde of de gist voldoende gewerkt had. Toen sprak ze verder.

'De erfenis bestaat uit een aanzienlijke hoeveelheid geld en een paar akkers aan de rand van de stad, waarvan er twee de bestemming van bouwgrond hebben.' Anna verhief haar stem. 'Bouwgrond, begrijp je, Stefan? Als mijn man kun je zoveel huizen bouwen als je wilt, of fonteinen of grafmonumenten, als je dat liever hebt. En naar Stuttgart kunnen we altijd nog verhuizen, als je dat echt zou willen!'

Stefano keek haar aan. In het zachte licht van de late middag leek haar gezicht melkwit. De grappige, bruine sproetjes waren gedurende de wintermaanden verdwenen zoals het gras onder de sneeuw. Haar fris gewassen haren lagen als een koperen kap om haar hoofd, haar wenkbrauwen, ook koperkleurig, benadrukten haar groene kattenogen. Heel even zag hij er een donker vuur in oplichten, toen sloeg ze snel haar roestkleurige wimpers neer. Een rode gloed trok over haar bleke gezicht.

Toen ze weer opkeek, was de verraderlijke vonk verdwenen. Op zakelijke toon zei ze: 'Geef me morgen maar antwoord. Maar langer wil ik niet wachten. En als je antwoord nee is, dan verwacht ik dat niemand hiervan ooit iets te weten komt!'

Stefano lag slapeloos in zijn bed en dacht na over zijn leven. Hij hoorde de koeien in de stal, die af en toe wat keelklanken ten gehore brachten en hij benijdde de dieren om hun zorgeloze slaap.

Tegen de ochtend, toen hij de vertrouwde haan hoorde kraaien, was hij tot een besluit gekomen. Stefano besloot Sofia voor eens en voor altijd uit zijn gedachten te verbannen en dat aan te nemen wat hij, gezien de omstandigheden, als een kans moest zien.

21

'Jij schoft!' schreeuwde Hermann Sailer. 'Ik breek je nek! Mijn dochter bezwangeren en dan denken dat je jezelf in een gespreid bedje kunt laten vallen. Ik had het kunnen weten, zo gaat het nu altijd als je goed bent voor iemand!'

'Ik ben niet zwanger, vader,' zei Anna koel. 'En ik ben het die wil trouwen!'

Hermann Sailer draaide zich om. Hij staarde zijn dochter aan en bedacht dat zulk idioot gedrag enkel te danken kon zijn aan het verdorven bloed van de Häberle familie, de clan van zijn overleden vrouw. Drie idioten hadden ze daar gehad, verdeeld over twee generaties en de angst daarvoor had destijds een schaduw over zijn eigen huwelijk geworpen. Hoewel hij tot op de dag van vandaag nog nooit enig teken van zwakzinnigheid bij zijn dochter had kunnen ontdekken.

'Als dat zo is,' brieste hij opgelucht, 'schrijf het dan maar op je buik, Anna. Hoe sneller, hoe beter!'

'Ik ben meerderjarig, vader!'

Sailers hand zwaaide omhoog en kwam kletsend op Anna's wang terecht, waar hij een vurige rode plek achterliet.

Stefano, die zich tot dan toe op de achtergrond gehouden had, deed snel een stap naar voren. Hij pakte de baas bij zijn polsen en schreeuwde woedend: 'Als jij nog één keer slaat deze vrouw, ik stop je in hakmachine voor rapen!'

Sailer nam dit dreigement allesbehalve serieus, maar de boodschap was duidelijk en hij wist dat hij lichamelijk niet opgewassen zou zijn tegen deze gespierde, een kop grotere Italiaan. Heel duidelijk zag hij de donkere ader in de nek van de jongeman kloppen en hij herinnerde zich de twee krachtige vuistslagen waarmee Stefano een van de bouwvakkers afgestraft had toen die het gewaagd had om hem een 'hoerenzoon' te noemen.

Anna ging tussen hen in staan en wist de beide mannen met zachte dwang uit elkaar te halen, zo kalm dat Stefano even dacht dat ze een tovertruc gebruikt had. Maar ze bleek over nog veel effectievere middelen te beschikken.

'Als je ruzie met mij zoekt, vader, dan stel ik voor dat we de zaak en de boerderij verkopen – en dat je mij mijn erfdeel van moeder uitbetaalt!'

Haar stem klonk scherp als een slachtmes, en Hermann Sailer begreep meteen dat zijn koppige dochter met niets, maar dan ook helemaal niets van haar voornemen af te brengen zou zijn.

'Je bent gewoon een heks,' bromde hij, voordat hij zich woedend terugtrok op de bovenverdieping.

Anna glimlachte. 'Morgen gaan we naar de dominee, Stefan. Hoe sneller we het achter de rug hebben, hoe beter,' zei ze. En ze vertelde hem ook dat het mogelijk was om zijn Italiaanse naam wat Duitser te maken, als ze tenminste bereid waren om daar iets voor te betalen. Ze had al naar de mogelijkheden geïnformeerd.

'"Pasqualini" betekent voorzover ik weet niets anders dan "klein Pasen". En "Pasen" klinkt toch best goed, of niet?'

Maar Stefano had geen zin om 'Pasen' te heten. Misschien was de betekenis dan wel dezelfde, maar in het Italiaans klonk het toch een stuk beter.

Anna probeerde hem ervan te overtuigen dat de zaken onder een Duitse naam beslist een stuk beter zouden gaan; bovendien zouden de mensen, in elk geval die van de volgende generatie, er niet meer bij stilstaan dat hun kinderen buitenlands bloed hadden.

Maar op dit punt was Stefano onvermurwbaar.

'De naam blijft, basta!' zei hij beslist.

Waarop de hond in de hoek overeind kwam en naderbij trippelde, om de hand van zijn baasje af te likken.

Allebei moesten ze nu lachen.

Toen pakte Stefano zijn nieuw verworven bruid bij een punt van haar wollen jurk. Het was, zo vond hij, de hoogste tijd om de verloving te gelde te maken. En hij was benieuwd hoe Anna aanvoelde. Hij had verwacht dat ze zich preuts zou afweren, maar ze probeerde zijn zoekende mond niet te ontwijken. Haar lippen waren verrassend warm en zacht en ze smaakten een beetje naar vanille.

'Waarom wil je me eigenlijk?' fluisterde hij tussen twee kussen door, maar Anna lachte slechts en begon zijn hand af te weren, die hij teder en ongeduldig om haar borst gelegd had.

'Nog niet,' zei ze, zachtjes giechelend.

Stefano kuste haar nog eens en daarna nog een keer. Maar hoewel hij voelde hoe zijn bruid begon te beven onder zijn liefkozingen, duldde ze geen verdere intimiteiten.

'Pas als we getrouwd zijn,' zei ze streng, en ze duwde hem van zich af.

22

$\mathcal{D}$e bruiloft vond plaats op 1 mei 1909, een kleine twee weken na Pasen. Hermann Sailer hoopte dat men vanwege
de nationale feestdag weinig aandacht aan de gebeurtenis zou
schenken.

Tijdens zijn verblijf in Wisslingen had Stefano al drie andere
huwelijksvoltrekkingen mogen bijwonen. Alle drie hadden ze
het voltallige dorp op de been gebracht. En ook uit de wijdere
omgeving waren er telkens veel gasten aanwezig geweest. Onder
begeleiding van de plaatselijke blaaskapel en gezeten in een versierde koets, waren de bruidsparen naar het gemeentehuis gereden, vergezeld door vlaggen, uniform- en klederdrachtdragende
mensen, bruidsmeisjes en met bloemen strooiende kinderen.
Daarna was er dan altijd nog een groot feest geweest in de schut-
terszaal, de grootste zaal van het dorp, waarbij tot in de vroege
ochtenduurtjes gedanst en gemusiceerd werd.

De 'Italiaanse bruiloft' echter zou, hoewel de renovatie van
de dorpskerk inmiddels voltooid was en deze weer voor diensten gebruikt werd, plaatsvinden in een klein kapelletje op een
open plek in het bos; en het aansluitende huwelijksfeest vervolgens in kleine kring in een zijkamer van Zum Hirschen.

'Laten we in godsnaam maar gaan,' zei Hermann Sailer op
berustende toon, toen het bruidspaar in de salon verscheen.
Het was de eerste zin die Stefano van hem hoorde sinds Anna
hun verloving bekend gemaakt had.

Ook in het dorp was Stefano op een zeldzaam zwijgen ge-
stuit: zodra hij ergens verschenen was, waren de gesprekken
verstomd. Waren de Wisslingers hem eerder ook al met het nodige wantrouwen tegemoet getreden, nu behandelden ze hem

pas echt als iemand met een gevaarlijke infectieziekte. Slechts het hoognodige werd er tegen hem gezegd, waarna ze zich zo snel mogelijk uit de voeten maakten.

'Dat komt wel weer goed,' had Anna hem optimistisch verzekerd. Sinds ze in het bezit was van het geld en de akkers, was ze rustig en bijzonder opgewekt.

Met zijn drieën – de baas op enige afstand van het bruidspaar – liepen ze nu door het bos richting de kapel, waar zich al een klein groepje familieleden verzameld had.

'Hoofd omhoog,' fluisterde Anna, terwijl ze Stefano langs iedereen naar de ingang van de kerk trok.

De vader van de bruid ging alleen in de eerste bank zitten en zijn roodharige dochter duwde haar toekomstige echtgenoot zacht richting de beide houten stoelen in het koor.

De kapel was oud, koud en kaal. Geen enkele bloem sierde de ruimte, op het altaar flikkerde een eenzame kaars en nergens was een standbeeld van de barmhartige moeder Gods te zien. Ook van de vele heiligen, mannelijk of vrouwelijk, ontbrak elke vorm van afbeelding. Enkel een zwart, somber kruis zonder beeld zweefde aan een metalen ketting boven het altaar.

De dominee droeg een eenvoudig, zwart gewaad. Van tevoren had hij heel duidelijk gemaakt dat hij het allesbehalve makkelijk vond om dit huwelijk in te zegenen, aangezien de bruidegom 'van het verkeerde geloof' was.

Stefano op zijn beurt vond hetzelfde van deze dominee en van diens hele gemeente. Maar Anna had er voor het bezoek aan de pastorie sterk op aangedrongen dat hij moest proberen zulke discussies te vermijden en alleen op het juiste moment 'ja' moest zeggen, iets wat hij uiteindelijk beloofd had.

Over zijn nachtmerries, waarin hij zichzelf zag branden in het eeuwige hellevuur, omdat hij de enige ware Katholieke Kerk verraden had, zei hij niets, maar in de zak van zijn trouwkostuum voelde hij de kralen van zijn rozenkrans, die hij voor zijn reis bij zich gestoken had. Wellicht zou die een beetje kunnen helpen tegen de zonde van deze ketterse huwelijksvoltrekking, die hij ook nog eens in een toestand van ongenade moest beleven, aangezien hij al meer dan drie jaar niet meer gebiecht had.

Stefano luisterde naar de lezing uit de heilige schrift, waarin gesproken werd over het goede zaad en het onkruid, dat de Heer op de dag van de oogst van elkaar zou scheiden, zodat het goede verzameld kon worden en het onbruikbare vernietigd. Aan het gezicht van de dominee was duidelijk te zien wie hij hier als onkruid zag. Maar even later drukte zijn bruid haar hand tegen de zijne en glimlachte ze zo opbeurend, dat Stefano weer moed kreeg.

'Ja,' zei hij dus met krachtige stem. En, om elke vorm van twijfel uit te sluiten, ook nog: 'Si, si, ik wil het!'

Anna knikte en met tegenzin zegende de dominee hun heilige verbintenis.

Een dag eerder hadden zowel Stefano als Anna op het gemeentehuis een document ondertekend, waarin hun huwelijk bezegeld werd volgens de wetten van de Stuttgarter koning.

En dus waren ze nu dubbel met elkaar verbonden, voor de koning en voor God.

'Befiehl du deine Wege,' zong de kleine trouwgemeente, begeleid door een harmonium. Ondertussen zond Stefano zijn gedachten richting het zuiden. Hij zag de Baai van Napels voor zich, zijn ouders en broer en zus, die in zijn herinnering verbleekte schilderijen geworden waren, en daarna heel duidelijk, hoewel hij het niet wilde, Sofia, zoals zij naakt op het bed zat en het donkere haar uit haar gezicht streek.

Op dit moment brak de felle voorjaarszon door de glas-in-loodramen van de oude kapel. Ze dompelde de ruimte in een warm licht en toverde blauwe, rode en gele ranken op de vloer voor het altaar. Meteen voelde Stefano's hart lichter aan. Hij zag dit als een verzoenend teken van zijn katholieke God, die tenslotte van alles op de hoogte was, ook van de kwellingen, twijfels, angsten en hoop van zijn dienaar, zo ver van huis.

Tijdens het bruiloftsdiner waren ze met zijn achten. De dominee had zich, vanwege dringende verplichtingen elders, verontschuldigd.

Het eten bestond uit vier gangen: een wittige, dikke soep, waarin stukjes runderhersens dreven, gekookt vlees met een geraspte, scherp smakende wortel en aardappels, daarna varkensrollade met de overal bijgeserveerde *spätzle* en zure aardappelschijfjes, die hier 'salade' genoemd werden. Als afsluiting was er een dessert, dat Anna 'schotto' noemde. Het was een soort wijnparfait, die gemaakt was van lokale zure appelwijn.

Voordat het dessert geserveerd werd, hield de vader van de bruid nog een toespraak: 'Het is nu een feit, we kunnen er niets meer aan doen,' zei hij, omdat zijn strenge geloof nu eenmaal van hem verlangde dat hij de kerkelijke inzegening accepteerde. 'Laten we hopen dat het goed gaat en dat de zaak er niet door geruïneerd zal worden!'

'Laten we het hopen,' stemde zijn broer, de waard van Zum Hirschen, ermee in.

Zijn vrouw, de waardin en tante van de bruid stelde hem gerust: 'Wij zullen er echt niets van merken.'

'Er rust geen zegen op, als het "bieberle" aanleiding voor het huwelijk was,' liet tante Margret Häberle weten, die gehoopt had dat zij het geld en de akkers van haar overleden schoonzus uit Schwäbisch Gmünd zou erven.

Het 'bieberle' was, zoals Stefano inmiddels wist, in deze streek een naam voor het mannelijke geslachtsdeel.

'Ik ben helemaal niet zwanger, tante Margret,' verzekerde Anna haar vriendelijk.

'We zullen het zien,' mompelde de genegeerd erfgename en deelde toen nog een volgende verbale klap uit: 'In elk geval passen die twee prima bij elkaar!'

Nu begon Anna zich toch te ergeren en zelfs Stefano begreep wat deze aangetrouwde tante met haar minachtend klinkende opmerking probeerde te zeggen: dat zij allebei op hun eigen manier buitenbeentjes waren. De Italiaan en de roodharige heks, die ook nog eens drie jaar ouder was dan haar man.

'Houd je grote mond, Margret,' bromde opeens de vader van de bruid, die altijd al een hekel gehad had aan de familieleden van de Häberle-kant. 'Of zullen we het eens even gaan hebben over de twee kinderen die jouw man met die andere…'

'Proost!' riep de waard snel, die haarfijn aanvoelde wanneer er ergens trammelant dreigde.

Anna knikte hem dankbaar toe en hief haar glas.

'Proost,' zei ze tegen Stefano, terwijl ze hem overeind trok.

Ze droeg een zwarte taftjurk met lange mouwen, die tot op de grond reikte en waarin haar jongensachtige figuur voordelig uitkwam. Haar rode haar viel vandaag in zachte golven rond haar gezicht en was alleen in de nek tot een losse knot samengebonden. Een fijne, ivoorkleurige kanten sluier was bevestigd aan een diadeem van schildpad en hing tot aan haar schouders en tot halverwege haar rug. Haar lange bleke hals leek op die van een zwaan, haar lippen glansden met de frisse, felrode kleur van opwinding. Ze glimlachte naar hem en voor het eerst zag Stefano dat ook zij mooi was, zij het op een geheel andere manier dan Sofia. Zijn kersverse vrouw had wat weg van een knappe schildknaap, die bereid was om het samen met hem op te nemen tegen de hele wereld, of in elk geval de wereld die zij kende.

Hij bekeek het bruiloftsgezelschap, daarna opnieuw zijn vrouw, en plotseling voelde hij weer een vreselijke lachbui opkomen, zoals die hem in dit huis al eens eerder overvallen had.

Hij wist zich te beheersen, hief eveneens zijn glas, riep *salute* en nam een slok van de waterige, Württembergse wijn, om maar vooral het gevoel kwijt te raken dat hij hier als slechte acteur in een plattelandsklucht terechtgekomen was, zonder dat hij zijn rol ook maar een klein beetje beheerste.

23

'*M*isschien is de brief zoekgeraakt toen u weg was?' vroeg Sofia, terwijl ze haar tante onderzoekend aankeek. 'Of zou papa hem hebben gevonden en hem hebben vernietigd?' De angst in haar stem was duidelijk hoorbaar, maar op dit punt kon de tante haar nichtje niet geruststellen.

'Jouw vader zou nooit een aan mij gericht schrijven durven openen,' zei Serafina Mazone zelfverzekerd. 'Er is gewoon geen brief meer gekomen, dat weet ik zeker!'

'Ik begrijp het niet,' jammerde Sofia, hoewel ze diep in haar hart opgelucht was. Want natuurlijk had ze in haar brief aan Stefano niet kunnen verzwijgen dat ze een zoon van hem had gekregen. Het zou weliswaar niets aan de feiten hebben veranderd, maar Stefano zou het in elk geval weten, en die wetenschap zou een sterke band tussen hen vormen; een sterkere misschien nog wel, dan hun liefde. Een band die altijd zou blijven bestaan.

Maar aan één ding had ze niet gedacht tijdens deze misschien wel een beetje gewaagde actie: dat haar tante zou kunnen uitvallen als bemiddelaar. Gelukkig was het haar dus niet noodlottig geworden, ook al was het onbegrijpelijk dat Stefano niet gereageerd had op een dergelijke boodschap.

'Wat mannen denken en doen, valt nu eenmaal niet altijd te begrijpen,' zei haar tante plotseling en op een toon, die haar nichtje deed opkijken. Serafina merkte het en draaide zich snel om naar de wagen, waarin de kleine Stefano lag te slapen. 'Wat een mooi kind is het toch,' zei ze vleiend, hoewel ze op dit moment niet meer kon zien dan het behaarde achterhoofd van het jongetje.

Toch had het onmiddellijk het gewenste effect.

'Het is het mooiste en liefste kind, dat je je maar kunt voorstellen,' verzekerde Sofia zielsgelukkig. 'En u gelooft het niet, tante Serafina, maar hij kan al lopen. Thuis rent hij de hele woonkamer door, terwijl hij nog geen jaar oud is. En hij kan ook al een paar woordjes zeggen: *mama, nonna* en *dolci*. Mijn schoonmoeder vindt het geweldig. Volgens haar was geen van haar eigen kinderen al zo ver op die leeftijd!'

Dat kan ik me wel voorstellen, dacht Serafina Mazone, denkend aan die dikke, slome Sandro en zijn nog veel dikkere en luiere zus Marcella.

'Stefano is zo ontzettend lief,' dweepte Sofia verder. 'En het evenbeeld van zijn…' Net op tijd besefte ze wat ze bijna had willen zeggen en ze corrigeerde zichzelf snel. '… oom', zei ze toen.

'Welke oom?' vroeg Serafina verbaasd.

'Fernando. Ik heb een tekening van hem gezien, van toen hij drie was.'

'O ja,' mompelde Serafina, maar ze was er redelijk zeker van dat Fernando Mazone, die op twaalfjarige leeftijd tijdens het zwemmen in zee verdronken was, zijn hele leven lang op zijn broers geleken had, maar niet op dit kind van haar nichtje.

Ze zou er heel wat voor overgehad hebben om de man te leren kennen, die Sofia die geheimzinnige brief geschreven had. Dan zou het ook makkelijker geweest zijn om over de gelijkenissen van de kleine Stefano met wat voor familieleden dan ook te praten. Maar Sofia had blijkbaar besloten om net te doen alsof de raadselachtige brief van een internaatvriendin uit het klooster afkomstig was.

Serafina had daarop maar niet gezegd dat het handschrift duidelijk mannelijk geweest was en ook niets verteld over de dubbele envelop, toch hoogst ongebruikelijk bij een correspondentie tussen twee vriendinnen. En de bijna manische zenuwachtigheid waarmee Sofia naar verdere brieven vroeg negeerde ze ook maar. Ze had zichzelf voorgehouden dat je bij dergelijke aangelegenheden niet voorzichtig genoeg kon zijn met wie je wel of niet in vertrouwen neemt. Hoewel ze zich natuurlijk wel een beetje beledigd voelde. Ze zou Sofia nooit verraden hebben, alleen al niet vanwege haar eigen verleden. Maar toen besefte ze dat het kind daar immers niets van wist.

In elk geval was het het beste als deze onbekende man nooit meer iets van zich zou laten horen.

Het was trouwens wel zorgwekkend, mocht hij inderdaad de vader van dit kind zijn. Niet omdat het risico bestond dat dit ontdekt zou worden; hij leek immers verstandig te zijn en zich terughoudend op te stellen. Maar een uiterlijke gelijkenis zou er wel voor zorgen dat Sofia hem niet zou kunnen vergeten, zelfs als ze dat ooit zou willen.

En dus was er eigenlijk maar één oplossing: zoveel mogelijk andere kinderen, die Sofia's aandacht en toewijding zouden opeisen.

Serafina besloot om eens ernstig met Odilia Orlandi te gaan praten. Want als ze moest geloven wat ze allemaal hoorde dan had dit huwelijk er nog niet voor gezorgd dat Sandro zijn levensstijl veranderd had. Onder het mom van zakenreizen was hij regelmatig van huis en wanneer hij er wel was, bracht hij de meeste avonden door met vrienden, met wie hij gokte en wijn dronk. Bepaald geen ideale omstandigheden voor een bevredigend huwelijksleven en verdere nakomelingen.

Serafina zuchtte toen ze het verrukte gezicht van Sofia zag, die met haar inmiddels wakker geworden zoontje aan het spelen was. Stefano was bereid zijn kunstjes op te voeren.

Sofia tilde hem uit de kinderwagen en zette hem op zijn korte beentjes. Stralend keek hij Serafina aan, opende zijn kleine mondje en riep: *'Nonna, nonna. Altra nonna!'*

Serafina's hart smolt. Ze had het kind al een tijdje niet meer gezien, omdat een zomergriep zoveel van haar longen gevergd had, dat ze de afgelopen drie maanden, tot groot verdriet van de reder, had moeten doorbrengen in een sanatorium op Ischia. Ze bukte zich, tilde het kleine ventje op, drukte hem tegen zich aan en gaf hem een kus. Het was daadwerkelijk een lief en intelligent kind en ook zij zag nu hoezeer haar broer gelijk gehad had. 'Het is een Mazone,' riep ze, 'een echte Mazone!'

Daaraan bestond in elk geval geen twijfel, wie zijn vader dan ook mocht zijn.

24

*H*et huwelijk bleek verbazingwekkend harmonisch te zijn. Op hun eerste trouwdag kon Stefano een positieve balans opmaken. En het huis, dat hij voor zijn toekomstige gezin gebouwd had, was inmiddels bijna af.

'Hij denkt wel dat-ie heel wat is,' vonden de mensen. Maar ze zeiden het meer respectvol dan kritisch, want het 'Italianenhuis' mocht gezien worden. Het was nog geen villa, maar ook zeker geen standaard woonhuis. Het zat er eigenlijk precies tussenin.

'Geen wonder, met Anna's geld,' mopperde de dominee, naar wiens zin de echtgenoot met het verkeerde geloof hierdoor sociaal te veel aanzien gekregen had.

Het meest sensationele was echter dat de jonge echtgenoot direct na de bruiloft een bijna ongehoorde gewoonte ontwikkeld had.

'U moet het zien,' zei de smid tegen de baron, toen die langskwam om zijn paard opnieuw te laten beslaan. 'Anders gelooft u het niet zoals die vent rondloopt. In lange jas, gestreepte broek en gesteven kraag. En lakschoenen, ik zweer het, ik heb het met mijn eigen ogen gezien!'

'Meent u dat nu serieus?'

'Volkomen serieus. En weet u wat hij als reden voor die onzin opgeeft? Dat hij bouwmeester zou zijn. Een bouwmeester van Italiaanse proveniëntie. Proveniëntie, dat heeft hij letterlijk gezegd. Ik heb eerst aan de schoolmeester moeten vragen wat dat eigenlijk betekent!'

'En, wat zei die?'

'Italiaanse afkomst!'

'Nou ja, dat valt niet te bestrijden!'

'Ha, ja, dat klopt. Maar zoiets kun je toch ook wel een beetje minder deftig zeggen!'

'Zeker. Maar Italianen houden nu eenmaal wel van een beetje pathos. Denk maar aan de opera's!'

Maar aan opera's dacht de smid zo goed als nooit. En 'Pathos' – daar had hij nog nooit van gehoord. Waarschijnlijk was dat al net zo'n overdreven figuur.

Stefano wist natuurlijk heel goed dat er gepraat werd. Zijn vrouw liet het nooit na hem van alle roddels op de hoogte te stellen. Vooral omdat zijzelf in het begin ook moeite met zijn gedrag gehad had.

'Hoe hij overkomt, zo wordt een man beoordeeld,' zei hij, pogend het Italiaanse spreekwoord te vertalen. Maar Anna was snel van begrip en zei: 'Kleren maken de man!'

'Precies,' Stefano knikte tevreden. Want dat was nu net wat hij voor ogen had. Niet alleen in het theater maakte een kostuum duidelijk welke rol iemand speelde.

En dus droeg hij zijn lange jas, gestreepte broek, gesteven kraag en lakschoenen niet alleen naar de officiële instanties, waar hij over zijn bouwplannen moest onderhandelen, maar ook tijdens vergaderingen met opdrachtgevers, leveranciers en andere vakmensen – en natuurlijk naar de bouwplaatsen. Hij kleedde zich zelfs zo als hij naar Zum Hirschen ging, om zo een plekje aan de stamtafel af te kunnen dwingen. Wat hem, met wat hulp van zijn aangetrouwde oom, uiteindelijk ook lukte.

De zaken floreerden aan de ene kant dankzij het geld van Anna, zoals de dominee juist gezien had, maar vooral ook dankzij de enorme inzet van Stefano en niet in de laatste plaats dankzij het mooie weer in het jaar 1910, wat de bouw zeer ten goede kwam.

En langzamerhand begon men anders over Stefano te spreken.

Sommigen hadden het nog steeds over 'die Italiaan', maar hem in het openbaar nog een 'spaghettivreter' noemen, dat durfde al snel niemand meer.

'Ik heb gehoord dat ze in de stad een gymnasium willen bouwen,' zei Anna op een dag. 'Dat zou toch een mooie kans zijn voor iemand die ervan droomt om grote en mooie gebouwen neer te zetten!'

Stefano informeerde wat de voorwaarden waren en bestudeerde alles nauwkeurig. Daarna kocht hij een tekenbord en ander noodzakelijk materiaal. Drie hele weken lang trok hij zich 's avonds na zijn werk terug, waarbij de grote eettafel onder steeds meer papieren en schetsen bedolven werd.

Anna maakte zich zorgen als Stefano pas ver na middernacht de weg naar de slaapkamer vond, maar ze zei niets. Ze zorgde er enkel voor dat hij nog beter te eten kreeg.

'Hoogmoed leidt rechtstreeks naar de hel,' mopperde Hermann Sailer, toen hij zag dat zijn dochter eieren met spek klaarmaakte voor het ontbijt en het zelfs in haar hoofd haalde om echte bonenkoffie te zetten.

'Dan ga ik er dus van uit dat jij niet wilt?' vroeg Anna sarcastisch. Waarna ze haar vader uiteindelijk toch een portie van het zondige eten voorzette.

Met bonzend hart leverde Stefano niet alleen zijn plannen voor het gymnasium in, maar tegelijkertijd ook een nauwkeurige berekening van de kosten, plus de garantie dat hij tevens bereid was om verschillende onderdelen van de ruwbouw en afwerking op zich te nemen.

'Die lijden zeker aan grootheidswaanzin!' zei bouwondernemer Eberhard Hittelmayer woedend, toen hij – in zijn hoedanigheid van gemeenteraadslid van de stad – hoorde van het aanbod van Bouwfirma Sailer & Co. Hij zag de nieuwbouw van de school als zijn persoonlijke aangelegenheid, want tot dan toe was hij met zijn onderneming altijd de absolute alleenheerser geweest. Nog nooit eerder had een Sailer zich aangemeld voor de realisatie van grote gebouwen. Maar het aantal raadscolleges dat hij achter zich wist te krijgen, bleek klein te zijn. De al eerder veel bekritiseerde trucjes van Hittelmeyer begonnen zich, nu er plotseling serieuze concurrentie opgedoken was, tegen hem te keren.

'Persoonlijk vind ik de voorstellen van Sailer heel goed,' liet de districtsvoorzitter nog voor de beslissende vergadering weten, wat meteen de trend zette. De burgemeester van de stad, die sowieso nog bij de districtsvoorzitter in het krijt stond en die zich nog altijd ergerde over de hoge kosten die Hittelmayer voor de verbouwing van het ziekenhuis in rekening gebracht had, volgde zijn voorbeeld. Tijdens inofficiële voorbesprekingen besteedde hij vooral aandacht aan het feit dat deze Sailer-schoonzoon aangeboden had om de algehele leiding over het bouwproject op zich te nemen zonder hiervoor extra kosten in rekening te brengen. Redenen om aan de competentie van de Italiaan te twijfelen waren er niet, want wat hij tot nu toe gepresteerd had, was van de hoogste kwaliteit, iets wat zelfs Hittelmayer moest toegeven.

Waarop de protestantse dominee, die overigens slechts een adviserende stem mocht uitbrengen, erop wees dat hij een neef was van de gestorven mevrouw Sailer, wat de keus voor hem natuurlijk eenvoudig maakte.

De rector van het gymnasium, het langstzittende stadsraadslid, was het principieel altijd eens met de dominee, waardoor de uitslag van de verkiezing al vast stond, omdat de gemeenteraad nooit af zou wijken van wat de autoriteiten gestemd hadden.

'Ik kan het amper geloven,' zei Stefano, aangenaam geschokt, toen hij hoorde dat hij de opdracht gekregen had.

Anna glimlachte blij en bedacht dat haar heimelijke donatie aan de neef van de stadsdominee, voor nieuwe instrumenten voor het bazuinkoor, de moeite waard geweest was.

Vader Sailer bleef eieren met spek eten bij het ontbijt, de nieuwe bouwplannen zouden ook veel van hem vergen – en hij was tenslotte ook niet meer de jongste.

'Die vervloekte vent,' mompelde Hittelmeyer, toen hij zag hoe zijn concurrent aan de slag ging. Vanuit het hele district verzamelde Stefano de beste arbeiders om zich heen, hij betaalde hen meer dan Hittelmeyer en zijn collega's onder elkaar afgesproken hadden en in recordtijd stonden de muren van de nieuwe school er.

Ook de ambtenaren van de stad en het district stonden versteld van de 'bedrijfsleider van de firma Sailer'. Over deze titel waren ze het eens geworden, want Anna durfde het buitenlandse Pasqualini nog altijd niet in de bedrijfsnaam op te

nemen. Ze kende haar landgenoten. Die hadden deze schijn-
vertoning nodig zodat het in elk geval niet leek alsof ze zaken
deden met een buitenlander. En Sailer & Co. klonk nu eenmaal
geloofwaardiger dan Sailer & Pasqualini.

Eerst onderhandelden de gemeentevertegenwoordigers nog
een beetje vanuit de hoogte met 'meneer de bedrijfsleider',
maar algauw waren ze hevig onder de indruk van Stefano's
vakkennis. En het waren de ambtenaren van de districtsvoorzitter die Stefano – geamuseerd maar toch ook uit bewondering – de titel 'meestermetselaar' gaven. Een bijnaam, die zich
al snel verspreidde in de stad en later ook in Wisslingen.

Stefano moest lachen toen hij dit hoorde. Anna's erfenis en
zijn eigen enscenering begonnen vruchten af te werpen. In verbazingwekkend korte tijd was hij een begrip in de streek geworden. Nog niet helemaal geaccepteerd of in hun midden opgenomen, maar wel degelijk gerespecteerd. Alleen al om die
reden hield Stefano van zijn 'uniform', dat hij alleen nog maar
uittrok wanneer hij naar bed ging.

Het nog veel grotere wonder was echter dat Sofia ongelijk
gehad bleek te hebben, want hij begon van Anna te houden, of
tenminste iets wat erop leek. Natuurlijk was dit gevoel niet vergelijkbaar met dat wat Sofia in hem losgemaakt had. Het was
het verschil tussen een open laaiend vuur en een gezellig haardvuur.

Maar hoe meer tijd er verstreek, hoe meer Stefano begon te
beseffen dat dat laatste toch eigenlijk wel zijn voorkeur had.
Het verschafte hem een prettige warmte na een lange werkdag,
zonder het risico dat alles uit de hand zou lopen en hij alles
kwijt zou raken wat hij bezat.

Anna leek hetzelfde te voelen. 'We doen het nog helemaal
niet zo slecht samen, vind je ook niet?' vroeg ze hem, toen ze
bijna twee jaar getrouwd waren en samen in hun nieuwe salon
zaten.

'Nee,' gaf Stefano toe. Hij nam genietend nog een slokje wijn
en drukte onder de tafel zijn knie tegen die van zijn vrouw. Met
een tevreden grijns genoot hij van haar verlegen reactie.

'Dat hoort niet, Stefan,' berispte ze hem.

Maar zo koel als ze zich voordeed was zijn roodharige vrouw helemaal niet.

Ze zou alleen nooit haar gevoelens tonen voordat de deur van de slaapkamer achter hen gesloten was. Terwijl ze hier toch helemaal alleen woonden, vader Sailer woonde nog altijd in zijn boerderij.

In Stefano's voormalige kamertje naast de koeienstal sliepen nu twee nieuw aangenomen werklieden. De schuur en een ander deel van de boerderij dienden als materiaalopslagplaats voor de gegroeide firma.

In het begin waren er nog regelmatig discussies geweest en ruzies over wie het nu allemaal beter wist, maar Stefano had geen zin gehad in eenzelfde soort situatie als thuis, in de werkplaats van zijn vader. En hij kon rekenen op zijn vrouw.

'Je mag gerust af en toe even een kijkje nemen op de bouwplaatsen, dat maakt een goede indruk, maar bekommer je verder vooral om de boerderij, vader,' had Anna nadrukkelijk gezegd. 'Laat het bouwen nu maar aan Stefan en mij over!'

Toen de oude metselmeester daarop de Bijbel citeerde en eiste dat 'men zijn vader en moeder moet eren', antwoordde ze onverschrokken: 'Moeder is dood – en dat eren is helemaal geen probleem. Dat wil ik best doen, desnoods drie keer per dag. Maar je moet je niet met de zaak bemoeien. Je hebt er sowieso maar een minimaal aandeel in, of niet?'

Daar kon hij niets tegenin brengen.

'Bovendien heb je de leeftijd om het wat rustiger aan te gaan doen,' voegde ze er nog aan toe.

Hermann Sailer dacht erover na en sprak er onder vier ogen over met zijn broer, de waard van Zum Hirschen.

Maar die was al geïnstrueerd door Anna.

'Tien werklieden zijn tien monden die gevoed moeten worden. Als jij ons niet steunt, oom Eugen, dan zullen we zeggen dat ze maar moeten gaan eten in Zum Schützen,' had ze hem gedreigd. 'En dat zeggen we dan ook maar meteen tegen onze klanten uit de stad!'

Waarop de waard zich gerealiseerd had met wie hij het hier te maken had en dat hij haar niet moest onderschatten.

En dus voerde vader Sailer de koeien, varkens, kippen en ganzen, bekommerde zich om de akkers en weiden, om het fruit, de wijn en de jenever. En als hij al een keer opdook op een van de bouwplaatsen, dan combineerde hij dat meteen met een bezoekje aan het dichtstbijzijnde café. Voortaan kon hij het zich veroorloven om elke middag een dutje te doen, wat te dollen met de nieuwe werklieden van zijn ijverige schoonzoon en het dienstmeisje Konstanze, dat hij in dienst genomen had toen Anna het huis verlaten had, af en toe een tik op haar pronte achterwerk te geven.

Al met al niet eens zo'n slecht leven dus.

Zo goed heb ik het nog nooit gehad, dacht vader Sailer steeds vaker, maar dat zei hij niet hardop.

25

*H*et feest om te vieren dat het hoogste punt van het nieuwe gymnasium was bereikt stond gepland voor 27 maart 1911. Het was ook op die dag dat de zojuist gekozen Italiaanse regeringschef Giovanni Giolitti zijn kabinet samenstelde. En tegelijkertijd vierde het koninkrijk Italië zijn vijftigjarig bestaan: een omstandigheid, waarvan Stefano Pasqualini zich pas veel later bewust werd.

De timmerman had nog maar net zijn zegespreuk beëindigd, toen het dienstmeisje Konstanze zich tussen de verzamelde nieuwsgierigen en enkele notabelen door worstelde en Stefano aan zijn mouw trok.

'Meester,' fluisterde ze opgewonden. 'Het is zover!'

Meer uitleg was niet nodig. Weliswaar hadden ze er pas over twee weken op gerekend, maar kinderen hielden zich nu eenmaal niet altijd aan de afgesproken tijd.

Stefano moest denken aan zijn vader die de lange uren tijdens de geboorte van zijn zusje Gina deels biddend in de nabijgelegen kerk had doorgebracht, en deels naast zijn grappafles, om de angst weg te drinken. De geboorte van zijn broer Roberto kon Stefano zich niet herinneren, tenslotte was hij toen nog maar twee jaar oud geweest, maar als hij de verhalen moest geloven, was het toen al niet anders geweest.

Hij wilde al gaan, maar bedacht toen dat de mannen hier het anders deden. Voorzover hij het had kunnen zien, gingen die gewoon door met hun werkzaamheden tot ze het uiteindelijke resultaat te horen kregen.

Hij vroeg zich af wat Anna van hem zou verwachten. Toen knikte hij naar het dienstmeisje, vroeg haar zijn vrouw het beste te wensen en nam vervolgens dankbaar het aanbod aan van de baron om mee te rijden in diens splinternieuwe automobiel naar het feestmaal in restaurant Drei Könige. Hij besefte maar al te goed wat een eer dat was.

'Het is bijna zover, houd nog even vol!' riep Agnes, een ervaren vroedvrouw, terwijl ze Anna het zweet van haar voorhoofd wiste. Hopelijk zou het allemaal goed gaan met deze 'oude moeder', die tenslotte al tweeëndertig jaar was.

'Persen, meisje, persen, anders gebeurt er niets!'

'Ik doe m'n best,' hijgde Anna. Ze beet haar tanden op elkaar en probeerde opnieuw het kind uit haar lichaam te drukken.

'Zie je, ik zei toch dat het kon!'

Bedreven pakte Agnes het hoofdje en trok het lijfje uit de schoot van de moeder.

'Die lijkt op jou, Anna,' concludeerde ze, toen ze de lange, magere zuigeling bekeek, die desondanks een gezonde en sterke indruk maakte.

'Moet ik dat als een compliment of een belediging zien?' vroeg Anna, een beetje lacherig. Meteen daarop verging het lachen haar alweer, omdat haar lichaam opnieuw pijnlijk samentrok. De vroedvrouw keek verbaasd op.

'Het is toch je eerste kind, of niet?' vroeg ze, toen ze zag hoe Anna opnieuw in elkaar kromp.

'Praat geen onzin, Agnes. Natuurlijk is het mijn eerste kind. Van wie had ik een ander kind moeten hebben?'

De vroedvrouw die op deze vraag wel enige antwoorden geweten had, zweeg liever. Ze boog zich over Anna heen en tastte voorzichtig haar onderbuik af. Meteen daarna was het haar duidelijk. 'Er komt er nog één, Anna,' verkondigde ze.

'Grote goedheid,' kon Anna nog net mompelen, voordat een nieuwe golf van pijn bezit van haar nam.

Tien minuten later haalde Agnes een tweede jongetje tevoorschijn. Hij leek als twee druppels water op zijn broertje, alleen leek dit kind, behalve de lichaamsbouw van zijn moeder, het Italiaanse temperament van zijn vader geërfd te hebben. Hij schreeuwde als een mager speenvarken met een verbazingwekkend lage stem, en trapte toen de vroedvrouw probeerde hem te wassen zo wild om zich heen dat ze hem bijna uit haar handen in de tobbe met warm water liet vallen.

Toen Stefano die avond tegen acht uur naar huis kwam, lagen zijn beide zoons, gewikkeld in zachte moltondekentjes, al naast elkaar in de wieg. Ze zagen eruit als enorme lucifers: lang, bleek en met paars-rode hoofdjes.

'Wat vind je ervan?' fluisterde Anna, die zo uitgeput was dat ze nog maar amper wakker kon blijven.

'*Deo gratias,*' mompelde Stefano. Toen boog hij zich over zijn vrouw heen en kuste haar. 'En jij ook, mijn rooie,' zei hij nu hardop. Hij ging weer staan en wiste ontroerd twee tranen weg.

'Ze heeft behoorlijk wat bloed verloren. Ze moet nu slapen,' zei de vroedvrouw.

Stefano knikte en verliet op zijn tenen de slaapkamer.

Terwijl Agnes zich in de keuken waste, liep Stefano over de binnenplaats om zijn schoonvader te wekken, die was ingedut op de sofa. Hij nodigde hem en het dienstmeisje uit in het nieuwe huis, waar hij een fles mousserende wijn uit Asti opende, die hij al weken geleden speciaal voor deze gelegenheid besteld had.

'Die smaakt heel wat beter dan onze wijn,' constateerde de vroedvrouw, nadat ze een slok geproefd had.

Ook het dienstmeisje Konstanze vond de drank heerlijk. Hij prikkelde haar keel en liet na een tweede glas haar bloed sneller stromen, wat zelfs vader Sailer opmerkte.

'Omdat het twee kinderen zijn, moet er ook twee keer op gedronken worden,' vond Stefano, die zich al heel lang niet meer zo licht en vrolijk gevoeld had.

Hij had de twee andere flessen weliswaar eigenlijk voor Kerstmis en Oud en Nieuw bedoeld, maar, zo had een joodse ondernemer hem vandaag geleerd toen hij het feest al om zes uur had willen verlaten: 'Als er iets te vieren valt, dan moet je dat ook doen!'

'Hoe heten de jongens eigenlijk?' vroeg vader Sailer eindelijk, na zijn derde glas mousserende wijn.

Niemand had tenslotte gerekend op maar liefst twee stamhouders, en de naam 'Stefan', die Anna gekozen had voor een jongen, kon niet twee keer vergeven worden.

De jonge moeder, die inmiddels weer wakker geworden was van het gehuil van de twee hoofdpersonen, sloeg een glaasje wijn af, maar deed wel een verstandig voorstel wat de namen betrof.

'Peter en Paul,' zei ze plotseling.

'Pedro en Paolo,' mompelde Stefano en daarna, om te horen hoe dat klonk: 'Pedro Pasqualini e Paolo Pasqualini. Bravissimo!'

En daarbij bleef het.

Voor het eerst sinds tijden haalde de heer des huizes zijn gitaar weer eens tevoorschijn en speelde enkele vrolijke Napolitaanse liederen, die beter bij de mousserende wijn pasten dan de Zwabische liedjes, iets waar zelfs de oude meester het mee eens was. Die stuurde Konstanze erop uit om de ham te halen die hij persoonlijk boven jeneverbestakken langzaam en vakkundig gerookt had. Met zijn speciale mes, dat door het vele slijpen inmiddels een sikkelvorm gekregen had, sneed hij er papierdunne schijfjes af; erbij aten ze het brood dat Anna nog net voordat de weeën begonnen waren uit de oven gehaald had.

Toen iedereen genoeg gegeten had besloot Stefano spontaan om ook nog de derde fles te openen. Noch in zijn, noch in de Sailer-familie was er ooit eerder een tweeling geboren en dus riep de voormalige spaghettivreter, met instemming van zijn drinkmakkers: 'Als er iets te vieren valt, dan moet je dat ook doen!'

Daarna raasde het bloed zo onstuimig door de aders van vader Sailer dat die, nadat hij met het dienstmeisje over de binnenplaats terug naar het oude huis gewankeld was, niet meer bereid was om alleen naar bed te gaan.

'Ach, laat me toch een beetje,' smeekte hij, waarbij hij zijn hand dit keer wat langer liet liggen op het pronte achterwerk van Konstanze, die weinig weerstand bood.

Stefano daarentegen ging op de houten bank liggen en bekeek zijn twee kinderen in de wieg, die ze op advies van de vroedvrouw naast de warme kachel neergezet hadden.

Wat een dag, dacht hij gelukkig en hij hoorde nog net de eerste vier van de twaalf klokslagen van de kerktoren voordat hij insliep.

Erg genoeg droomde hij uitgerekend deze nacht voor het eerst sinds lange tijd weer over Sofia. Hij hield haar in zijn armen, voelde haar zachte vlees en een met niets anders vergelijkbaar gevoel van genot verspreidde zich door zijn lichaam. Helaas kreeg hij niet veel tijd om hier van te genieten. Onbekende klanken deden hem plotseling overeind schrikken. Hij zag zijn vrouw in een lange nachtjapon naderbij komen, haar haren leken in het bleke maanlicht rood op te vlammen. Ze boog zich over de wieg en sprak zachtjes enkele woorden. Pas daarna drong het tot Stefano door dat het het geschreeuw van zijn twee zoontjes geweest was waarvan hij wakker geworden was.

Maar toen was Sofia alweer in het niets opgelost, zoals spoken dat waarschijnlijk doen nadat de klok geslagen heeft. En het gevoel van absoluut genot maakte plaats voor een tedere zorg voor de drie wezens, met wie hij vanaf nu zijn leven zou delen.

26

*T*wee jaar had de rotoorlog tussen het koninkrijk Italië en de Turken geduurd.

Goed, ze hadden Libië en de Dodekanesos gewonnen, maar er was geen dag voorbijgegaan tijdens deze oorlogsjaren, waarop Archangelo Mazone niet gevreesd had voor zijn vloot, aangezien de hebzucht van de oorlog geen uitzondering maakte voor handelsschepen.

'Ga naar de kerk om een kaarsje aan te steken, Serafina. Vandaag nog,' beval de reder zijn zus.

'Waarom?' wilde Serafina weten, die totaal niet geïnteresseerd was in politiek. En ze had nu al helemaal geen zin om te gaan omdat Sofia zowaar een keer besloten had om haar een paar uurtjes op Stefano te laten passen.

'Omdat de oorlog tegen de Turken eindelijk voorbij is,' riep haar broer. 'En omdat onze rederij er gelukkig goed vanaf gekomen is. Wat niet iedereen uit deze bedrijfstak kan zeggen!'

'Ik zal het voor de avondmis doen,' beloofde Serafina, en redde op het laatste moment een Chinese vaas van de enthousiaste belangstelling van haar kleine neefje. Maar die had inmiddels alweer andere plannen.

'Nonno, nonno, cavallo!' schreeuwde Stefano, en hield niet op totdat Archangelo Mazone zich op handen en knieën liet zakken, de kleine ruiter op zijn rug liet klimmen en met hem door de salon kroop.

Stefano zwaaide met zijn denkbeeldige zweep om zijn opa op te jagen, waarbij hij verrukt juichte.

Serafina verbood zichzelf om met haar hoofd te schudden of zelfs een opmerking te maken, maar ze bedacht dat ze het nooit

voor mogelijk gehouden had dat een klein jongetje het voor elkaar zou krijgen om een van de meest vooraanstaande mensen
van de stad Napels zo voor gek te zetten. De reder was stapel-
gek op zijn kleinzoon, maar eerlijk gezegd verging het haar al
net zo.

Stefano had intussen zijn moeder ontdekt, die vroeger dan
verwacht teruggekomen was. Hij liet zich over het achterwerk
van zijn opa naar beneden glijden waarbij hij op diens kuiten
neerkwam. Archangelo onderdrukte een vloek, kwam kreunend
overeind en wreef over zijn pijnlijke knieën, terwijl zijn kleinzoon naar zijn moeder raasde.

Sofia kon hem nog net op tijd opvangen, voordat hij haar
rokken zou ruïneren.

'Mijn schatje, mijn allerliefste jongen,' zei ze lachend, terwijl
ze het ventje tegen zich aan drukte.

Serafina verdween in de keuken, om gekoelde limonade en
een stuk citroentaart te halen, waar het jongetje zo gek op was.

'Net als zijn vader,' glimlachte Sofia en ze moest weer denken aan die uren op de stille begraafplaats, in de schaduw van
de coniferen. Het was niet te geloven dat er sindsdien alweer
vier hele jaren voorbij waren. En er was geen dag geweest
waarop ze niet aan Stefano dacht. Haar verlangen was er in
al die tijd niet minder op geworden, eerder heviger nog, en de
aanblik van haar zoon, die het evenbeeld was van zijn vader,
had dat gevoel alleen maar versterkt. Vooral omdat haar huwelijk eigenlijk geen echt huwelijk was.

Alsof ze haar gedachten kon lezen, vroeg tante Serafina:
'Hoe is het met Sandro?'

'Ik zou het eigenlijk niet weten,' antwoordde Sofia. 'Hij is
zelden thuis!'

'Je bedoelt, hij zuipt, leeft erop los en laat het aan zijn ondergeschikten over om zich om de handel en het landgoed te
bekommeren,' zei de reder verbitterd. Het gevoel van woede
jegens zijn schoonzoon was dit keer zo groot dat hij even vergat dat zijn kleinzoon in de buurt was. Heel Napels had het
inmiddels al over het luxe leven van Sandro Orlandi.

Sofia keek haar vader aan en zag dat hij oud geworden was.

De zorgen om de oorlog hadden zijn ooit zo mooie leeuwenmanen sneeuwwit doen worden. En de jichtaanvallen waaronder hij vroeger eens in de paar maanden of zelfs jaren geleden had, kwamen nu steeds vaker en heftiger. 'Het is al goed, papa,' zei Sofia daarom verzoenend. 'Als hij er niet is dan kunnen we ook geen ruzie maken!'

'Denken jullie een beetje aan het kind,' zei tante Serafina geërgerd, waarbij niet helemaal duidelijk was of dit bezwaar nu aan haar broer of aan haar nichtje gericht was. Waarschijnlijk merkte ze dit zelf ook, want ze verklaarde zich nader.

'Let alsjeblieft op je woorden, Archie. Een kind hoort zijn vader te kunnen bewonderen,' berispte ze haar broer, iets wat zelden voorkwam. En haar nichtje raadde ze zelfgenoegzaam aan: 'Je kunt er natuurlijk ook moeite voor doen om je man thuis te houden.' Want het was meer dan duidelijk dat Sofia dit niet deed.

'Het kind is het enige positieve wat dit huwelijk voortgebracht heeft,' had Odilia Serafina tijdens haar laatste bezoek aan Huize Orlandi klagend gezegd. Waarmee ze precies dat uitsprak wat Archangelo Mazone al vaker vastgesteld had.

'Jij was degene die Sofia tot dit huwelijk heeft gedwongen,' had Serafina haar broer verweten, maar die had haar bezwaren weggewuifd en gezegd: 'De loodsen staan en daar gaat het om!'

Het was een feit dat Sofia, met haar tweeëntwintig jaar, leefde als een maagd. Sinds de geboorte van het kind had Sandro haar niet meer aangeraakt. Ze sliepen in gescheiden slaapkamers en 'bezoekjes' hadden niet plaatsgevonden. Serafina wist dit omdat ze het dienstmeisje van haar nichtje omgekocht had. Het was verstandiger om op de hoogte te blijven, want Sofia was onberekenbaar. Voorlopig hield ze zich nog rustig, maar Serafina kende de zwakheden van de Mazone-vrouwen. Op een dag zou de uitbarsting komen, daar was ze sinds het gesprek met het dienstmeisje zeker van.

Archangelo, die zijn eigen bronnen had, dacht ondertussen na over het gerucht, dat zijn schoonzoon vooral geïnteresseerd was in hetzelfde geslacht. Als hij eerlijk was dan besefte hij dat dit, zelfs als hij het al voor het huwelijk had geweten, niets aan de zaken had veranderd. Want of Sandro nu op mannen viel of op mannen en vrouwen, sinds het huwelijk van Sofia stond haar naam in het betreffende kadaster – en dat was het aller-belangrijkste. En zijn kleinzoon natuurlijk, vooral nu het erop begon te lijken, dat meer kinderen er niet in zaten.

'Haal de port, Serafina,' zei de reder.

'Zo vroeg al?' vroeg Serafina. 'De zon staat nog hoog aan de hemel!'

'Je kunt niet met alles rekening houden,' bromde Archangelo, waarmee hij deze hele vervloekte situatie bedoelde.

27

*O*p een mooie, nog altijd zomers warme herfstdag in 1913 werd het gymnasium feestelijk ingewijd. Iedereen was vol lof over het statige en representatieve gebouw. Men was het erover eens dat er in de verre omtrek geen mooiere school te vinden was.

Stefano Pasqualini zat in een op maat gemaakt kostuum en splinternieuwe lakschoenen tussen de belangrijkste vertegenwoordigers van het district in. Hij luisterde naar de mars die gespeeld werd door de blaaskapel van de stad. Ondertussen begreep hij niet alleen de taal van de muziek, maar ook alle woorden die eerder tijdens de toespraken gesproken waren.

Zijn vrouw had er alles aan gedaan om ervoor te zorgen dat zijn woordenschat groter werd en dat zijn uitspraak verbeterde. Hiervoor had ze zelfs een afspraak gemaakt met een leraar, die nu twee keer per week een avond bij de familie Pasqualini langskwam om Stefano les te geven in het spreken en schrijven. Anna betaalde hem goed voor deze diensten en gaf de onderwijzer elke keer een fles Italiaanse wijn die ze sinds enige tijd in kisten vanuit een delicatessenzaak in de stad liet komen. En haar man moedigde ze regelmatig aan om goed zijn best te blijven doen.

'Het beheersen van een taal geeft je een toegangskaart tot het land,' luidde haar credo. 'En hoe beter je je kunt uitdrukken, hoe beter de indruk is die de mensen van je krijgen!'

En nu zat hij hier toch maar mooi op de eerste rij, dacht Stefano vergenoegd en hij prees zijn slimme echtgenote. Want het was hem, na verschillende pogingen in het bijzijn van zijn leraar, gelukt om de paar zinnen die hij tijdens deze feestelijke bijeenkomst moest zeggen, foutloos voor te dragen. Niemand had zijn nervositeit opgemerkt, of het vage angstgevoel dat aan hem geknaagd had.

Op het laatste moment had hij moeten denken aan wat Anna hem voor moeilijke momenten als dit had ingeprent: 'Het maakt niet uit hoe je je voelt, het gaat erom, hoe je overkomt!'

Hij had de test doorstaan, dat kon hij aan de gezichten van de aanwezigen zien.

'Bravo, maestro,' had de districtsvoorzitter hem goedkeurend toegefluisterd, toen hij weer was gaan zitten. De man was een fan van de gedichten van Goethe, had hij hem ooit verteld; hij deelde Goethes liefde voor het 'land waar de citroenen bloeien'.

Tot besluit sprak de dominee nog een zegen uit.

Het was niet dezelfde als uit Wisslingen, maar een collega uit de stad, met wie Stefano al meerdere keren gesproken had. Het had allemaal niet beter kunnen gaan. En voor het eerst sinds lange tijd zag Stefano de toekomst vol vertrouwen tegemoet.

28

'Nee! Nee, ik wil dit niet!'
Sofia's woedende geschreeuw galmde door het hele huis toen de arts haar meedeelde dat de spijsverteringsklachten waar ze nu al langere tijd last van had, het begin van een tweede zwangerschap bleken te zijn.

'Beheers je een beetje,' wees Odilia Orlandi haar schoondochter terecht en ze besloot nog diezelfde dag een kaarsje te branden bij het standbeeld van de heilige Sint Anna.

Sofia, die de plotselinge nachtelijke overvallen van haar man nog vers in het geheugen had, staarde haar schoonmoeder met onverbloemde haat aan. Ze wist precies aan wie ze deze nieuwe interesse van haar echtgenoot in zijn huwelijkse plichten te danken had. 'Dit kind zal lelijk en dom worden,' bracht ze hortend uit, want wat kon ze anders verwachten na hun gedwongen samenzijn, waarvoor Sandro blijkbaar eerst enorme hoeveelheden wijn gedronken had. Zijn zurige adem had dat meer dan duidelijk gemaakt.

'Ik zal bidden dat God je niet zal bestraffen voor deze lasterlijke woorden!'

'De straf zit al in mijn buik,' schreeuwde Sofia verbitterd. Toen begon ze te kokhalzen en gaf ze opnieuw over in de porseleinen emmer naast haar bed.

Die kalmeert wel weer, dacht Odilia en ze dacht aan haar eigen derde en laatste zwangerschap, waarbij ze op een vergelijkbare manier had gereageerd. Mild gestemd door deze gedachte pakte ze de hand van haar schoondochter. 'Het komt allemaal goed, lieverd,' zei ze verrassend teder. 'Je moet gewoon een beetje rustig aan doen. Ik zal proberen je zoveel mogelijk werk uit handen te nemen!' Daarbij dacht ze vooral aan haar heerlijke kleinzoon Stefano, die groeide als kool en alles compenseerde wat deze kinderachtige, humeurige schoondochter haar aan zorgen en ergernissen gaf. 'Binnenkort ben je niet meer misselijk en die negen maanden zijn zo voorbij!'

Sofia perste haar lippen op elkaar en zei niets. Ze besloot er alles aan te doen om deze ongewenste zwangerschap te beeindigen.

Op een mooie zomerdag, de eerste waarop ze haar ontbijt had weten binnen te houden, klom ze op de eettafel om er vervolgens beheerst weer vanaf te springen. Voor de zekerheid herhaalde ze dit nog een keer. Bij de derde poging kwam Sofia ongelukkig terecht en viel opzij. Bijna tegelijkertijd voelde ze een stekende pijn in haar rechterbeen.

'Scheenbeen en kuitbeen zijn gebroken, en de kruisband is mogelijk gescheurd,' constateerde de dokter.

Hij spalkte haar been en voet, deed er gips omheen en gaf de huisknecht opdracht zo snel mogelijk een door hemzelf ontworpen rek in elkaar te zetten dat aan het voeteneinde van Sofia's bed neergezet kon worden. De professor zelf maakte hieraan vervolgens het gipsbeen vast.

'U zult enige tijd in deze ongemakkelijke houding moeten blijven liggen. Ik raad u aan om geduldig te zijn, *donna* Sofia. Anders loopt u het risico er in de toekomst nadelige gevolgen van te ondervinden!'

'In wat voor opzicht?' wilde Sofia weten, die nog altijd hoopte dat hij het had over een eventueel einde van haar zwangerschap.

De arts, die de nodige levenservaring had en Sofia wel doorzag, glimlachte gewiekst en zei toen onbarmhartig eerlijk: 'In het gunstigste geval zult u altijd blijven hinken. In het slechtste geval zult u alleen nog maar met behulp van een stok kunnen lopen en als u echt onvoorzichtig bent, dan zult u de rest van uw leven in een rolstoel moeten doorbrengen!'

Hierop had Sofia geen antwoord. Ze wilde niet verminkt of gehandicapt zijn.

En dus bracht ze tien lange weken door in bed, overgeleverd aan het pijnlijke feit dat ze zelfs voor de meest intieme licha-

melijke zaken was aangewezen op de hulp van haar schoonmoeder.

Zonder te klagen kweet Odilia Orlandi zich van deze taak.
Ze kreeg steeds meer medelijden met haar schoondochter, die
aan haar bed geketend was en met hulpeloze woede moest toe-
zien hoe het nieuwe leven in haar buik zich onder deze omstandigheden voorspoedig ontwikkelde.

Vreemd genoeg waren het juist deze weken die de twee
vrouwen voor het eerst nader tot elkaar brachten. Vastbesloten
Sandro in een wat beter daglicht te stellen, vertelde Odilia over
zijn kindertijd en jeugd. Ze vertelde over het zachtmoedige,
aanhankelijke en naar liefde hunkerende jongetje, over zijn
angstige, fantasierijke dromen en zijn voortdurende angst voor
zijn heerszuchtige oma Chiara, de matriarch van de familie
Orlandi.

'Ze kreeg het voor elkaar dat iedereen deed wat zij wilde.
Haar kinderen, haar schoonkinderen, haar kleinkinderen, het
personeel: ze behandelde ons als haar slaven. Totdat een beroerte er een einde aan maakte. Helaas heeft mijn arme man
maar kort kunnen genieten van de verademing die haar ziekte
ons allemaal gaf. Hij overleed en zij, de kenau, zoals we haar
noemen, leeft nog steeds. Ik kan je verzekeren Sofia, dat niemand het erg vond toen Sandro de oude vrouw in het tehuis
voor adellijke dames liet opnemen. Ze kan nu dan wel niemand
meer in het rond commanderen, maar volgens het personeel
van het tehuis zijn haar blikken zo verschrikkelijk dat alleen
de oudere, ervaren verpleegkundigen aan haar bed durven te
komen!'

Toen de dokter uiteindelijk het gips met een scherpe zaag
doormidden sneed en van Sofia's dun geworden been af haalde,
moest de jonge vrouw vaststellen dat, samen met het stinkende
gips, ook haar weerstand tegen dit nieuwe kind van haar af gevallen was. Ze verheugde zich er nog niet op, dat zeker niet,
maar ze besloot geen nieuwe pogingen meer te doen om ervan
af te komen.

'Als je het eenmaal in je armen houdt, ben je alles vergeten,'
troostte Odilia haar en ze stond toe dat de kleine Stefano op

127

Sofia's schoot klom en zijn warme, naar zee ruikende krullenbol tegen haar borst legde. Sofia sloot haar ogen, dacht aan zijn vader en aan zijn verboden maar gelukzalige omarmingen.

De tranen, die tot dan toe door woede en opstandigheid tegengehouden waren, stroomden nu ongeremd over haar wangen en in Stefano's haren.

Deze jongen was zo'n kostbare herinnering aan haar ware liefde, dat God eigenlijk het recht wel had om van haar te verlangen dat ze in ruil daarvoor ook een kind van Sandro zou krijgen, dacht Sofia. En die gedachte maakte de overige zesenhalve maand enigszins verdraaglijk voor haar.

29

$\mathcal{D}$e onderhuidse vijandigheid was eigenlijk al begonnen in 1915, toen Italië de oorlog aan Oostenrijk had verklaard. Oostenrijk was lid van de Drievoudige Alliantie en vocht aan de zijde van het Duitse Rijk. Op de openbare bekendmakingen aan het gemeentehuis, waarin regelmatig bericht werd over het verloop van de oorlog, kon men ook lezen over de vele gesneuvelden onder de Oostenrijks-Hongaarse bondgenoten bij de Isonzo-veldslagen. Dit kwam de publieke opinie over de Italianen natuurlijk niet ten goede.

Steeds meer Wisslingers werden opgeroepen voor militaire dienst en de kleine gemeenschap had inmiddels al vijf doden te betreuren.

De duur van de oorlog en het gebrek aan levensmiddelen waaronder inmiddels ook de afgelegen Württembergse landstreek rondom Wisslingen te lijden had, deden de rest.

Hoewel Anna zich vol overgave had ingezet tijdens de 'Reichswollwoche', waarin wol- en garenrestanten en herbruikbare wollen spullen werden verzameld voor de koulijdende frontsoldaten, werd haar 'Sailer-Italiaan' steeds onvriendelijker behandeld.

Stefano merkte hoe de gesprekken, die nu bijna alleen nog maar gingen over de oorlog en de daarmee samenhangende tekorten of noodgedwongen beperkingen, verstomden zodra hij de gelagkamer van Zum Hirschen betrad. Snel schakelden de stamgasten dan over op andere, onschuldigere onderwerpen. Als hij geen aangetrouwde neef van de waard geweest was, dan was hij er waarschijnlijk al lang uit gegooid. Duidelijk was wel dat hij niet langer welkom was aan de stamtafel.

Maar het werd pas echt erg toen Italië in augustus 1916 ook Duitsland de oorlog verklaarde.

Inmiddels hadden al zo'n tien jonge Wisslingers in de strijd voor keizer, koning en vaderland de dood gevonden.

Al snel ging er in de stad een pamflet rond waarin werd opgeroepen tot een boycot van bouwbedrijf Sailer & Co., dat 'in werkelijkheid in handen van de vijand' zou zijn. Het pamflet was anoniem geschreven door iemand die zichzelf omschreef als 'een patriot'.

'Dit moet van Hittelmayer afkomstig zijn,' zei Anna, nadat ze het smaadschrift gelezen had.

De opbloei van het Sailer-Pasqualini-bedrijf was steeds meer een doorn in het oog van de oude Hittelmayer geworden. En dat hij zichzelf een patriot noemde, was niet eens ten onrechte. Hij had tenslotte gevochten in de oorlog van 1870 en 1871 en organiseerde sindsdien elk jaar het Sedanfeest in de stad, dat inmiddels was uitgegroeid tot een gebeurtenis van maatschappelijk belang.

Ook de districtsvoorzitter was van mening dat het hier om een intrige van Eberhard Hittelmayer moest gaan. Hij schudde zorgelijk zijn hoofd. 'Maar bewijzen kunnen we het niet. Daarvoor is die kerel veel te slim – en de publieke opinie is op dit moment, begrijpelijkerwijs, allesbehalve Italië-vriendelijk!'

Het feit dat Duitsers en Italianen tegenover elkaar stonden op de slagvelden, in een poging om zoveel mogelijk 'vijanden' te vernietigen, deed Stefano nadenken over zaken die hij tot dan toe had weten te verdringen.

Wie was hij eigenlijk?

Volgens zijn papieren was hij een Italiaans staatsburger die in Württemberg woonde en die, zo had de districtsvoorzitter hem uitgelegd, elk moment het land uitgezet kon worden, ook al was dit niet waarschijnlijk, alleen al vanwege zijn gezin.

Maar waar lag zijn hart in dit conflict?

Als hij heel eerlijk was, dan verkeerde hij in tweestrijd; hij was niet in staat om voor een van de twee landen partij te kiezen.

'Je moet nu echt eens achter het Duits staatsburgerschap aangaan,' vond Anna. 'Als dat bekend wordt, zullen de mensen het makkelijker vinden om zaken met ons te doen. Dan zien ze tenminste dat jij één van ons wilt zijn!'

Maar dit keer kon Stefano het niet over zijn hart verkrijgen om de wijze raad van zijn vrouw op te volgen. Hij dacht aan zijn kindertijd, zijn jeugd, hij proefde het zeezout op zijn lippen, rook de geur van citroenen en dacht voor het eerst sinds lange tijd weer aan Sofia.

Toen vroeg hij zich af hoe zijn vader en moeder zouden denken over zo'n beslissing, en hij twijfelde niet aan hun oordeel: ze zouden hem als een verrader zien. Als iemand die zijn afkomst verloochende.

Toegegeven, hij woonde op Duitse bodem, samen met een Duitse, zijn kinderen waren zonder twijfel Duits. Zij verstonden, op de weinige woorden in de liederen die hij af en toe zong, niet eens de taal waarmee hun vader was opgegroeid.

Het zou meer dan nuttig zijn om een aanvraag tot inburgering in te dienen, zoals ook de districtsvoorzitter hem nadrukkelijk aangeraden had, maar Stefano kon zichzelf er niet toe zetten.

'Ik kan het gewoon niet, het zou voelen als een geestelijke zelfmoord,' probeerde hij Anna uit te leggen.

Maar hoe toegeeflijk ze anders ook was als het om de smeekbedes van haar man ging, dit keer bleef ze keihard. Ze was van mening dat hij dit verplicht was aan hun twee zonen.

Weken gingen voorbij waarin enkel de meest noodzakelijke dingen besproken werden. De slechte sfeer ontging zelfs vader Sailer niet, hoewel Anna haar best deed om zich in zijn bijzijn zo normaal mogelijk te gedragen. Maar de oude bouwmeester was niet op zijn achterhoofd gevallen.

'Je moet niet proberen om Stefan tot iets te dwingen, wat hij niet wil en ook niet kan,' zei hij op een ochtend, toen hij met zijn dochter alleen in haar keuken zat. 'Bij een man speelt het nationaliteitsgevoel meer dan bij een vrouw. Dat zal wel komen doordat mannen al sinds de oertijd gedwongen werden hun land te verdedigen!'

'En wat heeft dat opgeleverd?' antwoordde Anna, waarbij ze verontwaardigd haar hoofd schudde, zodat haar rode haren door de lucht zwierden. 'Talloze doden, armoede, ellende en leed. Het kan me niets schelen wie er waar aan de macht is, in welk land iemand geboren werd en hoe hij zich voelt – of hoe ik mij voelen moet. Het belangrijkste is dat mijn gezin in vrede kan leven, dat het een dak boven het hoofd en een inkomen heeft!'

'Dat is nu precies, wat ik bedoel,' zei Hermann Sailer. 'Zo denkt een vrouw!'

'Diep in hun hart denken mannen net zo, ook al zeggen ze in het café iets anders en laten ze zich uit enthousiasme of overtuiging of wat dan ook ertoe brengen "naar het front" te trekken. Vraag maar aan hen die terugkomen, vader, of zij er nu nog net zo tegenaan kijken!'

'Je kunt nooit het einde toepassen op het begin,' zei vader Sailer onverwacht filosofisch. 'In elk geval heeft de instelling van een man veel met zijn gevoel van eigenwaarde te maken. Misschien dat het je lukt hem echt jouw wil op te leggen, je blijkt sterker dan ik ooit gedacht had. Maar ik waarschuw je Anna. Daarmee raak je hem kwijt!'

Onthutst keek Anna hem aan. Zo had ze haar vader nog nooit horen praten. Ze had zelfs niet gedacht dat hij zulke dingen kon denken. Nog afgezien van het feit dat hij het blijkbaar toch belangrijk vond om de eens zo ongeliefde Italiaan als schoonzoon te behouden. Want dankzij haar vele geld hadden zij en de kinderen ook probleemloos verder kunnen leven als haar man er vandoor zou zijn gegaan.

Vader Sailer zat achter zijn kop koffie met melk en bekeek de gezichtsuitdrukking van zijn dochter. Hij zag dat zijn woorden indruk gemaakt hadden.

'De tijden veranderen wel weer,' ging hij verder. 'Maar een huwelijk kan alleen dan goed blijven als het geen duurzaam letsel oploopt!'

Waarschijnlijk zou dit nog altijd niet voldoende geweest zijn om Anna tot inkeer te brengen. Maar op een nacht werd ze wakker en hoorde ze Stefano naast zich snikken, hoewel hij het geluid probeerde te smoren door zijn gezicht in het kussen te drukken.

Een warm gevoel van medelijden steeg in Anna op. Ze wilde niets liever dan zich omdraaien, hem naar zich toe trekken en aan haar borst wiegen, zoals ze dat ook deed met haar zoons als die zich weer eens pijn gedaan hadden tijdens een van hun wilde spelletjes. Maar ze dacht aan de woorden van haar vader en aan het feit dat Stefan een trotse man was.

De volgende ochtend echter, toen hij na een vruchteloos gesprek met een besluiteloze opdrachtgever terugkeerde in de keuken, zei ze: 'Als je het echt zo moeilijk vindt, Stefan, dan zal ik niet langer van je eisen dat je een Duitser wordt. Tenslotte ben ik destijds nu eenmaal gevallen voor en getrouwd met een Italiaan. Blijf dan in godsnaam maar gewoon wat je bent.'

Stefano zei daarop geen woord, maar hij nam haar in zijn armen en kuste haar met een innigheid die tranen in haar ogen bracht en waardoor ze zich ten diepste schaamde.

30

*H*ét kind dat op een winderige dag in maart 1916 geboren werd, leek de vertwijfeling van diens moeder te voelen want het gedroeg zich zo onopvallend mogelijk. Na enkele uren milde weeën gleed het als vanzelf uit Sofia's lichaam, waarna het als een klein poesje, met een hoog, iel stemmetje, zachtjes lag te piepen.

Het was een meisje en ze was beeldschoon.

Zoals Odilia al had voorspeld, verdween het laatste restje weerstand van Sofia op het moment dat de vroedvrouw haar aan haar borst legde.

Als een klein engeltje lag ze uiteindelijk frisgewassen en aangekleed, op het met kant afgezette kussen van de met houtsnijwerk en verguldsel versierde familiewieg van de Orlandi's. Haar hoofdje had dezelfde ovale vorm als dat van Sofia en dezelfde fijne gelaatstrekken, maar het eigenzinnige kuiltje ontbrak. Het kleine gezichtje straalde een zachte, bijna bovenaardse vriendelijkheid uit.

Odilia Orlandi vond dat dit wezentje de naam moest krijgen die haar uiterlijk suggereerde. Niemand had er iets op tegen en dus doopte de pastoor de kleine signorina Orlandi met de naam Angela.

Hij moest twee keer opnieuw beginnen omdat de zevenjarige Stefano met alle geweld probeerde om hem bij het uitvoeren van de rituele handelingen te hinderen. Hij greep met zijn handen het geborduurde brokaat van het gewaad van de priester en schoof hem aan de kant, om vervolgens zijn oudtante Serafina, die de dopeling op de arm hield, bij de doopvont weg te duwen.

'Jullie mogen haar niet in het water gooien,' schreeuwde hij met schelle stem. 'Ik wil niet dat jullie haar vermoorden!'

Odilia Orlandi trok haar kleinzoon snel aan de kant en legde hem fluisterend uit dat het met kleine mensen anders was dan met kleine poesjes. De jongen had onlangs per ongeluk gezien hoe het dienstmeisje de kittens van de huiskat had verdronken.

Opa Archangelo glimlachte vol trots. Hij had gemerkt hoe sterk de jongen intussen geworden was – en had geamuseerd toegekeken hoe hij de geestelijke in zijn belachelijke rokken had lastiggevallen.

'Angela, ga heen in vrede,' zei de pastoor ter afsluiting, maar in de Europese landen heerste nog altijd geen vrede en ook het levenspad van deze kleine engel zou niet echt vredig verlopen

31

Naarmate de oorlog vorderde, groeide ook de interesse van de bevolking in de politieke berichtgeving.

De papierfabrikant Cohn had deze ontwikkeling al vroegtijdig bemerkt en er direct op gereageerd door een licentie voor het uitgeven van een dagblad aan te vragen.

'Met deze krantenuitgeverij hoop ik mijn eigen klant te worden, waardoor de basis van mijn bedrijf zeker gesteld is,' zei hij tegen Stefano.

'Bent u ook van plan om hier een nieuw gebouw voor te laten neerzetten?' vroeg Stefano hoopvol. Maar de fabrikant schudde spijtig zijn hoofd. 'Na de dood van de oude Renner kon ik de hal van zijn landbouwmachinefabriek overnemen. De man had geen erfgenamen en de bank deed mij een gunstig aanbod!'

'Jammer,' zei Stefano teleurgesteld. De bouw van een nieuwe drukkerij zou een perfecte opdracht zijn geweest, aangezien het aantal nieuwbouwprojecten sinds het begin van de oorlog sterk was teruggelopen. Zelfs kleine verbouwingen werden nu al uitgesteld tot na de oorlog. Met uitzondering van de ondernemer Cohn was er zo goed als geen ondernemingsanimo meer en wie geld had, probeerde dat te bewaren voor betere tijden. Bovendien begon nu langzaam het door de oorlog veroorzaakte gebrek aan arbeidskrachten merkbaar te worden. Zelfs in deze Zuid-Duitse provincie zagen steeds meer vrouwen zich gedwongen om mannenwerk te doen. Anders dan in de grote steden had men hier weliswaar nog steeds voldoende te eten, maar het effect van de oorlog werd wel op een andere manier merkbaar. De varkens, die gezien werden als 'vraatzuchtige aardappeleters', waren inmiddels op grond van een Berlijnse verordening al lang geslacht. De bevolking kreeg het zwaar en at nu de aardappels. Ook de paarden ontkwamen niet aan hun lot. Die werden, evenals de iets oudere Wisslinger jeugd, opgeroepen voor dienstplicht aan het front.

'De baron had tranen in zijn ogen, toen ze zijn twee paarden uit de stal kwamen halen, ik heb het met mijn eigen ogen gezien,' vertelde vader Sailer, maar hij zweeg over de woedende uitval van de smid, die in één keer twee zonen verloren had aan het westelijk front.

'Ik heb nu de zorg voor vijf onmondige kleinkinderen,' had de man hem verteld, 'terwijl jij lekker languit op de sofa kunt hangen nadat je Italiaanse schoonzoon jouw werk in de stal van je heeft overgenomen. Die hoeft voor niemand te vechten en hoeft dus ook niet te vrezen voor zijn gezondheid of zijn leven, in tegendeel: die leeft er lekker op los van Anna's geld, terwijl onze Duitse jongens in de loopgraven liggen en kreperen!'

Het was inderdaad zo dat Anna's geërfde geld ervoor zorgde dat ze niet in nood kwamen of gedwongen waren om te sparen, maar de omzet van het afgelopen kwartaal was zo klein, dat de paar overgebleven werklieden nu waarschijnlijk ook ontslagen moesten worden. En hoewel ze nu alleen nog maar oudere mannen of gewond geraakte soldaten in dienst hadden – hadden juist die en hun gezinnen het inkomen zo hard nodig.

Stefano sliep slecht. Zijn hersens maalden maar door. Hij was te trots om zich gewonnen te geven.

Bij een volgende ontmoeting met Cohn vroeg hij de ondernemer of hij voortaan zijn reeds gelezen kranten mocht hebben.

Samuel Cohn was verbaasd, maar hij bewonderde de jonge bouwmeester om zijn vlijt en leergierigheid. En dus regelde hij dat zijn knecht, telkens wanneer die de laatste post uit de postbus ging halen, de krant van de vorige dag bij de Sailer-Italiaan afgaf.

Vanaf toen las Stefano regelmatig en met een pietluttige en dus tijdrovende nauwkeurigheid het *Stuttgarter Blatt*, zeer tegen de zin van zijn schoonvader, die dit maar gelummel vond.

Zelfs Anna had haar twijfels en was van mening, dat hij zijn tijd wel wat beter kon gebruiken.

'Wat kan er nu belangrijker zijn dan de toekomst?' weerlegde Stefano dergelijke verwijten, want intussen begon zich in zijn hoofd een plannetje te ontwikkelen. En uiteindelijk vroeg hij zijn vrouw om iets wat hij nog nooit eerder van haar verlangd had: haar totale Schwäbisch Gmünder erfenis aan hem te openbaren.

Anna bekeek hem geamuseerd, toen ze zijn verlegenheid bemerkte. 'Je hoeft echt niet zo moeilijk te doen hoor, Stefan. We zijn tenslotte getrouwd, dus mijn vermogen is ook het jouwe!'

Stefano wist maar al te goed dat dit – althans juridisch gezien – niet het geval was. Maar zo was zijn Anna nu eenmaal, dacht hij ontroerd: als ze iets besloten had, dan ging ze er ook helemaal voor.

Anna haalde haar spaarboekjes, de obligatiebrieven en de uittreksels uit het kadaster.

Stefano bestudeerde alles nauwkeurig en keek daarna verbaasd op. 'Ik had nooit gedacht dat het zoveel was!'

'Je had het alleen maar hoeven vragen.' Anna schudde haar hoofd en ging achter hun zesjarige tweelingzoontjes aan. Ze hadden het stempelkussen te pakken gekregen en hadden hun handen op het inktkussen gedrukt om nu de eerste blauwe afdrukken op de wit gekalkte muur van het kantoortje te stempelen.

'Jullie kleine deugnieten,' foeterde Anna boos, maar Stefano moest lachen.

Hij zette zijn twee kleine P's, zoals de tweeling door de werklieden werd genoemd omdat ze voor vreemden niet uit elkaar te houden waren, op zijn knieën, haalde zijn zakdoek uit zijn broekzak en poetste hun handpalmen met behulp van wat spuug weer schoon.

Het was een gebaar van tederheid, niet van terechtwijzing.

Anna zuchtte.

'Als je de kinderen op die manier verwent, dan krijgen we nog heel wat met ze te stellen!'

Stefano moest lachen en bekeek de afdrukken op de muur.

'Waag het niet daaroverheen te verven,' waarschuwde hij zijn vrouw, terwijl hij de twee boefjes tegen zich aan drukte en zo innig kuste, dat ze begonnen te piepen en probeerden zich los te wurmen. 'Ze lijken precies op jou. Vooral geen gevoelens tonen,' zei Stefano en hij liet zijn zoons los, zodat ze hun opa konden gaan helpen.

Anna glimlachte en besloot hem die avond te belonen. Tijdens hun zevenjarige huwelijk had ze aardig wat dingen geleerd en inmiddels al lang begrepen hoe je een man het beste kon plezieren – en niet te vergeten zichzelf.

O ja. Ze was een leergierige leerling geweest – en Stefano een geduldige en enthousiaste leraar. Soms schaamde Anna zich voor de lusten die het getrouwde leven haar verschafte. En ze was blij dat ze, in tegenstelling tot katholieken, geen pijnlijke maandelijkse of zelfs wekelijkse biechten af hoefde te leggen.

In de vroege uren van de ochtend, toen ze bevredigd in Stefano's armen lag en zijn adem als een zachte streling in haar nek voelde, vroeg hij opeens: 'Hoe moedig ben jij, Anna?'

Anna draaide zich om en keek hem verbaasd aan. Wat bedoelde hij daarmee? Of ze misschien toch nog een kind wilde? Ze stond er niet afwijzend tegenover, hoewel hij haar al jaren geleden duidelijk gemaakt had dat het beter zou zijn als ze het bij twee lieten. 'Meer kinderen betekent een kleinere erfenis,' had hij gezegd. Een argument dat Anna meteen overtuigd had. Waarop ze een lang gesprek met de vroedvrouw gevoerd had, die haar daarop enkele technieken geleerd had waarmee ze een ongewenste zwangerschap kon voorkomen.

Maar dat bleek niet waar Stefano op doelde.

'Ik ben van plan om gebruik te maken van de recessie,' zei hij.

'En hoe wil je dat doen?' wilde Anna weten.

Stefano legde het haar uit. Het was een risicovol plan. Zo risicovol dat als het niet zou lukken de hele Schwäbisch Gmünder erfenis wel eens kon verdwijnen.

Anna richtte zich op en leunde met haar blote rug tegen het gepolijste houten hoofdeinde van het bed. Ze deed niet eens moeite om haar kleine spitse borsten te bedekken, waarvan de tepels nu hard werden van de kou.

Zwijgend en met gefronst voorhoofd dacht ze na. Uiteindelijk streek ze een rode pluk haar achter haar oor, glimlachte en zei: 'Het is een kans, dat zie ik net zo. En als het misgaat, dan zal alles weer net zo zijn als vroeger voordat mijn tante, de heks, ons onder haar goede gaven bedolven had!'

Eigenlijk had Stefano al genoeg gehad voor deze nacht. Maar toen hij zijn vrouw aankeek, die met een verbluffende meegaandheid zijn waanzinnige ideeën goedkeurde en zelfs bereid was om erin mee te gaan, vond hij haar opeens aantrekkelijker dan ooit. Hij pakte haar beet en deed alles waarvan hij wist dat ze het heerlijk vond. En toen ze op een bepaald moment het tussen hen afgesproken codewoord wist uit te brengen dat hen moest herinneren aan de adviezen van de vroedvrouw, negeerde hij deze waarschuwing om tot het laatste moment van dit geweldige gevoel te kunnen blijven genieten. Niet omdat hij zichzelf niet in de hand had, maar omdat hij bereid was om naast het grote zakelijke risico, ook een persoonlijk risico op de koop toe te nemen.

Anna begreep zijn bedoelingen zonder nadere uitleg en liet zich leiden. En al op het moment waarop ze het uitschreeuwde wist ze dat het dit keer opnieuw raak was.

32

$\mathscr{H}$ermann Sailer wist niet wat hij hoorde.
'Dat meen je niet serieus, Stefan,' wist hij uiteindelijk uit te brengen.

'Als hij het niet serieus meende, dan zou hij het niet zeggen,' antwoordde zijn dochter in plaats van haar man.

Hermann Sailer opende het bovenste knoopje van zijn overhemd. 'Zoiets kun je toch niet doen in tijden zoals deze!'

'Juist in dit soort tijden. Ondernemer Cohn is het met ons eens,' zei Stefano nu.

'Wat heeft die jood nu met jouw rare ideeën te maken?'

'Hij is ervoor,' antwoordde Stefano laconiek.

'Ha, maar zijn vermogen staat ook niet op het spel!'

'Het jouwe ook niet, vader,' maakte Anna duidelijk. 'Jij hebt namelijk amper geld!'

Dat klopte, wat vader Sailer nog bozer maakte. 'Maar ik mag jullie te eten blijven geven, als het misgaat,' zei hij, meer hulpeloos dan boos. Hij besefte namelijk dat het zinloos was om een beroep op hun verstand te doen. Anna had dit al lang samen met haar man besloten. En hoe het afliep als die twee het met elkaar eens waren had hij al vaker mogen ervaren: om wat voor idioterie het ook ging, het werd gedaan.

'Doe maar wat jullie niet kunnen laten!' bromde hij uiteindelijk. Toen stond hij op en knalde de kantoordeur zo hard achter zich dicht, dat de ramen ervan rammelden.

Op dochter en schoonzoon maakte het weinig indruk, maar de tweeling, die buiten op de binnenplaats aan het spelen was, vond het prachtig. Ze imiteerden de woede-uitbarsting van hun opa net zolang met de staldeur totdat Hermann Sailer ze uiteindelijk geïrriteerd in de bolderkar zette en meenam naar het veld om bomen te gaan snoeien.

Anna keek ze na en trok de juiste conclusie. 'Hij is het er niet mee eens,' stelde ze droog vast. 'Maar hij doet het wel!'

'Hij zal het wel moeten doen, als het zover is. Als ik het doe, dan vermoorden ze me,' zei Stefano nuchter.

Uiteindelijk zag vader Sailer het ook in.

Stefano las in de krant de berichten van het handelsregister en de faillissementsrechtbanken. En algauw begon Hermann Sailer allerlei reisjes met de trein te maken, waarbij hij vaak enkele dagen wegbleef. Hij bezocht elk in moeilijkheden geraakt of failliet gegaan bedrijf in de buurt van het Zwabische spoornet en kocht vervolgens al hun overgebleven machines of materiaal tegen uiterst gunstige prijzen op. Hij betaalde met geld, aardappels, meel, speklappen, appels en jenever. Hierdoor miste hij zelfs de komst van zijn eerste kleindochter Else. Pas vijf dagen na haar geboorte zag hij het kleine, roodharige meisje voor het eerst.

Elke keer dat er nieuwe producten binnenkwamen, reed vader Sailer, samen met zijn neef Max, de voorman die tijdens de oorlog een oog verloren had, en nog drie oudere metselaars van het bedrijf met de ossenwagen naar het laadstation in de stad. Daar leegden ze dan één of meerdere gehuurde goederenwagons. Ze losten bakstenen, zandsteen, gips, mortel en cement, gebruikte bouwmachines en de meest uiteenlopende apparaten, steenplaten, tegels, sanitair, ijzeren en koperen buizen, badkuipen en wastafels van staal, emaille en steen, haarden, toiletpotten, ramen en kozijnen, houten dakconstructies, dakpannen en nog veel meer. De werklieden en zelfs de ambtenaar die de leiding had over het laadstation werden door Hermann Sailer met landbouwproducten omgekocht zodat ze hun mond zouden houden over de binnengekomen vracht. De goederen die tijdens de terugrit met een groot zeil waren afgedekt, werden vervolgens in een tweede hal van de oude Renner weer afgeladen, gesorteerd en bewaakt.

Natuurlijk werd er gepraat in de stad en in het dorp, maar over het algemeen ging men ervan uit dat het om goederen en machines ging, die de ondernemer nodig had voor de inrichting van zijn krantenuitgeverij.

Met het vredesverdrag van Saint-Germain-en-Laye kwam er een eind aan de reisjes en transporten van vader Sailer, maar toen was de tweede hal van de oude Renner al tot de nok gevuld.

33

*S*ofia stak een kleine sinaasappelbloesem in het knoopsgat van Stefano's kostuum en trok zijn witte vlinderstrikje recht. Toen bekeek ze haar zoon en zei met moederlijke trots: 'Je bent de mooiste communicant van heel Napels, Stefano!'

'Verpest dat kind nou niet,' bromde de reder, hoewel hij het diep in zijn hart volkomen eens was met zijn dochter.

Hij greep in de zak van zijn jasje, ging voor zijn kleinzoon staan en bevestigde met handen die van ontroering licht beefden het gouden zakhorloge, dat hij speciaal voor deze dag had laten maken, aan het knoopsgat van de kinderlijke rokjas.

'Elke dag om dezelfde tijd moet je dit knopje hier opwinden, Stefano,' instrueerde hij zijn kleinzoon. De jongen grijnsde en wilde het meteen proberen, maar Archangelo hield hem tegen: 'Pas vanavond om vijf uur, zoals ik het gisteren gedaan heb!'

'Waar is Sandro eigenlijk?' vroeg tante Serafina, terwijl ze haar blik over het communiegezelschap liet gaan dat zich in de hal van de Villa Orlandi verzameld had om samen naar de kerk te gaan.

Sofia perste haar lippen op elkaar, draaide zich zwijgend om en verdween de trap op, naar boven.

'Die vervloekte kerel krijgt het zelfs voor elkaar om zich op de dag van de eerste communie van zijn zoon te verslapen,' siste Archangelo Mazone met een van woede rood aangelopen gezicht.

'Wind je niet op alsjeblieft, Archi,' fluisterde Serafina bezorgd, want het hart van haar broer baarde haar en de huisarts al geruime tijd zorgen. Archangelo trok zich niets van hen aan en wuifde steeds met een verachtelijk gebaar de bezwaren van de dokter weg, wanneer die hem adviseerde te minderen met sigaren en port en de warme zomermaanden in de koelere bergen door te brengen.

Maar met het instinct van de reder was niks mis.

Toen Sofia de slaapkamer binnenkwam, waarin Sandro sinds de geboorte van Stefano zijn nachten doorbracht, sloeg de zurige lucht van overmatig drankgebruik, die ze tijdens haar huwelijk inmiddels goed genoeg had leren kennen, haar tegemoet. In het doorwoelde tweepersoonsbed lag niet alleen haar echtgenoot, maar ook een bruin verbrande, schijnbaar naakte jongeman, die zo te zien nog geen twintig jaar oud was.

'Sandro!' riep Sofia met snijdende stem.

Sandro liet een protesterend gebrom horen, draaide zich op zijn andere zij en zou opnieuw in slaap gevallen zijn als Sofia hem niet door elkaar had geschud.

'Iedereen staat beneden op je te wachten! Blijkbaar ben je vergeten wat voor dag het vandaag is!'

Sandro richtte zich op. Zijn hoofd voelde aan alsof het elk moment uit elkaar kon barsten. Hij staarde zijn vrouw aan en probeerde te begrijpen wat zij zo vroeg op de ochtend van hem wilde.

'Stefano heeft vandaag zijn eerste communie. Sta op en kleed je aan, of wil je dat ik je moeder naar boven stuur? Stel je voor, lieveling, dan zal ze deze persoon hier...' – haar blik gleed vluchtig over de gestalte naast Sandro – '... zeer waarschijnlijk uit het raam gooien of doodsteken met haar hoedenspeld!'

Vervolgens draaide ze zich om en verliet de kamer. Met het oog op de verzamelde familie, wier oren elk geluid probeerden op te vangen, knalde ze de deur niet achter zich dicht, hoewel ze dat het liefst wel gedaan had. Ze ademde een paar keer diep in en uit en liep toen bedaard de trap weer af.

'Sandro voelt zich niet zo goed,' verklaarde ze rustig. 'Hij heeft weer eens last van een van zijn kolieken!'

Odilia Orlandi werd bleek van verontwaardiging. Zijzelf had deze elegante omschrijving voor de problemen als gevolg van haar zoons buitensporige alcoholgebruik verzonnen en wist nu dus zeker dat haar angst terecht geweest was. Ze wilde al haastig in de richting van de trap lopen, maar de hand van haar schoondochter, die verbazingwekkend krachtig op haar onderarm gelegd werd, verhinderde dat.

'We moeten gaan, mama. We kunnen het het kind niet aandoen dat hij het op deze belangrijke dag ook al zonder zijn nonna moet doen!'

Odilia's blik viel op de jongen die, geheel niet onder de indruk, met zijn zusje speelde, dat vandaag meer dan ooit op een engel leek. Ze zag het rood aangelopen gezicht van grootvader Mazone en de van angst schitterende ogen van Serafina, bang als die was dat deze situatie – in aanwezigheid van de families Orlandi en Mazone en drie leden van het personeel – open en bloot besproken zou worden, en ze knikte.

'Je hebt gelijk, Sofia. We gaan,' zei ze.

'Ik zal thee voor meneer zetten,' fluisterde de kokkin Sofia toe, terwijl het feestgezelschap zich voor het huis over de verschillende voertuigen verdeelde.

Gedecideerd schudde Sofia haar hoofd. 'Laat hem maar slapen, Zita. Hij is te ziek om zelfs maar thee binnen te kunnen houden!'

Vanuit haar ooghoeken zag ze een zeer slanke jongeman door de zijingang naar buiten glippen en achter de grote oleanderstruik verdwijnen. Ze hoopte maar dat zij de enige was die hem gezien had. Opnieuw perste ze haar lippen op elkaar; zelden had ze Sandro zo vervloekt als nu. Maar toen besefte ze dat ze vandaag wilde vieren dat haar geliefde zoon Stefano voor het eerst één zou worden met het lichaam van de Heer in het sacrament van de heilige communie, en dus nam ze haar vervloekingen terug.

De bovenaards mooie gezangen tijdens de dienst deden haar de vernederingen waaraan Sandro haar blootgesteld had vergeten en gelukkig keek ze naar de donkere krullenbol van haar zoon, toen die op de communiebank knielde. Op dit moment doorstroomde haar, ondanks alles, een gevoel van geluk.

Toen ze weer thuiskwamen om in familiekring van een feestmaal te genieten, was Sandro nog altijd niet te zien.

Sofia was bezig de gasten te onthalen en weigerde een tweede keer naar boven te gaan om de vermoedelijk nog altijd dronken Sandro op zijn plichten te wijzen. Maar Odilia was nu niet meer tegen te houden. Boos beklom ze de trap en trok, zonder aan te kloppen, de deur van zijn slaapkamer open.

Tot haar grote woede lag Sandro nog altijd in het doorwoelde bed. De vreselijke stank die de kamer vulde, maakte dat Odilia eerst de gordijnen opentrok en de ramen wijd openzette. Toen liep ze naar het bed om haar zoon een preek te geven, iets wat ze al veel eerder had willen doen.

'Sandro,' riep ze, maar verstomde toen.

Sandro sliep helemaal niet. Zijn ogen waren wijd opengesperd en star.

Odilia Orlandi was vierenzeventig jaar oud en de dood was haar niet vreemd. Ze had haar man, haar ouders en haar twee oudere broers in deze zelfde toestand gezien. En meteen bij de eerste aanblik wist ze dat een arts hier niet meer nodig was.

Lang en ernstig bekeek ze het opgezwollen, door excessen getekende lichaam van haar oudste zoon. Meedogenloos vroeg ze zich af hoeveel zijzelf had bijgedragen aan de vervorming van dit eens zo lieve kind, maar ze wist dat haar geen zware verwijten gemaakt konden worden.

Toen dacht ze aan het feestgezelschap dat beneden in de salon op haar wachtte. Ze woog alles tegen elkaar af en nam toen een besluit. Ze sloot de ramen weer, trok de gordijnen weer dicht en haalde de sleutel, die aan de kamerzijde in de deur stak uit het sleutelgat. Toen verliet ze de kamer. Eenmaal in de gang draaide ze de deur zorgvuldig op slot, waarna ze terugkeerde naar de salon waar ze verkondigde dat Sandro, na het innemen van zijn medicijnen, gelukkig weer ingeslapen was en niet langer geplaagd werd door de pijnen van zijn koliek.

Stefano stond intussen met hoogrode wangen de rest van zijn cadeaus uit te pakken, voordat de kokkin begon met het serveren van de lievelingspasta van de communicant. Het feest zou zeker nog tot in de late avonduren duren. Zodra de gasten weer naar huis waren en de kinderen in bed lagen, zou er nog tijd genoeg zijn om zich om de dode te bekommeren.

Aan Sandro's verprutste leven en zijn weinig roemrijke einde was nu toch niets meer te veranderen. En dus moest tenminste de herinnering van haar kleinzoon aan zijn eerste communie een mooie zijn, zo vond Odilia Orlandi, die al als jong meisje in staat geweest was om weloverwogen en koele beslissingen te nemen.

34

$\int$tefano Paqualini zat in het ambtsvertrek van de districts-voorzitter, een kleine zaal, die vroeger in gebruik geweest was als muziekkamer van de feodale vorsten. Boven hem hing een pastelkleurig schilderij met daarop een groep dames die een gouden lier aan een man met een zegekrans overhandigde.

De districtsvoorzitter, die tegenover hem zat, wiegde zijn hoofd heen en weer maar nadat hij een tijdje had nagedacht, kwam hij tot een conclusie.

'Niemand zal u kunnen tegenhouden, meneer Pasqualini,' zei hij. 'U bent tenslotte in het bezit van een geldig bouwplan en een officiële bouwvergunning.'

'Dat is precies wat de ondernemer Cohn ook zei!'

'Hebt u er met hem over gesproken?'

'Ja! In zekere zin is mijn plan zelfs op dat gesprek gebaseerd!'

De districtsvoorzitter ging staan. Een teken dat het gesprek beëindigd was, zo wist Stefano intussen.

'Dan wens ik u veel succes, meneer Pasqualini!'

Stefano maakte een buiging. 'Dank u wel, meneer de districts-voorzitter! Ik zal het nodig hebben!'

Niet lang daarna begonnen de bouwwerkzaamheden op de twee door Anna geërfde akkers. Na de zondagse kerkdienst wandelden de geïnteresseerde Wisslingers naar de bouwplaats om de welgetelde twaalf bouwputten te bewonderen.

'Wat bouwt die Sailer daar eigenlijk?' vroegen ze elkaar, maar lang duurde het niet voordat ze antwoord op hun vragen kregen.

Al snel hoorde men van de gemeenteraadsleden dat het hier

woonhuizen betrof voor de nieuwe arbeiders en bouwvakkers, die Cohn hier vanuit Stuttgart en andere grote steden naartoe wilde halen voor de bouw van zijn geplande uitgeverij.

'Dat was geen idee van de oude Sailer, maar van die schoonzoon van hem,' foeterde Eberhard Hittelmayer. 'Eerst drukt hij zich voor militaire dienst, terwijl hij waarschijnlijk in zijn vuistje lachte bij het zien van de toestand van ons arme vaderland, en nu wil hij ook nog eens gaan profiteren van de oorlog, die vervloekte spaghettivreter. En Anna, verblind als ze is, financiert het allemaal! Babett zou zich in haar graf omdraaien als ze het zou weten, dat durf ik te wedden!'

Maar in deze tijden interesseerde het niemand iets wat Hittelmayer te zeggen had.

Het was inmiddels bekend geworden dat de Sailer-Italiaan op zoek was naar extra bouwvakkers en dagloners, terwijl Hittelmayer met zijn bedrijf amper nog klussen had.

'Kan mij wat schelen waar de baas vandaan komt, zolang hij mij maar op tijd mijn loon uitbetaalt en ik de monden thuis kan vullen,' zei Eduard Köhler, een gezond uit de oorlog teruggekeerde Wisslinger meubelmakersknecht. En zo dachten veel anderen er ook over.

'Soms stroomt het water ook bergopwaarts. Zolang je maar niet vergeet dat het normaal gesproken naar beneden stroomt,' zei Stefano, die besloot op zijn hoede te blijven en voorzichtig te werk te gaan nu hij blijkbaar opeens weer helemaal in de gratie gekomen was.

In mei 1919, toen hij voor een bespreking op het districtskantoor moest zijn, liet hij zich ook opnieuw aanmelden bij de districtsvoorzitter.

'Ik heb besloten uw raad van destijds op te volgen, meneer de districtsvoorzitter,' zei Stefano en hij ergerde zich zelf aan de overdreven dramatiek in zijn stem, toen hij eraan toevoegde: 'Ik ben nu bereid een Duitser te worden!'

'Bravo, meneer Pasqualini!' riep de districtsvoorzitter, die de Italiaan altijd sympathiek was blijven vinden. Behoedzaam stelde hij voor om in dit geval dan misschien ook nog een kleine naamswijziging door te voeren.

Maar hier eindigde Stefano's bereidschap tot integratie. De afgelopen jaren hadden hem harder gemaakt. Alleen zijn vrouw had nog toegang tot zijn ware Ik – en dan alleen tijdens de nachtelijke, intieme momenten.

'Het is precies zoals je al voorspeld had,' gaf Anna op een avond somber toe, toen ze alleen was met haar vader. 'Stefan is veranderd!'

'Omdat ze zijn trots gekrenkt hebben. Wees blij dat jij het niet was!'

Anna knikte en schoof nog een lepel pap in de mond van kleine Else. Dat haar man nu Duitser was, gaf haar geen genoegdoening meer. Ze zag zijn ogen en zijn lichaamshouding, wanneer hij op de bouwplaats was, gekleed in een blauwe overall en degelijke werkschoenen. Ze begreep dat hij probeerde een echte burger van zijn nieuw gekozen vaderland te worden, en dat hij de voor hem vreemde spelregels overgenomen had. Maar ze herkende ook zijn wil om de Wisslingers en mensen uit de stad hun verachting en buitensluiting tijdens de oorlog op subtiele wijze terug te betalen. Stefano wilde niet langer als baas van de metselaars optreden, hij wilde laten zien dat hijzelf ook daadwerkelijk een metselaar was.

'Pak je gitaar toch eens en zing weer eens iets voor ons,' vroeg Anna hem toen de familie op een zondagavond bij elkaar zat.

Stefano schudde zijn hoofd. 'Nee, Anna,' zei hij vastbesloten. 'Die gitaar hoort bij een ander leven!'

Vanaf dat moment wist ze heel zeker dat zijn ambitie een verslaving was geworden die meer en meer bezit van hem nam.

35

'*W*at ben jij nu aan het doen, jongen?' vroeg Stefano verbaasd, toen hij op een avond laat vanuit Zum Hirschen naar huis kwam. Hij had er tot diep in de nacht skaat, een populair kaartspel, zitten spelen.

'Ik bekijk jouw tekeningen,' antwoordde de negenjarige Paul. Stefano, die zijn zoon ervan verdacht meer interessante lectuur onder de grote bouwtekeningen verstopt te hebben, kwam dichterbij. Hij voelde onder de papieren, maar vond daar enkel het houten tafelblad.

'Waarom heb je de open haard in dit hoekhuis in het midden getekend?'

'Omdat dat huis de meeste ruimte heeft en de baas van de uitgeverij er komt te wonen. Volgens de meneer Cohn heeft de vrouw van die man longproblemen. Als ik de haard in het midden neerzet, in plaats van op de gebruikelijke plek, dan kunnen alle ruimtes door middel van een heteluchtsysteem verwarmd worden, ook de slaapkamers!'

'Aha,' zei Paul met kinderlijke ernst. 'Maar het is niet handig voor de indeling van de kamers!'

'Inderdaad.' Stefano knikte. Hij was nu echt verbaasd. 'Sinds wanneer houd jij je met dit soort dingen bezig, Paul?'

'Altijd al. Ik heb elke tekening bestudeerd die jij hebt gemaakt, papa,' antwoordde de jongen, alsof dit de gewoonste zaak van de wereld was.

Stefano onderdrukte een lach en ging naast Paul aan de tafel zitten. 'Waarom heb je me dat nooit verteld?'

'Ik weet het niet. Ik dacht dat je het misschien niet goed zou vinden!'

'Integendeel, Paul. Ik vind het juist fantastisch!'

De jongen keek zijn vader aandachtig aan. 'Ik wil later ook bouwmeester worden, net als jij,' bekende hij blozend.

Stefano voelde zijn hart warm worden toen hij zich herinnerde hoe Paul, toen hij nog maar vier jaar was, steeds opnieuw de verhalen over zijn tijd op de bouwschool van Rome had willen horen. Toen had hij gedacht dat het de zogenaamde avonturen in die verre, vreemde stad waren geweest, die de jongen zo gefascineerd hadden, maar blijkbaar had hij zich toen al voor de bouwkunst geïnteresseerd.

'Als je wilt kan ik je wel een paar boeken geven, Paul,' stelde hij voor.

'O ja, alsjeblieft,' riep Paul met stralende ogen.

Maar voordat Stefano de kast kon openen waarin hij deze kostbare boeken bewaarde, verscheen Anna in haar gewatteerde, roze ochtendjas en zei ongerust: 'Wat zijn dat hier voor nachtelijke bijeenkomsten?' Bestraffend keek ze haar man aan. 'Die jongen moet morgen om zeven uur weer naar school. En jijzelf moet al een uur eerder weer op de bouwplaats zijn!'

Ze bekeek Stefano nu wat nauwkeuriger en zag dat hij nog altijd aangekleed was. 'Waar kom jij trouwens zo laat vandaan?' Om die vraag meteen zelf maar te beantwoorden: 'Kaartspelen is van de duivel en veroorzaakt alleen maar ongeluk en verlies!'

Hier moest Stefano hard om lachen, want de inzet van de spelers was zo gering dat hij, ondanks de flinke portie geluk die hij gehad had, tijdens die hele lange avond niet meer dan twee mark gewonnen had.

Hij gaf zijn zoon een speelse tik op zijn achterwerk, waarop Paul naar zijn slaapkamer drentelde. Daarna pakte hij zijn vrouw beet. Terwijl zij tegelijkertijd protesteerde en lachte, tilde hij haar op en droeg haar naar de slaapkamer.

Toen het tijd was om op te staan, ging Anna zitten en bekeek haar slapende echtgenoot. Ze twijfelde nog of ze hem na deze korte nacht al wakker moest maken, toen hij zich mompelend op zijn andere zij draaide, daarbij tegen haar rug stootte, haar heupen beetpakte en met slaapdronken stem mompelde: 'Kom nog even terug, Sofia, alsjeblieft!'

Het leek of een ijskoude hand Anna's hart omvatte en meteen moest ze weer aan die verdachte enveloppen denken. Vier had ze er in totaal vernietigd in de afgelopen jaren. En ze zou het blijven doen, en vol overgave nu, nadat haar vermoedens bevestigd waren. Ze gleed terug in het bed, schoof naar Stefano toe en legde haar arm om zijn nek. Deze man was van haar, van haar alleen. Zij zou er wel voor zorgen dat zijn nostalgische dromen uitgedreven werden.

36

$\mathcal{D}$e tweede hal van de oude Renner, die Stefano van de ondernemer gehuurd had, leegde zich in hetzelfde tempo als waarmee de twaalf huizen groeiden. Als Stefano niet zo'n vooruitziende blik gehad had, dan zou de hele onderneming inmiddels onuitvoerbaar geworden zijn. Want als er ergens gebrek aan was in deze naoorlogse tijd, dan was het wel aan materiaal. En wat niet voorradig was, moest duur gekocht worden.

Deze nare nasleep van de ooit zo euforisch begonnen oorlog begon nu langzaam merkbaar te worden: het Duitse land kreunde onder de last van de reparatiekosten en zelfs de prijzen van de primaire levensmiddelen stegen steeds verder.

Ondanks alle behoedzaamheid kostte het bouwproject bakken met geld. Het Schwäbisch Gmünder vermogen smolt als sneeuw voor de zon.

'Nog niet alles is verloren,' troostte Anna haar man en zichzelf toen ze aan het eind van het jaar 1920 de balans opmaakte. 'We bouwen iets op waar niet alleen wij maar ook onze kinderen en kleinkinderen nog de vruchten van zullen plukken!'

De balans die vader Sailer voor zichzelf op moest maken aan het einde van het jaar, was duidelijk slechter.

In het geheim, om zijn dochter en Konstanze niet ongerust te maken, had hij een bezoek aan de oogarts in de stad gebracht.

'Er zal wel in mijn staar gesneden moeten worden,' verkondigde hij zijn zelf gestelde diagnose, nog voordat hij op de onderzoekstafel had plaatsgenomen.

'Hier valt niets te boren,' zei de arts echter, nadat hij klaar was met zijn onderzoek. 'Waar jij last van hebt, wordt niet door je oog veroorzaakt, maar door je bloedsuiker. Over je beide pupillen heeft zich een kring van wilde bloedvaatjes gevormd. Ik denk dat je nog maar heel weinig kunt zien. Kun je je herinneren wanneer dat is begonnen?'

'Meteen na het begin van de oorlog,' gaf vader Sailer toe en daarna vroeg hij wat de arts van plan was eraan te doen.

'Niets. Dit is een hopeloze zaak,' antwoordde de dokter. Hij kwam ook uit Wisslingen en had ooit samen met Hermann Sailer op school gezeten. 'Je wordt blind, Hermann, en wel binnen een jaar. Stel je daar geestelijk maar vast op in!'

Het geestelijke was nooit echt Hermanns sterke kant geweest en hij kon zich er, ondanks de talrijke preken van de dominee, ook niet veel bij voorstellen. Maar wat het verlies van het licht in zijn ogen betrof, was zijn voorstelling heel duidelijk.

De schok dreef hem naar de nabijgelegen herberg Drei Könige, waar hij onder het genot van een groot glas bier nadacht over deze onheilstijding.

Hij was zevenenzestig jaar oud en zou binnenkort dus aangewezen zijn op hulp.

Zijn enige dochter Anna was de moeder van drie levenslustige kinderen, ze had een ambitieuze man en wilde zelf ook altijd hogerop; in de afgelopen jaren had ze zelfs leren boekhouden.

'Ik doe het liever zelf dan dat vreemden telkens zien hoe wij er financieel voorstaan,' had ze hem uitgelegd.

Volhardend als ze was had ze zich door de boeken heen geworsteld en zich, alleen in geval van twijfel, door iemand uit de stad laten adviseren.

Hoe dan ook, zijn eigengereide dochter wilde hij hier niet mee lastigvallen – en op Konstanze kon hij waarschijnlijk alleen rekenen als hij haar iets te bieden had. De boerderij was nog altijd voor de helft van hem. Dat moest genoeg zijn voor een paar jaar verpleging; hij zou tenslotte niet bedlegerig zijn en echt oud was in zijn familie nog nooit iemand geworden.

En zo kwam het dat hij Konstanze, toen hij die avond thuiskwam uit de stad, ten huwelijk vroeg.

'Ik zou je zo ook wel geholpen hebben, hoor,' zei zij, maar pas nadat ze op het gemeentehuis in ondertrouw gegaan waren.

'Je wilt toch niet zeggen dat je wist dat ik blind zou worden,' zei Hermann Sailer verontwaardigd, maar Konstanze lachte hem uit en zei dat ze het al geweten had vanaf het moment dat hij haar gevraagd had hem te scheren.

'Dat doet een man pas als het echt niet meer anders gaat,' zei het dienstmeisje spottend.

Anna wist niet wat ze hoorde toen haar vader haar vertelde dat ze een stiefmoeder zou krijgen. 'Hoe kun je zoiets nu doen, vader, zonder daar van tevoren ooit iets over gezegd te hebben, zonder enig overleg, het is tenslotte niet niks!'

'Ja, het is zeker niet niks, het gaat hier namelijk om mijn schamele bezittingen. Een vermogen heb ik amper, zoals jij mij ooit verteld hebt, Anna. En wat betreft van tevoren iets zeggen of "overleggen", ik kan me niet herinneren dat jij dat destijds hebt gedaan!'

'Kom zeg, dat is toch niet te vergelijken,' zei Anna verontwaardigd. Een halve boerderij was tenslotte een halve boerderij, daaraan veranderde ook de Schwäbisch Gmünder erfenis niets.

'Het is maar net hoe je het bekijkt,' antwoordde vader Sailer en bedacht dat hij ook blind beter af zou zijn met de goedmoedige en wat naïeve Konstanze dan met zijn ijverige, intelligente, maar soms ook erg felle dochter.

Stefano legde zijn arm om zijn vrouw heen en zei op een toon die hij zelden gebruikte: 'Rustig nu maar, Anna, wens je vader veel geluk!'

Anna opende haar mond nog een keer, maar een blik van haar man legde haar het zwijgen op. Later, in de slaapkamer, kon ze het echter niet nalaten om te zeggen: 'Misschien is het ook maar beter als hij straks niets meer ziet. Een schoonheid is ze tenslotte niet, onze Konstanze en bovendien...'

'Bovendien hebben wij er niets mee maken, Anna. Wij hebben het meer dan goed en eigenlijk zou jij, als goede christen, toch opgelucht moeten zijn dat je vader zijn relatie nu eindelijk omzet in een keurig huwelijk!'

Anna schoot omhoog en staarde Stefano aan. 'Zeg me niet, dat jij het wist, dat die twee... ik bedoel, vader is toch een oude man!'

Stefano lachte en trok speels aan een pluk van haar rode haar. 'Dat denken alle kinderen van hun ouders,' zei hij spottend. Maar toen hij het boze gezicht van zijn vrouw zag, opende hij het laatje van het nachtkastje waarin hij een verrassing had liggen: de steen aan de ring had een diepe, heldergroene kleur en was omringd door een hele rij fonkelende, kleine diamantjes.

'Je bent gek geworden,' fluisterde Anna ademloos, terwijl ze het sieraad in het matte schijnsel van de petroleumlamp ronddraaide. Nog nooit had ze zoiets moois gezien – en ze kende ook niemand in haar kennissenkring die zoiets bezat. 'Die moet een vermogen gekost hebben!'

'Niet meer dan een halve boerderij,' grapte Stefano. 'Maar misschien kan deze ring je verlies een beetje verzachten. Ik heb hem gekocht met het geld dat de baron me voor de verbouwingsplannen voor het kasteel betaald heeft. Volgens de juwelier in de stad past deze ring precies bij jou. Hij heeft dezelfde kleur als jouw ogen!'

'Dat klopt; dat hij dat wist!' zei ze verbaasd.

'Hij lijkt je nogal te bewonderen. Het schijnt dat hij ooit met je wilde trouwen!'

'En waarom ben jij dan niet jaloers op hem?' vroeg Anna die ondanks haar strijdvaardige stemming nu toch wel een beetje rood geworden was. Stefano lachte en trok haar in zijn armen. 'Omdat ik daar geen reden voor heb.' Zijn vrouw hield van hem, daar was hij zeker van. Dat ze de laatste paar jaar een beetje materialistisch was geworden, was iets anders. Hij zei daarom ook maar niet dat hij de ring erg goedkoop op de kop had weten te tikken. Tweedehands, zo had de juwelier hem eerlijk toegegeven. En sieraden waren in de moeilijke naoorlogstijd net zo goed een betalingsmiddel geworden als aardappels, rookvlees en drank.

37

*G*elukkig kon er dankzij de milde winter overal gewoon verder gebouwd worden. Tegelijkertijd werd er in de eerste
hal van de oude Renner ook het nodige verbouwd. De licentie-
onderhandelingen kostten, tot grote ontevredenheid van de ondernemer, meer tijd dan hij gedacht had, maar in februari 1921
was het dan toch eindelijk zover. Niet lang daarna werden de
reusachtige zet- en drukmachines geleverd en geïnstalleerd. Het
door Samuel Cohn aangenomen personeel zou in april beginnen;
op 1 mei moest het eerste exemplaar van de nieuwe krant gedrukt worden.

Met het belangrijkste onderdeel van deze onderneming, namelijk het werven van abonnees, was al begonnen. Samuel Cohn,
die opnieuw liet zien wat een briljante ondernemer hij was, had
speciaal hiervoor een groep mensen aangenomen die tijdens de
oorlog als entertainers gewerkt hadden. Hun salaris had in die
slechte tijd bestaan uit voldoende voedsel en een fatsoenlijk dak
boven hun hoofd, waardoor ze goed in waren het mensen enthousiast te maken voor de krant. Als bijen zwermden ze uit en
wisten een achtenswaardig percentage van de bevolking als
abonnees van het nieuwe, regionale dagblad te werven.

'Wat nog eens extra verbazingwekkend is als je bedenkt dat ze
eigenlijk iets verkopen wat er nog helemaal niet is,' peinsde de
ondernemer hardop.

'En dat met de huidige mentaliteit,' zei Stefano. 'Petje af!'

Samuel Cohn haalde een van zijn Franse cognacflessen tevoorschijn die hij tijdens de oorlog voor de zekerheid verstopt
had. Hij schonk twee goudomrande, gegraveerde glazen vol,
die nog stamden van een jachtpartij in Böhmen.

Aan het einde van de herfst zouden de eerste huizen klaar zijn en zouden de familieleden van de werklieden, die nu nog in de verschillende pensions in Wisslingen en omgeving logeerden, kunnen nakomen.

'Proost,' zei de ondernemer en hief zijn glas.

'Proost. Op ons bedrijf – en de toekomst!'

'Op de toekomst!' stemde Cohn in, waarna hij voor het eerst de naam van de nieuwe krant uitsprak: 'En op de *Ostalbboten*. Dat die mag groeien, floreren en honderd jaar oud wordt!'

38

*H*et was nog nacht. Zelfs de nog maar pas uit het zuiden teruggekeerde vogels in de weilanden en bossen rondom Wisslingen waren nog niet wakker toen Anna haar tweeling wekte.

'Opstaan, vandaag gaan we met papa mee naar de drukkerij van de nieuwe krant!'

De jongens, inmiddels opgegroeid tot twee aandoenlijke, tien-jarige slungels, schoten als door een wesp gestoken omhoog. Ze schudden hun donkere krullenbollen, haalden snel een washand over hun gezicht en kleedden zich toen haastig aan, bang als ze waren dat hun vader terug zou komen op zijn belofte. Maar die was dat niet van plan, integendeel.

'Kleed Else ook aan, Anna. Zij moet er ook bij zijn!'

'Die begrijpt toch nog helemaal niet waar het om gaat,' probeerde Anna haar man te overtuigen. Ze had medelijden met het kleine meisje dat nog tegen de slaap aan het vechten was.

'Ze begrijpt het misschien nog niet, maar ze zal het zich later wel herinneren,' hield Stefano vol. 'Deze krant is de grootste stap voorwaarts die de mensen hier ooit meegemaakt hebben. Zonder deze krant zou Wisslingen hetzelfde slaperige gehucht blijven als de afgelopen paar honderd jaar. En niet te vergeten: dan hadden wij niet in korte tijd twaalf huizen kunnen bouwen in de zekerheid dat we die voor langere tijd kunnen verhuren.'

'Ja, ja, het is al goed,' mopperde Anna, die zich niet kon voorstellen wat er nu zo sensationeel kon zijn aan de oprichting van een krant. Maar van deze gedachte kwam ze algauw terug, want het was een sensatie.

Torenhoge machines vulden de voormalige loods van de oude

Renner. Ze zogen maagdelijk wit papier vanaf grote rollen naar binnen, waar vervolgens met vreselijk veel kabaal de transformatie tot een met kopteksten, artikels en zelfs foto's bedrukte krant plaatsvond.

Als aan de grond genageld stond de tweeling te kijken. Else brak in een angstig gehuil uit en drukte haar handjes tegen haar oren.

'Ongelooflijk,' mompelde Anna, terwijl ze respectvol een stukje verder van de helse machine af ging staan.

'Bravo!' riep Stefano euforisch. Hij was gefascineerd door de ongelooflijk snelle reproductie van de berichten, die oorspronkelijk slechts uit de zes bladzijdes hadden bestaan die de ondernemer hem had laten zien.

Samuel Cohn deed een greep in de stapel pasgedrukte kranten en overhandigde de bouwondernemer een van de eerste exemplaren. 'Een gebaar van vriendschap,' zei hij glimlachend, terwijl hij de laatste pagina opsloeg, waarop zich een omrande advertentie bevond: 'Wij bedanken de bouwfirma Sailer & Pasqualini voor al hun steun tijdens de oprichtingsfase van de *Ostalbboten*, in het bijzonder voor het bouwen van de toekomstige bedrijfswoningen Am Buschenacker.'

Voor het eerst tijdens zijn leven buiten Italië voelde Stefano zich rood worden. Het was een kleur van trots, niet van schaamte. Spontaan besloot hij een tweede krant te kopen, de advertentie uit te knippen, de inhoud te vertalen en hem dan aan zijn vader in Napels te sturen. Hij dacht er zelfs even over na of hij de gedrukte triomf van zijn emigratie ook naar Sofia zou sturen, maar op dat moment zag hij dat zijn zoon Peter op de grond was gaan liggen en op het punt stond onder de drukmachine te kruipen om de werking van het apparaat van onderen te kunnen bekijken.

Stefano deed een snelle stap naar voren, trok zijn zoon weer op veilig terrein, zette hem op zijn twee benen en gaf de jongen voor het eerst van zijn leven een oorvijg.

39

$\mathcal{E}$en erfenis was er niet te verdelen geweest na Sandro's dood: al het onroerend goed van de familie Orlandi bevond zich in het bezit van de oude Chiara, die in haar tehuis voor adellijke dames nog lang niet aan doodgaan dacht, maar langzaam maar zeker zelfs weer leerde praten. En dus bekommerde een vlijtige beheerder zich nog altijd om het geld, het landgoed, de olijfboomgaarden en de wijngaarden.

Het enige wat in Sofia's leven veranderde, was dat de confrontaties met haar continu dronken of onder katers lijdende echtenoot nu tot het verleden behoorden.

Op hevig aandringen van de reder was de weduwe enkele weken na de dood van haar man, samen met haar kinderen, weer in de ouderlijke villa komen wonen. Zelfs Odilia Orlandi had hier niet tegen geprotesteerd. Sterker nog, ze had zelfs, geheel onverwacht begrip getoond.

'Dit huwelijk was werkelijk geen gelukkige tijd voor Sofia,' gaf ze toe, waarna ze er, tot ontsteltenis van de reder, aan toevoegde: 'Maar ze is nog jong. Misschien dat ze ooit nog eens een man ontmoet die beter bij haar past en met wie ze gelukkig kan worden!'

Archangelo Mazone was blij dat Sofia er niet bij was toen de oma van zijn kleinkinderen deze ondoordachte, romantische ideeën uitte. De stukken land die van de familie Orlandi waren geweest, waren intussen al lang bebouwd met loodsen van de rederij Mazone, waardoor de dood van deze nietsnut van een echtgenoot alleen maar als een opluchting gezien kon worden. En hij was niet van plan zijn levenswerk door een eventuele nieuwe schoonzoon in gevaar te laten brengen. Om die reden had hij direct na Sandro's dood de rederij officieel laten veranderen in een handelsvennootschap en had hij een bedrijfsleider aangenomen, die hij hoogstpersoonlijk inwerkte en in de gaten hield. Het was het advocatenkantoor van de doktores Mastrovelli, dat ook al voor zijn vader en grootvader gewerkt had. Hij had hen de opdracht gegeven om de nieuwe bedrijfsleider te controleren totdat zijn kleinzoon Stefano Orlandi in staat zou zijn om deze opgave over te nemen. Hetzelfde kantoor had ook de opdracht om het vermogen van zijn dochter Sofia en zijn zus Serafina te beheren en ervoor te zorgen dat regelmatige betalingen hieruit zouden worden toegestaan wanneer hij, Archangelo Mazone, er ooit niet meer zou zijn.

Ook opende hij een rekening en stortte daarop het bedrag dat Sofia hem destijds, voor haar huwelijk, afgedongen had. Tegelijkertijd zette hij het familielandgoed in de Basilikata op haar naam. Archangelo Mazone was een man van eer en kwam zijn beloftes altijd na.

Dankzij het lot had hij nu al meer dan twee jaar het geluk gehad zijn beide kleinkinderen in zijn eigen huis te zien opgroeien.

Stefano ging sinds anderhalf jaar naar de Latijnse school van de jezuïeten en deed het daar uitstekend. De kokkin Paola hoopte heimelijk dat hij ooit priester zou worden; de jongen had zo'n mooie zangstem. De jezuïeten zouden hem wel van zijn levenslustige neiging tot overmoedige streken afhelpen en hem in plaats daarvan de benodigde vroomheid bijbrengen, daar was Paola zeker van.

Serafina, die wel een vermoeden had van dergelijke gedachten, bad – denkend aan haar eigen ervaringen – dat hij een andere weg zou inslaan. Om die reden had ze zich ook verzet tegen een internaatsverblijf en ze had haar zin gekregen: elke dag werd de jongen nu door Gustavo naar school gebracht en 's middags weer opgehaald.

Stefano's zusje Angela bracht de meeste tijd van haar jonge leventje met veel plezier door in de keuken. Paola verwende haar door en door, maar gelukkig leek dit het kind geen kwaad te doen. Ook met haar oma Odilia had de kleine engel een sterke band en Serafina drong er dan ook op aan, dat die regelmatig enkele weken doorbracht in het huis van de familie Mazone.

De relatie tussen Angela en haar moeder daarentegen was eerder beleefd en afstandelijk dan hartelijk te noemen. Ook Sofia voelde dat zo. En geen van beiden, noch de eenendertigjarige moeder, noch haar vijfjarige dochter, deed moeite om iets aan die situatie te veranderen. Angela had genoeg aan haar andere 'moeders', die eigenlijk kokkin, oudtante en oma waren, en Sofia concentreerde zich helemaal op haar geliefde zoon Stefano.

En dus liet ze zich ook de kans niet ontnemen om de jongen elke middag zelf de kunst van het pianospelen bij te brengen. De reder was het hier oorspronkelijk niet helemaal mee eens geweest, maar Serafina had hem weten te overtuigen: 'Laat haar toch, Archie. Als de jongen ouder is zal hij vast en zeker ook wel andere interesses ontwikkelen. Sofia doet het prima. En het zorgt ervoor, dat ze geen gekke dingen doet.'

Archangelo wist natuurlijk heel goed wat ze daarmee bedoelde en dus had hij toegestemd. Maar Serafina ondersteunde niet alleen de muzikale ontwikkeling van haar achterneefje, ze stimuleerde ook de vriendschap tussen Sofia en haar voormalige internaatsvriendin Octavia, die inmiddels was toegetreden tot het franciscanenklooster en nu als zuster Imelda door het leven ging.

De dood van haar echtgenoot had Sofia's interesse in het hiernamaals weer nieuw leven ingeblazen. De lange gesprekken met Imelda in de koele kloostertuin deden de rest: ze voelde zich bijna weer net zo jong, rein en onbevlekt als tijdens haar tijd op het internaat. Ook thuis veranderde ze, licht gemanipuleerd door haar tante, langzaam weer in een onmondige dochter.

Vaak ging ze naar het nabijgelegen kerkhof, wat iedereen in huis verbaasde, aangezien het niemand ontgaan was dat Sofia Sandro's dood eerder als bevrijding dan als rampspoed ervaren had. Maar omdat niemand zin of tijd had om haar bij deze bezoekjes te begeleiden, kon ook niemand zien dat Sofia geen enkele keer moeite deed om de laatste rustplaats van haar man op te zoeken. Haar enige interesse gold het grafmonument van haar moeder, waar ze meegebrachte bloemen neerlegde en de verwelkte verwijderde.

Om vervolgens op het bemoste gras in de buurt van de kerkhofmuur uren te zitten dagdromen.

40

*O*p een regenachtige dag, begin september 1921, toen de
zee voor het eerst in hoge, donkergrijze golven op het
strand sloeg en daarmee het einde van de zomer aankondigde,
duurde het middagslaapje van de reder Mazone zo lang, dat
zijn zus Serafina naar zijn slaapkamer liep om hem te wekken.

Ze vond Archangelo bijna rechtop zittend in zijn bed, zoveel
donzen kussens had hij achter zijn rug gestopt.

Naast hem lag de krant met het artikel waarover hij zich
hevig had zitten opwinden. Archangelo Mazone had namelijk
gelezen dat zijn vaderland op het punt stond om sleutelposities
in de politiek aan de fascisten te vergeven. Zoiets kon toch niet
goed gaan. En koning Victor Emanuel III leek niet in staat te
zijn om vastberaden tegen deze beslissingen op te treden. Misschien was het ook maar beter als hij, Archangelo Mazone,
deze tijden niet meer hoefde te beleven.

'Haal Sofia en ook de pastoor,' fluisterde de reder met dunne,
blauwe lippen.

Serafina onderdrukte de snik die haar keel dreigde te ver-
stikken, knikte en verliet toen snel de kamer, waarin het naar
angstzweet en kamperfoelie rook. Ze vond Archangelo's bevelen een beetje overdreven, maar het was al moeilijk genoeg
om haar broer tegen te spreken als hij zich goed voelde. En
deed je het als hij last van zijn hart had, dan kon dit zomaar een
aanval van razernij veroorzaken.

In het voorhuis vond ze Gustavo en ze droeg hem op het rijtuig in te spannen en als eerste Sofia bij de franciscaner nonnen af te halen; daarna kon hij dan de dokter meenemen, wiens
huis vlak bij het klooster stond. Huize Mazone beschikte sinds

een klein jaar weliswaar over een automobiel, maar niemand, behalve de reder zelf, was in staat om in die duivelse machine te rijden. Serafina stuurde de paardenknecht erop uit om de pastoor te waarschuwen. Toen liep ze terug naar haar broer, ging op de met brokaat beklede stoel naast het fraaie houten bed zitten, pakte haar rozenkrans en begon fluisterend gebeden op te zeggen.

'Houd daarmee op, Fina,' zei de reder hijgend. 'Daarvoor heb je straks nog tijd genoeg!'

'De aanval gaat wel weer voorbij, Archie, net als alle eerdere aanvallen,' zei Serafina hoopvol, terwijl ze troostend de bleke hand van haar broer pakte. Die was ijskoud en de aderen onder de papierdunne huid leken wel zwart.

De zieke reder snoof. 'Ik heb me nooit illusies gemaakt. Dit keer ontkom ik er niet aan. Maar…' het spreken werd steeds moeilijker. 'Heb… voorzorgsmaatregelen getroffen. Voor het bedrijf… voor Sofia… en ook voor jou!'

'Maar je kunt me toch niet alleen laten, Archie,' snikte Serafina nu toch.

'Jij moet voor Sofia en de kinderen zorgen. En…' Zijn stem stokte en veranderde in een onverstaanbaar gehakkel.

Serafina schrok. De ogen van haar broer leken in het laatste halve uur dieper in hun kassen weggezonken te zijn, zijn neus leek scherper en zijn adem, die tot nu toe alleen maar oppervlakkig geweest was, bleef nu een paar hartslagen weg. Er ontstond een pauze, waarna de reder zijn hoofd ophief.

Nog een paar keer probeerde hij het, toen viel hij terug op zijn kussens om voorgoed te verstommen.

Serafina, die dit allemaal sprakeloos had aangezien, sloot nu de ogen van de dode.

'Het spijt me, Donna Sofia,' zei de dokter, die niets anders meer doen kon dan de overlijdensakte ondertekenen. Sofia knikte, maar besteedde verder geen aandacht aan de professor. Met versteend gezicht staarde ze naar haar overleden vader. Uiteindelijk ging ze in de stoel zitten die haar tante vrijwillig had afgestaan.

Op het gezicht van de reder lag nu dezelfde ironische uitdrukking die Sofia al een paar keer eerder bij hem gezien had wanneer een verloren geachte transactie toch nog succesvol was gebleken. Maar wat kon het dit keer geweest zijn wat deze laatste verrassende afdruk op zijn mimiek had achtergelaten?

Had hij haar moeder weergezien en was hij nu in die onvoorstelbare, geheimzinnige wereld weer net zo gelukkig zoals destijds als jongeman? En zou zijzelf op een dag ook in staat zijn om Stefano weer te zien, in elk geval daar, waar geen vergeefs geschreven brieven bestonden en sociale grenzen ondenkbaar waren?

Maar toen bedacht ze dat hun vereniging geen sacrament, maar een doodszonde geweest was, die God in het hiernamaals nooit goed zou keuren. Bij dit plotselinge inzicht sprongen de tranen in Sofia's ogen en begon ze onbedaarlijk te huilen. Ze raakte zo van streek dat Serafina de inmiddels gearriveerde pastoor opving en naar de salon begeleidde waar ze hem, na zijn onaangename rit door de stromende regen, eerst een kop warme chocolademelk en een stukje gebak serveerde.

Terwijl de geestelijke zich opwarmde, ging Serafina weer naar haar nicht, gaf haar een flinke portie laudanum en bracht haar toen met hulp van het dienstmeisje naar haar bed in de meisjeskamer. Daarna begeleidde ze de pastoor naar de kamer van de reder, zodat hij hem het laatste oliesel kon geven. Ondertussen schudde Serafina meerdere keren met haar hoofd. Zo leefde je jarenlang samen onder één dak en dacht je de andere familieleden goed te kennen, nu bleek de dochter opeens een veel sterkere, verborgen liefde voor de dode te koesteren dan zij, haar tante, ooit gedacht had. Hoe was het intense verdriet van Sofia aan het doodsbed van haar vader anders te verklaren?

Sofia ervoer alle rouwplechtigheden als een nachtmerrie in zwart en grijs. De herfstige zee was grauw en woest, de hemel was somber en bewolkt, en de gezichten van de in het zwart geklede rouwenden leken in haar ogen alle kleuren grijs te vertegenwoordigen.

Het was de tweede begrafenis in korte tijd die bijna de hele bevolking van Napels op de been bracht. De eerste was begin augustus de bijzetting van Enrico Caruso geweest, de geniale zanger en internationaal bekende zoon van deze stad. Toen de oude reder Mazone op weg was naar zijn laatste rustplaats, stonden er minstens zoveel mensen langs de weg.

De kist was bedolven onder de vele bloemstukken. Zes zwarte paarden trokken het zwarte rijtuig waarboven, bevestigd aan vier zilveren stangen, een zwart fluwelen hemel met zilveren franjes gespannen was. Als een enorme stoet pinguïns stapten de notabelen van Napels achter de lijkkoets en pastoor aan richting de begraafplaats Santo Michele; daarachter volgden de vrouwen en de gewone mensen.

Vanachter het raam in haar keuken kon Maria Pasqualini de tocht goed bekijken. Ze zag Sofia die er, ondanks haar eenvoudige rouwjurk, nog steeds bijzonder vrouwelijk en aantrekkelijk uitzag. Met een gevoel van opluchting dacht ze aan de brief van haar zoon die de familie, na dertien lange jaren van onzekerheid, een paar dagen geleden bereikt had. Ze dankte God met heel haar hart voor de genade, waarmee Hij het ongeluk had weten te voorkomen, waarvoor zij destijds bang geweest was.

Eerst zag Maria het engelachtige kleine meisje, dat aan de hand van die gehate, lichtzinnige vrouw meegevoerd werd. En toen zag ze de jongen, die rechts van haar liep.

'Mijn god,' riep ze uit. Ze trok het gordijn opzij om het beter te kunnen zien, maar er was geen twijfel mogelijk. Het was als een ontmoeting met het verleden. De jongen zag er precies zo uit als haar zoon Stefano toen die net zo oud geweest was. Zelfs zijn manier van lopen en de houding van zijn hoofd waren hetzelfde.

Maria's blik volgde de jongen totdat hij in de mensenmassa niet meer te herkennen was. Toen wendde ze zich van het raam af en wankelde richting de keukentafel. Ze ging op de bank zitten, zette haar ellebogen op het houten tafelblad en begroef haar gezicht in haar handen. In deze houding bleef ze zitten en ze schrok pas op, toen haar man de keuken binnenkwam.

'Wat is er gebeurd?' vroeg Cesare verbaasd, want zo had hij zijn vrouw nog nooit gezien.

Maria Pasqualini pakte de punten van haar schort en veegde de natte sporen van haar volle wangen. 'Niets,' zei ze toen en het lukte haar om haar stem bijna normaal te laten klinken.

'Als er niets aan de hand is, dan zou je niet huilen,' zei Cesare, met mannelijke logica.

'Het is de overgang,' beweerde Maria en Cesare, die er intussen wel aan gewend was dat deze raadselachtige, vrouwelijke levensfase voor de meest vreemde gemoedstoestanden kon zorgen, vroeg niet verder.

Maar Maria smeedde voorzichtig een plan.

En zo kwam het, dat de koetsier Gustavo af en toe, wanneer hij bij de Latijnse school op zijn leerling stond te wachten, in gesprek raakte met een oudere, blozende, mollige vrouw, die sinds enige tijd verse eieren aan de jezuïeten leverde. De vrouw bleek een hartelijke matrone, want meteen bij hun eerste ontmoeting gaf ze de jongen een paar kleine, zachte koekjes die ze zelf gebakken had, zoals ze trots vertelde.

Gustavo wist niet zeker of Serafina Mazone het goed zou vinden dat ze de koekjes aannamen, maar Stefano at ze met zo'n gulzigheid dat Gustavo er niets van durfde te zeggen. Hij suste zijn geweten met de wetenschap dat de oude vrouw vroeger blijkbaar voor de familie Orlandi gewerkt had, want één keer zei ze dat Stefano's vader deze koekjes al net zo lekker gevonden had.

Ze leek zelf een beetje te schrikken van deze onthulling, waardoor Gustavo moest lachen. Hij kon zich goed voorstellen dat de strenge Odilia het niet zou waarderen als ze wist dat haar personeel over de voorliefdes van haar werkgevers praatte en dat het waarschijnlijk niet zonder gevolgen zou blijven wanneer ze dat zou horen. De vrouw leek dit ook te beseffen en was voortaan meer op haar hoede. Vanaf dat moment vermeed ze verdere gesprekken en wanneer ze haar tegenkwamen bij het klooster bleef ze aan de andere kant van de straat staan in de schaduw van de koele ingang.

41

Op donderdag 15 september 1921 werd Sofia wakker na een lange en verkwikkende nachtrust. Tien dagen waren er verstreken sinds de begrafenis van haar vader, tien dagen vol rouw, emoties en besprekingen. Een laatste bespreking zou vandaag plaatsvinden in het kantoor van de doktores Mastrovelli.

Sofia zat naast haar tante op een harde, leren stoel en luisterde zo afwezig naar de uiteenzetting van de advocaat dat de jurist aan het eind zijn keel schraapte en luider dan anders vroeg of de dames alles begrepen hadden.

'Maar natuurlijk,' zei Serafina Mazone meteen. Het antwoord van de dochter van de overledene liet echter op zich wachten, waarop Mastrovelli senior de vraag van zijn zoon ongerust nog een keer herhaalde.

'Ja, ja, ik heb het begrepen,' zei nu ook Sofia. 'Ik zat alleen na te denken over wat er nu moet gebeuren!'

'Niets, geachte mevrouw, helemaal niets,' verzekerde Mastrovelli junior haar haastig. Wat was deze opwindende jonge weduwe in godsnaam van plan, of waren er misschien afspraken met de bijdehante zus van de reder? Niemand wist precies in welke mate zij de beroepsmatige beslissingen van haar broer beïnvloed had en iedereen fluisterde over de reputatie van de vrouw, van wie werd vermoed dat ze zelfs iets met een kardinaal gehad had.

De jongere Mastrovelli wisselde een nerveuze blik met Bernardo Salvatore, de bedrijfsleider van de rederij, en voegde er toen met vastberaden stem aan toe: 'Alle volmachten liggen bij de bedrijfsleider van de rederij en hier op kantoor. Het was niet de bedoeling van uw vader, dat u of uw tante zich actief met de ontwikkelingen van het bedrijf zou gaan bezighouden!'

Sofia ontwaakte uit haar trance en glimlachte toen ze de over-duidelijke nervositeit van de heren bemerkte. 'Dat geloof ik di-rect,' zei ze bijna opgelucht. Maar haar tante ging verzitten, nam een vechtlustige houding aan en zei met een ernstig-energieke gezichtsuitdrukking: 'Dat zullen we nog wel eens zien, heren!'

Uiteraard had ze het bedrijfstestament gelezen voordat haar broer het ondertekend had en ook zijn persoonlijke laatste wil was haar bekend.

Beide documenten waren absoluut waterdicht. Voor zowel Sofia als voor haarzelf was het onmogelijk om enige invloed uit te oefenen binnen het bedrijf. Toch leek het haar, met het oog op eventuele toekomstige, bijzondere en persoonlijke wensen, geen slechte zaak om deze wel heel erg zelfverzekerde heren een beetje op de kast te jagen. Ze zouden bereid zijn tot heel wat toezeggingen aan haar en Sofia, zolang zij zich niet zouden bemoeien met de belangrijke zaken.

Met moeite wist Sofia haar plannen voor zich te houden totdat ze samen met haar tante weer in de deftige Buick zat, waarvoor ze intussen een chauffeur ingehuurd hadden. Ze drukte op het knopje om het glazen schot tussen chauffeur en achterbank te sluiten en zei: 'Ik ga op reis, tante Serafina, en wel zeer binnen-kort!'

Serafina Mazone vond de wens van haar nichtje om wat ont-spanning op te zoeken niet meer dan normaal. Bovendien zou ze tijdens haar afwezigheid de twee kinderen helemaal voor zich alleen hebben. Serafina was God, met wie ze – vanwege de kardinaal – al jarenlang een moeizame relatie had, bijzonder dankbaar voor dit onverwachte geschenk van een indirect moederschap. Sofia had het recht om na haar mislukte huwe-lijk een beetje van het leven te gaan genieten en de kinderen zouden niets tekort komen.

'Een heel goed idee,' zei Serafina dus. 'Ik stel voor dat je naar Corfu gaat. Het klimaat daar is heerlijk!'

'Ik ga naar Duitsland,' zei Sofia vastbesloten.

Serafina was vrouw genoeg om niet verder te hoeven vragen. Ze was die episode nooit vergeten: de geheimzinnige brief, Sofia's nerveuze vragen, het onrustige gedrag van haar nichtje in die tijd. En zo bespaarde ze zichzelf de leugens die Sofia haar bij verder navragen ongetwijfeld voorgeschoteld had; een verhaal over een voormalige internaatsvriendin of iets dergelijks.

Sofia was geen kind meer. Ze was een weduwe en haar dominante vader, die rare capriolen als deze reis naar Duitsland, dat in zijn ogen altijd de vijand gebleven was, nooit had toegestaan en zeker niet had gefinancierd, lag inmiddels begraven onder de aarde en verwelkende bloemen.

Serafina wierp een blik op het gezicht van haar nichtje en wist dat alle moeite vergeefs geweest was: Sofia was vastbesloten om de man, die met grote waarschijnlijkheid de vader van de rederijerfgenaam was, weer te zien.

42

'*K*oning Wilhelm is overleden,' zei Anna, die de kranten-koppen in de *Ostalbboten* al even snel doorgenomen had toen Stefano op de eerste maandag van oktober 1921 de keuken binnenkwam om te ontbijten.

'De Württembergse koning was niet meer dan een hertog, die bovendien niets meer te zeggen had. We zijn een republiek. We worden geregeerd door vertegenwoordigers van het volk – en het volk, dat zijn wij,' antwoordde Stefano, die inmiddels een ijverig en overtuigd burger van zijn nieuwe vaderland geworden was.

'Wij? Wij zijn in het beste geval een "volkje",' spotte zijn vrouw. 'Bovendien zullen de hoge pieten het altijd voor het zeggen houden – of ze nu keizer, koning, president of kanselier heten, dat is om het even! En democratie is slechts het vijgen-blad waarmee de heren hun eigen interesses bedekken!'

'Wat weet jij daar nu van, Anna!' zei Stefano wrevelig.

'Maar wat jij denkt te begrijpen is niet meer dan wat in die overgewaardeerde krant van je staat, die intussen wel belang-rijker voor je lijkt dan het evangelie!'

Stefano vertrok geërgerd zijn mond en pakte een koffiekopje. Hij was trots op het feit dat hij zich in het afgelopen jaar zo ontwikkeld had. Hij kon goed meepraten wanneer er voor of na het skaatspel in Zum Hirschen over politiek gepraat werd. Zelfs de directeur van de krant, de baron en de districts-commissaris, die hij eens per maand trof tijdens de vergade-ringen van de 'Bond van zelfstandigen', waarvoor ook andere vooraanstaande burgers regelmatig werden uitgenodigd, waar-deerden zijn mening.

Alleen Anna vond het blijkbaar steeds vaker nodig hem tegen te spreken. En toen het om het kiezen van een school voor de tweeling ging, hadden ze zelfs echt ruzie gekregen.

'Natuurlijk moeten die jongens een fatsoenlijke opleiding krijgen. Maar om ze dan meteen maar naar het gymnasium te laten gaan vind ik nogal overdreven. Dan gaan ze alleen maar naast hun schoenen lopen en wanneer ze klaar zijn, wil geen van beiden meer z'n handen vuil maken en een vak leren,' had Anna gezegd.

'Nou en? Als ze willen studeren, dan mogen ze studeren!'

'En wie moet het bedrijf dan leiden?'

'Voorlopig ben ik nog heel goed in staat om dat zelf te doen. Tenslotte ben ik nog geen veertig. En bovendien: wat je geleerd hebt, kan niemand je meer afnemen!'

Wat Stefano uit eigen ervaring kon zeggen, terugkijkend op de afgelopen tien jaar.

'Dat kan allemaal wel zijn,' had zijn vrouw geantwoord. 'Maar feit is dat wanneer academici moeten leven van wat ze verdienen ze over het algemeen niet genoeg te eten hebben!'

'Laat me toch niet lachen, Anna. Onze kinderen zijn nu al in goeden doen – en dus hebben ze de vrijheid om dat te worden wat ze werkelijk willen!'

Anna perste nu nog haar lippen op elkaar, terwijl ze terugdacht aan die discussie.

'Jij hebt het een beetje te hoog in je bol, Stefan. En hoogmoed is een doodzonde, niet alleen in mijn, maar ook in jouw godsdienst!' had ze geroepen. Af en toe had ze de laatste tijd het gevoel dat Stefano wat al te vaak optrok met de notabelen. Hij was in elk geval zelden meer thuis.

'Misschien heb ik het inderdaad wat hoog in mijn bol. Maar jij, lieve Anna, hebt haar op je tanden – en dat is wel heel erg borstelig!'

Daarna hadden ze elkaar niet eens meer welterusten gewenst – en dat was al heel lang niet meer voorgekomen.

De dag erna hadden ze het weliswaar weer goedgemaakt, maar er was toch iets van blijven hangen. Nog afgezien van het feit dat Stefano bevolen had dat ze Peter en Paul zou aanmelden bij het gymnasium in de stad.

Misschien was het toch fout geweest om hem zo genereus de beschikkingsbevoegdheid over de Schwäbisch Gmünder erfenis te geven, dacht Anna even, om zich meteen weer voor deze gedachte te schamen. Er bestond geen betere vader dan haar man – en zijn volharding wat schoolkeuze betrof kwam niet voort uit eigenzinnigheid, maar uit zorg en liefde, dat wist ze ook wel. Maar toch vond ze het overdreven. Gisteren nog was ze opnieuw kwaad geworden toen haar zoon Peter, op de vraag of hij zijn huiswerk al gemaakt had en het haar kon laten zien, geantwoord had dat zij daar toch niets van zou begrijpen.

Zo vader, zo zoon.

En opnieuw corrigeerde ze zichzelf. Ze mocht niet toestaan dat dit scheurtje tussen haar en Stefano groter zou worden. En dus liep ze snel naar de voorraadkamer, haalde de rookworst tevoorschijn en sneed er een paar dikke plakken vanaf, waarmee ze Stefano's brood voor de lunch belegde. Waarschijnlijk was hij alleen maar zo snel geïrriteerd omdat hij zich zorgen om haar vader maakte.

Als gevolg van de suikerziekte was hij intussen niet alleen blind, maar ook dement geworden. Hij was vreselijk mager en bracht de meeste tijd door in bed, waar hij door Konstanze verzorgd werd. Wanneer zij er niet de hele tijd bovenop zat, zou hij alles vergeten: van eten tot op tijd naar het toilet gaan.

Stefano had in de krant een artikel gelezen over Canadese en Amerikaanse onderzoekers die bij een hond de alvleesklier verwijderd hadden en hem daarna regelmatig met een stof genaamd insuline ingespoten hadden, waarna hij weer gezond geworden was. Maar hun dokter had deze berichten met een vermoeide glimlach weggewuifd.

'Dat is allemaal leuk en aardig voor die hond, maar voor uw vader is het een aflopende zaak, ben ik bang!'

Hoewel Anna het eigenlijk nog wat voorbarig vond besloot ze toch, pragmatisch als ze was, op tijd op zoek te gaan naar een naaister die een winterdicht, zwart ensemble voor haar kon naaien. Een lange, wollen rok met een kort jasje erboven, zoals ze het op een foto van de Roemeense keizerin Zita gezien had, die ze heimelijk bewonderde.

'Je lunch,' zei ze verzoenend, terwijl ze Stefano het in vetvrij papier verpakte brood overhandigde.

Maar die schudde zijn hoofd. 'Heb ik vandaag niet nodig. Ik heb om tien uur een vergadering met de baron en de hoofd-monteur in Zum Schützen, dan kan ik daar ook meteen een tweede ontbijt nemen!'

Dat was precies wat ze bedoelde: meneer at op een gewone werkdag met de hoge pieten in de beste herberg van het dorp, in plaats van ervoor te zorgen dat de huizen nu eindelijk eens af kwamen. Het binnenwerk, dat eigenlijk al bijna klaar had moeten zijn, duurde inmiddels al veel langer dan gepland, wat vooral kwam omdat steeds meer leveringen vertraagd waren.

De geplande intrek van de huurders in het voorjaar was in-middels noodgedwongen al verschoven naar het einde van het jaar, een bericht, waarmee de Cohn niet blij geweest was.

'Zoals meneer wenst,' siste Anna dus met opeengeklemde lippen. Ze draaide zich om en sloeg de deur achter zich dicht.

Stefano keek haar verontwaardigd na en haalde toen zijn schouders op. Vroeger was ze nooit zo kattig geweest, dacht hij.

Toen keek hij op zijn zakhorloge en dronk snel zijn koffie met melk op. Opnieuw speet het hem dat hij zich door zijn vrouw had laten weerhouden om zo'n telefoontoestel aan te schaffen. Dat zou vandaag toch wel heel nuttig geweest zijn, nadat hij gisteren had moeten vaststellen dat de levering van de haardkachels nog niet binnen was. Met een telefoon had hij bij de groothandel in Keulen kunnen navragen waar dat aan lag: aan de treinverbinding, aan productie- of leveringsproblemen of aan zijn weigering om een tweede aanbetaling te doen. Het was weliswaar onbeschaamd om zoiets te verlangen, maar wanneer door deze kwestie de bouw van de huizen nog meer zou vertragen, dan zou hij toch moeten toegeven. Alles beter dan zich de woede van Cohn op de hals te halen, die hem al voorgerekend had wat het pensionverblijf van zijn personeel hem intussen kostte – en hoe ongeduldig hun gezinnen op de verhuizing zaten te wachten.

Het tweede ontbijt was een vroege lunch geworden, aangezien de waard van Zum Schützen versgebakken warme leverkaas in de aanbieding had.

'Eet u smakelijk, heren!' riep de kelnerin Kätter, die eigenlijk Katharina heette, terwijl ze de borden met de dampende schijven over de tafel verdeelde. De leverkaas ging vergezeld van lauwwarme aardappelsalade, waar Stefano inmiddels gek op was.

'Smakelijk,' bromde monteur Mäder, waarbij hij, zoals gebruikelijk, het woord 'eten' wegliet.

'Gezegende maaltijd,' wenste de baron plechtig.

'U ook,' antwoordde Stefano. Hij nam net een eerste hap van het heerlijke gerecht, toen de deur openging en een geheel in het zwart geklede vrouwelijke persoon met een belachelijk grote hoed op de ruimte betrad.

Een huurkoetsier volgde haar op de voet, zeulend met twee reusachtige koffers. Hij zette ze voor de bar op de grond, wiste met zijn grote, rood geruite zakdoek het zweet van zijn voorhoofd en zei tegen de waard: 'Mevrouw is op zoek naar een kamer!'

Meteen was ieders interesse gewekt. Wisslingen was noch een kuuroord, noch een grote stad. Alleen reizende dames zag je hier vrijwel nooit en een opvallende als deze al helemaal niet.

Waarschijnlijk de echtgenote van een aannemer, die wachtte op een van de nieuwe huizen en nu haar geduld verloren had, dacht Stefano. Hij bekeek de enorme koffers en maakte daaruit op dat de dame niet van plan was om kort te blijven. Hij vreesde nieuwe problemen met de ondernemer.

'En voor hoe lang?' wilde de waard weten.

'Geen idee,' antwoordde de koetsier.

'Gekletst heeft ze genoeg, maar het enige wat ik verstaan heb was "Wisslingen" en "kamer", nadat ik haar bij het station opgepikt had. Het is een buitenlandse!'

Dit was echt een sensatie. Wat wilde een buitenlandse dame met twee reusachtig koffers nu in Wisslingen?

Misschien was het een liefje van de baron, dacht de monteur

Mäder, die gehoord had dat de edelman het niet zo nauw nam met de huwelijkse trouw tijdens zijn vele reizen. Wanneer deze vrouw hem achterna gereisd was dan had de goede man nog een paar onaangename uurtjes voor de boeg, want met de barones viel niet te spotten. En dat ze er niets van mee zou krijgen, was bijna onmogelijk: wanneer in Wisslingen iets bijzonders gebeurde, dan wist binnen de kortste keren iedereen het.

De vrouw, die tot dan toe gezwegen had, zei nu iets in een vreemde taal. Ze sprak langzaam en luid, alsof men haar daardoor beter zou kunnen begrijpen.

Stefano schoof het bord met de leverkaas een stukje van zich af, stond aarzelend op en liep naar de bar. 'Permette?' vroeg hij beleefd, in een poging om als tolk op te treden.

De elegante vrouw, van wie hij tot dat moment alleen de jas en hoed gezien had, draaide zich naar hem om en hief plotseling haar hoofd, waardoor haar gezicht niet langer in de schaduw van de rand van haar hoed lag lag.

Een moment lang, het leek wel een eeuwigheid, staarden ze elkaar sprakeloos aan. Toen stamelde Stefano verbijsterd: 'Sofia? Hoe kom jij hier?'

'Met de trein,' antwoordde Sofia, alsof het de normaalste zaak van de wereld was. Toen sloeg ze haar armen om Stefano's hals. Ze drukte haar hoofd tegen zijn jas, liet haar tranen de vrije loop en zei met een diepe zucht: 'Je hebt geen idee hoezeer ik naar dit moment heb verlangd. Telkens en telkens weer! Ik ben altijd van je blijven houden, Stefano, al die jaren ben ik van je blijven houden!'

Stefano zag de blik van de waard en voelde het nieuwsgierige zwijgen van zijn twee gesprekspartners in zijn rug.

Voorzichtig maakte hij zich los uit Sofia's omarming en zei met schorre stem in het Duits: 'Ik zal eerst je koffers eens even naar boven brengen!'

Hij pakte de zware kamersleutel, die de waard al op de bar had neergelegd, en nam toen de grotere van de twee koffers.

'Ja, wacht eens even,' liet de koetsier zich nu weer horen. 'Er moet natuurlijk nog wel betaald worden!'

Stefano zette de koffer weer neer en haalde zijn portemonnee uit zijn broekzak.

Hij gaf de koetsier een biljet en sloeg met een afwijzend handgebaar het wisselgeld af. Dat dit niet zo slim was, werd hem meteen duidelijk.

'In dat geval neem ik ook een portie warme leverkaas met aardappelsalade. En een grote pils, alstublieft!' zei hij, en hij ging aan de tafel naast de baron en de hoofdmonteur zitten. Het was Stefano duidelijk dat die twee meteen van de gelegenheid gebruik zouden maken om de man naar de details te vragen, zodra de deur achter hem en Sofia dicht gevallen was.

Ik kan zeggen dat ze mijn zus is, dacht Stefano, terwijl hij hijgend de zware koffer naar boven tilde. Net als de koetsier had verder waarschijnlijk ook niemand in het restaurant de woorden van de Italiaanse verstaan. Hij zou een overlijden in de familie verzinnen, een excuus, dat bevestigd werd door Sofia's zwarte kleding en hoed.

Het zou alles verklaren.

Het ergste wat kon gebeuren was, dat hij, om de schijn op te houden, voor één of twee weken naar Italië zou moeten, om zijn 'rouwende zuster' naar huis te begeleiden. Daar zou hij zeer waarschijnlijk niet onderuit kunnen, want Sofia maakte niet de indruk dat ze haar eigenzinnigheid verloren had, in tegendeel: zonder hem zou ze Wisslingen niet zo snel weer verlaten. En als hij er niet zeker van kon zijn dat zij weer thuis was in Italië, zou hij 's nachts geen oog meer dichtdoen.

Alleen al het feit dat ze hier nu opgedoken was, wat de reden daarvoor dan ook mocht zijn, bewees hem dat ze nog onberekenbaarder was dan vroeger.

Het was nu zaak zijn verstand te gebruiken – en daartoe was hij bereid. Sofia had één keer eerder ingegrepen in zijn leven, waardoor het helemaal op zijn kop gezet was. Een tweede keer zou hij dit niet toelaten, hij had nu tenslotte heel wat meer te verliezen dan dertien jaar geleden.

43

Sofia trok haar zwarte mantel uit en gooide hem op de verbleekte kussens van een stoel. Toen rechtte de redersdochter haar schouders, strekte zich een beetje uit en zei met klagende stem: 'Je kunt je niet voorstellen hoe vermoeiend het is om twee dagen in een treinwagon door te brengen!'

Stefano wilde zijn hoofd schudden, maar vermande zich. Sofia sprak en gedroeg zich alsof ze elkaar gisteren nog gezien hadden.

Hij leunde met zijn rug tegen de kamermuur en besloot meteen ter zake te komen. 'Waarom ben je hier, Sofia?'

Sofia's blik drukte compleet onbegrip uit. 'Om jou te zien, natuurlijk!'

'Het spijt me, maar natúúrlijk kan ik dat niet vinden. Het zou "natuurlijk" zijn als jij nu bij je man was. En bij je kinderen. Ik neem tenminste aan dat die er zijn; tenslotte ben je inmiddels al meer dan dertien jaar getrouwd!'

'De kinderen zijn bij mijn tante Serafina,' zei Sofia, alsof dat deze hele absurde situatie zou verklaren. Ze ging op de rand van het bed zitten en opeens begonnen haar lippen te trillen.

'Je lijkt niet erg blij te zijn om mij weer te zien,' zei ze zacht, en nog voordat het begon, wist Stefano dat de tranen zouden gaan vloeien.

Hij ademde een paar keer diep in en uit en besloot om snel een einde aan deze hele farce te maken. Waarschijnlijk had ze ruzie met Sandro gehad en was ze er bokkig als een temperamentvol paard vandoor gegaan. 'Ik ben blij te zien dat het goed met je gaat. Maar al het andere, Sofia, is verleden tijd!' zei Stefano, die verbaasd moest vaststellen hoe langzaam hij sprak en hoe moeilijk het was om de juiste woorden te vinden. En voor het eerst begreep hij dat ook de moedertaal verloren of in elk geval gedeeltelijk verloren kon gaan als je er geen gebruik meer van maakte.

Hij hief zijn stem, zodat Sofia hem goed zou kunnen verstaan: 'Ook ik ben inmiddels getrouwd. En ik heb drie kinderen. Twee jongens en een meisje. Je kunt de tijd niet terugdraaien, Sofia.'

Sofia keek hem aan alsof hij haar een dolk in haar hart gestoken had. Voor haar gevoel was hij altijd de Stefano gebleven die hij toen geweest was, en een dergelijke mogelijkheid was dus nooit bij haar opgekomen. Droomfiguren veranderen niet, trouwen niet met vreemde vrouwen en krijgen met hen geen kinderen. Binnen één enkele seconde besefte Sofia hoe ongelooflijk naïef ze geweest was en hoe haar leven er sinds haar huwelijk uitgezien had. Met een plotselinge helderheid zag ze nu in dat zo'n leven helemaal niet mogelijk geweest zou zijn als ze die droom niet was blijven koesteren en beschermd had tegen elke vorm van realiteitszin. Alleen de gedachte aan een eenzame, door verlangen naar haar verteerde Stefano en de nooit aflatende hoop op een hereniging, in wat voor vorm dan ook, hadden haar de kracht gegeven om Sandro te verdragen. Zelfs de liefde voor haar kinderen en de verantwoordelijkheid die ze voor hen had waren hiervoor niet genoeg geweest. Dat zag ze nu, in deze belachelijk kleinburgerlijke hotelkamer, wel in. En pas de dood van haar autoritaire vader had de ketens definitief verbroken en haar ertoe aangezet haar droom achterna te jagen. Ze had zich nog kinderachtiger gedragen dan haar vijfjarige dochter.

Een golf van schaamte sloeg over haar heen, als een soort monstergolf waarover ze de zeelui in de haven wel eens had horen praten. Sofia voelde hoe ze mee de diepte ingetrokken werd, en ze hoopte bijna dat het zou gebeuren. Niets anders was nog mogelijk. Liever een leven in het hiernamaals dan de vergankelijkheid van een aardse liefde.

Gespannen en bezorgd had Stefano toegekeken hoe haar gezichtskleur van dieprood in een vreemde, melkwitte kleur veranderd was. Zonder na te denken liep hij naar haar toe om haar hand te pakken.

'Je bent gewoon een beetje in de war, Sofia,' zei hij bijna teder. 'Het gaat wel weer over en dan vind je vanzelf de weg wel weer terug!'

'Vast wel,' fluisterde Sofia met bleke lippen, terwijl ze moeite deed om te glimlachen en de zelfbeheersing die haar op de kloosterschool bijgebracht was, terug te vinden. 'De koetsier is waarschijnlijk nog wel beneden. Ik zal hem vragen om te wachten zodat ik me even kan opfrissen. Daarna zal hij me vast wel weer terug naar het station willen brengen!'

Stefano knikte. Een dergelijke afloop paste prima in het verhaal dat hij beneden wilde vertellen. 'Ik denk dat dat inderdaad het beste is, Sofia,' zei hij opgelucht.

Sofia glimlachte opnieuw. Elke nuance van zijn stem lag vast in haar bewustzijn verankerd. Hij hield echt niet meer van haar, hij was zelfs blij als hij zo snel mogelijk weer van haar af zou zijn.

Stefano zag de tranen in haar ogen en haar hele mimiek en houding drukte zo'n ongewone nederigheid en berusting uit dat zijn keel toegeknepen werd en zijn maag zich pijnlijk samentrok.

Plotseling stond Sofia op. Ze wankelde een beetje en automatisch pakte Stefano haar arm om haar te ondersteunen.

De stof van haar zwarte jurk was zacht en dun, hij kon haar vlees eronder voelen en opeens zag hij onder de kanten rand van haar halsopening de bovenkant van haar volle borsten. Hij zag de dunne, blauwe ader onder haar slaap, die licht mee klopte in het ritme van haar hart. En hij zag de fijne, donkere haartjes in haar nek. Zijn handen en zijn lichaam reageerden als vanzelf. Hij legde zijn rechterarm om haar middel en zijn andere in haar nek. Hij drukte Sofia's tengere lichaam tegen zich aan, terwijl hij bijna tegelijkertijd op zoek ging naar haar mond. Ze kreunden toen hun tongen elkaar vonden. Alles om hem heen was vergeten, en samen met Sofia verdween hij in een ronddraaiende, rode tunnel.

44

Nadat er een einde aan alle waanzin en gesprekken gekomen was, waren ze uitgeput in slaap gevallen.

Stefano werd als eerste wakker. Even kostte het hem moeite om erachter te komen waar hij zich bevond, maar even later drong de realiteit van zijn dilemma in alle hevigheid tot hem door.

Sofia sliep, haar gezicht in de kussens gedrukt, nog altijd diep en vast. Haar losse haren lagen als een waaier om haar heen.

Stefano kroop uit het bed, dat omringd was door haastig uitgetrokken kledingstukken. Hij verzamelde zijn eigen kleren en begon ze aan te trekken waarbij zijn blik viel op de foto van de communicant, die Sofia hem had laten zien.

Zijn zoon Stefano.

Ze hadden over het verleden gesproken, niet over de toekomst. Sofia had haar wensen en eisen aan hem nog niet geuit, maar er was weinig fantasie voor nodig om te raden waar ze op uit was. Ze was vrij, ze was rijk en ze was onafhankelijk. Zijn eigen huwelijk was in haar ogen ongeldig, net zoals het feit dat hij intussen een Duitser geworden was. Ze zou er bij hem op aandringen dat hij met haar mee zou gaan. Ze zou hem vragen om zich met behulp van geld vrij te kopen van zijn vaderlijke plichten. Nu al, nog voordat ze uitgesproken waren, kende hij al haar argumenten en wist hij met wat voor hardnekkigheid ze geuit zouden worden.

Stefano schrok op toen hij de nabijgelegen kerktoren hoorde slaan. Met een schok herinnerde hij zich zijn afspraak met de hoofdmonteur Mäder, voor vier uur die middag. Het ging om de beschadigde schoorsteen van het schoolgebouw die gerepareerd moest worden.

Stefano wierp een blik op Sofia en overlegde of hij haar wakker zou maken. In een vlaag van lafheid besloot hij echter om het onvermijdelijke gesprek nog even op de lange baan te schuiven. Hij draaide de sleutel om in het slot, sloop de trap af en hoopte ongezien door de achterdeur te kunnen verdwijnen. Maar blijkbaar had de waard dit al verwacht, want nog voordat Stefano de deurklink helemaal naar beneden gedrukt had, verscheen hij in de deur van de gelagkamer.

'Zo, uitgeslapen, meneer?' vroeg de waard met een spottend glimlachje. 'Dat was wel een heel levendig weerzien met die dame!'

'Hou je erbuiten,' zei Stefano, terwijl hij probeerde er vandoor te gaan.

'Als jullie meer discretie gewild hadden, dan hadden jullie wat stiller moeten zijn. Maar zoals zij aan het schreeuwen was... Jij moet wel fantastisch zijn in bed!'

'Bedankt voor het compliment,' siste Stefano sarcastisch, terwijl hij zijn rechtervuist balde. 'Ik heb vooral een heel sterke rechtse en mensen die te veel kletsen maken daar heel snel kennis mee!' En met die woorden trok hij de achterdeur open om hem met zijn voet weer dicht te knallen, zich ervan bewust dat dit dreigement totaal geen nut had. Even na elven was hij met Sofia naar boven gegaan en het nu al vier uur geweest: het kon niet anders dan dat het nieuws al als een lopend vuurtje door het hele dorp gegaan was. Waarschijnlijk had het ook Anna al bereikt.

Bezorgd ademde Stefano de vochtige herfstlucht in, om die vervolgens met een zucht weer uit te blazen. Hij had geen idee hoe hij zich uit deze situatie moest redden, of dat überhaupt wel was wat hij wilde, en wat de juiste maatregelen waren.

'Nou, jij bent op een prettige manier opgehouden,' begroette de monteur hem met goedbedoelde spot, toen hij het schoolplein bereikt had.

'Laten we maar snel naar boven gaan, voordat het begint te

regenen,' zei Stefano, in een poging, verdere discussies te voorkomen.

'Rustig maar, Stefan. Van mij zal niemand iets horen,' verzekerde Mäder hem. 'Ik heb me nog nooit met het privéleven van anderen bemoeid. Dat levert alleen maar ellende op!'

'Heel verstandig,' bromde Stefano, terwijl hij de smalle, metalen wenteltrap op begon te klimmen. Normaal gesproken werd die alleen gebruikt door de schoorsteenveger.

Vanaf de dakgoot liepen metalen beugels voor handen en voeten verder over het dak heen naar de schoorsteen, waar een paar treden het werk van de schoorsteenveger moesten vergemakkelijken.

De hoofdmonteur hijgde als een oud trekpaard toen hij eindelijk dit hoogste punt bereikt had. Hij was een dikke tien jaar ouder dan Stefano en minstens twintig kilo zwaarder. Hij klemde zich vast aan de schoorsteen en zei: 'Volgende keer stuur ik iemand anders voor dit soort klusjes. Dit is niets meer voor mij, bovendien heb ik altijd al een beetje last van hoogtevrees gehad!'

'Je moet gewoon niet naar beneden kijken. Kijk maar in de verte, dan gaat het snel over,' raadde Stefano aan. Toen haalde hij een hamer uit de zak van zijn jasje, liet zijn arm in de schoorsteen zakken en begon met de schuine kant van het gereedschap tegen de binnenwand te kloppen.

'Zo rot als een oude boom,' concludeerde hij na een paar slagen.

'En de metalen afdekking vertoont gaten alsof iemand er met een kanon op geschoten heeft,' zei Mäder: 'Het moet er flink naar binnen geregend hebben!'

'Dat is inderdaad het probleem.' Stefano knikte. 'Ik ben bang dat het niet genoeg is om alleen de buitenkant te repareren. Ik zal straks ook nog even de muren op de eerste verdieping controleren. Als het er daar niet beter uitziet, dan zal de hele schoorsteen opnieuw doorgetrokken moeten worden!'

'Dat zal niet goedkoop zijn.'

'Ik kan er niets aan veranderen,' zei Stefano.

'Tja, wat moet dat moet.'

'Precies,' beaamde Stefano. 'En vaker dan je denkt!'

De monteur wierp de bouwondernemer een medelijdende blik toe. Hij had de dubbele betekenis van deze laatste opmerking maar al te goed begrepen. 'Laten we maar weer naar beneden gaan,' zei hij ten slotte, toen hij de eerste regendruppels voelde.

'Ik eerst,' bepaalde Stefano, omdat hij vermoedde dat de monteur stijver was dan hij wilde doen geloven. Als hij zich onder hem zou bevinden, zou hij hem in geval van nood kunnen helpen.

En zo was het ook.

'Houd je goed vast aan de beugels boven je en wacht totdat ik je voeten op de onderste beugels gezet heb,' riep Stefano, terwijl hij de rechtervoet van de man beetpakte. 'Goed zo. Zet hem stevig neer. En nu de linker!'

Een opgeluchte grijns maakte Stefano duidelijk dat de monteur weer stabiel stond.

'Nu eerst met je handen naar beneden, eerst rechts, dan links, en dan zet ik je hier beneden een beugel lager!'

'Oké,' hijgde Mäder, terwijl hij Stefano's aanwijzingen opvolgde.

Wat toen gebeurde was achteraf moeilijk verklaarbaar. Waarschijnlijk had de monteur zijn knie gestoten tegen een van de beschadigde dakpannen, waardoor hij zijn been in een reflex bewoog. Daarbij had hij Stefano, die zich, in zijn poging tot helpen heel even in een onstabiele positie bevonden had, vermoedelijk met zijn bespijkerde werkschoen vol in het gezicht getrapt.

Hoe dan ook, Stefano verloor zijn evenwicht, kiepte achterover en viel, langs de brandtrap heen, drie verdiepingen naar beneden.

Misschien dat hij nog kans gehad had om het te overleven als hij in een van de ronde acaciabomen was gevallen die links en rechts naast de ingang van de school stonden. Maar hij miste deze beschermende buffers op een haar na en kwam dus op de vijf stenen traptreden terecht, die naar de ingangsdeur van het schoolgebouw leidden.

Het duurde niet lang voordat de eerste nieuwsgierigen zich rondom de dode verzameld hadden. En kort daarna klonken al de kerkklokken, net als wanneer er ergens brand uitgebroken was, waardoor nog meer belangstellenden naar de plek des onheils gelokt werden.

45

*S*ofia had net de laatste knoopjes van haar jurk dichtge-
knoopt toen de waard, na kort geklopt te hebben, de kamer
binnenkwam.

De man schreeuwde opgewonden, maar ze kon hem niet verstaan. Uiteindelijk pakte hij haar bij de arm en trok haar met
zich mee.

Sofia kreeg een bang vermoeden. En toen ze onder aan de
trap de vriendelijke jonge serveerster van die ochtend zag
staan, begreep ze dat er iets vreselijks gebeurd moest zijn. Het
meisje had de handen voor haar gezicht geslagen en de blik in
haar ogen was er één van hulpeloze ontzetting. Verder nadenken kon Sofia niet. Een dikke vrouw gooide een wollen doek
om haar schouders heen en duwde haar door de achterdeur
naar buiten.

'Maak plaats,' schreeuwde de waard buiten aangekomen en
hij bewoog zijn armen als een zwemmer heen en weer. Sofia
kwam achter hem aan, totdat ze het lichaam zag dat verpletterd
op de stenen trap lag. Ze duwde de massieve waard opzij,
rende naar Stefano toe, bleef vlak voor hem staan en stootte
een hoge, schelle kreet uit, die de Wisslingers die het gehoord
hadden nooit meer zouden vergeten.

Toen knielde ze op de natte stenen en jammerde onverstaanbare woorden en klanken, waarbij ze haar bovenlichaam heen
en weer bewoog. Het zag er zo wanhopig uit, dat geen van de
omstanders het waagde ook maar één woord te zeggen. De
regen viel met zachte druppels op de verzameling mensen,
maar niemand die er iets van merkte.

Algauw kwam er echter opnieuw beweging in het tafereel.

De echtgenote van de overledene kwam gehaast, met grote passen naderbij gelopen. Zij had niemand nodig om de weg voor haar te banen. De mensen weken voor haar terug zoals ooit de zee voor het volk Israël.

Voor het lichaam van haar man bleef Anna staan. Met uitdrukkingsloze ogen bekeek ze het verbazingwekkend ontspannen gezicht van Stefano. Uiteindelijk wendde ze zich tot Sofia, die zo gefixeerd was op de dode, dat ze verder niets leek waar te nemen.

'Wie bent u?' vroeg Anna met heldere, scherp klinkende stem. 'En wat doet u hier?'

Op dit moment kwam de waard dichterbij, die zich op de een of andere manier verantwoordelijk voelde voor de vreemde vrouw en haar in bescherming wilde nemen. Ze was tenslotte een gast in zijn pension.

'Ze verstaat geen woord, Anna. Ze is een buitenlandse!'

En omdat hij als waard de nodige levenswijsheid en ervaring had waardoor hij de situatie een beetje in kon schatten, voegde hij er nog aan toe:

'Waarschijnlijk familie van je man. Ze is hier vanochtend pas aangekomen!'

Anna's mond vertrok zich tot een smalle streep, haar rode haar leek op te vlammen en haar gezichtsuitdrukking maakte duidelijk dat hier niets meer goedgepraat hoefde te worden. De Wisslinger roddelmachine had zijn werk al gedaan.

'Ik hoorde al zoiets!'

'Verdomme,' mompelde de waard tussen zijn tanden en voor één keer vervloekte hij het geroddel van de mensen die zijn belangrijkste bron van inkomsten vormden.

Maar het werd nog veel erger.

Vanuit de achterste rijen worstelde een man zich naar voren. Het was Hanskarl, de paardenknecht van de baron. Hij sprak normaal gesproken nog geen drie woorden achter elkaar als dat niet nodig was.

'Mijn vader kwam uit Oostenrijk en heeft nog voor de Habsburgers gevochten. Tot mijn dertigste heb ik in Venetië gewoond, dus ik versta Italiaans!'

Och lieve god, dacht de waard, nu is de ellende niet meer te overzien!

Een beetje stotterend, maar op niet mis te verstane wijze, vertaalde Hanskarl de opgewonden woorden van de vreemde vrouw. Dat deze dode man hier de vader van haar zoon was, dat hij hier niet thuishoorde en dat zij ervoor zou zorgen dat zijn lichaam in Napels in zijn ware vaderland Italië begraven zou worden.

Het verzamelde volk hield de adem in bij het horen van dit alles. Zelfs de intussen ook aanwezige veldwachter maakte geen aanstalten, een einde aan het tafereel te maken.

Alle ogen waren nu gericht op de roodharige weduwe. Zij legde haar handen op de schouders van haar inmiddels eveneens gearriveerde tweelingzoons en zei, verstijfd door gevoelens van afkeer en haat: 'Ik geloof dat zij ze niet allemaal op een rijtje heeft!' En toen, feller, schriller en gericht tot de verzamelde dorpsbewoners: 'Haal haar hier weg, of willen jullie werkelijk dat mijn dode man hier door de eerste de beste voorbijganger beledigd wordt, nog voordat zijn lichaam goed en wel koud is?'

Halfluid gemompel steeg op uit de groep, Anna had een punt.

Intussen was ook de ondernemer Cohn aan komen lopen; nog net op tijd om het hele treurige verhaal aan te kunnen horen. Hij toonde meteen de tegenwoordigheid van geest en de soevereiniteit waaraan hij zo'n groot deel van zijn succes en welvaart te danken had.

'Ik zal deze Italiaanse dame in de stad onderbrengen,' verkondigde hij, nadat het hem gelukt was om tot bijna bij het lichaam en de twee rivaliserende vrouwen te komen.

Hij liep op Sofia af, pakte haar kalm bij de arm en hielp haar overeind. Toen gaf hij haar zijn arm en trok haar mee naar zijn automobiel. Hij opende het portier en dwong Sofia op de achterbank, waarna hij snel het portier weer dichtsloeg en de chauffeur opdroeg: 'Breng haar naar de stad, Albert, naar het hotel Drei Könige! Daarna kun je terugkomen voor haar bagage!'

Albert knikte en startte meteen de wagen. Hij baande zich een weg door de nieuwsgierigen en algauw was de Daimler over de hobbelige weg in de richting van de stad verdwenen.

Inmiddels had de ondernemer tussen alle starende mensen de timmerman ontdekt. Hij wenkte hem met energieke handbewegingen naderbij en riep: 'Zorg jij voor een kist en neem meteen de begrafenisondernemer mee, voorzover die hier nog niet aanwezig is!'

Eindelijk herinnerde ook de veldwachter zich zijn plichten en riep met een doordringende stentorstem en zonder enige vorm van tact: 'Iedereen wegwezen nu, hier valt niets meer te zien. De Sailer-Italiaan is dood en hij zal echt niet nóg een keer van het dak vallen!'

46

*H*et eindduel tussen de beide vrouwen vond de volgende
ochtend plaats in het mortuarium en slechts weinigen
waren hiervan getuige.

Toen Anna de deur opende naar de ruimte waarin Stefano
lag opgebaard, vond ze Sofia, die naast hem stond en halfluid
de rozenkrans bad.

'Wat doet u hier nu weer?' vroeg Anna, die de afgelopen
nacht geen oog dichtgedaan had.

'Als deze heidense religie hier niet in staat is om hem de laatste
sacramenten toe te dienen, dan kan ik hem toch op zijn minst
aanbevelen in de genade van de Moeder Gods!'

Anna verstond weliswaar niet de woorden, maar wel de strekking van de boodschap van de vrouw, die nog altijd koortsachtig in de weer was met haar rozenkrans.

'U hoeft hier niet te komen bidden omdat u hem in uw bed
gelokt hebt en hij vol schuldgevoel van het dak viel!'

'Hij hield van mij, van mij alleen! Dat heeft hij mij verteld,
gisteren heeft hij mij daar nog van verzekerd!'

'Wat voor liefde is dat, die een mens rechtstreeks de dood in-
jaagt!' zei Anna verachtelijk. 'En nu maakt u dat u hier weg-
komt voordat ik de veldwachter roep om u op te sluiten! En
waagt u het niet hier ooit nog een keer naartoe te komen om uw
leugens te verspreiden. Hebt u mij begrepen?'

O ja, en of Sofia het begrepen had, ook zonder kennis van
deze vreemde, knarsende taal. Maar ze was nog niet klaar met
deze vrouw, die het gewaagd had om Stefano van haar af te
pakken. Ze knipte het slot van haar handtas open en haalde de
foto van haar zoon eruit.

Op dit moment ging de deur open. Een donkerharige krullenbol werd zichtbaar en daarachter nog één, die als twee druppels water op de eerste leek.

'De wagen waarmee papa naar de kerk wordt gebracht is er mama!' zei de jongen, terwijl hij binnenkwam om een laatste blik op zijn vader te werpen.

Zijn broer kwam naast hem staan.

Anna wierp een lange blik op de foto, die de vreemde vrouw haar in haar hand gedrukt had. Hier was geen twijfel mogelijk. De jongen op de foto en de tweeling leken op elkaar als twee druppels water.

'Nou, dan gaan we maar,' riep de lijkdrager bedrijvig, die met zijn assistent door de openstaande deur naar binnen gekomen was. De twee pakten het in een hoek liggende kistdeksel, legden het geroutineerd op het onderste deel met de dode en begonnen toen de schroeven dicht te draaien. Anna onderdrukte met haar hand een gekwelde schreeuw, terwijl Sofia dramatisch naar haar hart greep en kreunde. Maar toen pakten de twee mannen al de zwarte handvatten aan het hoofd- en voeteneinde beet en droegen ze de kist de paar meter naar buiten, waar ze hem op de lijkwagen schoven.

Anna, de jongens en Sofia volgden hen en bleven staan, totdat de door een paard getrokken wagen de ijzeren kerkhofhekken gepasseerd was.

'Gaan jullie maar vast vooruit,' droeg Anna haar zoons op, die er meteen opgelucht vandoor gingen. Ze vonden het kerkhof en het mortuarium maar griezelig, en de aanblik van hun dode vader had hen helemaal in verwarring gebracht. Pas nu ontdekte Anna de huurkoets, die buiten op straat stond te wachten, en ze knikte grimmig. 'Ik zie dat u tenminste nog wel het fatsoen hebt om voor de begrafenis te vertrekken!'

Sofia had haar heel goed begrepen. Ze was er intussen heilig van overtuigd dat een taal onbelangrijk werd zodra gevoelens sterk genoeg waren om als communicatie-instrument te dienen. 'Ik zal u haten tot het moment dat ik mijn laatste adem uitblaas,' zei ze tegen de vrouw, die Stefano ongetwijfeld gedwongen had toe te stemmen in dit blasfemische huwelijk.

'Ik vervloek u en die buitenechtelijke communicant van u,' antwoordde Anna daarop – en ze wist zeker dat dit het juiste antwoord geweest was. Toen spuugde ze voor de in zwart geklede Italiaanse op de grond en ging naar huis, om opnieuw te proberen haar dement geworden vader te vertellen over de dood van zijn schoonzoon.

De driejarige Else had het meteen begrepen.

47

$\mathcal{I}$n de vierde nacht na de begrafenis draaide Anna zich tegen de ochtend naar de rechterkant van haar echtelijke bed en strekte haar hand uit. Toen ze daarbij niet, zoals gewoonlijk, de arm of schouder van haar man voelde, werd ze wakker. Ze ging zitten en staarde naar het laken, waarvan de onberispelijke gladheid zelfs in het bleke licht van de maan goed te zien was.

En toen gebeurde het: de bijna abnormaal emotieloze rust die haar de afgelopen dagen als een soort korset van ijs overeind gehouden had, viel van haar af. In plaats daarvan nam een heftige, innerlijke onrust bezit van haar, sijpelde in haar spieren en dreef haar het bed uit.

Uit gewoonte slipte ze in haar vilten pantoffels, die op het handgeweven matje voor het bed stonden, en verliet de kamer, waarna ze over de donkere overloop op de tast de trap af liep. Doelbewust doorkruiste ze de hal en drukte de klink van de voordeur naar beneden. Toen de deur niet openging, gooide ze haar lichaam ertegen en stootte meermaals met haar schouder tegen de eikenhouten planken, zonder zich te bekommeren om de pijn die dit veroorzaakte. Pas na enige tijd ontdekte ze de sleutel die in het slot stak. Met trillende vingers draaide ze hem om, trok de deur open en stormde naar buiten.

Met grote passen liep ze door de dorpsstraat, door plassen en langs de uitwerpselen van de koeien, die de dag ervoor vanaf de weiden terug naar de stallen gebracht waren. Haar vilten pantoffels werden zwaar van het water, en door het vuil en de modder bleef eerst de ene, daarna ook de andere op straat liggen.

De aanhoudende, hardnekkige herfstregen viel op Anna's rode haren, kleurde ze donker en zorgde ervoor dat de luchtige vlecht, die ze 's nachts altijd droeg, losraakte. Hij doorweekte haar linnen nachtjapon, die algauw als een tweede, koude huid aan haar lichaam plakte, maar Anna merkte niets van dit alles. Naarmate ze dichter bij het centrum van het dorp kwam, ging ze zelfs nog sneller lopen.

Op het plein voor de school bleef ze staan en ze keek met een starre blik naar de plek voor de ingang. De bladeren van de acacia's trilden onder de regendruppels en gaven de nattigheid uiteindelijk weer door aan het betonnen plein, waarop inmiddels al een grote plas ontstond. Het water was glashelder, alles leek normaal en zoals altijd te zijn, en toch steeg vanuit de spiegel van het wateroppervlak nu dat andere, benauwende beeld omhoog. Wat was de werkelijkheid? De regen, de kou, de heldere, in het vroege ochtendlicht zilver glinsterende plas, of het beeld van Stefano, dat zich steeds weer op de voorgrond drong, zijn geliefde gezicht, dat ze kende als geen ander, omgeven door een wegdrijvende plas bloed?

Anna ging op haar knieën zitten, doopte haar handen in het water en tastte de grond eronder af, maar hoewel ze het gezicht van haar man bleef zien, voelde ze niets anders dan de natte, koude, betonnen ondergrond.

Het was de chauffeur van de melkwagen die een dik halfuur later de magere, in het wit geklede gestalte opmerkte die op de trappen naar de schoolingang stond, voorovergebogen, alsof ze iets verloren was. Toen hij stopte om het beter te kunnen zien, ontdekte hij haar blote voeten en toen zag hij ook dat het hier om een vrouw in haar nachtjapon ging.

'Anna?' vroeg hij verbaasd, toen hij dichterbij gekomen was en haar herkende. 'Wat is er aan de hand?'

Anna draaide zich om en staarde de jongste van de gebroeders Kottmann aan, die ze nog kende uit haar jeugd. Maar ze leek dwars door hem heen te kijken, alsof hij van glas was, en mompelde: 'Hij was hier. Ik weet het zeker!'

'Kom, ik breng je naar huis,' zei hij vriendelijk. Het was beter dat niemand Anna in deze toestand zou zien en hij was iemand die zijn mond kon houden. 'Het is ook niet gemakkelijk op jouw leeftijd je man te moeten verliezen!'

Anna deed een stap in zijn richting. Even werd hij bang, toen ze met vlammende ogen haar beide armen ophief en hem aankeek alsof ze hem wilde aanvallen. Maar toen kromp ze net zo plotseling weer in elkaar, liet haar schouders hangen en leek hem niet eens meer te zien.

Voorzichtig legde de man zijn hand op een mouw van haar kletsnatte nachthemd, om haar mee te voeren naar zijn wagen, waarvoor de paarden al ongeduldig stonden te trappelen en snuiven. Anna volgde hem enkele meters, maar plotseling rukte ze zich los en vluchtte de veldweg op.

De melkman liep haar nog een klein stukje achterna, maar toen bleef hij staan en schudde berustend zijn hoofd. Toch besloot hij over het voorval te zwijgen, misschien dat die arme Anna wel weer zou kalmeren.

Maar dat gebeurde niet.

Nadat er drie volle dagen naar Anna gezocht was, werd ze uiteindelijk volledig onderkoeld, gehavend, in de war en verslapt teruggevonden, drieënvijftig kilometer ten noordoosten van Wisslingen, in Härtsfeld. Aangezien ze meteen weer op de vlucht wilde slaan, moest ze vastgepakt worden en het enige woord dat men uit haar los kreeg was een 'nee' in alle variaties: heftig, woedend, hysterisch, jammerend, smekend, klagelijk, wanhopig.

De plaatselijke politieagent die probeerde met haar te praten, gaf zijn pogingen al snel op. In plaats daarvan bezocht hij de paters van Neresheim, waar de abt ervoor zorgde dat Anna kon worden opgenomen in het hospitium van het klooster, waar ze behandeld werd door een arts en verpleegd door een haastig opgeroepen non uit Schönenberg, in de buurt van Ellwangen.

Na een week was de koorts gezakt en lukte het om Anna regelmatig een lepel soep te laten eten. Geestelijk bleef ze echter afwezig. Ze reageerde noch op haar stiefmoeder Konstanze, die haar kwam bezoeken, noch op haar drie kinderen, die met haar meegekomen waren.

Haar bijdrage tot elke gesprekspoging bestond nog altijd enkel uit diezelfde ontkenning, in woord of gebaar, en in toenemende mate vergezeld van tekenen van panische angst.

'Zodra ze sterk genoeg is, zal ze er meteen weer vandoor proberen te gaan,' voorspelde de non, die ervaring had met psychiatrische patiënten.

Na een lang gesprek dat Anna's oom, de waard van Zum Hirschen, met de arts van de orde gevoerd had, werd Anna overgeplaatst naar een goed aangeschreven privékliniek, die in werkelijkheid niets anders was dan een gekkenhuis voor mensen die zich de prijs voor een comfortabele opsluiting konden veroorloven.

'Het hart van de arme vrouw is gewoon gebroken,' concludeerde Konstanze, nadat de waard was teruggekeerd en verslag uitgebracht had.

'Houd jij je mond, het gaat jou niets aan,' mopperde Eugen Sailer, maar hij wist maar al te goed dat er in het dorp toch wel over gepraat zou worden. Daarvoor was het 'Italiaanse drama', zoals de Wisslingers de zaak inmiddels gedoopt hadden, al te veel een eigen leven gaan leiden. En hij wist bijna zeker dat ook Anna's vlucht en de slechte afloop ervan – aangedikt natuurlijk met de nodige fantasie – een geliefd gespreksonderwerp zouden zijn tijdens alle koffie- en theekransjes.

'Maar beter dat er zo over Anna gesproken wordt dan dat er kletspraatjes komen over dat haar toestand iets te maken had met de Häberles-ziekte,' zei hij veelbetekenend tegen zijn vrouw.

'Ik begrijp wat je bedoelt, Eugen,' antwoordde de waardin knikkend, want ook zij had hier al over nagedacht. De kinderen van Anna waren de achterneefjes en het achternichtje van haar man, en ooit zouden ook zij willen trouwen en een gezin stichten. Het was dus beter om Anna te zien als een slachtoffer van liefdesverdriet, dan dat het weer herinneringen aan de intussen bijna vergeten gekte in haar familie van moederskant naar boven zou halen. Zoiets zou een enorme belemmering kunnen vormen, nog afgezien van een verzwakte positie bij het onderhandelen over een eventuele bruidsschat.

En dus sprak het echtpaar Sailer, zonder verder overleg, nog slechts in bedekte termen over de invloed van gevoelens en hun vreselijke gevolgen.

48

$\mathcal{E}$en dag na de begrafenis van Stefano was Sofia weer op de trein gestapt, nadat ze eerder – dit keer beschermd door de invallende duisternis – aan het graf van haar geliefde afscheid genomen had.

Ze reed tot aan Ulm, waar ze een nacht doorbracht in hotel König Karl, het beste hotel van de stad. Die nacht sliep ze tot haar eigen verbazing diep en droomloos.

De volgende dag nam ze de sneltrein naar Rome. Uur na uur keek ze uit het raam naar het wisselende landschap. Ze reed door de al besneeuwde bergen van de Alpen, langs de Noord-Italiaanse meren, de uitgestrekte vlaktes van Noord-Italië, steeds verder richting de eeuwige stad. Ze zag alles, zonder echt iets waar te nemen. Tussendoor dutte ze af en toe even in. Af en toe at ze iets in de restauratiewagen, maar de smaak deed haar verder weinig.

Een paar keer bedacht ze dat de beste en mooiste oplossing misschien toch wel zou zijn, om haar geliefde in de dood te volgen. Maar ondanks haar geestelijke uitputting voelde ze dat het leven, hoewel overduidelijk afschuwelijk, haar toch sterker in zijn greep had dan dat de dood haar aantrok. En telkens weer zag ze bij deze gedachte haar zoon Stefano voor zich. Het afschuwelijk hieraan was dat het haar niet lukte om hem slechts één keer te zien. Zijn beeld in haar hoofd verdrievoudigde zich, en tranen van vernedering schoten in haar ogen.

In Rome moest ze opnieuw overstappen. Gelukkig hoefde ze niet lang te wachten. In het schijnsel van de felle middagzon zag ze de koepel van de St. Pieter en deze aanblik maakte haar zo furieus, dat ze de coupé moest verlaten, zodat haar mede-passagiers er niets van zouden merken. In het gangetje van de trein, haar blik gericht op die pompeuze, stenen manifestatie van Zijn kerk, zegde ze God hardop haar trouw aan Hem op. Niet alleen had Hij haar een moeder onthouden, Hij had haar ook nog eens tot twee keer toe de enige man afgenomen van wie ze hield. Uitgerekend nu ze vrij en onafhankelijk was en haar nooit verminderde hoop op een gemeenschappelijke toe-komst eindelijk bewaarheid had kunnen worden, had Hij het definitief verbruid.

Sofia's wrok was zo groot dat ze het zich niet voor kon stel-len dat ze ooit, in het hiernamaals, vrede zou vinden, of er überhaupt van zou kunnen genieten. Als er een leven was na de dood, zoals de nonnen in het franciscanenklooster altijd zo mooi beweerd hadden, dan zou ze meteen nadat ze daar ge-arriveerd was deze God aanklagen en ter verantwoording roe-pen. Pijnlijk voelde ze hoe elk gevoel van vreugde, elke hoop op geluk in haar verschrompelde. Het kleine beetje dat over-bleef, sloot Sofia op in het binnenste van haar hart, waar ze er bijna niet meer bij kon.

Met elk uur dat de trein haar dichter bij haar geboortestad bracht, verhardde haar kwade en van haat vervulde gedachten, die zich tegen de roodharige vrouw en haar gebroed richtten. En tegen de tijd dat ze Napels bereikt had, leek ze zo rustig en onbewogen als nooit tevoren.

Maar tante Serafina kende haar nichtje te goed om zich voor de gek te laten houden. 'Wat is er, kind, wat is er in vredesnaam gebeurd?' vroeg ze.

'Daar heb ik in de trein lang over nagedacht,' antwoordde Sofia met een arrogantie die Serafina nog nooit bij haar gezien had.

'En waarover heb je nagedacht?' vroeg de tante, terwijl ze uit alle macht probeerde het bruisende bloed te laten bedaren, dat zoals altijd wanneer ze een vreselijk voorgevoel had, naar haar hoofd schoot.

'Of het Gods wil was – en hoe Hij het in Zijn hoofd gehaald heeft!'

'Ik heb weliswaar geen idee waar je het over hebt, maar je mag niet zondigen, kind!' maande Serafina.

'Als er hier al sprake is van een zonde, dan ligt die in dit geval bij God,' beweerde Sofia koel.

Verder zei ze tijdens de rit naar de villa helemaal niets. Daar aangekomen begroette ze haar zoon Stefano alsof ze hem al jaren niet meer had gezien. Ze omarmde en kuste hem op zo'n bezitterige manier dat de jongen verstijfde van verbazing en afkeer. Ze omvatte zijn gezicht, hield het tussen haar handen en bekeek Stefano zo onderzoekend als een arts die een moeilijke diagnose moet stellen. Pas na een hele poos – en tot ergernis van Serafina duidelijk gereserveerder – wendde ze zich tot haar vijfjarige dochter Angela.

Toen ze gezamenlijk gegeten hadden en de kinderen in bed lagen, riep Sofia de huishoudster bij zich. 'Breng mij die grote gevlochten mand waarmee jij altijd de was naar de droogplaats draagt, Philippa,' droeg ze de verbaasde matrone op. Toen ze weer verdwenen was, begon Sofia in de hal en daarna in de salon, in de eetkamer, op de overloop en in de slaapkamers met het verzamelen van alle religieuze voorwerpen die ze maar kon vinden: muurkruizen, staande crucifixen, Maria- en heiligenbeelden, de daaroverheen gedrapeerde rozenkransen, schilderijen, weiwaterbakjes en zelfs haar met fluweel beklede bidbankje.

Serafina volgde haar zwijgend.

Ter afsluiting klom Sofia op haar bed, haalde het beeld van de beschermengel van de muur en smeet het op de marmeren vloer van de kamer kapot. Daarna liet ze zich uitgeput in de stoel bij het raam vallen.

Serafina schoof met haar voet de stukjes bij elkaar, ging op de rand van Sofia's bed zitten en vroeg toen kalm maar beslist: 'En nu vertel je me wat er gebeurd is, Sofia!'

'Nooit, tante Serafina,' antwoordde Sofia koud. 'Alleen dit: ik ben eindelijk volwassen geworden!'

'Dat geloof ik niet,' antwoordde haar slimme tante verdrietig, want ze herinnerde zich nog maar al te goed haar eigen gedrag in de dagen en weken nadat men de latere kardinaal gedwongen had bij haar weg te gaan. Acht lange jaren had het geduurd voordat ze met hem, met zijn gehate roomse functie, en vooral met God weer innerlijke vrede had kunnen sluiten. En dat was, volgens haar eigen idee, het moment geweest waarop ze daadwerkelijk had laten zien dat ze volwassen was: toen ze in staat was om iets wat onvergeeflijk was, te vergeven. Pas daarna was het weer mogelijk geworden om opgewekt te zijn, mooie dingen te bewonderen en te genieten van goede tijden.

Maar echt vergeten kon je nooit.

Ze opende haar mond al om haar nichtje dit te vertellen, toen ze zich de beloftes herinnerde die ze had moeten afleggen om dit juist niet te doen. 'De tijd zal je wel helpen, Sofia,' zei ze dus enkel – en het was de waarheid.

Sofia stond op en staarde haar tante vijandig aan. 'Sommige dingen staan boven de tijd,' zei ze – en ook dit was een waarheid, en de enige juiste voor Sofia.

'Ik zal stoffer en blik halen,' vermeed Serafina verdere discussies, die, zoals ze wist, toch geen nut zouden hebben.

Maar Sofia leunde naar achteren in haar stoel. Noch een leven in het hiernamaals, noch de aardse liefde interesseerden haar nu nog. Koel besloot ze om zich vanaf nu enkel nog te concentreren op wereldse pleziertjes en vrijblijvende affaires. Die zouden haar geen valse hoop kunnen geven of tot hartzeer en verdriet kunnen leiden. Als haar huidige leven dan het enige was wat haar ter beschikking stond, dan moest ze er ook maar gebruik van maken zolang ze nog beschikte over haar gezondheid en schoonheid.

49

erwijl men in de dure privékliniek met wisselbaden en het toedienen van broom Anna's pathologische onrust, de hiaten in haar herinnering en de angstaanvallen probeerde te bestrijden, ging in Wisslingen het leven verder.

Na een bezoek aan Zum Hirschen riep de dominee de tweede vrouw van vader Sailer bij zich in zijn werkkamer, om haar een kleine privépreek te geven.

'Wie trouwt, krijgt ook de plichten, Konstanze!'

Wat betekende dat niet alleen hij, maar ook de kleine gemeenschap verwachtte dat ze naast de verpleging van haar inmiddels blinde en demente echtgenoot ook de zorg voor de drie Pasqualini-kinderen op zich zou nemen.

Omdat Konstanze een goedhartig en gevoelig iemand was, had ze dit al lang voor haar bezoek aan de dominee begrepen en in de daad omgezet. De kleine Else moest vaak huilen en verlangde naar haar moeder, maar de tienjarige tweeling nam de situatie zoals die was: hun vader bevond zich in de hemel en hun moeder in een ziekenhuis, waar kinderen niet toegestaan waren. Ze bleven gewoon naar het gymnasium gaan en 's avonds hielpen ze mee in de stallen.

Verder vonden de twee jongens, hoewel ze het elkaar nooit zouden toegeven, de huidige situatie eigenlijk helemaal niet zo erg. Ze wisten handig gebruik te maken van het plotselinge gebrek aan toezicht: ze bouwden een boomhut, vingen forellen en witvissen in de Hohe Gumpe, een klein, natuurlijk stuwmeertje van de Krummbach en maakten en sneden pijlen en bogen van wilgen- en beukentakken. In de kist die ze van hun moeder nooit open mochten maken, ontdekten ze de gitaar van hun vader, zijn Italiaanse diploma's en aanstellingsaktes, die ze, met het beetje Latijn dat ze kenden, probeerden te ontcijferen. Maar de beste ontdekking was toch wel de meerschuimpijp van hun overgrootvader. Die vulden ze met de tabaksbladeren, die hun vader bij wijze van experiment in zijn zelf gebouwde kas had gekweekt en op zolder gedroogd, waarna ze hem in hun boomhut probeerden te roken.

Daarna moesten ze zo vreselijk overgeven, dat Konstanze de schrik van haar leven kreeg. Maar het kruidenvrouwtje Agath, die in Wisslingen altijd geraadpleegd werd voordat de dure dokter uit de stad erbij gehaald werd, had meteen in de gaten wat de jongens scheelde.

'Verraad ons niet, Agath,' smeekte Paul, die zich iets minder slecht voelde dan zijn broer. 'Onze oom geeft ons ervan langs als hij erachter komt!'

De waard van Zum Hirschen was intussen door de verantwoordelijke rechtbank aangewezen als voogd en vermogensbeheerder van de handelingsonbekwame weduwe Anna Pasqualini en haar minderjarige kinderen. En zodra er opvoedkundige problemen dreigden, werd deze respectabele persoon er dan ook meteen door Konstanze bijgeroepen.

'Ik had niet gedacht dat er zoveel bij zou komen kijken,' klaagde de waard bij zijn vrouw. Anna en haar kinderen waren nu ook de eigenaren van de bouwfirma geworden, en er leek geen einde te komen aan de daaruit voortkomende vragen en problemen.

'Tot nu toe had ik nog de hoop dat Anna weer normaal zou worden en haar eigen beslissingen kon nemen. Maar het is nu al meer dan acht weken geleden, langer kunnen we toch niet meer afwachten!'

'En hoe moet het nu verder?' wilde de waardin weten.

'Dat weet op dit moment nog niemand,' antwoordde haar man bezorgd.

Maar een klein groepje samenzweerders was al druk in de weer om de leemte die door Stefano's dood in de bouwwereld was ontstaan in hun voordeel te gebruiken.

50

*H*et was allemaal zo'n zeven weken eerder begonnen, tijdens het gouden bruiloftsfeest van de hoogbejaarde ouders van bouwondernemer Hittelmayer. Alle kinderen, kleinkinderen en achterkleinkinderen, evenals broers, zussen, neven en nichten tot in de derde generatie, waren bij elkaar gekomen om dit heuglijke feit te vieren.

'Nu ik de vijftigjarige huwelijksoorlog overleefd heb, mag de hele familie mij daarvoor komen feliciteren,' had de oude Hittelmayer vastberaden verkondigd.

De mensen in de stad verbaasden zich over de grootte van het feest, aangezien de oude Hittelmayer over het algemeen niet echt bekendstond om zijn vrijgevigheid.

'Kan mij het schelen,' mompelde de jubilaris opgewekt, toen een van de gasten hem hierop aansprak. 'Uiteindelijk is de rekening voor mijn erfgenamen!'

Een belangrijke gast op het feest was dr. Franz Hittelmayer, die in het nabijgelegen Göppingen ooit een bankopleiding gevolgd had, daarna in Tübingen rechten gestudeerd had en nu een hoge functie bekleedde bij de rijksbank in Berlijn. Benieuwd als ze waren naar zijn mening over de huidige economische situatie, werd hij door de overige Hittelmayer-mannen, met het vooruitzicht op een uitstekende perenjenever, naar een zijvertrek van het hotel gelokt.

Deze bron van informatie bleek echter wat tegen te vallen. Franz Hittlemayer bleek namelijk een overtuigd aanhanger van de DDP te zijn, een partij die de rijkskanselier en lid van de centrumpartij Wirth met zijn *Erfüllungspolitik* liever nog vandaag dan morgen zag verdwijnen, ook al zat hij naast diens partijgenoten aan de kabinetstafel. Deze persoonlijke afkeer had zijn voorspellingen zo sterk beïnvloed, dat de meeste disputanten al snel hun interesse verloren. Ze keerden terug naar de zaal, waar een kermiszanger intussen het gezelschap vermaakte.

Alleen Eberhard Hittelmayer, de bouwondernemer, bleef zijn neef gezelschap houden. Hij schonk nog een tweede en toen nog een derde borrel in, terwijl hij Franz vroeg naar zijn mening over de aantrekkende inflatie.

Op dit punt bleek zijn gesprekspartner uit Berlijn wel een neutrale vakman te zijn. Hij vertelde vol overgave en besloot zijn betoog met de sombere slotsom: 'Het is als een bal op een hellend vlak, Eberhard. Eerst rolt hij nog redelijk rustig naar beneden. Maar hoe groter de afstand tot het beginpunt, hoe sneller hij beweegt. Acceleratie, als je begrijpt wat ik bedoel!'

De bouwondernemer begreep het slechts ten dele, maar toch knikte hij ijverig.

'En op een gegeven moment, en dat duurt niet meer lang, rolt hij de afgrond in!'

Waarbij Franz de 'afgrond' niet verder hoefde toe te lichten. Bij die beschrijving kon de uitgekookte zakenman Eberhard Hittelmayer zich wel wat voorstellen.

Bij het vierde glaasje begon Franz, uiteraard geheel in vertrouwen, te vertellen hoe sommige mensen nu al profiteerden van deze inflatoire ontwikkeling.

'Wacht even, leg me dat nog een keer, en dit keer langzaam uit, zodat ik het goed begrijp,' vroeg Eberhard Hittelmayer, want plotseling begon zich een idee in zijn hoofd te vormen.

'Het gaat als volgt: op verzoek verstrekt de rijksbank kortlopende leningen voor economische doeleinden.'

'Ja, en? Dat is toch niets nieuws!'

'Natuurlijk is dat niets nieuws. Het nieuwe eraan is dat ik er vast van overtuigd ben dat het inflatiepercentage de komende jaren enorm zal toenemen. Mensen die niet genoeg afweten van de wereldeconomie en dus niet zien waartoe dit kan leiden, zullen dit niet voor mogelijk houden!'

'En wat bedoel je daar nu precies mee?'

Franz Hittelmayer schonk zichzelf nog een borrel in en legde het zijn provinciale neef daarna vriendelijk uit:

'Als jij vandaag een lening afsluit en daar zo weinig mogelijk van terugbetaalt, zul je met grote waarschijnlijkheid over twee, drie jaar een flinke winst maken!'

'Meen je dat nu serieus?' vroeg Eberhard Hittelmayer onder de indruk.

'Volkomen serieus. Ik ken heel wat mensen, die hierop speculeren. Die erop rekenen, dat hun schulden tegen die tijd helemaal in lucht opgelost zullen zijn!'

'Geniaal,' zei de bouwondernemer vol bewondering. 'Maar ik vraag me wel af hoe zoiets kan, ik bedoel, dat het daadwerkelijk zo gebeurt. Je zou denken dat de regering daar wel een stokje voor zou steken, toch?'

Franz Hittelmayer haalde zijn schouders op en zei met een alleswetende nonchalance: 'De regering, beste neef, geeft er de voorkeur aan om steeds meer geld bij te drukken en in omloop te brengen. Het was natuurlijk het beste geweest als ze al lang de belastingen verhoogd hadden, zodat de reparatiekosten daadwerkelijk betaald konden worden. Maar dat zou iedereen meteen merken, terwijl de inflatie maar heel langzaam vordert en de schuld daarvoor aan allerlei verschillende omstandigheden geweten kan worden!'

'Ik begrijp het.' Eberhard Hittelmayer knikte. Toen zweeg hij een poosje, bekeek het patroon in het tafelkleed en vroeg opeens: 'Vertel eens, zo'n krediet, kan ik dat ook krijgen?'

Zijn neef glimlachte. 'Als je het slim aanpakt en iemand hebt die een goed woordje voor je doet, dan wel!'

'Je zult er geen spijt van krijgen,' zei de bouwondernemer meteen, die hem goed begrepen had. Vervolgens liet hij zich precies uitleggen wat nu de procedure was voor het afsluiten van zo'n lening bij de rijksbank. Waarbij hij er natuurlijk niet aan ontkwam om op zijn beurt uit te leggen wat hij met het vele geld dat hij wilde opnemen van plan was.

'Je bent niet bepaald op je achterhoofd gevallen,' moest neef Franz toegeven, nadat hij alles aangehoord had.

'Een Hittelmayer blijft een Hittelmayer,' antwoordde Eberhard met een samenzweerderige grijns.

De rijksbankier knikte opgelucht en besloot heimelijk tenminste tien procent van de geplande coup voor zichzelf op te eisen.

51

*D*rie omstandigheden bleken bijzonder gunstig voor het plan van Eberhard Hittelmayer.

Ondernemer Cohn, die voor een dringende familieaangelegenheid naar Polen was afgereisd, was daar besmet geraakt met de vlektyfus, en dat terwijl hij eigenlijk niet langer dan één dag in Warschau had willen blijven. De epidemie die op dat moment al meer dan honderdvijftigduizend mensen het leven gekost had, werd ook hem binnen enkele dagen noodlottig. En aangezien het familiegraf van de familie Cohn zich sowieso in Polen bevond, had de begrafenis ver van Wisslingen plaatsgevonden.

Cohns enige zoon Edmund, een meer kunstzinnig georiënteerde jongeman, gaf er de voorkeur aan om zijn studie in Heidelberg af te maken en hij droeg de leiding van de papierfabriek en de krantenuitgeverij over aan de procurator, een koopman genaamd Moritz Gruber die uit Speyer afkomstig was. Al tijdens hun eerste glas wijn samen in pension Drei Könige, meer dan een jaar eerder, kort nadat Gruber als procurator aangesteld was, was het de bouwondernemer duidelijk geworden dat het goed zakendoen was met deze man uit de Pfalz.

En dan bleken er nog twee omstandigheden gunstig voor de geplande coup van Eberhard Hittelmayer: de districtsvoorzitter die Stefano Pasqualini in het verleden het voordeel van de twijfel had gegeven, had een hogere functie in Stuttgart gekregen en de oude dominee van Wisslingen was met pensioen gegaan. Hij zou binnenkort terugkeren naar zijn geboorteplaats Schwäbisch Hall.

Men kon over deze dominee zeggen wat men wilde, en de verhalen rondom zijn persoon zouden hem nog lang overleven, maar niemand kon hem betichten van een gebrek aan rechtvaardigheidsgevoelens of sociaal geweten. In al zijn oprechte christelijkheid had hij altijd een behoorlijk obstakel voor de plannen van bouwondernemer Hittelmayer gevormd – en dat terwijl hij, zoals iedereen wist, niet bepaald een vriend van de Sailer-Italiaan geweest was.

Hoe dan ook: de sterren stonden gunstig en na een bezoek aan de rijkshoofdstad Berlijn begon Eberhard Hittelmayer te handelen.

De dag, waarop de heren Hittelmayer en Gruber in Zum Hirschen opdoken, was precies de juiste, wat Eugen Sailers gemoedstoestand betrof.

Een dag eerder had hij de tweede maandafrekening van de privékliniek ontvangen. Somber en verbaasd tegelijk had hij tegen zijn vrouw gezegd: 'Ik had nooit gedacht dat gek zijn zoveel geld kost!'

Er was weliswaar nog steeds wat geld over van Anna's Schwäbisch Gmünder erfenis, maar er was niet veel rekenkunst voor nodig om te zien dat dit geld als sneeuw voor de zon zou verdwijnen, als haar verblijf in de kliniek nog veel langer zou gaan duren.

Een gesprek met de professor van de privékliniek, dat de waard enkele dagen daarvoor had gevoerd, had hem echter weinig hoop op een snelle genezing gegeven.

'Op dit moment is het voornaamste probleem de voltooiing van de twaalf huizen, die – zoals bekend – verhuurd zullen gaan worden aan onze medewerkers,' zei de Cohn-bedrijfsleider met een hoogdravendheid die, doordat hij met een sterk accent sprak, een beetje lachwekkend klonk. Maar de waard had te veel zorgen om daarop te letten.

'Maar de bouwvakkers werken toch gewoon verder. Ik heb direct na de begrafenis met de bouwopzichter gesproken…'

'Laten we onszelf nu niet voor de gek houden, Eugen. Die doen alsof ze verder werken. Maar in werkelijkheid hebben ze met die bouwopzichter afgesproken dat ze alleen voor de vorm een beetje op die bouwplaats rondhangen. Ze zijn voornamelijk bezig met illegale klusjes voor familie en vrienden, en het materiaal daarvoor jatten ze uit de voorraden van hun overleden baas. En jij, ezel, betaalt ze ook nog voor wat ze zogenaamd allemaal gedaan hebben!'

'Hoor eens even, ik laat me door jou niet vertellen dat ik achterlijk ben!' zei de waard boos, hoewel hij vermoedde dat de bouwondernemer heel goed wist waarover hij het had.

'Ik zeg helemaal niet dat je achterlijk bent,' huichelde Hittelmayer vriendelijk. 'Integendeel. Maar het ligt voor de hand dat jij overbelast bent met deze hele nalatenschapkwestie. Tenslotte ben je geen bouwman, maar een slager en waard, en waarschijnlijk had je daarmee ook voor het ongeluk van je neef je handen al meer dan vol, of zie ik dat verkeerd?'

'Dat zie je heel goed,' bromde de waard, terwijl hij de dag vervloekte waarop hij zich had laten ompraten om voor voogd en vermogensbeheerder te spelen.

'Uiteraard heb ik die huizen, waarvan nu zo'n tweederde staat, eens even bekeken,' mengde de man uit de Pfalz zich weer in het gesprek. 'En ook het contract tussen de ondernemer en meneer Pasqualini. En daarin staat een uiterste opleverdatum vermeld, en wel de laatste dag van dit jaar!' Zijn zachte, zangerige stem kreeg een licht dreigende ondertoon toen hij verderging: 'En als wij ons daaraan zouden houden, zouden de verblijfskosten van onze medewerkers in de verschillende accommodaties hier vanaf 1 januari 1922 moeten worden overgenomen door de firma Sailer-Pasqualini. En ook die van de familieleden van ons personeel trouwens, want we hebben de redacteuren en leidinggevenden, voor wie de twaalf huizen bestemd zijn, contractueel beloofd dat ze hun gezinnen uiterlijk begin januari 1922 kunnen laten overkomen!'

De waard snoof opgewonden door zijn neus. 'Dat is onmogelijk. Dat zou...'

'Precies,' viel Hittelmayer hem in de rede. 'Je moet toch inzien dat het zo niets wordt, Eugen. Die bouwopzichter mag dan misschien een goede metselaar zijn, maar op dit moment

gaat het toch vooral om het binnenwerk, omdat jouw aangetrouwde neef met zijn grote mond zo nodig alles in eigen be-
heer wilde doen!'

'Laat de doden met rust. Hij wist echt wel wat hij deed, onze
Stefan!'

'Dat is jouw mening. Maar in mijn ogen heeft hij gewoon te
veel hooi op zijn vork genomen en in elk geval te veel op zijn
eigen kunnen vertrouwd voor de uitvoering van dit hele project.
Ik heb de overleden ondernemer Cohn destijds nog gewaarschuwd en gezegd dat er beter toezicht moest komen, vooral tijdens afwerkfase, maar ja, naar mij luistert nooit iemand. Ik zou
zogenaamd jaloers zijn op de concurrentie, terwijl het niets meer
was dan advies vanuit ervaring en bezorgdheid. En kijk waar
het ons gebracht heeft? Nu is de ellende niet meer te overzien!'

Zelfs de waard moest dit beamen. Het was duidelijk dat er
iets moest gebeuren.

Een week na Stefano's ongeluk had hij al geprobeerd een
afspraak met de ondernemer te maken, waarbij hij hem had
willen voorstellen de half afgebouwde huizen tegen een redelijke prijs over te kopen en op eigen kosten af te bouwen. De
plotselinge dood van de ondernemer had echter roet in het eten
gegooid. En op de brief die hij vervolgens aan de jonge meneer
Cohn geschreven had, was slechts een kort antwoord gekomen:
of hij maar contact wilde opnemen met de bedrijfsleider van de
firma Cohn, de heer Moritz Gruber.

Ook dat had hij gedaan, met de ontmoeting vandaag als resultaat. Maar dat Gruber samen met Hittelmayer zou verschijnen, daarover hadden ze niets afgesproken.

'Er zijn twee mogelijkheden, Eugen,' zei Hittelmayer nu,
nadat hij de mimiek van de waard nauwkeurig bestudeerd had.
'Jullie verkopen de hele handel aan mij, inclusief de nog af te
bouwen huizen, of er komt een gedwongen liquidatie van de
firma!'

'Het zakelijk genootschap Cohn is niet geïnteresseerd in een
eigendomsovername,' mengde Moritz Gruber zich nu weer in
het gesprek, nog voordat de waard daar een vraag over had
kunnen stellen.

'Wat betekent, dat sowieso alles op mijn naam komt te staan, of weet jij in tijden als deze andere geïnteresseerden die in staat zijn twaalf huizen te kopen en af te bouwen – want daar gaat het ten slotte om. De bouwfirma als zodanig bestaat toch eigenlijk alleen nog maar op papier, als er geen bouwmeester meer is die de zaak kan leiden. En de waarde van die paar tweedehands cementmolens, dragers en steigeronderdelen is in dit geval te verwaarlozen!'

De waard knikte zwaarmoedig. Het was waar, daar was geen twijfel over mogelijk. Hij voelde niet het kleinste beetje sympathie voor Eberhard Hittelmayer, maar hij moest toegeven dat de man gelijk had. Eugen Sailer dacht aan de rekeningen van de privékliniek en het schoolgeld van de jongens. Het geld zou toch ergens vandaan moeten komen, ook nadat het laatste restje van Anna's geld op was. Toch twijfelde hij nog. De bouwondernemer was weliswaar afkomstig uit een gefortuneerde familie, maar de waarde van de twaalf onafgebouwde huizen lag naar mening van de waard toch beduidend hoger dan wat Hittelmayer financieel kon ophoesten.

'En waar haal jij zo'n grote som geld vandaan?' vroeg hij.

Hittelmayer glimlachte. 'Laat dat maar aan mij over, Eugen. Laten we het nu eerst maar eens even over de prijs hebben – en daarna zal ik je bewijzen dat ik er garant voor kan staan!'

Over het zorgelijk gebogen hoofd van de waard heen wisselden Hittelmayer en Moritz Gruber een tevreden blik uit. Er zouden nog wat details besproken moeten worden, maar in principe wist de bouwondernemer dat hij gewonnen had – en Moritz Gruber kon een aardige provisie tegemoet zien.

'Ik kan dit niet alleen beslissen,' zei de waard nog, maar Hittelmayer wuifde zijn bezwaren weg.

Uiteindelijk hoefde de bouwondernemer niet eens zijn hele krediet te gebruiken voor de coup. Voor de rest van het geld kocht hij een mooie granaatbroche voor zijn vrouw en voor zijn geheime minnares in Göppingen een nertsmantel met een enorme zilverwolfkraag, zoals hij die tijdens zijn bezoek aan Berlijn door de beroemde actrice Asta Nielsen had zien dragen.

Het koopcontract waarmee de bouwfirma Sailer-Pasqualini, inclusief alle voorraden en verplichtingen, officieel werd overgedragen aan de firma Eberhard Hittelmayer & Co., werd op woensdag 2 november 1921, in het bijzijn van notaris Christian Nothelfer ondertekend. Nog voor het einde van het jaar was ook de toestemming van de nalatenschap- en voogdijrechtbank binnen. Niemand viel iets te verwijten. Zoals het na de dood van de bedrijfseigenaar en bouwmeester Pasqualini geweest was, had het niet kunnen blijven. Eigenlijk moest men Eberhard Hittelmayer zelfs dankbaar zijn voor het feit dat hij in de bres gesprongen was voordat het tot een proces met de Cohn-firma gekomen was. En ook Anna zelf had waarschijnlijk uiteindelijk deze beslissing genomen, als ze daartoe in staat geweest was.

52

$\mathcal{I}$n februari 1922 waren de gezamenlijke artsen van de privé-kliniek het erover eens geworden dat ze hun patiënte Anna Pasqualini haar kinderen niet langer konden onthouden.

Nadat ze hun oorspronkelijke schroom overwonnen hadden, kreeg vooral de tweeling interesse in het reilen en zeilen in de psychiatrische kliniek en volgden er regelmatige bezoekjes aan hun moeder. Toen het voorjaar werd, mocht de patiënte zowaar af en toe even gaan wandelen in het park.

'Moet je dat zien,' fluisterde Paul Pasqualini tegen zijn broer, terwijl hij gefascineerd het met gaasdraad afgezette terrein bekeek, waarop de 'gevaarlijke gekken' rondliepen. Eentje ontblootte zijn tanden toen hij de twee jongens opmerkte, een ander haakte zijn vingers in de mazen van het hek en brak in een dierlijk gehuil uit.

'Denkt u dat onze moeder daar ook een keer naartoe moet?' vroeg Peter aan de verpleegster, die Anna in een rolstoel over het pad duwde.

Bij die vraag hief Anna Pasqualini haar hoofd en keek lang naar de onverzorgde, bleke gestaltes achter het hek. Toen draaide ze zich om naar haar zoons en zei met een verbazingwekkend heldere stem: 'Nee. Dat zal niet gebeuren!'

Vanaf die dag verbeterde haar toestand geleidelijk. Zij, die tot dan toe amper een woord gesproken had, verraste nu het verplegend personeel met vragen naar de datum, de dag van de week en het jaar, ze vroeg of er ooit post voor haar gekomen was. Niet lang daarna vroeg ze om de krant en vertelde ze de ziekenhuisgeestelijke, toen die haar weer eens opzocht, dat ze de kerkdiensten in het huis wilde bijwonen. Hiervoor verliet ze zelfs vrijwillig haar ziekbed, wat nog nooit eerder voorgekomen was. Ze sloeg de rolstoel waarin ze tot dan toe steeds verplaatst was af en begaf zich, nog een beetje onzeker op de benen, aan de arm van een verpleegster op weg naar de gebedsruimte van de kliniek.

Voortaan stond ze elke ochtend uit zichzelf om zeven uur op, waste zich zonder hulp en kleedde zich vervolgens aan. Ze vroeg of Konstanze wol en breipennen voor haar mee wilde nemen en ontdekte tijdens haar wandelingetjes door de kliniek, waarvoor ze nu toestemming had, de bibliotheek waaruit ze vanaf dat moment regelmatig boeken leende.

De artsen overlegden opnieuw over haar geval en nodigden ten slotte de voogd van de vrouw uit. Met toestemming en in aanwezigheid van de behandelende professor vertelde de waard van Zum Hirschen zijn nichtje over de stand van zaken thuis en op de zaak.

Anna, die haar innerlijke onrust, haar angst en verlangen om te vluchten overwonnen leek te hebben, luisterde aandachtig naar haar oom. Ze bestudeerde de meegebrachte documenten en afschriften en uit haar commentaar bleek dat ze weer volledig bij haar verstand was.

De enige opwinding ontstond toen ze zag welke immense kosten haar ziekte veroorzaakt had.

'Ik wil hier weg, oom Eugen. En wel zo snel mogelijk,' zei ze, toen ze weer een beetje gekalmeerd was.

'Ik zie geen reden om u hier nog langer te houden,' zei de professor vriendelijk, maar ook een beetje spijtig – hij had de roodharige vrouw heimelijk namelijk in zijn hart gesloten. Vergeleken met de vele, uiterst hopeloze psychische afwijkingen hier was de zware rouwneurose van een liefhebbende echtgenote een bijna sympathieke ziekte. Want dat Anna's toestand iets te maken had met de Häberle-ziekte, een zware vorm van erfelijke schizofrenie, zoals hij in de dossiers van de kliniek gelezen had, kon inmiddels definitief uitgesloten worden.

En dus keerde Anna terug naar huis op het moment dat de rozen die Stefano langs de zijmuur van het huis geplant had, uitbundig stonden te bloeien. Opgelucht verhuisden ook de drie kinderen weer terug naar hun moeder.

Het geld van de verkoop van de huizen en het bedrijf stond veilig op een rekening van de Sparkasse.

Anna kocht een nieuw model naaimachine en begon voor zichzelf en de kinderen te naaien. De professor had haar op het hart gedrukt om toch maar vooral een bezigheid buiten het huishouden om te ontwikkelen, omdat gepieker en sombere gedachten voornamelijk ontstonden als iemand niets te doen had, en dus moest ze dat zoveel mogelijk zien te voorkomen.

Het naaien verschafte Anna meer plezier dan meehelpen in de bediening van het pension, wat haar oom haar weer aangeboden had. En toen ze op een zondag in een zelf gemaakt, zwartlinnen pakje met witte kraag het graf van haar man bezocht, om hem een bos van zijn lievelingsrozen te brengen, besefte ze dat ze nu werkelijk genezen was en weer verder kon met haar leven.

Die avond, die mild was en gehuld in een geur van hooi, die overwaaide uit de nabijgelegen schuur van het oude huis, kwam Konstanze langs. Ze ging naast haar stiefdochter op het houten bankje op de veranda zitten.

'Hoe gaat het met vader?' vroeg Anna, hoewel ze hem elke dag wel een keer opzocht. De vraag was meer een soort ritueel tussen haar en haar stiefmoeder geworden, waarmee ze al hun gesprekken inleidden.

En ook het antwoord van Konstanze was altijd hetzelfde. 'Je vader leeft in zijn eigen wereldje. Een wereld, waarin geen van ons nog bestaat!'

'Maar hij leeft nog,' antwoordde Anna. Het was een vaststelling, geen aanklacht.

'Op de een of andere manier had hij toch door dat jij weg was en dat je nu weer terug bent!'

'Ja.' Anna knikte. 'Dat gevoel heb ik ook!'

Vervolgens zwegen ze allebei een lange tijd.

Stefano's oude en verzwakte hond, die onder de bank zat, drukte zijn snuit in Anna's knieholte en maakte een tevreden geluidje.

'Ik heb veel geluk gehad,' zei Anna op een gegeven moment.

'Dat kun je wel zeggen, ja,' beaamde Konstanze. 'Als het de Häberle-ziekte geweest was...'

'Dat bedoelde ik niet,' onderbrak Anna haar. 'Ik bedoel met mijn Stefan!'

Ze voelde de verbaasde en ongelovige blik van de oudere vrouw en wist natuurlijk, wat die betekende.

'Wat vroeger gebeurd is, gaat mij niets aan,' zei Anna, luider en hartstochtelijker dan ze bedoeld had. 'Maar de onbeschaamdheid waarmee zij in ons leven kwam binnenvallen, dat Italiaanse mens...!' Ze stopte en beet met haar tanden op haar onderlip, totdat ze zichzelf weer een beetje onder controle had. Toen zei ze met een rustige stem: 'Zij heeft zijn dood op haar geweten, zij alleen. En elke dag zal ik God bidden, dat Hij haar daarvoor straft, elke dag, zolang als ik leef!'

53

*O*ok Wisslingen ontkwam niet aan de gevolgen van de al-maar toenemende inflatie. De getallen op de steeds snel-ler achter elkaar gedrukte en in omloop gebrachte geldbiljetten kregen van maand tot maand meer nullen.

Al aan het eind van het jaar 1922 vroeg de Latijnse school in de stad aan de ouders van de leerlingen een bijdrage in de verwarmingskosten. Het schoolgeld mocht in natura betaald worden.

Zonder tegenspraak stelde Konstanze de gevraagde goede-ren ter beschikking; voornamelijk brandhout uit het bos, dat al sinds mensenheugenis toebehoorde aan het landbouwbedrijf van de familie Sailer. Als tegenprestatie hielpen de twee jongens, die intussen twee sterke elfjarige knullen geworden waren, mee op het land, in het bos, in de stallen en bij de fruitoogst waar-bij ook de vierjarige Else mee moest aanpakken.

Anna Pasqualini, die steeds handiger werd in het naaien van kleding, ontving haar loon in de vorm van aardappelen, var-kensreuzel, meel en eieren. Het was bijna weer net zo als kort voor het einde van de oorlog.

Halverwege het jaar 1923 overleed vader Sailer. Hij had de sombere prognose van zijn bevriende arts in de stad toch nog met bijna twee jaar weten te overleven, wat voornamelijk te danken was aan de toegewijde zorg van zijn tweede echtgenote.

Ook Anna was haar stiefmoeder dankbaar. De vroeger nog-al gespannen verhouding tussen de twee vrouwen veranderde steeds meer in een gevoel van verbondenheid, waarvan ze alle-bei profiteerden. Maar terwijl Konstanze zich, zoals de meeste vrouwen in het dorp, voornamelijk om de dagelijkse beslomme-

ringen bekommerde en de politiek aan de mannen overliet, volgde Anna bezorgd de politieke en economische ontwikkelingen.

Ook zij zag, zeker in het hyperinflatiejaar 1923, in dat er iets
gedaan moest worden. Maar wat in de late herfst van datzelfde
jaar daadwerkelijk gebeurde, ging haar voorstellingsvermogen
te boven. Zelfs toen de Deutsche Rentenbank op 16 november
met de uitgifte van de nieuwe mark begon, waarbij de een-
heidskoers van één biljoen mark gelijk was aan één rentemark,
waren de complete gevolgen van deze geldzuivering haar nog
niet helemaal duidelijk.

Haar oom, die goed geluisterd had naar wat zijn stamgasten
hierover te vertellen hadden, legde het haar uit: 'De regering
heeft simpelweg twaalf nullen van de geldwaarde afgehaald, zo
zit het, Anna!'

'En wat betekent dat voor ons?' wilde zij weten.

'Dat betekent dat alles wat wij gisteren nog bezaten, nu
waardeloos geworden is. Niet alleen het geld in onze portemonnee, maar ook wat we gespaard hadden!'

'Maar toch niet ook het geld op ons spaarboekje, of wel?'

'Jawel, Anna,' zei de waard, die het zelf ook amper kon geloven. 'Dat ook!' En hij verwachtte niet anders, dan dat zijn
nichtje opnieuw zou instorten. Of op de vlucht zou slaan, zoals toen, na de dood van haar man. Hij vreesde op zijn minst
verwijten en kwade beschuldigingen, tenslotte was hij degene
geweest die de twaalf nog niet afgebouwde huizen verkocht
had.

Anna's geld was nu bijna verloren, maar de huizen hadden
hun waarde behouden.

Van de baron had hij gehoord dat Eberhard Hittelmayer de
koop en afbouw van de huizen gefinancierd had met een aanzienlijke lening, waarvan nu dus niets meer over was.

'De echte winnaars van deze geldzuivering zijn de mensen
met schulden – met de staat voorop,' had de baron geconcludeerd.

Bezorgd bestudeerde de waard zijn nichtje, dat voor hem aan
de stamtafel op dezelfde stoel zat waarop haar overleden man
destijds zijn eerste Wisslinger maaltijd had genuttigd.

Blijkbaar realiseerde Anna zich dat ook, want met de vingers van haar linkerhand streek ze in gedachten over de plek, waar destijds ook Stefano's hand waarschijnlijk gelegen had. Lange tijd zei ze niets, toen hief ze haar hoofd en keek de waard met haar groene kattenogen aan. 'De Heer geeft en de Heer neemt,' zei ze met een berusting die de vertrokken dominee gelukkig gestemd had, als hij het had kunnen horen. 'Geld is niet alles. Ik heb mijn kinderen, en ik heb mijn huis nog. Je kunt niet alles hebben in het leven!'

Toen kwam ze overeind om weer naar huis te gaan.

De waard van Zum Hirschen, die nooit een man van grote sentimenten geweest was, liep op zijn nichtje toe, legde zijn armen om haar schouders en drukte haar onbeholpen tegen zich aan.

'Ik ben trots op je, meisje. Je lijkt toch op ons! Als je ooit iets nodig hebt: zolang ik leef, zal ik je helpen!'

'Dank u, oom,' antwoordde Anna, terwijl ze de prop, die zich nu toch in haar keel gevormd had, wegslikte. Ze wachtte totdat ze weer een vaste stem had en zei toen, ter afsluiting: 'Mensen verlies je definitief wanneer ze je vooruitgaan in de dood. Maar een vermogen kan worden teruggewonnen als je het handig aanpakt!'

'En een beetje geluk hebt,' vulde de waard aan, die vijfentwintig jaar ouder was dan zijn nichtje.

'Wat geluk is weet je pas als het alweer verdwenen is,' antwoordde Anna treurig. Toen greep ze in haar mand en haalde er de witte bloes voor de vrouw van de waard uit, die ze genaaid had van een geborduurd tafellaken. Haar tante wilde het kledingstuk bij de doop van haar jongste kleinkind dragen.

'Werkloon hoeven jullie niet te betalen, maar voor het materiaal moet ik wel wat rekenen,' zei Anna, weer zakelijk nu.

Ze werden het eens over een stuk rookvlees, waarna de waard er, denkend aan het enorme vermogensverlies van zijn nichtje, ook nog vier worsten bij deed.

Nooit meer in haar verdere leven kon Anna een worst eten, zonder te denken aan het geld op haar spaarrekening dat in rook opgegaan was.

Eberhard Hittelmayer echter rekende uit dat hij, met de inkomsten van twaalf huurhuizen in de nieuwe, stabiele rentenmark, nooit meer een vinger hoefde uit te steken, mocht hij dat willen. Vlak voor Kerstmis reisde hij naar Berlijn en boekte daar een kamer in het beroemde hotel Adlon, waar hij samen met zijn neef Franz de jaarwisseling en hun gemeenschappelijke geluk vierde met kaviaar en champagne.

Deel 2

1

Wisslingen / Württemberg, 1933

$\mathcal{D}$e beuken in het Fransozenbosje hadden net hun nieuwe bladeren gekregen. Het zonlicht dat door de takken viel, dompelde de Pasqualini-tweeling die op het warme mos lag in een groengouden licht.

Nog altijd leken ze als twee druppels water op elkaar en daarnaast waren ze ook nog eens de grootste en knapste jongemannen in de hele omgeving. Allebei hadden ze het gespierde, tanige figuur en de zwart glanzende krullen van hun vader geërfd, maar van hun moeder hadden ze de groene kattenogen en de aanzienlijke lichaamslengte.

Peter lag met gesloten ogen te genieten van de voorjaarswarmte. Tussen zijn lippen had hij een grashalm die hij nu als een klein trompetje gebruikte.

Zijn broer Paul, die op zijn ellebogen gesteund op zijn buik lag te lezen in een boek over het Dessauer Bauhaus, draaide zich naar hem om en vroeg licht grijnzend: 'Moet dat soms een triomfmars voorstellen?'

Sinds de bruinhemden in Berlijn ervoor gezorgd hadden dat Adolf Hitler de nieuwe kanselier geworden was, waren triomfmarsen in Duitsland aan de orde van de dag.

'In zekere zin wel,' antwoordde Peter, terwijl hij terug grijnsde. 'Ik heb namelijk weer werk!'

'En waar?'

'In Kirchheim. Bij de firma Heller. In de wegenbouw!'

'Gelukkig!'

Paul was opgelucht. Waarbij zijn opluchting vooral voortkwam uit het feit dat het geen aanstelling bij een van de bouwfirma's van Eberhard Hittelmayer betrof. Met de winst die hij destijds gemaakt had, nadat het hem gelukt was om hun oud-oom Eugen Sailer te verleiden tot de verkoop van de huizen, had Hittelmayer namelijk de meeste bouwondernemingen in de omgeving op kunnen kopen. Intussen waren er elf jaren voorbij gegaan en waren de tweelingbroers heel goed in staat om onderscheid te kunnen maken tussen fatsoenlijke mensen en zakelijke oplichters.

'En op een dag pak ik de draad weer op,' onderbrak Peter Pauls gedachten.

'Je bedoelt waar onze vader gestopt is?'

'Precies!'

Echt verrast was Paul niet door deze mededeling van zijn tweelingbroer. Het was weliswaar de eerste keer dat hij zo duidelijk zei wat hij van plan was, maar nog altijd waren ze beiden in staat om de gedachten en plannen van de ander te raden.

Soms vroeg Paul zich af of dit altijd zo zou blijven of dat het ooit zou veranderen. Bijvoorbeeld als een vrouw op een dag belangrijker zou zijn dan zijn broer.

Peter leek weer eens dezelfde gedachtegang te hebben ge-had, want opeens vroeg hij: 'Hoe zit het eigenlijk tussen jou en Margret?'

Onbewust trok Paul een grimas. 'Houd daar alsjeblieft over op,' bromde hij wrevelig.

Zonder wrok, maar nog altijd innerlijk opstandig dacht Paul Pasqualini aan de dag waarop hun moeder, halverwege de laat-ste klas van het gymnasium, op haar eigen, nuchtere manier gezegd had: 'Ik denk dat het nu tijd is om een fatsoenlijk vak te gaan leren!'

Peter had meteen geknikt. Hij was de muffe schoollokalen al lang meer dan zat en had helemaal genoeg van het gezag van autoritaire leraren.

Paul daarentegen had het allemaal heel anders gezien. 'Ik wil bouwmeester worden, net als vader!' had hij geprotesteerd.

'We zijn hier niet in Italië. Hier heb je geen bouwmeesters, enkel gewone meesters, en om zo iemand te worden zul je eerst een vakopleiding moeten doen!'

'Helemaal mee eens,' had Peter ijverig met hun moeder ingestemd.

'Maar ik wil mijn opleiding afmaken. En ik wil later architectuur studeren,' had Paul volgehouden.

'Mensen zoals wij studeren niet,' had Anna daarop gedecideerd verklaard.

Ze had altijd geweten dat Stefano het op dit punt niet met haar eens was, maar Stefano was dood en de Schwäbisch Gmünder erfenis verspeeld. De tijden waren veranderd en de beslissingen moesten aan deze veranderingen worden aangepast.

Terwijl Paul, niet voor het eerst, nadacht over deze discussie, piekerde Peter over zijn verloofde, met wie hij over minder dan vier weken zou trouwen.

Augusta, zijn bruid, was de dochter van de dorpskruidenier. Ze zou in de winkel van haar vader blijven werken en op een dag zelfs de zaak overnemen, aangezien haar oudere broer in Esslingen een schroevenfabriek geopend had en uitgekocht was. En dus zouden ze in hun toekomstige leven samen twee van elkaar onafhankelijke bronnen van inkomsten hebben: zijn metselaarsloon en de opbrengst van de winkel.

Een prima vooruitzicht, vond Peter. En één dat de mogelijkheid openhield om ooit weer met een bouwonderneming te beginnen.

Gustel, zoals het jonge meisje genoemd werd, was geen uitgesproken schoonheid, maar had wel een jeugdige frisheid en natuurlijkheid. Ze bezat een droge, gevatte humor en een mooie altstem. Het paar had elkaar op weg naar huis beter leren kennen, nadat ze met het kerkkoor geoefend hadden. Peter had een volle, krachtige basstem en was tevens een graag gezien lid van het bazuinenkoor.

Paul daarentegen had nooit enige belangstelling in de muzikale vormgeving van de dorpse kerkdienst getoond. Tijdens zijn tijd op de Latijnse school had hij vlot en goed viool leren spelen en hij was nu al jaren een gewaardeerde eerste violist in het amateurorkest van de stad.

'Dat muzikale hebben ze van hun vader,' had hun stiefoma

Konstanze ooit na een concert in het kasteel van de baron gezegd. Dat was echter niet als compliment bedoeld, maar meer als een soort verontschuldiging. Want in de ogen van de Wisslingers was het geen verdienste als je een instrument kon bespelen, het was eerder een teken van onburgerlijke lichtzinnigheid. Kunst, in wat voor vorm ook, moest in dienst van God zijn, anders prikkelde het alleen maar onnodig de zintuigen en bracht het de mensen op verkeerde gedachten.

Hoe dan ook, Anna leek ingenomen te zijn met de koopmansdochter, toen Peter haar aan haar voorgesteld had. Bij Gustels ouders daarentegen was de reactie heel anders geweest.

'Geen sprake van,' had de kruidenier opgewonden geroepen. 'Hij mag dan wel net doen alsof hij een Zwaab is, maar het is en blijft een zoon van die vervloekte spaghettivreter!'

'Die man is toch allang dood, Hubert,' had Gustels moeder geprobeerd te sussen.

'Bloed is bloed, en ik wil geen nakomelingen met Italiaans bloed. Of moet ik gewoon maar vergeten dat het die Italiaanse honden waren die mijn broer Hugo hebben doodgeschoten?'

'Maar daar kan mijn Peter toch niets aan doen,' had Gustel geprotesteerd, waarop haar vader haar op een haar na een oorvijg gegeven had.

'Er wordt hier niet geslagen, Hubert,' had Gerda Heinzmann met doordringende stem geroepen, terwijl ze tussen vader en dochter was gaan staan. 'Wie zijn hand tegen zijn eigen vlees en bloed verheft, zal door de Heer gestraft worden, heeft de vroegere dominee ooit gezegd!'

'Die mannen hebben zich niet met dat soort zaken te bemoeien en vrouwen al evenmin!'

'En waarom niet? Gustel is tenslotte ook mijn dochter en ik vind Peter wél aardig!'

'Natuurlijk. Dat is nu precies wat ik bedoel. Hij hoeft jullie alleen maar glimlachend aan te kijken met zijn grote ogen, zijn witte tanden en zijn zwarte krullen, en meteen zakt jullie verstand naar je onderlichaam!'

De kruideniersvrouw was met stomheid geslagen geweest. Ze had een paar keer diep ademgehaald en daarna met overslaande stem geroepen: 'Ik laat me niet door jou beledigen! Niet na alles wat ik hier in huis gedaan heb: ik heb je ouders tot het einde toe verpleegd, ik heb je afschuwelijke peettante Sanna verdragen, totdat ze die beroerte kreeg en daarnaast heb ik de winkel gerund, helemaal in mijn eentje zelfs, toen jij aan het front was, en dat heb ik goed gedaan. En nu moet ik dit aanhoren? Enkel omdat ik mijn dochter gelijk geef, omdat ze de voorkeur geeft aan een vriendelijke, knappe jongeman met manieren, jawel, met manieren, in plaats van die houten klaas die jij voor haar uitgezocht had!'

Vervolgens had ze de deur achter zich dichtgeknald, was in de slaapkamer verdwenen en had de sleutel in het slot omgedraaid. Daarna had ze de deur alleen nog maar geopend voor Gustel, wanneer die haar een blad met eten kwam brengen.

Op de tweede dag na deze ruzie moest de dokter uit de stad komen omdat de kruideniersvrouw zich zo had zitten opwinden over de hele zaak, dat ze last van haar galblaas gekregen had.

Helaas was op dat moment de huisnaaister aanwezig geweest om beschadigde beddengoed en tafellakens te repareren en nieuwe gordijnen voor de salon te naaien, waardoor het conflict niet binnen de familie gebleven was, maar zich als een lopend vuurtje verspreid had.

Op den duur was het hele dorp betrokken geraakt bij de discussie over dit geplande huwelijk. De meningen waren verdeeld, maar uiteindelijk had het standpunt van de waard van Zum Hirschen de doorslag gegeven.

'Heinzmann kan zijn spullen vanaf nu verkopen aan wie hij wil, maar ik hoef ze niet meer. Peter is tenslotte mijn achterneef en wij Sailers zijn een oud en voornaam geslacht. Wij zouden ons nooit inlaten met circusartiesten, zoals destijds de grootmoeder van Heinzmann!'

En opeens hadden de oudere Wisslingers weer moeten denken aan die vreselijk jonge, bloedmooie vrouw, met wie Laurenz Heinzmann destijds halsoverkop getrouwd was, kort nadat het circus in de stad geweest was. Na een verdacht korte zwangerschap had de schoonheid, wier naam Vilja luidde, het leven geschonken aan een jongetje, waarbij ze zelf overleden was. De jongen had de naam Franz gekregen, maar was in het dorp, vanwege zijn pikzwarte haren en donkere huidskleur Csárdásprins genoemd. Alsof het een reactie op alle stekeligheden was, had hij al als jongeman last gekregen van spijsverteringsproblemen waardoor zijn teint een stuk valer werd. Bovendien waren zijn haren al vroeg stroblond geworden.

Zijn zoon Hubert, de vader van Gustel, leek meer op de Staudenmaier-tak van de familie. Hij was klein, gezet en vlasblond, waardoor de circus-achtergrond van de kruideniersfamilie al snel vergeten was.

'En precies zo zal het ook gaan met Peter en zijn nakomelingen,' had Gerda Heinzmann gezegd, toen ze weer met haar echtgenoot sprak.

'Als er tenminste nog wat over geweest was van Anna Sailers erfenis,' had de kruidenier geklaagd. 'Twaalf huizen, stel je voor, Gerda, dat betekende vier voor elk van die Italiaanse kinderen!'

Gerda Heinzmann, realist als ze was, had enkel haar schouders opgehaald: 'Op is op en weg is weg. Waar het om gaat is dat ons meisje gelukkig wordt. We hebben tenslotte maar één dochter!'

De kruidenier had het nog een laatste keer geprobeerd en, zoals destijds de oude districtsvoorzitter, de verduitsing van de buitenlandse naam ter sprake gebracht.

Maar hiertegen had Anna heftig geprotesteerd. 'Nooit,' had ze gezegd. 'Ik heet nu al bijna een kwart eeuw Pasqualini en het dorp is er niet aan ten onder gegaan. Als de familie Heizmann onze naam niet goed genoeg vindt, dan mogen ze hun dochter houden!'

En daarmee was het laatste woord gesproken en kon de bruiloft plaatsvinden.

Terwijl Peter en Paul zo hadden liggen nadenken, was de zon achter de Mühlesberg verdwenen. Het mos koelde af en algauw lagen de twee lui dommelende jongemannen in de schaduw.

Peter merkte het als eerste. Hij stond op en klopte de bruine snippers van de verwelkte beukenblaadjes van het vorige jaar, die nog op het mos gelegen hadden, van zijn broek. 'Als jij een beetje haast maakt met Margret, dan zouden we er een dubbele bruiloft van kunnen maken,' stelde hij voor. Hij verzweeg daarbij dat dit idee eigenlijk van hun moeder afkomstig was, die hem gevraagd had zijn tweelingbroer hiermee over de streep te trekken.

Paul klapte het architectuurboek dicht waarin hij had liggen lezen, leunde tegen een beukenstam en trok afwerend zijn benen omhoog. 'Luister, lieve broer,' zei hij. 'Het moet niet gekker worden; nu laat je je zelfs al voor moeders karretje spannen!'

Peter begon te blozen.

'Maar ik kan het niet goedvinden dat jij je geld verspilt aan een vluggertje bij Olga, terwijl je de mogelijkheid hebt om met de dochter van je baas te trouwen. Bij de familie Dussler heb je tenminste niet hetzelfde probleem als ik bij de Heinzmanns: zij willen je! Die oude Dussler weet dat jij een uitstekende vakman bent en dat is precies wat hij nodig heeft, wil hij dat zijn bedrijf blijft bestaan. Bovendien vorm jij voor hen een geweldige oudedagvoorziening!'

'Maar wat heb ik daaraan?'

'Doe nu toch niet zo moeilijk, Paul! Of vind je het soms een beter idee als Margret voor iemand anders kiest en jij, in plaats van de baas te worden, je leven lang bevelen moet blijven opvolgen?'

Paul perste zijn lippen op elkaar. Zijn antwoord kwam sneller dan dat hij denken kon: 'Ik moet helemaal niets, Peter. En of ik mijn hele leven lang drukker blijf bij de firma Dussler of toch hier in Wisslingen, dat staat in de sterren geschreven!'

Verbijsterd schudde Peter zijn hoofd. 'Jij overdrijft altijd meteen zo, Paul. Waar slaat dat allemaal op? Een mens leeft van wat hij geleerd heeft. Of jij nu trouw-, rouw- en visitekaartjes of affiches en schietschijven in Stuttgart, Hamburg of hier in de stad maakt, dat is toch om het even. Behalve dat je buiten dit gat hier helemaal niemand kent en er dus ook nooit helemaal bij zal horen. Dat heeft het voorbeeld van onze vader toch wel duidelijk gemaakt, en zelfs ik moet daar nu nog onder lijden!'

Paul haalde zijn schouders op en stond op.

Hij had geen zin in ruzie – en al helemaal niet hierover. Maar Peter was nog niet klaar en zijn pleidooi werd dringender.

'Ik begrijp jou werkelijk niet, Paul. Margret is toch een leuke meid en ze is helemaal gek op je, daar heb je echt geen bril voor nodig…'

Plotseling onderbrak Peter zijn zedenpreek en was verbaasd dat hij hier nog nooit eerder aan gedacht had.

'Of… is er misschien iemand anders?'

'Nee, er is niemand anders,' bromde Paul nors en hij besloot een einde aan dit vervelende onderwerp te maken. Want eigenlijk begreep hij het zelf ook niet. Alles wat Peter gezegd had, was zonder twijfel waar. Bovendien was Margret knap, vlijtig en ze kon heerlijk koken. En ze had een behoorlijke boezem, wat hem altijd opwond bij een vrouw, sinds hij af en toe gebruikmaakte van de diensten van Olga, uit wier huis hij ook al een keer zijn vroegere leraar Latijn had zien sluipen. Het kostte Paul dan ook geen moeite zich een huwelijk met Margret voor te stellen. Maar toch: op de een of andere manier was hij nog niet klaar voor zo'n beslissing. Soms vroeg hij zich af of het wel goed was om met tweeëntwintig jaar je leven al zo vast te leggen. Om het als de lijnrechte, nieuwe autoweg naar Stuttgart voor je te zien. Want uiteraard zou er geen nieuwe oorlog meer komen, de mensen hadden tenslotte geleerd van wat er gebeurd was. En dus zou hij, als hij gespaard zou blijven voor ongelukken of ziektes, ooit als succesvolle drukkerij-eigenaar op het kerkhof terechtkomen, na een waardige begrafenis uiteraard.

Nadat hij destijds gedwongen was om te stoppen met de Latijnse school had zijn moeder hem aangeraden om, net als zijn broer Peter, een plaats als leerjongen bij een metselaar te bemachtigen.

'Dat is het ambacht dat bij onze familie hoort,' had ze gezegd. 'En het sluit mooi aan bij jouw liefde voor gebouwen!'

Waarmee ze natuurlijk gelijk gehad had, zoals Paul vandaag moest toegeven. Maar toch was het beter geweest, als ze dit niet gezegd had. Want dan had hij er uiteindelijk waarschijnlijk zelf wel voor gekozen. Maar aangezien hij zo boos geweest was dat zij hem ervan weerhouden had om eindexamen te doen, zodat daarna naar de school voor architectuur of de universiteit kon gaan, was hij expres tegen haar wensen in gegaan en had hij gesolliciteerd bij de drukkerij Dussler, waar ze op dat moment op zoek waren naar leerjongens.

Hoewel zijn interesse in de bouwkunst onverminderd was en hij in zijn vrije tijd, afgezien van vioolspelen, met niets anders bezig was, had hij niet alleen zijn opleiding tot drukker afgemaakt, maar had hij zich daarnaast ook nog laten scholen tot zetter. Daarbij leerde je naast letterzetten ook redigeren en afbreken. Met deze kwalificaties zou hij uiteindelijk zelfs krantenredacteur kunnen worden. De enig mogelijke plek echter waar hij deze kennis in de praktijk zou kunnen brengen, was in de drukkerij van Cohn.

Hoewel Edmund Cohn al lang niet meer in Heidelberg woonde, maar met zijn jonge gezin in de villa van de familie, verdiende hij zijn geld als ambteloos geleerde en kunstverzamelaar. De leiding van de drukkerij en de krantenuitgeverij was nog altijd in handen van de Pfälzer Moritz Gruber. En die was, net als Eberhard Hittelmayer, een aartsvijand van Anna Pasqualini.

Het was voor alle Pasqualini-kinderen duidelijk dat hun moeder een beroepsmatige relatie met een van deze twee 'bandieten', zoals zij ze noemde, nooit zou tolereren. En Anna ging ervan uit dat de liefde van haar jongens voor hun moeder groot genoeg was om deze gevoelens te respecteren. En juist omdat er voor Paul dus geen andere werkmogelijkheden in de buurt waren maakte dat deze hele situatie met Margret Dussler tot zo'n gevoelig dilemma.

Deze zondagmiddag was echter te mooi en aangenaam om aan dit soort gedachten verspild te worden.

'Laten we een biertje gaan drinken in Zum Hirschen, stelde Paul dus voor, toen ze over het platgetreden landweggetje terug naar het dorp slenterden.

Peter wist dat Gustel hem pas na de avonddienst verwachtte en dat hij dus nog twee uur de tijd had om Paul tijdens een potje kaarten een paar mark af te troggelen. Paul was weliswaar intelligenter dan hij, daar maakte Peter zich al lang geen illusies meer over, maar als iemand hem uitdaagde, dan had hij de neiging om roekeloos en onzorgvuldig te worden. En wat had je aan die intelligentie, als je snel je zelfbeheersing verloor – wat over het algemeen niet zonder gevolgen bleef.

En dus bedacht Peter dat hij alleen maar af en toe een subtiele toespeling op de weelderige vormen van Margret Dussler hoefde te maken – en hij had het kaartspel al zo goed als gewonnen.

2

Napels 1933

Sofia Orlandi stond voor de grote, goudomrande spiegel, die ze had laten ophangen in haar slaapkamer. Ze was helemaal naakt en het licht dat door het grote raam naar binnen viel, was dat van een heldere namiddag eind mei in Napels. Er waren zelfs geen vitrages, die als een barmhartig filter hadden kunnen dienen.

Met onderzoekende blik bekeek ze zichzelf van top tot teen. Haar bruine haar viel dik en zwaar tot over haar schouders. Nog altijd glansde het als rijpe kastanjes. Geen enkel grijs haartje had zich tussen de donkere verstopt. Haar gezicht was misschien iets voller dan vroeger, maar behalve een paar lachrimpeltjes rond de ogen en het kuiltje bij haar linker mondhoek, dat veroorzaakt was door alle ergernissen over haar tegendraadse, puberende dochter Angela, had ze nog steeds dezelfde olijfkleurige, gave en egale huid, die de sporen van de tijd zo goed weet te verbergen.

Haar hals en decolleté waren, dankzij zorgvuldig gebruik van citroenolie, glad en strak, haar borsten nog net zo vol en stevig als in vroegere tijden. Ook haar taille was nog steeds smal, maar Sofia besefte dat ze hem in de toekomst wel in de gaten moest houden, evenals haar heupen, die vandaag welhaast iets te rond leken. Ook het kleine buikje dat zich langzaam ontwikkelde, was onacceptabel. Maar met haar benen was ze nog altijd erg tevreden – en haar enkels waren nog steeds even sierlijk als die van een jong meisje. Het regelmatige paardrijden, waarmee ze jaren geleden was begonnen, was de moeite waard gebleken: Sofia's oordeel over haar spiegelbeeld viel overwegend positief uit. Ze had een gewoonte gemaakt van deze regelmatige controles, nadat ze bij vriendinnen van dezelfde leeftijd gemerkt had dat hun lichaamsvormen uitdijden als slecht gekneed deeg op een bakplaat – en dat nog voordat de betreffende dames de leeftijd van dertig jaar bereikt hadden.

Sofia had het kloppen waarschijnlijk niet gehoord, want opeens werd de deur geopend en verscheen tante Serafina, steunend op haar ebbenhouten stok, in de deuropening. Ze schrok enorm toen ze haar nichtje daar zo helemaal naakt voor de spiegel zag staan. Maar het irriteerde haar nog meer dat ze zelfs geen aanstalten maakte om zichzelf te bedekken, noch met een kledingstuk, noch door een gebaar van schaamte. In tegendeel: Sofia draaide zich weg van de spiegel en naar de oude vrouw toe, waarbij ze leek te genieten van haar naaktheid en de uitwerking daarvan op haar tante.

'In godsnaam, Sofia,' zei haar tante, terwijl ze haar stok steviger vastgreep. 'Dat is een zonde van onkuisheid. Die zul je moeten biechten! Hier... trek deze ochtendjas aan!'

Terwijl Sofia het kledingstuk dat haar tante van de haak aan de deur had gegrist opving en aantrok, liet Serafina Mazone zich op een met bloemetjesstof beklede stoel zakken.

'Wat is er met je aan de hand, kind?' mompelde ze ongerust, terwijl ze vol afschuw de verzameling flesjes, kannetjes en potjes bekeek, die het met inlegwerk versierde blad van haar kaptafel bedekte.

'Moet ik u dat echt uitleggen, tante Fina?' vroeg Sofia met een spottend glimlachje. Ze ging op de rand van haar bed zitten, waarbij ze niet de moeite deed om de ochtendjas fatsoenlijk dicht te knopen.

Serafina merkte het meteen. Moeizaam verhief ze zich weer uit haar stoel – helaas had ze de laatste jaren nogal aan gewicht en omvang toegenomen – en trok de lusjes over de vele, met stof beklede knoopjes van de zijden jas van haar nichtje. Dit deed ze met een nauwkeurigheid die meer zei dan wat voor standje dan ook.

Sofia liet het over zich heen komen en keek geamuseerd toe. Ze is oud geworden, dacht ze. Oud, vormeloos en schijnheilig. Blijkbaar waren op een bepaald punt alle jeugdige zonden opeens vergeten. Sofia was inmiddels op de hoogte van de scandaleuze dwalingen van haar tante vroeger. Toen ze na die vreselijke reis naar Stefano weer was gaan deelnemen aan het sociale leven in de stad, waren de roddels over haar tante en de kardinaal net weer eens uit de mottenballen gehaald. Er was destijds sprake van dat de hoge geestelijke werkte aan een toekomst als paus, wat zijn verleden natuurlijk extra interessant gemaakt had.

'Het menselijk lichaam is niet alleen een prachtig kunstwerk,' zei Sofia dus provocerend, 'maar ook een bron van fantastisch genot!' Ze trok haar knieën onder haar kin, bereid om met Serafina te kibbelen. Misschien dat ze haar op die manier nog wat meer details over die oude liefdesaffaire kon ontlokken. Niets was interessanter dan een drama waarbij je zelf niet betrokken was.

Maar Serafina snoof alleen verachtelijk en zei: 'Wacht maar tot jij zo oud bent als ik nu, lieve schat, dan zul je heel wat dingen opnieuw moeten beoordelen. Het lichaam is het meest overtuigende voorbeeld van vergankelijkheid. En hoe volmaakter iemand er ooit uitzag, hoe beter hij ooit functioneerde, des te verschrikkelijker is het verval. Die paar kussentjes op je heupen, waar jij nu blijkbaar problemen mee hebt, vormen nog maar het begin. Wacht maar tot je tanden beginnen te rotten en er uiteindelijk uitvallen zodat je niet meer kunt kauwen zonder hulpmiddelen, wacht maar tot je 's ochtends met pijnlijke botten wakker wordt en al moe wordt bij de gedachte aan wassen en aankleden…'

'Houd daarmee op!' riep Sofia, terwijl ze haar oren dichthield. 'Ik wil er niets over horen!'

'Dat begrijp ik,' zei Serafina sarcastisch. 'Maar vergeet niet dat jij het was, die mij aanspoorde erover te praten!'

'Het is al goed, tante Serafina!' zei Sofia verzoenend, hoewel de woorden van haar tante haar humeur behoorlijk verpest hadden. Ze stond op en opende de deuren van haar kledingkast. 'Ik moet me aankleden. Vanavond ben ik bij de familie Prizzi uitgenodigd!'

Serafina legde haar pijnlijke been op het gestoffeerde krukje en vroeg met een huichelachtige onverschilligheid: 'En die jonge Conte Palieri komt zeker ook, of vergis ik me?'

'U vergist zich niet,' bitste Sofia, aangezien ze niet van plan was om met haar tante over Massimo Palieri te discussiëren. Of over de vraag, of het wel gepast was voor een drieënveertig-jarige weduwe om een affaire te hebben met een tien jaar jongere man van adel, die was voorbestemd voor hoge, diploma-tieke functies.

'Wees voorzichtig, Sofia,' waarschuwde Serafina haar nu serieus. 'Die jongen komt uit een grote, oude familie en ik heb gehoord dat de Palieris grootse plannen met hem hebben. Als jullie... ongepaste voorkeur voor elkaar... bekend wordt, dan kan dat voor ons allemaal nadelige gevolgen hebben. Je moet de macht van zijn familie niet onderschatten!'

Voor de zoveelste keer vroeg Sofia zich af hoe de oude vrouw dit allemaal wist. Tenslotte hadden Massimo en zij er alles aan gedaan om hun verhouding geheim te houden.

Serafina wierp haar nichtje via de reusachtige spiegel een ge-amuseerde blik toe. Sofia, die tegelijkertijd worstelde met haar onderjurk en met de ongewilde adviezen van haar tante, zag het en begon zich nu echt te ergeren.

'Ik ben een volwassen vrouw, tante Fina!'

'Klopt. Zelfs je zoon is het inmiddels al. En toen je lieve, overleden moeder zo oud was als jouw dochter nu, was ze al verloofd met je vader! In eer en deugd, uiteraard!'

Sofia voelde de woede in zich opstijgen, maar in de ogen van haar tante zag ze geen kwaadaardigheid, maar bezorgd-heid. Ze kalmeerde meteen weer en liet het na om een op-merking over de kardinaal te maken. De oude vrouw moest maar vooral in de illusie blijven dat niemand hier iets van wist. Of had ze dit helemaal nooit gedacht? Hoe dan ook, iedereen had zijn eigen leven. Zij zou in elk geval zoveel mogelijk uit het hare halen. Ze was in elk geval niet van plan om ooit zo dik te worden dat ze zich met behulp van een houten stok door de kamers moest slepen. En wat was hiervoor nu een gro-tere motivatie dan begeerlijke blikken van mannen, flirts en affaires?

Sofia trok de halsopening van haar blouse een beetje verder naar beneden, bekeek zichzelf in de spiegel en was tevreden over haar outfit. Ze zou haar haren goed borstelen en los dragen, wat haar er altijd bijna meisjesachtig uit liet zien.

Tante Serafina kwam overeind en ging nu ook op de rand van het bed zitten, om toe te kijken hoe Sofia met haar dassenharen borstel haar haar liet glanzen.

'Ik wil je je levenslust niet ontnemen, Sofia,' zei ze ten slotte, onverwacht zacht. 'En ik heb ook geen morele bezwaren. Geniet van het leven, zolang het nog mooi is. Alleen: ik hou van je, kind, en ik ben zo bang dat je hart nog eens zal breken op deze manier! Die Massimo is een geweldige man, maar hij is tien jaar jonger dan jij. Zijn familie zal het nooit toestaan dat hij met jou trouwt!'

Sofia kon nog net een schaterlach onderdrukken en het kuiltje naast haar mooie mond leek dieper dan ooit. Haar tante had een volstrekt verkeerd beeld van haar verhouding met Massimo. 'Dit heeft helemaal niets met het hart te maken, tante Fina. Het is een spelletje, begrijpt u, een spannend spel dat de verveling verdrijft en goed is voor mijn zelfbewustzijn!'

Sofia draaide een lok haar tussen haar vingers en zette hem met een met diamanten bezette haarspeld vast, terwijl ze zei: 'Er is geen beter levenselixer dan het gevoel macht over anderen te hebben. Meer is het niet, tante Fina, ik zweer het – en het is ook nooit meer geweest. Noch met Massimo, nog met de rijinstructeur en ook niet met Antonio Ferrera!'

Ze bracht wat make-up aan op het kuiltje en smeerde het voorzichtig uit. Pas toen beëindigde ze haar schokkende, onomwonden onthullingen: 'En ik heb het toch wel verdiend om een beetje pret te hebben nadat ik mijn onschuld opgeofferd heb voor het welzijn van de familie!'

'Je bent behoorlijk lichtzinnig!'

'Lichtzinnigheid is het enige wat ik nog overhad na mijn huwelijk, tante Fina,' antwoordde Sofia met een bijtende ironie, die haar ouder maakte dan het weggeschminkte kuiltje onder de laag poeder. 'Dat, het geld en de affaires!'

'En je kinderen,' vulde Serafina aan, die nu ook boos werd.

'Dat is heel iets anders,' zei Sofia tegen de spiegel, die haar nu het perfecte masker toonde, dat ze graag zag.

'En bovendien: kinderen zijn geen afdoend middel tegen eenzaamheid en verveling! Vanaf het moment dat ze niet meer afhankelijk zijn van jouw hulp, gaan ze er vandoor. Dan zijn ze niet meer tegen te houden. Zelfs niet de kinderen van wie je meer houdt dan van het leven zelf!'

Serafina zweeg en dacht na over de woorden van haar nichtje, die zich intussen hulde in een wolk van lelietjes-van-dalengeur.

Ze had een uitgesproken rechtvaardigheidsgevoel en Sofia had een punt. Stefano zat inmiddels al in het vijfde jaar van zijn studie handelswetenschappen en recht in Triëst. En ook daarvoor was hij al zelden meer thuis geweest, nadat hij van de plaatselijke Latijnse school verhuisd was naar het jezuïetencollege in Rome.

En Angela had er vrijwillig voor gekozen om het traditionele verblijf in het kloosterinternaat van de franciscaner nonnen af te maken, enkel om te ontkomen aan de constante discussies met haar moeder. In Serafina's ogen was Sofia nooit een bijzonder betrokken moeder geweest. Maar na die noodlottige reis, waarvan de jonge vrouw destijds volledig veranderd teruggekeerd was, leek ze op de een of andere manier volledig op zichzelf gefixeerd. Tegenover Angela toonde ze helemaal geen begrip meer, iets wat Serafina's rechtvaardigheidsgevoel regelmatig op de proef stelde. En haar houding naar Stefano toe was uiterst wisselvallig. Het ene moment verafgoodde ze hem bijna, om hem het volgende moment te behandelen op een agressieve manier die de jongeman zeker niet verdiend had.

Serafina had de indruk dat niet alleen Angela blij was om van huis weg te zijn, maar dat ook Stefano de dagen dat hij thuis was graag zoveel mogelijk beperkte.

De oude vrouw bekeek haar nichtje, dat nu haar sierlijke, nieuwe schoenen aantrok en er voorzichtig een paar stappen mee deed. Ze had maar wat graag geweten wat er tijdens die reis naar Duitsland gebeurd was, maar Sofia had er nooit ook maar één woord over gezegd.

Serafina herinnerde zich hoeveel jaren ze ongelukkig geweest was over het feit dat ze zelf nooit kinderen had gekregen. Maar nu moest ze toch toegeven dat ze uiteindelijk het beste van twee werelden gekregen had: zij, de oudtante, werd door de beide Orlandi-kinderen aanbeden en gerespecteerd, terwijl hun eigen moeder een vreemde, zo niet een vijand van ze geworden was.

3

*H*et was op de enige zwoele, warme dag in de verder veel
te koude en natte junimaand van 1933, dat Peter Pasqualini luid en duidelijk zijn jawoord sprak. Meteen daarna
wierp hij zijn broer Paul, die als getuige naast hem stond, een
beschuldigende blik toe: het was toch geen dubbele bruiloft geworden.

Anna Pasqualini bedacht dat het haar eigenlijk ook niets zou
moeten uitmaken, tenslotte werden de kosten betaald door de
vader van de bruid. Maar toch ergerde het haar dat het Paul
gelukt was om onder een huwelijk met Margret uit te komen.
Voorlopig dan. Want het zou wel van een volledig onbegrip
voor haar eigen geslacht spreken wanneer ze de blik, maar
vooral ook de kleding van deze potentiële schoondochter verkeerd ingeschat had. Het was duidelijk dat de keurige dochter
van de drukkerijeigenaar vandaag alles op alles zou zetten. En
zonder dat er ook maar iets over gezegd was, had Anna al voor
de aankomst van het huwelijksgezelschap in de kerk begrepen
dat Margrets ouders haar hierin steunden. Zij wilden Paul als
opvolger, wat te begrijpen was, aangezien hij zonder twijfel
ijverig was en de Dusslers zelf geen zoons hadden.

Het koor zette 'Ich bete an die Macht der Liebe' in, en Anna's
gedachten dwaalden nu in een andere richting. Haar ogen staarden naar de smalle rand met gestileerde lelies, die haar overleden
man destijds bij de renovatie van de kerk zo kunstig gemaakt
had en plotseling, zonder dat ze er ook maar iets tegen kon doen,
stroomden de tranen over haar wangen.

Paul keek naar zijn moeder en een gevoel van schaamte overviel hem. Voor het eerst werd hij zich ervan bewust, dat zijn

244

moeder de jongste niet meer was. Misschien kwam het ook omdat ze na haar ontslag uit de kliniek destijds een nog sterker gevoel van plichtsbesef ontwikkeld had, dat ze nu zo oud leek voor haar vierenvijftig jaar. Haar vroeger zo vlammende rode haren hadden inmiddels de kleur van mat brons, haar smalle gezicht zag er uitgemergeld uit en haar schouders hingen naar voren; een houding die ontstaan was doordat ze continu zat te naaien.

Opeens zag Paul in hoe moeilijk het voor haar geweest moest zijn om in haar eentje drie kinderen op te voeden, te kleden, iets te laten leren en daarnaast ook nog het huishouden draaiende te houden. Nooit had hij zijn moeder horen klagen, noch over het vroege verlies van zijn vader, noch over het feit dat ze toch een aanzienlijk bezit verloren had. Ze had het talent om alles als een onderdeel van Gods plannen voor haar en haar familie te zien, een zienswijze die Paul zeker niet met haar deelde. Toch had hij, zoals hij nu somber moest vaststellen, erg weinig gedaan om haar leven wat te vergemakkelijken. Integendeel. En hij zag in dat daar verandering in moest komen.

Volgens de religie en de morele opvattingen in zijn omgeving was geslachtsverkeer voor het huwelijk een grote zonde. Een zonde die zijn moeder zeker al vele slapeloze nachten bezorgd had, aangezien ook zij waarschijnlijk wel op de hoogte was van zijn regelmatige bezoekjes aan Olga.

En ook op andere gebieden had hij zich egoïstisch en onnadenkend gedragen, besefte hij nu. Met de grootste vanzelfsprekendheid had hij elke zaterdag zijn vieze was in de wasmand gegooid, om die vervolgens weer schoon, gestreken en gerepareerd op zijn commode terug te vinden. En net zo achteloos nam hij 's avonds, wanneer hij na het werk thuiskwam, plaats aan de gedekte tafel om de maaltijd te nuttigen die zijn moeder naast al haar naaiwerk, de klantenbezoekjes en het huishouden voor hen gekookt had. En zijn broer had zich al niet anders gedragen. Nooit had Anna Pasqualini na het beëindigen van hun opleidingen kostgeld van haar zoons gevraagd. Ze had ze juist altijd aangemoedigd om hun geld te bewaren 'voor later'.

Was Margret zijn 'later'? schoot het door Pauls hoofd. Voorzichtig gluurde hij naar het jonge meisje dat er vandaag bijzonder mooi uitzag. Haar wangen hadden een zachtroze blos en leken, dankzij haar feestelijke kapsel, smaller dan anders. Haar blonde haar was namelijk met fluwelen linten boven haar oren bij elkaar gebonden en met een krultang waren er pijpenkrullen gecreëerd, die nu als gouden kurkentrekkers over haar schouders naar beneden hingen. De linten hadden dezelfde donkerblauwe kleur als de zijden jurk die haar volle boezem voordelig deed uitkomen en haar een aantrekkelijke, smalle taille gaf.

Ik ben een idioot, dacht Paul, absoluut! Waarschijnlijk was het net als met zijn plaats als leerjongen destijds: wanneer de mensen om hem heen Margret Dussler niet zo aangeprezen zouden hebben, dan was hij ongetwijfeld zelf allang op het idee gekomen om met haar te trouwen.

Daar had je het weer, die vervloekte eigenschap van hem zich niet te kunnen aanpassen. Zijn vader had dit altijd zijn 'koppige rebellie' genoemd. Paul herinnerde zich de woorden van zijn vader toen hij zes jaar was en voor het eerst ruzie met een leraar gehad had: 'Jij zult met die koppigheid van je nog een keer geweldig je hoofd stoten, jongen – en wel zo dat het verschrikkelijk veel pijn doet!'

Prima, hij zou deze waarschuwing van zijn vader uit het verleden alsnog goed in zijn oren knopen – en toegeven wat de situatie met Margret betrof. Een huwelijk tussen hen lag voor de hand, was verstandig en gunstig voor alle partijen.

Toen hij Margret later tijdens het dansen tegen zijn borst voelde, sterk en slank tegelijk, zacht en lekker ruikend, kon hij het alleen nog maar vreemd vinden dat hij zich al die tijd zo dwars gedragen had. Ze babbelde aan één stuk door, giechelde om alles en keek hem met haar helderblauwe ogen gelukzaliger aan dan hij wie dan ook die middag in de kerk naar het altaar had zien kijken.

Op de een of andere manier raakten ze los van de groep dansende mensen en kwamen ze terecht in een donker hoekje van de zaal, dicht bij de muur. Zo dicht, dat Margret uiteindelijk moest blijven staan omdat de strik op haar rug bleef haken achter een deurklink, die onopvallend in de muurversiering weggewerkt was. Even later bevond het paar zich opeens in de donkere ruimte die door de waard gebruikt werd voor de opslag van stoelen. Helemaal alleen en de deur was weer gesloten. De ruimte was laag en warm doordat hij direct onder het dak lag en grensde aan een grote potkachel, waarmee de aangrenzende zaal verwarmd werd.

'En nu?' fluisterde Margret met trillende stem.

Paul zei niets. Hij trok het meisje tegen zich aan en begon haar hartstochtelijk te kussen.

Margret maakte een paar vage bewegingen die waarschijnlijk een preuts gebaar van afweer moesten betekenen, maar duidelijk niet serieus genomen hoefden te worden, aangezien ze algauw gelukkig zuchtte onder zijn kussen. Ze wilde deze knappe vent, ze wilde hem al jaren en vandaag zou ze hem krijgen.

Uiteraard was Margret minder ervaren dan Olga, maar ze rook ongelooflijk lekker en fris. Haar stevige, jonge vlees reageerde op Pauls liefkozingen en zijn lust werd zo urgent dat hij bang was dat hij zichzelf niet langer in zou kunnen houden.

Maar Margret leek zich geen zorgen meer te maken over haar onschuld: ze liet hem zijn gang gaan en kwam hem, voorzover dat in haar onwetendheid mogelijk was, zelfs tegemoet.

Tot het uiterste kwam het echter niet.

Nog voordat er echt iets was gebeurd, vloog de deur open en verscheen Margrets vader in de opening.

Snel liet Paul de rokken naar beneden vallen, en Margret bedekte, hoewel merkwaardig langzaam, haar boezem weer met de stof van haar jurk.

Toen Paul Margrets voldane gezicht en de blik van haar vader zag, drong het tot hem door: de hele situatie was in scène gezet – en hij, Paul, zat in de val.

'Mijn lieve vriend,' zei Erich Dussler nu op bedrieglijk echte woedende toon, terwijl hij Paul bij de revers van zijn jasje pakte. 'Als jij nu niet gauw een aanzoek doet, dan zul jij eens zien waartoe een Dussler in staat is!'

247

Het was een dubbel dreigement. Iedereen wist dat Margrets vader in zijn jonge jaren een vechtlustige knaap geweest was, die zelfs ooit vanwege het toebrengen van lichamelijk letsel voor de rechter had moeten komen. De man met wie hij het destijds aan de stok gehad had, liep nog altijd met een grote boog om de drukkerij-eigenaar heen. Bovendien was Erich Dussler sinds 1929 lid van de SS, de elite-eenheid van de nieuwe kanselier Adolf Hitler. Sommigen beweerden zelfs dat hij vroeger bevriend geweest was met Heinrich Himmler, de leider van de SS, iets wat de drukkerij-eigenaar enerzijds respect opleverde, maar waardoor hij ook gewantrouwd werd door de dorpsbewoners. Want met de partij van Hitler hadden de Wisslingers niet veel op. Hoewel het na de laatste verkiezingen duidelijk geworden was dat een groot deel van hun landgenoten daar anders over dacht. Duidelijk voor hen, die de *Ostalbboten* lazen, waarvan de leiding nog altijd in handen lag van Moritz Gruber, die inmiddels ook lid van Hitlers partij geworden was.

'Ik raad je aan om verstandig te zijn, knul,' ging Dussler nu verder. Toen pakte hij zijn dochter, nadat hij zich er met een snelle blik van verzekerd had dat die er weer keurig uitzag, en verdween met haar in de zaal.

Daar werd nog altijd gedanst en niemand leek gemerkt te hebben wat er gebeurd was.

Paul leunde tegen de muur van de opslagkamer, luisterde naar het orkest dat net het lied 'Machen wir's den Schwalben nach, bau'n wir uns ein Nest' speelde en moest opeens lachen: het lot leek gevoel voor humor te hebben. Hij moest inderdaad maar samen met Margret een nest gaan bouwen, op de zolder van de drukkerij – dat stond al vast. En zo vreselijk was dat vooruitzicht ook helemaal niet, wanneer hij er nog eens over nadacht, en de tijd leek er ook rijp voor te zijn. De laatste keer dat hij bij Olga geweest was en tot de volgende ochtend was gebleven, was hem de slappe huid in haar decolleté en hals opgevallen die normaal gecamoufleerd werd door het diffuse licht.

Voor het eerst sinds hij haar kende, had Paul zich afgevraagd hoe oud Olga eigenlijk was. Zeker halverwege de dertig, dacht hij nu; maar 's nachts schatte hij haar altijd tien jaar jonger in. Bovendien was ze, en daaraan had hij nooit getwijfeld, geen vrouw met wie je kon trouwen.

Zijn moeder en zijn broer hadden gelijk. Een man van zijn leeftijd moest zijn verantwoordelijkheid nemen en ervoor zorgen dat er nieuwe Wisslingers bij kwamen. Geboren uit een wettig huwelijk, het doopwater en de kerkklok waardig en in staat het vaderland naar een goede, veilige toekomst te leiden.

Meteen de volgende maandag verscheen Paul in Erich Dusslers kantoor.

'Ik moet iets met u bespreken, chef,' stotterde hij, nu toch wel een beetje nerveus.

'Laat horen!'

'Ik denk dat het goed zou zijn als Margret en ik zouden trouwen!'

'Precies zo denk ik er ook over,' bromde de eigenaar van de drukkerij. Hij repte met geen woord meer over wat er gebeurd was, maar haalde meteen de fles met pruimenjenever tevoorschijn, zoals gebruikelijk was. 'Proost, kerel. En zorg dat ik kleinkinderen krijg. Een jongen voor de erfenis en twee, drie meisjes om het werk te doen!'

'Ik zal mijn best doen!'

'Doe dat. En vaak, want anders duurt het allemaal te lang. Ik zou graag nog wat meemaken van mijn nazaten!'

En met die woorden was de verloving een feit. De bruiloft zou, geheel volgens de wensen van de familie Dussler, nog diezelfde zomer plaatsvinden.

'Is dat niet al heel erg gauw?' vroeg Paul, maar de vader van de bruid schudde beslist zijn hoofd. 'Er is geen reden om langer te wachten. Integendeel zelfs, wanneer ik aan de situatie in die opslagkamer terugdenk!'

En dus werden ze het eens over zaterdag 22 juli, de laatst mogelijke datum voor de oogst van het graan, de aardappelen en de knollen, die tot ver in oktober zou duren.

Toen Paul die avond thuiskwam, zette Anna hem zijn lievelingsgerecht voor: mals kalfsvlees, langzaam aangebraden in boter en daarna in zijn eigen vocht gesmoord. Daarbij aardappelpuree en een compote van de harde, paarse appeltjes van de boom naast de schuur bij het oude huis.

Anna kookte de stukjes appel altijd in zure appelwijn; daarna voegde ze er dan een kaneelstokje en een gedroogde kruidnagel aan toe, waarna ze er nog wat citroensap in druppelde. Normaal gesproken aten ze dit alleen op belangrijke feestdagen, alleen al vanwege het feit dat citroenen duur en moeilijk te krijgen waren.

'Dus u zat ook in het complot,' concludeerde Paul, toen zijn moeder een dikke plak kalfsvlees op zijn bord legde.

'Welk complot?' antwoordde Anna nuchter. 'Wanneer de berg niet naar Mohammed wil komen, dan moeten we hem een duwtje in de goede richting geven, nietwaar?!'

Paul had hierop graag geantwoord dat hij als 'berg' niet in staat zou zijn om de hartenwens van zijn toekomstige schoonvader te vervullen, maar hij hield zich in. In sommige situaties had zijn moeder geen gevoel voor humor en dit was er één van.

In plaats daarvan schepte hij een behoorlijke portie aardappelpuree op en trok toen met zijn lepel een gootje, waarin hij genietend wat braadjus goot.

Anna bekeek het allemaal hoofdschuddend. 'Je bent ook nog steeds net een klein kind,' zei ze, een beetje verontwaardigd en ontroerd tegelijk.

'Klopt. En dat wordt dan gedwongen te trouwen,' kaatste Paul breed grijnzend terug.

Anna lachte ook en drukte heel even zijn zwarte krullenbol tegen de buik waar hij ooit uit was gekropen. Het was een liefdevol gebaar, iets wat ze zelden deed. Ze zou het nooit toegeven, maar heimelijk wist ze dat haar band met Paul, de meer weerbarstige helft van haar tweeling, altijd iets sterker geweest was dan die met de makkelijker te sturen Peter.

'Het zal stil zijn in huis wanneer jij binnenkort ook vertrekt!'

'U hebt Else toch nog!'

En die zal ook wel blijven, dacht Anna, die zich geen illusies maakte. Want Else, die inmiddels vijftien jaar was, was precies zoals zijzelf ook ooit geweest was: groot, knokig, sproetig en met rode haren. En dan had ze ook nog eens een scherpe tong.

Anna Pasqualini onderdrukte een zucht. Ze had al lang besloten om haar dochter alles te leren wat zijzelf ooit geleerd had, ook al was ze inmiddels in de leer bij de kleermaker. Want een vrouw die in staat was om haar eigen geld te verdienen, was niet op een man aangewezen aan wie ze zich zou moeten onderwerpen, enkel zodat hij haar zou onderhouden. En een tweede wonder, zoals Stefano dat voor haar geweest was, zou wel eens meer kunnen zijn dan God voor één familie in petto had.

Haar dochter Else, daarvan was Anna zeker, zou het lot treffen, dat eigenlijk voor haar weggelegd geweest was: een oude vrijster worden, die niets anders had dan haar vak, de troost van haar religie en af en toe een glaasje pruimenlikeur.

4

*D*ie verschrikkelijke 19 juli 1933 begon uitgesproken onschuldig met stralende zonneschijn, een paar schapen-
wolkjes en een stevig ontbijt voor moeder en zoon. Else was
naar de stad, waar ze een beroepsopleiding deed, maar Paul
was thuisgebleven omdat op deze dag zijn paar schamele bezittingen verhuisd zouden worden.

Anna bakte eieren en spek en wist zich in te houden toen ze
zag dat Paul de koele voorraadkelder in sloop waar de cakes en
taarten al klaarstonden in het rek.

Paul sneed een dikke plak van Anna's marmercake af, zijn
favoriet. Eigenlijk was al het gebak bedoeld voor bij de koffie
op de bruiloftsdag.

Wat maakt het uit, dacht Anna weemoedig. Als hij dat nou
lekker vindt. Ik heb hem tenslotte nog maar drie dagen in huis!

Konstanze, die even later ook verscheen, zei pessimistisch
dat het eten van bruiloftsgebak voor de grote dag alleen maar
ongeluk zou brengen, wat Paul enorm amusant vond.

'Dan kan ik beter meteen nog maar een stuk nemen,' plaagde
hij. 'Dan is het ongeluk in elk geval de moeite waard geweest!'

Konstanze schudde geschrokken haar hoofd en begon aan
een lange preek over het bijgeloof, maar ver kwam ze niet, aangezien de vader van de bruid inmiddels was aangekomen met
de bestelwagen van de firma en zijn komst met luid getoeter
aankondigde.

Gezamenlijk klommen ze naar de boven om kast en bed uit
elkaar te schroeven en er transportabele onderdelen van te
maken.

Uit voorzorg legde Anna oude zakken op het laadvlak van de

bestelwagen, zodat er niets kon beschadigen. Ze had tenslotte niet voor niets de meubelstukken met haar zelfgemaakte poetsmiddel zo tot glanzen gebracht dat ze weer als nieuw leken.

'Pas op, pas op!' riep ze dan ook, toen de twee mannen met moeite de zware last over de smalle trap naar de zolder van het drukkerijgebouw droegen.

'Dat schilderij komt hier, naast de kast,' beval Margret even later, terwijl ze haar vader de plek aanwees waar de spijker in de muur geslagen moest worden.

'Welk schilderij?' vroeg Paul verbaasd.

'Dat van mijn overgrootmoeder uit het Zwarte Woud! Dat heeft ze mij persoonlijk nagelaten,' verklaarde Margret en haar moeder voegde er gewichtig aan toe: 'Het is van een beroemd schilder en moet heel veel geld waard zijn!'

Paul bekeek het portret dat naast een commode van zijn toekomstige schoonouders op een stoel stond, en een enorm gevoel van onbehagen overviel hem.

Het olieverfschilderij toonde een oudere vrouw in de klederdracht van het Zwarte Woud. Op haar hoofd droeg ze de bekende bollenhoed, maar dat was niet wat hem stoorde. De oude vrouw had een scherp getekend, streng gezicht, waarop koppigheid en arrogantie te lezen waren. De priemende ogen leken wel wapens.

'Die wil ik niet in mijn slaapkamer hebben!' liet Paul zich ontvallen voordat hij zich kon bedenken.

'Hoe bedoel je, "in jouw slaapkamer"? Dit is het huis van mijn vader en moeder en dus is het ónze zaak of dat schilderij hier komt te hangen, niet de jouwe!'

Dat waren heel andere tonen dan die hij tot dan toe gehoord had.

Paul draaide zich zo langzaam om dat zijn moeder, die naast de deur stond, doodsbang werd.

Aandachtig bekeek hij zijn bruid en een gespannen zwijgen vulde de kamer.

'Neem dat terug, Margret, en wel heel snel,' zei Paul toen met een onnatuurlijke kalmte.

Margret trok een besluiteloos mondje. Ze keek naar haar

moeder die net begonnen was de matrassen met schone lakens te overtrekken en toen naar haar vader die – de spijker in zijn ene hand, de hamer in de andere – naast het omstreden schilderij stond te wachten.

Margret zag Anna's geschrokken gezicht dat eruitzag alsof ze de eerste donderslag van een dreigende onweersbui gehoord had.

Toen bekeek ze haar toekomstige man en zonder enige twijfel begreep Margret dat het bij deze plotseling ontstane discussie niet alleen om dit schilderij ging, maar om haar toekomstige positie. Blijkbaar verwachtte Paul dat ze zou toegeven. Maar daar had ze geen zin in, o nee. Tenslotte was hij degene die beter zou worden van dit huwelijk. Die via haar niet alleen in dit huis kon komen wonen, maar die ook uiteindelijk de directeursstoel van het bedrijf zou krijgen. Het was dus beter wanneer zij meteen duidelijk zou maken wie in dit huwelijk de broek aanhad. Haar ouders zouden daar net zo over denken, daarvan was ze zeker.

'Het schilderij komt aan deze wand!' zei ze dus met luide stem, waarbij ze haar kin provocerend naar voren stak en haar bruidegom in de ogen keek.

Ongelukkigerwijs stond Margret op dat moment precies voor het schilderij en plotseling zag Paul, waarom hij opeens zo'n naar gevoel gekregen had. De vrouw op het schilderij en Margret leken op een angstaanjagende manier op elkaar: de oude vrouw leek een soort kwaadaardige karikatuur van zijn bruid te zijn. Paul wist op dat moment ineens zeker dat Margret er over veertig jaar niet alleen zo zou uitzien, maar ook zo zou zijn.

'Neem het terug, Margret,' mompelde hij nog een keer, maar het klonk hulpeloos en slap. Hij besefte maar al te goed dat het vergeefs was

'Sla die spijker erin, vader,' commandeerde Margret.

Erich Dussler knikte tevreden, zette de spijker tegen de muur en sloeg hem erin. Al bij de derde slag was Paul langs hem heen naar de trap gelopen.

Anna liep meteen achter hem aan. Ze kende haar kinderen.

'Dat bedoelde ze toch niet zo, Paul!' riep ze hem bezorgd na.

Paul bleef staan en keerde zich naar haar om. 'Ik denk van wel, moeder,' antwoordde hij, uiterlijk kalm, waarna hij verder de trap af liep.

Anna maakte nog aanstalten om achter hem aan te gaan, maar Margrets moeder was naast haar komen staan en legde haar hand op haar schouder. 'Doe geen moeite,' zei ze, terwijl ze Anna weer terug de kamer in loodste. 'Die bedenkt zich wel weer.'

5

*D*e nacht was mild en onbewolkt. De zomerse sterrenhemel schitterde boven de zwarte boomtoppen van het Franzosenbosje, nachtvogels zweefden voorbij en op de grond klonken geheimzinnige, ritselende geluiden.

Paul zat op het balkon van de boomhut die hij als kind samen met zijn broer gebouwd had. De hut was nog altijd verbazingwekkend stevig. In het maanlicht zag hij een van de schroeven glanzen. Die was nieuw, evenals sommige planken die de oude vervangen hadden, zoals hij na een onderzoekende blik vaststelde.

Onbewust gleed er een glimlach over Pauls gezicht. Nu wist hij waar zijn broer en diens huidige vrouw elkaar voor hun huwelijk steeds ontmoet hadden.

De woede en verontwaardiging over Margrets gedrag waren verdwenen en hadden plaatsgemaakt voor een kalme, bijna onwerkelijke gevoelloosheid.

Pauls hart klopte rustig, hij voelde zich lichaamloos en hij werd niet langer gekweld door zijn gedachten.

In deze verdoofde toestand bleef hij uren zitten, klaarwakker en toch volledig los van de realiteit. Pas toen de kerkklok drie uur sloeg, kwam hij weer langzaam tot bewustzijn.

Paul ging staan en het leven keerde in hem terug. Hij rekte zich uit om zijn stijf geworden ledematen op te warmen en klom toen voorzichtig langs de ladder weer naar beneden.

Hij ging meteen op weg naar de drukkerij. Zonder moeite vond hij in het schemerige ochtendlicht het pad door de moestuin naar de papieropslagplaats, die zich in een bijgebouw van de drukkerij bevond. Hij zocht een vuistgrote steen en sloeg met een korte, krachtige stoot een gat in het raam. De scherven kwamen terecht op een paar dozen, die aan de binnenkant onder het raam stonden, waardoor het lawaai meeviel.

Hoewel de kans klein was dat iemand van de familie Dussler, die aan de andere kant van het gebouw sliep, wakker zou worden, wachtte Paul voor de zekerheid nog een kwartiertje. Toen trok hij zijn shirt en hemd uit, wikkelde beide om zijn rechterhand en -arm, stak zijn hand door het gat in het raam en opende de klink. Vervolgens klom hij naar binnen.

Daar trok hij zijn schoenen uit en liep met de zekerheid van een slaapwandelaar door de donkere gangen tussen de hoog opgestapelde dozen met papier door. Hij opende de onafgesloten deur naar de drukkerij, en kwam ten slotte uit bij het directiekantoor. Ook daar deed Erich Dussler nooit de moeite om de deur af te sluiten. Alles wat ook maar enige waarde had, bevond zich sowieso in de kluis.

Uiteraard kende Paul al lang de code waarmee die geopend werd. Hij had al te vaak naast de chef gestaan, wanneer die de combinatie van getallen ingegeven had.

Dussler was geen overdreven voorzichtige man of iemand met veel fantasie, de getallen waren dan ook niets anders dan zijn geboortedatum.

Paul pakte een metalen cassette uit de kluis en ging ermee aan het bureau van de chef zitten. In het vale licht van de aanbrekende dag telde hij nauwgezet de geldbiljetten die in de cassette lagen.

Het bleek om een bedrag van veertienhonderd mark te gaan.

Paul nam een leeg vel papier uit een la van het bureau en pakte toen Erich Dusslers vulpen.

Volmacht, schreef hij in keurige hoofdletters in het midden van het blad, en daarna: *Hiermee machtig ik de heer Erich Dussler, eigenaar van de drukkerij in Wisslingen, Stauferstraße 3, een bedrag van 1400 mark af te schrijven van mijn rekening bij de Sparkasse, filiaal Wisslingen. Deze betaling dient als vereffening van een lening.*

Wisslingen, 20 juli 1933, Paul Pasqualini.

Geduldig wachtte Paul totdat de inkt droog was. Daarna

vouwde hij het blad samen en legde het, in plaats van het geld, terug in de cassette.

Toen plaatste hij de cassette terug in de kluis en sloot die zorgvuldig. Hij knoopte zijn shirt dicht, dat hij eerder alleen snel weer aangetrokken had, en stopte de bundel geldbiljetten in zijn broekzak. Ten slotte nam hij dezelfde weg terug als die hij gekomen was.

Nadat hij door het raam weer de tuin in geklommen was, liep hij heel voorzichtig terug. Toen hij uiteindelijk het houten tuinhek achter zich dichttrok, was geen enkele krop sla, geen enkele koolrabiplant en geen takje van de bonenstaken beschadigd.

Het plan om naar huis te gaan om zijn identiteitsbewijs te halen, had hij meteen weer verworpen. Hij zou nooit bij het bureau van zijn vader kunnen komen, waar alle papieren in de bovenste la lagen, zonder dat zijn moeder het in de gaten zou krijgen. En waarschijnlijk was het eenvoudiger om zonder papieren te reizen, dan zich door Anna's verwijten en smeekbedes helemaal van zijn vertrek af te laten houden.

Bovendien was het onmogelijk om zich terug te trekken van de bruiloft, die gepland stond voor overmorgen, en tevens in Wisslingen te blijven. De vader van de bruid zou hem nog eerder met behulp van een pistool tot zijn jawoord dwingen dan zich zo te laten vernederen.

Snel, maar zonder zich te haasten marcheerde Paul over de oude straat richting de stad, waar hij het station bereikte, vlak voordat de eerste trein van die dag arriveerde.

Toen Anna tegen achten wakker werd en moest vaststellen dat ze zich, ondanks de doorwaakte nacht, uiteindelijk toch nog verslapen had, bevond Paul zich al op het station van Ulm, waar hij wachtte op de sneltrein die hem via Milaan en Rome naar Napels zou brengen. Iets anders had hij in zijn haast niet kunnen bedenken, nog afgezien van het feit dat het 'geleende' geld niet toereikend was om mee naar Amerika of Canada te reizen.

Hij had geen idee wat zijn vader destijds werkelijk bewogen

kon hebben om zijn vaderland te verlaten; of hij enkel op zoek geweest was naar werk of dat er misschien toch ook nog andere dingen meegespeeld hadden. Zijn eigen redenen om nu deze reis naar zijn vaders geboortestad te maken waren daarentegen zowel duidelijk als gerechtvaardigd: zijn lange aarzeling om de dochter van de baas een huwelijksaanzoek te doen was niets anders geweest dan een waarschuwing vanuit zijn onderbewustzijn. Hij zou nooit gelukkig geworden zijn in een huwelijk met Margret Dussler, daarvan was Paul nu wel overtuigd. En vluchten was in dit geval de enige manier om hier onderuit te komen.

Resoluut verdrong hij alle gedachten aan zijn moeder, aan Peter en Else, en ook aan Margret, en keek vol verwachting naar de enorme locomotief die nu het station binnen kwam rijden.

Goed, hij zou zonder papieren de grens moeten zien over te komen, maar op dit moment genoot Paul van een optimisme, voortkomend uit vertwijfeling.

Hij zou er wel iets op verzinnen. Om ideeën die hem uit de problemen konden halen had hij nog nooit verlegen gezeten. En geluk was overal voor hen die ernaar op zoek waren.

Toen de trein dichterbij kwam, kon hij een grimmig glimlachje niet onderdrukken. Jammer dat hij er niet bij kon zijn wanneer Erich Dussler de papieren van de lening zou zien die hij zijn bijna-schoonzoon 'verstrekt' had.

6

$\mathcal{D}$e derde keer dat Sofia Orlandi en Paul Pasqualini elkaar tegenkwamen, had geen van beiden het in de gaten.

Sofia zat naast Conte Massimo Palieri in zijn Bugatti met nieuwe DOHC-vierkleppenmotor, een voertuig met 225 pk, en was met hem in een levendige discussie verwikkeld.

'Van trouwen is nooit sprake geweest, Massimo. Nog afgezien van het feit dat het niet goed zou zijn voor jouw carrière en dat je familie door het lint zou gaan!'

'En ik zeg je: dat kan me allemaal helemaal niets schelen. Jij bent de mooiste vrouw die ik ken – en ik hou van je, Sofia!'

Massimo was intelligent, had een brede algemene ontwikkeling, was charmant, een geweldige minnaar en een koppig heethoofd. Sofia mocht hem meer dan welke man ook sinds Stefano er niet meer was. Ze was onvoorzichtig geweest en was meer voor hem gaan voelen dan ze gedacht had, besefte ze nu.

Net op dit moment reden ze langs Stefano's zoon, die volledig in gedachten verzonken op weg was naar de ouders van zijn vader. Hoewel anders een enthousiast autoliefhebber, hief Paul nu slechts kort zijn hoofd; hij was met zijn gedachten nog te veel bij zijn avontuurlijke reis naar Italië.

Een paar meter verder stopte Massimo zijn auto langs de stoeprand, liet Sofia uitstappen en schoot er vervolgens vandoor met zijn zwarte gevaarte.

Sofia keek haar minnaar na, die nu een afgewezen bruidegom geworden was, schudde toen nadenkend haar hoofd en draaide zich richting de villa.

Ze zag de jongeman op het trottoir niet eens. In plaats daarvan vertrok ze haar mond tot een radeloze grimas. Had ze misschien toch een fout gemaakt? Ze dacht er nog even over na, maar wist zeker dat ze wel juist gehandeld had. Na hoogstens een jaar of tien zouden zowel Massimo als zijzelf hun beslissing betreurd of misschien wel vervloekt hebben.

Massimo zou haar met vrouwen zijn gaan vergelijken die twintig jaar jonger waren, en zijzelf zou met steeds meer angst in de spiegel gekeken hebben, zich bewust van het feit dat de aftakeling niet tegen te houden was.

Het was goed zo. Ze had de deur definitief gesloten. Geen man wilde horen dat hij niet meer geweest was dan een surrogaat, een vervanging voor de enige ware liefde die verloren gegaan was.

Terwijl het niet meer dan de waarheid was.

Feit was dat het door haarzelf gekozen einde van de relatie toch meer pijn deed dan dat Sofia zich had voorgesteld. Met moeite wist ze haar tranen te bedwingen totdat ze de voordeur achter zich dichtgeslagen had. Daarna haastte ze zich de hal door en de trap op, alsof de duivel haar op de hielen zat. Ze wilde naar haar kamer, de luiken sluiten en zich in de kussens begraven.

Maar voordat ze haar kamerdeur bereikt had, kwam tante Sofia de hoek om. Ze bleef staan, steunde met beide handen op haar stok en wierp een snelle blik op haar nichtje.

'Mijn arme kind,' zei ze toen. 'Ga lekker in bed liggen, Sofia. Ik zal je een van mijn poedertjes brengen!'

'Bedankt, tante Serafina,' mompelde Sofia, met bleek gezicht. Toen verdween ze in haar kamer, gooide haar kleren uit, sloot de luiken en kroop onder de koele, met damast beklede sprei.

Ze hoopte de migraineaanval die zich al met scherpe steken boven haar linkeroog aankondigde, nog tegen te kunnen houden. Een verduisterde kamer, bedrust en een mokkakoffie boden een kleine kans. En tante Fina's poeder natuurlijk.

Ondanks alle voorzorgsmaatregelen drong er toch nog een heldere zonnestraal door een kier in een van de houten luiken. Hij viel over Sofia's gezicht, waardoor ze van schrik een kreet slaakte. En alsof dat nog niet genoeg was, liet de zon ook nog eens de goud omrande zoom van Sofia's laken opvlammen. Sofia kreunde en verwenste het dienstmeisje dat uitgerekend nu voor dat laken gekozen had, hoewel het toch helemaal onder in de kast gelegen had. Waarschijnlijk had het jonge ding haar er nog een plezier mee willen doen ook.

De tranen die ze net had weten te stoppen, begonnen opnieuw te stromen.

In rap tempo, zoals dat ook gebeurde in de moderne bioscopen, trok Sofia's leven in gedachten aan haar voorbij.

Wat er ook gebeurd was na die ontmoeting met Stefano – en wat er ook nog zou gaan gebeuren –, het zou nooit meer zo diep en intens zijn als toen, tijdens die twee weken, waarin ze daadwerkelijk had liefgehad.

De pijn om het verlies van Stefano was ongeneeslijk.

Het afscheid van vandaag daarentegen raakte haar niet meer dan het beëindigen van een relatie met de paardrij-instructeur of met Antonio Ferrera: een vervelend gevoel dat vergeleken kon worden met bijvoorbeeld misselijkheid of een buikgriep. Na een tijdje kramp in het begin waren onthouding, rust, regelmaat en veel frisse lucht meestal afdoende om er weer bovenop te komen. Wat nieuwe infecties trouwens niet uitsloot, zo wist Sofia intussen.

Ook Massimo zou eronder lijden, maar hij was tien jaar jonger dan zij en zou er dus ook sneller weer bovenop zijn.

Wat echt erg was aan dit alles was dat ze, naast de scheiding van die mannen, die slechts een onbeduidende en tijdelijke rol in haar leven gespeeld hadden, ook elke keer weer het grote, definitieve afscheid van Stefano opnieuw moest beleven.

De deur werd geopend en tante Fina kwam moeizaam binnen. Ze had haar stok achtergelaten en droeg nu een blad met daarop een piepklein koffiekopje en een glas met het opgeloste poeder.

Sofia richtte zich op en pakte het kopje van het blad. De koffie was sterk, zoet en heet. Tante Serafina nam het lege kopje weer aan en gaf haar nichtje toen het glas met medicijn. Het drankje was troebel als albast en smaakte vreselijk bitter, maar het zou helpen. Sofia dronk het helemaal op en zette toen het glas terug op het blad dat Serafina intussen op het nachtkastje gezet had. Toen sloot ze haar ogen en zuchtte.

Serafina Mazone streelde zacht over het haar van haar nichtje en zei: 'Het wordt vanzelf wel weer minder, Sofia. Elk jaar dat je ouder wordt, zal je verzet tegen het lot kleiner worden. En op een dag zullen een glaasje port, wat handwerk en de herinnering aan wat belangrijk was daarvoor voldoende zijn!'

'Ik hoop het, tante Fina!' fluisterde Sofia uitgeput, terwijl ze opgelucht vaststelde dat het poeder al begon te werken.

'Geloof me nu maar. Ik heb het uitgeprobeerd,' hoorde ze tante Fina nog zeggen, voordat het poeder een nieuwe golf van weldaad over haar heen spoelde en ze weggleed in het niets.

7

'*To figlio di Stefan,*' zei Paul overdreven articulerend terwijl hij niet voor het eerst sinds de afgelopen twee weken wenste dat hij aanwezig was geweest bij het pinksterwonder waarover de oude dominee altijd zo beeldend verteld had. In tongen kunnen spreken, helemaal vanzelf, zonder daarvoor een andere taal te hoeven leren.

'*Figlio di Stefano,*' verbeterde hij zichzelf, toen hij de wijd opengesperde ogen van de dikke, oude vrouw zag.

'*Venire da Germania. Io sono Paul. Paolo,*' corrigeerde hij weer snel. '*Paolo Pasqualini,*' zei hij nog een keer nadrukkelijk, als om alle onduidelijkheden uit de weg te ruimen.

'*Paolo. Il figlio di Stefano,*' schreeuwde nu de vrouw, van wie Paul aannam dat het zijn oma was.

Ze omarmde hem zielsgelukkig en drukte hem tegen haar uitnodigende boezem. Paul rook olijfolie, gist en tijm; een kruidensoort die zijn vader ook gekweekt had in hun tuin.

Toen deed de matrone weer een stap achteruit en tastte met een vragende blik zijn gezicht af. Haar ogen vulden zich met tranen, ze snikte luid en brabbelde woorden die Paul niet kon verstaan. Uiteindelijk ging ze op haar tenen staan en drukte ze hem een dikke zoen midden op zijn mond.

In een reflex veegde Paul met de rug van zijn hand over zijn lippen, om meteen daarna te schrikken: hopelijk zag de vrouw dit niet als een gebaar van weerzin of onbeleefdheid.

Maar Maria Pasqualini had alweer heel andere dingen aan haar hoofd. Ze rende naar de deur en trok die open. '*Cesare, Roberto, Rosalia!*' riep ze met overslaande stem. '*Il figlio di Stefano! Che giorno meraviglioso!*'

In de deuropening verschenen achtereenvolgens een man van begin zeventig, eentje van zo rond de vijftig en een vrouw, die ergens halverwege de veertig leek te zijn.

De familiegelijkenis was zo overduidelijk dat een vergissing onmogelijk was. De jongere man, wiens bovenlichaam ontbloot en gebruind was, moest wel de broer van zijn vader zijn.

Paul staarde hem aan alsof het om een geestesverschijning ging.

De oudere man, die een stoffige werkbroek en een vaal shirt met korte mouwen droeg, zag eruit als een verouderde uitgave van zijn zoons: degene die Paul hier nu voor zich zag en die andere, wiens beeld onuitwisbaar in zijn herinnering verankerd was.

Cesare Pasqualini vergat ter plekke alle slechte dingen die hij zijn zoon Stefano toegewenst had. Hij liep naar die vreemde en toch zo vertrouwde jongeman toe, sloeg zijn armen, die nog altijd behoorlijk gespierd waren, om zijn kleinzoon heen en begon eveneens te snikken en te stamelen.

Roberto Pasqualini daarentegen bekeek het tafereel met gemengde gevoelens. Wat wilde die jongen? Was hij hier verschenen om aanspraak op dingen te maken? Hij wisselde een snelle blik met Rosalia, zijn vrouw, en zag dat zij hetzelfde vreesde.

Want hoe weinig de familie ook gehoord had over het leven van Stefano na zijn vlucht, het bericht van zijn dood had hen wel bereikt.

Iets meer dan tien jaar geleden had Cesare een officiële brief ontvangen, waarin hem medegedeeld werd dat zijn zoon Stefano Pasqualini, geboren te Napels, in een dorp met de naam Wisslingen in Duitsland, gestorven was. De plichtsgetrouwe Zwabische autoriteiten hadden dit nieuws aan het Italiaanse geboorteregister doorgegeven, begeleid door de overlijdens-verklaring die bezaaid was met handtekeningen en stempels.

Omdat niemand daar het bericht had kunnen lezen, maar de insignes van de Duitse bureaucratie hun uitwerking niet misten, hadden ze het document laten vertalen en een kopie van deze vertaling naar de vader van de overledene gestuurd.

De vrouw, van wie Paul aannam dat het zijn oma was, stootte nu een snelle rij bevelen uit die het grootste deel van het gezelschap haastig de ruimte deed verlaten. Toen pakte ze hem bij de hand en trok hem mee naar de aangrenzende keuken, waar ze hem op een bank neerzette en op water, wijn en olijven trakteerde.

Onophoudelijk bleef ze op hem inpraten, lachend en huilend tegelijk en ze onderbrak haar activiteiten enkel af en toe om hem weer even te kussen en te strelen.

De wijn maakte de vreemde overdaad aan gevoelens wat draaglijker en na zijn tweede glas begon Paul zelfs te genieten van al die liefkozingen. Zijn hele leven lang was hij nog nooit zo hartelijk door iemand behandeld. Niet door zijn moeder, niet door Konstanze, al helemaal niet door de stugge Else, en zelfs zijn bruid Margret had hem, afgezien van het voorval in de opslagkamer, nooit zoveel liefde getoond.

Het aperitief in de keuken werd gevolgd door een uitgebreide maaltijd buiten, onder een geurend bladerdak van rozen en wilde druiven. Telkens nieuwe variaties van pasta, vis en vlees werden kwamen voorbij tijdens een onophoudelijk gekakel, gelach en steeds weer nieuwe omhelzingen en kussen. En dat alles ging vergezeld van aanzienlijke hoeveelheden rode wijn.

Zelfs de enigszins nors kijkende oom Roberto ontdooide nu zichtbaar, hoewel hij door zijn kleine maar duidelijk opvliegende vrouw Rosalia telkens weer terecht gewezen werd.

Paul vertelde over gebeurtenissen of voorvallen waarbij zijn vader betrokken geweest was, over Anna en zijn broer en zus. En het lukte hem zowaar, ondanks de taalbarrière, de kern van deze verhalen duidelijk te maken, zodat zijn familieleden steeds opnieuw huilden van het lachen.

Toen Paul ver na middernacht naar bed ging, wist hij dat ooit zijn vader hier geslapen had. Hij wist dat hier, sinds diens vertrek, helemaal niets veranderd was. En hij was ervan overtuigd een geliefde kleinzoon, neef en 'oom' te zijn. Roberto en Rosalia bleken namelijk vier kinderen van uiteenlopende leeftijd te hebben.

Ook wist hij dat Roberto bang geweest was dat hij het bedrijf, dat inmiddels op zijn naam stond, met zijn nieuwe neefje zou moeten gaan delen. Maar hij was er zeker van dat hij zijn oom had weten duidelijk te maken hoe ongegrond deze zorgen waren.

Paul was een klein beetje dronken, maar het was minder een roes als gevolg van de wijn, dan een bedwelming door alle verschillende gevoelens. In de verte hoorde hij het ruisen van de zee en hij ervoer ook dat als een hartelijke begroeting. Op de een of andere manier had hij het gevoel dat hij thuisgekomen was – bij zichzelf en bij de mensen die bij hem hoorden. Misschien was het gevoel ergens thuis te horen toch niet alleen een geografische kwestie, maar had het meer dan hij tot nu toe gedacht had te maken met mensen en hun gemeenschappelijke eigenschappen.

Voor het eerst in lange tijd sliep hij die nacht diep en tevreden.

8

*A*nna lag slapeloos in haar bed. Ze moest nog altijd denken aan de bruiloft die niet doorging. Het hele dorp had zich te goed gedaan aan de vergeefs gebakken taarten en natuurlijk had iedereen er wel een mening over gehad. Anna was bijzonder geschokt geweest om te horen dat haar zoon blijkbaar van diefstal verdacht werd. Nadat ze Erich Dussler hierover aan de tand gevoeld had, waren de gemoederen weliswaar weer een beetje gekalmeerd, maar de woorden waren wel gezegd. De mensen zouden altijd denken dat er toch iets van waar was, wat Anna, de waard van Zum Hirschen of de familie Dussler ook zouden zeggen om het misverstand recht te zetten.

De Wisslingers en de mensen uit de stad genoten er te veel van om het drama rondom de 'Italiaanse bruiloft' steeds verder aan te dikken en er zo pas een echt schandaal van te maken. En Anna kende de Wisslingers goed genoeg om te weten dat deze bijna-bruiloft met de in de steek gelaten drukkerijdochter nooit zou worden vergeten.

Paul. Mijn arme Paul, dacht ze gekweld en ze voelde een steek in haar hart, het brandende maagzuur en haar ijskoude benen, hoewel de zomerse nacht aangenaam warm was. Toen draaide ze zich op haar andere zij en verwenste Erich Dusslers dochter. Waarom had dat domme wicht ook niet haar mond kunnen houden? Anna had geweten dat het mis was op het moment dat ze het gezicht van haar zoon gezien had. Ze had een fikse ruzie verwacht, dat zeker. Maar uiteindelijk toch ook wel weer een verzoening. Tenslotte was het slechts twee dagen voor de bruiloft geweest.

En waar hij nu was? Nadat er ondertussen meer dan twee

weken voorbij waren, sloot Anna uit dat Paul binnen afzienbare tijd weer naar huis zou komen. Maar waarheen had de koppigheid van die vervloekte Margret hem helemaal gedreven?

Ook Peter was bezorgd, hoewel hij zich wel kon voorstellen waar zijn broer heen gegaan kon zijn. 'Misschien is hij wel naar Italië, naar het geboorteland van onze vader,' had hij na enkele dagen van vergeefs wachten tegen zijn moeder gezegd.

Maar Anna hield dit voor uiterst onwaarschijnlijk. Waarvan moest hij daar in vredesnaam leven? Paul was dan wel opgeleid als drukker en zetter, maar daarvoor was een goede beheersing van de taal een vereiste.

Op dat moment zag Anna de muis die onder de kast vandaan trippelde en ze werd overvallen door een vlaag van woede. Sinds ze bijna vijfentwintig jaar geleden in dit huis was komen wonen, had ze nog nooit dergelijk ongedierte binnen gezien.

Anna pakte de *Ostalbboten* die op haar nachtkastje lag, rolde hem op en sloop op haar blote tenen in de richting van de kast. Daar ging ze op haar hurken zitten, haalde uit en vermorzelde de muis met één enkele klap. Toen vouwde ze de krant weer open, schoof het verminkte kleine lijkje erop, opende het raam en gooide het knaagdiertje met een boog de bloementuin in. Daarna liep ze de trap af naar de keuken, waar ze uitgebreid haar handen waste. Toen ze eindelijk weer boven in haar bed lag, vulden haar ogen zich opeens met tranen. Het was niet te geloven: zij, een boerendochter en keurige Zwabische huisvrouw, huilde om een door haar toedoen gestorven muis!

Het duurde nog tot het ochtendgloren, voordat Anna aan zichzelf durfde toe te geven dat het bezorgde tranen om haar verdwenen zoon Paul waren geweest die ze tot dan toe met een ijzeren wilskracht had proberen te verdringen.

9

$\mathscr{P}$aul was slechts enkele weken in Napels gebleven. Dit was voornamelijk te wijten aan Roberto's vrouw, die al die tijd zo gesloten als een oester gebleven was en de ongevraagde gast goed had laten merken dat ze niet kon wachten totdat hij zijn koffers weer zou pakken.

'Wij hebben die kamer van je broer absoluut nodig,' had ze tegen haar man gezegd. 'De meisjes worden echt te oud om een kamer met twee jongens te delen!'

Roberto had geknikt. Het was niet voor het eerst geweest dat dit onderwerp ter sprake gekomen was. En ook hij kon niet toestaan dat Stefano's kamer opnieuw een soort herdenkingsplek werd, of dat zijn neefje zich er permanent vestigde en zo misschien toch nog een gevaar voor het bedrijf zou gaan vormen.

Maria Pasqualini voelde deze onderhuidse vijandigheid natuurlijk wel en deed haar best de familievrede te bewaren. Ze wilde al bijna weer een van haar tactische hartaanvallen inzetten toen er een onverwachte oplossing voor het probleem opdook: Gina, de jongste van de Pasqualini-kinderen, bracht, voordat thuis begonnen werd met de olijfoogst, een bezoek aan haar ouders. Ze vond het geweldig om haar neefje Paolo te leren kennen, wiens vader altijd haar lievelingsbroer geweest was.

'Kom toch met mij mee!' had ze Paul al op de derde dag van haar bezoek voorgesteld. Gina woonde met haar man, die als paardenknecht bij een rijke familie in Napels gewerkt had, voordat hij de ouderlijke boerderij overgenomen had, in Pesciotta a Mare, een klein plaatsje aan de Tyrreense Zee in de buurt van

Capo Palinuro. De Pivato's leefden daar van de visvangst en van hun olijfgaarden.

'Bij ons vind je altijd werk – en eten is er voldoende,' verzekerde Gina hem opgewekt.

'Maar wat zal je man daarvan zeggen?' had Paul gevraagd, voor wie de afkeurende reacties van zijn tante Rosalia op zijn onverwachte bezoek inmiddels dagelijkse kost geworden waren.

'Mijn man respecteert mijn beslissingen,' had Gina lachend geantwoord. Ze was een knappe vrouw van achtendertig jaar, kwam ongecompliceerd over en leek een gelukkig huwelijk te hebben. 'Je mag Giulio vast graag en je zult je bij ons thuis voelen,' had ze eraan toegevoegd, want ook zij kende haar schoonzus Rosalia.

En zo kwam het dat Paul samen met zijn tante Gina met de postboot naar Pesciotta reisde.

Elk familielid had hem nog wat geld toegestopt – en elk van hen had daarvoor zijn eigen, persoonlijke reden gehad: Cesare Pasqualini deed het om iets uit het verleden goed te maken, want intussen had hij al lang ingezien dat Stefano destijds het leeuwendeel van het werk in het familiebedrijf voor zijn rekening genomen had. Maria Pasqualini investeerde in de toekomst van haar Duitse kleinzoon. Roberto betaalde Paul voor het werk dat hij gedaan had. En Rosalia, die een aandeel had in de viskotter en de winst van haar vader, gaf hem het geld uit opluchting over het feit dat hij weer uit haar leven verdween.

Paul bedankte iedereen vriendelijk. Hij had intussen geleerd dat het onbeleefd was om zulke giften af te slaan. En hij wist dat ze van harte gegeven waren, zelfs door Roberto. Maar Rosalia's aalmoes wilde hij niet. Toen hij met Gina richting de aanlegsteiger van de postboot liep, kwamen ze langs een klein kerkje met links en rechts een muur, waarachter een begraafplaats lag.

'Wacht even, alsjeblieft,' vroeg hij Gina en hij verdween door een poortgewelf dat naar een schaduwrijke kruisgang leidde. Daar opende Paul de zware deur van de kerk waar het halfdonker en koel was.

Hij was nog nooit in een katholieke kerk geweest. De vele uit hout gesneden en gebeeldhouwde en in levendige kleuren geschilderde heiligenfiguren, de stucelementen aan het plafond, de muren en de zuilen, de rijk geborduurde altaarkleden, de fluwelen deurgordijnen, de kaarsen en schilderijen, de talrijke boeketten op het altaar en voor het beeld van de heilige Moeder Maria vond hij in de eerste instantie maar benauwend en kitscherig. Maar langzaam wenden zijn ogen aan de ongebruikelijke pracht en praal en ontdekte hij smaakvolle afbeeldingen van heiligen en liefdevol gemaakte kunstwerken. En uiteindelijk ook dat waarnaar hij op zoek geweest was: een metalen kistje voor giften van de gelovigen.

Hij haalde het geld dat hij van zijn tante Rosalia gekregen had, uit zijn zak en stopte het in de gleuf van het offerkistje. 'Laat het goed met me aflopen, God,' bad hij in een vlaag van bezorgdheid en met zijn blik op het kruis, het vertrouwde symbool van zijn eigen godsdienst. Toen gaf hij de vele heiligen die in zijn eigen geloof verboden waren een afscheidsknikje en keerde terug naar Gina, die in de schaduw van het poortgewelf op hem stond te wachten.

'Waarom ben je eigenlijk naar Italië gekomen, Paolo?' vroeg Gina, terwijl de zware stoomboot zich door de staalblauwe golven van de zee richting zuiden ploegde.

Pas op dat moment besefte Paul dat geen van de familieleden, die hij zojuist verlaten had, hem die vraag had durven stellen.

'Ik ben gevlucht voor een huwelijk dat ik niet zag zitten,' bekende hij nu.

Gina moest hard lachen. 'Er lijkt ook helemaal niets te veranderen op deze wereld!'

'Hoe kom je daar nu bij?' vroeg Paul een beetje verbaasd.

'Tja. Heb je je nooit afgevraagd waarom je vader destijds naar Duitsland geëmigreerd is?'

'Jawel. Natuurlijk wel. Hij zei dat hij op zoek was naar werk!'

'Dat zeker ook,' antwoordde Gina, terwijl ze het laatste stukje brood verkruimelde dat haar moeder voor onderweg ingepakt had. 'En precies weet ik het ook niet,' gaf ze toen toe en gooide de stukjes brood over de reling.

De meeuwen vingen het nog in de lucht op.

'Ik was destijds tenslotte nog maar een kind. Maar mijn indruk was dat het om een liefdesaffaire ging, een verboden liefdesaffaire, begrijp je?'

Paul knikte een paar keer. 'Wat weet je tenslotte ook van je ouders,' zei hij nadenkend. 'Je ziet ze als... instituut. Dat het ook mensen zijn met verlangens en verwachtingen, dat ze ook teleurstellingen meemaken die hen veranderen en vormen, die misschien zelfs hun levensweg bepalen, dat begrijp je denk ik pas echt wanneer je zelf zulke ervaringen gehad hebt!'

'Waarschijnlijk wel,' beaamde Gina, terwijl ze bedacht hoe blij ze zelf kon zijn dat haar liefde voor Giulio nog nooit met ernstige problemen te kampen gehad had.

Paul stond zichzelf voor het eerst sinds zijn vlucht toe eens goed na te denken over zijn moeder, broer en zus.

Aan zijn grootouders had hij gezien hoe moeilijk het voor hen geweest was om in onzekerheid te leven. Hoe belangrijk het was voor een vader of moeder om te weten waar hun kinderen zich bevinden, om hun gedachten en gevoelens naar bekende adressen te kunnen sturen.

Op dat moment sloeg er, als een soort straf voor zijn achteloosheid tot dan toe, een plens koud water in zijn gezicht. Hij grijnsde beschaamd en besloot Anna een brief te schrijven.

10

Toen ze eindelijk Pesciotta bereikt hadden, kwamen Gianni en Giacomo, de twee zoons van Gina, hen al tegemoet gerend. Vrolijk babbelend hingen ze aan de rokken van hun moeder.

'Dit is een familielid van jullie, een zoon van mijn broer Stefano,' legde Gina de beide jongens uit, die amper van elkaar te onderscheiden waren. 'Paolo heeft ook een tweelingbroer.'

'En waar is die dan?' vroeg Gianni geïnteresseerd.

'Hij is in Duitsland gebleven,' antwoordde zijn moeder in plaats van Paul.

'Kan dat dan?' vroeg Giacomo, die meestal Giac genoemd werd, verbaasd. Hij kon zich niet voorstellen ooit ergens zonder Gianni heen te gaan.

'Wanneer je ouder bent, wel,' antwoordde Gina diplomatisch.

Ze liepen door de wijnvelden en olijfgaarden, die meteen achter het strand begonnen, naar de kleine boerderij waarin de familie Pivato woonde.

Een breed gebouwde man van gemiddelde lengte kwam hen vanuit het stenen huis tegemoet gelopen. Hij droeg enkel een korte, katoenen broek en was van top tot teen bedekt met krullend, zwart haar. Slechts een paar lichaamsdelen waren ervan verschoond gebleven: zijn voorhoofd, zijn neus en twee handpalmgrote plekken tussen borst en taille.

'Dit is Paolo, Stefano's zoon,' stelde Gina de door haar uitgenodigde gast voor.

Een beetje benauwd bekeek Paul zijn nieuwe oom, die hem deed denken aan de afbeelding van een gorilla die hij eens op een van de plaatjes gezien had die je bij de havervlokken kon sparen. Vanwege de borstelig uitstekende wenkbrauwen was het moeilijk om de uitdrukking in de ogen van de man te peilen.

Maar toen voelde hij al twee harige armen om zich heen die hem tegen een stevige, gespierde borst aan drukten. De man kuste hem gelukkig nog net niet, maar hij riep woorden die Paul intussen als vriendelijke begroeting kon verstaan.

De jonge Duitser hoefde niet eens te wachten tot na het avondeten, dat uit veel olijven, tomaten, vers gebakken brood en een enorme, boven open vuur gebakken vis bestond, om te weten dat hij hier meer dan welkom was. Er was alleen een beetje weinig plek, aangezien Giulio's bejaarde ouders, een stokoude zus van zijn grootmoeder die verpleging nodig had, en twee vrouwelijke hulpen ook in het huis woonden.

'Wanneer het jou niet uitmaakt, dan kun je in het voormalige huis van Giulio's oudtante wonen,' stelde Gina voor. 'Daar heb je sowieso meer rust en wij zijn blij wanneer dat huis niet langer meer leegstaat!'

En zo werd Paul de enige bewoner van het kleine huisje, waartoe ook nog een berghok behoorde, dat tot dan toe als voorraadschuur en werkplaats gebruikt was. Gina en een van de dienstmeisjes hielpen hem met de grote schoonmaak en met het verwijderen van een gedeelte van de vele meubels, die drie generaties van vorige bewoners verzameld hadden.

'Het dak van het berghok is niet helemaal waterdicht meer en het grootste deel van de ramen is beschadigd,' deelde Gina hem mee. 'Ik zal Giulio naar je toe sturen. Het duurt toch nog minstens twee weken voordat de olijven rijp genoeg zijn om te oogsten, dus hij heeft nu nog alle tijd!'

En zowaar, de volgende ochtend verscheen haar harige man al.

Paul had het berghok intussen al bekeken en hij had planken gevonden die hem geschikt leken om het beschadigde dak mee te repareren.

'Bravo,' riep Giulio, toen Paul hem zijn plan met behulp van gebaren en een paar nieuw geleerde woorden duidelijk maakte.

Twee weken later was het dak winterdicht gemaakt, de gebroken ramen vervangen door nieuwe en de kit in alle kozijnen vernieuwd. Elke dag leerde Paul nieuwe woorden in het Italiaans, vooral met hulp van de tweeling Gianni en Giac, die onverbiddelijke leraren voor hun jeugdige 'oom' waren.

'Een slimme vent is dat, dat kleine neefje van je,' zei Giulio, die bijna dertig centimeter kleiner was dan Paul, op een middag tegen zijn vrouw toen ze samen de olijfpers aan het schoonmaken waren.

'Dat zit bij ons in de familie,' antwoordde Gina adrem.

'Dan hoop ik maar dat onze zoons het van je geërfd hebben,' antwoordde Giulio, die ook niet op zijn mondje gevallen was. 'Want in onze familie zijn ze allemaal even dom!'

'En ik heb de domste van allemaal,' zei Gina spottend. Maar toen liep ze naar hem toe en kuste hem daar op zijn bebaarde gezicht, waar ze zijn mond vermoedde.

Giulio schaterde het uit, wat in zijn borstkas weergalmde als de tonen in de klankkast van een piano. Toen pakte hij Gina beet en trok haar mee naar een hoekje van de schuur, waar de jutezakken lagen die voor het transport van de olijven tijdens de ophanden zijnde oogst bestemd waren.

'Je bent gek,' hijgde Gina, toen ze tussendoor even adem kon halen.

Maar Giulio lachte opnieuw en legde haar uit dat dat nu eenmaal bij hem in de familie zat en dat ze nu niet net moest doen alsof het haar niet beviel wat hij deed.

Gina sloeg haar armen om zijn harige nek en bedacht dankbaar hoe eenvoudig het geluk tot nu toe steeds te vinden was – en dat eenvoudig geluk toch nog altijd het beste geluk was.

11

*D*e olijfoogst was een gebeurtenis die bij sommige boeren maanden in beslag kon nemen.

Maar niet bij Giulio. 'Het is het beste om de olie zo snel mogelijk in de flessen te doen. Hoe langer de vruchten blijven liggen, hoe meer dat ten koste gaat van de kwaliteit,' werd Paul geleerd.

Als eerste moesten de hazelnootgrote vruchten geplukt worden, waarbij Paul ijverig meehielp. De eerste dagen deed zijn rug 's avonds pijn van het vele bukken en dragen van de manden en zakken, maar in principe was het niet zo heel anders dan de fruitoogst thuis – alleen wel heel wat gezelliger.

Het was een plezier om met Giulio samen te werken. Hij was voortdurend aan het zingen, luid, hartstochtelijk en met overdreven gebaren, alsof hij op een operapodium stond. Gina en de dienstmeisjes lachten erom en soms zongen ze mee. Tijdens de lunchpauze, waarin thuis in Wisslingen altijd zure appelwijn met donker brood gegeten werd, met heel af en toe eens een stukje spek of een paar plakjes bloed- of leverworst erbij, werd je hier beloond met witbrood, wijn, ham en olijven. Dat alles onder een strakblauwe hemel en bij milde temperaturen, hoewel het inmiddels al begin november was. Na iets meer dan vijf weken was de oogst achter de rug. Ondertussen waren Giulio en Gina al begonnen met het vermalen van de vruchten. Daarna werd de olijfbrij uitgeperst, gecentrifugeerd en gefilterd.

De dienstmeisjes Laura en Cecilia kookten in grote ketels de van tevoren goed schoongemaakte glazen flessen uit, die vervolgens met de verse olie gevuld werden. Pas wanneer alle glazen flessen vol zaten, kwamen de houten vaten aan de beurt en pas helemaal op het laatst de voor de groothandel bestemde blikken.

'Wist je dat de olijf al ten tijde van de Feniciërs en de Grieken geteeld werd?' vroeg Giulio en Paul kon zien dat de man hart had voor zijn zaak. 'Maar het waren de Romeinen, die ervoor zorgden dat de olijfolie bekendheid kreeg in hun grote rijk. Ze noemden het het vloeibare goud en het werd zelfs als betaalmiddel voor belastingschulden geaccepteerd!'

'Ongelooflijk,' mompelde Paul, hoewel hij daarmee niet meteen de Romeinse waardering voor de olie bedoelde, maar meer het feit dat hij zonder problemen alles had kunnen verstaan, wat Giulio hem over zijn bedrijf verteld had.

'Vinden jullie het goed als ik de oude kranten meeneem?' vroeg hij op een dag. Want Giulio was geen arme boer, zoals Paul intussen wel begrepen had. Hij had zowaar een abonnement op de krant, die de postboot twee keer per maand vanuit Napels meebracht.

Hij had de geur van drukinkt ervaren als een geliefd parfum en eindelijk werd zijn verlangen naar gedrukte letters bevredigd.

Gretig las Paul de kranten bij het licht van een olielamp, hij las ze telkens opnieuw, hoewel het ongewoon flakkerende licht van de lamp zijn ogen irriteerde. In Wisslingen hadden ze al voor de dood van zijn vader elektrisch licht gehad.

Nog voor de eerste advent kocht Paul met een van de biljetten van zijn oma Pasqualini de voorman van de postboot om, zodat die vanuit Napels een Italiaans-Duits woordenboek voor hem mee zou brengen. Hij moest er echter nog tot in het nieuwe jaar op wachten, aangezien het nogal moeilijk te krijgen bleek te zijn.

'Wat doe jij toch altijd 's avonds, zo alleen thuis?' vroeg Cecilia, de mooiste van de twee dienstmeisjes na een tijdje.

'Ik leer,' antwoordde Paul welwillend, maar hij maakte geen aanstalten om haar uit te nodigen, hoewel dat overduidelijk wel was wat ze graag wilde.

Vreemd genoeg verlangde hij niet naar een vrouw. Hij had een doel voor ogen en daaraan werkte hij met alle kracht die hij aan het einde van een zware werkdag nog over had. Woorden die zijn vader ooit gesproken had dienden daarbij als zijn motto: 'Je bent nergens, wanneer je een taal niet beheerst!'

Paul was vastbesloten de taal goed te leren.

Hij was drieëntwintig jaar; hij had zijn hele leven nog voor zich. En hij zou niet alleen proberen er iets van te maken, nee: hij ging enkel voor het beste en hoogst bereikbare.

Dit vaderland, dat hem vreemd was, had een tot dan toe onvermoede ambitie bij hem aangewakkerd.

12

Pesciotta a Mare, 1935

*H*et was april.
De maquis bloeide zo weelderig, dat de hellingen van de bergen langs de kust eruitzagen alsof ze met gele lakens bedekt waren.

Paul Pasqualini hurkte op het warme zand van de baai, die tussen Capo Palinuro in het zuiden en Ascea verder noordwaarts lag. Zeemeeuwen vlogen krijsend over hem heen en losten op in de onbewolkte, blauwe hemel.

De zee lag op deze lentedag als een spiegel voor hem. Slechts af en toe sloeg er traag een kleine golf op het okerkleurige strand.

Sinds hij Duitsland verlaten had, waren er al bijna twee jaar verstreken. Hij had een nieuwe taal geleerd en beheerste die inmiddels zo foutloos dat hij kon doorgaan voor iemand van hier. Gianni en Giac hadden hem leren vissen en zwemmen en in ruil daarvoor had hij hen leren lezen, schrijven en rekenen. En niet alleen hen. Tijdens de eerste en tweede winter hier had hij in totaal tien kinderen uit de directe omgeving lesgegeven.

In het begin was Paul geschokt geweest, toen hij had moeten vaststellen dat de Pivato-tweeling analfabeet was. 'Hebben jullie hier dan geen leerplicht?' had hij Gina gevraagd.

'Jawel. Al sinds de vorige eeuw!'

'Hoe komt het dan dat die jongens toch niet kunnen lezen en schrijven?'

'Je kent de weg naar Menoza toch, nietwaar?'

Paul had geknikt. Sinds hij in Pesciotta verbleef, had hij de weg door de bergen langs de kust al een paar keer afgelegd. Het pad liep in duizelingwekkende bochten over rotsige en deels zeer steile hellingen. Meer dan honderd meter lager braken de golven met veel geraas op de ruige kust en op sommige plekken vormden zich gevaarlijke draaikolken.

'Geen enkele ouder die ook maar een beetje nadenkt stuurt zijn kinderen alleen over die bergen. En behalve in Menoza zijn hier verder geen scholen!'

'Goed, maar jij of Giulio, jullie zouden de kinderen toch zelf les kunnen geven!'

Gina had alleen maar gelachen.

'Je bent hier niet in Duitsland, Paolo. De boeren en vissers hier moeten van het voorjaar tot laat in de herfst hard werken. En de kinderen moeten daarbij meehelpen. Zelfs in het achterland gaan de kinderen alleen tijdens de wintermaanden naar school. Maar van de mensen hier is niemand ooit naar school gegaan!'

'Maar dat geldt niet voor jou en je man,' had Paul geantwoord. 'Jullie lezen tenslotte een krant!'

'Die lees ik Giulio 's avonds voor, voornamelijk de berichten over de landbouw en de advertenties. Ik kan goed lezen, dat heb ik destijds in Napels geleerd. Maar schrijven kan ik ook niet goed. Ik heb er moeite mee en ben het grotendeels verleerd, ook al kan ik een paar zinnetjes op papier krijgen, wanneer het echt moet. Maar Giulio kan alleen zijn eigen naam schrijven!'

Paul was sprakeloos geweest, hoewel hij het niet had laten merken. Toch had de kwestie hem niet losgelaten.

Op een dag had hij een voorstel gedaan.

'Wanneer jullie er geen bezwaar tegen hebben, dan zou ik de jongens graag les willen geven. 's Winters zou ik het elke ochtend kunnen doen en tijdens de andere maanden 's avonds, in elk geval één of twee uurtjes, zodat ze het geleerde niet weer vergeten!'

Verheugd hadden Gina en Giulio hun toestemming gegeven.

De twee G's, zoals Paul de tweeling volgens goed Wisslingers gebruik noemde, hadden in eerste instantie gemopperd over deze beperking van hun winterse vrijheden, maar algauw kregen ze plezier in de lessen van Paul. Hij verzon de meest gekke dingen om hun aandacht erbij te houden en door alle pret leken de lessen voorbij te vliegen. De verhalen van de tweeling waren zo aanstekelijk geweest dat het leerlingenaantal algauw tot het vijfvoudige gegroeid was.

Hoewel Pauls voorstel volledig altruïstisch geweest was, besefte hij al snel dat hij er zelf ook baat bij had. Zonder deze lessen zou hij de Italiaanse taal nooit zo goed en grondig geleerd hebben. Bovendien bleek hij bijzonder veel plezier te hebben in het lesgeven.

'Paolo, Paolo!' hoorde hij plotseling zijn naam uit meerdere jeugdige keeltjes en algauw kwamen er vier jongens aangerend. Naast de twee G's waren dat ook nog Salvatore Pavese en Enrico Presti. Alle vier waren ze naakt.

'We proberen de zee uit!' riep Giac ondernemend.

'Volgens Salvatore kunnen we het proberen!'

Paul kwam overeind en liep op blote voeten de paar meter tot de waterkant. Hij rolde zijn broekspijpen op en waadde een stukje het schuimende nat in. 'Het is zeker niet warmer dan zestien graden!' waarschuwde hij, maar de jongens luisterden al niet meer.

Met onbeholpen passen renden ze door de ondiepe plekken, waarna ze zich schreeuwend in de golven lieten vallen en zich door de stroming weer terug naar het strand lieten spoelen.

Dit herhaalden ze steeds opnieuw, net zolang tot ook Paul – aangestoken door hun enthousiasme – zijn kleren uittrok en zijn eerste ijskoude duik van 1935 waagde.

Toen hij later opgefrist en met bonzend hart met Gian en Giac aanschoof voor de zondagse maaltijd, voelde hij de verlangende, uitdagende blik van Cecilia als een lichamelijke aanraking.

Na de pasta en twee glazen wijn was hij vastbesloten om haar uit te nodigen om samen met hem de zondagse siësta door te brengen.

Maar Gina was hem voor.

Enthousiast vroeg ze de twee dienstmeisjes of ze haar wilden begeleiden naar een klein bedevaartskerkje op een bergkam aan de kust.

Daar zou ter ere van de heilige bisschop Zeno, wiens sterfdag op 12 april gevierd werd, een herdenkingsdienst gehouden worden.

De heilige werd vooral vereerd door de vissers en boeren van deze omgeving. Hij werd altijd afgebeeld in tabberd en mijter, met in zijn hand een bisschopsstaf, waaraan een zilveren vis hing.

'Hij probeerde een einde te maken aan de heidense gewoontes en vocht tegen ketterij en voor christelijke deugden,' legde Gina haar neef uit, en ze voegde eraan toe dat ze tijdens deze bedevaart in het bijzonder voor zijn bekering zou bidden.

Paul dacht nog na over een gepast antwoord toen Gina zich al tot de kokette Cecilia wendde: 'En verder zette hij zich altijd in voor het behoud van de vrouwelijke maagdelijkheid!'

De zelfgenoegzaamheid in haar stem kon niemand ontgaan: 'Ik denk dat jij maar eens extra ijverig tot hem moet bidden, Cecilia!'

Het gezicht van het jonge meisje werd langzaam rood en Paul probeerde zich zo snel mogelijk uit de voeten te maken.

Toen hij bijna bij het tuinhek aangekomen was, kreeg zijn tante hem toch nog te pakken.

'Niet op ons terrein, neef,' zei ze zonder enig spoor van haar normaal zo aanwezige humor. 'En alleen met de zegen van de kerk!'

Meer zei ze niet, maar Paul begreep het verborgen ultimatum. Langzaam liep hij door de uitbottende natuur terug naar zijn houten huisje. Die middag ontdekte hij in de krant een uiterst interessante advertentie. Onder het Italiaanse staatswapen stond een tekst, die architecten en bouwkundig geïnteresseerden opriep om het 'mooiste dorp van Italië' te ontwerpen. De advertentie was ondertekend door niemand minder dan de Italiaanse staatschef Benito Mussolini.

Voor Paul die zijn interesse in architectuur nooit helemaal kwijtgeraakt was, voelde het alsof hij een elektrische schok kreeg. Meteen de volgende dag vroeg hij Giulio om een vrije dag en wandelde hij over het bergpad naar Mezona. Daar kocht hij een pak tekenpapier, een tekenbord, potloden, een liniaal, passer, tekeninkt en pennen.

De weken daarop werkte hij elke vrije minuut aan zijn ontwerp. Direct na het avondeten verdween hij naar zijn eigen huisje, waar hij vervolgens de halve nacht doorbracht achter zijn tekenbord.

Gina, die Cecilia niet uit het oog verloor, zag Pauls teruggetrokken bestaan als een gevolg van haar vrome gebeden.

'Waarom praat je niet eens met hem en probeer je hem niet over te halen om dat meisje ten huwelijk te vragen?' vroeg Giulio op een avond aan Gina. 'Al die gebeden van je zullen echt geen monnik van hem maken, hoor!'

'Dat hoeft ook niet. Maar ik denk niet dat hij hier blijft, Giulio!'

'Hoe kom je daar nu bij? Ik heb juist de indruk dat hij zich hier helemaal thuis voelt.'

'Op dit moment wel, ja. Maar iemand die zijn thuisland verlaat is als een steen die door de rivier uit de oever is losgetrokken: hij rolt hierheen en daarheen en wanneer hij toch ergens blijft liggen, dan is dat puur toevallig!'

'Het hangt dus af van de waterstand,' antwoordde Giulio, maar hij wist precies, wat ze bedoelde.

'Cecilia is een vlijtig en braaf meisje dat zo langzamerhand naar kinderen begint te verlangen,' constateerde Gina met een verrassende mildheid. 'Jij moet maar eens met de jongste zoon van de familie Pavese gaan praten. Die zou goed bij haar passen en hij kan vast een nieuwe baan gebruiken als zijn broer binnenkort de boerderij overneemt! Wij hebben een nieuwe knecht nodig als Paolo ons op een dag weer verlaat en we kunnen niet verwachten dat beide situaties toevallig op hetzelfde moment plaatsvinden!'

'Jij bent toch echt de beste en de slimste,' zei Giulio grijnzend, terwijl hij bedacht dat deze vrouw wel eens een lot uit de loterij kon zijn. Maar hij zou het oprecht jammer vinden als Gina's neefje hen daadwerkelijk zou gaan verlaten, alleen al vanwege zijn jongens. Giulio was namelijk diep onder de indruk van de kunsten die Paolo zijn tweeling bijgebracht had. Ze lazen de krant zo vloeiend, alsof ze hun eigen gedachten uitspraken. En Giac, die erg graag met getallen in de weer bleek

te zijn, had een poosje geleden de kwitantie van een grootver-
bruiker van zijn vaders olijfolie in handen gekregen, waarmee
Giulio een korting verleend had. De jongen had uitgerekend
dat die korting behoorlijk hoger uitgekomen was dan het afgesproken percentage beloofd had.

Paolo, die er als een soort scheidsrechter bij gehaald was,
had de bewering van de jongen bevestigd. Waarop Giulio zich
enorm kwaad gemaakt had over het feit dat hij destijds alleen
wat simpel rekenwerk van zijn vader geleerd had – waardoor
percentages en andere rekenkunsten voor hem altijd een mys-
terie gebleven waren.

Hij was zowaar gaan overwegen om zelf ook in de leer bij
deze Duitse neef te gaan, maar zijn trots weerhield hem hier
uiteindelijk van. Bovendien had hij er nu immers twee ijverige
helpers bij gekregen.

13

Na enig nadenken had Anna besloten om de verblijfplaats van haar zoon Paul alleen aan zijn broer Peter te vertellen. Ze had al eerder bemerkt hoezeer de jongen eronder leed, dat hij niet wist waar zijn 'andere helft' gebleven was.

'Maar zeg niets tegen Else, Peter. En ook niet tegen je vrouw!'

'En waarom niet?' vroeg Peter, een beetje verbaasd.

'Else kan haar mond niet houden en jouw vrouw kunnen we er nu beter niet mee belasten,' antwoordde Anna diplomatiek, haar schoondochter verwachtte namelijk haar eerste kind.

Peter wilde al vragen wat er zo belastend aan deze informatie kon zijn, maar aan het gezicht van zijn moeder zag hij dat hij er beter over op kon houden. 'Het is tegenwoordig al gevaarlijk genoeg, wanneer je één zoon in dit land hebt!' voegde Anna er toen toch nog aan toe.

Nu begreep Peter wat ze bedoelde.

Zijn oom hield bij hoog en bij laag vol dat Hitler op oorlog uit was. Dit was uiteraard niet zijn eigen overtuiging, maar de conclusie die hij getrokken had uit de gesprekken die aan zijn stamtafel gehouden werden.

Buiten de twee vrouwen was daar nog de postbode, die niet alleen de post rondbracht, maar tevens als een soort dorpsomroeper fungeerde. Hoewel Paul geen afzender op zijn brief gezet had, herkende de man natuurlijk meteen de buitenlandse postzegel en het stempel van de Italiaanse post.

'Waar zit hij eigenlijk, die Paul van jou?' vroeg hij nieuwsgierig.

'Ik heb gehoord dat Duitse postbodes een geheimhoudingsplicht hebben,' antwoordde Anna, vilein glimlachend. 'De mensen hier kunnen van niemand anders dan van jou te weten komen dat ik brieven vanuit Italië krijg!'

'Je bent echt een oude heks,' bromde de postbode, maar hij besloot zijn mond te houden. Tenslotte stond Anna bekend om haar onverschrokkenheid ten opzichte van de autoriteiten en hij had onlangs al een keer, zij het voor iets anders, een berisping van zijn baas gekregen.

Later diezelfde dag kwam Anna, die bij haar schoondochter Augusta zout, soda en zeep inkocht, Erika Dussler tegen. De ontmoeting verbaasde haar, aangezien Margrets moeder sinds het verdwijnen van Paul geen voet meer in de plaatselijke winkel gezet had, maar al haar boodschappen nu in de stad deed.

'Ik ben niet van plan om die Italiaanse clan ook nog eens door middel van mijn inkopen te ondersteunen,' had ze iedereen die het maar horen wilde verklaard.

Maar algauw was het raadsel waarom Erika Dussler juist op deze dag van haar gewoontes afgeweken was, opgelost.

'Onze Margret trouwt toch met zo'n goede partij,' vertelde ze de vrouw van de dominee, die net een fles met azijn liet overtappen. Ze zei het zo luid, dat zelfs Anna het horen kon.

'Geld zat en daarnaast ook nog twee huurhuizen in Freudenstadt en één in Stuttgart. En zijn twee zussen zijn al uitbetaald!'

'Nee, maar,' reageerde Augusta onder de indruk, terwijl ze de azijnfles weer sloot. 'En wanneer trouwt Margret?'

'Over twee weken. In het Zwarte Woud, ik bedoel, iedereen begrijpt natuurlijk dat we haar de slechte herinneringen willen besparen, na alle ellende die ze met jouw zwager heeft moeten doorstaan!'

Gustel Pasqualini besloot om niet te reageren op deze verkapte beschuldiging, maar de vrouw van de dominee wilde er natuurlijk het fijne van weten: 'En waar gaat het jonge paar wonen?'

'Hier natuurlijk,' antwoordde Erika Dussler. 'Traugott komt tenslotte bij ons in de zaak werken!'

Hoewel niemand in Wisslingen de snibbige echtgenote van de drukkerij-eigenaar ooit lovend over iemand had horen spreken,

vertelde ze nu bijna dweperig over haar toekomstige schoonzoon.

'Het is zo'n vlijtige en getalenteerde man, onze Traugott.
Zeer ontwikkeld en een echte gentleman. Die twee kunnen niet
van elkaar afblijven! Het is echt een huwelijk uit liefde en
verder klopt ook alles: financieel gezien dus, zoals ik al zei. Bovendien is de hele familie ook nog eens goed protestants. Daar
zit niets rooms of buitenlands tussen!'

'Wat geweldig dat alles nu toch nog zo mooi op z'n pootjes
terechtkomt voor jullie, Margret,' mengde Anna zich met licht
spottende stem in het gesprek. 'Dan is het toch maar goed dat
het met onze Paul destijds niet gelukt is!'

'Zeker,' brieste Erika Dussler met een rood gezicht van
woede omdat deze vrouw het waagde om in haar bijzijn iets te
zeggen. 'Elke dag dank ik God dat Hij het ons bespaard heeft
familie van jullie te worden!'

'Die dank zal God zeker weten te waarderen,' antwoordde
Anna droog. Toen knikte ze iedereen toe en liep naar de deur.

'Wanneer het niet jouw schoonmoeder was, Gustel, dan zou
ik nu precies zeggen wat ik hierover dacht,' siste Erika Dussler, terwijl ze de paar dingen die ze gekocht had in haar mand
stopte.

'Ik vond het eigenlijk al duidelijk genoeg, mevrouw Dussler,'
antwoordde Gustel, terwijl ze bedacht dat ze vanwege die twee
pakjes linzen en drie blokken gist niet zo tegen zich hoefde te
laten praten.

Bovendien was ze toch al helemaal op de hoogte van het
huwelijksarrangement van Margret.

Een van de handelaars die haar regelmatig dennenhoning uit
het Zwarte Woud leverde, bleek namelijk uit hetzelfde dorp als
de toekomstige echtgenoot van Margret te komen.

'Die Traugott is een enorme sukkel,' had de man haar toevertrouwd. 'Zijn koopmansdiploma heeft hij volgens de mensen bij ons in de buurt enkel aan zijn vader te danken. Traugott
is zo dom dat hij, wanneer er een plaat op zijn hoofd zou vallen,
nog zou vragen: 'Hola, er zal toch niets gebeurd zijn, ik hoorde
net ergens een dreun!'

'Nou ja, blijkbaar was hij toch niet te dom om een vrouw te vinden,' had Gustel geantwoord.

'Jawel hoor. Dat huwelijk met Margret Dussler is namelijk via een koppelaarster tot stand gekomen!'

'Wat voor koppelaarster?'

Augusta was oprecht verbaasd geweest. Zoiets kwam in Wisslingen niet voor en ook niet in de stad, daar was ze zeker van.

'Via een professionele koppelaarster. Zo een die in de krant adverteert, net zoals dat voor goederen of vee gebeurt wanneer je iets wilt verkopen. Geïnteresseerden kunnen zich melden en dan brengt de koppelaarster ze met elkaar in contact!'

'U meent het!'

14

*G*ina Pivato kwam de brief persoonlijk brengen. Helemaal zenuwachtig legde ze de met het staatswapen versierde envelop op de grote houten tafel. 'Je hebt toch geen rare dingen gedaan, Paolo?' vroeg ze.

'Niet dat ik weet,' antwoordde Paul, maar haar nervositeit had hem aangestoken en opeens vreesde hij dat hij misschien toch iets doms gedaan had. Tenslotte was hij nog steeds niet officieel aangemeld in Italië; iets wat zowel hijzelf als ook zijn familieleden helemaal vergeten waren. En toch was hij zo brutaal geweest om zijn plannen aan de machtige dictator in Rome te sturen. Stel je voor dat de autoriteiten zijn persoon nagetrokken hadden?

Haastig scheurde hij de envelop open en zijn ogen vlogen over de woorden van de getypte tekst.

Een brede glimlach van haar neef maakte dat Gina's ongerustheid wat afnam, hoewel het pompeuze staatswapen op het postpapier haar nog altijd bevreemde.

'Het is een uitnodiging om naar Rome te komen,' zei Paul, proberend zijn stem niet al te pedant te laten klinken.

'Je bent gek geworden, zeker!' zei Gina ongelovig, maar Paul wees op de handtekening onderaan de tekst en zei: 'Kijk zelf maar!'

Niet te geloven.

Ze zag een behoorlijk grote, met zwarte inkt gekrabbelde signatuur: het al zo vaak in de krant afgedrukte 'handelsmerk' van de staatschef. En daaronder stond het, ter verduidelijking waarschijnlijk, nog een keer getypt: 'Benito Mussolini, ministerpresident.'

'Waarom krijg jij in vredesnaam een brief van de Duce?' vroeg Gina, opeens weer helemaal nerveus.

'Ik heb meegedaan aan de wedstrijd voor het ontwerp van het mooiste dorp van Italië. En blijkbaar viel mijn inzending bij de jury in de smaak!'

'Ik geloof dat ik droom!' mompelde Gina verbijsterd.

In elk geval kon ze nu Giulio over deze opmerkelijke brief vertellen, wat ze eerder uit voorzorg nog maar niet gedaan had. Voor het geval dat haar neefje toch iets op zijn kerfstok gehad had en ze hem bij een nieuwe vlucht had moeten helpen. Haar twee zoontjes waren door het dolle heen toen het nieuws tijdens het avondmaal besproken werd.

'Wij willen ook mee naar Rome!' riepen ze in koor.

Maar hun moeder schudde beslist haar hoofd en sprak haar *no* op zo'n toon uit, dat het de twee jongens meteen duidelijk was dat jammeren of smeken hier geen zin had.

'Wat heb ik je gezegd,' zei Gina die avond tegen haar man, toen de beide jongens in bed lagen en het personeel zich had teruggetrokken. 'Ik wist wel dat hij hier niet zou blijven!'

'Praat toch geen onzin. Dat hij naar Rome gaat, betekent nog niet dat hij daar ook zal blijven,' zei Giulio knorrig, want hij was inmiddels oprecht van Paolo gaan houden – en niet alleen vanwege het feit dat die zich zo inzette voor het onderwijs van zijn zoons. Misschien had Gina het toch bij het verkeerde eind gehad. Een huwelijk met Cecilia zou Paolo hier gehouden hebben.

'Let maar op,' hield Gina vol en Giulio begon te vrezen dat ze weer eens gelijk zou gaan krijgen.

15

*D*e terugkeer van Margret Dussler, die nu Klinger heette, had wel wat weg van de intocht van een koningin. Eerst verscheen er een grote dichte vrachtwagen met de bezittingen van de bruidegom vanuit zijn thuisdorp in het Zwarte Woud. Er deed de ronde dat het ging om zware, met houtsnijwerk versierde donkere kasten, leren fauteuils met metalen knoppen en een geheimzinnige muziekkast. Ook meende men oriëntaalse tapijten gezien te hebben.

De volgende dag arriveerde het jonge paar zelf in Wisslingen.

Margret en haar echtgenoot Traugott zaten achter in een deftige auto, die bestuurd werd door een chauffeur.

Meteen werd duidelijk dat de kersverse bruid behoorlijk was aangekomen. Ze droeg een nauwsluitende jurk en zag er daarin uit als een gebloemde bloedworst. Haar echtgenoot, die duidelijk een stuk ouder was en zijn vrouw in omvang nog overtrof, droeg een groen loden kostuum met een erbij passende hoed. Zijn gezicht was dik en pafferig.

'Hij lijkt op Göring,' vond Augusta, die snel uit de winkel gekomen was, tegen haar man.

'Maar alleen vanuit de verte,' corrigeerde Peter zijn vrouw. 'Vergeleken met hem is Göring een ware adonis! Bovendien ziet hij er niet bepaald uit als iemand die graag werkt. Ik ben benieuwd hoe dat in het bedrijf van zijn schoonvader zal gaan!'

Gustel haalde haar schouders op: 'Misschien hoeft hij het voor het geld niet te doen.'

'Maar het leven is lang en een vermogen kan heel snel verdwijnen wanneer je er niet handig mee omgaat zoals wij maar al te goed weten!'

'Nou ja, wat kan ons het schelen,' zei Peters vrouw. 'Tenzij ze van plan zijn hun geld in mijn winkel besteden. Wat ik eerlijk gezegd betwijfel!'

De strategisch ingeplande pauze, waarbij het bruidspaar een gewone maaltijd in Zum Hirschen tot zich nam, gaf de Wisslinger bevolking de gelegenheid de automobiel waarin de twee hierheen gekomen waren, uitvoerig te bewonderen.

Het bleek te gaan om een Maybach W 6 DSG, waarbij die laatste letters stonden voor *Doppel-Schnellgang-Getriebe*, een automatische versnellingsbak met dubbele koppeling. De auto was glanzend zwart gelakt en had zilverkleurige bumpers. Nog nooit hadden ze in Wisslingen zo'n elegant voertuig gezien.

De kleine David Cohn, die net met de bus vanaf het gymnasium in de stad gekomen was, bleef – zoals heel veel andere Wisslingers ook – voor Zum Hirschen staan om die utopisch aandoende auto te bewonderen.

'Zo één wil ik later ook!' verklaarde de twaalfjarige verlangend.

'Dan zeg je dat toch tegen je ouweheer,' riep de stadhuisbode, die aan de andere kant van de auto stond. 'Die heeft geld genoeg om zoiets te kopen!'

Toen wendde hij zich tot zijn buurman, de schoenmaker Spinnagel: 'En we weten ook waar hij dat geld vandaan heeft: namelijk door ons arme volk uit te buiten, hij en zijn hele clan, zoals die zionisten dat doen!'

Maar daarmee bleek hij de verkeerde voor zich te hebben.

De oude meneer Spinnagel draaide zijn hoofd, trok zijn wenkbrauwen op en antwoordde toen net zo luid en onbehouwen: 'Houd jij nu maar je mond, knaap, bewaar je geschreeuw liever voor het werk waar je voor betaald wordt. En ik zeg je meteen ook dit: als je de volgende keer met die Dussler in het bos op jacht gaat en je na afloop wilt bezatten, dan moet je dat zelf weten. Maar als je daarna op weg naar huis weer in mijn voortuin pist, zoals de vorige keer, dan geef ik je aan wegens vernieling! Bij jou komt aan de bovenkant al niets fatsoenlijks uit je gat...' Met zijn wijsvinger wees hij demonstratief op zijn mond: '… maar dat, wat uit dat lulletje van je komt, heeft al onze struiken aangetast!'

De mensen begonnen hard te lachen en sommige maakten nog wat extra opmerkingen, want de stadhuisbode was niet bepaald geliefd. Vroeger was hij nogal schuchter geweest, maar onder invloed van de drukkerij-eigenaar en zijn SS-mannen dacht hij nu dat hij heel wat was.

Terwijl de meest nieuwsgierige Wisslingers al richting de drukkerij liepen om daar de voortzetting van de 'intocht' te bekijken, dirigeerde de baron de jonge Cohn naar zijn auto – een hele 'gewone' Daimler – waarmee hij de knul naar huis bracht.

'Hebt u nog een moment tijd, baron?' vroeg Edmund Cohn, nadat zijn vrouw Daisy, een Engelse, David naar zijn kamer gebracht had, waar ze hem hielp met zijn huiswerk.

'Voor u altijd,' zei de baron, en hij meende het oprecht. Hij waardeerde de deskundigheid van Edmund Cohn op het gebied van kunst en muziek. En hij hield van de gesprekken die ze daarover regelmatig hadden.

Het dienstmeisje serveerde koffie en Cohn liep naar zijn bureau, waar hij een fles uitstekende, oude cognac bewaarde.

'Dat wat de mensen zeggen, is nog niet het ergste,' zei hij, bij wijze van een verlaat antwoord op wat de baron hem verteld had. 'In de grote steden is het, in enkele gevallen weliswaar, maar toch, al tot gewelddadigheden gekomen!'

De baron, die dit ook al gehoord had, knikte. 'Vreselijk,' vond hij, terwijl hij het geslepen glas met de barnsteenkleurige vloeistof aannam. 'Laten we erop drinken dat de hele situatie snel weer wat rustiger wordt,' stelde hij voor, want hij wilde de zorgen van de jonge meneer Cohn niet nog groter maken.

'Dat doen we,' stemde deze met een klein, triest glimlachje in. 'Hoewel ik er eerlijk gezegd weinig vertrouwen in heb. Ik ben bang dat die meneer Hitler weinig goeds in de zin heeft. Ik heb het boek gelezen dat hij geschreven heeft. Als ik zijn woorden serieus zou nemen dan moet ik concluderen dat hij vindt dat wij joden geen recht van bestaan hebben!'

De baron schudde zijn hoofd en nam nog een slok. Het was de beste cognac die hij ooit geproefd had. 'Ik denk dat dat jeugdige overmoed geweest is. Of verbittering, omdat hij in de gevangenis zat, die... meneer de korporaal. Maar papier is geduldig en de soep wordt nooit zo heet gegeten als ze wordt opgediend!'

'Ik hoop het maar, baron,' antwoordde Edmund Cohn. Maar heimelijk besloot hij zo snel mogelijk de noodzakelijke juridische stappen te ondernemen die nodig waren om zijn roerende goederen zo onopvallend mogelijk naar het buitenland over te brengen. Misschien was hij overdreven voorzichtig, maar de geschiedenis van zijn zwaar beproefde volk had iedereen die zijn ogen gebruikte, geleerd de signalen te herkennen en daarnaar te handelen. Zelfs hier, in dit kleine dorp, had hij gezien hoe met name de minder goede menselijke eigenschappen gedijen onder invloed van het veel geprezen Derde Rijk. Dat bewezen de opmerkingen van de ambtelijke bode vandaag en het gedrag van vele anderen.Het was beter om voorbereid te zijn, zodat je zo snel mogelijk kon verdwijnen wanneer je in dit land niet langer gewenst was.

Die avond, toen David en zijn twee jaar oudere zus Rachel al sliepen, sprak Edmund lange tijd met zijn vrouw.

Uiteindelijk beloofde Daisy hem dat ze in de komende weken naar haar familie in Londen zou vertrekken, om daar samen met haar vader Edmunds instructies op te volgen.

16

$\mathcal{P}$aul had eerst de boot willen nemen, maar uiteindelijk besloot hij toch per trein naar Rome te reizen.

In Caporio, waar zich het dichtstbijzijnde treinstation bevond, stapte hij in.

Het eerste stuk liep het spoor direct langs de kust, maar daarna zag Paul links en rechts enkel nog de macchia en een verder kaal landschap.

Hij viel zo diep in slaap dat hij bijna Salerno voorbij reed waar hij een pauze had willen inlassen.

Van het geld dat Giulio hem regelmatig betaald had, kocht hij als eerste een leren aktentas, een portefeuille en een nieuw pak. Daarna ging hij op zoek naar een hotel waar hij kon overnachten, aangezien de Duce hem de volgende ochtend om elf uur verwachtte in het Palazzo Venezia, waar hij zijn kantoor had. En Paul wilde in geen geval te laat zijn.

Al om acht uur de volgende ochtend bereikte hij de Italiaanse hoofdstad. Paul, die nog nooit in zo'n grote stad geweest was, liep verward door alle chaos en verbaasde zich over de enorme gebouwen van meerdere verdiepingen, waartussen het blauw van de hemel bijna niet meer te zien was. Ongelooflijk veel voetgangers haastten zich langs hem heen. Voor kleine bars en cafés, waarvan er talloze leken te zijn, zaten luid pratende en gebarende mensen. Anderen zwegen, lazen de krant en dronken hun mokkakoffie uit kleine kopjes. Handelaren prezen hun waar aan; uit kleine driewielige vrachtwagentjes werden manden met vruchten en groenten, enorme hammen, worsten, dozen, mandflessen, stoffen in alle soorten en maten en nog veel meer voorwerpen geladen. Bloemenkraampjes, die omgeven waren door vazen met reusachtige bossen rozen, lelies, gladiolen en andere bloemen, blokkeerden de trottoirs – en de verkoopsters en verkopers gedroegen zich als straatrovers die tol probeerden te heffen van de voorbijgangers.

De steegjes kwamen uit op grote pleinen, waarop enorme fonteinen of beelden – of allebei – stonden. En er waren ontelbaar veel kerken in elke mogelijke bouwstijl, zoveel, als Paul ze nog nooit in één stad bij elkaar gezien had.

Verschillende soorten automobielen schoten voorbij, toeterden, gaven brullend gas en remden dan weer met piepende banden, om niet in botsing te komen met de licht heen en weer zwaaiende trams, die hier – midden in de stad – over sporen reden. Telkens stopten deze metalen monsters om nieuwe mensen te laten in- en uitstappen.

Paul had het gevoel dat hij in een bijenkorf terechtgekomen was. Hij keek zijn ogen uit en moest zich uiteindelijk toch nog haasten om op tijd bij het Palazzo Venezia te komen. Voor de zware ingangsdeur stonden twee bewapende gardisten, die hem tegenhielden.

'Ik ben hier op uitnodiging van de minister-president,' verklaarde Paul en hij haalde de brief die hij van de Duce gekregen had tevoorschijn.

'Paspoort?' vroeg een van de gardisten op autoritaire toon.

Dat was waar Paul al bang voor geweest was.

'Dat ben ik helaas vergeten!'

'Komt u maar mee!'

Blijkbaar had de gardist geen zin in discussies. Hij opende de deur, wenkte Paul en stapte kordaat een ruime hal door. Ze liepen een brede, stenen trap op en vervolgens door een lange gang, die weer door andere gardisten bewaakt werd.

Eindelijk bleef de soldaat staan, klopte op een deur en opende die toen zonder verder af te wachten.

In de door hoge ramen verlichte kamer zat een man van middelbare leeftijd achter een bureau. Enkele stoelen stonden tegen de muur.

De gardist salueerde: 'Een signor Pasqualini, met een afspraak om elf uur, dottore segretario,' meldde de soldaat, om er direct op duidelijk beschuldigende toon aan toe te voegen: 'Heeft geen persoonlijke papieren bij zich!'

Nog voordat de secretaris iets kon zeggen, nam Paul het woord. 'Neemt u mij niet kwalijk, signor dottore, maar ik was zo opgewonden dat ik geen moment meer aan mijn paspoort gedacht heb. Maar mag ik u...' Hij had zijn aktentas al open en overhandigde de secretaris nu meerdere gevouwen vellen papier. 'Dit zijn de schetsen van mijn plan dat door de jury is goedgekeurd. Misschien dat ik me daarmee kan legitimeren?'

De secretaris wierp een korte blik op de papieren en een lange op Paul. Hij bezat inmiddels wel de nodige mensenkennis.

De man die voor hem stond was nerveus, maar dat was bijna iedereen, die een afspraak met de machtigste man van Italië had. Een anarchist was het echter beslist niet. Bovendien was hij in het bezit van een persoonlijk door de Duce ondertekende uitnodiging.

De secretaris had zo zijn ervaringen met de dictator en zijn wisselende stemmingen. Het was niet raadzaam om deze Pasqualini vanwege een vergeten paspoort weg te sturen, aangezien de Duce behoorlijk enthousiast over zijn ontwerp geweest was.

'Neemt u plaats, signore,' zei hij dus beleefd, waarna hij zich weer tot zijn papierwerk wendde.

Langzaam kalmeerde Pauls hartslag zich weer een beetje.

Die vervloekte roekeloosheid van me ook, dacht hij. Zijn neiging om zich door situaties – of opdrachten, zoals hij nu ervaren had – te laten uitdagen, zonder van te voren goed over de mogelijke consequenties na te denken zou hem nog een keer noodlottig worden, precies zoals zijn vader dat altijd al voorspeld had.

Hij had er nooit serieus rekening mee gehouden dat hij deze wedstrijd zou winnen. En hij had zich ook nooit kunnen voorstellen dat hij door Benito Mussolini persoonlijk uitgenodigd zou worden.

Pas nadat hij de brief ontvangen had, was het echt tot hem doorgedrongen dat hij geen andere keus had dan deze confrontaties aan te gaan.

Hij zou er nu alles aan doen om, nadat hij het prijzengeld in ontvangst genomen had, zo snel mogelijk weer terug naar het veilige Pesciotta te reizen.

'Ah, daar is hij, onze maestro,' klonk toen een sonore stem.

Als door een wesp gestoken sprong Paul op.

De dictator was een man van gemiddelde lengte met een kaal hoofd en een atletisch lichaam. Hij droeg een donkergrijs pak, een wit overhemd en een zwarte stropdas.

Hoewel er een vriendelijke glimlach op zijn krachtige gezicht lag, deed hij denken aan een roofdier dat op het punt staat aan te vallen. Die indruk was zo sterk dat Paul onbewust een stap naar achteren deed.

Maar de Duce kwam naar hem toe gelopen, pakte hem joviaal bij zijn arm en trok hem mee door de geopende deur, zijn werkkamer in.

Paul zag een met marmer beklede, meters hoge zaal, die gedomineerd werd door een reusachtige schouw. Meerdere zuilen liepen tot aan het plafond, het bureau was groot, donker en eenvoudig. Enorme Perzische tapijten bedekten het grootste deel van de parketvloer.

'Neemt u gerust plaats, maestro,' nodigde de Duce zijn gast uit.

Paul wist een zwak 'dank u wel' uit te brengen en gaf gehoor aan de uitnodiging.

De enorme afmetingen van de ruimte boezemden hem nog meer angst in dan de persoon van de dictator: als iemand oog had voor de vele gemetselde en in steen uitgehouwen vertoningen van macht dan was het wel de zoon van bouwmeester Pasqualini. Hij moest zijn verstand wel verloren hebben dat hij zich in zo'n situatie had weten te manoeuvreren!

'Ik ben erg onder de indruk, nee, dat is nog te zwak uitgedrukt: ik ben helemaal weg van uw ontwerp,' zei Mussolini nu, terwijl hij de tekening die Paul had opgestuurd uit een la in zijn bureau tevoorschijn haalde. Hij rolde het papier uit en verzwaarde het ene uiteinde met een albasten asbak en het andere met de bronzen voet van zijn bureaulamp. 'U moet me eens uitleggen, hoe u zich dit centrum hier had voorgesteld!'

Aarzelend begon Paul te spreken, maar tijdens het verklaren

van zijn ideeën verdwenen gaandeweg zijn remmingen. Hij sprak nu heel makkelijk en naarmate hij meer vertelde – aangemoedigd door gebaren en goedkeurende knikjes van de dictator – overviel hem weer hetzelfde enthousiasme als tijdens het nachtelijke ontwerpen en tekenen in Pesciotta.

Hij sprak over functionaliteit en dat dit heel goed te combineren was met mooie en duidelijke vormen. Over de noodzaak de culturele plaatsen te bundelen en met elkaar te verbinden, over het nut van sportfaciliteiten op grote pleinen. En hoe kleine gemeentes, die geen dokterspraktijk hadden, spoedeisende hulp voor zwaar zieke mensen zouden kunnen bieden door middel van poliklinieken met verplegend personeel – zoals hij het in zijn ontwerp ook aangegeven had.

De Duce luisterde zo aandachtig dat het leek alsof hij voor het eerst over zulke mogelijkheden hoorde.

Misschien is dat ook wel zo, dacht Paul. Misschien interesseert hij zich alleen maar voor zulke dingen wanneer hij ermee in aanraking komt.

Ondertussen had de dictator hem verteld dat er verder niemand betrokken was bij zowel het initiatief voor de wedstrijd als bij de prijsuitreiking. Het was helemaal een Benito-Mussolini-idee geweest en Paul zou dan ook een Benito-Mussolini-prijs krijgen.

Net toen de Duce hem een papier wilde overhandigen waarop stond dat de staatsbank de opdracht kreeg om Paul een aardige som uit te betalen, begon de zwarte telefoon op het bureau van de staatsman te rinkelen.

'Wat is er?' bromde de Duce nors. Met een geërgerd gezicht stond hij een tijdje te luisteren, waarna hij de hoorn weer op de haak teruglegde. 'Ik moet helaas ons interessante gesprek even onderbreken,' zei hij misnoegd. 'Maar ik wil het wel graag nog persoonlijk afronden. Wacht u even hier, maestro, het zal niet zo heel lang duren!'

Paul ging beleefd staan, toen de Duce overeind kwam en zich de zaal doorhaastte.

Bij de deur stopte Mussolini nog een keer en maakte een weids gebaar met zijn arm.

'Kijkt u gerust om u heen, meneer. De meesten van onze landgenoten zullen die kans nooit krijgen!'

Paul ontspande zijn schouders een beetje. Hij was helemaal gespannen door deze audiëntie. Toen begon hij de marmeren zuilen te bewonderen, de stenen guirlandeversiering boven de schouw, en daarna het patroon in de tapijten. Schilderijen hingen er niet in deze ruimte, enkel marmer, stucwerk en een enorme kandelaber. Maar tegen een muur, links van een van de ramen, stond een klein tafeltje, waarop bladmuziek, een viool en de daarbij behorende strijkstok lagen.

Paul liep ernaartoe en bekeek het instrument wat nauwkeuriger.

De viool was oud en waarschijnlijk ook kostbaar.

Voorzichtig liet hij zijn vingers over de perfect gevormde krul gaan, waarna hij aarzelend zijn wijsvinger op de a-snaar legde. Als vanzelf plukte hij er even aan. En al net zo vanzelfsprekend pakte hij het instrument met strijkstok op en stemde hij het. De directeur van het gymnasium had hem ooit gezegd dat hij een absoluut gehoor had. Paul had dit als een compliment gezien, maar er nooit verder over nagedacht. Voor een drukker was het tenslotte helemaal niet van belang of je gehoor absoluut of gewoon goed was.

Hij draaide de G-snaar nog een beetje aan zodat die iets hoger klonk, probeerde daarna de vierklank en was tevreden.

Net als Mussolini. Want zonder dat Paul gemerkt had dat hij er weer was, was hij dichterbij gekomen en achter hem komen staan.

'Bravo, maestro,' riep hij geamuseerd. 'Blijkbaar hebt u nog meer talenten!'

Het bloed steeg Paul naar het gezicht.

'Neemt u mij niet kwalijk,' stamelde hij. 'Maar ik kon de verleiding niet weerstaan. Ik heb al zo lang geen viool meer in handen gehad!'

'Alstublieft, speelt u iets!' nodigde de dictator hem uit. 'Ik luister!'

Mussolini liep naar zijn bureaustoel, liet zich erin zakken en keek Paul vol verwachting aan.

Paul wist dat hij geen nee kon zeggen, niet tegen deze man. 'Hebt u een bepaalde voorkeur?' vroeg hij met hese stem.

'Nee, nee. Speelt u gewoon waar u zin in hebt!'

Pauls gedachten buitelden over elkaar heen, terwijl hij het instrument onder zijn kin schoof. Toch was het niet zijn hoofd dat de beslissing nam. Hij speelde gewoon wat hij zich goed herinnerde, ook na een pauze van meer dan twee jaar. Het was het lievelingsstuk van zijn leraar, de directeur van het gymnasium, geweest. Hij had het Paul telkens opnieuw laten spelen, ook al had Anna tijdens het oefenen thuis geklaagd dat het een 'katholiek stuk' was.

'Dat klopt niet,' had de leraar meteen geprotesteerd toen Paul geprobeerd had om met behulp van de argumenten van zijn moeder het vele oefenen van het stuk te omzeilen. 'Oorspronkelijk was dit de prelude uit de "Wohltemperierte Klavier" van Johann Sebastian Bach, en die was zonder twijfel protestant. Charles Gounod heeft er later deze bewerking van gemaakt. Maar het stuk is hoe dan ook wonderbaarlijk mooi. En dat geldt voor alle geloofsbelijdenissen!'

En dus speelde Paul het 'Ave Maria'. In het verleden had hij het al tientallen keren gespeeld en vandaag speelde hij het voor Benito Mussolini.

Bij de eerste tonen voelde hij zich nog wat geremd, maar hij werd meegevoerd door de prachtige klank van dit instrument, dat in de hoge partijen jubelende tonenreeksen voortbracht zoals hij ze nog nooit eerder gehoord had.

Mussolini zat achterover geleund in zijn stoel te luisteren en riep, nadat de laatste toon weggestorven was: 'Da capo, da capo!'

Opnieuw begon Paul te spelen, dit keer vrijer en meer ontspannen. Hij voegde er zelfs nog een paar persoonlijke interpretaties aan toe, die hij lang geleden een keer bedacht had, om de saaie herhalingen wat te veraangenamen.

Mussolini knikte goedkeurend. Toen Paul klaar was, klapte hij in zijn handen en riep: 'Bravo, jongen!' terwijl hij de tranen uit zijn ogen wiste. Hij vertelde dat dit stuk persoonlijke herinneringen bij hem naar boven bracht. 'U hebt me een heel groot plezier gedaan, Paolo, een heel groot plezier,' zei hij uiteindelijk, terwijl hij opstond en Paul spontaan zijn hand toestak.

Paul schudde die en begon al te vrezen dat de dictator in al zijn ontroering zou vergeten hem het prijzengeld te overhandigen, maar hij bleek zich voor niets zorgen te hebben gemaakt.

'Voor wat hoort wat. Nu bent u aan de beurt om iets te wensen!' riep de Duce royaal en keek Paul daarbij uitnodigend aan.

'Een muziekstuk?' vroeg Paul, een beetje onzeker.

'Nee, nee,' lachte de president. 'Wat dan ook. Iets, waarmee ik u een plezier kan doen!'

'Maar mijn wens is al in vervulling gegaan. Ik heb de prijs gewonnen,' zei Paul, waarbij hij hoopte dat Mussolini weer aan de brief met de uitbetalingsopdracht zou denken.

'Dat is één ding. Daar hebt u al voor gewerkt, Paolo – zo mag ik u toch wel noemen, of niet?'

Paul knikte bedeesd.

'Doe een wens! U hebt het verdiend! U hebt mij heel gelukkig gemaakt. Bij dat telefoontje net ging het om een heel moeilijke kwestie, waarvan ik dacht dat er al niets meer aan te doen was, maar nu ben ik eruit!' Hij lachte opnieuw en spreidde zijn armen alsof hij van plan was om een zegen uit te spreken: 'En vervolgens die mooie herinneringen… een dag vol geweldige emoties! Dus, mijn goede vriend, er zal toch wel iets zijn wat u heel graag wil!'

'Nieuwe papieren,' liet Paul zich ontvallen. 'Ik ben de mijne namelijk… kwijtgeraakt, signor president!'

De Duce liet zich tegen de leuning van zijn bureaustoel vallen, zodat die kraakte, en begon bulderend te lachen totdat – dit keer om andere redenen – opnieuw de tranen in zijn ogen sprongen. 'Dat is toch geen wens,' zei hij toen, nog nahikkend van de lach. 'Dat is niet meer dan een bureaucratische kleinigheid. Regelt u dat maar met mijn secretaris! Vooruit… ik heb helaas geen tijd meer om nog veel langer met u te babbelen!'

De gedachten in Pauls hoofd buitelden over elkaar heen. De man meende het serieus, dat was hem inmiddels wel duidelijk. 'Ik zou heel graag een baan als leraar willen hebben,' hoorde hij zichzelf plotseling zeggen en hij schrok er zelf van. 'Ik bedoel, ik ben er niet voor opgeleid, maar de kinderen op het platteland waar ik woon…'

'Een goed idee,' onderbrak Mussolini hem, voordat Paul zijn zin af kon maken. 'Een heel goed idee. Zelf was ik vroeger ook leraar, in Gualtieri bij Reggio Emilia!' Hij boog naar voren, leunde met zijn onderarmen op het bureau en staarde Paul nadenkend aan.

Paul voelde hoe zijn handvlakken nat van het zweet werden. Op de een of andere manier had de blik van deze man iets krankzinnigs en opnieuw werd hij bevangen door angst. 'U bent een begaafd mens,' mompelde de Duce nu, schijnbaar diep in gedachten verzonken. 'En begaafde mensen moeten geholpen worden… maar ook uitgedaagd worden!'

Paul werd een beetje nerveus.

'U hebt duidelijk verstand van architectuur,' zei de president intussen hardop. 'Wat kunt u nog meer?'

'Duits,' antwoordde Paul, voordat hij er erg in had.

'Duits?' herhaalde de Duce verbaasd. Maar toen trok er een brede grijns over zijn gezicht. 'Dat is goed. Dat is zelfs heel goed. In juni vorig jaar heb ik Hitler ontmoet. Ik mag die man wel. Hij heeft visies die verbluffend veel op die van mij lijken. Ik denk dat wij elkaar in de toekomst nog wel vaker zullen spreken!'

Zou hij mij als tolk willen? vroeg Paul zich af, terwijl hij steeds meer in paniek raakte. Voor dat soort dingen is mijn Italiaans bij lange na niet goed genoeg…

Maar de Duce had een besluit genomen.

'U komt uit Zuid-Italië en dus zal ik u naar Napels sturen. Daar hebben ze een universiteit en u, meneer, zult daar architectuur en Duits gaan onderwijzen!'

'Maar ik…' stamelde Paul, die niet kon geloven wat hij daar hoorde.

'U hebt niet de noodzakelijke diploma's. Dat hebt u mij gezegd en ik heb het begrepen. Maar ik ben van mening dat iemand zich kan aanpassen aan de taken die hij krijgt. Kijkt u maar naar mij: ik was ooit een basisschoolleraar – en wat ben ik nu?' Zijn toon begon een beetje provocatief te worden. 'Bewijst u mij dat mijn instinct goed is, Paolo Pasqualini, dat ik in staat ben om te zien over wat voor mogelijkheden mensen beschikken! Ik wed dat u zich daar zult bewijzen en ik kan u verzekeren dat ik iemand ben die zijn wedresultaten goed in de gaten houdt!'

'Maar...' probeerde Paul het opnieuw, maar ook dit keer kwam hij niet ver.

'Ik heb mijn besluit genomen. Basta! De universiteit van Napels, dat is de kans die ik u geef. Ik, Benito Mussolini, de president!'

En eindelijk pakte hij nu het papier met de uitbetalingsopdracht en gaf het aan Paul.

'Dank u, zei Paul schor; hij was zo perplex, dat zijn stem het begeven had.

Maar Mussolini stond op en liep naar de deur.

Paul volgde hem stijfjes.

'Maakt u zich geen zorgen, vriend,' zei de Duce achteloos alsof hij het over het weer had. 'Niemand zal u naar uw examens of diploma's vragen. Ik zal mijn secretaris instrueren dat hij schrijft dat uw persoonlijke dossiers zich in mijn bezit bevinden. Om uw toekomstige carrière in de gaten te kunnen houden!' De Duce knipoogde samenzweerderig met zijn rechteroog. Toen opende hij de deur en duwde Paul de andere kamer in.

'Francesco,' wendde Mussolini zich tot zijn secretaris. 'Zorg er persoonlijk voor dat signor Pasqualini nieuwe papieren krijgt!' Hij knikte nog een keer naar Paul en liep toen terug naar zijn werkkamer.

Omdat de pasfoto's, waarom de dottore segretario gevraagd had, pas de volgende dag afgehaald konden worden, was Paul gedwongen een nacht in Rome te blijven. Toen hij nog een kind was, had zijn moeder een keer een familieportret willen hebben. Paul kon zich nog het verontrustende gevoel herinneren dat hem de nacht ervoor geplaagd had. De angst dat er na het nemen van die foto iets wezenlijks van hem verdwenen zou zijn omdat het nu gevangen zou zijn in de foto. Vroeg in de ochtend had zijn broer Peter hem wakker gemaakt en met tranen in zijn ogen verteld dat hij diezelfde angst had. Maar er was niets gebeurd. Allebei hadden ze de procedure heelhuids doorstaan zonder dat er iets van hen afgenomen was.

Intussen waren er meer dan vijftien jaar verstreken. Toen Paul zijn afbeelding op het paspoort bekeek dat de segretario hem overhandigd had, waren de gevoelens van die nacht weer terug gekomen – en dit keer terecht. Iets heel bepalends was hem bij het verkrijgen van dit paspoort afhandig gemaakt: de oprechtheid en eerlijkheid, die hem tot dan toe in zijn leven begeleid hadden.

Op het formulier dat hij voor het aanvragen van dit zo dringend benodigde document had moeten invullen, had hij onder het kopje *geboorteplaats* namelijk niet *Wisslingen/Germania* ingevuld, maar kortweg zijn huidige woonplaats: *Pesciotta a Mare*.

En daarmee, vanaf het moment van de ondertekening van de pas, was Paul Pasqualini nu een Italiaans staatsburger. Het was bedrog, maar het zou zijn leven een stuk eenvoudiger maken. En over een eventuele ontdekking van deze foutieve opgave hoefde hij zich geen zorgen te maken, hij herinnerde zich maar al te goed de verhalen van Giulio, over hoe laks er met de bureaucratische formaliteiten van de bewoners van de afgelegen Zuid-Italiaanse kuststreek omgesprongen werd.

Resoluut schoof Paul alle gewetensbezwaren, een erfenis van zijn moeder, aan de kant. Hij bedankte de dottore segretario uitgebreid, stopte het paspoort in zijn nieuw aangeschafte aktetas en begaf zich toen gehaast naar de staatsbank.

Hij overhandigde de uitbetalingsopdracht aan een medewerker van de bank. Nadat hij voor ontvangst had getekend kreeg hij het betreffende geldbedrag in lira, dat – zoals Paul snel uitrekende – overeenkwam met vierduizend mark. In Duitsland zou iemand met een goed verdienende baan hier twee jaar voor moeten werken.

Zorgvuldig stopte hij de bundel bankbiljetten in zijn aktentas, waarna hij een restaurant in de aangename schaduw van een oud steegje uitzocht. Daar ging hij aan een houten tafeltje zitten, bestelde een pastagerecht met zeevruchten, water en

een karaf witte huiswijn. Pas nu stond hij zichzelf toe zijn belevenissen in het Palazzo Venezia in alle rust te analyseren.

De Duce had hem voor de gek gehouden, dat kon niet anders. Niemand kon het voor elkaar krijgen dat iemand, die
geen studie afgerond had en geen diploma's had, studenten aan
een universiteit kon gaan lesgeven, ook Benito Mussolini niet.
Met deze streek had hij hem waarschijnlijk willen laten merken
hoe brutaal het geweest was om een baan als plattelandsschool-
leraar te durven vragen. De minister-president zou waarschijnlijk naderhand, wanneer hij gezellig met anderen samen was,
de grootste lol hebben om die naïeve jongeman uit het zuiden,
die daadwerkelijk geloofde dat hij binnenkort een 'oproep' uit
Napels zou krijgen.

En iedereen zou hem uitlachen.

Prima. Het was niet leuk om het doelwit van spot te zijn, en
ook nog eens dat van de machtigste man van het land, maar het
was nu eenmaal gebeurd. Hoe dan ook had hij, en wel zonder
dat de dictator dit wist, een slaatje uit deze hele situatie weten
te slaan: hij was nu in het bezit van een paspoort dat hem weer
een status verschafte. Hij kon weer gaan nadenken over het
opbouwen van zijn leven.

Mussolini zelf had hem gezegd dat er geen plannen waren
om 'het mooiste dorp van Italië' daadwerkelijk te gaan bouwen.
Waarschijnlijk was het hele project niet meer dan een soort
tijdverdrijf voor de dictator geweest of gewoon een lolletje, net
zoals dat met de universiteit van Napels. In elk geval zouden
de winnende plannen binnenkort in een archiefkast verdwijnen
en zou ook hij, Paul, binnen de kortste keren vergeten zijn,
daarvan was hij zeker.

Hij bestelde een espresso en, na een korte aarzeling, ook nog
een grappa. Wanneer er iets te vieren viel dan moest je dat ook
doen.

Toen Paul uiteindelijk in de sneltrein richting Salerno zat,
overwoog hij heel even een terugkeer naar Duitsland. De heimwee was namelijk nooit helemaal verdwenen. Tenslotte was hij
nu in het bezit van een basiskapitaal waarmee hij ook daar een
bestaan zou kunnen opbouwen.

Uiteraard kon hij niet meer naar Wisslingen of omgeving terug, niet voordat er enkele tientallen jaren voorbij zouden zijn. En dus probeerde Paul zich voor te stellen hoe hij helemaal alleen in een vreemde Duitse stad zou wonen, zonder iets of iemand daar te kennen. Waarschijnlijk stond hem dan hetzelfde te wachten als wat destijds zijn vader overkomen was. Hij zou altijd de man met die buitenlandse naam blijven, wiens afkomst bij iedereen wantrouwen opriep, die er nooit helemaal bij zou horen. Weliswaar was de taal daar zijn moederstaal, maar in een onbekende Duitse omgeving zou hij zich vreemder voelen dan hier. In Italië was hij Paolo Pasqualini, een geliefde kleinzoon, een neef, een 'oom', een gewaardeerde helper, een man met een Italiaanse naam en sinds vandaag ook officieel een burger van dit land.

De trein verdween in een tunnel. Toen hij er weer uit kwam zag Paul de zee, die als een fel blauw zijden tapijt voor hem lag. Pas nu zag hij heel bewust de stralende zonneschijn van deze julidag, het intense groen van de heuvels boven Salerno, bespikkeld met het rood, wit en oranje van de bloeiende struiken in de tuinen van de villa's. Hij bekeek het oker en wit van de kerken en huizen en hoorde in de verte de scheepshoorn van een schip dat de haven verliet. Door het open raampje drong de zilte zeelucht naar binnen, vermengd met de geuren van een mediterrane zomer.

Op dat moment besloot hij om het bedrog dan maar helemaal waar te maken en een Italiaan te zijn.

17

Toen Stefano Orlandi, inmiddels zesentwintig jaar, naar huis kwam om het ingenieursdiploma te laten zien dat hij aan de hogeschool van Triëst gehaald had, was Sofia trots en gelukkig. Maar Serafina Mazone was bezorgd.

'Wat is er met je aan de hand?' vroeg ze zacht aan de jongen terwijl Sofia op zoek was naar de kokkin om haar te vragen, iets voor de jongeheer klaar te maken.

'Niets, hoezo?' antwoordde Stefano, terwijl hij zijn geliefde oudtante een geruststellende glimlach schonk.

Serafina was oud, maar haar ogen waren nog prima.

'Je verzwijgt iets. En ik ben bang dat het niet veel goeds is, Stefano!'

'U beeldt zich iets in, tante Fina,' zei de jongeman en hij lachte, maar het was een gemaakt lachje, zonder enige vrolijkheid.

Serafina bekeek haar lieveling opnieuw. 'Er brandt een vuur in jou, jongen, ik zie het in je ogen. Het vergiftigt je gedachten en verschroeit je ziel. Wat is het Stefano, alsjeblieft, zeg het me. Je weet toch dat ik een geheim kan bewaren, of niet soms?'

'Dat ben ik nog niet vergeten, tante Fina,' antwoordde Stefano. 'Maar ik mag er niets over zeggen. Ik heb het gezworen!'

De schrik sloeg Serafina om het hart. Ze had zich dus niet vergist. Maar een geheim waarvoor je moest zweren was een zware last voor een jongeman met de gevoeligheid van haar achterneef. Geen wonder dat hij zo mager geworden was, dat hij holle wangen en scherpe gezichtstrekken gekregen had, wat nog eens extra benadrukt werd door zijn kortgeknipte haar. De jongen leek niet meer op zichzelf, niet meer op die vrolijke jongeman die hij een paar maanden geleden nog geweest was, toen hij voor het laatst op bezoek geweest was.

'Stefano,' klonk Angela's blij verraste stem en daar kwam het jonge meisje de trap al af gestormd om haar broer hartstochtelijk te omarmen. 'Ik ben zo blij dat je er weer bent!' Angela drukte haar zachte gezicht in Stefano's hals, zodat haar volle, honingblonde haren zijn neus kietelden en hij moest niesen.

'Gezondheid,' zeiden Serafina en haar achternichtje tegelijk.

Angela hief haar hoofd weer op, keek haar broer lang aan en vroeg toen verbaasd: 'Hoe komt het dat je zo mager bent, Stefo?' Maar toen dacht ze zelf al een mogelijke verklaring gevonden te hebben: 'Ben je verliefd?'

Opnieuw moest Stefano lachen en dit keer klonk het oprecht en daadwerkelijk geamuseerd. 'Nee, engeltje, daar had ik geen tijd voor in Triëst!'

Angela was teleurgesteld. De liefde was een onderwerp dat haar – zoals gebruikelijk was op haar leeftijd – bijzonder bezighield, hoewel ze zelf nog geen gelegenheid gehad had om er kennis mee te maken. Wat opmerkelijk was, aangezien ze inmiddels was uitgegroeid tot een ware schoonheid. Ze leek bijzonder veel op haar moeder maar haar haar was lichter en krullend en haar karakter was, nu ze de stormachtige puberteit achter zich gelaten had – opgewekt en evenwichtig.

'En ik hoopte nog wel dat jij me kon vertellen hoe het is wanneer Amor je in je hart geraakt heeft!' zei ze.

Intussen was Sofia teruggekeerd. Vanaf de bovenste verdieping had ze heimelijk haar afspraak voor die avond met haar nieuwste minnaar, een advocaat van de kanselarij Mastrovelli, afgezegd. En pas nu haar nervositeit vanwege Stefano's onverwacht vroege terugkeer weer wat afgenomen was, viel ook haar het gewichtsverlies van haar zoon op en zag ze zijn mager en hoekig geworden gezicht.

Het zal de examenstress wel geweest zijn, dacht ze. Stefano had namelijk niet alleen zijn diploma voor scheepsbouwingenieur in ontvangst genomen, maar ook, zoals ze met verbazing vastgesteld had, zijn juridische staatsexamen gehaald.

Hij had nooit iets gezegd over een eventuele rechtenstudie,

niet tegen haar tenminste. Op de een of andere manier ben ik hem kwijtgeraakt, dacht Sofia ongerust, maar ze schoof verdere gedachten over hoe groot haar eigen aandeel hierin geweest was, snel opzij. 'Eet nu eerst eens iets,' sommeerde ze Stefano, want op dat moment verscheen de kokkin met een blad vol koude en warme gerechten.

Toen Stefano zich van haar afwendde om aan tafel te gaan zitten, zag Sofia dat zijn middel niet veel breder was dan dat van Angela. 'De meeste officieren zouden jaloers zijn op zo'n taille,' stelde ze licht geamuseerd vast.

Stefano draaide zich naar haar om en vroeg, met een vreemde klank in zijn stem: 'Hoe kom je daar nu bij, moeder?'

'Nou ja, omdat het grootste deel van de mannen die ik hier en daar in uniform zie veel te zwaarlijvig zijn voor zulke kledingstukken!' zei Sofia, terwijl ze Stefano een paar stukken gemarineerde groenten opschepte.

Maar tante Fina was wit weggetrokken toen ze de reactie van haar neef gezien had. Vanuit de plooien van haar rokken haalde ze een met kant versierd zakdoekje tevoorschijn, waarmee ze uitgebreid haar neus snoot, om haar schok te verbergen.

Die nacht echter, toen iedereen al sliep, strompelde Serafina Mazone met behulp van haar stok, waarvan ze de onderkant met vilt omwikkeld had, naar de tweede verdieping, waar ze aan de kamerdeur van haar achterneef klopte.

Zonder een woord te zeggen opende die de deur op een kier en spiedde naar buiten. Toen hij zag wie hem op dit late uur nog wilde spreken zuchtte hij, maar hij liet Serafina wel binnen.

De oude vrouw liet zich op de stoel achter het bureau zakken en kwam meteen ter zake: 'Waarom wil jij in militaire dienst, Stefano?' vroeg ze met haar innemende directheid.

De jongeman perste zijn lippen op elkaar en aarzelde. Hij wist dat hij zijn oudtante niets kon wijsmaken, maar een gelofte was een gelofte.

'Ik heb je opgevoed alsof je mijn eigen kind was,' zei Serafina nu met een scherpte, zoals Stefano die nog nooit bij haar gehoord had. 'Ik heb je getroost, wanneer je verdrietig was, maakte me zorgen, elke keer dat je ziek was en bid nog elke dag voor je. Wanneer je van plan bent dat leven, waarvoor ik zoveel moeite gedaan heb, weg te gooien, dan heb ik het recht om te weten waarom!'

Stefano woog alles tegen elkaar af en besloot toen om open kaart te spelen.

'Ik heb me aangesloten bij een groepering, die Emilio De Bono aanhangt, een held uit de vorige wereldoorlog. Deze mensen zijn er, net als de Duce, van overtuigd dat het onze opdracht is om het *Imperium Romanum* weer te laten herleven. Sinds december vorig jaar, sinds dat voorval van Wal-Wal, waarbij dertig Somalische Askaris in Italiaanse dienst omkwamen, is het duidelijk dat we Ethiopië nu eindelijk en definitief aan ons moeten onderwerpen!'

Stefano was steeds verhitter gaan praten. Serafina bekeek hem en schudde toen sprakeloos haar hoofd. 'Het heilige Romeinse Rijk,' wist ze toen uit te brengen. 'Wat een belachelijk idee! Het verleden is voorbij, lieve jongen, en het kan niet meer teruggehaald worden. Wanneer je dat denkt en wenst dan ben je niet goed bij je hoofd. En dat geldt zeker voor hem, die... plebejer Mussolini, die die mannen in Rome om zich heen verzameld heeft. Niet goed bij zijn hoofd. Hij lijdt aan grootheidswaanzin en waartoe dat kan leiden, hebben we gezien. Precies daaraan is dat *Imperium Romanum* destijds namelijk ten onder gegaan. Aan gekken, zoals die Mussolini! Die niet willen inzien dat oorlog nooit de oplossing kan zijn, ongeacht in welke tijd!'

Stefano schoot overeind. 'Tante Serafina,' riep hij nu op waarschuwende toon. Zijn donkere ogen schoten vuur en op zijn wangen waren brandend rode vlekken verschenen. 'U weet niet, waarover u het hebt!'

'O jawel, Stefano,' antwoordde de oude vrouw dreigend. 'Jij zou je eens iets meer om onze familiegeschiedenis moeten bekommeren. Je hebt hem nooit gekend, jouw overgrootvader Mazone, mijn grootvader. Hij was niet alleen een idealistische, maar ook een bijzonder lieve en veelzijdig begaafde man! Ik kan me hem nog heel goed herinneren!' Ze glimlachte even in gedachten verzonken, maar kon toen haar bittere ironie niet langer onderdrukken en ging verder: 'Hij was een betrokken strijder voor de belangen van zijn vaderland, net zo ijverig als jij blijkbaar denkt te worden. Hij vocht bij Assab en Massauna en sneuvelde kort voor de nederlaag bij Dogali, in 1887.'

'Hij deed wat hij moest doen,' zei Stefano met de naïeve arrogantie van een zesentwintigjarige.

'Misschien wel, maar hij liet een weduwe en drie minderjarige kinderen achter. En niet te vergeten de rederij, die de basis van zijn hele bestaan vormde. Vanwege zijn patriottisme zou dat allemaal ten onder gegaan zijn, wanneer zijn broer Benno toen niet besloten had om al zijn eigen plannen op te geven en in de bres te springen. Hij nam de zaken waar, net zolang totdat jouw opa Archangelo in staat was om het over te nemen!'

Stefano's gezicht bleef onbewogen. Hij toonde geen enkel begrip, stelde Serafina verbitterd vast. Ze hief haar wijsvinger en zei: 'Maar jij hebt geen broer, jij bent de erfgenaam, Stefano en het is jouw plicht om ervoor te zorgen dat de rederij blijft bestaan!'

'Dat ziet u verkeerd, tante Fina!' riep Stefano nu geestdriftig. 'Ik ben geen rijke koopman voor wie zijn handelsonderneming alles is! Ik zie in dat de expansies waarover de Duce spreekt, noodzakelijk zijn voor ons land!'

'Echt waar?'

'Ja, echt waar!' herhaalde de jongen haar woorden. 'Bespaar me uw ironie, tante Fina. Benito Mussolini is niet alleen iemand die goed nadenkt, hij is een visionair!'

'Aha. En jij bent bereid, je voor die visioenen in te zetten?'

'Absoluut. Met wapengeweld en desnoods met mijn leven!'

Serafina kon het nu werkelijk niet meer ironisch zien. Die verblinde eerzuchtige mannen waren geen leiders, maar verleiders, demagogisch begaafde demonen! Maar misschien was het nog mogelijk om de jongen tegen te houden, wanneer ze ervoor zorgde dat ze hem niet al te veel tegen zich in het harnas joeg. Ze deed haar best om zakelijk en rustig verder te spreken.

'Het klinkt allemaal heel heroïsch, Stefano, maar de dood is onomkeerbaar. En over het algemeen levert een heldendood niets op wanneer je de geschiedenisboeken erop naslaat. Sinds jouw overgrootvader gesneuveld is, zijn er al bijna vijftig jaar voorbijgegaan en het Noord-Afrikaanse conflict is nog altijd niet opgelost!'

'Dat bedoel ik dus, tante Fina!' wond Stefano zich verder op. 'Maar dit keer zullen we het wel oplossen, voor altijd. En het zal slechts het begin zijn, let maar op!'

Serafina zag in dat ze hier met woorden niets zou bereiken. Niet met haar woorden tenminste, en dat maakte haar woedend.

Ze stootte met haar stok op de vloer, zodat er, ondanks het vilten polster, een dof geklop te horen was en zei, nu zelf ook opgewonden: 'En wat gaan ons die landen in Noord-Afrika in vredesnaam trouwens aan? – kijk me niet zo aan, jongen, ik heb erover gelezen. Het zijn geen "wilden", die daar in Ethiopië wonen, ook al hebben ze nog zo'n donkere huidskleur. Het zijn mensen met een eigen, en ik mag wel zeggen, waardevolle cultuur. Ze hebben ons niet nodig en al zouden we ze veroveren: we zullen ze niet kunnen houden, want het zijn trotse mensen en ze zullen zich verzetten tegen slavernij en uitbuiting. Deze oorlog zal net zo aflopen als alle oorlogen ervoor, en het resultaat zal ook dit keer niets anders zijn dan puin, as en oneindig veel menselijk leed!'

'U praat als een oude vrouw, tante Fina!' snoof Stefano verachtelijk. 'Stop er alstublieft mee. U maakt alles kapot wat er tussen ons was!'

Serafina keek hem lang aan. Ze kende hem, ze kende hem goed genoeg.

'Ik zal voor je bidden,' zei ze uiteindelijk, waarna ze moeizaam overeind kwam.

Het was geen holle frase; het zou noodzakelijk zijn.

18

Algauw na Pauls terugkeer uit Rome was Giulio begonnen met plannen smeden. Gina's neef had het goede nieuws namelijk niet voor zichzelf gehouden, maar meteen verteld over de gewonnen wedstrijd, waarbij hij zelfs de hoogte van het prijzengeld vermeld had.

Ten noorden van de boerderij van de Pivato's lagen landerijen die bewerkt werden door Giulio's neef Luigi. De toekomst van dit land zag er echter somber uit want deze excentrieke zonderling, die inmiddels al eind zestig was, was nooit getrouwd en had dus ook geen nakomelingen die hem konden helpen

'Ik heb met Luigi gesproken,' vertelde Giulio zijn vrouw, terwijl ze door de bergen naar Menoza wandelden om daar de kleinveemarkt te bezoeken. 'Hij zou bereid zijn om zijn boerderij aan Paolo te verkopen!'

Gina bleek echter allesbehalve enthousiast over dit idee te zijn.

'Die oude, half vergane boerderij? Dat zou nog eens een slechte koop zijn!'

'Dat zie je helemaal verkeerd, Gina,' probeerde Giulio haar te overtuigen. 'Je hebt geen idee hoeveel land erbij hoort. Die ouwe laat het grootste deel braak liggen, wat natuurlijk jammer is, maar de grond is van uitstekende kwaliteit!'

'Dat kan wel zijn, maar Paolo is geen boer!'

'Dat niet, maar hij leert makkelijk en snel. En handig is hij ook, zoals ik gezien heb toen we samen zijn huisje opknapten. Ik zou hem twee, drie winters lang bij het verbouwen van de boerderij kunnen helpen en hij kan me terugbetalen door de jongens les te blijven geven!'

Giulio kon zien dat Gina er over na begon te denken.

Snel ging hij verder: 'We zouden er allemaal baat bij hebben: Paolo zou een bestaan op eigen grond kunnen opbouwen, Luigi zou iemand hebben die hem op zijn oude dag kan verzorgen, aangezien Paolo op een gegeven moment wel zal trouwen. En wij zouden buren hebben op wie we kunnen rekenen. Je weet zelf, Gina, hoe belangrijk goede buren zijn, zeker in afgelegen gebieden zoals hier, waar iedereen op elkaar aangewezen is!'

'Dat klopt,' gaf Gina toe en ze herinnerde zich hoe vervelend het geweest was toen de oude man afgelopen jaar zijn been verstuikt had en afhankelijk geweest was van haar keuken en Giulio's hulp. Ze hadden niet geklaagd, want allebei waren ze nooit de vanzelfsprekende hulpvaardigheid vergeten die Luigi getoond had toen Giulio tijdens Gina's zwangerschap wekenlang door een zware longontsteking aan zijn bed gekluisterd geweest was. Maar inmiddels was Luigi oud en zou hij steeds meer hulp nodig hebben.

'We moeten Paolo alleen zover zien te krijgen, dat hij gaat trouwen, de rest komt dan vanzelf wel,' zei Giulio listig en hij grijnsde, want dit leek hem nog het makkelijkste onderdeel van zijn plannetje.

'Pas maar op,' zei Gina bits, want ze wist natuurlijk best waarop hij zinspeelde. En nu snapte ze ook waarom ze hem vandaag zo nodig had moeten begeleiden.

Maar soms ging verstand boven moraal. En verstandig was een ontwikkeling zoals Giulio die nu voor zich zag zeer zeker.

Precies op die dag, Gina en Giulio waren de kapel van de heilige Zeno nog niet voorbij, werd er een tweede brief voor Paolo Pasqualini bezorgd met het Italiaanse staatswapen erop.

Verbaasd en ook een beetje ongemakkelijk bekeek Paul de envelop van alle kanten en hij werd nerveus. Was zijn bedrog met betrekking tot zijn geboorteplaats nu toch uitgekomen?

Hij negeerde de nieuwsgierige blikken van het oudere dienstmeisje Laura, dat net de binnenplaats aan het vegen was toen de postbode langsgekomen was, en stak de brief in de zak van zijn werkbroek. Met haastige passen liep hij naar zijn huisje om ongezien zijn brief te kunnen openen.

Snel las hij de paar zinnen, en daarna de bijgevoegde kopie van een brief die aan de rector van de universiteit van Napels gericht was.

Paul las de tekst een tweede en ook nog een derde keer, maar er was geen twijfel mogelijk. De grap van de dictator was blijkbaar toch geen grap geweest, net zomin als deze brief een verzoek was. Het ging hier om een 'oproepbevel', alsof hijzelf een soldaat, en de rector in Napels zijn toekomstige commandant was.

Zonder dat hij zich ervan bewust was, schudde Paul de hele tijd zijn hoofd. Toen ging hij in de versleten oorfauteuil bij het raam zitten en staarde naar buiten, naar de wijnranken, waaraan al de kleine, leerachtige druiven hingen, die hier in de omgeving groeiden.

Over een paar weken, wanneer ze geoogst zouden worden, zou hij hier al niet meer zijn. Want nu besefte hij ook wat Mussolini bedoeld had met zijn opmerking dat hij een man was die zijn wedresultaten in de gaten houdt. Hij zou alleen onder deze situatie uit kunnen komen door opnieuw op de vlucht te slaan, waarmee hij zich zonder twijfel de woede van de Duce op de nek zou halen. Een man die zichzelf als de nieuwe opperbevelhebber zag. Die bevriend was met de politieke leider van zijn thuisland, waaraan hij zich maar al te graag nog verder wilde binden.

Paul zat lang en onbeweeglijk in zijn stoel naar buiten te kijken. Toen hij een licht kloppen op de deur hoorde, schoot hij geschrokken omhoog.

Het was Cecilia die hem een mand met brood, ham, olijven en een karaf wijn bracht.

Blijkbaar verwachtte ze dat hij haar zou uitnodigen om met hem mee te eten. En ook was duidelijk dat ze niet afkerig zou zijn van eventuele verdere, gemeenschappelijke pleziertjes. Het werk van die ochtend was tenslotte gedaan en het was inmiddels te heet om het land op te gaan. Bovendien was de boer naar de markt in Menoza en had hij bij uitzondering de boerin een keer meegenomen.

Paul glimlachte. Een dag eerder zou hij onmiddellijk misbruik gemaakt hebben van deze situatie en zelfs de mogelijke gevolgen geaccepteerd hebben. Cecilia was tenslotte een mooi en vrolijk meisje. Hij voelde haar levenslust en warmte wanneer ze bij hem in de buurt was en hij had maar wat graag die dingen met haar gedaan die hij al zo lang had moeten missen.

De afgelopen weken had hij er meer dan eens over nagedacht om samen met haar en met behulp van zijn Romeinse kapitaal een bestaan op te bouwen; in Menoza bijvoorbeeld. Maar nu werkte hij Cecilia resoluut weer naar buiten, zonder erbij stil te staan of hij haar hiermee misschien beledigde.

Het was niet raadzaam voor een vrouw om zich in te laten met een man die op het punt stond zijn reisschoenen af te stoffen.

19

'*N*ee, neeee!' schreeuwde Sofia hartstochtelijk, toen Stefano in zijn nieuwe officiersuniform de trap af kwam. Een dag eerder had hij familie en vrienden verteld dat hij van plan was deel te nemen aan de nieuwe Ethiopische veldtocht van het Italiaanse leger.

'Ik verbied het je, Stefano!'

Stefano kon een lichte glimlach niet onderdrukken, zo typisch was dit gedrag van zijn moeder. Hoe ouder ze werd, hoe egocentrischer ze hem leek. En toen ze hem met haar vlammende ogen aankeek, wist hij dan ook precies wat er ging komen.

Inderdaad greep Sofia naar een vaas die als pronkstuk op een tafel van glimmend gepoetst olijfhout stond. Met een theatraal gebaar tilde ze het zware stuk op en smeet het met alle kracht die ze kon verzamelen op de marmeren vloer, waar het in duizend stukjes uiteen spatte.

Serafina Mazonc, die dit wel verwacht had, maar het betreurde dat het uitgerekend het duurste stuk in huis betrof, was het in principe voor één keer eens met de reactie van haar nichtje.

Stefano begon met zijn keurig gepoetste laarzen de scherven bij elkaar te schuiven. Met de koele nuchterheid die hij – sinds hij volwassen was – tijdens elk gesprek met zijn moeder in acht nam, zei hij: 'Jammer van die mooie vaas, maar jouw… dure… protest verandert echt niets aan mijn besluit, mama!'

Sofia liet haar armen zakken en keek hem hulpeloos aan. 'Waarom houd je niet van mij, Stefano?' vroeg ze met het jammerende stemmetje van een teleurgesteld kind.

Stefano glimlachte – en dit keer probeerde hij het niet te verbergen. Wat begreep deze vrouw nu van liefde? vroeg hij zich af. Tussen zijn vader en haar had die niet bestaan; wat dat betreft was zijn grootmoeder Orlandi altijd heel duidelijk geweest. En wat hemzelf en zijn zusje betrof... nou ja...

Stefano herinnerde zich Sofia's toewijding tijdens zijn jonge jaren. Die had doen denken aan het gedrag van een geesteszieke patiënt, waarover een studievriend van de medische faculteit hem eens verteld had. Wekenlang had zijn moeder hem destijds met aandacht en tederheden overladen om zich vervolgens, van het ene moment op het andere, weer van hem af te keren en hem weken, soms zelfs maanden te negeren. Net zo lang tot de fase van zwaarmoedigheid waarin ze zich voornamelijk in haar kamers teruggetrokken had, weer afgelost werd door een volgende periode van overdreven aandacht. En zo was het doorgegaan, jaar na jaar, totdat die geheimzinnige reis naar Duitsland haar opnieuw helemaal veranderd had. 'Natuurlijk houd ik van je, mama. Mijn gevoelens voor jou en mijn beslissing om me voor ons land in te zetten hebben helemaal niets met elkaar te maken!'

Sofia keek hem met aarzelende hoop aan, meteen weer bereid om zich te laten afleiden. Bovendien zag ze opeens hoe goed zo'n uniform Stefano eigenlijk stond. Hij zou het goed doen op alle feesten, daar was ze zeker van.

Het dienstmeisje dat intussen verschenen was, veegde de restanten van de vaas bij elkaar en vanuit de hal hoorden ze de lichte, dansende voetstappen van Angela, die terugkwam van haar pianoles.

'Stefo,' riep ze blij, en ze kuste haar broer op zijn glad geschoren wangen. 'Wat heerlijk dat ik je nog even zie voordat je naar je schip vertrekt!'

'Daar ben ik ook blij om!' Hartelijk sloeg Stefano zijn armen om haar heen. Angela was het enige familielid dat hem niet met beschuldigingen, eisen en ultimatums overlaadde, sinds hij hen van zijn besluit op de hoogte gesteld had. Waarschijnlijk omdat ze zich niets kon voorstellen bij een veldtocht, bedacht Stefano, en omdat noch zijn moeder, noch zijn oudtante het over hun hart konden verkrijgen om haar de ernst van de situatie uit te leggen. Hoe dan ook was het een opluchting om in elk geval één gezicht te zien waarop geen zorgen, angst en onbegrip te lezen waren.

'Passen jullie goed op haar,' vroeg Stefano met gespeelde nonchalance aan de twee andere vrouwen. 'Ze is zo mooi geworden dat we ons echt zorgen moeten gaan maken!'

'Zo is het,' zei tante Fina. Haar machteloosheid had haar alle gevoel voor humor ontnomen. En dus deed ze er nog een schepje bovenop door op zure toon tegen die geliefde jongeman, die samen met zijn zusje haar leven weer zin gegeven had, te zeggen: 'Je had beter hier kunnen blijven om haar tegen vrijpostige vereerders te beschermen in plaats van te proberen arme negers te onderdrukken!'

Stefano wist niet of hij opnieuw kwaad moest worden of dat hij medelijden met zijn tante moest hebben. Haar liefde voor hem was duidelijk groter dan het patriottisme dat je – zeker van een Mazone – toch wel zou mogen verwachten. Hij hield zich in, negeerde haar opmerking en legde zijn arm om de schouders van de oude vrouw.

'Laten we gewoon net doen alsof ik weer terug naar Triëst ga,' zei hij met de schalkse, jongensachtige charme waarmee hij in het verleden altijd zoveel succes gehad had.

Op weg naar het terras plunderde hij een bos camelia's. Hij stak een van de volle, geurende witte bloemen in het gewaagde decolleté van zijn moeder, één in het knoopsgat van tante Fina's lichte chintzjasje en een derde in de riem van zijn zusje, die ze om haar smalle taille droeg. Toen nam hij de zilveren bokaal van de bediende over, waarin een fles goede wijn uit Asti stond, en schonk elk van de dames een glas in.

'Op de toekomst,' zei hij, terwijl hij zijn eigen glas hief.

Sofia opende haar mond, maar Fina vermoedde al wat ze wilde zeggen. Met haar linkerarm pakte ze haar nichtje beet, met haar rechter hief ze ook het glas en antwoordde, zonder daarbij haar tedere gevoelens te verbergen: 'Op het leven, mijn jongen. Dat het voor jou maar lang, goed en vriendelijk mag zijn!'

'Salute,' mompelde Sofia, terwijl ze zich losmaakte uit de

greep van haar tante. Opnieuw opende ze haar mond, maar dit keer was het Angela, die sneller was.

'Ik ben zo verschrikkelijk trots op je, Stefo,' riep ze. Ze gaf een positieve wending aan de stemming door haar glas neer te zetten nadat ze er amper een slok uit gedronken had, en haar broer door de wijd geopende deuren mee naar het terras te nemen om daar met hem een tango te dansen, die ze luid voorzong.

Stefano lachte en draaide haar een paar keer in de rondte, waarna ze allebei vanwege een losse tegel op het terras in de dichte takken van de laurierstruik terechtkwamen.

Sofia, bij wie het kraken van de takken herinneringen aan lang geleden opriep, lachte in zichzelf.

Maar tante Fina, die vermoedde dat dit precies de plek was die destijds de aanzet tot Sofia's waanzinsdaad was geweest, vertrok haar mond tot een grimmige streep. Ze had er al lang niet meer aan hoeven denken maar nu, uitgerekend vandaag, dacht ze weer aan de brief van die man, die Stefano's vader was, en zag ze het handschrift op de envelop weer net zo duidelijk voor zich als de gedekte tafel op de achtergrond. Een kind, dat leed geen twijfel, zelfs niet bij een moeder als Sofia, vormde een sterkere verbinding met het verleden dan slechts de herinnering aan het verboden samenzijn, zoals die van haarzelf aan de inmiddels overleden kardinaal. Hoe moest Sofia zich dus wel niet voelen? Waren haar oppervlakkigheid, haar excentriciteit en stemmingswisselingen misschien niet meer dan een afweermechanisme; haar wisselende gedrag naar Stefano toe niets anders dan een manier om te overleven?

Serafina bekeek het gezicht van haar nichtje, dat in het blauwige schijnsel van de volle maan bijzonder hard leek. Ze zag hoe Sofia haar ogen niet van Stefano af kon houden en voor het eerst meende ze in die ogen een uitdrukking van pure haat te zien.

Geschrokken leegde de oude vrouw in één teug de rest van haar glas.

Een kleine, eenzame wolk schoof voor de ronde maan, verzachtte het licht en veranderde de tuin op een wonderlijke manier: alles zag er nu uit als op een Japanse aquarel. De omtrekken van Sofia's gezicht vervaagden in het zilveren licht en haar ogen toonden niet meer dan een tevreden glinstering bij het zien van haar twee knappe kinderen, die nu geanimeerd met elkaar in gesprek waren.

Serafina ontspande zich weer en schold zichzelf uit voor domme gans.

De bediende schonk haar nog een keer in, terwijl het dienstmeisje de grijze Odilia Orlandi op het terras begeleidde, die maar al te graag het eervolle vertrek van haar kleinzoon naar het Noord-Afrikaanse front wilde meevieren.

'*Maar* ik wil het, moeder, en zelfs u kunt me daar niet van afhouden!' riep Else Pasqualini koppig en ze wierp haar moeder een vernietigende blik toe.

'Dat zullen we nog wel eens zien,' antwoordde Anna, terwijl ze onder tafel haar rechterhand krampachtig balde om haar eigengereide dochter toch vooral maar geen oorvijg te geven.

'Iedereen is lid, alle jongelui uit het dorp,' beweerde Else opgewonden. 'Zelfs oom Eugen heeft er niets op tegen!'

'Dat is dan zijn probleem. Maar ik zeg nee!'

'En waarom? Kunt u me dat dan eens uitleggen?' riep Else woedend en ze duwde het bord met brood van zich af. Ze wilde haar moeder ervan overtuigen hoe achterlijk het was om niet met de tijd mee te gaan. Nergens anders kreeg een jong meisje tegenwoordig zoveel mogelijkheden als bij de BDM, de Bund Deutscher Mädel, de tegenhanger van de HJ, de Hitlerjugend, waarin de jongemannen georganiseerd waren.

Dat ze stiekem al meer dan een jaar naar de groepsbijeenkomsten ging, had ze haar moeder nog niet verteld. Erg moeilijk was het niet geweest, ze had gewoon elke keer gezegd dat ze naar een vriendin ging. Of naar de bioscoop in de stad. Of naar een extra repetitie van het kerkkoor of een reünie van haar voormalige klasgenoten.

Haar moeder voorliegen was dus makkelijk geweest: ze was niet wantrouwend of snel bezorgd. En dat Else uitgerekend vandaag toch de discussie aangegaan was, had een bijzondere reden: ze was namelijk voorgedragen om de groep meisjes in Wisslingen te gaan leiden. Moritz Gruber, de plaatselijke groepsleider zelf, had haar dit eervolle voorstel gedaan. En natuurlijk had ze ja gezegd.

Pas later had ze aan Anna moeten denken, en aan haar afkeer van de Führer en zijn partij. Maar Else zag geen kans om haar 'promotie' binnen de organisatie net zo voor haar moeder verborgen te houden als haar lidmaatschap. De nieuwe functie ging gepaard met allerlei cursussen die, zoals Moritz Gruber verteld had, tijdens de weekenden zouden plaatsvinden.

'Soms in de buurt, maar vaak ook in Kirchheim, Geislingen, Ulm of Schwabisch Gmünd. Misschien zelfs wel in Stuttgart,' had de groepsleider haar in het vooruitzicht gesteld. ''s Zomers wordt er in tentenkampen overnacht en 's winters in jeugdherbergen of barakken. Het is een hele belevenis en je zult er veel vrienden maken, Else. En veel leren. Bovendien kun je je kwalificeren. Wanneer je er positief uitspringt en te zijner tijd opklimt tot leidster van een groep meisjes of kring van meisjes, waarin vier groepen van meer dan vijfhonderd meisjes bij elkaar zitten, wanneer je promotie kunt maken binnen het district of zelfs binnen het districtsverband, dan is dat niet niks! Dan kom je weg uit dit benauwde dorp en maak je kans om mensen vanuit heel Duitsland te ontmoeten. En wij hier zullen trots op je zijn wanneer jij, als één van ons, daar helemaal voor aan het jeugdfront van onze Führer meedoet. Denk alleen al aan de Olympische Spelen volgend jaar. Ik verzeker je dat je daar als leidster bij kunt zijn, zelfs wanneer je tegen die tijd nog niet hoger geklommen bent dan leidster van de meisjesgroep van Wisslingen!'

En zoiets wilde haar moeder verpesten. Puur uit wraak. Want het ging hier toch helemaal niet om de ideeën van de Führer en zijn partij, die Duitsland eindelijk verlosten van alle ellende en van het juk van de Fransozen. Nee, het ging haar alleen maar om haar eigen kleine, zielige dorpsvete. Ze bezat niet de grootsheid om verder te kunnen kijken dan het kleine Wisslingen.

Else besloot de koe bij de hoorns te vatten. 'U hebt gewoon een hekel aan Gruber,' zei ze beschuldigend. 'Omdat die u vroeger zogenaamd een keer benadeeld heeft – hoewel niemand daar het fijne van weet. Misschien was het allemaal wel

heel anders dan u denkt, moeder. U was destijds tenslotte…
ziek!'

'Gek' had ze eigenlijk willen zeggen, maar ze had zich nog
net op tijd weten in te houden. Maar Anna hoorde de toon en
begreep heel goed wat ze bedoelde.

'Wat weet jij daar nu van,' bromde ze, terwijl ze probeerde
de woede die ze langzaam op voelde komen, te onderdrukken.
Dat verblinde kind hier was niet alleen haar dochter, ze vormde ook de helft van haar bedrijf, sinds ze haar vakexamen gehaald had. Bovendien had Anna een hekel aan huiselijke ruzies.
'Ik zou gewoon liever hebben dat je je weer bij de evangelische
jeugdvereniging aansloot,' zei ze dus, in de hoop dat Else tot inkeer zou komen.

'Onder welke steen hebt u eigenlijk gezeten de laatste tijd,
moeder?' vroeg Else nu spottend. Haar betweterige toon maakte
Anna zo woedend dat ze bijna haar goede voornemens vergat.
'De evangelische jeugdvereniging is opgeheven. En wel in het
hele rijk!'

Dat had Elses moeder daadwerkelijk niet meegekregen. In
de *Ostalbboten* had er niets over gestaan, niet op die manier, tenminste.

'Aha,' zei Anna na een korte, bedrukte pauze. 'En onze lieve
Heer, hebben ze die ook maar meteen "opgeheven"?'

'Dat hoeven ze niet. Die bestaat namelijk helemaal niet! Dat
zijn allemaal sprookjes van de kerk, waarmee ze de brave burgers in het gareel willen houden,' verklaarde Else minachtend,
waarmee het geduld van haar moeder nu echt ten einde was.

Haar verkrampte rechterhand kwam als vanzelf onder de
tafel vandaan en landde op de magere wang van haar dochter.
'Nu is het genoeg!' snauwde ze kwaad. 'En ruim nu eindelijk
die tafel af. Konstanze kan elk moment komen. Ik heb beloofd
dat ik een winterjas voor haar zou naaien!'

Else stond op. Haar wang gloeide rood op in het verder zo
bleke gezicht. 'Waag dat niet nog een keer, moeder,' zei ze met
doordringende en woedende stem. 'Anders hoeft u niet langer
op mijn solidariteit te rekenen!'

Anna was met stomheid geslagen. 'Op jouw… wat?'

Else glimlachte, maar het was geen prettige glimlach.

'Gruber heeft mij een vragenformulier gegeven, nadat ik de functie van leidster van de meisjesgroep aanvaard had. Er staan ook een paar vragen op met betrekking tot "familieachtergrond". Misschien moet ik die vragen maar eens eerlijk gaan beantwoorden, moeder, wanneer u het mij verder zo moeilijk blijft maken!'

'Eerlijkheid is een deugd,' zei Anna sarcastisch. 'Of is die ook al... opgeheven?'

'Ik raad u aan, moeder, om hier geen grapjes over te maken!'

'Waarom niet? Wij zijn zo arisch als het maar kan: tweehonderdvijftig aantoonbare jaren niets anders dan Zwaben in onze familie, met uitzondering dan van je vader, die Italiaan was, en ook geen jood!'

'Dat weet ik ook wel,' antwoordde Else, boosaardig glimlachend. 'Maar ik zou ook kunnen schrijven dat u Peter afgeraden hebt om lid van de partij te worden, of dat u oom Eugen uitlacht omdat hij vindt dat het er in dit land beter op geworden is sinds de Führer aan de macht is. En dat u na het bezoekje van die lerares, die u lid wilde maken van de vrouwenbond, zei dat u honderd keer liever de Jodin Daisy Cohn hebt dan die lerares met haar schijnheilige naziwijven.'

Uit voorzorg deed Else na haar woorden een stapje achteruit, aangezien ze niet nog een keer kennis wilde maken met de hand van haar moeder. Maar Anna maakte leek haar niet nog een keer te willen slaan. Ze keek langs haar dochter heen door het raam boven haar naaimachine naar buiten. Ze zaten in de werkkamer, de enige plek in huis van waaruit je de daken van de Hittelmayer-huizen kon zien.

Else bekeek haar moeder die achter haar tafel zat, waarop nog altijd een half gevuld koffiekopje en het bord met broodkruimels stonden. Niets zeggen was niet een van Anna's sterkste eigenschappen en zo'n langdurig zwijgen had Else dan ook nog nooit meegemaakt. Ze kreeg er een beetje ongemakkelijk gevoel van, hoewel ze er vast van overtuigd was dat ze gelijk had. Het werd tijd dat moeder haar politieke misvattingen eens bijstelde voordat ze zichzelf of haar kinderen ermee in gevaar zou brengen. Ze kreeg bijna medelijden met de oudere vrouw.

Maar toch: zelfs Anna kon het zich niet veroorloven om zo star vast te blijven houden aan haar afkeuring van de partij; zelfs in de *Ostalbboten* werd dagelijks over alle geweldige ontwikkelingen bericht. Else wilde hier net op wijzen toen haar moeder plotseling opstond en de kamer verliet.

Maakt mij wat uit. Ik doe gewoon wat ik denk dat goed is, dacht Else koppig en ze haalde het aanmeldingsformulier uit haar tas om zich voor de eerste bijscholingscursus in de stad aan te melden, die het komende weekend al plaats zou vinden.

Toen Else die zondagavond naar huis kwam, gelukkig door al die uren saamhorigheid, nog helemaal betoverd door het nachtelijke kampvuur en verfrist door de lange wandeling door het bos tot aan de top van de Staufen, ontdekte ze dat de indeling van het huis veranderd was. In de brede gang versperde een provisorische barrière van houten planken haar de toegang tot de kamers op de begane grond.

Aan de muur naast de trap was met punaises een kartonnen bordje opgehangen. ELSE PASQUALINI had Anna er met zwarte verf op geschreven. Een pijl wees naar boven.

Verward liep het meisje de trap op. De deur rechts van de trap was afgesloten. Daarachter lagen de voormalige echtelijke slaapkamer waarin Anna nog altijd sliep, en de vroegere herenkamer van haar vader. Aan de linkerkant lag de ruime, voormalige jongenskamer die sinds het vertrek van de tweeling gebruikt werd als opberg- en voorraadkamer, en Elses eigen slaapkamer die onveranderd was.

Maar toen ze de deur naar de jongenskamer opende, zag ze daar haar naaimachine die tot dan toe in de gemeenschappelijke werkkamer beneden gestaan had. Ook de nieuwere van de twee coupeusetafels had haar moeder naar boven verhuisd, evenals een kast, die ze waarschijnlijk ergens opgedoken had. In de kamer ernaast, die eerder als logeerkamer gediend had, stonden nu een keukentafel en twee stoelen die nog van grootvader Sailer waren geweest, evenals een tweepits kookplaat, een afdankertje van Konstanze die jaren geleden een elektrisch fornuis aangeschaft had. Naast de wastafel stond een theewagentje geparkeerd, dat haar vader destijds nog gekocht had, zoals Else zich nu herinnerde. Erop stonden wat pannen, keukenapparatuur, serviesgoed, glazen en bestek.

De boodschap van de houten barrière en de inrichting waren duidelijk: Anna had haar dochter eruit geschopt, ook al stond ze haar nog wel toe in het ouderlijk huis te blijven wonen en werken.

Verbluft en enigszins radeloos ging Else op een van de keukenstoelen van haar opa zitten. Heel even had ze spijt. Ze begon zich te schamen en wilde al toegeven dat zij het geweest was die voor deze situatie gezorgd had. Maar toen schoof ze die gedachten aan de kant. Het waren emoties, meer niet.

Moritz Gruber had gelijk gehad met zijn verhaal dat hij haar en de andere meisjes bij het kampvuur verteld had. Veel mensen waren gewoon niet in staat om de nieuwe tijd met alle enorme kansen te begrijpen.

Dat was jammer maar met de nodige druk zouden ze dat wel kunnen veranderen, had de groepsleider verteld. En ook dat dat soms moeilijk zou kunnen zijn. Waar voor de nieuwe generatie vroeger de biologische familie het thuis was geweest, was dat nu enkel en alleen nog de partij.

21

*D*e laatste dagen van september waren, zoals meestal in Napels, gedompeld in mat goud. De in kracht afnemende zon, die nu alleen nog warmte in plaats van verzengende hitte verspreidde, stond laag en verleende het landschap een patina dat deed denken aan oude, Vlaamse meesterwerken.

Stefano Orlandi had niet gewild dat zijn familie hem naar zijn schip zou begeleiden. Hij had een hekel aan emotionele scènes en wist zeker dat geen van de drie vrouwen die voor begeleiding in aanmerking kwamen, in staat was om zich te beheersen op het moment dat er echt afscheid genomen moest worden, zelfs Angela niet.

Van zijn oma Orlandi had Stefano al eerder afscheid genomen. De oude vrouw zou sowieso niet in staat geweest zijn om mee naar de haven te komen. Haar nierziekte had haar gedwongen in bed te blijven. Toen Stefano haar ter afscheid kuste, beseften ze allebei dat dit de laatste keer geweest was dat ze elkaar gezien hadden.

'Neem mij, God, ik ben een oude vrouw en mijn leven zit erop,' had Odilia gesmeekt. 'Maar laat hem gezond weer terugkomen, dat bent U mij schuldig, God, nadat U mijn Sandro veel te vroeg tot U geroepen hebt!'

Uiteraard vertelde ze de jongen niets over deze gebeden, hij was zo trots en vol ondernemingslust. In plaats daarvan wenste ze hem veel succes, want dat was tenslotte wat hij wilde horen. Zij zou de afloop in elk geval niet meer mee hoeven maken, iets waarover ze enorm opgelucht was. Ze was de enigszins jaloerse blik van Serafina Mazone nog niet vergeten, toen die aan haar ziekbed verschenen was.

Zo werkt het nu eenmaal, dacht Odilia en ze moest moeite doen om niet te giechelen. Nooit had ze gedacht dat ze op een dag haar eigen dood nog voor de beste optie zou houden en Serafina leek de zelfde mening toegedaan te zijn. Helaas had de goede vrouw wat dat betreft pech: afgezien van het feit dat ze moeilijk liep, beschikte deze laatste Mazone nog over een prima gezondheid. Wanneer Stefano iets zou overkomen, dan zou Serafina daar noodgedwongen onder moeten lijden.

Hoewel hij niet de indruk maakte, was Stefano Orlandi opgewonden en geëmotioneerd toen hij die ochtend zijn ouderlijk huis verliet. De dramatiek van het afscheid lag achter hem. Sofia was, zoals hij al verwacht had, na zich nog een laatste keer verbaal verzet te hebben, in een soort pseudo-onmacht gevallen die, bij gebrek aan gepaste aandacht van de anderen al snel weer voorbij geweest was. Tante Fina had zwijgend en stijf als haar wandelstok in zijn armen gelegen toen hij haar voorhoofd en wangen gekust had, en de restanten van Angela's hete tranen kleefden nog vochtig op zijn gezicht.

Het was onmogelijk om deze overvloed aan radeloosheid te ondergaan, zonder er zelf door geraakt te worden. Hij mocht dan een patriot zijn, misschien zelfs wat opgehitst door De Bono, zoals zijn moeder beweerd had, maar hij was zesentwintig jaar oud en daarmee toch nog wat jong om te sterven. Want uiteraard besefte hij heel goed dat een dergelijke afloop van deze onderneming niet uit te sluiten was.

Op weg naar de haven liet Stefano de chauffeur bij de begraafplaats stoppen. 'Ik wil graag nog even een bezoek aan het graf van mijn vader brengen!' verklaarde hij.

'Dat is een goed idee, signor Orlandi,' vond de chauffeur. 'De doden van de familie zijn de beschermengelen van de levenden!'

Stefano dacht hier anders over maar hij zei niets. Hij kon zelf niet precies verklaren waarom hij opeens zo nodig bij de begraafplaats had willen stoppen. Hij liep de poort naast het kleine kerkje door en vervolgens langs de enorme coniferen naar het grafmonument van de familie Orlandi. Tot zijn grote verbazing bleek het er nogal onverzorgd bij te liggen wat, gezien de vele bezoekjes van zijn moeder aan de begraafplaats, nogal verwonderlijk was.

Hij bleef even staan bij het monument, waaronder zijn vader begraven lag. Het bestond uit twee vreemd in elkaar verstrengelde jongelingen, gebaseerd op afbeeldingen uit de Griekse oudheid. Stefano, die het beeld nog nooit eerder gezien had sinds het geïnstalleerd was, vond de smaak van zijn moeder die deze keuze gemaakt had een beetje vreemd.

Maar daar ging het vandaag niet om. Hij wendde zich van het graf af en liep terug naar de straat.

Bij de kleine kerk opende hij na een korte aarzeling de zware toegangsdeur. Binnen bleef hij even staan, maakte een buiging voor het kruisbeeld en keerde toen terug naar buiten. Nog voordat hij de wagen bereikt had, zag hij hoe een mollige vrouw zich naar hem toe haastte.

'Herkent u mij nog, signor Orlandi?' riep ze. Stefano keek haar verbaasd aan en wilde al ontkennen, toen hij zich opeens een bepaalde geur en smaak herinnerde. Het had iets te maken met anijs, met anijs en vanille en…

Nu wist hij het weer.

'U bent de mevrouw van de eieren,' zei hij glimlachend. 'U gaf mij soms koekjes, erg lekkere koekjes, toen ik nog op de Latijnse school zat!'

De vrouw begon te stralen. 'Ik zag u vanuit mijn huis,' zei ze. Stefano wilde wat zeggen, maar de oude vrouw babbelde al verder: 'U bent hier lang niet meer geweest!'

'Ik was in Rome en in Triëst. Daar heb ik gestudeerd!'

'Ja, ik weet het. Ik spreek af en toe nog met Pedro, uw oude paardenknecht! Hij vertelde me dat u hard werkte en geweldige cijfers haalde!'

'Nou ja,' zei Stefano. 'Echt geweldig waren ze niet, maar ze waren in elk geval voldoende!'

'Daar ben ik blij om,' zei de oude vrouw ernstig. 'En wat doet u nu? Ik zie dat u een uniform draagt, bent u bij het leger?'

'Ja. Ik doe mee aan de Ethiopische veldtocht. Over een kleine twee uur vaart mijn schip uit. Neemt u me dus niet kwalijk, maar ik heb een beetje haast!'

De oude vrouw staarde hem verbijsterd aan. 'Naar Ethiopië?' stamelde ze. 'Maar dat is gevaarlijk! U moet hier blijven, mijn lieve jongen!'

Stefano was bijna in lachen uitgebarsten wanneer er niet twee tranen over de volle wangen van de vrouw gerold waren. Dat moest er nu nog bijkomen! Na dat hele theater thuis, de scènes, het flauwvallen, de steeds weer geuite bezorgdheid en vrees voor een wereldondergang, nu ook nog een oude eiervrouw, die hem 'mijn lieve jongen' noemde en ook al in tranen uitbarstte!

Stefano dwong zichzelf tot een nietszeggend glimlachje en wilde al in de auto stappen.

'Wacht, wacht nog heel even, signor Stefano,' riep de oude vrouw, terwijl ze gehaast in haar rokken begon te woelen. Uiteindelijk haalde ze een klein doosje tevoorschijn, dat ze hem in de hand drukte voordat de auto wegreed.

Pas toen ze de straat richting de haven in waren gereden bekeek Stefano het geschenk dat hij naast zich op de leren bank gelegd had.

Het was een klein, zilveren doosje. Op het deksel was een kleurrijke, geëmailleerde afbeelding van de heilige Moeder Maria te zien.

Stefano klapte het doosje open. Er bleek een rozenkrans van parelmoer in te zitten, die duidelijk al heel vaak gebruikt was. Hij wilde het kleinood alweer sluiten, toen hij merkte dat er naast de afbeelding van Maria een heel klein knopje zat. Hij drukte erop en zag in de opening van het zilveren dekseltje, dat nu opeens een medaillon bleek te zijn, een foto van zichzelf. Een beetje verbleekt, maar duidelijk met zijn trekken. Hij was ten tijde van de opname, die hij zich overigens niet kon herinneren, misschien een jaar of twaalf geweest.

Stefano friemelde net zolang totdat hij de foto uit het dekseltje geschoven had. Daarna bekeek hij hem niet-begrijpend opnieuw, totdat hij op het idee kwam om de foto om te draaien. Eerst zag hij het stempel van een hem onbekende fotograaf uit Napels, daarna las hij het verbleekte, kinderlijke handschrift: *Voor mijn lieve mama, van mijn eerst verdiende loon. Stefano Pasqualini, september 1896.*

22

Later diezelfde dag kwam Paul Pasqualini aan bij het gebouw van de universiteit van Napels, aan de Corso Umberto I.

Het was een langgerekt gebouw van drie verdiepingen in neoclassicistische stijl. Kleine platanen scheidden de smalle voortuin van het trottoir en de straat, enkel onderbroken door de met zuilen versierde trap naar de hoofdingang. Opnieuw overlegde Paul of hij werkelijk een rol wilde in deze, door de dictator geïnitieerde klucht, en opnieuw kwam hij tot de conclusie dat hij geen keus had. Geen betere keus tenminste.

In Pesciotta had het hele huzarenstukje hem nog wel mogelijk geleken, maar nu hij dit imposante gebouw betrad, benam zijn eigen stoutmoedigheid hem bijna de adem.

Waarschijnlijk zou hij er alsnog in paniek vandoor gegaan zijn, wanneer niet de conciërge in zijn portiershokje hem juist op dit moment opgemerkt had. Hij kwam naar buiten en liep naar hem toe. 'Kan ik u helpen, signor?' vroeg hij beleefd.

Paul knikte en overhandigde de twee brieven van de Duce, die de man met een snelle blik bekeek.

'Moment,' zei hij toen en hij sprak even met een tweede man achter het glas. 'Volgt u mij, alstublieft!'

Ze liepen door een lange gang. Voor een van de laatste deuren bleef de conciërge staan en klopte.

'Si?!' klonk een sonore stem. De conciërge opende de deur zodat Paul naar binnen kon. Hijzelf bleef buiten staan en sloot de deur weer.

De man achter het bureau was misschien eind veertig. Hij had dik, grijs haar dat als een stekelige kroon op zijn eivormige hoofd stond. In zijn mondhoek hing een koude cigarillo en zijn ogen, even grijs als zijn haren, hadden een spottende uitdrukking.

'Mijn naam is Pasqualini, Paolo Pasqualini,' zei Paul bedeesd, terwijl hij opnieuw de twee brieven van de Duce tevoorschijn haalde.

De man achter het bureau nam de cigarillo uit zijn mond, ging staan en bekeek Paul met een onverbloemde nieuwsgierigheid. 'Ik verwachtte u al,' zei hij. 'U bent jonger dan ik gedacht had!'

Paul knikte met een geforceerd glimlachje. Hij voelde meteen dat de man hem niet mocht.

'Ik ben Germano Gisberti. Ik geef hier filosofie en vervang de rector en zijn plaatsvervanger. Zij konden... helaas... beiden niet aanwezig zijn. Men heeft mij... de opdracht gegeven... om u te begroeten en wegwijs te maken!'

'Dank u wel, signor professore!' mompelde Paul, die liever meteen weer had willen vertrekken.

'Ik neem aan dat u familie bent van meneer de president?'

Zwijgend schudde Paul zijn hoofd, waarop signor Gisberti concludeerde: 'Dan een goede kennis, zeker!'

Paul besloot het er dit keer bij te laten. De man zou hem toch niet geloofd hebben.

Signor Gisberti leek voorlopig genoeg geanalyseerd te hebben. Hij maakte een vaag uitnodigend gebaar naar zijn bezoekersstoel en verhief zijn stem, terwijl Paul ging zitten.

'Weet u, we hebben hier nog nooit met een dergelijke... benoeming... te maken gehad,' legde de professor uit en de spot die Paul in zijn ogen gezien had was nu duidelijk te horen. En zijn verachting. De man had hem net duidelijk te verstaan gegeven dat de rector en diens plaatsvervanger zich subtiel teruggetrokken hadden en zich blijkbaar te goed voelden om een gunsteling van die Romeinse machtspersoon te ontvangen. Maar iemand had het moeten doen en dat was deze filosofieprofessor geworden. Het maakte niet uit wat je ervan vond, niemand had zin om het met de dictator aan de stok te krijgen. Dat kon namelijk desastreus zijn, en niet alleen beroepshalve.

Paul had geen enkele strategie bedacht voor deze situatie. Al was het alleen maar omdat hij zich geen voorstelling van het gedrag van de 'tegenpartij' had kunnen maken. Bovendien had hij al lang in de gaten dat hij problemen het beste kon aanpakken door ze niet uit de weg te gaan, waarna hij zich er puur op instinct meestal wel uit wist te redden. Zo voelde hij nu intuïtief dat hij in dit geval het beste de waarheid kon vertellen. Wanneer het hem zou lukken om deze man duidelijk te maken dat hij geen gunsteling, maar juist eerder ook een slachtoffer van de wispelturigheid van de Duce was, dan zou hij misschien medelijden met hem krijgen en hem helpen een uitweg te vinden.

'Signor professore,' zei hij dus ernstig, waarbij hij de man direct in de ogen keek. 'Sta me toe mijn verhaal te vertellen!'

En dat deed hij. Natuurlijk was hij niet helemaal eerlijk, want als gewiekst kaartspeler wist Paul Pasqualini dat een beetje misleiden, wat trucjes en wat gesjoemel noodzakelijk waren om te winnen. Zijn schoolcarrière beschreef hij op zo'n manier dat hij, zonder daarvoor direct te moeten liegen, het ene jaar aan de Latijnse school verlengde tot en met het eindexamen; hij had een opleiding tot journalist gedaan en zijn laatste functie in Duitsland was die van redacteur bij een grote uitgeverij geweest. Dat zijn moeder Duitse was en zijn vader de Duitse nationaliteit had aangenomen, verzweeg hij liever. In plaats daarvan wekte hij de indruk dat de emigratie van Italië naar Duitsland pas na zijn geboorte had plaatsgevonden. Zijn al vroege interesse in de bouwkunst en zijn uitgebreide studie ervan veranderde hij in een privéopleiding en wat het Duits betrof, daarin was hij gewoon een expert. In beide gevallen kon hij helaas geen diploma's overleggen.

Als reden voor de remigratie naar Italië noemde Paul zijn aanhoudende heimwee naar zijn vaderland, dat hij met heel zijn hart liefhad. In geuren en kleuren vertelde hij over zijn bouwkundige ideeën en het ontwerp waarmee hij de prijsvraag van de Duce had gewonnen. En daarna vertelde hij over zijn wens om als dorpsleraar te mogen werken – en het antwoord van de Duce daarop.

Toen hij klaar was, ontstond er een lange pauze.

Ten slotte hief professore Gisberti, die tijdens Pauls betoog de hele tijd naar zijn bureaublad had zitten kijken, zijn hoofd en zei, dit keer zonder enige vorm van ironie: 'Dit is erger dan alles wat wij ons hadden kunnen voorstellen!'

Paul antwoordde niet. Hier viel niets tegenin te brengen.

'Maar hoe stelt u zich het nu verder voor?' vroeg hij toen.

Signor Gisberti haalde zijn magere schouders op. 'Ik weet het niet, signor Pasqualini. Ik zal... er melding van maken, maar u moet goed begrijpen dat officieel niemand hier, inclusief mijzelf, ooit zal toegeven dat ze de achtergronden van uw benoeming kennen of op de hoogte zijn van uw ontbrekende kwalificaties!'

Paul bedacht dat hij hier alleen maar blij om kon zijn en feliciteerde zichzelf in gedachten met zijn keuze om open kaart te spelen. Want nu, na zijn 'bekentenissen', herkende hij achter de façade van zijn gesprekspartner diens onzekerheid over wat hij nu aan moest met deze dubieuze situatie en zijn ongewenste taak hierin. Hij meende zelfs de angst te voelen van de niet aanwezigen, bang als ze waren om met hun reacties zichzelf en hun academische achtergrond te schaden, iets wat zowel door stilzwijgende instemming als door duidelijke afwijzing zou kunnen gebeuren. Ze zaten allemaal in dezelfde val en moesten kiezen tussen twee kwaden.

Deze realisatie was voor Paul een grote opluchting, stemde hem zelfs hoopvol. In elk geval was het nu niet meer zijn taak om het probleem op te lossen, dat mochten de anderen doen.

Uiteindelijk spraken ze af om elkaar de volgende dag opnieuw te ontmoeten, zelfde tijd, zelfde plaats.

In een duidelijk betere stemming dan waarin hij gekomen was, liep Paul naar de uitgang. Toen hij de hal bereikte, werd net de grote toegangsdeur opengegooid. Een groep levendige jongelui stormde naar binnen. Ze negeerden de conciërge die hen toeriep dat ze rustig moesten zijn en renden de trap op.

Paul bleef staan en keek ze na. De meesten van hen waren een jaar of vijf jonger dan hij, maar ze hadden zo te zien nog geen kennis hoeven maken met de ernst van het leven. Hun ouders waren rijk of in elk geval in goeden doen, hun kindertijd was beschermd en zorgeloos geweest en de toekomst lag voor de meesten van hen als een rode loper richting het geluk voor ze uitgerold.

Paul Pasqualini was vierentwintig jaar, maar voelde zich minstens tien jaar ouder. En zo zag hij er ook uit, wist hij van zijn beeld in de scheerspiegel. Als om zijn gedachten te bevestigen, werd hij op dat moment met eerbiedige vriendelijkheid begroet door een van de achterblijvers, die hem duidelijk aanzag voor een docent.

Paul groette terug, glimlachte en besloot dit als een goed voorteken te zien, voor wat dan ook.

23

'Ik heb helemaal geen zin in dat feest, tante Fina,' zei Angela Orlandi tegenstribbelend, terwijl ze aan de rok van haar jurk friemelde. Het was een zomerse jurk van fijne, witte organdie, bedrukt met felrode kersen, die in de taille bij elkaar gehouden werd door een zeemleren riem in dezelfde rode kleur. Het bovenstuk zat strak om Angela's lichaam, terwijl de wijde rok bij elke beweging sierlijk om haar heupen en benen zwierde.

Wat is ze toch mooi, dacht tante Fina met bijna moederlijke trots. Was ze zich hier maar iets meer van bewust!

Angela was totaal niet met haar uiterlijk bezig. Ze was gewoon zichzelf, wat haar zo'n natuurlijke, lieflijke charme verleende dat bijna iedereen die haar kende helemaal weg van haar was. Toch leek ze één eigenschap te missen, die haar moeder, zelfs nu die ouder was, nog altijd in overvloed leek te bezitten: Angela had geen enkele erotische uitstraling. Serafina had hier geen verklaring voor, maar Angela riep bij de mannen eenzelfde reactie op als een perfect schilderij van een grote meester: ze bekeken het vol bewondering, maar durfden het niet aan te raken, uit angst dat ze het zouden beschadigen.

Misschien lag het juist wel aan die vele flirts en affaires van haar moeder, die het meisje natuurlijk niet ontgaan waren. Mogelijk had ze hierdoor een afkeer gekregen van alles wat daarmee te maken had. Hoe dan ook was Angela's ervaring met de liefde tot nu toe puur theoretisch: boeken, opera's en romantische fantasieën leken vooralsnog voldoende te zijn. Het was gewoon zo dat Angela door de huwbare jongemannen gezien werd als een aseksueel icoon, iets wat Sofia instinctief aanvoelde en waar ze dankbaar gebruik van maakte. Ze deed alles wat in haar macht lag om het meisje zo lang mogelijk 'kind' te laten blijven – voor zichzelf en voor anderen.

'En toch ga je en je zult zien dat het leuk is om een avond met andere mensen van jouw leeftijd door te brengen. Het is niet goed om altijd maar in die boeken of achter je piano te zitten,' zei tante Fina nu beslist, want ze had besloten om niet langer passief te blijven toekijken. Wanneer Angela zou leren om zich een beetje meer in gezelschappen te begeven, en wel zonder de eeuwige begeleiding van haar moeder, dan zou 'dat andere' vanzelf goed komen, daarvan was Serafina zeker.

Ze wenste haar achternichtje van harte een gelukkig, bevredigend en legaal liefdesleven toe. Het was erg genoeg dat moeder en tante hun leven bedorven hadden met verboden vruchten. 'Vindt u het dan niet ongepast om juist vandaag, nu Stefano vertrokken is, uit te gaan, tante Fina?' probeerde Angela het nog een laatste keer.

Ze had een hekel aan zulke feestjes, met hun oppervlakkige gebabbel en al die mensen die alleen maar wilden laten zien hoe belangrijk ze wel waren. Ze was veel liever naar de opera gegaan, maar voor de verandering was het dit keer haar moeder geweest die gebruik had willen maken van het abonnement. Even vroeg Angela zich af voor wie het tweede kaartje kon zijn, maar ze had het al lang geleden opgegeven om serieus over zulke vragen na te denken. Waarschijnlijk was het die advocaat van Mastrovelli, maar het kon haar ook niet echt schelen. Het was alleen jammer van de opera. Uitgerekend *Un ballo in maschera*, dé opera van Verdi, die hij in opdracht van het theater van Napels in 1858 geschreven had; die een politiek schandaal veroorzaakt had, waardoor Verdi de stad had moeten verlaten en nooit meer iets voor de Napolitanen had mogen schrijven.

Maar goed.

Nu zat haar moeder in het theater en dus zou Angela vandaag bij uitzondering eens doen wat haar tante vroeg en naar de naamdag van de contessa Vibaldi gaan. Het was een te mooie avond om thuis te blijven en het park van de familie Vibaldi was het mooiste in heel Napels. Ze kon altijd nog eerder weggaan wanneer ze het niet leuk vond.

Angela pakte haar tas en stola, kuste haar tante, die tevreden glimlachte en slenterde toen de tuin door, om voor de poort op de taxi te wachten. De straat, die van de hoger gelegen delen in het zuiden van de stad via de begraafplaats Santo Michele in een boog naar de haven liep, was op dit moment van de dag verlaten. Er naderde een limousine, maar het was niet de bestelde taxi. Vanuit de richting van de stad klonken nu voetstappen. Verbaasd keek Angela om, aangezien hier bijna nooit zo laat nog een wandelaar voorbijkwam.

Plotseling voelde ze een blije opwinding. Hoe was dit mogelijk? Wat kon hem dit hebben doen besluiten?

Ze begon te rennen en wierp zich in de armen van deze vertrouwde gestalte. 'Ik ben zo gelukkig,' riep ze, terwijl ze haar mond op dezelfde plek als altijd tegen zijn hals drukte: twee vingers breed onder zijn linkeroor, daar, waar ze zijn hartslag goed kon voelen. De tranen sprongen in haar ogen, maar dit keer waren het vreugdetranen. Telkens weer mompelde ze: 'Je hoeft het niet uit te leggen. Je bent terug, en dat is het belangrijkste!'

Paul wist niet wat hem overkwam. De vrouw in zijn armen was van gemiddelde lengte en bijzonder slank, maar hij kon voelen dat ze stevige borsten had. Ze rook naar jasmijn en lavendel en haar krullende haar, dat onder zijn neus kriebelde, had in de avondzon de kleur van gesponnen oud goud.

Even liet hij haar begaan, maar toen pakte hij haar polsen om zich zacht los te maken uit haar omarming.

'Neemt u mij niet kwalijk, maar ik geloof dat het hier om een vergissing gaat!'

De jongedame deed een stap achteruit en keek hem verbluft aan. Zoekend tastte haar blik zijn lichaam af.

De man leek op Stefano, maar hij was het niet. In al haar vreugde had ze de verschillen niet meteen gezien. De vreemde man was groter en gespierder. Zijn ogen waren, zoals ze nu zag, opvallend groen, zoals bij een kat, terwijl Stefano's ogen donkerbruin waren, zoals die van zijn moeder. Ook het gezicht was hoekiger dan dat van Stefano; de neus was minder spits dan die van haar broer. De haren, die zwart en krullend waren, droeg hij in tegenstelling tot Stefano's militaire, korte coup, een beetje te lang voor de huidige mode.

Angela besefte dat ze zich vergist had. Haar wens was de vader van de gedachte geweest.

'Neemt u mij niet kwalijk,' fluisterde ze, terwijl ze zo rood werd als de kersen op haar jurk.

'Maar nee! U hoeft zich helemaal niet te verontschuldigen,' antwoordde Paul zo luchtig alsof het wel vaker voorkwam dat hij door vreemde dames op straat omarmd en gekust werd. Hij zag namelijk hoe verlegen ze was.

'U lijkt op iemand die mij heel dierbaar is,' verklaarde Angela haar gedrag.

Paul haalde zijn schouders op en zei: 'Dat kon ik merken. En ik heb nu al spijt dat ik u op uw vergissing geattendeerd heb. Het was erg aangenaam om door u gekust te worden!'

De vrouw voor hem leek zich nu nog meer te generen en bijna schaamde Paul zich voor zijn opmerking.

'Ik wens u verder een mooie avond, signorina,' zei hij dus, bewust formeel nu. Hij maakte een lichte buiging, deed een stap opzij en liep verder. Hij had zich maar al te graag nog een keer naar haar omgedraaid, maar deed dit fatsoenshalve niet.

Met lange passen liep hij verder in de richting van de begraafplaats en het aan de andere kant gelegen huis van zijn grootouders.

Een dag eerder was hij er al even langsgegaan om te vragen of hij een paar nachten mocht komen logeren, het nog altijd aanhoudende misnoegen van zijn tante Rosalia negerend. Hij had wat af te handelen in Napels, had hij de vragen van de familie ontweken, zonder precies te vertellen waarvoor hij hier was.

Hij had er nog aan toegevoegd dat hij niet heel lang dacht te blijven, vooral om zijn oom Roberto een woedende echtgenote te besparen.

Zijn oma had hem al van verre zien aankomen en kwam hem

nu tegemoet. Ze leek opgewonden en pakte hem met beide handen boven zijn ellebogen beet.

'Jij wilt toch niet ook gaan vechten in de oorlog?' riep ze. In haar stem klonk angst.

Paul was behoorlijk verbaasd. 'Rustig maar, nonna,' zei hij, terwijl hij haar in zijn armen nam. 'Misschien dat anderen zo gek zijn om dat te doen, ik in elk geval niet!'

'Godzijdank.' Maria Pasqualini snoof opgelucht. Maar toen begon ze te huilen.

Paul streelde haar schokkende schouders en vroeg zich af voor wie deze tranen bedoeld konden zijn.

Maria snikte nog een paar keer, maar kalmeerde toen weer. 'Je bent een goede jongen,' zei ze uiteindelijk. Ze ging op haar tenen staan en overlaadde hem met kussen. Daarbij raakte ze precies hetzelfde plekje als die onbekende schoonheid.

Plotseling pakte hij zijn oma rond haar brede taille en draaide haar in het rond, zodat ze het uitgilde. Toen zette hij haar weer voorzichtig neer en zei: 'En nu smacht ik naar een groot bord met uw heerlijke pasta!'

24

Toen Paul de volgende dag weer aan de Corso Umberto I verscheen, stond professore Gisberti hem al op te wachten, om hem vervolgens mee te nemen naar een van de zijvleugels van het gebouw, waarin de Facoltà di Architettura ondergebracht was.

Gisberti opende de deur naar een klein kantoortje op de begane grond. Een tot op de grond reikend raam bood toegang tot de tuin, die was aangelegd in Engelse stijl.

'Dit is uw toekomstige domein,' zei de professore, en het cynisme klonk weer door in zijn stem. 'Uw collegezaal ligt hier tegenover. De Duitse cursus – we hebben besloten om het maar zo te noemen – kunt u bij uitzondering ook daar geven. En dit...' hij wees op een enorme stapel ordners en schriften, die zich in het midden van het verder lege bureau bevond, '... is al het papierwerk dat we konden vinden: schriftelijke verslagen van colleges, notities uit het vorige semester, literatuurlijsten, ideeën voor colleges, examens, et cetera et cetera!' Gisberti trok zijn dichte, staalgrijze wenkbrauwen op en zijn stem nam een bijna dreigende klank aan: 'Meer starthulp kunnen we niet geven. Zwemmen, mijn beste vriend, zult u zelf moeten doen!'

'Dank u,' mompelde Paul overweldigd. Dit was meer dan hij verwacht had, ook al besefte hij wel degelijk dat zijn 'collega's' hier voornamelijk uit eigenbelang gehandeld hadden.

'Graag gedaan,' antwoordde Gisberti met koele arrogantie. 'We stellen echter wel een paar voorwaarden!'

'En die zijn?'

'U doet uw best – uw uiterste best – om dit... toneelstukje...

niet de grootste blamage sinds de oprichting van deze universiteit in 1224 te laten worden!'

'Dat kan ik makkelijk beloven. Daar ben ik zelf namelijk ook bij gebaat!'

'Precies. Maar toch. Vergeet u nooit: op deze plek hebben mensen als Thomas van Aquino al lesgegeven, om maar meteen de meest bekende te noemen! Wij hebben meer te verliezen dan u, *professore* Pasqualini!' zei de hoogleraar met bijtend sarcasme.

'Daar ben ik me maar al te goed van bewust,' mompelde Paul en verwenste voor de zoveelste keer de grootheidswaanzin van Mussolini, waardoor hij hier terechtgekomen was.

'Dat was nog niet alles,' zei Gisberti. 'Wij verwachten dat u zich zoveel mogelijk distantieert van de professoren en studenten. We weten dat u redacteur geweest bent, maar we zijn er niet zeker van of uw Duitse algemene ontwikkeling breed genoeg is om gesprekken met Italiaanse topacademici te kunnen voeren!'

Dit was een regelrechte oorvijg en een totaal overbodige belediging, vond Paul. Hij slikte eens, maar besloot om niet te reageren. Tegenover Mussolini zou deze man nog geen fractie van wat hij hier gezegd had, hebben durven herhalen, dacht hij verbitterd. Bovendien was de algemene ontwikkeling van een voormalige dorpsschoolleraar vast niet zoveel groter dan die van hem.

'En een derde punt,' ging Gisberti verder, 'is dat wij verwachten dat u de eerste, en ik bedoel daarmee ook echt de allereerste acceptabele mogelijkheid zult aangrijpen om hier weer weg te komen!'

'Niets liever,' zei Paul en op hetzelfde moment besloot hij om deze arrogante kerel, samen met zijn collega's, die de weg van tactische lafheid gekozen hadden, te laten zien dat hij wel degelijk in staat was om hen het hoofd te bieden.

'Dan laat ik u nu alleen,' zei de professor en hij sloot de knoop van zijn linnen jasje.

'Dank u wel. Ik zal de Duce uw hartelijke groeten overbrengen,' zei Paul met een huichelachtige vriendelijkheid. Hij besefte dat dit de beste manier was om zich te revancheren voor de verachting, die deze man hem zo duidelijk getoond had.

Even leek het erop alsof Gisberti nog iets wilde zeggen, maar toen knikte hij en verdween.

Paul ging achter het bureau zitten en bekeek de stapel papieren. Toen begon hij alles in drie kleinere stapels te sorteren, die hij de titels 'belangrijk', 'kan wachten' en 'kan ik nu nog niks mee beginnen' gaf.

Terwijl hij daar zo geconcentreerd bezig was, dook in gedachten opeens het beeld van die onbekende schoonheid voor hem op, die hem zo enthousiast omarmd en gekust had. Hij voelde weer haar zachte lippen tegen zijn hals en een zoete warmte vervulde hem.

Voor het eerst die dag glimlachte hij.

25

Zondag 13 oktober 1935 was uitgeroepen tot eerste 'stamp-potzondag'. De *Ostalbbote* had een hele pagina aan de actie gewijd en met lovende woorden gepleit voor de goede zaak. De Duitse bevolking werd opgeroepen en aangespoord om nu eens niet op zondag uitgebreid te koken en het daarmee uitgespaarde geldbedrag aan de winterhulp te doneren.

Anna, die een hekel had aan het Hitlerregime, vooral omdat al haar vijanden – de Hittelmayer-clan, Moritz Gruber en de families Dussler en Klinger – ervan leken te profiteren, besloot daarom om zaterdagmiddag een haantje te slachten, dat ze op stamppotzondag helemaal in haar eentje op kon eten.

Ze liep naar het kippenhok dat samen met een grote ren tussen het oude en het nieuwe huis in lag en dat van oudsher van haar was. Ze had inmiddels meer dan vijftig legkippen, bijna net zoveel kuikens en een paar flinke hanen. Daarbij hield ze in de oude stal nog eens een aantal mestganzen en eenden. Het geld dat ze daarmee verdiende joeg ze er elk jaar, tijdens het feest van St. Maarten en het kerstfeest, samen met Konstanze doorheen.

Toen ze even voor de ren bleef staan om een geschikte haan uit te zoeken, kwam haar dochter Else naar buiten gelopen.

'Mama?' riep Else, terwijl ze met grote passen kwam aangelopen.

'Wat is er?' vroeg Anna kribbig, want de ruzie met haar dochter was nog altijd niet uitgesproken.

Ze spraken weliswaar weer met elkaar, maar alleen wanneer dat echt noodzakelijk was en over Elses buitensluiting en verhuizing was nog met geen woord gerept. Anna had het niet nodig gevonden om uitleg te geven en op vragen had ze enkel nors geantwoord dat het nu eenmaal zo was.

Else had haar klanten verteld dat de scheiding noodzakelijk geweest was omdat zij eigenlijk een soort filiaal van kleermaker Bader in de stad was, bij wie ze in de leer geweest was. En die eiste sinds kort een duidelijke scheiding tussen vakmensen en amateurnaaisters, zoals haar moeder, die het naaien nooit officieel had geleerd, maar het zichzelf bijgebracht had. En dus zou Anna eigenlijk alleen herstel- en veranderingsklusjes mogen doen, maar geen nieuwe kleding mogen naaien. Hierdoor was de woede van Anna natuurlijk alleen nog maar groter geworden. Telkens weer tijdens al die jaren dat de kinderen opgroeiden, was ze bang geweest dat de vakvereniging haar zou ontmaskeren en paal en perk aan het voor haar zo noodzakelijke thuiswerk zou stellen. Tijdens de opleiding van Else was ze die angst voor het eerst kwijtgeraakt, aangezien ze vanaf dat moment een beschermende overeenkomst met Harald Bader, de meesterkleermaker uit de stad, hadden. Anna had steeds een klein percentage van haar winst aan Bader betaald, in ruil waarvoor hij dan de indruk wekte dat het naaien van nieuwe kledingstukken, dat zij af en toe deed, onder zijn toezicht gebeurde. En nu trok uitgerekend haar dochter dit arrangement, waarvan zij toch allebei geprofiteerd hadden, door haar domme opmerkingen in twijfel! Het was Anna net een dag eerder allemaal ter ore gekomen en ze besefte dat ze zo snel mogelijk een einde moest maken aan deze onzin die Else zo ondoordacht verspreid had.

Maar haar dochter was haar voor. Op betweterige toon zei ze: 'Wat het werk betreft: ik stel voor dat wij allebei onze eigen klanten houden, maar dat u in het vervolg de mensen die nieuwe kleding nodig hebben naar mij doorstuurt. Ik heb het er al met Bader over gehad en die is het ermee eens!'

Anna was met stomheid geslagen. 'En kun je mij eens uitleggen hoe het komt dat jij met Bader dingen bespreekt, die mij ook aangaan?'

'Dat deed u vroeger toch ook, of niet soms? Bovendien vind ik dat we er nu eindelijk eens voor moeten gaan zorgen dat de dingen goed geregeld zijn!'

'Zo. Vind jij dat!' brieste Anna, die zich van woede bijna niet meer had kunnen beheersen. 'Wanneer ik het me goed herinner, had jij anders helemaal geen problemen met mijn afspraken toen ik Bader destijds na lange discussies zover gekregen had dat hij jou, ondanks je matige referenties, toch als leerling wilde aannemen. Wat hij trouwens alleen deed omdat ik hem beloofde dat hij geen last van je zou hebben. De man is tenslotte een herenkleermaker. Maar jij deed en doet dameskleding en alles wat je op dat gebied in de praktijk geleerd hebt, heb je van mij, jongedame, of wil je dat misschien ontkennen?'

'Nee, maar de tijden zijn veranderd,' hield Else vol. 'Moritz Gruber zegt dat alles keurig in orde moet zijn en dat je niet meer zomaar wat aan mag rommelen, nergens meer; dat zijn we verplicht aan de Führer.'

'En mij, mij ben je zeker niets 'verplicht'?'

'Niet dat ik weet,' antwoordde Else koel. 'Het is de plicht van een moeder om voor haar kinderen te zorgen, totdat die op eigen benen kunnen staan. En niemand heeft ooit beweerd dat u uw plicht niet vervuld heeft!'

Anna zweeg wijselijk en bekeek haar dochter nu zo aandachtig als ze dat sinds haar geboorte niet meer gedaan had. En wat ze zag, beviel haar niet.

Die vervloekte nazipropaganda had bij haar roodharige muurbloempje Else hetzelfde bewerkstelligd als een grote portie gist in het deeg: haar zelfbewustzijn was buitenproportioneel opgezwollen en de daaruit voortkomende hardvochtigheid en het gebrek aan dankbaarheid konden haar dan ook eigenlijk moeilijk kwalijk genomen worden.

Anna moest denken aan de tijd na Stefano's dood, toen ze dagen-, avonden- en soms zelfs nachtenlang geploeterd had om het huishouden rond te krijgen en haar kinderen eten te kunnen geven. Wanneer ze nu iets zou zeggen, zou het iets verschrikkelijks zijn, iets, wat nooit meer ongedaan gemaakt zou kunnen worden.

En dus negeerde ze haar dochter, opende het hek en betrad de ren. Al snel had ze het uitverkoren haantje gevonden, ze pakte het behendig bij de nek en droeg het naar buiten.

'U bent toch niet van plan om de stamppotdag te boycotten?' vroeg Else ongelovig, waarbij ze even de ruzie van daarnet vergat.

'Ik betaal braaf mijn belasting, maar ik eet wat ik lekker vind op de dag dat ik daar zin in heb,' zei Anna koel.

'Maar Gruber zegt... en de Führer zelf heeft ertoe opgeroepen!'

'Wat er gebeurt wanneer je naar hen luistert, dat zie ik wel aan jou. Waaruit ik concludeer dat het minder schadelijk is om op stamppotdag een haantje te braden, dan naar zulke propaganda te luisteren!'

Elses spitse neus was nu bleek van verontwaardiging. Ze bleef staan en staarde haar hardleerse moeder na. Toen Anna de verachtelijke blik van haar dochter zag nadat ze de kop van de haan afgehakt had, vergat ze ter plekke haar goede voornemen om geen verdere discussies met Else aan te gaan.

'Stel je niet zo aan!' riep ze, en ze liet per ongeluk het nog stuiptrekkende lichaam van de haan los. 'Wanneer we die kippen niet gehad hadden toen het zo slecht ging, nadat je vader verongelukt was, wanneer we niet hun eieren en hun vlees gehad hadden, dan had jij weinig kans gekregen om zo brutaal te worden!'

De haan zonder kop was tijdens Anna's woedende preek weer overeind gekrabbeld en had met een bloederig druppende hals nog een half rondje gelopen voordat hij als een baksteen was neergevallen, precies voor Elses voeten.

Die schoof het dier met de punt van haar schoen aan de kant en stapte terug naar het huis.

Anna bukte zich naar de haan en droeg hem naar de bijkeuken, waar ze hem plukte, schoonmaakte en ophing. Daarna waste ze grondig haar handen, liep naar boven en kleedde zich om.

Nog geen uur later bevond Anna zich bij timmerman Schäufele. Ze gaf hem opdracht de provisorische barrière van planken, die ze zelf in elkaar getimmerd had, te verwijderen en er een stabiele houten wand met een bovenlicht van melkglas voor in de plaats te zetten, waardoor de benedenverdieping van het huis van de hal en het trappenhuis naar boven gescheiden zou worden.

'Ik neem aan dat er nog wel een deur in die wand moet komen?' vroeg meneer Schäufele, maar Anna schudde haar hoofd
en haalde de tekening van het huis uit haar tas, die ze tussen
Stefano's spullen gevonden had.

'Dat hoeft niet. Degenen die beneden wonen...' legde ze uit,
hoewel meneer Schäufele natuurlijk heel goed wist dat zij daar
alleen woonde, '... zullen in de toekomst gebruikmaken van de
achteringang die uitkomt op het stuk tuin aan de Bachgasse!'

De timmerman die zoals alle Wisslingers op de hoogte was
van de ruzie tussen de twee Pasqualini-vrouwen, keek Anna
nadenkend aan, maar ze keek zo grimmig dat hij niet durfde te
vragen of ze hierover al gesproken had met haar zoon Peter of
met de waard van Zum Hirschen, die immers nog altijd Elses
voogd was. Maar het waren zijn zaken ook niet en Anna was
nog nooit iemand iets schuldig geweest.

Alsof ze zijn gedachten kon lezen, pakte Anna opnieuw haar
tas, haalde er vijftig mark uit en legde die op de werkbank.

'Hier heb je een aanbetaling. En ik zou het graag snel hebben, Otto,' zei ze. 'Want je weet, tegenwoordig moet alles keurig in orde zijn!'

Die laatste woorden klonken zo vreselijk sarcastisch, dat de
timmerman begon te twijfelen en het er toch niet bij wilde
laten.

'Het is toch ook allemaal keurig in orde, of vind jij van niet,
Anna?' vroeg hij.

'Ja hoor,' verzekerde ze hem, terwijl ze de tekening en haar
portemonnee weer in haar tas stopte. Ze besloot voorzichtig
te zijn. Het was haar niet ontgaan hoeveel Wisslingers inmiddels al met de nationaalsocialisten sympathiseerden.

Haar dochter was beslist geen uniek geval.

'Ik ben zelfs heel erg voor een goede orde, anders zou ik hier
niet zijn,' zei Anna, waarna ze alsnog een deur bestelde. En wel
een nieuwe deur voor de achteringang. Met een solide slot en
een stevige bijbehorende sleutel.

De timmerman noteerde alles zorgvuldig en bedacht dat het
tussen die Pasqualini-vrouwen nog erger moest zijn dan men
hier in het dorp dacht.

26

*E*r was een week voorbijgegaan, sinds Paul van professore Gisberti te horen gekregen had dat hij voortaan als 'buitengewoon hoogleraar architectuur' zou lesgeven aan de universiteit van Napels.

Hij had een gemeubileerde kamer gevonden, op niet al te grote afstand van zijn toekomstige werkplek.

Het ruime huis van vier verdiepingen waarin Paul nu woonde was eigendom van de weduwe van een professor. De oude dame was bij haar dochter op het platteland gaan wonen en verhuurde nu de ruim opgezette woning aan in totaal drie heren, met wie Paul de keuken, de badkamer en de wc deelde. Zijn twee medebewoners waren een leerling-advocaat van Pauls leeftijd en een heer van rond de vijftig, die wiskundeleraar op een particulier gymnasium was.

De advocaat, een gedrongen man met dun, zwart haar dat zich aan de slapen al begon terug te trekken, vond Paul meteen sympathiek; een gevoel, dat blijkbaar wederzijds was. De leraar bleek echter een introverte, nogal vreemde kwast te zijn.

Een conciërge met de naam Bobo onderhield het trappenhuis en de tuin en stond ook ter beschikking als bode. Daarnaast fungeerde Bobo als incassogemachtigde voor de oude dame, door elke eerste van de maand de huur contant, vooruit, in ruil voor een kwitantie, te innen. Zijn vrouw, een leeftijdsloos, mager en zwijgzaam wezen, was verantwoordelijk voor de schoonmaak van het huis. Zij moest apart betaald worden, maar kon ook de was doen voor Paul wanneer hij dat zou willen, zo legde advocaat Rigotti hem uit.

Vier dagen en halve nachten worstelde Paul zich in zijn nieuwe kamer door de stapels informatie heen die hij mee naar huis genomen had. De rest van de week besteedde hij aan het voorbereiden van zijn eerste college. Hij begaf zich naar de universiteitsbibliotheek om de boeken te lenen waarvan hij de titels genoteerd had en begroef zich daarna opnieuw in zijn kamer om een manuscript op te stellen.

Vreemd genoeg voelde hij zich niet uitgeput, maar juist bijna euforisch. Zijn hele leven lang had hij nog nooit iets zo leuk gevonden. Zaterdagavond laat was hij eindelijk klaar en tevreden.

Hij had het manuscript nog maar net in zijn aktentas gestopt, toen er zacht op de kamerdeur geklopt werd. Paul deed open en zag advocaat Rigotti staan, een fles wijn in zijn hand.

'Ik heb net een lange en ingewikkelde conclusie af en ik dacht dat we misschien samen de zondag in konden luiden!'

Daarbij tikte de advocaat met een van de twee glazen die hij eveneens bij zich had tegen de wijnfles.

Paul lachte en maakte een uitnodigend gebaar.

Ze openden het raam om de nog zachte herfstlucht binnen te laten, en gingen in de twee gebloemde fauteuils zitten, die naast een rond houten tafeltje stonden.

Rigotti goot voorzichtig de wijn uit de reeds ontkurkte fles in de glazen en overhandigde Paul er één.

'*Salute, compagno,*' zei hij vrolijk grijnzend. 'Ik vind dat het allemaal wel wat minder formeel kan. Ik heet Emilio!'

'Paolo,' zei Paul en beantwoordde de glimlach.

Plotseling besefte hij dat hij nog nooit eerder een vriend gehad had. Tenslotte was zijn tweelingbroer Peter er altijd geweest: als speelkameraad en als vertrouweling, waardoor vriendschappen overbodig waren geweest. Ze hadden altijd genoeg gehad aan elkaar; een ideaal duo. Hij vertelde Emilio over zijn broer.

'Daar kan ik je om benijden,' zei de advocaat, terwijl hij een grote slok van de zware, rode wijn nam, die heerlijk naar aalbessen geurde. 'Hoewel ik ook een broer heb, was ik altijd alleen. Carlo is twaalf jaar ouder dan ik en dus waren we allebei eigenlijk enig kind. Wat er weer voor zorgde dat onze ouders hun ouderlijke zorgen te veel op ons concentreerden!'

Ze dronken nog een slok, waarna Emilio hem verzekerde: 'Wanneer ik trouw, wat volgende zomer gaat gebeuren, dan ga ik mijn best doen om zoveel mogelijk kinderen op de wereld te zetten, want ik ben voor vrijheid van het individu. En die krijgt een kind alleen dan, wanneer hij zich kan verstoppen in een grotere groep!'

Daarna sprak hij lovend over zijn verloofde Editha, naar wie hij zo verlangde. Het verlangen was des te groter omdat de aanbedene op nog geen kwartiertje afstand woonde, maar Emilio haar enkel op zondagavond zag wanneer hij mocht komen eten en goed in de gaten gehouden werd door de vele argwanende ogen van haar grote familie.

Vroeg op de zondagochtend was ook de tweede fles, die Emilio nog achter de hand gehad had, leeggedronken en waren ze beiden tot de conclusie gekomen dat ze deze aangename afsluiting van de week in de toekomst zo vaak mogelijk zouden herhalen.

De maan zette de kamer in een zacht zilveren licht, maar Paul had geen zin om de luiken te sluiten. Nu zijn hoofd vrij was, moest hij opeens weer aan die onbekende schoonheid denken. Voordat hij in slaap viel, voelde hij weer haar zachte lippen tegen zijn hals en haar krullende, honingblonde haar in zijn gezicht. Hij rook haar geur van jasmijn en lavendel en voelde zich verbonden met deze vrouw, zoals hij zich nog nooit eerder met iemand verbonden gevoeld had.

Hij sliep bijna tien uur lang en werd pas tegen het middaguur wakker. Snel stond hij op, waste zich en ging toen op weg, om afscheid te nemen van zijn familieleden.

'Ben je van plan om terug te keren naar Duitsland, Paolo?' vroeg zijn tante Rosalia, aan wie duidelijk te zien was dat ze blij was zo snel alweer van hem af te zijn.

'We zullen zien,' zei Paul ontwijkend.

Uiteraard had hij niemand ook maar iets over zijn gemeubileerde kamer of zijn aanstelling aan de universiteit verteld; dat zou veel te gevaarlijk geweest zijn. De stad was groot en de kans dat hij hen tegen zou komen was klein. En mocht dit onverhoopt toch gebeuren, dan zou hij ter plekke nog wel een geschikt verhaal kunnen verzinnen.

Toen hij laat die middag zijn oma alleen in de keuken aantrof, waar ze het avondeten aan het bereiden was, beloofde hij haar dat hij zou proberen om contact met haar te houden.

Maria Pasqualini begreep hem zonder dat hij verder iets uit hoefde te leggen. Ze knikte en stelde voor: 'We kunnen elkaar in de stad ontmoeten, Paolo. Ik ben elke vrijdag op de groentemarkt. Daar zal ik steeds om één uur bij de fontein staan, helemaal aan het eind van de markt. Wanneer jij er ook bent, is het goed, wanneer niet, dan misschien een andere keer!'

Paul knikte en gaf haar een kus. Nonna, die gek op hem was, drukte hem tegen haar grote hart aan en wenste hem alle goeds. Even had Paul de indruk dat ze hem nog iets wilde zeggen. Maar toen kwam de argwanende Rosalia de keuken in om te voorkomen dat haar schoonmoeder het 'Duitse kleinkind' weer eens wat geld zou toesteken en algauw daarna vertrok Paul ook weer. Hij had tenslotte een zware dag voor de boeg.

27

*H*et college stond gepland voor elf uur.

Kort na tienen vertrok Paul. Het weer was die nacht omgeslagen. Dikke wolken hingen laag boven de stad en belemmerden het uitzicht op de Vesuvius. Kort voordat Paul de Corso Umberto I bereikte, stak er een wind op die vanaf zee over het land waaide. Hij veegde door de straten, trok de eerste bladeren van de bomen en plukte passanten de hoeden van hun hoofden. Paul had net het universiteitsgebouw bereikt toen de eerste dikke regendruppels begonnen te vallen.

Hij legde zijn hoed en lichte overjas in zijn kamer, haalde het manuscript uit zijn tas en keek het nog één keer snel door. Hij was zo nerveus dat zijn handen trilden en zijn maag protesteerde. Maar hij vermande zich en begaf zich een paar minuten voor elf uur naar de collegezaal. Het enorme aantal studenten benam hem bijna de adem. Iets moest zich rondgesproken hebben en het leek hem niet waarschijnlijk dat dat de waarheid geweest was. Hoe dan ook: elke geïnteresseerde student wist inmiddels dat er iets geheimzinnigs aan de hand was met deze nieuwe professor. En alsof deze uitzonderlijke situatie nog eens extra benadrukt moest worden, betraden op het laatste moment ook nog professore Gisberti en een andere man de collegezaal. Ze namen plaats op stoelen op de achterste rij, die in alle haast verlaten waren door de studenten die daar eerst gezeten hadden.

Klokslag elf uur schraapte Paul zijn keel en begon aan zijn debuut als professor.

Hij besteedde niet al te veel tijd aan lange inleidingen, maar begon vrijwel meteen met het thema, dat over de verandering van het begrip architectuur aan het begin van de twintigste eeuw ging. Hij citeerde een zin van zijn landgenoot Hermann Muthesius, die in zijn boek *Die Einheit der Architektur* uit 1908 schreef: *Daarbij wordt er over het algemeen van uitgegaan dat een bouwwerk pas een kunstwerk is wanneer het meer doet dan alleen het vervullen van zijn functie,' en sprak toen uitgebreid en kritisch over het zogenaamde functionalisme van de twintigste eeuw met kreten als 'moderniteit', 'vooruitstrevendheid' en 'teken van onze tijd'.*

Zelf gefascineerd door dit onderwerp, vergat Paul algauw de hele merkwaardige situatie. Hij sprak bezield en vloeiend en beleefde een klein wonder. Terwijl hij zich in zijn Duitse moedertaal altijd een beetje geremd gevoeld had, had hij in zijn vadertaal meer het gevoel dat hij een toneelrol speelde. Onbekommerd speelde hij in deze ongecompliceerde en melodieuze taal diegene die hij wilde zijn, en blijkbaar met succes, zoals het applaus aan het einde van zijn college bewees.

Alsof hij ontwaakt was uit een trance zag Paul nu in de ogen van al die jonge mensen hier erkenning, respect zelfs, en hij meende een, zij het zwakke, weerspiegeling van deze reactie te herkennen op de gezichten van Gisberti en de man, die zich even later als decaan van de faculteit zou voorstellen.

Terwijl de studenten met veel kabaal de zaal verlieten, verzamelde Paul alle bladen van zijn manuscript weer bij elkaar en stopte ze terug in zijn tas. Professore Gisberti en zijn begeleider kwamen naar voren gelopen en beklommen het podium.

Gisberti keek hem met zijn staalgrijze ogen waarderend aan en zei met zijn gebruikelijke cynisme: 'Niet slecht, collega!'

Vervolgens maakte hij een nonchalant handgebaar naar de man naast hem: 'Mag ik u uw decaan voorstellen? Professore dottore dottore Servanti!'

De man was groot en zwaarlijvig, zowel wat lichaam als gezicht betrof. Hij droeg een zwart, gekreukeld linnen overhemd en dito broek. Om zijn nek hing een zware, zilveren ketting waaraan een kunstobject hing, dat verdacht veel op een mannelijk geslachtsdeel leek. Het was gemaakt van een lichtgekleurd materiaal, ivoor waarschijnlijk. Terwijl Paul zijn blik niet van dit ongehoorde sieraad af kon houden, zei de decaan met volle, dreunende stem: 'Mijn naam is Salvatore, maar ik word

Salvo genoemd. Ik ben een verklaard non-conformist en ik tutoyeer al mijn collega's. Ik zal jou dus Paolo noemen en: ik was daadwerkelijk afwezig toen je kwam solliciteren. Ik begroet je nu namens de faculteit in het algemeen en, na wat ik hier vandaag gezien heb, namens onze "club van exoten"!' Hij stak zijn kolenschoppen van handen uit, pakte Paul bij zijn schouders, trok hem naar zich toe en gaf hem twee vochtige en smakkende zoenen op zijn wangen.

Gisberti verdraaide afkeurend zijn ogen, maar hij hield zich in.

'We zien elkaar vrijdag weer tijdens de faculteitsvergadering,' bulderde Salvo en hief ter afscheid zijn enorme rechterhand. Toen liep hij naar deur, waar hij zich nog één keer omdraaide en Gisberti met een ongeduldig gebaar maande hem te volgen.

Paul pakte zijn aktentas, sloot de collegezaal achter zich en liep naar zijn werkkamer.

Daar liet hij zich op de stoel achter het bureau zakken. De onderhuidse spanning verdween als lucht uit een kapotte ballon. 'Mijn god,' mompelde hij ontdaan.

Nog nooit, zelfs niet in zijn stoutste dromen, had hij een gebeurtenis zoals die van daarnet voor mogelijk gehouden.

Maar hij was jong, gezond en ambitieus. Al na een paar minuten besefte hij dat hij in elk geval de eerste akte van dit avontuur overleefd had. En een razend hongergevoel overviel hem.

Hij stond op, trok zijn jas aan, griste zijn aktentas mee en ging op weg naar het dichtstbijzijnde restaurant om daar een fatsoenlijke maaltijd te nuttigen.

28

'Hebt u nog wel eens iets van Paul gehoord?' vroeg Peter Pasqualini zijn moeder, toen hij zijn zoontje Anton bij haar afhaalde.

'Nee,' antwoordde Anna, terwijl ze probeerde haar teleurstelling te verbergen.

'Hij zal heus wel weer eens schrijven,' probeerde Peter haar te troosten. Maar ook hij maakte zich zorgen om zijn broer en hij miste hem. Juist nu had hij Pauls adviezen en inzicht goed kunnen gebruiken. Hij dacht er namelijk over om zijn voornemen waar te maken en een bouwfirma te beginnen.

'En hoe zit dat tussen u en Else?' vroeg Peter toen, terwijl hij het kind in zijn kinderwagen zette.

Anna haalde haar schouders op en zei niets.

'Maak het uzelf toch niet zo moeilijk, moeder,' probeerde Peter op haar in te praten. 'U kent haar toch: Else was altijd al een eigengereid kind!'

'Eigengereid ben ik ook. Maar het is een verschil of je gewoon een stijfkop bent of dat je dreigt om dingen die binnen de familie besproken zijn, aan de partij door te geven. Om nog maar te zwijgen over die kwestie met Bader. Ik heb met die arme man gesproken. Hij wist niet waar hij kijken moest van verlegenheid, maar ook bij hem heeft ze blijkbaar met Gruber gedreigd!'

Peter schudde zijn hoofd.

Zijn moeder zuchtte diep. Die kwestie met haar dochter ging haar niet in de koude kleren zitten, maar dat was nog geen reden om maar net te doen alsof er niets aan de hand was en haar omwille van de lieve vrede alles te vergeven. Anna had niet veel principes maar nu was Else toch echt te ver gegaan.

Peter wiegde Anton in slaap, maar maakte nog geen aanstalten om te vertrekken. Zijn vrouw was in de stad bij de dokter en zou het komende uur nog niet terug zijn. Ze was in verwachting van hun tweede kindje en de eerste maanden van de zwangerschap waren niet gemakkelijk.

Peter aarzelde; eigenlijk wist hij al lang wat zijn moeder ervan zou zeggen, maar hij was nu eenmaal gewend om belangrijke dingen met haar te bespreken en dat wilde hij ook nu graag doen.

'Mijn schoonvader denkt dat ik zo snel mogelijk lid van de partij moet worden als ik volgend jaar daadwerkelijk een eigen zaak wil beginnen.'

Tot zijn verbazing reageerde zijn moeder niet zoals hij verwacht had. Er kwamen geen woedende tirades tegen 'die Oostenrijker met zijn grote bek', geen honende woorden over Eberhard Hittelmayer en Moritz Gruber, niets van dat alles.

Anna roerde in haar kopje koffie en fronste nadenkend haar voorhoofd. 'Ik denk dat je dat inderdaad maar moet doen, Peter,' zei ze ten slotte.

'Moeder?! Meent u dat nou?'

Peter wist niet wat hij hoorde. Was het Else dan toch gelukt om hun moeder naar de vijand te laten overlopen?

'Het is niet wat je denkt!' Anna glimlachte een beetje. Nog altijd was ze in staat om de gedachten van haar kinderen te lezen, ook al bevielen ze haar niet altijd. 'Jij gaat toch nog altijd vissen, of niet?'

Peter knikte en vroeg zich af wat zijn hobby te maken had met het onderwerp dat hij aangesneden had. Maar zijn moeder legde het snel uit.

'Wanneer een jonge zwakke vis probeert om tegen de stroom in te zwemmen, dan zal hij dat snel moeten opgeven. Zoiets zal hem pas lukken wanneer hij uitgegroeid en sterk genoeg is!'

Peter stopte met het wiegen van het kind. Het was in slaap gevallen. Hij duwde de kinderwagen in een hoek van de kamer, waarna hij terugkwam en op Anna Pasqualini's klantenstoel ging zitten.

Even dacht hij na over het voorbeeld dat zijn moeder erbij gehaald had, toen knikte hij.

'Bovendien zijn ze inmiddels zo machtig geworden, dat verzet van buiten veel te gevaarlijk geworden is. Je moet je bij hen aansluiten, Peter, om van binnenuit iets te kunnen doen. En daarom denk ik dat het goed is wanneer jij en hopelijk zoveel mogelijk andere, zelfstandig denkende mensen hier uit de omgeving partijlid worden. Misschien lukt het... de verstandige mensen... om opportunisten als die Hittelmayer en Gruber en zelfs fanatiekelingen als Dussler in toom te houden. De leiders zitten in Berlijn; maar wij hier in Wisslingen en omgeving zijn niet automatisch verplicht om naar hun pijpen te dansen!'

Peter pakte het kopje van zijn moeder en nam een slok. De koffie smaakte zoals altijd perfect, veel sterker dan zijn vrouw ooit voor hem gezet had.

Opnieuw complimenteerde hij in gedachten zijn moeder. Je mocht haar niet onderschatten. Ze was slim en in staat om verder te kijken dan haar neus lang was.

'Ik denk dat u gelijk hebt, moeder,' zei hij ten slotte, waarna hij de rest van de koffie opdronk.

'Helaas weet je altijd pas na afloop wie er gelijk had,' antwoordde Anna.

29

*D*e eerste brieven van Stefano vanaf het Ethiopische front klonken alsof ze bestemd waren voor de propaganda-officieren van het leger.

'Hij lijkt de goede beslissing genomen te hebben,' zei Sofia opgelucht, nadat ze de laatste post van haar zoon gelezen had.

Maar tante Fina snoof verachtelijk en gaf de brief verder aan Angela.

Die las de tekst snel door en zei toen teleurgesteld: 'Hij schrijft geen woord over hoe hij zich voelt!'

'Dat is precies het punt,' antwoordde tante Fina, die aange-naam verrast was door het heldere denkvermogen van haar achternichtje.

Maar Sofia, die tegenwoordig als trotse officiersmoeder de ene triomf na de andere vierde, had genoeg van het gemopper van haar tante. 'Niemand heeft zo geleden als ik, toen Stefano ons verliet,' zei ze – en ze geloofde het zelf. 'En toch kan en mag je je eigen angsten niet constant boven de belangen van de staat stellen!'

'Wie heeft je dat wijsgemaakt?' wilde tante Fina weten en opnieuw vroeg ze zich af of Sofia nu werkelijk het opper-vlakkige schepsel geworden was dat ze in de dagelijkse om-gang leek, of dat ze toch nog ergens verborgen dieptes had. Er waren tijden geweest, tijdens de minder dramatische fases in Sofia's ontwikkeling, dat ze die vermoed had. Maar elke keer hadden nieuwe maniertjes, affaires of rare ideeën, die eerder bij een bakvis zouden passen, die indruk weer teniet-gedaan.

Twee weken later arriveerde er opnieuw een brief van Stefano, dit keer gericht aan zijn zus.

Angela was door het dolle heen. Ze scheurde de envelop open, waarbij haar moeder en oudtante argwanend toekeken. Maar het bleek slechts om algemeenheden te gaan, die ze al uit de eerdere brieven kende. Het enige wat anders leek, was het handschrift van Stefano: groter, slordiger en gedeeltelijk vlekkerig, alsof er regendruppels op gevallen waren.

Het meest verbazingwekkende was echter het postscriptum, waarin Stefano zijn zus vroeg om de voormalige koetsier Pedro zijn hartelijke groeten over te brengen. Hij wilde 'die vrouw' bedanken voor het cadeau, dat juist nu zo nuttig en waardevol voor hem was.

Alle drie de vrouwen waren even verbaasd.

'Ik heb geen idee waar Pedro woont,' zei Angela, want de oude koetsier kwam nog maar twee keer per jaar langs om de heg te snoeien.

'Over wat voor cadeau heeft hij het?' vroeg Sofia.

Tante Fina negeerde die laatste vraag en wendde zich tot haar achternichtje. 'Hij woont in de vissersbuurt, Angela, vlak bij de haven. De kokkin kan je de weg wel vertellen, maar je mag er in geen geval alleen naartoe. Neem de wagen en laat je door Alessandro begeleiden wanneer je de auto verlaat!' De onverwachte groet aan de koetsier bevreemdde haar wel, want ze kende Pedro al tientallen jaren. Hij was niet gewoon krenterig, maar een regelrechte vrek, die nooit iets aan iemand zou geven. Bovendien, en dit wist ze zeker, was er geen vrouw in Pedro's leven sinds zijn echtgenote vijf jaar geleden overleden was. Er moest een boodschap achter dit verzoek schuilgaan, en dat die uitgerekend gericht was aan die argeloze Angela, was al een boodschap op zich. Ze had haar achternichtje maar al te graag begeleid naar Pedro, maar helaas was haar mobiliteit er de laatste tijd alleen nog maar meer op achteruit gegaan, de tijd liet duidelijk zijn sporen achter. Zelfs bij Sofia begon die nu merkbaar te worden. Het kuiltje bij haar mondhoek was dieper geworden en amper meer met make-up te camoufleren. Net toen Serafina dit dacht, verscheen de butler om te zeggen dat er telefoon was voor Sofia.

Toen ze terugkwam, leek ze opgelucht. Blijkbaar had de minnaar van dit moment eindelijk weer eens iets van zich laten
horen. Serafina Mazone vertrok even spottend haar mond,
maar zo dat Sofia het niet merkte.

30

$\mathcal{P}$aul Pasqualini maakte een verbazingwekkend proces door.
Hij merkte dat waanzin wende, zelfs routine kon worden.

Nauwkeurig bestudeerde hij in de papieren de methodes van
zijn voorgangers, hij werkte collegeconcepten uit en plande stu-
diebijeenkomsten. Zijn manuscripten bereidde hij uiterst nauwkeurig voor. Lastige weerleggingen van studenten omzeilde hij
door de vragen te verzamelen en ze tijdens een wekelijkse, aparte
bijeenkomst te beantwoorden.

Het voordeel hiervan was dat hij zich van tevoren goed kon
inlezen.

De 'Duitse cursus' bleek nog het minst lastig te zijn en was
bijna een soort ontspanning voor Paul. Zijn goede kennis van
de grammatica – met dank aan een strenge leraar Duits op het
gymnasium en aan zijn opleiding tot drukker – kwam daarbij
goed van pas. Verbaasd stelde hij vast dat hij blijkbaar een di-
dactisch natuurtalent was, want telkens weer kreeg hij te horen
hoe fris en motiverend zijn manier van lesgeven toch was. Ook
zijn droge gevoel voor humor en zijn grapjes, geërfd van zijn
moeder, kwamen hierbij goed van pas.

Binnen korte tijd was de deelname aan zijn Duitse colleges zo
groot geworden dat hij de groep studenten in tweeën moest delen.

Met alle administratieve rompslomp werd hij geholpen door
Ophelia, de moederlijke secretaresse van de decaan. Zij ontwikkelde algauw een zwak voor de jonge professore en nam regelmatig iets lekkers voor hem mee.

'O, Ophelia, je moet mij niet zo verwennen,' probeerde Paul
voor de zoveelste keer haar 'gebakken' liefdesverklaringen af
te slaan.

'Eet u nu maar, professore Paolo, u bent veel te mager voor uw lengte.'

'Nou goed dan, omdat je zo aandringt,' gaf Paul toe. Zo'n enorme opoffering was het nu ook weer niet om Ophelia's amandelkoekjes op te eten.

'U zou wat vaker in de mensa moeten eten,' stelde ze voor. Maar Paul was te veel verwend door het goede eten bij zijn moeder, oma en tante Gina om nog te kunnen genieten van het massavoedsel in de mensa. Meestal hield hij het bij een koud gerecht, maar twee of drie keer per week deed hij boodschappen en kookte hij in de verder amper gebruikte keuken van zijn woning een eenvoudige maaltijd.

Meteen de eerste keer al was Emilio als een hongerige wolf in de keuken opgedoken.

'Dat ruikt heerlijk,' riep hij en hij pakte een lepel om de saus te proeven. 'Bovendien is dat veel te veel voor één maag,' vond hij, toen de smaaktest gunstig uitgevallen was.

Paul lachte fijntjes. 'Het is al goed. Natuurlijk ben je uitgenodigd. Maar het duurt nog wel een halfuurtje!'

'Geen probleem,' zei Emilio tevreden, waarna hij weer in zijn wetboeken en gerechtelijke teksten dook.

Wonder boven wonder liet ook de leraar zich in de keuken zien. Paul bekeek de inhoud van zijn pannen en nodigde ten slotte ook de wiskundeleraar uit om deel te nemen aan de maaltijd.

De avond bleek een succes te zijn. Paul had gebraden kalfsvlees gemaakt zoals zijn moeder dat altijd deed, met aardappelpuree en in witte wijn gesmoorde appels.

'Dit is een Duits recept,' zei hij, terwijl hij het vlees aansneed. 'Ik heb een deel van mijn jeugd in Duitsland doorgebracht.'

Deze opmerking is typerend voor alles wat er op het moment gebeurt, dacht Paul nadat hij het gezegd had: een korreltje waarheid in een enorme zandberg van handig geserveerde fantasieverhalen.

'Het smaakt heerlijk. Helemaal niet Teutoons,' verzekerde Emilio hem, terwijl Paul hem voordeed hoe hij met zijn lepel een geultje in de puree moest trekken.

Ze dronken de rest van de kookwijn en kwamen erachter dat de wiskundeleraar Aldo Manganello heette. Hij was een neef van de huiseigenaresse en was na de dood van zijn vrouw drie jaar geleden uit de echtelijke woning gevlucht omdat daar te veel pijnlijke herinneringen lagen.

'Ik weet niet of jullie ooit van iemand gehouden hebben. En dan heb ik het over echte liefde, geen verliefdheid of alleen maar lustgevoelens. Waarschijnlijk zijn er maar weinig mannen van mijn leeftijd die zoiets kunnen zeggen, maar ik kan jullie verzekeren dat ik het gelukkigste huwelijk had dat je je maar voor kunt stellen. Helaas is mijn vrouw veel te vroeg overleden, ze was nog maar amper veertig. Op een ochtend lag ze dood naast me in bed en tot op de dag van vandaag kan ik het nog niet goed bevatten. Ik leef verder, doe mijn werk, maar niets lijkt meer zin te hebben of belangrijk te zijn. De eerste... gebeurtenis... sinds lange tijd, waar ik echt blij van geworden ben, is deze heerlijke maaltijd, buurman en het aangename gezelschap van jullie allebei!'

Terwijl Aldo Manganello zich opnieuw bediende van puree en saus, wisselden Paul en Emilio een snelle blik.

Bijna elke dag hadden ze de spot gedreven met die oude 'zonderling', met zijn kale kamer, zonder enige persoonlijke noot, en zijn gewoonte om met zichzelf te schaken, wat blijkbaar zijn enige tijdverdrijf was.

Maar nu ze de achtergrond van dit gedrag kenden, schaamden ze zich diep.

Toen de leraar zich na de koffie terugtrok, spraken ze erover en vooral over die verbijsterende verklaring van de grote liefde.

'Houd jij ook op die manier van Editha?' vroeg Paul, nadat hij lang had nagedacht of deze vraag niet te persoonlijk zou zijn.

'Ik weet het niet,' gaf Emilio eerlijk toe. 'Waarschijnlijk is het onmogelijk om, in de situatie waarin ik me op dit moment bevind, iets dergelijks te beweren. Zoiets weet je denk ik pas zeker wanneer je er achteraf op kunt terugkijken!'

'Je bent een filosoof, geen jurist,' zei Paul en hij schonk zijn vriend nog een grappa in.

'Dat is denk ik één kant van de medaille,' antwoordde Emilio nadenkend. 'En waarschijnlijk moet je daarnaast ook nog psycholoog zijn om optimaal te kunnen functioneren in mijn vak!'

'Ik hoop niet dat ik ooit in aanraking kom met justitie, maar voor het geval dat, zal niemand anders dan jij mijn interesses mogen verdedigen. Ik geloof dat jij een stralende toekomst tegemoet gaat, beste vriend!'

'Dat hoop ik maar,' antwoordde Emilio. Hij greep in de zak van zijn jasje dat hij over de stoel gehangen had en haalde er een langwerpige, cederhouten doos uit tevoorschijn.

'Virginia?' vroeg hij, terwijl hij Paul een van de lange, dunne en licht gebogen sigaren voorhield.

'Dat heb ik nog nooit geprobeerd,' gaf Paul toe en dacht aan zijn vroegere rookpogingen in de boomhut.

'Dan is vandaag een mooie dag om ermee te beginnen,' moedigde Emilio hem vrolijk aan.

Ze vulden de kamer met kruidige tabaksrook, amuseerden zich met de gedachte aan wat de vrouw van de conciërge hier morgen over te zeggen had en dronken er nog een slok rode wijn bij. De fles was afkomstig uit het kistje dat tante Gina en oom Giulio Paul ter afscheid hadden meegegeven.

'Wat een geweldige wijn,' zei Emilio meteen na de eerste slok. 'Precies zoals een rode wijn moet smaken: zacht, maar niet zoet, fruitig en eerlijk. Je proeft het land waarop de druiven gerijpt zijn. Ten zuiden van Salerno, denk ik, of vergis ik me?'

'Je hebt het goed geraden,' bevestigde Paul en een beetje opschepperig voegde hij eraan toe: 'Mijn familie heeft daar een wijngaard!'

'Zoiets moet je koesteren,' vond Emilio, terwijl hij zijn tong tegen zijn gehemelte drukte om te genieten van de kaneelachtige nasmaak van de wijn.

Paul knikte en dacht aan de oogst van de druiven en van de olijven, aan het zweet en aan de pijn in zijn rug, aan de lessen met Gianni, Giac en hun vrienden. En hij had het gevoel alsof er al tientallen jaren voorbij waren, alsof de tijd in Pesciotta het ware leven was en zijn leven nu slechts een droom waaruit hij morgen weer kon ontwaken.

31

*E*nkele dagen voor de kerstvakantie ontdekte Paul tussen alle studenten een man die hem vaag bekend voorkwam, maar die hij niet meteen kon plaatsen. Terwijl hij de filosoof Friedrich Wilhelm Joseph Schelling citeerde, die al in 1859 schreef: 'Architectuur is verstarde muziek', en daarna verwees naar Schopenhauer die iets vergelijkbaars gezegd had, herinnerde hij zich weer wie deze bezoeker was.

Het was Francesco, de secretaris van Mussolini.

Paul, die zich na bijna een kwart jaar helemaal thuis voelde op zijn nieuwe positie en met steeds meer succes zijn cynische gedachten tegen dit op bedrog gebaseerde leven wist te verdringen, voelde een enorme opwinding.

De Duce was hem dus niet vergeten.

Natuurlijk niet. Het was een man die 'zijn wedresultaten goed in de gaten hield', precies, zoals hij al gezegd had, ook al was hij dan niet persoonlijk langsgekomen.

Toen Francesco zag dat Paul hem herkend had, glimlachte hij goedkeurend, wat de professore bij de gratie van Mussolini – na een korte hapering – de moed gaf om verder te gaan.

Aan het eind van het college, nog voordat de studenten de zaal verlaten hadden, baande de segretario zich een weg naar de lessenaar, reikte Paul met een pathetisch gebaar de hand en zei met luide stem, zodat alle aanwezigen hem konden horen: 'Bravo, professore Pasqualini. Mijn complimenten. Ik zal mijn baas hierover berichten!'

Paul begon te blozen. 'Dank u wel, signor segretario,' stotterde hij toen.

De man bleek haast te hebben. Hij hief nog een keer zijn hand ter afscheid en verzekerde hem: 'U hoort weer van ons!'

Op kerstavond zat Paul alleen in zijn woning en staarde naar buiten, waar het regende.

Emilio was naar zijn ouders in Bari gereisd en Aldo zat, zoals elk jaar na de dood van zijn vrouw, in een hotel op Capri, aangezien hij tijdens zijn gelukkige huwelijk nooit op dit eiland geweest was en er dus geen verdrietige herinneringen aan had.

Paul dacht aan de kerstvieringen in Wisslingen, in zijn kindertijd. Peter en hij waren ieder jaar, vroeg in de ochtend van 24 december, met hun vader naar het bos van grootvader getogen, om daar een kerstboom te kappen. Later op de dag hadden alle kinderen dan in het oude huis moeten wachten totdat vader en moeder de boom versierd en de kamer in kerstsfeer gebracht hadden. Pas wanneer de heldere klanken van de kerstklok te horen waren, mochten ze komen. Moeder had met haar krachtige stem het kerstverhaal voorgelezen en daarna hadden ze altijd samen gezongen, door vader begeleid op de gitaar.

Ze hadden worstjes en aardappelsalade gegeten en pas na deze traditionele kerstavondmaaltijd hadden ze de mooi verpakte cadeautjes mogen openen.

Paul glimlachte weemoedig toen hij zich herinnerde, dat ook de hond elk jaar een pakje gekregen had: een knakworst, die hij altijd opgewonden uit het papier trok.

Hij zag iedereen precies voor zich: zijn vader, die steevast op kerstavond een pak met gesteven kraag droeg, ook toen dat al lang niet meer in de mode was. Zijn moeder in haar feestoutfit, een zwarte, tafzijden rok met witte bloes met ruches. Zijn broer Peter, die net als hijzelf hoopte dat ze nu eindelijk die zo gewenste spoorbaan zouden krijgen. Else, die elk jaar rond Kerstmis verkouden was en zich door de feestdagen heen nieste. Zijn opa Sailer, die hen stiekem altijd nog iets extra's toestak, wat hun moeder nooit goedgekeurd had. En Konstanze, die voor ieder kind een cellofaantasje had, gevuld met heerlijke kerstkoekjes waarvan Anna altijd zei dat ze veel te vet en zoet waren.

Een gevoel van treurigheid overviel Paul, want nog nooit in zijn leven had hij zo duidelijk begrepen als op deze eenzame kerstavond, dat niets in het leven blijvend was.

Behalve verandering.

Hij probeerde zijn heimwee te onderdrukken met de laatste fles uit het Pesciotta-kistje, maar het mocht niet baten. Hij wilde maar niet moe worden. Pas tegen de ochtend viel hij eindelijk in slaap.

Eerste Kerstdag was een stralend zonnige dag en de milde temperatuur maakte een jas overbodig.

Paul werd in een beter humeur wakker en besloot om eindelijk dat te doen, waarvoor hij tot dan toe geen tijd had gehad: hij bezichtigde Napels, de dom, het Castel Capuano, de catacomben van de heilige Januarius en nog veel meer. Elke avond viel hij doodmoe in bed en toen op oudejaarsdag eindelijk Emilio terugkwam, wist hij dat hij deze dagen van eenzaamheid had overleefd.

32

*O*p oudejaarsdag 1935 werd in een lazaret in de buurt van de stad Aksum, na een wekenlang gevecht tegen gasgangreen, Stefano Orlandi's rechterarm tot boven de elleboog geamputeerd. De verwondingen aan zijn rechter gezichtshelft waren toen al genezen. Zijn oog, dat ook was beschadigd, was gelukkig gered, maar van zijn jukbeen tot onder zijn kin liep nu een breed litteken. De huid over de beschadigde spier had een blauwige zweem en stond onnatuurlijk strak gespannen, waardoor Stefano's halve gezicht een maskerachtige uitdrukking had gekregen.

Toen hij uit de narcose ontwaakte, keek hij in het bezorgde gezicht van de jonge verpleegster Olivia, die afkomstig was uit Civitavéccia.

'Hoe voelt u zich, *sottotenente*?'

'Wat maakt het uit!'

'Hoe kunt u zoiets nu zeggen! U bent toch nog zo jong!'

Stefano vertrok zijn gezicht in een grimas. Door zijn litteken leek het bijna alsof hij glimlachte.

'Precies, zuster Olivia, als ik niet het geluk heb om alsnog te sterven, dan heb ik nog tientallen jaren als kreupele voor de boeg. Om nog maar te zwijgen van het feit dat de mensen zich vol afschuw van me zullen afkeren wanneer ze me zien!'

'Dat is niet waar. Ik vind het helemaal niet zo erg!'

'Omdat u er inmiddels al aan gewend bent... *Lamien*... om u heen te hebben!'

Aan haar vertwijfelde gezichtsuitdrukking zag hij dat ze niet op de hoogte was van de huiveringwekkende figuren uit de Griekse oudheid. Ze keek zo bedrukt, dat hij spijt kreeg van zijn botte gedrag.

'Het is al goed, Olivia. Misschien is het beter als ik nog een beetje ga slapen!'

'Doet u dat, *sottotenente*.'

Stefano sloot zijn ogen, maar voelde nog altijd haar medelijdende blik. Door zijn verzwakte toestand was hij niet in staat om de twee tranen tegen te houden, die nu over zijn wangen biggelden. Zachtjes veegde Olivia ze met een moltondoek van zijn huid. Op dat moment besloot Stefano dat hij met haar zou trouwen.

Ze hield van hem, dat had hij wel gemerkt tijdens de lange weken waarin ze hem had verpleegd. En ze hield van hem zoals hij was. Hij wist dat ze ja zou zeggen.

Ze was de dochter van een zeeman en haar moeder verdiende haar brood als wasvrouw. Olivia was dus allesbehalve een goede partij voor een man die de Mazone-rederij en andere bezittingen zou erven, maar dat maakte niet uit. Ook dat ze knap was, betekende niets.

Ze had een oprecht, sterk karakter, een groot hart en door haar werk als verpleegster was ze eraan gewend om mannen te helpen, zelfs bij dingen waarvoor hij zich in het begin nogal gegeneerd had.

Even dacht hij aan de reactie van zijn moeder op een dergelijke huwelijksaankondiging en als een film zag hij Sofia's gedrag al voor zich. Zijn moeder was zo voorspelbaar.

Maar ook dat maakte niets uit. Niemand in zijn familie zou hem bijstaan in zijn handicap. Zijn moeder kon het niet, daar was hij zeker van, Angela zou zelf trouwen en haar eigen problemen hebben. Tante Fina was oud en zijn grootmoeder Orlandi was een paar weken geleden overleden, hadden ze hem verteld.

Maar hij was een man die in de toekomst aangewezen zou zijn op hulp.

Stefano kreunde licht, want hij voelde pijn op de plek waar eens zijn arm gezeten had. Toen herinnerde hij zich weer hoe deze ellende begonnen was en hij vervloekte zijn 'vriend' De Bono vanuit het diepst van zijn hart. Hoewel De Bono zijn straf al gekregen had toen Mussolini hem na amper vijfenveertig dagen al ontslagen had en in zijn plaats Pietro Badoglio de leiding over de troepen had toevertrouwd. Maar ook hem vervloekte Stefano, samen met Mussolini. Want beide mannen, de Duce en zijn nieuwe veldmaarschalk, waren het erover eens dat ze niet zouden terugdeinzen voor het gebruik van gifgas om een eind aan deze oorlog te kunnen maken. Terwijl dat juist de gruwelijkheden van deze waanzinnige oorlog tot nu toe nog wel eens zou kunnen gaan overtreffen.

Ze kunnen allebei naar de hel lopen, dacht Stefano verbitterd, want elke keer dat hij zijn ogen sloot, zag hij weer de soldaten voor zich tegen wie hij gevochten had: op blote voeten waren ze door het woestijnzand gerend, halve kinderen nog, om hun land tegen de indringers te verdedigen. Hun ontzielde gezichten waren weliswaar donker, maar hadden edele, bijna aristocratische trekken gehad. Hun dood was net zo zinloos als het sterven van zijn regimentskameraden – of zijn eigen verminking, dat had Stefano inmiddels wel begrepen.

Vlak voordat hij weer insliep dankzij de opiumhoudende druppels die Olivia in zijn waterglas had gedaan, vervloekte hij zichzelf. Hij vervloekte zijn enthousiasme, de naïeve goedgelovigheid, waarmee hij naar De Bono's tirades geluisterd had en de arrogantie waarmee hij op de verwijten en waarschuwingen van zijn oudtante gereageerd had. Maar het was te laat. Hij had zijn leven verspeeld nog voordat het echt begonnen was.

33

'Te veel eenzaamheid is niet gezond, mijn beste vriend,' zei Emilio opgewekt. 'Je hebt Kerst al alleen moeten doorbrengen, de jaarwisseling ga je nu met mij en nog wat andere mensen vieren – en er is geen enkele reden om dit voorstel af te slaan!'

Paul aarzelde, maar dit keer liet hij zich ompraten. Wat signor Gisberti zich ook mocht voorstellen bij de door hem opgelegde sociale terughoudendheid, Emilio had gelijk. Niemand kon alleen maar werken en zich daarna terugtrekken in zijn woning. Die voorwaarde was bijna onmenselijk, hij was tenslotte geen gevangene. En wanneer hij dacht aan het gedrag van zijn collega's tijdens de kerstborrel op de universiteit, dan kon hij alleen maar concluderen dat het aanvankelijke wantrouwen inmiddels verdwenen was. Niemand zou er meer aanstoot aan nemen wanneer hij in gezelschap gezien zou worden.

'Editha en haar zussen zullen er ook zijn en het huis van de familie Flori staat bekend om zijn goede eten en voortreffelijke wijnkelder. Ik heb Editha al veel over je verteld, ze verheugt zich erop je eindelijk te leren kennen!'

'Maar ik heb niks geschikts om aan te trekken. Je weet toch dat ik nooit uitga!'

'Onzin,' snoof Emilio, en hij hielp Paul bij het zoeken naar de juiste kledij. Ze vonden een geschikte, zwarte broek en Emilio gaf hem zijn oude smokingjasje, dat hem rond de taille een beetje te krap geworden was, inclusief de bijpassende cumberband.

Op Oudjaarsdag gingen ze snel nog even de stad in om hun garderobes compleet te maken: Paul kocht een overhemd, een modieus vlinderstrikje en lakschoenen. Emilio schafte een nieuw jacquet met bijpassend zijden vestje aan, dat hij comfortabeler vond zitten dan de gehate cumberband.

Daarna haastten ze zich terug naar huis om zich om te kleden.

'Je ziet er geweldig uit,' verzekerde Emilio, die Paul stond op te wachten in de voormalige woonkamer van de huiseigenaresse, die tegenwoordig als zitkamer diende. 'Als een Romeinse prins!'

'Je praat als een politicus,' beantwoordde Paul het compliment van zijn vriend, maar die grijnsde alleen maar en haalde de gewatteerde schouders van zijn nieuwe jacquet op. 'Wat niet is, kan nog komen. Ik heb er serieus al eens over nagedacht of dat niet de juiste carrièrekeus voor mij zou zijn!'

Voor de Villa Forli was het een drukte van belang.

Deftige automobielen van verschillende makelij reden de oprijlaan op.

Chauffeurs met of zonder livrei hielpen de gasten uit de wagens. De heren droegen – net als Paul en Emilio – een smoking of een donker pak, sommige zelfs een rokkostuum.

De dames waren in avondkledij in de meest uiteenlopende stijlen. Sommige jurken liepen zo wijd uit, dat het leek alsof ze er een hoepelrok onder aanhadden. Andere waren versierd met opgenaaide fabelvertellingen in Biedermeier stijl, andere daarentegen waren juist smal en naar Grieks voorbeeld gemaakt, met diepe, gedrapeerde decolletés.

Ondanks de relatief milde temperatuur droegen vele dames bondstola's in alle soorten en maten.

Paul keek zo gefascineerd om zich heen, dat hij bijna struikelde toen ze de buitentrap van de Villa Forli op liepen, die meer weg had van een paleis. De hal van het grote huis glansde in het licht van enorme kroonluchters en wandkaarsen. Op de stenen vloer lagen Perzische tapijten en exorbitante bloemstukken versierden de ruimtes.

'Welkom,' zei de heer des huizes, een dikke man van rond de vijftig, toen hij Emilio Rigotti begroette, de toekomstige echtgenoot van zijn nichtje Editha.

Emilio maakte een kleine buiging en kuste de hand van signora Forli. Paul keek aandachtig toe en Emilio stelde hem voor: 'Paolo Pasqualini, professor aan de universiteit hier, mijn vriend en huisgenoot!'

'Prettig kennis te maken,' zei hun gastheer en aanvaardde welwillend Pauls correcte buiging.

Paul kuste de hand van de eveneens corpulente vrouw des huizes en lette op dat de kus tussen de hand van de dame en zijn lippen terechtkwam, zoals hij het Emilio had zien doen.

'Wat leuk dat signor Rigotti u meegenomen heeft,' teemde signora Forli opgetogen, en ze meende het. Deze professor zag er fantastisch uit en een aanstelling als leerkracht aan de universiteit garandeerde een vast inkomen. Ze had nog vier huwbare dochters en nam zich voor hen op Emilio's vriend te attenderen.

Paul haalde opgelucht adem toen de eerste horde leek te zijn genomen. Verder kon hij in het gewoel van minstens honderd gasten geen enkele gezicht ontdekken dat hem bekend voorkwam. De kringen van de Forli's en de universiteit van Napels leken elkaar niet te overlappen.

Ook Emilio had intussen om zich heen gekeken, maar hij kon Editha en haar zussen nog niet ontdekken.

'Laten we wat drinken,' stelde hij voor. 'Het diner wordt hier pas laat geserveerd!'

Ze namen allebei een glas mousserende wijn van het zilveren dienblad van een butler en trokken zich terug in een hoek bij het raam, van waaruit ze de nieuw binnengekomen gasten goed in de gaten konden houden.

Pauls blik viel op een niet meer zo heel jonge vrouw, die een sari-achtige, perzikkleurige jurk van een glimmende, soepel vallende stof droeg, met een split aan de zijkant. Terwijl aan de voorkant een diep decolleté de bovenkant van haar borsten toonde, ging de achterkant van het gewaad over in een met gouddraad bestikte capuchon, die de dame in kwestie als een soort sluier over haar gladde, pikzwarte haar droeg.

Het extravagante van haar hele uiterlijk baarde nogal wat opzien, zoals te merken was aan het gefluister van de vrouwen en de reacties van de mannen.

'Die jurk is afkomstig uit Parijs, het is de nieuwste creatie van Elsa Schiaparelli,' hoorde Paul een vrouwenstem achter zich zeggen en Emilio fluisterde: 'De contessa Vibaldi, een groot voorstandster van de kunst!'

In haar gezelschap bevond zich nog een andere, iets grotere en slankere dame, die net de gastheer en -vrouw begroette. Toen ze zich omdraaide om de contessa te volgen, zag Paul haar gezicht en hij had het gevoel dat alles om hem heen plotseling kleiner werd en helemaal naar de rand van zijn gezichtsveld schoof.

Midden in zijn waarneming zag hij alleen haar nog: de onbekende schoonheid.

Ook Angela had hem nu herkend. Ze glimlachte en kwam naar hem toe gelopen, op magische wijze aangetrokken door zijn blik. 'Ik wist dat we elkaar opnieuw zouden zien,' zei ze bij wijze van begroeting.

Paul, die zijn ogen niet van haar af kon houden, hoorde Emilio's stem die verbaasd zei: 'Ik wist niet dat jullie elkaar kenden!'

Eindelijk ontwaakte Paul uit zijn betovering, maar de jonge vrouw was hem voor.

Ze glimlachte en zei, met een vleugje koketterie: 'Kennen is te veel gezegd. We zijn elkaar een keer... tegen het lijf gelopen!'

Emilio grinnikte en zei: 'Als dat zo is, dan zal ik jullie even aan elkaar voorstellen. Dit is mijn vriend professor Paolo Pasqualini, en Angela Orlandi is een vriendin van Editha.'

'Wij zaten samen op de kloosterschool, op kostschool,' legde Angela uit.

'Angela is een van de bruidsmeisjes bij onze bruiloft,' zei Emilio en grijnsde. 'Wanneer je braaf bent, Paolo, dan krijg je misschien de kans om haar daarbij te assisteren!'

Maar Paul luisterde al niet meer. Hij genoot van de aanblik van de jonge vrouw en wenste dat hij ervoor kon zorgen dat ze alleen zouden zijn.

Ook Angela was aangedaan. Uiteraard was ook zij hun ontmoeting niet vergeten, alleen al niet omdat deze professor daadwerkelijk een verbluffende gelijkenis met haar broer Stefano toonde, hoewel de verschillen haar vandaag nog meer opvielen

dan tijdens hun eerste ontmoeting. Misschien vanwege de feestelijke kledij die de lengte van de professor, zijn brede schouders en zijn gespierde lichaamsbouw nog meer accentueerden.

Plotseling mompelde Emilio een verontschuldiging en liet hen
alleen.

Angela ontdekte haar vriendin Editha die zich – begeleid
door haar twee oudere broers – net in de rij nieuw gearriveer-
den had aangesloten.

'Ik heb drie maanden lang over u gedroomd,' bekende Paul,
reagerend op Angela's eerste opmerking, alsof er daarna niets
meer gezegd was.

Ze glimlachte en leek hem te begrijpen.

Paul zag dat haar begeleidster, de vrouw met de Indisch aandoende jurk, naar hen toe kwam en zei snel: 'Ik moet u beslist
nog een keer zien, signorina. Alstublieft!'

'Schrijft u mij. Emilio kent mijn adres!'

Allebei waren ze een beetje buiten adem, alsof ze te snel gelopen hadden, toen de contessa Vibaldi bij hen kwam staan.

Ook aan haar werd Paul voorgesteld en eindelijk verscheen
toen de veel besproken Editha, een knap, jong meisje met een
vriendelijk rond gezicht, dat om het minste of geringste moest
giechelen.

Angela volgde met tegenzin toen de contessa na enkele vrijblijvende woorden haar arm pakte en haar mee naar een ander
groepje trok, maar de glimlach, waarmee ze Paul achterliet was
veelbelovend.

Toch duurde het nog drie hele uren, waarin Paul zich zonder
veel te proeven door alle gangen van het overdadige menu heen
at totdat hij haar weer zag. Ze stond in de tuin, droeg een
kraagmanteltje van struisvogelveren over haar strakke, zalm-
kleurige zijden jurk en keek omhoog naar de hemel, waaraan
de sterren concurreerden met het afgestoken vuurwerk.

'Een heel gelukkig 1936,' riep Paul haar toe, maar hij wist
niet zeker of zijn stem opgewassen was tegen het knallen van
de vuurpijlen en het gelui van de kerkklokken van Napels.

Ze draaide haar hoofd om en antwoordde iets wat Paul niet
kon horen, aangezien de gasten van de Forli's nu ook naar bui-

ten gekomen waren om naar het vuurwerk te kijken, wat ervoor zorgde dat het kabaal nu echt oorverdovend werd.

Maar woorden waren ook overbodig. In Angela's ogen zag Paul wat hij wilde zien.

Dit wordt ons jaar, zeiden die ogen en hij knikte, meerdere keren en vol ernst.

Vervolgens drong zich een groep dronken gasten tussen hen en werd Angela terug de zaal in gedreven, waar de contessa haar al ongeduldig stond op te wachten.

Omgeven door haar gevolg verdween de contessa daarna met Angela door de wijd openstaande zijdeuren.

Paul wachtte nog een paar minuten. Toen nam hij beleefd afscheid van Emilio en diens toekomstige familie. Hij pakte een van de wachtende huurkoetsen om naar huis te gaan. En terwijl de chauffeur hem door de straten van Napels reed, bedacht Paul dat Emilio zich toch echt vergist had wat de liefde betrof.

Het was niet waar dat je pas achteraf, net als bij de wiskundeleraar, de intensiteit van een dergelijk gevoel vast kon stellen. Wanneer het om de waarlijk grote liefde ging, dan wist je dat meteen. Een tweede ontmoeting kon die eerste indruk dan eventueel nog eens bevestigen.

Thuis aangekomen ging hij niet naar bed. In plaats daarvan pakte hij zijn mooiste briefpapier en schreef de eerste liefdesbrief van zijn leven – op handgeschept papier. Hij schreef vloeiend, want zijn stijl was geschoold en sinds hij lesgaf aan de universiteit deed hij het ook weer veel meer. Hij hield zich niet bezig met onbenulligheden, maar bekende Angela Orlandi met vurige woorden zijn bijzondere gevoelens.

Hij zou de brief zelf gaan bezorgen, meteen nadat hij van Emilio Angela's adres gekregen had, want alleen dan zou er een mogelijkheid zijn dat hij haar nog diezelfde avond zou kunnen zien.

Nog meer zinloze tijd te moeten wachten, leek hem onmogelijk.

34

*A*nna had de kerst bij haar zoon Peter gevierd. De kleine Anton had de rode kerstballen in de boom bewonderd, gedacht dat het appels waren en geprobeerd er met zijn tandjes in te bijten, wat nog net op tijd verhinderd had kunnen worden.

Haar dochter Else was met de 'Gruber-kliek', zoals Anna de plaatselijke afdeling van de NSDAP noemde, naar de kerstviering op de Staufen gewandeld en bracht de dagen erna samen met haar groep meisjes door in een schoolgebouw in de buurt van Göppingen.

'Laat haar toch,' probeerde Peter Pasqualini zijn moeder te sussen, toen ze op Nieuwjaarsdag een gans zaten te eten, die Anna en Konstanze voor de kerst niet hadden kunnen verkopen. 'Ze heeft het er blijkbaar naar haar zin. En misschien is het wel goed voor haar om bij een groep te horen. Ze heeft tenslotte altijd al aanpassingsproblemen gehad en veel vriendinnen had ze ook nooit!'

'Ik ben er ook echt niet op tegen,' beweerde Anna, hoewel dat natuurlijk niet helemaal klopte, maar ze had op deze eerste dag van het nieuwe jaar niet meteen zin in allerlei verhitte discussies. Al wist ze natuurlijk heel goed waar het enthousiasme van haar dochter vandaan kwam: de meisjes in de aan haar toevertrouwde groep waren allemaal jonger dan zij en als 'leidster' mocht zij ze in het rond commanderen. Dat deed Else graag en het paste bij haar karakter.

Peter knikte alleen maar, want eigenlijk was hij met zijn gedachten heel ergens anders.

'Moeder,' begon hij uiteindelijk, toen Konstanze de tafel afruimde en Gustel de kleine Anton voor zijn middagslaapje naar bed bracht. 'Wij hebben destijds, na de dood van vader, toch allemaal wat geërfd, of niet?'

'Dat klopt,' bevestigde Anna, die meteen wist wat er ging komen.

'Een deel van het huis is dus eigenlijk van mij!'

Zijn moeder knikte. Ze was te lang zakenvrouw geweest, om niet te weten waar Peter heen wilde met zijn vragen.

'En meerderjarig zijn we inmiddels ook, met uitzondering van Else!'

'Zeg toch meteen dat je jouw aandeel in het huis wilt belenen,' zei Anna, om vaart achter de zaak te zetten.

Verbaasd keek Peter zijn moeder aan, die onbewogen op haar stoel zat, en concludeerde opnieuw dat je haar niet mocht onderschatten. Haar volgende woorden bevestigden dit alleen nog maar.

'Ik heb het er al met je oom over gehad, en die heeft met de notaris gesproken!'

'Ja, en?'

'Volgens de notaris zijn wij gezamenlijke erfgenamen, die uitsluitend gezamenlijk kunnen handelen. En omdat je broer Paul... met onbekende bestemming is vertrokken... is een belening van het huis onmogelijk, zelfs wanneer je oom er, als voogd van Else, mee in zou stemmen!'

Peter zag zijn veelbelovende plannen in duigen vallen. Samen met een vertegenwoordiger van de bank had hij alles al tot in detail berekend. Er moest vooruit betaald worden, zelfs als hij de meeste van de noodzakelijke apparaten tweedehands zou kunnen aanschaffen en zijn spaargeld, samen met de winst van de winkel van Gustel daarvoor genoeg zou zijn. Als hij alles wilde kopen wat nodig was, moest hij echt meer geld hebben.

Ze hadden het er nooit verder over gehad, maar nadat zijn moeder zijn voornemens goedgekeurd had, was hij ervan uitgegaan dat ze hem daarbij ook financieel zou ondersteunen.

'Wanneer dat zo is, dan had u me dat ook wel eerder kunnen vertellen,' bromde hij, waarbij hij niet probeerde zijn teleurstelling te verbergen. 'Voordat ik me voor de vakopleiding had aangemeld. Wat nog niet zo eenvoudig was, ook!'

'Heb nou niet meteen zo'n grote mond,' berispte Anna hem, terwijl ze naar Konstanze knipoogde, die net uit de keuken kwam. 'Konstanze en ik hebben het al voor je geregeld!'

Ze vertelden hem dat Konstanze, om eventuele latere successierechten te voorkomen, Anna de boerderij van haar vader teruggegeven had, en wel op de maandag na de tweede advent en nadat levenslang woonrecht en garantie op verpleging, indien noodzakelijk, notarieel waren vastgelegd. Anna zou nu een hypotheek op de Sailer-boerderij en de daarbij behorende grond opnemen ter hoogte van het kapitaal dat Peter nodig had.

'Maar de boerderij en de grond blijven mijn eigendom. Dat heeft als voordeel dat ik later, wanneer dat nodig zou zijn, jouw broer en zus hun erfdeel kan geven. En het nieuwe huis en erf blijven buiten schot, om bij een eventueel faillissement van jouw nieuwe bedrijf geen gevaar te lopen. Wat niet betekent dat je geen gebruik mag maken van de schuur en het land eromheen. Dat deden je opa en je vader tenslotte ook, waarom jij dus niet?'

'En dat hebt u allemaal zelf geregeld?' vroeg Peter verbaasd en hij haalde voor de gelegenheid de frambozenjenever tevoorschijn die kostbaarder was dan de pruimenjenever en dus meer geschikt om dit heuglijke feit mee te vieren.

'Nou en of,' zei Anna, zonder blikken of blozen, hoewel dat gelogen was. Ze had dit allemaal met de baron besproken, een briljant jurist, hoewel maar weinig Wisslingers dit wisten.

De baron kon het zich namelijk veroorloven om de rechtspraak vanuit zijn luie stoel bij het raam van zijn werkkamer op de voet te volgen, waarbij hij alle trends waarnam die, net als in de mode, ook in de jurisprudentie voorkwamen. In ruil voor het naaien van een jachtvest van het zachtste hertenleer, gevoerd met fijne zijde met ingeweven Paisleymotief, had hij voor Anna een waterdicht contractconcept uitgewerkt dat de notaris zo kon overnemen.

'Graag gedaan, mevrouw,' had hij gezegd, toen Anna het uit

meerdere pagina's bestaande document bekeken had en terecht opgemerkt had dat dit heel veel werk geweest moest zijn.

'Datzelfde geldt ongetwijfeld ook voor het vest,' had de baron geantwoord, aangezien hij daadwerkelijk met plezier zijn juridische kennis weer eens in de praktijk gebracht had om deze, door het noodlot getekende familie, zo optimaal mogelijk te kunnen helpen.

Nog altijd keek hij graag naar het fraaie stucwerk van de overleden Sailer-Italiaan in zijn salon. En vaak dacht hij met bewondering aan hoe deze man erin geslaagd was zich, ondanks alle weerstand, staande te houden en gerespecteerd te worden in een vijandig gezinde omgeving.

Af en toe moest hij ook weer denken aan die geheimzinnige Italiaanse vrouw, die de arme man vermoedelijk het leven gekost had.

De wereld was gek geworden, zelfs de kleine wereld hier om hen heen. Maar de grote Duitse wereld zou binnenkort alle waanzin sinds Napoleon gaan overtreffen, daar was hij zeker van. Want baron von Breitenfeld bestudeerde vanuit zijn luie stoel niet alleen de ontwikkeling van de rechtspraak, maar ook de nationale en wereldpolitiek.

'Dan zal ik morgen meteen alles in gang zetten,' kondigde Peter aan, die de denkpauze van zijn moeder, terwijl ze van de frambozenjenever dronk, gebruikt had voor zijn eigen overpeinzingen.

'Doe dat, jongen,' zei Konstanze, waarna Peter haar nog een keer bijschonk en met een liefdevol gebaar zijn wang even tegen haar strak gescheiden witte haar aan legde.

Meer dan erin wonen kan ik toch niet meer, dacht de oude vrouw. En Anna zal me hoe dan ook tot aan mijn dood verplegen. Net zoals ik dat bij haar vader gedaan heb! Toen viel haar op dat Anna op deze dag een prachtige groene ring droeg, omgeven door glimmende, witte steentjes. Die had ze nog nooit eerder gezien, maar dat was normaal. Want bij de vrome vrouwen in deze streek was het gebruikelijk dat ze enkel van hun mooie sieraden genoten door er af en toe stiekem naar te kijken. Het kwam maar zelden voor dat ze ze daadwerkelijk droegen. Dat Anna deze ring dus vandaag om had, moest dus wel iets te betekenen hebben, wat ook te zien was aan het tevreden glimlachje waarmee ze het kostbare sieraad bekeek.

'Wat maakt jou zo vrolijk?' vroeg Konstanze, die haar nieuws-gierigheid niet kon bedwingen.

'Moeilijk uit te leggen,' bromde Anna, die moest denken aan de nacht waarin Stefano haar met deze ring het verlies van haar erfenis had willen laten vergeten.

Hoewel het niet altijd zo was op deze wereld, liepen de din-gen soms uiteindelijk toch zoals ze moesten en keerden goede-ren uiteindelijk daarheen terug, waar ze eigenlijk altijd al ge-hoord hadden.

35

Serafina Mazone had haar achternichtje in de loop van nieuwjaarsdag 1936 al drie keer naar de brievenbus zien lopen. Ze was dan ook niet verbaasd toen Angela aan het begin van de avond van de volgende dag de chauffeur Alessandro vroeg haar naar de contessa Vibaldi te rijden.

Sofia was zoals meestal te veel met zichzelf bezig om ook maar iets te merken. Ze had op het Oudejaarsfeest van de familie Marcese, de meest rijke en invloedrijke familie van de stad, de conte Palieri weer ontmoet, aan de zijde van de jonge vrouw met wie hij in de zomer van het afgelopen jaar in Rome getrouwd was.

'Een naïef meisje, maar uit een oude, adellijke familie, u weet hoe de Palieri's zijn!'

Serafina knikte. Aan de kleine, kloppende ader bij Sofia's slaap kon ze zien dat de ontmoeting haar nichtje meer gedaan had dan ze wilde toegeven. Ze wist dat de jonge contessa Palieri nog maar negentien jaar was en hoe pijnlijk het dus moest zijn voor een vijfenveertigjarige vrouw om daarmee vergeleken te worden.

Sofia zag er nog altijd fantastisch uit, maar ze was toch een vrouw die over de piek van haar schoonheid heen was, terwijl die jonge contessa Palieri voorlopig alleen nog maar mooier kon worden.

Ik hoop maar dat die twee terugkeren naar Rome, dacht Serafina vol medelijden, want ze kende Sofia en wist dat de aanblik van dit paar een doorn in haar oog zou zijn. Ook al had ze Palieri al lang als minnaar aan de kant gezet.

Angela stak haar hoofd naar binnen en riep: 'Ik ga nu hoor!' Daarna sloot ze zo snel de deur weer dat ze later geloofwaardig zou kunnen beweren dat ze de stem van haar oudtante of moeder niet meer gehoord had. Maar niemand maakte aanstalten om haar iets te vragen, laat staan tegen te houden.

Sofia, die met gesloten ogen op de sofa lag te rusten, hief haar hoofd niet eens. Serafina daarentegen glimlachte wat en hoopte maar dat het kleintje een fijne avond zou hebben. Ze had de stralende ogen en de nieuwe, verwachtingsvolle uitdrukking op het gezicht van het jonge meisje die ochtend al opgemerkt, toen haar achternichtje haar een gelukkig Nieuwjaar gewenst had. Zo gaat dat nu eenmaal, dacht de oude vrouw berustend. Bij Sofia zal de nazomer binnenkort plaatsmaken voor de herfst, ikzelf bevind me inmiddels al in eind november, maar voor het kleintje is het nog maar april. De bloemen zitten nog in de knop, maar je ziet ze en weet meteen: de maand mei staat voor de deur.

Serafina Mazone was behoorlijk nieuwsgierig naar de maan, die het gelukt was om dit preutse meisje wakker te kussen.

Intussen was Angela vol spanning op weg naar haar eerste echte rendez-vous. Eindelijk stopte Alessandro de wagen voor de smeedijzeren toegangshekken van het Palazzo Vibaldi.

'Je hoeft me niet af te halen, Alessandro,' zei Angela, waarbij ze onbewust de toon van haar moeder imiteerde.

Alessandro antwoordde dan ook niet, maar knikte enkel.

Opgelucht keek Angela hem na totdat hij de hoek om was. Pas toen zette ze zich in beweging, op weg naar het in de buurt gelegen uitzichtpunt dat ze Paul in haar antwoordbrief beschreven had.

Ze ontmoetten elkaar voor een grote cameliaboom.

Terwijl Angela's wangen rood waren van het lopen, was Pauls gezicht asgrauw. Sinds hij zijn brief in de brievenbus van de Orlandi's had gestopt, had hij het gevoel alsof hij een misdaad begaan had, waarvan hij de gevolgen nog niet kon overzien. Hoe zou Angela, die hij nog maar twee keer gezien had, reageren op zijn onstuimige liefdesverklaring? Had hij misschien, voordat het nog maar tot een relatie had kunnen komen, alles al verknald?

Hij staarde haar aan en was niet in staat om iets te zeggen.

Ook Angela keek hem lange tijd aan. Ze was volkomen serieus toen ze ten slotte zei: 'Een beetje vreemd is deze situatie met ons wel... Paolo...'

'Een beetje meer dan vreemd,' antwoordde Paul.

Maar toen begon haar mond te trillen. Ze kon zich niet langer inhouden en barstte uit in een vrolijk lachen.

Geen moment was Paul bang dat ze hem uitlachte. Hij deed met haar mee en allebei lachten ze totdat de tranen hen over de wangen liepen.

Maar toen verstomden ze plotseling en keken elkaar opnieuw in de ogen. De warmte van het lachen en het zout van de tranen vermengden zich op hun gezichten toen hun lippen elkaar voor hun eerste kus ontmoetten. En ze bleven kussen, terwijl de zoete geur van de bloeiende camelia's hen omhulde.

Na een hele tijd toen ze zich eindelijk van elkaar los wisten te maken en alleen hun handen nog met elkaar verbonden bleven, begonnen ze te praten.

Toen Angela drie uur later in haar bed lag, kon ze niet meer zeggen, waarover. Eén ding wist ze echter zeker: het was allemaal even betekenisvol geweest. Betekenisvoller dan alle andere gesprekken ervoor.

36

Op 17 januari, tegen één uur 's middags, werd de middag-stilte in huize Orlandi-Mazone verstoord door de gong aan de voordeur.

Sofia, die was gaan liggen, kwam geërgerd overeind en vroeg zich af wie er zo brutaal was om haar tijdens de siësta te storen.

Ook tante Serafina was opgeschrokken en Angela, die de gewoontes van haar twee oudere familieleden kende, stopte de begonnen brief aan Paul in het geheime vakje van haar bureau en stond op om te kijken wie de butler zou aankondigen.

Ze liep net de hal door toen er een man met een zwarte hoed en een donkere, wijd uitlopende, militair uitziende cape naar binnen stormde, gevolgd door een zwartharige, jonge vrouw.

De man pakte met zijn linkerhand zijn hoed en legde die op het zijtafeltje. Pas nu herkende Angela hem.

'Stefo! Stefo, Hoe is het mogelijk?'

In een eerste impuls wilde Angela naar hem toe rennen, de armen om zijn hals slaan en hem kussen, net als die keer dat ze Paul voor haar broer had aangezien. Maar iets hield haar tegen. Misschien juist wel die ontmoeting van toen, dacht ze nog, maar toen draaide hij zich naar haar om en zag ze wat ze meer vermoed dan geweten had.

Zijn gezicht, mijn god: zijn gezicht!

Angela deed een paar passen in zijn richting en stamelde: 'Stefo... wat is er gebeurd?'

'Niets bijzonders, althans voor een oorlogssituatie,' antwoordde Stefano op koele, ongeïnteresseerde toon, waarbij hij één kant van zijn gezicht tot een grimas vertrok. 'Maar dat is nog niet alles. Wacht nog maar even met je medelijden!'

Met zijn linkerarm trok hij de cape van zijn schouders en nu zag ze het. De rechtermouw van zijn jasje hing van halverwege de bovenarm slap naar beneden en was met een zilverkleurige klem boven zijn taille vastgezet.

'Ze hebben mijn rechterarm moeten afzetten,' legde Stefano uit, alsof ze zelf niet in staat zou zijn om dit te concluderen.

'O mijn god,' fluisterde Angela, hoewel ze dat nu juist niet had willen zeggen.

Stefano knikte en antwoordde met een bijtend cynisme: 'Precies wat ik ook zei. Toen ik de verwondingen van de anderen zag heb ik geschreeuwd en zelfs gebeden toen dit bij mij gebeurde. Maar het mocht niet baten, zoals je ziet. Waar is onze moeder?'

'Boven! Ze slaapt.' Angela probeerde zich te beheersen en te doen wat nu het meest noodzakelijk was. Haar blik viel op de jonge vrouw die bescheiden op de achtergrond gebleven was. 'Alstublieft, laat me die aannemen,' zei Angela, terwijl ze haar hielp haar jas uit te trekken.

'Mag ik je mijn vrouw Olivia voorstellen, Angela?' zei Stefano een beetje onbeholpen.

Angela's mond viel open, maar ze kreeg de kans niet meer om iets te zeggen.

Vanaf de trap klonk een luide gil.

Met wijd opengesperde ogen kwam Sofia op haar zoon afgestormd, ze hief haar handen en bleef toen als verstijfd staan. 'Stefano! Wat zie je eruit! Mijn god, wat verschrikkelijk! Dat is… En wat is er met je arm gebeurd?'

'Het is precies wat je ziet, moeder. Dit is geen boze droom, het is de realiteit. En alsjeblieft: geen flauwtes vandaag! Ik weet niet zeker of ik je daarbij nog zal kunnen helpen.'

'Hoe kun je zo praten?! Neem me niet kwalijk, maar dit is meer dan ik kan verdragen!'

Sofia liet zich op een van de houten stoelen zakken, steunde haar ellebogen op een klein tafeltje en begroef haar gezicht in haar handen.

Zo meteen krijgt ze een huilaanval, dachten Stefano en Angela tegelijk en keken elkaar als op commando aan.

Stefano glimlachte opnieuw en aan de uitdrukking op zijn gezonde gezichtshelft zag Angela dat hij niets anders had verwacht.

Geen van allen had de oude vrouw opgemerkt die nu op de bovenste trede van de trap stond.

'Kom eens naar boven, Stefano,' riep ze nu en de tederheid in haar stem dreef de jongeman tranen in zijn ogen. 'Zonder hulp kom ik niet naar beneden. Kijk toch eens hoe gehandicapt ik ben!'

Stefano liep langs zijn moeder heen naar de trap en klom moeiteloos naar boven.

Tante Serafina omklemde de bovenkant van haar wandelstok en wachtte totdat hij bij haar was. Ze keek hem lang en aandachtig aan, hief toen haar hoofd en kuste hem op het brede, lelijke litteken op zijn wang.

'Godzijdank leef je nog,' zei ze met een verbazingwekkend normale stem. Maar toen riep ze op haar gebruikelijke, bazige toon: 'Luciano, loop alsjeblieft naar de kokkin en zeg dat ze wat te eten klaarmaakt. En haal een fles champagne, van die Franse, helemaal achter in de kelder!'

Toen haakte ze haar arm door de linkerarm van haar achterneef en beval: 'En jij Stefano, begeleidt je oude tante even naar de salon. Maar langzaam, mijn botten zijn broos en stijf en ik moet er niet aan denken dat ik ze breek!'

Voorzichtig hielp Stefano de oude vrouw de trap af naar de salon.

Angela nodigde haar onverwachte, nieuwe schoonzus vriendelijk uit om mee te komen.

Sofia bleef alleen achter in de hal.

Ze was als verdoofd. Met een bitter glimlachje dacht ze aan al die jaren waarin ze de aanblik van haar zoon Stefano als zoete troost ervaren had, als een reïncarnatie van zijn geliefde vader. En ze dacht aan de tijden waarin zijn aanwezigheid om precies diezelfde reden haar ondraaglijk veel pijn gedaan had.

Als die problemen stelden nu niets meer voor. God, met wie ze niets meer te maken wilde hebben, sinds Hij haar haar geliefde Stefano weer gegeven en meteen weer afgenomen had,

had Zijn hand geheven en zich gewraakt. Hij had het kostbaarste wat ze bezat, veranderd in een duivels gedrocht.

Sofia kwam overeind. Ze liep naar boven, naar haar kamer, waar ze zich opsloot en de volgende drie dagen voor niemand aanspreekbaar was.

37

*E*milio klopte met vlakke hand op de deur van zijn huisgenoot.

'Ben je dood of heb je je gewoon verslapen?'

Paul kwam geschrokken overeind en wierp een blik op de wijzers van zijn wekker.

'Hemeltjelief!' riep hij, terwijl hij zijn bed uit sprong en zijn schoenen probeerde te pakken.

Emilio stond al klaar voor vertrek in de zitkamer toen Paul de badkamer uit kwam, waar hij zich sneller dan ooit klaargemaakt had.

'Dat zijn de zoete dromen van de liefde,' plaagde Emilio, terwijl hij Paul een kopje espresso aanreikte.

'Mijn college,' kreunde Paul, die besefte dat hij vandaag voor het eerst zou moeten improviseren, aangezien er geen tijd meer was voor een grondige voorbereiding.

De avond ervoor was hij met Angela naar een concert geweest; daarna hadden ze nog ergens uitgebreid gegeten en bij heel wat kopjes espresso net zo lang gepraat totdat het personeel begonnen was met ramen openen en stoelen op tafels zetten.

'Je hebt geluk,' zei Emilio grijnzend. 'Ik heb vandaag een afspraak in de stad en word over tien minuten afgehaald door een chauffeur van kantoor. Ik zal hem vragen om een kleine omweg langs de Corso Umberto te maken!'

'Je bent een echte vriend,' zei Paul, die nu dubbel opgelucht was aangezien hij zich ook net gerealiseerd had dat hij vandaag alleen een Duits college had staan. Daar kon hij makkelijker bij improviseren dan bij een college architectuur.

De tijd was nog nooit zo voorbij gevlogen als nu, vond Paul.

En toch leken sommige dagen eeuwig te duren, met name die waarop hij Angela niet kon zien. Zijn verplichtingen aan de universiteit eisten een strenge en consequente voorbereiding. Paul kon het zich niet veroorloven om zich er makkelijk van af te maken, ook al moest hij daarvoor soms Angela's verzoekjes om vroeger af te spreken afslaan.

De liefde had zijn ijver alleen nog maar groter gemaakt. Hij stond vroeger op en ging later naar bed dan toen hij Angela nog niet gekend had. Hij moest en zou waardering krijgen en zijn inspanningen begonnen langzaam vruchten af te werpen.

Germano Gisberti had er een gewoonte van gemaakt om regelmatig een van Pauls colleges bij te wonen. Een paar weken geleden was hij daarna een heftige discussie met Paul aangegaan, totdat hij plotseling beseft had dat deze opponent eigenlijk veel te sterk voor hem was. Onthutst was hij opgehouden en had iets gemompeld wat Paul niet had kunnen verstaan. Daarna had hij zich omgedraaid en was verdwenen.

Paul had deze reactie ervaren als een grote overwinning, vooral omdat Gisberti daarna nooit meer langsgekomen was om hem te controleren.

En ook op andere gebieden was de situatie inmiddels veranderd.

'U zou mij en mijn vrouw een groot plezier doen wanneer u zaterdag bij ons komt eten,' had de decaan als eerste gezegd, en andere collega's hadden dit gebaar opgevolgd en hem eveneens uitgenodigd.

Het hadden hele aardige en interessante avonden kunnen zijn als Angela erbij was geweest. Eigenlijk was alles minder leuk zonder Angela.

Half februari begon de voorjaarsvakantie die tot eind april zou duren. Hierdoor had Paul minder verplichtingen. Hij had veel meer tijd dan tijdens het semester om zich over te geven aan zijn verliefdheid. Nu was hij het die er bij Angela op aandrong om meer tijd met hem door te brengen. Hij had er geen idee van dat dit problematisch kon zijn voor haar en Angela deed haar best om net te doen alsof ze thuis door niemand gecontroleerd werd.

Algauw wisten ze alles van elkaar: alles wat Angela zich kon herinneren en alles wat Paul haar zonder gevaar kon vertellen.

Soms betrapte hij zichzelf erop dat hij zijn eigen sprookjes begon te geloven. En langzamerhand begonnen zijn leugens toch voor spanningen te zorgen.

Terwijl Angela blijkbaar tevreden was met gezamenlijke wandelingetjes, bezoekjes aan het museum of culturele evenementen, werd Paul meer en meer overvallen door een gevoel van onrust.

'Er is gewoon geen ruimte voor onze liefde,' klaagde hij op een regenachtige namiddag toen ze om de hardnekkige regen te ontvluchten hun toevlucht in een klein café gezocht hadden.

'Het is op dit moment gewoon niet het juiste tijdstip om jou bij mij thuis voor te stellen,' legde Angela hem bedrukt uit.

'En waarom niet?' wilde Paul weten, terwijl hij een gevoel van agressie in zich voelde opkomen, hoewel hij zelf ook wel wist dat het beter was om Angela's familie pas later te leren kennen. Wanneer hij wat meer zekerheid had, wat zijn toekomst betrof.

Hij zou naar Rome gaan, om van Mussulini de bevestiging te krijgen dat hij aan de universiteit van Napels zou kunnen blijven, als erkende professor nu. De Duce had hem uitgedaagd en hij, Paul Pasqualini, had zich bewezen. Mussolini zou zijn verzoek nu niet kunnen afslaan, nee, dat was onvoorstelbaar.

Want wat moest er dan worden van Angela en hem?

Nachtenlang had hij erover liggen piekeren.

Angela Orlandi was van goeden huize en wanneer hij wilde waarnaar hij zo vreselijk verlangde, dan zou dit alleen mogelijk zijn via het trouwaltaar.

Angela bleek zijn tobbende zwijgen verkeerd uit te leggen.

'Alsjeblieft, Paolo, maak het nu niet moeilijker voor me dan het al is!' zei ze zo klagend, dat Paul zich begon te schamen. 'Het is… vanwege mijn broer. Ik heb je toch verteld over zijn terugkeer uit de oorlog en zijn verwondingen. Moeder heeft het er gewoon heel erg moeilijk mee!' Angela zuchtte diep. 'Ze verjaagt hem nog eens wanneer ze zo doorgaat. En dan zijn huwelijk: ze kan maar niet begrijpen dat hij met Olivia is getrouwd. "Een verpleegster, die enkel aan het front werkzaam was om een rijke kreupele aan de haak te slaan," zei ze onlangs nog, en het zou me niets verbazen als Olivia dat heeft gehoord. Je kent mijn moeder nog niet, Paolo, maar ze is... onberekenbaar. En ze ziet ons kinderen op de een of andere manier als haar bezit. Laten we nog even wachten totdat ze weer een beetje tot zichzelf gekomen is, alsjeblieft Paolo!'

Ze streelde zijn hand en blies hem lieve handkusjes toe.

Paul pakte haar rechterhand en drukte er een lange kus op. 'Ik hou van je,' zei hij toen en hij besefte niet hoe gekweld zijn stem klonk.

'Ik hou ook van jou,' zei Angela teder. Ze dacht aan de constante ruzies binnen haar familie en hoezeer ze daaronder leed. Maar aan de andere kant besefte ze maar al te goed dat het juist deze situatie was, die het mogelijk maakte dat ze Paolo zo vaak kon zien. Niemand van haar familie had op dit moment tijd om zich met haar te bemoeien.

Haar moeder zat in haar kamer, waar ze de ene migraineaanval na de andere veinsde, of ze was verwikkeld in hevige twistgesprekken met Stefano en de advocaten van advocatenkantoor Mastrovelli. Stefano had namelijk besloten de rederij over te nemen, zoals het testament van zijn grootvader Mazone na het bereiken van zijn vijfentwintigste levensjaar toestond.

En tot Angela's grote verbazing bleek tante Serafina haar taken als controleur compleet te verwaarlozen. De oude dame wekte de indruk alsof ze Angela's doorzichtige smoesjes voor zoete koek slikte en haar lange, nachtelijke afwezigheden totaal niet opmerkte.

'Laten we genieten van elke minuut die we samen zijn,' zei Angela dus, terwijl ze zacht met de punt van haar schoen langs Pauls broekspijp wreef.

'Ja, laten we dat maar doen,' stemde Paul met haar in.

Hij hield van haar, hij hield van haar met heel zijn hart. En hij zou haar nooit opgeven, wat de dictator in Rome ook zou zeggen.

38

'Jk begrijp je niet, Sofia. Echt niet. Je zoon maakt alleen maar gebruik van het recht dat jouw vader hem heeft gegeven. Wat naar mijn bescheiden mening een heel wat verstandigere keuze is dan een carrière in het leger of de politiek, zoals hij die vroeger ambieerde.'

'Wat weet jij daar nu van, Guido,' wees Sofia haar voormalige minnaar terecht, hij was een van de jongere partners binnen het advocatenkantoor Mastrovelli.

'Waarom vraag je het me dan?' vroeg dottore Guido Paletto terecht.

Sofia zweeg. Zelfs deze man, met wie ze nog altijd bevriend was, hoewel er al lang geen sprake meer was van een seksuele relatie, kon ze niet uitleggen waarom ze haar mismaakte zoon niet achter het bureau van haar vader wilde hebben. En niet in haar huis. Het zou betekenen dat ze hem elke dag zou moeten zien. De maaltijden met hem zou moeten delen. Die ordinaire verpleegster in huis zou moeten dulden, een zeemansdochter uit een havenstad ten noorden van Rome. Die hem misschien wel een zoon zou schenken, die in het ergste geval op zijn vader en grootvader zou lijken; Stefano Pasqualini, haar gestorven geliefde.

Een kleinzoon, wiens aanblik opnieuw haar hart zou verblijden en tegelijk diep zou verwonden.

Maar ze wilde geen verdere blijdschap of pijn. Ze wilde vergeten.

'Je zou hem kunnen aanbieden om in de villa van zijn grootmoeder Orlandi te gaan wonen,' bedacht ze opeens, en ze voelde een enorme opluchting bij dit idee.

Het huis was groter, hoewel minder mooi dan de Villa Mazone-Orlandi.

'En waarom stel je hem dat zelf niet voor, Sofia?'

'Omdat jij met hem onderhandeld en hem van alle zakelijke aangelegenheden op de hoogte gebracht hebt. En omdat jij het huis beheert sinds mijn schoonmoeder er niet meer is. En dus ligt het voor de hand, dat jij met een dergelijk idee zou komen. Bovendien: wanneer ik hem dit voorstel doe, dan vat hij dat misschien op als een belediging. Alsof ik hem uit zijn ouderlijk huis... gooi!'

'Maar dat doe je toch ook?' concludeerde Paletto enigszins zelfgenoegzaam, terwijl hij dacht dat deze vrouw, hoe hartstochtelijk ze ook was als minnares, een hele moeilijke moeder moest zijn.

'Een andere mogelijkheid is natuurlijk, dat jij weer in de Villa Orlandi gaat wonen,' stelde hij voor, alleen om haar te testen. 'Jij hebt er tenslotte al een keer gewoond, tijdens je huwelijk!'

Maar Sofia wist zijn val sluw te ontwijken. 'Zeker. Maar ik moet ook aan tante Serafina denken. Een oude boom moet je niet meer verplanten. Stefano is nog jong, voor hem is het alleen maar goed om in een nieuwe omgeving een nieuwe start te maken, zonder de last van zijn moeder, oudtante en zusje!'

'Goed dan. Ik zal het er met hem over hebben!'

'Doe dat, Guido, alsjeblieft. Ik heb gewoon de kracht niet meer om verdere discussies aan te gaan. Die hele kwestie rondom Stefano's verwondingen heeft me meer gedaan dan alles wat daarvoor ooit is gebeurd!'

Hier geloofde Paletto haar werkelijk. Hijzelf had ook maar moeilijk kunnen wennen aan het mismaakte, maskerachtige gezicht van de jonge Orlandi. Hij legde zijn hand op die van Sofia en voelde tot zijn grote ergernis nog altijd de magische uitwerking van haar zachte, blanke huid, het fladderende gevoel onder in zijn buik en de erotische aantrekkinskracht.

Sofia leek het te merken, want ze glimlachte nu – en hij kende haar mimiek maar al te goed.

Zo wanhopig dat ze niet meer ziet wat voor uitwerking ze op een man heeft zal ze nooit zijn, dacht Guido Paletto en hij besloot de humor er maar van in te zien en zijn honorarium een beetje te verhogen. Als een soort smartengeldtoeslag. Of beter gezegd, een schikkingsprijs.

'Het komt allemaal wel in orde,' zei hij troostend. Hij stond op en hielp Sofia in haar mantel. Als per ongeluk beroerde haar bovenlichaam daarbij zijn arm. Deze aanraking en de lichte geur van lelietjes-van-dalen die om haar heen hing, riepen meteen herinneringen bij hem op aan hun vroegere relatie.

Ze was zo mooi, mooier nog dan hij zich herinnerde. Misschien moest hij het honorarium maar helemaal vergeten, net zoals het feit dat ze enkele maanden geleden besloten hadden om een einde aan hun relatie te maken. Misschien moest hij haar maar gewoon de troost geven die ze zo duidelijk nodig had.

39

$\mathcal{D}$e bruiloft van Editha en Emilio Rigotti stond gepland op zaterdag, 18 april 1936. Het kerkelijk huwelijk zou plaatsvinden in de kerk San Domenico Maggiore. Emilio's ouders en een groepje familieleden uit Bari zouden overnachten in het hotel waarin ook het feest gehouden zou worden.

Het bruidspaar had de beroemde bruidssuite van het hotel geboekt. Daar zouden ze de huwelijksnacht doorbrengen, waarna ze als passagiers van een luxe veerboot voor hun huwelijksreis naar Corfu zouden vertrekken.

De dag voor de bruiloft drukte een verschrikkelijk ongeluk een flinke domper op de feestvreugde van Emilio. De oude leraar, signor Manganello, was tijdens een val uiterst ongelukkig op zijn achterhoofd terechtgekomen.

'Hij ligt zwaargewond in het Ospedale Incurabili,' vertelde de politieman, die bij Emilio aangebeld had. 'Omdat hij buiten bewustzijn is, zijn we naar het adres gekomen dat in zijn papieren vermeld stond. Er wordt helaas gevreesd dat de signore het ongeluk niet zal overleven. Bent u familie?'

'Nee, het spijt me,' antwoordde Emilio. 'Ik ben ook niet op de hoogte van eventuele familie. Signor Manganello is weduwnaar en huurt hier, net als ikzelf, een kamer!'

De politieagent knikte en noteerde het adres van de school waar Aldo Manganello lesgaf.

Toen de politieagent weer was vertrokken, was Emilio in hevige tweestrijd. Kon hij, een dag voor zijn huwelijk, de aanblik van een zwaargewonde aan? Hij was er nog niet uit toen Paul terugkwam van de universiteit.

'Iemand moet die arme man toch opzoeken,' vond Emilio, en zijn blik maakte duidelijk, wie hij daarmee bedoelde.

'Goed, ik zal bij hem langsgaan,' beloofde Paul.

'Doe het alsjeblieft meteen. Het zou zo'n opluchting zijn, wanneer ik zou weten dat het beter met hem gaat!'

Emilio was, zoals zoveel van zijn landgenoten, enorm bijgelovig. Een dode huisgenoot op de drempel van zijn huwelijk kon niet anders dan een slecht voorteken zijn.

'De signore is bij bewustzijn, maar nog wel heel zwak,' vertelde een verpleegster met een grote, witte kap op haar hoofd Paul niet veel later. Een arts, die hem aanzag voor een familielid van de patiënt, lichtte uitvoerig de diagnose toe.

'De schedelbasis is gekneusd en het sleutelbeen gebroken, evenals een paar ribben. Toch denken we dat meneer het ongeluk wel zal overleven. Hij zal hier echter nog wel een hele tijd moeten revalideren.'

Paul bedankte de man beleefd en ging op weg naar huis om Emilio het goede nieuws te vertellen.

'Godzijdank,' riep die opgelucht. 'Ik hoop maar dat hij snel weer helemaal beter is!'

De bruiloft was een bruisend feest en Editha een betoverende bruid. Nog veel betoverender echter, in Pauls ogen tenminste, was Angela. Ze was, evenals de andere twee bruidsmeisjes, helemaal in het roze. Haar haren hingen los en waren versierd met roze gekleurde roosjes.

Emilio straalde. 'Wacht niet te lang,' zei hij tegen Paul, toen ze even alleen waren. 'De liefde is mooier dan wat ook ter wereld!'

Paul moest lachen, want hij wist dat Emilio en Editha, dankzij een plan dat niet misstaan zou hebben bij de geheime dienst, hun huwelijksnacht al enkele weken geleden gehad hadden.

Ook Angela was hiervan op de hoogte. En dus was ze niet verbaasd toen Paul na het huwelijksfeest de chauffeur van de taxi opdracht gaf naar zijn woning aan de Via Maresa te rijden, in plaats van naar de Villa Mazone-Orlandi.

Zonder ook maar iets te zeggen beklom ze de trap naar de

eerste verdieping, waar Paul de deur opende naar de grote woning, die ze nu helemaal voor zich alleen hadden.

Hun lichamelijke vereniging was niet meer dan een natuurlijk reactie op de vertrouwdheid, die de afgelopen maanden tussen hen gegroeid was.

Even en vol dankbaarheid moest Paul aan Olga denken, die hem veel geleerd had; zoveel dat het hem lukte om ondanks zijn lang ingehouden hartstocht de onervaren Angela geen pijn te doen.

Teder en behoedzaam wijdde hij haar in de geneugten van de liefde in en ze gaf zich gepassioneerd en zonder enige vorm van krampachtigheid.

Na afloop lagen ze wakker en innig verstrengeld, totdat – lang voordat de nieuwe dag aanbrak – de vogels in de tuin begonnen te kwetteren.

'Ik laat je gewoon niet meer los,' fluisterde Angela en ze zuchtte gelukkig. 'En ik wil deze kamer nooit meer verlaten!'

Paul moest lachen en haalde zijn vingers door haar honingblonde lokken. 'Dat klinkt goed,' zei hij, zonder zijn stem ook maar een beetje te temperen. 'Maar ik ben bang dat je je dan toch wel snel zou gaan vervelen!'

Angela drukte zich nog dichter tegen hem aan en glimlachte geheimzinnig.

'Snel in geen geval,' antwoordde ze koket. 'Maar omdat ik nog wel een keer terug wil kunnen komen, zal ik nu maar opstaan en proberen ons huis binnen te sluipen voordat iemand merkt dat ik de hele nacht weg was!'

Ze kleedden zich aan en wandelden het hele stuk over de heuvels.

De hemel in het oosten begon net rozig te kleuren, toen ze in de buurt van de Villa Mazone-Orlandi aankwamen.

Paul omarmde Angela nog een laatste keer, nadat ze afgesproken hadden dat ze elkaar die avond weer zouden zien.

Met zwierige passen liep de jonge vrouw ten slotte de straat door. Op het laatste moment merkte ze dat ze al die tijd voor zich uit liep te neuriën, waarna ze gauw stopte om zichzelf niet te verraden. Ze pakte haar sleutel en opende zo zacht mogelijk de poort. Voorzichtig sloop ze langs de voorkant van de villa en opende de achterdeur. Toen trok ze haar schoenen uit, nam ze in de hand en haastte zich de trap op, naar boven.

Ook haar kamerdeur liet zich makkelijk en geruisloos openen.

Angela sloot hem zacht achter zich en liep naar haar bed.

Ze nam niet eens de moeite om haar feestjurk uit te trekken, maar rolde zich als een voldaan katje op.

Moe en klaarwakker tegelijk sloot ze haar ogen en beleefde de afgelopen uren opnieuw.

Twee kamers verderop draaide Serafina Mazone zich nog een keer om en glimlachte stil. Ze voelde de vertrouwde pijn in haar linker heup en had de hele nacht nog geen oog dichtgedaan. Waarschijnlijk zou er gauw nog een bruiloft zijn, dacht ze een beetje weemoedig, omdat nu ook haar kleine meid een vrouw geworden was.

Ze hoopte maar dat Angela een goede keus gemaakt had, een betere dan die van haar oudtante en moeder. Een keuze die het haar mogelijk zou maken om met haar geliefde oud te worden.

Ondertussen keerde Paul, nog voordat de krachtige aprilzon veel aan warmte gewonnen had, terug in zijn woning aan de Via Maresa. Daar maakte hij voor zichzelf een espresso klaar, waarmee hij in de stoel bij het raam ging zitten.

Met kleine slokjes dronk hij het hete, versterkende brouwsel waarin hij eerst flink wat suiker gedaan had.

De palmbomen die rondom het huis stonden, waaiden zachtjes in de ochtendbries die vanaf zee kwam. Langzaam ontwaakte de grote stad uit de trage zondagochtendrust.

Sluierwolken dreven voorbij en op het kleine stukje zee dat Paul vanuit zijn raam kon zien, gleed een witte zeilboot over het water. Paul keek haar zo lang mogelijk na.

Toen haalde hij zijn map met briefpapier tevoorschijn. Hij zocht een sneeuwwit, zakelijk uitziend vel papier uit – niet het roomwitte, handgeschepte papier waarop hij altijd aan Angela placht te schrijven – en begon aan een brief aan de dictator in Rome, waarin hij verzocht, hem een korte audiëntie te verlenen.

40

Ook Angela was in gedachten verzonken toen ze tegen tien uur voor het ontbijt naar beneden kwam.

Tante Fina bevond zich nog in haar kamer, waarin ze zondags een kleine privédienst hield, sinds haar heup het haar niet meer toestond om naar de kerk te gaan.

Sofia Orlandi sliep, zoals bijna elke dag, tot laat in de ochtend.

Angela doopte een biscuitje in haar koffie met melk en liet het doorweekte stukje op haar tong uiteen vallen. Ze besefte maar al te goed dat het te danken was aan geluk en gunstige omstandigheden dat haar familieleden nog altijd niet achter haar geheime liefdesleven gekomen waren. Maar Stefano en zijn vrouw waren intussen verhuisd naar het leegstaande huis van hun grootmoeder Orlandi en hun moeder leek weer een beetje tot rust te zijn gekomen.

Angela pelde een sinaasappel en smeedde een plan. Het zou de eerste stap zijn op de weg die haar toekomst in geordende banen zou moeten leiden. Toen liep ze naar de telefoon, liet zich met het Palazzo Vibaldi verbinden en vroeg naar haar moederlijke vriendin Claudia.

Ze spraken af dat Angela op de thee zou komen voordat ze zou doorreizen naar de Via Marese.

'Wat kan ik voor je doen, lieve kind?' vroeg Claudia Vibaldi, die een ver familielid was van de Mazones.

De contessa had een zwak voor Angela, die in haar ogen uiterst muzikaal begaafd was. Sinds Angela zes jaar was had ze haar 'kleine nichtje' pianoles gegeven en later ook nog pogingen gedaan om haar mooie sopraanstem te scholen. Toen haar eigen kennis hiervoor niet meer toereikend was, had ze Sofia Orlandi meerdere keren voorgesteld om Angela naar een professionele zangleraar te sturen, maar Sofia had dit telkens beslist afgeslagen.

'Voor huiselijke, kerkelijke en liefdadige doeleinden zingt ze goed genoeg en van meer kan geen sprake zijn voor de kleindochter van Archangelo Mazone!' had Sofia gezegd.

En daar was het bij gebleven.

Angela had alles in zich om een vrouwelijke Caruso van Napels te worden, maar voor een Mazone-Orlandi was dit ondenkbaar, daar had Sofia waarschijnlijk gelijk in. In al die jaren die sinds de jeugd van haar moeder en grootmoeder verstreken waren, was er in Napels nog niets veranderd, in elk geval niet bij de welvarende en invloedrijke klasse. Waren er in de burgerij al af en toe vrouwen die in hun eigen levensonderhoud voorzagen door een beroep uit te oefenen – in de hogere klasse was zoiets nog altijd onaanvaardbaar. Vrouwen in de lagere klassen hadden vaak geen andere keus. Die mochten al blij zijn, wanneer ze überhaupt werk konden vinden om hun gezinnen mee te kunnen onderhouden.

Soms vroeg Claudia zich af of dit werkelijk allemaal zo door God gewild was als de mannen, vooral die van de kerk, hen hier in Italië wilden doen laten geloven, maar ze voelde zich niet in staat om zich hier in Zuid-Italië aan te sluiten bij een beweging voor vrouwenrechten. Ze hield het bij het bevorderen van de kunst, ook al was haar dat bij Angela dus maar tot op zekere hoogte gelukt.

Maar nu wilde dit kind blijkbaar iets van haar en ze was het haar schuldig die wens te vervullen – voorzover die vervulbaar was.

'Ik zou graag willen dat u een partijtje geeft, tante Claudia. Ikzelf kan het niet doen en mijn moeder wil ik er, om redenen die ik hier niet wil noemen, niet mee belasten!'

'Een partijtje?' riep de contessa opgelucht. 'Maar er is toch niets eenvoudiger dan dat, mijn kind!'

De contessa had horen zeggen dat de kleine Orlandi al meerdere keren gezien was in het gezelschap van een goed uitziende heer, in openbare gelegenheden zelfs en zonder de aanwezigheid van derden. Zoiets kwam tegenwoordig ook al in de beste kringen voor. Uiteraard moest het geen gewoonte worden, niet bij een ongetrouwde vrouw, zelfs wanneer haar moeder de vrijgevochten Sofia Orlandi was. Maar die was een weduwe, een enorm rijke weduwe ook nog eens, wat haar scandaleuze gedrag toch wel in een ander daglicht zette.

'En je hebt vast al een lijst met namen opgesteld van mensen die je er graag bij zou willen hebben, of niet soms?'

'Dat klopt, tante Claudia,' bevestigde Angela, die er zeker van was dat de contessa al lang op de hoogte was van haar uitstapjes met Paolo. Claudia was iemand met heel veel tijd, heel veel geld en heel veel interesse in mensen. 'Ik heb ze allemaal voor u opgeschreven!'

Angela haalde het papier met haar notities tevoorschijn en legde het naast het theekopje van haar oudere vriendin.

'Het is belangrijk dat het een groot gezelschap wordt. Dus met al uw gebruikelijke vrienden en beschermelingen... begrijpt u wat ik bedoel?'

'Helemaal.' De contessa onderdrukte een glimlach. Toen las ze de genoteerde namen, waarvan ze er slechts enkele nog nooit eerder gezien had. Onder anderen een echtpaar met de naam Rigotti, een Maggiore Santana, professor Mario De Renzi die, zoals Claudia Vibaldi wist, hoogleraar binnenhuisarchitectuur en inrichting aan de universiteit hier was, nog een professor met de naam Paolo Pasqualini, en een dottore Guido Paletto.

Onder al deze mensen bevonden zich meerdere ongehuwde heren, waardoor het onmogelijk was om te zien om wie het hier nu eigenlijk ging.

Kijk eens aan, wat een geraffineerde meisje. Wie had ooit gedacht dat zij tot zulk listig gedrag in staat zou zijn: ze is dus toch duidelijk een dochter van Sofia, dacht de contessa glimlachend.

'Natuurlijk wil ik je hierbij helpen,' zei Claudia ten slotte. Ze werden het eens over een datum in begin mei, want vroeger, zo legde Angela uit, zou het pas getrouwde stel Rigotti nog niet terug zijn van hun huwelijksreis.

'Ik kan ons geluk bijna niet bevatten,' mompelde Angela, voordat ze uitgeput door de liefde en de opwindende ontdekkingen die ze nu bijna dagelijks met elkaar deelden in slaap viel.

Het felle licht van de namiddagzon viel door het raam. De boven het bed gemonteerde ventilator vocht zonder veel succes tegen de zwoele hitte van deze dag in mei.

Paul kon de slaap niet vatten. Toen hij van de universiteit naar huis gekomen was, had hij daar de lang verwachte brief uit Rome aangetroffen. Zijn hart was als een bezetene tekeergegaan toen hij een mes gezocht had om de envelop mee te openen.

Stel je voor dat zijn schrijven helemaal niet tot de Duce doorgedrongen was, of dat hij afgewezen zou worden? In zijn huidige situatie was het onmogelijk om Angela ten huwelijk te vragen en hij wist dat ze dit binnenkort wel verwachtte.

Met trillende vingers had hij de envelop geopend en snel de korte tekst doorgelezen. Daarna had hij moeten gaan zitten, zo groot was de opluchting geweest.

Mussolini schreef vriendelijk en stelde voor om elkaar op 16 juni te ontmoeten. Paul twijfelde er nu niet meer aan dat de Duce zijn aanstelling definitief zou maken, waardoor een huwelijk mogelijk zou worden.

'Wat heb jij vandaag?' had Angela gevraagd, want nog nooit had hij haar zijn liefde zo innig en hartstochtelijk bewezen.

Bijna had Paul van de gelegenheid gebruikgemaakt door haar de gewenste vraag te stellen, maar op het laatste moment had hij besloten het lot niet te tarten. Hij zou het na zijn bezoek aan Rome doen en er dan meteen op staan eindelijk haar familie te leren kennen.

Hij kon het moment waarop hun relatie openbaar zou zijn amper meer afwachten, vooral omdat tijdens zijn laatste bezoek aan het Ospedale Incurabili duidelijk geworden was dat Aldo Manganello's genezing een stuk sneller ging dan verwacht en er dus binnenkort een einde zou komen aan hun heimelijke liefdesuurtjes. Bezoek van een dame in de gemeenschappelijke etagewoning zou namelijk niet lang onopgemerkt blijven.

41

$\mathcal{T}$oen Angela in de hal verscheen, was haar moeder even sprakeloos. De jonge vrouw droeg een rode chiffonjurk met hartvormig decolleté, waarin haar egale, blanke huid mooi uitkwam en de bovenkant van haar jonge, ronde borsten te zien was. De rok was nauw, enkellang en accentueerde haar perfect slanke, maar toch vrouwelijke figuur. Over haar rechterarm droeg Angela een bijpassend jasje en een geborduurd tasje. Haar lippen hadden dezelfde kleur rood als de jurk en glommen verleidelijk. Een collier met kleine, druppelvormige diamanten, met bijbehorende armband, maakten de outfit compleet.

Ketting en armband waren een bijdrage van tante Serafina, die zich niet had laten afschrikken door de moeizame weg naar de benedenverdieping om Angela te komen bewonderen.

Sofia bekeek haar dochter alsof ze een vreemde was. Dit was niet meer het lieve, naïeve kind met wie ze voor Stefano's ongeluk nog uitgegaan was. Iets was er veranderd en zij, de moeder, had het over het hoofd gezien.

Serafina zat krom gebogen en met voortdurende pijn op een stoel, maar glimlachte enthousiast en, zoals Sofia nu besefte, wetend.

Wacht maar, jij oude heks, dacht Sofia woedend. Met jou zal ik een hartig woordje praten zodra we terug zijn!

'Alessandro!' riep ze naar de chauffeur. 'We kunnen gaan!'

'Dan wens ik jullie veel plezier,' zei tante Serafina, die het betreurde dat ze zelf niet mee kon.

Dat er meer zat achter deze uitnodiging, was duidelijk geweest vanaf het moment dat ze hem ontvangen hadden. De oude vrouw zwaaide totdat de huisbediende de voordeur weer gesloten had. Ze nam zich voor Angela bij de teruggave van de sieraden een beetje uit te horen om erachter te komen wie er allemaal op het feest aanwezig waren geweest. Er zou vast wel iemand tussen zitten die ze kende en die haar details kon geven, die Angela en Sofia voor haar zouden verzwijgen.

In de auto overwoog Sofia of ze Angela zou vragen naar eventuele vriendschappen, waarvan zij niet op de hoogte was, maar ze besloot zich in te houden. Ze wist niet zeker of Alessandro, de chauffeur, niet net zo discreet als nieuwsgierig was.

Het was sowieso slechts een kwestie van tijd. Nu het bijna zover was, zou ook zij erachter komen wie er zo vrij geweest was haar dochter van haar onschuld te beroven.

Want dat het gebeurd was, betwijfelde ze geen seconde.

Voor het Palazzo Vibaldi was het een drukte van belang, maar Sofia zag toch haar zoon met zijn vrouw uit een van de auto's stappen.

Dit drukte Sofia's feeststemming bijna nog meer dan de ontdekking dat Angela een vrouw geworden was. Nog altijd was ze niet gewend aan het mismaakte gezicht van Stefano en ook de aanblik van zijn lege mouw voelde nog steeds als een messteek in haar hart. Hopelijk bezat Claudia Vibaldi de tact hen ver van elkaar te plaatsen.

'Goedenavond, moeder,' groette op dat moment haar schoondochter, tot grote woede van Sofia. Ze vond het vreselijk om door deze persoon met 'moeder' aangesproken te worden. Waarom had Stefano ook met haar moeten trouwen! Ze had hem ook wel kunnen verplegen zonder dat ze met hem getrouwd was en wanneer hij dan af en toe een natuurlijke behoefte gevoeld zou hebben... Maar het was nu eenmaal gebeurd en niet meer terug te draaien.

'Ik zal zorgen dat je me niet hoeft te zien,' beet Stefano haar ironisch toe, toen ze haar rokken bij elkaar pakte, zodat die niet smerig zouden worden op het tuinpad. 'Zo moeilijk zal dat niet zijn. Tante Claudia heeft heel veel verschillende ronde tafels laten dekken in het park. Wanneer we dat niet willen, hoeven we elkaar echt niet steeds te zien of tegen te komen!'

'Zo hoor je niet tegen je moeder te praten!' zei Sofia beledigd, hoewel ze verbaasd was over het haarfijne instinct van haar zoon.

'Dat u liever kijkt naar iets moois neem ik u niet kwalijk, maar waar ik niet tegen kan is arrogantie!' zei Stefano, terwijl hij demonstratief zijn gezonde arm om de smalle schouders van zijn vrouw legde. 'Duidelijker zal ik niet worden, dat zou ongepast zijn voor een zoon!' voegde hij er nog aan toe.

Sofia beet op haar lippen, maar zweeg.

Het was vernederend om zo door je zoon terechtgewezen te worden.

Wanneer mijn leven anders gelopen zou zijn, wanneer het destijds gelukt was om na de dood van Sandro een leven samen met Stefano Pasqualini op te bouwen, dan zou het allemaal heel anders zijn. Ik zou anders zijn. Ik was gelukkig geweest en zou een vervuld leven hebben gehad!

Ze had zichzelf nog nooit toegestaan om verder te denken dan deze zin, erbij stil te staan of dat leven daadwerkelijk een kans had gehad om te lukken. Het enige wat vaststond was dat die Zwabische heks het verhinderd had. In al die jaren was er geen dag voorbijgegaan waarop ze die vrouw niet rechtstreeks het hellevuur in gewenst had – als dat tenminste daadwerkelijk bestond.

42

'$\mathscr{J}$k heb jullie iets mee te delen,' riep Moritz Gruber, en de snaterende meisjesschaar verstomde. 'Jullie leidster, Else Pasqualini, zal als ordehandhaafster afreizen naar de Olympische Spelen in Berlijn!'

Er klonken verraste kreten en daarna applaus.

Plaatselijk groepsleider Gruber overhandigde Else de brief uit Berlijn en wierp haar daarbij een blik toe waarin de triomf te lezen was van een man die macht had en dat zojuist bewezen had.

'Dank u, groepsleider,' fluisterde Else, blozend van trots.

'Beloofd is beloofd,' zei Moritz Gruber, voordat hij iedereen het liedboek liet openslaan.

Tot slot van de groepsbijeenkomst zongen ze: *'Ich hab mich ergeben mit Herz und mit Hand'* en Else dacht dat dit wat haar betrof helemaal overeenkwam met de waarheid.

De partij was haar thuis en haar familie geworden.

Toen ze vroeg in de avond na de groepsbijeenkomst vanuit de stad terug naar huis liep, bewonderde ze met heel haar hart het Duitse landschap waarin ze woonde. De fruitbloesem had dit jaar vanwege de koude aprilmaand langer dan gebruikelijk op zich laten wachten. Maar nu bloeide alles tegelijk: de appel-, peren- en pruimenbomen, de kersen, en zelfs de sleedoornstruiken, die anders altijd veel vroeger in bloei stonden, stonden nu als geurige, witte bloembergen tegen de hellingen en n de velden. De bomen in het bos hadden fijne, lichtgroene blaadjes gevormd en het jonge gras straalde in een gelig groen, door de vele sleutelbloemen die er dit jaar tussen stonden.

Else voelde zich tevreden en gelukkig. Haar wangen gloeiden nog na. Alle meisjes hadden haar gefeliciteerd en waren zelfs een beetje jaloers geweest. Maar de groepsleider had gezegd dat als iemand van deze afdeling de eer verdiende om de internationale gasten in Berlijn te verzorgen, het Else wel was. Zij behoorde immers tot de eerste leden van de Wisslinger meisjesafdeling.

Toen Else langs het oude huis en de schuur liep, begonnen de ganzen weer eens te gakken. Ze leken haar aan haar voetstappen te herkennen. Else haalde uit en schopte kwaad met haar schoen tegen de houten staldeur, wat het geschreeuw en gesnater van de dieren alleen nog maar erger leek te maken.

Ze haatte die vogels – en dat gevoel leek wederzijds te zijn. Toen Else nog een kind was deden ze al zo tegen haar. Het was altijd de taak van de jongste thuis geweest om de dieren sla- of groenteafval te brengen en graan in de kippenren te strooien. Maar elke keer, alsof dat in het geheim zo afgesproken was, hadden de ganzen en eenden, zelfs de anders zo vriendelijke kippen, zich op Else gestort zodra die in de buurt gekomen was. En Else had zich geweerd; in het begin alleen nog maar met haar handen, later ook met behulp van een stok of zelfs een mestvork, wat de vijandige houding van de dieren alleen nog maar versterkt had.

Hiervoor had ze vaak een standje van haar moeder gekregen en haar broers hadden de spot met haar gedreven, voordat ze deze door haar gehate taak van haar hadden overgenomen.

'Laat die beesten met rust!' riep Anna, die haar dochter vanuit de tuin had staan observeren.

'Ze moeten mij met rust laten!' antwoordde Else kwaad. Ze liep richting haar eigen voordeur, maar op het laatste moment bedacht ze zich en keerde zich nog een keer om.

'Kijk eens, moeder,' zei ze, en ze probeerde niet al te voldaan te klinken. 'Ik ben de enige in de hele omgeving, die mee mag.'

'Gefeliciteerd,' zei Anna, en meende het dit keer ook. 'Ik hield altijd al van sport, maar toen ik jong was was dat vooral iets voor jongens.'

'Dat is nu wel anders. De Führer wil dat ook de meisjes gehard worden.'

'Tja. Als de Führer dat wil,' zei Anna sarcastisch, waarmee ze Else meteen weer op de kast joeg.

'Het is anders allemaal een stuk beter geworden, sinds de Führer aan de macht is. En de meeste mensen zien dat ook in. Ik zou graag willen weten waarom u zo moeilijk blijft doen. Gustel bijvoorbeeld, zit tegenwoordig ook bij de Liga van Vrouwen, en zelfs uw eigen tante is afgelopen maand lid geworden!'

'Dat mag iedereen voor zichzelf beslissen. En als je het goed vindt, doe ik dat ook!'

'U bent gewoon niet meer van deze tijd,' mopperde Else, die nu definitief concludeerde dat haar moeder niet voor rede vatbaar was.

Anna lachte in zichzelf. Niet van deze tijd zijn leek haar helemaal niet zo verschrikkelijk als ze keek naar wat er op het moment allemaal gebeurde en ze zich de toekomst probeerde voor te stellen.

'En dat kan ik ook maar het beste niet worden,' antwoordde ze dus na een korte stilte.

Else vertrok haar mond, maar liet verder commentaar achterwege.

Anna, die al een tijdje terug besloten had om weer vrede te sluiten met Else, sloot het tuinhek af en zei: 'Ik loop nog even snel naar de begraafplaats, naar vader. IJsheiligen is voorbij, dus ik denk dat ik nu weer wat plantjes kan neerzetten. Wil je mee?'

'Als u dat goed vindt,' zei Else, enigszins verbaasd. Hier moest wel iets achter zitten, dacht ze en ze was dan ook op haar hoede. Maar haar moeder vertelde alleen maar over een taart, die wonderbaarlijk goed gelukt was en over het recept dat ze van Gustels moeder gekregen had.

'Ik heb laatst in de stad een mooie stof gezien,' zei Anna, nadat ze samen de verwelkte roestkleurige heideplantjes van Stefano's graf hadden weggehaald om er de volgende dag viooltjes voor in de plaats te kunnen zetten. 'Daar zouden we een leuke zomerjurk voor jou van kunnen maken, voor wanneer je naar Berlijn gaat!'

'Maar moeder,' antwoordde Else op een toon die je ook gebruikt tegenover een kind, dat langzaam van begrip is. 'Daarvoor krijg ik kleren. Niemand heeft daar eigen kleding nodig, we dragen allemaal ons uniform!'

'O,' mompelde Anna en dacht dat het in dat geval misschien beter was om haar vergevingsgezindheid te tonen door haar dochter een paar stukjes van die zo goed gelukte taart te brengen. Daar zou de partij toch niets op tegen hebben.

Hoewel, helemaal zeker kon je daar natuurlijk niet van zijn.

43

Claudia Vibaldi's feest was een groot succes.

Het eten was zoals altijd heerlijk, maar vooral het muzikale deel was de moeite waard.

Een van Claudia's pupillen, een tengere jonge man, speelde prachtig op een gouden harp, begeleid door een fluitist van het operaorkest.

Zoals Stefano Pasqualini al opgemerkt had, stonden de tafels verspreid in het park. Pas na het dessert konden de gasten zich mengen.

Op dit moment had Angela gewacht. 'Kom mee, alsjeblieft, ik wil je aan mijn moeder voorstellen,' vroeg ze Paul, die meteen opstond en haar begeleidde.

Sofia stond te midden van een groep kennissen. Angela drong zich naar voren en zei zo luid, dat ze het hele kwetterende gezelschap overstemde: 'Mama, mag ik u voorstellen aan professor Paolo Pasqualini? Hij is een vriend van Editha's man!'

Sofia reageerde alsof ze door iemand beschoten werd: ze hoorde de knal, maar voelde nog geen pijn.

Heel langzaam draaide ze haar hoofd om en staarde Paul met wijd opengesperde ogen aan. Daarna trok alle kleur weg uit haar gezicht.

Paul had de indruk dat ze heel even op haar benen stond te zwaaien, maar hij moest het zich ingebeeld hebben, want ze deed geen poging om zich aan de arm van haar dochter vast te houden.

Sofia Orlandi zweeg en knikte ten slotte bijna onmerkbaar, alsof ze zich ineens iets realiseerde. Toen zei ze met een uitzonderlijk koude, ironische stem: 'Wij hebben elkaar al eens ontmoet!'

Paul was verbluft en schudde in een reflex zijn hoofd. 'Dat is onmogelijk. Ik ben pas sinds acht maanden in Napels en ik zou het me wel herinnerd hebben, signora!'

De vrouw had hem intussen staan opnemen alsof ze hem wilde gaan tekenen. Nu glimlachte ze, maar het was een naargeestige glimlach en in haar stem lag een vreemd soort dreiging. 'U was destijds tien jaar, uw vader was net overleden!'

Heel snel begon zich een film in Pauls hoofd af te spelen. Hij zag een donker geklede vrouw, die zich in de plas naast het lichaam van zijn vader liet vallen, onverstaanbare woorden riep, huilde en jammerde. Hij zag het versteende gezicht van zijn moeder die de veldwachter erbij riep, en de baron die zich door de starende mensenmassa heen worstelde om de vrouw overeind te helpen en naar zijn auto te brengen.

Het was een scène die compleet in zijn onderbewustzijn verdwenen was. Rouw, opwinding, de begrafenis, de raadselachtige verdwijning van zijn moeder en alle tijd nadien hadden het beeld met andere herinneringen toegedekt.

Tot vandaag.

Elk detail was nu weer aanwezig. Angela's moeder was de vrouw met wie zijn vader 'iets gehad had', destijds, voordat hij naar Duitsland gekomen was. Zijn opa Sailer had dat een keer verteld, niet aan de kinderen natuurlijk, maar Paul had het opgevangen.

Paul werd zich bewust van de onthutst opengesperde ogen van Angela en de verbaasde gezichten van de omstanders. Hij besefte meteen hoe gevaarlijk het erkennen van deze toenmalige ontmoeting zou zijn. En dus vermande hij zich en glimlachte spijtig. 'Het spijt me, signora, maar ik denk toch echt dat het hier om een vergissing gaat!'

'Waarschijnlijk,' gaf Sofia toe, want ook zij was zich er intussen van bewust geworden hoezeer ze de aandacht getrokken had. En dat het allesbehalve slim zou zijn om dit gesprek nu verder te voeren. Ook besefte ze wat nu het belangrijkste was: ze moest hoe dan ook zien te voorkomen dat haar zoon

Stefano en deze professor elkaar zouden zien. Weliswaar had Stefano's verminking ervoor gezorgd dat nog niemand de gelijkenis tussen deze twee halfbroers opgemerkt had, maar dat zou wel eens heel snel kunnen veranderen wanneer iemand die twee naast elkaar zou zien.

Sofia begon te kuchen, opende haar handtasje en haalde er een met kant afgezette zakdoekje uit. Ze ging steeds harder hoesten, waarbij ze de zakdoek tegen haar mond drukte.

'Neem me niet kwalijk,' mompelde ze, terwijl ze zich afwendde en zich van het gezelschap verwijderde.

Angela volgde haar en vroeg: 'Zal ik een glaasje water halen, mama?'

Sofia schudde haar hoofd en zei toen met een verbazingwekkend normale stem: 'Breng me naar huis, Angela!'

'Maar...'

'Niks "maar". We gaan. En wel meteen!'

Haar stem klonk scherp. Angela begreep dat niets haar moeder hier zou kunnen houden en dat die het haar nooit zou vergeven, wanneer ze nu moeilijk zou doen. Sofia pakte Angela al bij de arm en trok de jonge vrouw energiek mee richting de uitgang. Op het laatste moment, voordat ze in de schaduw van een grote boom verdwenen, lukte het Angela nog om een spijtig gebaar naar Paul te maken, die beteuterd was blijven staan.

Alessandro, die vlak bij de oprijlaan in gesprek was met een collega, schrok toen hij zijn werkgeefster zo snel alweer zag verschijnen. Nog nooit had Sofia een feest zo vroeg al verlaten. Al op de heenweg had hij gemerkt hoe gespannen de stemming tussen moeder en dochter geweest was, maar er moest nu toch nog iets anders gebeurd zijn, want Sofia zag opvallend bleek, terwijl het gezicht van de signorina bezorgd en teleurgesteld stond.

'Gaat het al wat beter?' vroeg Angela, nadat de auto zich in beweging gezet had.

'Ik heb me in geen jaren zo beroerd gevoeld,' antwoordde Sofia naar waarheid.

Het grootste deel van de rit verliep in stilzwijgen, maar toen ze langs het Palazzo Cellamare reden, draaide Sofia haar hoofd richting haar dochter en zei op niet mis te verstane wijze: 'Ik wil dat je die professor nooit meer ziet, Angela. Nooit meer, heb je dat begrepen?'

Even was Angela met stomheid geslagen. Het duurde dan ook een tijdje voordat ze een passend antwoord had: 'Ik stel voor dat u zich met uw eigen zaken bemoeit, moeder, en ik met de mijne. Ik kan me namelijk niet herinneren dat ik u ooit aangeraden heb om een... omgang... te beëindigen, hoewel ik heel wat keren de neiging gehad heb. Ik hoef maar te denken aan dottore Paletto, of aan de conte Palieri, of...'

'Hou je mond,' onderbrak Sofia haar, waarbij ze Angela zo woedend aankeek dat die uit pure gewoonte zweeg.

Sofia daarentegen kreunde en drukte haar vingers tegen haar slapen. Het was een gebaar dat iedereen in huize Orlandi maar al te goed kende. Een gebaar dat meer dan woorden duidelijk maakte dat Sofia Orlandi weer een van haar migraineaanvallen had.

Alessandro moest moeite doen om niet te lachen en bedacht dat rijke en voorname mensen toch ook niet zo heel anders waren dan de gewone burgers. Ruzie kwam in de beste families voor, hoewel het normaal gesproken bij de Orlandi's wat beter verborgen bleef.

In de villa aangekomen, beklom Sofia meteen de trap naar boven zonder Angela ook nog maar één blik waardig te keuren.

Die bleef in de hal staan en keek haar na. Ook zij zag nu bleek, maar het was een bleekheid van woede.

Ze kende haar moeder – en dus ook haar migraineaanvallen, zowel de echte als de zogenaamde, waarmee Sofia de familie terroriseerde wanneer er iets niet ging zoals zij dat wilde of als ze hen tot iets wilde dwingen. De aanval van vanavond was duidelijk één uit de laatste categorie. Iets had haar gestoord aan Paolo, dat was wel duidelijk. Hoewel het verhaal over de dood van zijn vader, waar zij bij geweest zou zijn, volkomen absurd was.

Angela wachtte niet eens op het slaan van de deur boven. Zonder dat ze haar voetstappen probeerde te dempen, liep ze door de hal en over het stenen pad naar de garage.

Alessandro, die de kleine aanbouw net wilde afsluiten, draaide zich verbaasd om.

'Ik ga terug, Alessandro,' zei Angela en ze had geen idee hoe koppig haar stem klonk.

'Zoals u wenst, signorina,' antwoordde de chauffeur, terwijl hij bedacht dat het kleintje zich eindelijk een beetje begon te ontwikkelen.

Tot Angela's grote teleurstelling bleek Paolo het feest inmiddels verlaten te hebben, wat haar er echter niet van weerhield om tot in de vroege uurtjes te blijven.

Hoe dan ook wachtte haar de onvermijdelijke ruzie met haar moeder.

44

*P*aul had amper een oog dicht gedaan die nacht.
Na het plotselinge verdwijnen van Angela en haar moeder had hij zichzelf gedwongen, nog een halfuur te blijven. Maar toen de eerste gasten begonnen te vertrekken, had hij zich snel bij hen aangesloten. Het was een gunstig tijdstip gebleken, aangezien de contessa, van wier gezicht de nieuwsgierigheid duidelijk af te lezen was, niet in staat was om hem tegen te houden, omdat ze aan één stuk door complimentjes in ontvangst moest nemen.

Thuisgekomen had hij tijden in zijn lege woning lopen ijsberen. Wat was dit voor bizar toeval, waardoor hij de voormalige geliefde van zijn vader hier tegengekomen was? En hoe kon het dat hij uitgerekend op de dochter van deze vrouw verliefd geworden was?

Eén ding stond in elk geval vast: hij zou nooit mogen toegeven dat het door Angela's moeder beschreven voorval daadwerkelijk plaatsgevonden had. 'Misschien bestaat er wel een tot nu toe onontdekte relatie met deze andere Pasqualini's', zou hij zeggen, want die naam moest natuurlijk wel verklaard worden. 'De neef van een neef misschien, wie kent nu alle vertakkingen in een stamboom?'

Ja, zo zou hij het brengen. Hij moest slim en voorzichtig te werk gaan als hij Angela niet wilde verliezen.

Pas toen het ochtendrood de hemel begon te kleuren, viel hij eindelijk in slaap.

Hij sliep tot laat in de middag, toen de deurbel hem uit zijn dromen rukte. Haastig trok hij zijn kleren aan en hij had zich net een beetje presentabel weten te maken, toen de conciërge een dame aankondigde die hem wilde spreken.

'Stuur haar maar naar boven,' zei Paul met schorre stem. Het was hem duidelijk, dat het hier niet om Angela kon gaan. Die had hij namelijk een poos geleden al een sleutel gegeven. En inderdaad was het Sofia Orlandi die even later de kamer binnenkwam.

Haar gezichtsuitdrukking voorspelde weinig goeds.

'Neemt u alstublieft plaats,' nodigde Paul haar uit.

Sofia leek even te aarzelen of ze gebruik moest maken van deze uitnodiging, maar ging toen toch zitten.

Paul daarentegen bleef staan. 'Kan ik u iets aanbieden, signora Orlandi?' vroeg hij met geforceerde beleefdheid.

'Nee, bedankt. Ik ben hier niet gekomen voor de gezelligheid. Ik moet met u spreken!'

'Zegt u het maar,' zei Paul, terwijl hij nu toch ging zitten.

Sofia hief haar hoofd en begon met koele stem.

'U bent de zoon van Stefano Pasqualini en kleinzoon van Cesare Pasqualini, de steenhouwer in de buurt van de begraafplaats Santo Michele. Uw moeder is een vrouw genaamd Anna, meisjesnaam Sailer. U bent geboren in Wisslingen, Württemberg. U hebt een tweelingbroer, die Pedro heet en een jongere zus, Else.'

Angela's moeder sprak dit uit als 'Älsee', wat lachwekkend klonk, maar Paul kon op dat moment om helemaal niets lachen.

Hoe wist deze vrouw in godsnaam zoveel over hem? Maar het bleek nog veel erger te worden.

'Uw vader is in oktober 1921 verongelukt en heeft mij kort daarvoor nog verteld dat hij de Duitse nationaliteit aangenomen had. U bent dus een Duitser. Vanwege uw geboorteplaats en nog eens bevestigd door de beslissing van uw vader.'

Paul slikte, maar antwoordde niet. Dat was ook niet nodig, want Sofia was nog lang niet klaar.

'Ik weet alles over u, professor Pasqualini.'

Haar stem klonk behoorlijk ironisch en Paul vermoedde dat ze nog iets te zeggen had over zijn beroep.

'Waar, als ik vragen mag, hebt u uw diploma's gehaald? In Duitsland of hier, in Italië?'

Dit was waar hij bang voor geweest was. Nu moest hij handelen. De neef van de neef noemen. Nu of nooit!

'Signora,' zei Paul, zo rustig als hij kon, gezien de situatie. 'Ik verzeker u dat dit allemaal één grote vergissing is.'

'O ja? Is dat zo?' vroeg Sofia honend. 'Doet u geen moeite, signor Pasqualini. Ik ben een vrouw die in staat is om één en één bij elkaar op te tellen. En ik heb mijn connecties. Professore Gisberti bijvoorbeeld is een ver familielid van mijn overleden man. Ik heb hem vandaag gebeld en gevraagd naar zijn collega Pasqualini die ik gisteren op een feestje heb leren kennen. Ik heb hem zelfs verteld dat u zich lijkt te interesseren voor mijn dochter Angela...' Ze stopte en keek Paul met een scheef glimlachje aan.

Uitgerekend Gisberti, dacht Paul, maar eigenlijk deed het er ook niet toe wie hier de verklikker was.

'Een gunsteling van Mussolini,' had Gisberti waarschijnlijk gezegd, 'met onduidelijke achtergrond,' of iets in die geest. 'Wees voorzichtig, lieve Sofia, wanneer ik je die goede raad mag geven!'

Bijna had hij luid gekreund.

'Er is geen reden om zenuwachtig te worden,' zei Sofia, toen ze zag dat ze doel getroffen had. 'Ik ben niet van plan om u als bedrieger te ontmaskeren – en dat u een bedrieger bent, staat wel vast, aangezien ze u aan de universiteit voor een man uit Zuid-Italië houden, wat zeker niet klopt. En waarschijnlijk zijn uw diploma's, of wat u ook mag bezitten, al net zo vals.' Haar stem klonk bijna opgewekt toen ze eraan toevoegde: 'Misschien hebt u zelfs tegen Mussolini gelogen?'

Niet direct, dacht Paul, voor wie nu alleen sarcasme nog hielp.

Nee, Mussolini zelf had een Italiaan van hem gemaakt, ook al was hij zich daar niet van bewust geweest.

Ondertussen ging Sofia alweer verder: 'Over uw... ware identiteit... en over uw Duitse nationaliteit heb ik professore Gisberti niets verteld. Dat zou ook niet verstandig geweest zijn, want met een man die niets meer te verliezen heeft, valt niet te onderhandelen.'

Paul was wanhopig, maar zeker niet langzaam van begrip, zelfs niet in een situatie als deze.

'Ik begrijp het. U bent bereid mij te... ontzien... zolang ik Angela maar met rust laat.'

Nu was zij het die zich van spot bediende.

'Precies. Dat hebt u goed gezien,' zei Sofia, terwijl ze achterover leunde in haar stoel.

Paul deed hetzelfde.

Onderzoekend keken ze elkaar aan.

'En als ik weiger?' vroeg Paul, na wat een eeuwigheid leek.

'In dat geval zal ik uw leven in Napels zo onmogelijk maken dat u zou willen dat u anders beslist had. Bovendien zou ik een gesprek met signor Mussolini aanvragen en neemt u van mij aan dat ik dat zou krijgen! Daarna, signore, bent u, als u verstandig bent, al zo ver mogelijk gevlucht, als ik u mag adviseren, tenzij u enkele jaren in een Romeinse gevangenis wilt doorbrengen. De Duce beschikt over heel wat talenten, maar humor zal er niet één van zijn wanneer hij erachter komt dat hij... gebruikt... is. Want hoe enthousiast hij ook mag zijn over Hitler, ik neem niet aan dat het zijn bedoeling was om een Duitser onder zijn hoede te nemen en tot een Italiaanse hoogleraar te maken.'

Hier was niets tegenin te brengen.

Opnieuw heerste stilzwijgen.

'Ook ik beschik over een... heel wat talenten...' zei Paul uiteindelijk. 'En ik kan het bewijzen. Ik denk dat ik heel goed in staat ben om Angela ook een behoorlijk leven te bieden als ik niet lesgeef aan de universiteit van Napels.'

Dit was lichtelijk overdreven, maar niet onmogelijk. Hij hield van Angela en een sterkere motivatie dan dit gevoel bestond niet.

Sofia leek echter niet onder de indruk van deze verzekering. 'Dat mag dan wel zo zijn,' zei ze koel. 'Maar het verandert niets aan mijn besluit. Ik ben tegen deze relatie, ongeacht uw professionele... ontwikkelingen.'

'En waarom, als ik vragen mag?'

Maar hij zag het antwoord al in haar ogen.

'Vanwege uw moeder,' verklaarde Sofia.

Ze zei dit zo onomwonden dat Paul besefte hoe serieus ze was.

'Zij heeft degene van mij afgenomen die het allerbelangrijkste voor mij was en nu zal ik hetzelfde doen bij haar zoon.'

'Vindt u dat terecht?' vroeg Paul, geraakt door de enorme haat die hij in Sofia's gezicht en stem herkende.

'Ja. Absoluut! Tot nu toe had ik de indruk dat het leven een spel zonder regels is. Maar nu zie ik dat het ook kansen op revanche biedt en dat, geachte professor, laat me bijna weer geloven. Misschien dat er toch een God bestaat.'

'Wat een perverse manier van denken,' liet Paul zich ontvallen.

'Wat begrijpt een jongen zoals u nu van afzien en van lijden?' zei Sofia vermoeid, maar ze zag dat ze gewonnen had.

'Maar ik heb ermee te maken gehad en het moeten ondergaan. En ik ben van mening dat ook de andere kant eens mag ervaren, hoe dat is!'

'Mag ik u erop wijzen dat mijn moeder haar man verloren heeft.'

Sofia glimlachte. 'Dat kan wel zijn,' zei ze. 'Maar zij heeft nooit zoveel van hem gehouden als ik. Hij trouwens ook niet van haar!'

Haar arrogantie deed Paul zijn eigen interesses vergeten. Hij sprong op en riep: 'Wat weet u nu van mijn ouders, hun gevoelens en ons leven in Duitsland nadat wij onze vader kwijt geraakt waren? Helemaal niets! En ik vraag me ook af of u het zich überhaupt wel kunt voorstellen.'

'Ik ben ook helemaal niet van plan om dat te proberen,' zei Sofia koud. 'Het interesseert me helemaal niets, signor Pasqualini.'

'Nee, dat is wel duidelijk.'

Paul probeerde kalm te blijven, maar het lukte hem niet. Het kleingeestige gedrag van deze vrouw maakte hem razend.

'Wat was het dat u zo geraakt heeft dat u van "afzien en lijden" kunt spreken? U was toch degene die met een ander getrouwd is – toen mijn vader nog gewoon in Napels was, als ik kijk naar de data die mij bekend zijn. U wilde hem destijds dus helemaal niet hebben, signora, en als dat later al zou zijn veranderd, kunt u niet anderen daarvan de schuld geven. U woont hier in rijkdom, zonder zorgen, laat anderen voor u werken en nog hebt u zoveel medelijden met uzelf, zelfs na al die jaren nog, dat u uit een soort onbegrijpelijke wraakzucht het geluk van uw dochter kapot wilt maken. Wat is dat voor egoïsme, en wat is dat voor moeder? Dat mag ik toch wel vragen na alles wat hier besproken is.'

Sofia stond op. Ze was niet van plan zich verder te laten beledigen. 'Angela zal vanmiddag samen met haar broer en zijn vrouw afreizen,' zei ze met onbewogen gezicht. 'Ik geef u de tijd om het semester hier af te maken en uw vertrek voor te bereiden. Maar als u niet uiterlijk met Ferragosto uit Napels verdwenen bent, dan zal ik mijn plan uitvoeren!'

Toen draaide ze zich om en vertrok.

45

*A*ngela zat in de sneltrein naar Levorno en staarde uit het raam. De benauwde hitte in de coupé maar misschien nog wel meer haar tomeloze woede benamen haar bijna de adem.

Haar broer stond buiten in het halletje om een cigarillo te roken. Haar schoonzus, Olivia, zat tegenover haar met een breiwerkje, een klein wit jasje. Ze was in verwachting en zou in de herfst haar eerste kindje krijgen.

'Hoe heeft Stefano zich hiertoe kunnen laten overhalen?' zei Angela hevig verontwaardigd over het besluit van haar broer.

'Je weet hoe gek hij op jou is, Angela,' zei Olivia vergoelijkend. 'Maar hij is een man – en Napolitaan bovendien! En die reageren nu eenmaal heftig wanneer ze horen dat hun kleine zusje misbruikt is door een getrouwde man!'

'Paolo is niet getrouwd en hij heeft mij ook niet misbruikt. Ik heb me vrijwillig aan hem gegeven en ik heb er absoluut geen spijt van. Stefo kent mama toch, haar eigengereidheid, haar egocentrische gedrag en haar… neiging tot fantaseren! Ze verdraait de feiten, en wanneer dat niet toereikend is, bedenkt ze er nog wat bij, net zolang totdat ze haar zin gekregen heeft. Dat hebben wij al vaak genoeg meegemaakt, Stefano en ik. Dus waarom gelooft hij nu opeens haar in plaats van mij?'

'Ik denk niet dat het daarom gaat!'

'Waar dan verdomme wel om?'

'Jij hebt jezelf in het ongelijk gesteld, Angela, alleen al door ongehuwd wekenlang met deze man samen te zijn. Je weet heel goed wat voor schandaal het veroorzaakt had als iemand daar was achter gekomen. Om nog maar te zwijgen van waar het mogelijk toe had kunnen leiden.'

'Daar hoop ik juist op,' zei Angela boos. 'Want in dat geval zouden ze er nog eens goed over na moeten denken of het wel zo goed is om mij gewoon bij hem… weg te houden.'

'Zondig niet, Angela,' maande Olivia haar, maar hiermee maakte ze de woede van Angela alleen nog maar groter.

'Houd jij je mond over schandalen en zonde! Jij en Stefano zijn gewoon in het buitenland getrouwd, zonder ook maar iemand van tevoren te vragen of dit wel kon en of de familie het er mee eens was. Maar bij mij doet iedereen opeens moeilijk, alsof een professor aan de universiteit van Napels onder mijn stand zou zijn!'

In al haar opwinding had Angela niet gemerkt dat haar broer weer teruggekeerd was en nu in de deuropening van de coupé stond.

'Ik raad je aan om je in te houden,' waarschuwde Stefano. Zijn gezicht was rood aangelopen, zo had deze situatie rondom Angela hem aangegrepen. 'Je mag nog van geluk spreken dat mama erop stond dat wij je zouden begeleiden. Als ik nog in Napels zou zijn, dan zou ik die professor eens even onder handen genomen hebben en geloof me: ook al heb ik nog maar één arm, hij zou die ontmoeting nooit zijn vergeten.'

'Hij is niet getrouwd in het buitenland, Stefano. Dat weet ik heel zeker. Je kent Paolo niet, zoiets zou hij mij verteld hebben.'

'Dat geloven alle domme meisjes als ze verliefd zijn!' antwoordde Stefano bot. 'Ik had alleen nooit gedacht dat jij even naïef en… hitsig… zou zijn als het eerste het beste dienstmeisje uit het Spaanse kwartier!'

Angela sprong op. Ze duwde haar broer aan de kant en wilde het halletje in vluchten, maar Stefano pakte haar hardhandig bij de mouw van haar reiskostuum.

'Jij blijft hier, waar ik je kan zien, Angela!'

'Om de dooie dood niet! Het was een grote fout om me door jullie te laten intimideren en me in deze trein te laten meenemen. In Rome stap ik uit en zal ik terugreizen.'

Stefano glimlachte boosaardig. 'Hoe?' vroeg hij laconiek. 'Je bent een minderjarige dochter van goeden huize, zonder eigen inkomen en het zakgeld dat mama voor jou bestemd heeft, heb ik in bewaring. En dat blijft zo totdat ik je veilig op de boot gezet heb. Daar zal de betaalmeester het geld beheren en na aankomst de Italiaanse consul, die tevens verantwoordelijk is voor onze handelszaken en bij wie je te gast zult zijn. Bovendien is Madeira een eiland waarvandaan je enkel per schip weer kunt vertrekken, en wel dan wanneer moeder en ik de tijd daarvoor goed achten!'

'Het is gewoon chantage,' siste Angela. 'Denk maar niet dat ik me zo makkelijk overgeef! Ik spring nog liever uit de trein of in zee.'

'Wanneer je dat per se wilt,' antwoordde Stefano, die totaal niet meer leek op de liefdevolle broer, die Angela tot dan toe gekend had. En de arrogantie van generaties Mazone-mannen klonk door in zijn woorden, toen hij er nog aan toevoegde: 'Daarmee zou je in elk geval de familie heel wat schande besparen, mocht er bij al het ongeluk tot nu toe ook nog blijken dat er een koekoeksjong in jouw eerloze buik zit.'

Toen liep hij weer naar buiten, het halletje in, om een volgende cigarillo te roken. Pas na het derde trekje drong het absurde van deze hele situatie tot hem door. Hij, het koekoeksjong dat ooit in de 'eerloze buik' van zijn moeder gezeten had, stond hier met zijn grote mond zijn zus iets te vertellen over moraal. Dit besef stemde hem echter niet milder, maar wakkerde zijn woede en verontwaardiging alleen nog maar meer aan. Met een nijdig gebaar gooide hij de cigarillo op de grond en vertrapte die zo grondig met de punt van zijn schoen alsof hij alle lichtzinnige vrouwen op de wereld op die manier een lesje kon leren. Toen bedacht hij dat zijn moeder hem nooit gezegd had hoe die professor eigenlijk heette. Waarschijnlijk had ze dat bewust niet gedaan, dacht hij, om eventuele wraakacties te voorkomen. Hij nam zich voor om eens met Editha Rigotti te gaan praten die de man blijkbaar kende. Goed, hij zou kalmeren, maar die schoft zou zeker iets te horen krijgen!

46

Telkens weer, voorzover zijn verplichtingen dat toelieten, liep Paul door de straat waaraan de Villa Orlandi-Mazone lag. Zijn hoop was sterker dan zijn verstand, want Paul twijfelde er niet aan dat Sofia Orlandi Angela daadwerkelijk de stad uit gestuurd had.

Eén keer was hij bijna oom Roberto en tante Rosalia tegen het lijf gelopen. Op het laatste moment was het Paul gelukt om zich in een portiek te verstoppen.

De dagen tot aan het zijn afspraak met Mussolini verliepen tergend langzaam. Elke nacht vroeg Paul zich af wat hij de dictator nu eigenlijk nog wilde vragen, gezien de huidige situatie. Angela's moeder zou haar dreigement waarmaken wanneer hij na Ferragosto, het begin van de zomervakantie in Italië, nog steeds in Napels zou zijn.

Begin juli werd Aldo Manganello uit het ziekenhuis ontslagen. Nog wat verzwakt strompelde hij door het huis.

'Ik had nooit gedacht dat er zulke goede mensen bestaan,' zei hij op een avond met tranen in zijn ogen tegen Paul, die elke dag een warme maaltijd voor hem bereidde.

'Hou toch op, Aldo, het is toch een kleine moeite,' verzekerde Paul hem en hij schaamde zich omdat die hele kokerij voor hem niets anders was dan een uitlaatklep voor zijn innerlijke nervositeit.

Elke dag hoopte Paul op post van Angela, maar er kwam geen brief.

Hij deed zo goed mogelijk zijn best op de universiteit. Wanneer het dan toch moest, wilde hij in elk geval met een tevreden gevoel vertrekken.

Eindelijk kwam 16 juni in zicht – en daarmee zijn reis naar Rome. Paul had twee dagen lang geen colleges ingepland.

Dit keer waren er geen problemen met zijn papieren en voor de rest verliep de hele procedure net zo als tijdens zijn laatste bezoek.

'Hoe gaat het met u, signor Pasqualini?' vroeg Francesco, de secretaris, waarna hij hem nog een keer complimenteerde met het geslaagde college dat hij het afgelopen jaar had mogen bijwonen.

Ze spraken over de vreugde en voldoening die de winst van veldmaarschalk Badoglios in Ethiopië veroorzaakt had onder de bevolking, en of de Volkenbond de sancties tegen Italië nu zou opheffen. Ondertussen was de Duce goedgehumeurd de kamer in komen lopen, waardoor die de laatste zin van het gesprek hoorde. Vrolijk verkondigde hij: 'Ik heb zojuist gehoord dat de onderhandelingen positief verlopen. Het kan nog wel een week of vier duren, maar dan zal de Volkenbond er een officiële mededeling over doen.'

Hij stak Paul zijn brede hand toe en lachte. 'Uw bezoekjes, mijn beste Pasqualini, lijken in sterk verband met mijn geluk te staan. Er waren namelijk nog meer goede berichten, maar die zijn helaas staatsgeheim.'

Hij pakte Paul vriendelijk bij de mouw van zijn jasje en duwde hem zijn reusachtige kantoor in. Daar liet hij zich in een leren stoel vallen, glimlachte minzaam naar Paul en gebaarde naar de stoel voor bezoekers.

'Waar kan ik u mee helpen, professor?' vroeg hij op vriendelijke toon. 'Ik heb gehoord dat u het uitstekend doet in Napels!' Uit de kristallen karaf die op het bureau stond, schonk hij water in een glas en hij nam een flinke slok. Toen dacht hij aan zijn gast, haalde een tweede glas uit een zijvak van zijn bureau, vulde dit ook en schoof het richting Paul. 'Wel, signor Pasqualini? Wat brengt u naar Rome?'

Paul haalde diep adem, alsof hij zonder die extra zuurstof niet in staat zou zijn om antwoord te geven.

'Ik wilde u vragen, signor president...' Hij aarzelde even en zocht naar de juiste woorden, toen flapte hij eruit: 'Geeft u me alstublieft mijn leven terug!'

Mussolini staarde hem perplex aan, alsof Paul hem zojuist om de maan gevraagd had.

Die zag zich genoodzaakt om zijn verzoek toe te lichten. 'Ik wil niet langer lesgeven aan de universiteit van Napels. Ik wil helemaal geen les meer geven,' voegde hij er snel aan toe om eventuele misverstanden te voorkomen.

Mussolini's ogen vernauwden zich. Koel en afwachtend keek hij Paul nu aan. 'En waarom niet?' vroeg hij ten slotte, waarbij alle vriendelijkheid en innemendheid uit zijn stem verdwenen waren.

Paul werd bang. Wat moest hij zeggen, wat zou nodig zijn om de woede van de Duce te vermijden, nu duidelijk was dat die van mening was dat het afslaan van een door hem verleende gunst gelijk stond aan majesteitsschennis?

Dit keer bleek Pauls eigenschap om eerst te praten en dan pas na te denken zijn redding te zijn.

'Het gaat om een privéaangelegenheid. Om... een vrouw... die... onbereikbaar... voor me is.'

Mussolini fronste zijn voorhoofd. Nadenkend vertrok hij zijn mond tot een grimas. Hij dacht het te begrijpen en knikte.

'Getrouwd, neem ik aan?'

Paul antwoordde niet, wat Mussolini als bevestiging zag.

'Tja,' zei hij uiteindelijk. 'Niets aan te doen. En het is verstandig om er dan maar vandoor te gaan, voordat een huwelijk of misschien zelfs een heel gezin kapotgemaakt wordt.'

Paul keek naar zijn knieën en zweeg opnieuw.

'In elk geval hebt u mij niet teleurgesteld,' zei Mussolini na een korte pauze. 'Mijn intuïtie klopte. Ik zie het als iemand... potentieel... heeft.'

Paul begreep wat de Duce van hem verwachtte en zei snel en onderdaniger, dan hij eigenlijk wilde: 'Ik bedank u nogmaals voor de kans die u mij gegeven hebt, signor president. Ik heb er erg veel van geleerd.'

'Dan was mijn experiment dus de moeite waard,' concludeerde de Duce die zelf niet goed wist of hij nu boos of geamuseerd moest zijn. Hij koos voor ironie.

'Kan ik verder nog iets voor u betekenen, professor?'

Paul schudde zijn hoofd en haastte zich hem te verzekeren: 'U hebt meer dan genoeg gedaan voor mij.'

De Duce knikte en besloot om voor eens en voor altijd een einde aan deze zaak te maken. Hij was het eens met de heilige Theresia van Avila: voor alles was een tijd: tijd om te eten, te drinken, te dansen en grappen te maken. De grap was gemaakt, hij was succesvol geweest en nu was het weer tijd voor iets anders.

Grote dingen wachtten hem, Benito Mussolini, en belangrijke dingen ook.

Nu was het tijd om de wereld te veranderen, om nog een keer met de heilige Theresa te spreken. Die Pasqualini kon 'zijn leven terugkrijgen', blijkbaar was hij niet geïnteresseerd in verdere uitdagingen.

'U bent altijd open en eerlijk geweest, daar hou ik wel van,' zei Mussolini, terwijl hij opstond en Paul zijn hand toestak.

Beschaamd stond Paul nu ook op.

'*Tante cose per il futuro*,' wenste de dictator hem toe.

'U ook veel succes gewenst,' bedankte Paul beleefd. Hij voelde een duizeligmakende opluchting. Hij maakte nog een laatste buiging en wilde net gaan toen de dictator nog iets te binnen schoot.

Hij trok een lade van zijn bureau open, zocht even en overhandigde Paul toen een envelop. 'Een klein geschenk,' zei hij glimlachend. 'Zodat u mij niet zult vergeten. En nu wegwezen. Ik heb nog meer te doen.'

Toen Paul het Palazzo Venezia weer had verlaten, opende hij de envelop waarin een aantal bedrukte papieren bleek te zitten.

Het ging om speciale treintickets en overnachtings- en consumptiebonnen voor deelname aan een excursie van Italiaanse ambtenaren en vertegenwoordigers naar de Olympische Spelen in Berlijn.

47

$\mathcal{B}$egin juli werd het einde van het semester gevierd met een klein feestje.

'Ik heb u de afgelopen weken geobserveerd en uw geschreven werk eens doorgekeken,' zei professore Mario de Renzi tegen Paul, nadat ze zich met een bord pasta en een glas rode wijn hadden teruggetrokken in een rustige arcadegang, terwijl de jeugdige studenten zich op de binnenplaats van het universiteitsgebouw amuseerden.

'We zouden een gemeenschappelijk college kunnen geven, wat denkt u daarvan, collega?'

Paul, die een grote bewondering had voor deze professor in de bouwkunde, die in Italië en zelfs al in het buitenland naam gemaakt had, antwoordde met pijn in zijn hart: 'Dat lijkt me een uitstekend idee.'

'Laten we dan meteen in oktober, aan het begin van de winter, een afspraak maken om spijkers met koppen te slaan. Dan kunnen we de zomervakantie gebruiken om over geschikte onderwerpen na te denken!'

Het zou allemaal zo fantastisch zijn, als... Waarom moest ook uitgerekend die verbitterde, wraakzuchtige vrouw de moeder van Angela zijn? Onder andere omstandigheden zou hij het nu helemaal gemaakt hebben. In elk geval zolang Mussolini hem zijn beschermende hand boven het hoofd gehouden had.

'Op een mooie zomer en op onze samenwerking,' proostte De Renzi hem toe.

'Op het leven,' antwoordde Paul, omdat dat waarschijnlijk het enige was wat hij nog over zou hebben na Ferragosto.

De drie brieven die hij Angela geschreven had waren allemaal – verpakt in een grotere envelop – op een dag weer terug in zijn brievenbus beland.

'Je hebt veel te hard gewerkt. Je hebt dringend vakantie nodig, Paolo,' zei Aldo Manganello op een ochtend in de eerste week van juli, toen hij zijn huisgenoot eens goed bekeek in het felle ochtendzonlicht.

Paul, die langzaam wegkwijnde van heimwee naar Angela en constant aan het piekeren was over hoe het nu verder moest, was behoorlijk afgevallen en had donkere kringen onder zijn ogen.

'Ga toch mee naar Capri. Daar heb ik voor tien dagen een kamer in een rustig pension gehuurd. Groot genoeg voor twee personen. Gun jezelf een pauze, Paolo, zodat je weer fris en productief bent wanneer het nieuwe semester begint. Dat heb je nodig, geloof me nu maar. Niets is zo zwaar als lesgeven en de jeugd wordt alleen maar drukker en brutaler!'

Paul bedacht dat zijn voormalige schooldirecteur in de stad dat destijds ook al beweerd had en dat toekomstige generaties leraren waarschijnlijk hetzelfde zouden zeggen.

Het was onverstandig, lichtzinnig zelfs, om in zijn huidige situatie een deel van zijn spaargeld aan een zomervakantie te besteden, maar misschien zou het hem inderdaad opbeuren en zou hij zelfs weer kunnen gaan nadenken over zijn toekomst.

En dus liet hij zich ompraten, pakte een kleine koffer en ging samen met Aldo aan boord van de veerboot naar Capri.

'Is dit niet de mooiste plek die je je maar kunt voorstellen?' vroeg de wiskundeleraar enthousiast, toen ze tijdens hun eerste avondmaaltijd hoog boven de inmiddels donkerblauw gekleurde zee zaten.

'Het is een droom,' beaamde Paul, maar hij verzweeg dat juist deze schoonheid zijn pijn alleen nog maar ondraaglijker maakte.

Kon Angela er maar bij zijn, dacht hij bij elk mooi stukje natuur en bij elke bezienswaardigheid waar zijn ijverige reisleider Aldo hem mee naartoe nam.

Alleen in de Blauwe Grot was het anders. Daar had Paul het

gevoel helemaal van het blauwe, fluorescerende licht doordrongen te worden, en een groot gevoel van rust overviel hem. Al zijn problemen leken opeens ver weg en een stuk minder belangrijk.

'Hier voel ik me altijd erg dicht bij mijn overleden vrouw,' zei Aldo na een lang stilzwijgen.

Een uur lang bleven ze in deze blauwe stilte en werden daarbij door niemand gestoord.

Het gevoel van rust dat uit deze belevenis voortgekomen was hield zelfs aan tot aan het eind van de vakantie.

'Heel erg bedankt, Aldo,' zei Paul, toen ze met de boot terug naar Napels voeren. 'Ik voel me daadwerkelijk opgefrist en gesterkt.'

'Zie je wel? Het is een hele bijzondere plek. Tijdens ons verblijf in de grot heb ik trouwens een besluit genomen. Ik ga weer trouwen, Paolo.'

'Echt waar?' vroeg Paul. Hij was totaal verrast, aangezien de leraar de afgelopen weken, maanden zelfs, uitsluitend in het ziekenhuis doorgebracht had. Had hij…?

'Je raad het al, Paolo,' zei Aldo Manganello, die Pauls mimiek gezien had. 'Het is de verpleegster uit het Ospidale Incurabili!'

'Is dat dan geen non?'

'Jawel. Maar ze heeft slechts een tijdelijke gelofte afgelegd; ze is niet voor het leven gebonden. Ze kan de bisschop om dispensatie vragen, wat ze intussen ook gedaan heeft. Gisteren heeft ze me geschreven dat ze toestemming voor het huwelijk gekregen heeft en dus zullen we deze maand nog kunnen trouwen.'

'Gefeliciteerd, Aldo, ik wens jullie heel veel geluk.'

'Dank je, Paolo. Geluk is alles. Het is de deur naar de liefde, maar het is niet een ruimte waarin je je de hele tijd kunt ophouden. Dat mag je nooit vergeten, anders raak je alleen maar teleurgesteld.'

'Ik zal het onthouden, Aldo. Nu ben ik al twee vrienden verloren aan de liefde, maar wie weet vind ik die geluksdeur ook nog eens,' grapte Paul, hoewel hij er meer dan ooit van overtuigd was dat dat nooit zou gaan gebeuren.

Ook bij thuiskomst vond hij geen brief van Angela.

Aldo Manganello pakte meteen twee dagen later zijn spullen bij elkaar. Hij werd afgehaald door een broer van de verpleegster, die een driewielig vrachtwagentje had.

'Raffaela en ik zullen in het begin nog bij haar familie wonen, maar we zijn van plan om een klein huisje te kopen. Zodra dat gelukt is, zal ik me bij je melden, Paolo. Ik wil heel graag contact met je houden. Je bent altijd zo vriendelijk geweest voor me. Ik kan je niet genoeg bedanken!'

Nadat Aldo Manganello hem verlaten had, las Paul de papieren nog een keer door die Mussolini hem gegeven had. Een speciale trein zou op 28 juli 's ochtends vanuit Rome vertrekken en rechtstreeks naar Berlijn rijden. Daar zouden de deelnemers aan de excursie de openingsfestiviteiten bijwonen, een stadsrondrit maken en verschillende sport- en cultuurmanifestaties bezoeken. De terugreis naar Rome stond gepland voor woensdag, 12 augustus.

Drie dagen voor Ferragosto, dacht Paul ironisch en overwoog voor het eerst om gebruik van het geschenk van de Duce te maken.

Dan zou hij na terugkeer nog voldoende tijd over hebben om afscheid van zijn vrienden te nemen.

Tijdens een van de afgelopen, hete nachten had hij namelijk besloten om terug te keren naar Pesciotta of Menoza. Hij had moeten denken aan wat hem daar – voordat Mussolini zijn leven was gaan bepalen – zo begerenswaardig geleken had: land kopen, zich vestigen en een bestaan opbouwen. Dat kon toch allemaal door het elf maanden durende intermezzo in Napels niet opeens niets meer waard geworden zijn, vooral aangezien zijn kapitaal in de tussentijd verder gegroeid was.

48

Op dezelfde middag en op ongeveer hetzelfde tijdstip waarop Paul de slaapwagon betrad die hem naar Berlijn zou brengen, arriveerde zijn zusje Else op het hoofdstation van Stuttgart, om daar over te stappen op de trein naar Berlijn.

Ze had het gevoel dat ze droomde.

Met elke trein die hier aankwam, groeide het enthousiasme. Iedereen droeg het uniform waardoor ze meteen in de juiste groepen konden worden ingedeeld.

Telkens weer schalde het lied van hun beweging door de hoge stationshal: *'Wir sind die Hitlerjugend...'*

'Ik ben nog nooit op reis geweest,' bekende Else het meisje, dat naast haar in de coupé zat.

'Ik wel. Ik ben al een keer mee geweest met de Kinderlandverschickung, naar de Oostzee,' zei die trots. 'Omdat ik een aandoening aan mijn luchtwegen had en ze bang waren dat het zou overslaan op mijn longen. Mijn moeder heeft toen contact opgenomen met de NS-Liga van Vrouwen, en die hebben toen voor alles gezorgd. Het was daar echt geweldig en ik ben helemaal gezond weer thuisgekomen.'

'Wat fijn voor je,' zei Else, die bedacht dat Anna zwakke luchtwegen eerder met wat uiensap en kruidenwikkels bestreden zou hebben, dan dat ze zich tot Erika Dussler gewend zou hebben om haar te vragen of een van haar kinderen op kosten van de staat mee naar de Oostzee zou mogen. Sommige mensen begrepen gewoon niet hoe het werkte!

Gudrun, een van de andere meisjes in de coupé, had haar gitaar bij zich. Ze pakte het instrument uit en sloeg een paar akkoorden aan voordat ze een lied begonnen te zingen, dat ze allemaal kenden: *'Deutschland, heiliges Wort, du voll Unendlichtkeit! Über die Zeiten fort seist du gebenedeit!'*

De trein ratelde door het Duitse landschap. Ondertussen zongen ze verschillende liedjes, met als laatste, voordat ze hun meegebrachte lunchpakketten tevoorschijn haalden: *'Flamme empor, steige mit loderndem Scheine...'*

Uiteraard dachten ze daarbij allemaal aan het olympische vuur, dat nu in estafette van Griekenland naar Berlijn gebracht werd.

Vijfhonderdduizend bezoekers uit de hele wereld werden daar verwacht, wist Gudrun te vertellen.

En ik, de dameskleermaakster Else Pasqualini uit Wisslingen, heb het geluk om daarbij te mogen zijn, dacht Else en ze kon haar tranen maar amper bedwingen.

Laat in de avond bereikte de trein Berlijn. Na een welkomstwoord door de vertegenwoordiger van de Reichsjugend werden ze naar hun accommodatie gebracht, een sporthal in het noorden van de stad.

Hoewel het inmiddels bijna middernacht was toen ze met de bus door de rijkshoofdstad reden, was de olympische euforie al overal voelbaar. Telkens kwamen ze groepen tegen die zwaaiend met vlaggen en zingend door de straten liepen, op zoek naar hun onderkomen.

Geen van de bewoners van de stad protesteerde. Sommigen zwaaiden de jonge mensen zelfs toe vanuit hun ramen en moedigden ze met kreten aan.

Zoiets zou bij ons thuis ondenkbaar zijn, dacht Else. Maar hier is het allemaal heel anders en veel liberaler. Wisslingen was een ingeslapen, achtergebleven dorp, daarvan was Else nu wel zeker!

49

*D*e nacht in de slaapwagon verliep verbazingwekkend aangenaam. Geen van de andere drie heren – twee ministeriële ambtenaren en een parlementariër – snurkte en het ritme en de regelmatige geluiden van de trein wiegden de reizigers al snel in slaap.

De volgende ochtend genoten ze allemaal, volgens een door de reisleiding uitgekiend systeem, van een ontbijt in de restauratiewagon. Er werd geanimeerd gepraat, voornamelijk over de verschillende landschappen die door de treinraampjes bewonderd konden worden, en de tijd vloog dan ook voorbij. Nadat ze de Duitse grens gepasseerd waren, werden de gesprekken meer politiek getint.

'Wat vindt u van Adolf Hitler, professor?' vroeg een van de heren. Paul, die zich er maar al te goed van bewust was, met wie hij hier onderweg was, antwoordde na even nagedacht te hebben: 'Hij lijkt zich zeer voor architectuur te interesseren.'

Zijn drie reisgenoten keken hem even verbluft aan en schaterden het toen uit.

'De professor praat als een kunstenaar over een andere kunstenaar.'

'Helaas hebben ze de man verhinderd zelf een kunstenaar te worden.'

'Misschien dat hij op een dag nog eens zijn vriend Mussolini zal portretteren?'

'Laten we het niet hopen. Dat schilderij zouden ze dan waarschijnlijk in de hal van het Palazzo Venezia ophangen en iedereen die binnen zou komen, zou zijn hoed moeten afnemen en moeten salueren.'

'En op nationale feestdagen zou het schilderij door Rome gedragen worden, terwijl tegelijkertijd steeds meer katholieke processies niet meer gehouden zouden mogen worden.'

Opnieuw moesten de heren lachen en Paul verbaasde zich over hun openlijke ironie. Toch besloot hij om op zijn hoede te blijven. Een dictator was een dictator en op dit punt moest hij het eens zijn met Sofia Orlandi: de geschiedenis had maar weinig dictators voortgebracht die kritiek of spot hadden weten te waarderen. En de vazallen van deze mannen waren niet zelden spionnen.

Hij kon gevoelige onderwerpen dus maar het beste vermijden.

Omdat ze nu door het Duitse landschap reden – langs het Zwabische Meer, of de Bodensee, die er vriendelijk blauw bij lag, daarna het liefelijk glooiende Zwabische Oberland – begon Paul zijn reisgenoten te vertellen, wat hij zich nog kon herinneren van zijn lessen over Duitsland en de Duitse geschiedenis.

'U hebt een zeer brede algemene ontwikkeling, professor,' zei de jongere van de ambtenaren onder de indruk. 'Hebt u zich wetenschappelijk met dit gebied beziggehouden of hebt u al eens eerder zo ver gereisd?'

'Allebei,' antwoordde Paul spontaan, wat hem alleen nog maar meer in de achting van de heren deed stijgen.

Het beviel hem wel om bewonderd te worden en dus vertelde Paul hen ook het verhaal van de 'Ulmer Spatz', de mus van Ulm, toen de dom met de grote kerktoren in zicht kwam.

'Toen heel lang geleden in Ulm van alles gebouwd moest worden, waren daarvoor steigerpalen en bouwhout nodig. Het lukte de mensen echter niet om de balken door de stadspoort te krijgen, het hout lag namelijk dwars op de wagen. De poort bleek dus te smal en de balken te lang. Er werd druk overlegd over hoe dit nu aangepakt moest worden, maar zelfs de hoogste magistraat wist geen oplossing voor het probleem. Toen zag een van de raadsheren een mus, die boven op de toren zijn nest gebouwd had. Een dwars neergelegd takje versperde de vogel de toegang tot dit nest, waarna hij het er met zijn snavel uittrok en in de lengte weer terug legde. Op dat moment begreep de raadsheer dat ze het met de balken voor de poort op dezelfde manier moesten doen. En zo kon ten slotte al het hout de stad in gebracht worden. Als dank en ter herinnering aan deze gebeurtenis werd er een gerecht bedacht dat moest herinneren aan het takje. Dit werden de spätzle, inmiddels een van de lievelingsgerechten van de Zwaben.'

'Wat een grappig verhaal,' vond de vertegenwoordiger, 'en wat jammer dat wij dat gerecht niet zullen kunnen proeven.'

'O, misschien vergist u zich daarin, dottore. Ik heb vanmorgen in de restauratiewagon namelijk gehoord dat de trein vannacht in Stuttgart zal blijven staan voor een schoonmaakbeurt. We zouden dus van de gelegenheid gebruik kunnen maken om in de stad een hapje te gaan eten.'

'Een geweldig idee.'

'En een goede planning. Hoewel het erg comfortabel is om op deze manier te reizen, is het toch ook wel fijn wanneer je even wat frisse lucht kunt inademen en de benen even kunt strekken!'

En dat deden ze dus.

Paul verliet met de drie Italiaanse heren de trein en nam ze, nadat hij geïnformeerd had naar een goed Duits specialiteitenrestaurant, mee naar het Ratsstüble, waar ze heerlijke reerug met rodekool, in rode wijn gesmoorde peertjes, rode bosbessen en spätzle geserveerd kregen.

'Fantastico,' riep een van de ambtenaren, die een fijnproever was en oprecht een beetje huiverig geweest was voor de Germaanse keuken.

Paul glimlachte in zichzelf toen hij bedacht dat hij, toen hij nog Duitser geweest was, nooit in de gelegenheid geweest was om Stuttgart te bezoeken of in zo'n elegant restaurant te eten. Alleen de Zwabische Trollinger, die de ober op Pauls vraag als passende wijn aanbevolen had, viel niet zo in de smaak bij de Romeinse heren. Bij de tweede karaf vonden ze hem echter al acceptabel en vanaf de derde waren ze zelfs echt enthousiast.

Tijdens deze uitgebreide maaltijd, die met een stuk Schwarzwälder Kirschtaart en een daarbij behorend glaasje kirsch afgesloten werd, vielen Paul op een gegeven moment de geïnteresseerde blikken van een wat oudere man op, die met twee jongere mannen aan een tegenoverliggend tafeltje zat.

Uiteindelijk stond de man op en kwam naar hun tafel.

Hij was klein en gedrongen, had een kaal hoofd, dat eruitzag als een glimmend gepoetste kogel, een dikke, grijze snor en hij droeg een hoornen bril.

'Neemt u mij niet kwalijk,' wendde hij zich een beetje onbeholpen, maar ongegeneerd tot Paul. 'Ik hoorde dat u zo goed Duits spreekt.'

'Dank u wel,' zei Paul, die een klein glimlachje niet kon verbergen. Dat zou wat zijn, dacht hij, als ik dat al verleerd zou hebben.

'Maar u bent Italiaan?'

'Jazeker,' antwoordde Paul, wat voorzichtiger nu en ook een beetje wantrouwend. 'Mag ik vragen waarom u dat interesseert?'

'Dat zou ik u graag uitleggen. Mag ik even plaats nemen?'

'Gaat uw gang,' zei Paul, die inmiddels een onaangenaam gevoel kreeg. Je hoorde tegenwoordig zoveel over de nieuwe Duitse bewakingsmethodes, zelfs in Italië. Was hij misschien in een dergelijk net terecht gekomen? Ging het hier om zijn voorgelogen nationaliteit?

De kleine man, die een enigszins zwaarmoedige indruk maakte, had intussen zijn neus in een geruite zakdoek gesnoten. 'Mijn naam is Rapp. Zegt u dat iets?' vroeg hij ten slotte.

Paul kende een paardenhandelaar met die naam uit Kirchheim an der Teck, maar om hem kon het hier onmogelijk gaan.

'Het spijt me, nee.'

'Soepen, sauzen, pudding, voedsel in blik?'

Plotseling zag Paul Anna's voorraadplank weer voor zich. Hij glimlachte en zei onnadenkend: 'Die blauw-gele doosjes en blikken met die grappige, gele kok erop, die met een gele pollepel zwaait.' Toen bedacht hij dat hij voorzichtig moest zijn en dus voegde hij er snel aan toe: 'Dat kan ik me nog herinneren van een vroegere reis.'

De kleine man straalde en leek opeens vijf centimeter groter te worden: 'Het blauw en geel voor de verpakking was mijn idee. Ik heb mijn mensen altijd voorgehouden dat we moeten opvallen, uniek moeten zijn en dat het product de klanten letterlijk toe moet lachen. Ik ben blij dat dat blijkbaar gelukt is, wanneer zelfs iemand uit Italië het onthouden heeft.'

Paul bekeek de gezichtsuitdrukkingen van zijn reisgenoten, die het gesprek volgden, zonder er een woord van te verstaan. Hij wilde niet onbeleefd zijn en vroeg dus met een vriendelijke glimlach: 'En... waarom wilde u mij spreken?'

'O ja, neemt u mij niet kwalijk,' antwoordde meneer Rapp. 'Ik dwaal nogal af. Het gaat om het volgende: ik heb op dit moment een groep potentiële Italiaanse klanten te gast. De besprekingen staan pas voor overmorgen op het programma; daarvoor wilde ik de heren een cultureel programma aanbieden. Maar nu is de door mij ingehuurde tolk plotseling ziek geworden, wat mij natuurlijk behoorlijk in de problemen brengt. Om zo snel nog vervanging te regelen, is bijna onmogelijk. En toen ik u daarnet bezig zag, en hoorde hoe vloeiend u zowel met de ober als ook met uw vrienden sprak, toen dacht ik, ik bedoel, ik heb natuurlijk geen idee wat voor verplichtingen u hier in Stuttgart hebt, maar... vragen staat tenslotte vrij.' Een beetje verlegen vlocht meneer Rapp zijn verbazingwekkend slanke vingers in elkaar en hij keek Paul door de dikke glazen van zijn bril aan.

'Wat wil die meneer, professor?' vroeg op dat moment de dottore van het Italiaanse ministerie voor Financiën.

'Een moment alstublieft, ik zal het direct uitleggen,' antwoordde Paul, waarna hij zich weer tot zijn Duitse gesprekspartner wendde. 'U bedoelt dus dat u een soort... reisleider... nodig hebt, of begrijp ik het verkeerd?'

'Nee, nee, dat is precies wat ik bedoel. Die mensen moeten een beetje vermaakt worden, zodat ze wanneer ze weer naar huis gaan het gevoel hebben dat ze niet alleen maar zaken gedaan hebben maar ook nog iets van het land en zijn mensen gezien hebben... en van onze cultuur.'

'Dat is een heel nobel streven,' zei Paul beleefd. 'Maar de heren hier en ik zijn op weg naar de Olympische Spelen in Berlijn met een speciale trein die hier vannacht schoongemaakt wordt en morgenvroeg weer verder zal reizen. Het spijt me, meneer Rapp, ik was u anders graag van dienst geweest.'

Hoe vriendelijk en beleefd dit antwoord ook was, meneer Rapp gaf zich niet zo snel gewonnen. Hij nam zijn hoornen bril af, kneep even met zijn ogen en poetste de bril toen op met de zijden doek, die het borstzakje van zijn kostuum versierde. Toen zette hij hem weer op zijn neus en leek tot een besluit te zijn gekomen.

'Ik doe u een aanbod: onderbreek uw reis, geef mij twee dagen. Ik zit in een noodsituatie. Als het lukt, dan gaat het om een enorme transactie. Ik zal u natuurlijk vorstelijk belonen en na afloop door mijn chauffeur met de dienstauto naar Berlijn laten brengen.'

Paul nam snel een slok uit zijn wijnglas om even na te kunnen denken, maar het aanbod was te verleidelijk. Deze man, die een gewiekst zakenman was, zag zijn aarzeling en noemde het bedrag dat hijzelf als vorstelijk omschreef. En dat was het, zonder enige twijfel.

'Als ik u ermee kan helpen,' stemde Paul daarop toe.

De kleine, dikke man greep in de zak van zijn jasje en haalde een visitekaartje tevoorschijn dat hij Paul overhandigde.

'Mijn auto staat voor de deur,' zei hij toen. 'En er is natuurlijk geen sprake van dat u, gezien de omstandigheden, in de trein overnacht. Ik stel voor dat ik u allemaal naar het station laat terugbrengen. De chauffeur zal daar wachten totdat u uw bagage gehaald hebt en u dan direct naar het Zeppelinhotel brengen. Intussen zal ik ervoor zorgen dat daar een kamer voor u klaargemaakt wordt. Kunt u zich daarin vinden?'

Paul knikte. Hij bedankte de fabrikant, waarop die hen alleen liet om verderop bij de ober de rekening te betalen.

En zo kwam het dat Paul die nacht niet in de slaapwagon sliep, maar in een luxe kamer in het beroemde hotel Zeppelin.

Hij sliep heerlijk en droomde van Angela, die naar jasmijn en lavendel rook. Hij voelde haar honingblonde lokken tegen zijn oor kriebelen en hoorde de kreten van genot die ze elke keer uitstootte wanneer ze de liefde bedreven.

Hij hoorde de kreten nog steeds toen hij wakker werd en moest vaststellen dat het slechts de piepende remmen van een tram waren geweest, die onder zijn wijd geopende raam voorbij gereden was. Hardhandig sloeg hij het raam dicht en hij liep naar de prachtige badkamer om zich op zijn première als reisleider voor te bereiden. Hij genoot van een bad in de enorme marmeren badkuip, waste zijn haar en schoor zich zorgvuldig. Toen trok hij een net, driedelig pak aan, een wit overhemd, deed een beschaafd gestreepte stropdas om en trok een paar zwarte schoenen aan.

Daarna begaf hij zich naar de conciërge en vroeg hem om een reisgids over Württemberg. In de hal van het hotel bladerde Paul het kleine boekje door en concludeerde dat er voor de route die hij in gedachten had, genoeg informatie in stond.

Gerustgesteld liep hij naar de ontbijtzaal, waar hij zijn eerste Duitse ontbijt in meer dan drie jaar tot zich nam: verse bonenkoffie, die zelfs zijn moeder lekker gevonden zou hebben, geserveerd in een zwaar verzilverd kannetje, verse broodjes met boter en jam, dun gesneden rookvlees van de beste kwaliteit en een zacht gekookt eitje.

Het kan niet op, dacht hij wrang, maar hij besloot om optimaal van deze vorstelijke behandeling van meneer Rapp te genieten.

50

$\mathcal{D}$e fabrikant had een bus met chauffeur besteld die hem, zijn twee procuratiehouders, de vijf potentiële Italiaanse zakenpartners en Paul die dag door het Zwabische landschap zou vervoeren. 'Onze reisleider,' stelde hij Paul voor. Hij was duidelijk trots op zijn ontdekking, maar raakte een beetje in verlegenheid toen hij vragen moest: 'Hoe was uw naam ook alweer?'

'Pasqualini,' antwoordde Paul en voegde er zonder nadenken aan toe: 'Professore Pasqualini.'

Richard Rapps trots op zichzelf nam nog eens toe. Hij had zowaar een professor weten te strikken!

Handen werden geschud en Paul begon ontspannen aan de gasten te vertellen: 'De familie von Staufen, een Duits, adellijk geslacht dat hier in deze omgeving woonde, heeft in de middeleeuwen tijdens verschillende reizen naar Italië, geprobeerd ons Italianen kennis te laten maken met hun restauratiepolitiek. Nou, we zullen zien waarmee wij vandaag, tijdens deze gezamenlijke "Duitslandtocht" kennismaken. En of wij er in de buurt mogen komen!'

De Italianen lachten geamuseerd, wat de fabrikant als een positief teken zag.

Daarna beklom het kleine reisgezelschap de bus.

'Rijdt u alstublieft via Göppingen naar de Hohenstaufen,' vroeg Paul de chauffeur. Die knikte, startte de zware motor van het gevaarte, en de reis kon beginnen.

Paul zat voorin, direct achter de chauffeur, terwijl meneer Rapp en zijn gasten aan beide kanten van het gangpad plaatsgenomen hadden.

Al snel had Paul in de gaten hoe hij de zaken het beste aan kon pakken. Dingen waarvan hij zeker was vertelde hij eerst aan de Italianen, en daarna nog een keer in het Duits aan zijn opdrachtgevers. Over bezienswaardigheden die hij niet kende omdat ze noch in zijn reisgids, noch in zijn vroegere schoolboeken of kranten beschreven stonden, vertelde hij gewoon naar eigen goeddunken, waarbij hij er nog een paar kleine, zelfbedachte anekdotes aan toevoegde.

Beide partijen waren onder de indruk van wat hij allemaal wist. En hoe dichter de groep in de buurt van Pauls geboortestreek kwam, hoe zekerder hij zich als reisleider voelde.

Al van verre kon de hoog boven het Filstal uitstekende Hohenstaufen herkend worden.

'De naam "Stauf" stond vroeger voor een drinkkom en slaat op de kegelvorm van deze berg, waarop zich al in de late bronstijd een nederzetting bevond,' vertelde Paul, die dit al in de derde klas van de lagere school geleerd had. 'De berg is zeshonderdvierentachtig meter hoog en was de voormalige thuisburcht van de familie Staufen, die in de twaalfde en dertiende eeuw meerdere Duitse koningen en keizers hebben geleverd.'

Nadat de bus de smalle weg door de bossen naar het plaatsje Hohenstaufen beklommen had, vroeg Paul de chauffeur te stoppen.

'Hier maken we even een korte wandeling. Maakt u zich geen zorgen, het is niet ver en ook niet steil, en het uitzicht boven is schitterend.'

De Italianen bekeken bezorgd hun mooie, leren schoenen, maar de klim bleek daadwerkelijk eenvoudig te zijn en het uitzicht vanaf de top van de kegel was fenomenaal.

'Fantastisch,' mompelde Richard Rapp onder de indruk.

Hij was zelf afkomstig uit de buurt van Heilbronn en was nog nooit op deze bergtop geweest.

'Hier ontmoeten onze geschiedenissen elkaar ook,' vertelde Paul de Italianen. 'Hier boven woonde Friedrich Barbarossa, die naar Italië trok, waar hij het met allerlei Italiaanse steden en vooral met de paus aan de stok kreeg. Zijn bijnaam Barbarossa had hij, zoals de naam al suggereert, te danken aan zijn rode baard. In het buitenland was hij dan misschien niet zo handig, maar aan het thuisfront had hij meer succes. Nog belangrijker was zijn nakomeling Friedrich II – Frederico Secondo, die u natuurlijk allemaal kent. Door zijn tijdgenoten "stupor mundi" genoemd, "de verbazing der wereld". Hij geldt als het wonderwezen onder de Rooms-Duitse keizers van de Middeleeuwen. Hij was zeer breed ontwikkeld en sprak meerdere talen. Opgegroeid in het koninkrijk Sicilië, trok hij in 1212 naar Duitsland, waar hij in 1220 gekroond werd tot keizer. Hij liet Duitsland echter vooral over aan zijn zoon Heinrich, zelf bekommerde hij zich liever om de belangen van zijn Siciliaanse rijk. Ook zijn leven werd gekenmerkt door grote geschillen met de paus die de Italiaanse politiek van de Staufens als een gevaar voor het pausdom zag. Toen zijn zoon Heinrich tegen hem in opstand kwam, zette keizer Frederico hem af en liet hij Konrad IV, zijn tweede zoon, tot koning kiezen.'

'Een treurige zaak, wanneer zonen in opstand komen tegen hun vader,' viel fabrikant Rapp Paul in de rede.

Een zin waarvan Paul pas later de diepere betekenis zou begrijpen. Maar nu haastte hij zich om een einde aan het verhaal te maken, aangezien de frisse berglucht hem hongerig gemaakt had.

'Frederico II stierf in 1250 als banneling, en al snel na zijn dood kwam er een einde aan de Staufische macht, eerst in Duitsland, later ook in Italië.'

'Dat is dan het einde van de rebellie: dat wat generaties eerder opgebouwd, gaat ten onder. En wat dan ontstaat is weliswaar nieuw, maar heeft weer andere fouten. Echt beter wordt het slechts zelden,' resumeerde Richard Rapp met een vreemd soort agressie in zijn stem.

'Heb ik misschien iets verkeerd gezegd?' vroeg Paul tijdens de afdaling een beetje geschrokken aan een van de beide procuratiehouders.

'Nee, nee, professor,' antwoordde die. 'Het heeft te maken met het… privéleven… van onze baas. Hij heeft ruzie met zijn enige zoon. Zoals dat nu eenmaal gaat: de jongen had zijn eigen ideeën en wilde met de uitvoering daarvan niet wachten tot hij het bedrijf van zijn kon overnemen. Hij wilde meteen kunnen meebeslissen, waar die ouwe… ik bedoel, waar meneer Rapp niet van gediend was.'

'Waarop meneer Rapp junior besloot om kunstenaar te worden,' vulde de tweede procuratiehouder met duidelijke minachting aan. 'Hij woont nu ergens in de Zwabische Jura en schildert landschappen. En die ouwe… meneer Rapp dus, kan al het werk alleen doen, hoewel hij inmiddels ook al halverwege de zestig is.'

'Dan is het maar goed dat hij zulke goede medewerkers heeft,' zei Paul, die in Italië geleerd had dat complimentjes de smeerolie van gesprekken en menselijke relaties zijn.

In Schwäbisch Gmünd liet Paul de chauffeur stoppen. Hij informeerde naar een grotere kruidenierszaak.

En opnieuw nodigde hij zijn medereizigers uit voor een kleine wandeling.

Al snel bereikten ze de winkel. De formele groep keurig geklede heren wekte meteen de belangstelling van de eigenaar die zich naar hen toe haastte en vroeg waarmee hij hen van dienst kon zijn.

'Verkoopt u hier ook producten van de firma Rapp?' vroeg Paul, in de hoop dat hij goed gegokt had.

'Uiteraard,' verzekerde de winkeleigenaar hem en hij leidde het gezelschap naar een stelling, die van boven tot onder gevuld was met blauw-gele producten, waarop de gele kok stond afgebeeld die hen met zijn gele pollepel vriendelijk toezwaaide.

Geïmponeerd bekeken de Italianen het assortiment.

Paul bestudeerde het aanbod wat nauwkeuriger. Hij koos zorgvuldig een aantal doosjes, zakjes en blikken uit en liet die in een grote, papieren tas pakken.

'Dat is toch niet nodig,' fluisterde een van de procuratiehouders hem toe. 'Wij pakken in Stuttgart graag een doos met onze producten voor u in, als u dat wilt.'

Maar Paul wimpelde het aanbod af en nam zijn tas in ontvangst: 'Ik heb een plannetje. Wacht maar af.'

Het humeur van de fabrikant was duidelijk verbeterd na het zien van zijn producten. 'Een goed idee, professor,' zei hij tegen Paul. 'Dit heeft waarschijnlijk meer indruk gemaakt, dan wanneer ik de mensen mijn tentoonstellingsruimte had laten zien.'

'Goede ideeën zijn mijn specialiteit,' zei Paul grijnzend. Want tijdens de rit had hij opeens weer aan zijn oude schoolvriend Sebastian Gabler moeten denken. Die had na de middelbare school een opleiding tot kok gevolgd. En kort voordat Paul Wisslingen verlaten had, was hij getrouwd met een dochter van de waard van de Goldene Hase in Schwäbisch Gmünd. Met een beetje geluk werkte hij daar nu nog steeds en zou hij Paul kunnen helpen zijn plannetje waar te maken.

Nadat de groep het restaurant betreden had, wendde Paul zich tot de keurig geklede vrouw achter de bar en vroeg: 'Zou ik misschien meneer Gabler kunnen spreken?'

'Moment. Ik zal mijn man even halen,' zei de vrouw, terwijl ze de tap dichtdraaide.

'Ik wacht buiten op hem,' zei Paul. 'Wat ik met hem wil bespreken, is vertrouwelijk.'

De vrouw wierp hem een verbaasde blik toe, maar zei verder niets en verdween door een deur, die waarschijnlijk naar de keuken leidde.

Paul liep de gang in, waar hij de verschillende opgezette hazenkopjes bewonderde die aan de muur hingen.

'Wat kan ik voor u...?' hoorde hij toen de stem van de waard. 'Wacht eens even: jij bent toch de Italiaanse Kameraad, of vergis ik me?'

'Je vergist je niet, Baste,' antwoordde Paul glimlachend. Hij had zijn bijnaam uit zijn schooltijd al zo lang niet meer gehoord, dat hij hem bijna vergeten was.

Baste Gabler was weliswaar iets dikker geworden, maar bleek nog net zo vrolijk en vriendschappelijk te zijn als vroeger.

'Je zou me een plezier kunnen doen, Baste,' stelde Paul hem voor. 'Het gaat om een soort grapje, of eigenlijk meer een demonstratie.'

Nadat Paul hem uitgelegd had wat hij bedoelde, grijnsde Baste over zijn hele bolle gezicht.

'Met alle plezier – ik voel me vereerd,' zei hij opgewekt.

'Goed. Aan de slag dan maar, Baste. En vergeet niet: wij kennen elkaar niet. Ik blijf de reisleider en jij de waard. Anders weten ze dat het doorgestoken kaart is en dan is de lol eraf.'

Baste knikte. Hij was vroeger ook altijd al in geweest voor een geintje.

'Ik ben zo vrij geweest om een gemeenschappelijk menu te bestellen,' zei Paul in twee talen, toen hij terugkeerde naar de tafel in de gelagkamer.

Er kwam alvast een mandje met vers gebakken krakelingen op tafel, die heerlijk smaakten bij het bier dat de Italianen besteld hadden.

Niet lang daarna serveerde de dame des huizes, geholpen door een vlotte, jonge bediening de eerste gang: een soep van eekhoorntjesbrood, waarvan de Italianen eerst wantrouwend proefden, maar die ze vervolgens onder luide loftuitingen verslonden.

Ook Richard Rapp en zijn medewerkers leken onder de indruk.

Voor het hoofdgerecht kwam er een grote fantasievol gedecoreerde, zilveren schaal op tafel, waarop een opengesneden fazantenborst lag, omgeven door dampende zuurkool.

Erbij kwam een grote schaal met goudbruin gebakken aardappelkroketjes.

Paul vertaalde alles nauwkeurig in het Italiaans, ook de letterlijke betekenis van de naam voor de aardappelkroketjes, die in het Zwabisch 'bubenspitzle' genoemd werden – een toespeling op het geslachtsdeel van jongetjes.

De Italianen moesten hier hard om lachen, schepten uitgebreid op en waren ook vol lof over deze gerechten.

Paul proefde van de kool en besefte dat Baste er fijn gesneden fruit doorheen gemengd had en daarna alles nog een keer in de wijn gestoofd had.

'Bravissimo,' concludeerde dottore Molla, de chef van de Italiaanse delegatie. 'Eccellente!'

Ze dronken er een Remstäler Riesling bij, en hier was het Richard Rapp, die als kenner de keus maakte.

De wrang-fruitige smaak van de drank was verrukkelijk en versterkte de heerlijke smaak van de gestoofde kool.

Als dessert kregen ze een hemelse zachte vanillepudding met rumvruchtjes, naar een recept van het huis.

Nadat iedereen nog een kopje koffie met een perenjenever gedronken had, naderde het hoogtepunt van Pauls voorstelling.

Sebastian Gabler kwam uit de keuken. Hij droeg zijn witte koksschort en zijn hoge koksmuts, maar in zijn rechterhand hield hij de papieren tas, waarin Pauls boodschappen gezeten hadden.

Baste begroette de gasten in zijn beste Zwabisch en pakte toen de restanten van de gekochte levensmiddelen uit. Hij had ze niet allemaal gebruikt, maar van drie doosjes 'Rapps Eekhoorntjesbroodsoep' was alleen nog de verpakking over. Twee blikken 'Rapps beste zuurkool' waren geopend en leeg, evenals drie pakjes 'Rapps zondagspudding – vanille'.

'Dit hebt u zojuist gegeten,' vertelde Baste met de nodige dramatiek, waarbij hij wees op de blauw-gele verpakkingsrestanten met de gele kok en zijn gele pollepel.

'Ik heb de producten alleen een beetje verfijnd: de soep met vers eekhoorntjesbrood, de zuurkool met ingemaakte kweeappels en verse peren en de pudding met slagroom en echte Bourbonvanille. Elke huisvrouw kan dit doen en zet zo in korte tijd een feestelijk maal op tafel. U hebt er tenslotte ook van genoten en ik kan u verzekeren: ik had er geen idee van dat ik voor u moest koken. Hierover was niets afgesproken!' Als om zijn woorden kracht bij té zetten, hief hij daarbij zelfs zijn vingers alsof hij een eed aflegde.

Het effect was groot. De Italianen pakten de lege soepverpakkingen en roken eraan. Ze haalden hun wijsvingers door de puddingpakjes en likten voorzichtig aan het puddingpoeder, dat in de hoekjes achtergebleven was.

Alle vijf waren ze diep onder de indruk, wat ze duidelijk maakten in lange zinnen met levendige gebaren.

Het grootste compliment kwam echter van Richard Rapp en was bedoeld voor Paul.

'Ha, u bent me er eentje, professor!' zei de fabrikant en Paul wist dat dit – voor een Zwaab en op een dergelijke manier uitgesproken – heel wat betekende.

Toen de heren uiteindelijk al naar de bus gelopen waren, schudde Baste Paul de hand en zei grijnzend: 'Met zulke gasten mag je vaker langskomen, Paul.'

Paul lachte en antwoordde: 'Ik denk het niet, Baste.'

Baste schudde niet-begrijpend zijn hoofd en zwaaide, totdat de bus om de hoek verdwenen was. Toen zei hij tegen zijn vrouw: 'Die Paul, die komt er wel. Iemand met veel mogelijkheden. Dat wist ik al toen we nog samen op school zaten.'

'Hij ziet er in elk geval goed uit!' zei de waardin bijna dwepend. 'En hij weet hoe het hoort. En dan ook nog twee talen spreken.'

'Klopt,' zei Baste. 'En toch kun je blij zijn dat je mij hebt, Rese!'

'Dat ben ik toch ook.'

Na dit geslaagde uitstapje verliepen de onderhandelingen met de Italianen snel en succesvol.

Paul vertaalde de gesprekken vloeiend en verzachtte hier en daar de Zwabische formuleringen en eisen zo elegant, dat ze de trotse heren uit Italië onder leiding van dottore Molla niet tegen de borst stuitten.

's Middags al was de overeenkomst in kannen en kruiken en deden ze zich te goed aan koffie met Zwabische appeltaart met slagroom.

Toen het kleine reisgezelschap 's avonds laat met de bus bij het Zeppelinhotel aankwam, was het afscheid emotioneel. De Italianen omarmden hun nieuwe zakenpartners en kusten ze op beide wangen, wat de Zwaben stijf en geforceerd glimlachend ondergingen. Zij op hun beurt klopten de Italiaanse klanten vriendschappelijk op de schouders, wat die al net zo manhaftig over zich heen lieten komen.

Ten slotte vroeg de fabrikant Paul nog even met hem mee naar de bar te komen, waar ze een plekje in een schemerig hoekje zochten. Nadat Richard Rapp champagne besteld had, greep hij in zijn binnenzak en haalde er een dikke envelop uit.

'Ik denk dat u dit wel verdiend hebt, professor,' zei hij, terwijl hij Paul het couvert overhandigde. 'Ik had nooit kunnen denken dat het zo gunstig voor ons bedrijf zou uitpakken. De Italianen hebben veel meer besteld en onder veel gunstiger voorwaarden dan we verwacht hadden. Wat vooral aan u te danken is. En dus ben ik zo vrij geweest om u behalve het afgesproken honorarium nog een aardige provisie te geven!'

'Hartelijk bedankt, meneer Rapp,' zei Paul, die moeite moest doen om zijn vreugde niet al te duidelijk te tonen.

De fabrikant leunde achterover in zijn stoel en stelde nu eindelijk de vraag die hem al de hele tijd beziggehouden had: 'Wat geeft u eigenlijk voor les aan de universiteit?'

'Architectuur,' antwoordde Paul en plotseling overviel hem een enorm treurig gevoel.

'Aha. Proost dan maar. Op ons resultaat!'

'Dat het maar heel goed mag gaan met uw bedrijf,' antwoordde Paul beleefd.

'Dat hoop ik ook,' zei Richard Rapp opgewekt, om daarna langs zijn neus weg te vragen: 'Wat verdient een Italiaanse hoogleraar eigenlijk?'

Paul verbaasde zich over deze directheid, maar zag de geïnteresseerd glimmende oogjes van de fabrikant en had geen reden het bedrag niet te noemen.

'Aha,' zei meneer Rapp daarop opnieuw.

Paul nam een slok van de champagne en concludeerde dat die slechter smaakte dan alles wat hij ooit bij de contessa Vibaldi gedronken had, maar uiteraard hield hij dat voor zich.

In gedachten zag hij zichzelf weer tijdens het souper in haar park, hij zag Angela voor zich, met haar glanzende huid, haar rood geschminkte lippen en rode jurk, en hij zag de diamanten om haar hals in het maanlicht glanzen, enkel nog overtroffen door haar stralende ogen. De treurigheid die hij eerder al gevoeld had, hing nu om heen als een donkere wolk die hem de adem benam en de tranen bijna in zijn ogen deed springen.

'Ik betaal u het drievoudige als u hier blijft en mijn chefverkoper wordt, professor,' onderbrak de fabrikant op dat moment zijn gedachten.

'Pardon?' vroeg Paul, terwijl hij zich naar voren boog, omdat hij meende het verkeerd verstaan te hebben.

'Het drievoudige. Plus een fatsoenlijke dienstwoning en een dienstauto met chauffeur natuurlijk.'

'Dat is... neemt u mij niet kwalijk, maar dit had ik niet verwacht,' stamelde Paul. Hij had voor dit vorstelijke honorarium alleen maar zijn werk zo goed mogelijk gedaan. Op een dergelijk aanbod had hij echt niet gerekend.

Richard Rapp, die zag dat zijn aanbod indruk gemaakt had, glimlachte tevreden. 'U hoeft nu niet meteen te beslissen, professor. Slaapt u er rustig een nachtje over. En mocht u nee zeggen, dan blijft alles zoals afgesproken. Willi, mijn chauffeur, is op de hoogte en zal u morgenochtend naar Berlijn brengen als u dat wenst. Zo niet, dan verwacht ik u om negen uur in mijn kantoor.'

De fabrikant nam nog een kleine afscheidsslok, stond op, maakte een vriendelijke buiging en liep toen richting de uitgang.

Paul bleef verbluft achter. Hij dronk de hele fles champagne leeg, waarbij hij moest vaststellen dat de drank hem met elke slok beter begon te smaken. Wel kwam hij hierdoor in een toestand die hij nog nooit eerder beleefd had. Hij was klaarwakker en zag zijn hele leven opeens in alle helderheid voor zich. De onbelangrijke dingen vervaagden als dun gedrukte letters in een boek, de belangrijke dingen echter leken wel vetgedrukt en vormdeneen volledig nieuwe tekst.

Hij bleef zitten totdat de muzikanten op de achtergrond hun instrumenten inpakten en de ober begon te gapen. Toen nam hij de lift naar het dakterras en keek uit over de daken van de stad, net zolang, totdat de hemel in het oosten langzaam roze begon te kleuren.

Ten slotte daalde hij af naar zijn kamer. Hij ging onder de ijskoude douche staan en bleef daar zo lang als hij het kon uithouden. Vervolgens ging hij kletsnat op het bed liggen en wachtte totdat hij droog was. Daarna kleedde hij zich aan en verliet, tot verbazing van de nachtportier, het hotel.

Het hoofdstation lag schuin tegenover het hotel en rechts ervan strekte zich een groot park uit. Met lange passen liep

Paul over het nog zo rustige terrein. Hij kwam geen mens tegen en bereikte uiteindelijk bij een rivier, waarvan hij aannam dat het de Neckar was.

Rood gekleurd door de opkomende zon stroomde het water richting de verderop gelegen Rijn.

Het zou een mooie dag worden.

Paul keerde zich om en liep terug. Nog altijd wist hij niet wat hij zou kiezen.

Toen hij langs een standbeeld van een paard kwam, waarvan de kunstenaar zichzelf destijds van het leven beroofd had, moest Paul opeens denken aan een gedicht dat de voormalige non Raffaela, nu mevrouw Manganello, hem eens in het Ospedale Incurabili had voorgedragen. Het was afkomstig van de arts Joseph Moscati, die later heilig verklaard was, en droeg de titel 'Verlangen'. Hierin sprak de heilige over de heimwee die hij had gevoeld toen hij in 1923 en 1924 door Frankrijk en Engeland gereisd had.

Paul ging op een bankje zitten en probeerde zich de regels van het gedicht te herinneren: 'O, hoe verlang ik naar je, geliefd geboortedorp! Ik verlang naar de herinnering aan de groene helling. Ik zie je al van ver, maar verdrietig, ver dwalend. De zoete vrede van mijn tedere jaren, gelukkig geleefd in jouw beschermende schoot, is de zoete herinnering, die ik aan jou bewaar...'

Plotseling, als het water uit een stuwmeer, overspoelde hem een gevoel van heimwee: slechts twee dagen in zijn geboortestreek waren voldoende geweest om een breuk in de stuwmuur te veroorzaken.

In de stilte van het Rosensteinpark, dat nu op deze warme late julidag tot leven kwam, liet Paul eindelijk de tranen de vrije loop die hij drie jaar lang tegengehouden had. Hij huilde geruisloos en met een starre gezichtsuitdrukking om zijn verloren thuisland, zijn verloren liefde, zijn verloren Italiaanse leven als professor.

Een verderop voorbij ratelende trein bracht hem pas weer terug in het hier en nu. Met een zakdoek droogde hij zijn gezicht, waarna hij langzaam terugliep naar het hotel.

Hij bestelde een grote kan koffie, twee spiegeleieren en een glas kersensap.

Toen hij klaar was met zijn ontbijt ging hij lopend op weg naar de Rapp-fabriek, waar hij enkele minuten voor de afgesproken tijd aankwam.

'Ik heb lang nagedacht over uw aanbod,' zei hij tegen de directeur toen die – precies om negen uur – in zijn kantoor verscheen, waar Paul al op hem zat te wachten.

'En tot welk besluit bent u gekomen, professor?'

'Ik neem het aan,' antwoordde Paul, zo rustig en vanzelfsprekend alsof het de normaalste zaak van de wereld was. 'Ik blijf hier.'

51

Op 17 augustus 1936, tegen vijf uur in de middag, bereikte de speciale trein met de atleten het hoofdstation van Stuttgart. Nog enthousiaster dan op de heenreis sprongen de jongelui uit de wagons, om zich te verdelen over de regionale treinen, die stonden te wachten.

'Drieëndertig gouden, zesentwintig zilveren en dertig bronzen medailles, en het meest succesvolle team van alle deelnemende landen; als dat geen triomf is!' zei het meisje uit Göppingen dat probeerde zich samen met Else Pasqualini door de mensenmassa's heen te wringen, die nu allemaal naar huis wilden. Ieder van hen had deze zin, of in elk geval iets van die strekking, tijdens de lange rit minstens tien keer uitgesproken.

Het was ongelooflijk, het was gewoon fantastisch!

'En zo zal het ook in de toekomst zijn: vandaag zijn we de winnaars van Berlijn – en morgen is de hele wereld van ons,' zei Else, en ze moest bijna huilen van trots.

Dat het tweede gedeelte van die zin letterlijk de tekst was die Moritz Gruber en al zijn vrienden en vriendinnen haar en haar kameraden tijdens de vele bijeenkomsten van hun groepen ingeprent hadden, daar was ze zich niet van bewust. Ze zweefde op een wolk van verrukking, van een 'wij-gevoel', zoals ze dat nog nooit eerder beleefd had. Ze dacht aan het reusachtige rijkssportveld, aan de demonstraties daar, waarmee de Duitse jeugd de gasten en deelnemers vanuit de hele wereld geïmponeerd hadden, aan de schaal waarin het olympische vuur gebrand had en aan de olympische klok, die Walter Lemcke ontworpen had. Zesenhalve ton zwaar en drie meter hoog was die, en alle tot dan toe ontwikkelde olympische grondprincipes waren erin vereeuwigd.

Maar wat het meest grandioze van alles geweest was, was dat ze de Führer gezien hadden en naar zijn toespraken hadden mogen luisteren. Else herinnerde zich het kippenvel dat ze over haar hele lichaam gekregen had toen ze die rauwe, doordringende stem gehoord had en zijn gestalte bewonderd had, al was hij dan helaas op grote afstand.

'Alleen de Duitse voetballers waren een beetje teleurstellend,' onderbrak het meisje naast haar deze opnieuw beleefde verrukking.

Else knikte verbitterd. 'Dat was echt een beschamende vertoning. En dat terwijl voetbal de lievelingssport van Duitsland is.'

'En dat uitgerekend de Italianen wonnen! Ik haat ze,' mopperde haar reisgenote.

'Dat ze maar mogen branden in de hel,' zei Else Pasqualini, wier vader Italiaan was; een feit, dat ze op dit moment heel diep weggedrukt had.

Op dat moment ontdekte ze in de mensenmassa een man die haar aan iemand deed denken. Hij droeg een elegant, grijs zomerkostuum, een wit overhemd met gestreepte stropdas, had een strohoed op zijn hoofd en een lichtgrijze overjas over zijn arm. In zijn andere hand droeg hij een mooie koffer.

Else bleef staan en riep, voordat ze er erg in had: 'Paul?'

Maar het lawaai van de vele reizigers uit Berlijn overstemde haar roep en de vreemdeling, van wie ze heel even gedacht had dat het haar broer Paul was, klom in een wagon van de eerste klasse.

Dit was voor Else meer dan wat ook het bewijs dat ze zich moest hebben vergist. Paul Pasqualini, waar die zich dan ook mocht bevinden, zou zichzelf nooit een kaartje voor de eerste klasse van de trein veroorloofd hebben. Ten eerste omdat hij dat amper kon betalen, en ten tweede gewoon uit principe.

'De eerste klasse is iets voor betere mensen,' had hun moeder hen altijd ingeprent. En 'betere mensen' waren zij nooit geweest, zelfs niet toen ze nog geld gehad hadden.

Eindelijk waren ze aangekomen bij spoor zeven, waar de regionale trein richting Ulm op hen stond te wachten.

Else liet zich op een van de houten banken zakken, negeerde haar kwebbelende reisgenote en maakte in haar hoofd een lijst van alles wat ze in Berlijn gezien had en waarmee ze de Wisslingers wilde imponeren. Vanavond al, aangezien Moritz Gruber al voor haar vertrek een vergadering in Zum Hirschen gepland had voor vandaag.

Paul Pasqualini leunde achterover op de kardinaalrode, pluchen bank van de eerste klasse en dacht na over de wonderbaarlijke verandering in zijn leven. In de afgelopen twee weken was hij, dankzij de relaties van de bedrijvige fabrikant Rapp, in het bezit van een verblijfs- en werkvergunning voor onbepaalde tijd gekomen. Hij had ook al een rijbewijs, nadat hij een paar instructie- en oefenlessen op het bedrijfsterrein gekregen had en vervolgens geslaagd was voor het rijexamen. Hij had een arbeidscontract en een huurcontract voor een dienstwoning ondertekend. Sinds drie dagen had hij een rekening bij de Sparkasse Stuttgart, waarop nu zijn vorstelijke vergoeding plus provisie stond, die zich bij een gunstige rente langzaam zouden vermeerderen. En hij was in het bezit van een goed gevulde portemonnee, aangezien hij een riant voorschot op zijn toekomstige loon had ontvangen. Met een deel hiervan had hij twee nieuwe kostuums, een mantel, een paar zwarte en een paar bruine schoenen en een splinternieuwe koffer gekocht. De elegante, zwarte aktentas, die nu naast hem op de bank lag, was een geschenk van Richard Rapp, ter ere van zijn indiensttreding.

Zijn nieuwe chef was ook degene geweest die hem genereus een week de tijd gegeven had om zijn zaken in Italië af te handelen.

Emilio Rigotti zou op zoek gaan naar een manier waarop hij Angela weer zou kunnen zien, zonder daarbij haar moeder te hoeven ontmoeten. Hij zou met Angela spreken en haar zijn nieuwe, ongelooflijke situatie uitleggen. Zelfs wanneer het hem niet zou lukken om haar moeder van gedachten te doen veranderen duurde het nu nog maar zeven maanden totdat Angela meerderjarig was. Het zou niet leuk zijn om zo lang van elkaar gescheiden te zijn, maar het was te doen. Dan zou Angela hem kunnen volgen en zouden ze eindelijk een paar zijn – voor de wereld en voor God.

52

Toen Paul twee dagen later door de straat liep die naar de Villa Mazone-Orlandi, de begraafplaats St. Michele en verder naar de haven leidde, leek het even alsof de reis naar Duitsland nooit had plaatsgevonden.

Het was een hete augustusochtend in Napels en vanuit de haven hoorde hij vaag het toeteren van een schip. Hij had Emilio Rigotti niet getroffen. Zijn vriend was met zijn jonge vrouw naar haar ouders vertrokken meteen na Ferragosto, had de huishoudster hem verteld.

Ferragosto.

Natuurlijk. Tijdens zijn twee weken in het gematigde klimaat van Duitsland was hij helemaal de bloedhete Italiaanse zomer vergeten.

Eindelijk had Paul de poort van de villa bereikt. Hij trok aan de bel en wachtte gespannen. Er bewoog helemaal niets achter de houten deuren. Hij belde opnieuw aan en pakte gedreven door een plotselinge angst de zware koperen deurklopper, om zijn bezoek nog duidelijker aan te kondigen.

Dit leek resultaat te hebben, want eindelijk werd de poort geopend.

Een oude, witharige huishoudster in de kleding van een kokkin stond tegenover Paul.

'Zou ik signora Orlandi misschien kunnen spreken?' vroeg Paul, en zijn hart ging opeens vreselijk tekeer.

'Het spijt me, signore', antwoordde de oude vrouw. 'Er is niemand thuis. De familie is de dag voor Ferragosto naar hun buitengoed vertrokken, waar de temperatuur wat aangenamer is.'

De dag voor Ferragosto, dacht Paul, plotseling woedend. De vrouw was er dus zo zeker van geweest dat ze hem definitief op de vlucht gejaagd had, dat ze het niet eens meer nodig gevonden had om haar zomervakantie te verschuiven.

'Ik ben een goede vriend van signorina Angela,' zei hij zo nonchalant mogelijk. 'Ik moet dringend iets met haar bespreken. Kunt u mij dus het adres van hun buitengoed geven, dit kan namelijk niet langer wachten.'

'Maar signorina Angela is er niet bij. Zij zit... in het buitenland!'

Pauls hoofd leek opeens helemaal leeg. Met de grootste moeite wist hij de volgende vraag te stellen: 'En wanneer komt ze terug?'

'Dat weet niemand,' zei de oude vrouw snel en herinnerde zich toen wat de jonge meneer zijn moeder hierover meegedeeld had. 'Misschien wel nooit. In elk geval niet zolang ze nog minderjarig is.'

Paul knikte en draaide zich om zonder een woord van dank of afscheid. Ondanks de inmiddels sterk toegenomen hitte liep hij terug door de straat en pakte op de Piazza Estrada de eerste *funicolare* richting de Via Marese. Daar haalde hij uit de verstopplek zijn Italiaanse spaargeld tevoorschijn en stopte het in zijn nieuwe aktentas. Hij bekeek zijn paar schamele bezittingen, pakte het belangrijkste in zijn oude koffer en gaf de rest aan de blij verraste conciërge en zijn vrouw. Hij betaalde de huur voor de maand augustus en vroeg hen om de huiseigenaresse van zijn vertrek op de hoogte te stellen.

Ten slotte schreef Paul nog een brief aan de rector van de universiteit om hem zijn ontslag mee te delen en hem te vertellen dat de minister-president al op de hoogte was. Hij glimlachte toen hij de hoogdravend overkomende zinnen nog een keer doorlas, maar het was nu eenmaal de waarheid.

Toen de nachttrein richting Milaan zich in beweging zette, barstte er een gigantische, zomerse onweersbui los boven de stad. Dikke regendruppels sloegen tegen de raampjes van de trein, witblauw oplichtende bliksemflitsen verlichtten de hemel en het donderde zo hard dat het wel leek alsof de dag des oordeels was aangebroken. Nog nooit was het weer zo in overeenstemming met Pauls gemoedstoestand geweest. Hij opende het bovenste raampje zodat de regen hem een natte oorvijg kon geven.

Net goed, dacht hij grimmig.

De gedachte aan het geluk dat telkens weer op zijn weg gekomen was, liet hem langzaam weer kalmeren. Goed, hij had een slag verloren, maar Sofia Orlandi hoefde niet te denken dat ze de oorlog om Angela al had gewonnen.

53

Omdat de oude Villa Orlandi niet al te ver af lag van de Piazza waar elke week de fruit-en groentemarkt van de boeren uit de omgeving gehouden werd, had Stefano Orlandi zich voorgenomen om te kijken of er al aardbeien van de tweede oogst te koop waren, die zijn hoogzwangere vrouw zo lekker vond.

Tegen de zon beschermd door een hoed met brede rand slenterde hij op die vrijdag begin september 1936 tussen de marktkraampjes door. Aardbeien vond hij nergens, maar voor een kraampje in de buurt van de fontein, waar eieren verkocht werden, bleef hij staan. Een van zijn lievelingsmaaltjes was een luchtig gebakken omelet en de eieren van de markt waren de verste in de hele stad, zoals Olivia en de kokkin hem zeldzaam eensgezind verzekerd hadden

'Ik zou hier graag een dozijn van hebben,' zei Stefano, wijzend op een soort die sneeuwwit en groter was dan de rest van het aanbod.

Maar de eiervrouw bewoog niet. Ze staarde hem aan alsof het om een geestverschijning ging en riep toen met hoge, geschrokken stem: 'Jezusmaria!' Toen legde ze haar hand tegen haar mond, alsof ze zo verdere uitingen van ontzetting wilde tegenhouden. Maar haar ogen bleven wijd opengesperd en Stefano herkende daarin duidelijk de inmiddels zo vertrouwde uitdrukking van medelijden.

Hij reageerde uitdagend, zoals meestal in een dergelijke situatie.

Snel greep hij naar de rand van zijn hoed en nam hem van zijn hoofd. Het lelijke, paars gekleurde litteken op zijn wang werd nu niet langer meer door een genadige schaduw bedekt en hij draaide zich zo, dat de lege onderste helft van zijn mouw duidelijk zichtbaar werd.

Maria Pasqualini's ogen vulden zich met tranen en haar onderlip begon te trillen. Toen ze haar stem weer vertrouwde, zei ze, alsof het om een antwoord ging: 'Maar u bent teruggekomen, signore. Ik heb er zoveel voor gebeden! De Maagd zij gedankt!'

Pas nu herkende Stefano de vrouw, die afgevallen was en een grote hoofddoek in donkere kleuren om haar hoofd en schouders geslagen had tegen de hitte.

Hij vertrok zijn mond tot een verbitterd glimlachje. 'Ik weet niet of ik het ook zo kan zien.'

'Dat moet u, signore!' zei de oude vrouw ernstig. 'Wij zijn zelf niet de baas over ons leven en wanneer het niet ophoudt, dan liggen er dus nog taken voor ons in het verschiet.'

Stefano dacht hierover na en knikte toen. Hij had tenslotte de afgelopen maanden de leiding over de werf in handen weten te krijgen, zoals zijn grootvader Archangelo dat gewild had, ondanks tegenwerking van de tot dan toe zittende directie. En dan was er natuurlijk nog zijn privéleven.

'Misschien hebt u wel gelijk,' zei hij dus. 'Mijn vrouw verwacht een kind. Het zal volgende maand geboren worden.'

De oude vrouw straalde en leek opeens tien jaar jonger.

'Van harte gefeliciteerd,' zei ze welgemeend. Ze leek er nog iets aan toe te willen voegen, maar zweeg toen toch en legde de twaalf gevraagde eieren behoedzaam in een kartonnen doos.

'Wanneer het kind groter is, zal ik het een keer meebrengen,' zei Stefano en hij was zelf verbaasd over zijn woorden.

De ogen van de vrouw lichtten op. 'Heel erg bedankt. Ik bedank u vanuit het diepst van mijn hart.'

Stefano zette zijn hoed weer op en nam de eieren van haar over. Hij knikte, bijna een beetje afwezig, en liep toen verder. Toen hij al bijna buiten gehoorsafstand was, riep de vrouw hem nog na: 'Ik ben elke vrijdag hier op de markt, signore, altijd op dezelfde plek!'

Stefano draaide zich nog een keer half om, zag onder de rand van de hoofddoek het hoge, gewelfde voorhoofd van de vrouw, haar sterk getekende, zwarte wenkbrauwen en de vorm van haar lippen. Voor het eerst herkende hij duidelijk de gelijkenissen met zijn eigen gezichtstrekken.

Hij knikte de vrouw nog een keer toe en liep toen verder.

Nadat hij aan de andere kant van de markt bij een boerin uit de bergen toch nog de gewilde aardbeien gevonden had, zocht Stefano de schaduw op van een taverneterras, onder een dak van bladeren. Hij nam plaats aan een van de kleine tafeltjes en bestelde een karaf witte wijn en water.

Natuurlijk was hij nooit de boodschap vergeten die verstopt gezeten had in het rozenkransdoosje. Tijdens zijn ziekbed had hij veel tijd gehad om erover na te denken, vermoedens te krijgen en dingen na te rekenen. Daarna had hij dergelijke gedachten meestal snel weer aan de kant geschoven. Het was ondenkbaar om zijn moeder te confronteren met wat hij wist. Zijn stand en opvoeding sloten dergelijke gesprekken uit en ze zouden ook alleen maar voor pijnlijkheden en verwarring gezorgd hebben. Ook deze oude vrouw, die dus zijn oma moest zijn, leek dit begrepen te hebben, waardoor ze in zijn ogen alleen nog maar sympathieker werd.

Maar voor het eerst sinds die hele situatie met Angela hem zo heftig had doen reageren en tot overhaast handelen gedwongen had, vroeg hij zich nu beheerst af of dit wel de juiste reacties waren geweest. Plotseling realiseerde hij zich weer hoe ambivalent Sofia's houding ten opzichte van de waarheid altijd geweest was. En hij herinnerde zich de intuïtieve mensenkennis van zijn zusje, wiens oordeel over iemand zelden fout bleek te zijn geweest.

Had zijn moeder hem, zoals zo vaak, weer eens weten te manipuleren?

Een professor aan de universiteit van Napels genoot over het algemeen behoorlijk wat aanzien. Zo iemand was, ook wanneer hij niet zoveel geld bezat, een acceptabele partij voor een Orlandi, die zelf een vermogen had. En stel dat deze man daadwerkelijk, zoals Angela volgehouden had, niet getrouwd was, maar dat hij gewoon, om wat voor duistere redenen dan ook, ongeschikt was in de ogen van hun wispelturige moeder?

Hij hield veel van zijn zusje en hij wenste haar niets dan geluk en een goed huwelijk toe.

Het onaangename gevoel dat hem had bekropen, nam toe en hij verweet zichzelf dat hij overhaast, heethoofdig en te veel op zijn eer gefocust gehandeld had.

Diepe wraakgevoelens waren meer iets voor het gewone volk. En hij was een geciviliseerde, ontwikkelde man en had zich dus ook als zodanig moeten gedragen.

Hij nam zich voor om eens met die professor te gaan praten, zodra Editha en haar man terug waren van vakantie en hij achter de naam van de man kon komen.

Stefano gooide een geldbiljet op het roodgeruite tafelkleed, pakte de zak met aardbeien, klemde voorzichtig de doos met eieren onder het bovenste deel van zijn geamputeerde arm en begaf zich op weg naar de Villa Orlandi, waar Olivia in de schaduw van de veranda op een sofa lag en het einde van haar zwangerschap nabij wenste.

54

Angela Orlandi haatte Madeira met heel haar hart. Weliswaar was dit bloemeneiland in de Atlantische Oceaan met zijn bijna achthonderd vierkante kilometer een relatief grote gevangenis voor haar, het bleef een gevangenis en haar verblijf hier duurde nu al bijna een halfjaar. Angela logeerde bij de Italiaanse consul en zijn vrouw. Hij was een vrolijke, grote man van rond de zestig, met een voorliefde voor de krachtige, lokale wijn en sigaren uit Sumatra. Zijn vrouw deed niet alleen in lengte voor hem onder, maar ook wat vrolijkheid en temperament betrof. Ze deden beiden hun best zich om Angela te bekommeren, maar ondanks hun moeite kwijnde Angela meer weg dan dat ze echt leefde. Wat natuurlijk verschrikkelijk was voor een jonge vrouw van haar leeftijd.

Tot Angela's grote ergernis hadden de hartstochtelijke uurtjes met Paolo Pasqualini enkel geresulteerd in een kwellend verlangen; geen kind waarmee Sofia Orlandi gechanteerd had kunnen worden.

De brieven van haar moeder las Angela uitsluitend om misschien toch te weten te komen of haar geliefde nog naar haar geïnformeerd had. De illusie dat Sofia brieven van hem, voor zover die er waren, aan haar door zou sturen, had Angela niet.

Ze kende haar moeder, haar egocentrische karakter en haar koppigheid als ze haar zinnen op iets gezet had. Het enige wat Angela maar bezig bleef houden, was de reden voor haar moeders afkeer voor Paolo Pasqualini. Want dat er een reden moest zijn, daar was Angela zeker van.

En op een dag, ook daarvan raakte ze hier op Madeira overtuigd, zou ze Sofia dwingen haar die reden te noemen.

Tante Serafina kon haar niets anders schrijven dan wat onzeker gekrabbelde groetjes als postscriptum onder aan Sofia's
brieven. De jicht, een familiekwaal, had nu ook haar getroffen,
waardoor ze praktisch hulpeloos geworden was. Sofia had, zoals ze Angela schreef, een verpleegster in dienst moeten nemen,
aangezien de oude vrouw intussen voor het grootste deel van
de dag bedlegerig was.

Soms, wanneer Angela ging wandelen in het mooie, boven de
haven gelegen park – het huis van de consulfamilie lag daar
niet ver vandaan – en ze de schepen zag die daar vanuit de hele
wereld binnenliepen en weer vertrokken, was ze bang dat ze
door zou draaien. Maar ze was toch te realistisch om daadwerkelijk te proberen, als verstekeling aan boord van zo'n schip te
vluchten.

Haar wapen zou doorzetten zijn. Over iets meer dan een
kwart jaar zou ze meerderjarig worden. Vanaf dat moment
wachtte haar in elk geval het erfdeel van haar grootmoeder
Orlandi en er was geen dag dat ze niet voor Odilia bad. Als
dank dat ze Angela – zij het onbewust – door haar grote na-
latenschap de sleutel uit dit bloemrijke getto gegeven had.
Want Angela kende haar broer Stefano en hij was inmiddels
het hoofd van de familie en dus baas over het geld en de werf.

Stefo mocht dan heetgebakerd zijn, hij was wel een man van
eer. Hij zou haar haar rechtmatig toekomende erfdeel niet onthouden; ook al was hij het dan niet eens met de besteding ervan.

Een brief waarin ze hem vroeg haar erfdeel liquide te maken,
was al met een van de Mazone-Orlandi-schepen onderweg
naar Napels, en het einde van Angela's verbanning kwam nu in
zicht: op 21 maart 1937 zou ze eenentwintig jaar en dus meerderjarig worden. Daarmee zou een einde aan de macht van
haar moeder komen en zou Angela kunnen doen en laten wat
ze wilde.

Meteen al tijdens de eerste weken van haar verblijf op dit eiland
had ze – onafhankelijk van alle liefdesperikelen – plannen voor
haar toekomst gemaakt. Denkend aan alle aansporingen van
de contessa Vibaldi en haar diverse andere muziekleraren, had

ze om bladmuziek gevraagd, aangezien er in de villa van de consul een concertvleugel aanwezig was.

Elke dag oefende ze nu een paar uur; 's ochtends alleen en twee middagen in de week kreeg ze, dankzij bemiddeling van de consul, die ook als tolk fungeerde, bezoek van de cantor van de bisschopskerk in Funchal, die haar zangles gaf.

Deze vriendelijke oude geestelijke had Angela's talent meteen herkend en deed zijn uiterste best met haar. Ook had hij haar aangespoord om in het domkoor mee te zingen.

Het werden Angela's mooiste uurtjes op dit eiland, waarin ze op zon- en feestdagen meedeed in de kerk. Eerst als lid van het koor, later zelfs een paar keer als soliste. Alle gezangen waren in het Latijn, wat Angela geen enkele moeite kostte.

Bij de verschillende partijtjes die de consulfamilie en hun vrienden ter ere van Angela gaven, glimlachte ze telkens weer dankbaar en ging ze, zogenaamd verlegen en met het excuus dat ze de taal niet sprak, bij de oudere dames zitten.

Ze voelde geen enkele behoefte om huwbare mannen te leren kennen. En dat straalde ze zo duidelijk uit dat er ook niemand was die moeite deed.

Zelfs de Portugese taal interesseerde haar niet. Angela wilde niets liever dan dit eiland weer verlaten. Ze kon de dag waarop dit mogelijk zou worden amper afwachten.

Editha Rigotti had haar meteen al tijdens haar eerste weken op Madeira geschreven, en die brief had Sofia Orlandi wel doorgestuurd. Editha beschreef de dood van haar schoonvader, die op Ferragosto tijdens het avondeten gestikt was, nadat een visgraat in zijn luchtpijp was blijven steken. Emilio had, na lange discussies met zijn oudere broer die ook jurist was, besloten om in zijn eentje het advocatenkantoor van zijn vader in Bari over te nemen. De oudste Rigotti wilde namelijk naar Amerika emigreren, wat tijdens het leven van hun vader ondenkbaar geweest was.

En dus woonden de Rigotti's nu in Bari en Editha kon wat professore Paolo Pasqualini betrof niet meer berichten dan dat hij een brief aan de universiteit van Napels geschreven had waarin hij zijn ontslag aangekondigd had.

Het maakte niet uit, had Angela tegen zichzelf gezegd. Een liefde zoals die van hen zou niet zomaar verloren gaan of met de tijd minder worden, zoals haar moeder hoopte. Paolo en zij zouden elkaar weer weten te vinden, daar was ze zeker van.

Van elk van haar lange wandelingen nam Angela iets mee: een glimmende steen, een schelp, de verloren veer van een vogel, een bijzonder mooie bloem die ze tussen vloeipapier legde en in een van de wetboeken van de consul te drogen legde. Al die dingen bewaarde ze in een houten kistje, en telkens weer stelde ze zich voor hoe Paolo en zij ze op een dag aan hun kinderen zouden laten zien. Als herinneringsstukken aan die zware tijd waarin ze van elkaar gescheiden waren.

55

*E*lke dag die Angela's terugkeer dichterbij bracht, werd Sofia Orlandi nerveuzer. Het was volkomen duidelijk, wat daarna zou gebeuren: Angela zou zich eerst haar erfdeel van de oude Odilia laten uitbetalen en vervolgens op zoek gaan naar haar geliefde.

Sofia had al heel wat keren nagedacht over haar spontane acties na die ontmoeting met Paolo Pasqualini. Hoe ze het ook wendde of keerde: wat ze gedaan had, was absoluut terecht – het kon en mocht niet zo zijn dat de zoon van die Zwabische heks en haar dochter een paar werden.

Natuurlijk waren ze geen familie van elkaar; Angela's vader was zonder enige twijfel Sandro, daar ging het niet om. Maar er waren twee andere, belangrijke redenen. En de eerste daarvan was zijzelf, Sofia Orlandi.

Sofia stelde zich een familiebijeenkomst voor, de bruiloft bijvoorbeeld: Paul, Stefano's Zwabische zoon, zijn tweelingbroer Peter, die als twee druppels water op hem leek, en Stefano's Italiaanse zoon, haar Stefano, allemaal samen in één ruimte!

De opvallende gelijkenis tussen die drie mannen zou alle aanwezigen direct opvallen. En de leugens van haar leven zouden ontdekt zijn. Niets zou meer kunnen voorkomen dat ze de zonde van die nacht voor haar bruiloft en al het bedrog dat daarna gekomen was, zou moeten toegeven.

Haar reis als jonge weduwe naar Duitsland zou ter sprake komen, evenals die middag in dat pension. Zij en die Anna, de twee vrouwen van Stefano, zouden het niet kunnen nalaten om elkaar te beschuldigen van zijn dood. Het zou er luid, met veel geschreeuw en beschuldigingen aan toegaan voor het oog van de hele familie, daarover maakte Sofia zich geen enkele illusie.

Alleen al de voorstelling van die scène was zo verschrikkelijk dat het koude zweet Sofia elke keer uitbrak dat ze eraan dacht. Ze was nooit een geweldige moeder geweest, daarvan was ze zich maar al te goed bewust. Maar na een dergelijk schandaal zou ze als zondaar, als bedriegster, als echtbreekster bestempeld worden.

Het selecte gezelschap van de meest vooraanstaande mensen in Zuid-Italië duldde veel, zolang het zich maar achter de schermen afspeelde. Zodra het openbaar werd, kwam het aloude mechanisme van schijnheiligheid en huichelarij op gang. Ze zou uitgelachen en veracht worden. Haar kinderen en kleinkinderen zouden zich voor haar schamen, haar vrienden zouden haar verloochenen en negeren, iedereen zou zich van haar afkeren.

Ze zou buitengesloten worden, voor eens en voor altijd.

En dus was het volkomen duidelijk wat haar doel moest zijn: die oude geschiedenis zou nooit boven tafel mogen komen, tenslotte ging het ook niet om haar alleen. De naam van de families Mazone en Orlandi stond op het spel, en dat was belangrijker dan Angela's geluk.

Wat stelde dat nu ook helemaal voor, dat zogenaamde geluk, wanneer zij er nu met haar zesenveertig jaar op terugkeek? Een korte droom die als een oude lap steeds dunner en valer leek te worden.

Te weinig geluk in elk geval om er na bijna dertig jaar nog zo onder te moeten lijden.

Sofia moest denken aan haar vader Archangelo en dat ook die, hoewel hij van haar gehouden had, de dynastieke belangen destijds boven haar wensen gesteld had, wat haar alleen maar sterkte in de overtuiging dat ze juist gehandeld had.

De tweede reden echter, en aan zichzelf durfde Sofia dit wel te bekennen, waren haar nog altijd sterk aanwezige jaloezie en gloeiende haat jegens de roodharige vrouw die Stefano zover gekregen had dat hij met haar getrouwd was. Het idee alleen al dat die heks over haar zou kunnen triomferen omdat het nu ook nog haar zoon gelukt was om Sofia's dochter te krijgen, deed haar bloed nog meer koken dan wat dan ook.

Deze negatieve gevoelens leken sterker te zijn en langer aan te houden dan de positieve. Misschien had het er ook wel mee te maken, dat zij, de beide vrouwen van Stefano, nog altijd op deze wereld rondliepen, terwijl hij zich al sinds lange tijd in het hiernamaals bevond.

Hoe dan ook, zij, Sofia Orlandi, was bereid om alles, maar dan ook alles te doen om het huwelijk, dat haar dochter Angela voor zich zag, te voorkomen.

Nachtenlang piekerde Sofia over hoe ze dit voor elkaar zou kunnen krijgen. Wat Angela ertoe zou kunnen bewegen die man de rug toe te keren, en wel definitief. Want dat snel verzonnen verhaal dat haar minnaar al getrouwd zou zijn in het buitenland geloofde Angela natuurlijk niet, zo verliefd als ze was.

Sofia's openbaring kwam echter niet 's nachts, maar tijdens een middagje winkelen in de stad, op een zonnige, koele dag in december.

Als door de bliksem getroffen bleef Sofia staan voor de etalage die haar op het idee gebracht had.

En de volgende dag begon ze meteen te handelen.

Nog was het plan gebaseerd op hoop, maar wanneer het zou lukken, en het moest gewoon lukken, dan had ze het probate middel gevonden om die 'professor' Pasqualini voor eens en voor altijd uit Angela's hart en hoofd te bannen…

56

Serafina Mazones afscheid van deze wereld verliep niet dramatisch of spectaculair: op een ochtend was ze gewoon niet meer wakker geworden.

Haar gezichtsuitdrukking was vredig; een licht ironisch glimlachje lag om haar mond.

Terwijl de geestelijke de litanieën sprak en de snel neergezette kaarsen op het nachtkastje door het schallen van zijn stem begonnen te flakkeren, vroeg Sofia zich af of er in het hiernamaals misschien een weerzien met de kardinaal zou zijn en hoe dat dan zou verlopen.

Algauw moest ze ook aan Stefano denken en hoe die zou reageren wanneer hij op een dag in het hiernamaals zowel de Italiaanse Sofia als de Duitse Anna zou tegenkomen.

Toen herinnerde ze zich hoe zijzelf God, na Stefano's ongeluk, vervloekt en afgezworen had; dat Hij dat misschien wel onthouden had en haar dus mogelijk de toegang tot het paradijs zou weigeren.

Geschokt besefte ze dat die roodharige Duitse vrouw misschien wel vromer was dan zijzelf en daardoor dus weer met haar echtgenoot herenigd zou worden. Van deze gedachte schrok Sofia zo dat ze heel even het verdriet om haar tante vergat.

Nou ja, voorlopig leefde ze nog en kon ze er dus nog iets aan doen.

Eerst zou ze die toestand met Angela in goede banen leiden, daarna zou er nog genoeg tijd over zijn om de zonden uit haar leven te berouwen en boete te doen. Ze was tenslotte pas zesenveertig jaar, terwijl de zojuist overleden Serafina al zevenenzeventig geweest was.

Wanneer had haar tante zich eigenlijk weer met God verzoend en de religie opnieuw ontdekt? Dat moest ongeveer vijfendertig jaar geleden zijn, rekende Sofia uit. Ze moest toen dus begin veertig geweest zijn.

Ach wat, iets later zou dat ook nog wel kunnen, dacht Sofia, hoewel ze eigenlijk wel genoeg had van alle affaires, sinds Guido Paletto haar voor een jongere vrouw verlaten had.

Ze schrok op uit deze gedachten toen ze de beschuldigende blik van de geestelijke zag. Ze had er niet aan gedacht om de noodzakelijke antwoorden op zijn litanieën te geven.

'Bid voor haar,' zei Sofia dus snel en ze zorgde ervoor dat ze verder geen fouten meer maakte.

Eindelijk was de kapelaan klaar met zijn gezang.

Sofia vroeg de oude kokkin een hapje voor hem klaar te maken, waarna ze alleen achterbleef met de dode. Ze wist hoeveel Serafinia van haar en de kinderen gehouden had. Sofia had ook zo goed ze kon geprobeerd die gevoelens te beantwoorden. Zwijgend bedankte ze de overledene voor al haar moeite en toewijding. Toen drukte ze, zonder enige schroom, nog een afscheidskus op de wangen van haar tante en schoof, zoals de oude vrouw het zo vaak al gevraagd had, de ringen van haar vingers. De briljanten ring en die met de grote Zuidzeeparel stak ze bij zich. De ring met de sterrobijn legde ze echter in een juwelenkistje, waarin hij voor Angela bewaard zou worden, zoals haar tante gewild had.

Zonder het ooit te hebben gevraagd, had ze altijd geweten dat dit sieraad een geschenk van de kardinaal geweest was. Als een symbool voor onvervulde liefde, dacht Sofia.

En dat zou het opnieuw worden.

Want wanneer haar dochter thuis zou komen, zou ze alles krijgen: het waardevolle sieraad en het bewijs, dat Paul Pasqualini in Duitsland getrouwd was, en wel lang voordat hij Angela Orlandi had leren kennen.

Deel 3

1

Op 22 april 1937 keerde Angela terug naar Napels. Het was een donderdag en omdat ze niemand het tijdstip van haar aankomst verteld had, werd ze ook niet verwacht.

Angela nam een taxi en werd door de oude kokkin Gloria ontvangen als een koningin die terugkeert uit ballingschap.

'Uw moeder is boven en houdt siësta, signorina,' vertelde de oude vrouw, terwijl ze richting de trap waggelde. 'Ik zal haar meteen wekken!'

'Laat maar, Gloria,' hield Angela haar tegen. 'Ik doe het zelf wel!'

Het huis leek vreemd, kil en zielloos. Bijna verlangde ze weer terug naar haar bloementuin-gevangenis, waar tenminste nog de bulderende vrolijkheid van de heer des huizes de ruimtes gevuld had.

Bij de slaapkamerdeur van haar moeder bleef ze staan en klopte.

'Kom binnen, Angela,' riep Sofia meteen.

Ze leek haar siësta al beëindigd te hebben.

Angela opende de deur en keek naar haar moeder.

Sofia Orlandi zat, gekleed in een comfortabele huisjurk, in haar fauteuil en hield een rood kistje in haar handen.

'Ik had je al gehoord toen je voor het huis met de chauffeur stond te praten,' verklaarde ze, zonder verder enige vorm van begroeting. Alsof Angela alleen maar even de stad in geweest was.

'Goedendag, moeder,' zei Angela op haar beurt stijfjes.

'Ik weet niet of het wel zo'n goede dag zal zijn voor ons,' antwoordde Sofia. Toen stond ze op en overhandigde haar dochter het kistje. 'Een aandenken aan je tante Serafina,' zei ze.

Angela had veel verwacht, maar niet deze botte manier van begroeten. Haar maandenlange afwezigheid leek geen enkele invloed gehad te hebben op de stemming van haar moeder.

Het leek wel alsof Sofia Orlandi de lastige situatie die het weerzien met Angela blijkbaar voor haar was, zo snel mogelijk achter de rug wilde hebben.

Angela klapte het deksel van het kistje een klein beetje open.

Op een wit, fluwelen kussentje lag de sterrobijn van Serafina Mazone die zij zo lang Angela als het zich kon herinneren gedragen had aan de ringvinger van haar linkerhand, de zogenaamde hartvinger.

'Jammer dat ik haar er niet meer voor kan bedanken,' zei Angela. Ze voelde een brok in haar keel en kon met moeite haar tranen wegslikken.

'Maar je mag mij bedanken,' zei Sofia Orlandi. 'Want ook ik heb je iets te geven.'

Ze liep naar haar commode en trok een van de lades open. Toen ze terugkwam, had ze een foto in haar hand. Hij zat vastgeplakt op dik karton en toonde een bruidspaar.

De bruid was jong en fris, hoewel niet bijzonder knap. De bruidegom echter...

Al het bloed trok weg uit Angela's gezicht. Plotseling had ze het gevoel dat haar benen het bijna begaven.

Ze liet zich op de rand van haar moeders bed zakken en staarde lang en zwijgend naar de foto, nam elk detail in zich op.

Daarna draaide ze afbeelding om en bekeek de achterkant.

Ze zag een bedrijfsstempel waarop de lezen stond: 'Fotogeschäft Reinhold Müller, Wisslingen-Halberdorf.

Daaronder stond in keurig handschrift vermeld: 'Huwelijk P. Pasqualini en A. Heinzmann, juni 1933, nr. 067.'

'Waar hebt u die vandaan, moeder?' vroeg Angela uiteindelijk.

'Ik heb iemand opdracht gegeven om onderzoek te doen, aangezien jij mij niet wilde geloven.'

Guido Paletto mocht dan wel onbetrouwbaar zijn als het

vrouwen betrof, maar als het om discrete aangelegenheden ging, was hij iemand op wie je kon rekenen.

Nadat ze voor de etalage van een fotograaf op het idee gekomen was dat de tweelingbroer van de professor wel eens getrouwd zou kunnen zijn, en ze zich de opvallende gelijkenis tussen de twee Duitse zonen van Stefano had herinnerd, had ze een poging gedaan om haar valse bewering alsnog 'te bewijzen'.

Dat dit geld kostte, was geen probleem voor haar geweest. En de student Germanistiek die Guido voor haar gevonden had, was zowaar succesvol uit Württemberg teruggekeerd.

Het was kinderspel geweest, had hij verteld, aangezien er in heel Wisslingen en omgeving maar één fotograaf was, die zijn archief keurig op orde hield.

Sofia had, ondanks haar goede hoop, amper kunnen geloven hoe eenvoudig haar intrige gestalte gekregen had.

En nu kon ze de vernietigende uitwerking ervan op het gezicht van haar dochter aanschouwen.

Ze had medelijden met Angela, maar een andere oplossing was er niet.

Lange tijd zwegen ze allebei.

'Mag ik de foto houden?' vroeg Angela ten slotte.

Sofia aarzelde even, maar knikte toen.

Ze kende haar dochter.

Angela was veel te trots om deze man ter verantwoording te roepen en hem verwijten te maken. Bovendien wist ze waarschijnlijk net zomin als zijzelf waar hij zich op dit moment bevond.

Angela stond op, de foto in haar hand.

'Wat ga je nu doen?' wilde Sofia weten, hoewel ze er zeker van was dat Angela zich na deze zogenaamde onthulling het liefst in haar vertrouwde ouderlijk huis zou willen terugtrekken.

De pijn en de teleurstelling zouden haar nog een tijdje kwellen – misschien zelfs wel een langere tijd. Maar uiteindelijk zou de kracht van de jeugd zegevieren. Over een, hooguit twee jaar zou ze een man vinden, die haar op andere gedachten zou brengen en beter in haar wereld zou passen.

Die niet alles in de war zou schoppen wat de Mazones en Orlandi's in vele generaties hadden opgebouwd.

En die ook haar, Sofia Orlandi's leven niet kapot zou maken en door het slijk zou halen. In plaats daarvan zou ze bij het jonge gezin van haar dochter kunnen inwonen en eindelijk, nu de hartstocht uit haar jonge jaren haar verlaten had, een goede moeder, schoonmoeder en grootmoeder worden.

En ze zou vrede sluiten met God. Meteen nadat alles naar tevredenheid geregeld zou zijn.

'Ik ga naar Rome om daar mijn zanglessen voort te zetten,' onderbrak Angela haar gedachten.

'Dat kun je niet menen, Angela,' riep Sofia, zelf geschokt nu. 'Daar ben ik op tegen, en je broer beslist ook!'

'Dat kan wel zijn, moeder,' antwoordde Angela verbazingwekkend rustig. 'Maar ik hoef het niemand meer te vragen. Ik kan nu doen wat ik zelf het beste vind.'

Toen stond ze op en liep de kamer uit, de foto in de ene hand, het kistje met de sterrobijn in de andere. Ze liep de trap af en was zich ervan bewust dat dit de laatste keer zou zijn.

Angela Orlandi was niet van plan hier ooit nog eens terug te keren.

In de hal waar haar bagage nog stond, bleef ze staan bij het kastje met daarop de telefoon. Ze nam de hoorn eraf en liet zich met de taxicentrale verbinden.

Nog geen halfuur later had ze de villa verlaten.

Sofia had vanaf de overloop toegekeken hoe Angela alweer vertrokken was. Het zou vergeefse moeite geweest zijn om haar nog tegen te willen houden, dacht ze. Daar was haar dochter te trots voor. Maar over een paar weken, als ze weer wat gekalmeerd was, zou ze vanzelf weer terugkomen.

Hiervan was ze overtuigd, aangezien Angela tot nu toe altijd een zeer beschermd leventje geleid had. Eerst bij haar familie, en de afgelopen maanden bij de gastvrije familie van de consul.

Maar in Rome zou ze voor zichzelf moeten zorgen, en ze kende er niemand. Angela was een onervaren, onzelfstandig meisje. De eenzaamheid van een grote stad en de afwijzende

Romeinse samenleving, die genoeg had aan zichzelf, zou haar snel weer terugjagen naar haar vertrouwde leefomgeving.

En zij, Sofia Orlandi, hoefde niets anders te doen dan wachten totdat alles vanzelf weer op zijn pootjes terechtgekomen was.

2

Natuurlijk was Angela bang toen ze enkele weken later in Rome aankwam.

Maar algauw kwam ze tot de conclusie dat een goed gevulde portemonnee en een geruststellend hoog banksaldo het avontuur van haar nieuwe leven aanzienlijk vergemakkelijkten. Vooral ook omdat Stefano haar zonder haar verdere verwijten te maken flink geholpen had.

'Ik zal wel voor een geschikte woning zorgen,' had hij haar verzekerd – en hij had zijn woord gehouden.

Ze huurde nu een halve etage in het huis van een zakenvriend: drie grote, zonnige kamers met hoge plafonds op de tweede verdieping van het gebouw. Het meubilair had ze vooralsnog overgenomen van de overleden mevrouw die hier voor haar gewoond had, een ver familielid van de huiseigenaar. Het had een morbide charme en gaf Angela de indruk in een museum te wonen. Ze nam zich voor om gaandeweg het grootste deel van de meubels te vervangen, maar de piano zou blijven. Die was afkomstig van de Spaanse hofleverancier en had, zoals Angela al meteen vaststelde, een opvallend mooi geluid.

Angela poetste, kocht en ruimde op.

Als ze 's avonds moe was, ging ze naar bed en las.

Ze las alles wat ze maar in handen kreeg en dat was veel, aangezien de vorige huurster een enorme hoeveelheid boeken had achtergelaten.

Alleen romans legde Angela snel aan de kant; ze vermeed verhalen over emoties, zodat ze die van zichzelf niet hoefde te voelen.

Ze las reisverslagen, geschiedenisboeken, stoffige biografieën, boeken over planten, gedichten en Scandinavische sagen, pedagogische werken en religieuze pamfletten, waarvan er enorm veel bleken te zijn. Ze ging met deze lectuur op dezelfde manier om als een zwaar zieke met zijn medicijnen: hoe meer pijn ze voelde, hoe meer ze consumeerde.

Nadenken mocht ze niet, want zodra ze zichzelf dat toe zou staan, zou ze haar verstand verliezen!

En toch zag Angela, waarheen ze ook keek, telkens en overal in koeienletters dat ene woord: 'Waarom.'

Waarom had Paolo haar voorgelogen?

Waarom had hij nooit iets over dit huwelijk gezegd?

Waarom had hij überhaupt zijn Duitse familie in de steek gelaten om naar Italië te komen?

Waarom had hij haar valse hoop gegeven?

Waarom had hij toegestaan dat ze gemeenschappelijke toekomstplannen maakten?

Waarom had zij nooit ook maar iets vermoed?

Waarom en hoe was het Paolo gelukt zichzelf nooit, nog niet met de kleinste opmerking, te verraden, te verspreken?

En er waren nog veel meer 'waaroms', en op geen van alle kon ze een ander antwoord bedenken dan dat hij een leugenaar en een bedrieger was.

Opnieuw pakte ze een boek om haar gedachten in de zee van woorden te laten verdrinken.

Morgen zou ze een bezoek brengen aan Ludovica Agnelli om te vragen of die haar zanglessen wilde geven. Hadden tot nu toe de letters in de boeken voor afleiding gezorgd, in de toekomst zouden de noten en de muziek dat moeten overnemen.

De liefde van haar leven was over.

Nu moest ze ervoor gaan zorgen dat haar talent haar op de been zou houden.

Ze wilde en ze zou zangeres worden. Een zangeres over wie gesproken werd en voor wie de mensen bewondering hadden.

Waarom anders, vroeg Angela zich af, en dit keer had het medicijn in drukvorm geen effect, waarom zou ze anders überhaupt nog de moeite doen om in leven te blijven?

3

Ludovica Agnelli was een grote, forse vrouw. Ze had wel iets weg van een aangeklede ton, maar haar volle gezicht met de donkere, levendige ogen was nog altijd opvallend mooi. Haar lange, pikzwarte haar dat ze los droeg, reikte tot ver over de schouders. Hoewel de vrouw toch al begin zestig moest zijn – precies wist niemand het – was er nog geen grijze haar te bekennen.

'En helemaal puur natuur,' zei Ludovica, die Angela's bewonderende blik voelde. 'Goed, lieve kind, laat maar eens horen wat je kunt. Wat had je willen zingen?'

'Het Jubilate uit de Mariavesper van Mozart?' stelde Angela een beetje verlegen voor, aangezien haar repertoire, dankzij de cantor van Funchal, voornamelijk uit religieuze gezangen bestond.

De lippen van de oudere diva vertrokken tot een ironisch glimlachje.

'Niet echt bescheiden, maar zo is de jeugd nu eenmaal,' reageerde ze op Angela's voorstel, waarna ze echter zonder naar bladmuziek te hoeven zoeken meteen de juiste akkoorden op haar vleugel aansloeg voor de begeleiding.

Ze improviseerde een kort voorspel, om Angela te tijd te geven om haar nervositeit te overwinnen, en gaf toen een teken dat ze kon beginnen.

Eerst zong Angela nog schuchter en terughoudend, maar de aanmoedigende blikken van Ludovica spoorden haar aan. Ze overwon het kritieke stuk dat de cantor steeds opnieuw met haar geoefend had zonder problemen en haalde de hoge C, die in het verleden nog wel eens wat iel uitgevallen was, nu met volle stem.

Toen ze klaar was, speelde Ludovica nog even door alsof ze een muzikaal commentaar wilde geven.

Toen keek ze Angela aan. 'Hoe lang zing je al?' vroeg ze.

'Sinds mijn twaalfde,' antwoordde Angela, die nu het voorbij was opeens een beetje bang werd.

'Je hebt geen goede leraar gehad,' oordeelde de beroemde zangeres genadeloos. 'De verantwoordelijken zouden gestraft moeten worden.' Ze stond op en riep: 'Ze zouden ervoor naar de gevangenis moeten! Hoe oud ben je nu?'

'Eenentwintig,' stamelde Angela verward.

De diva schreed door de kamer, waarbij haar gewaden wild fladderden. Ze mompelde woedende zinnen in een taal, die Angela niet verstond. Ze herinnerde zich dat Ludovica was opgegroeid in het Reto-Romaanse deel van het land.

'Je hebt een heel mooie stem,' zei de diva toen, waarbij ze voor Angela bleef staan en haar met een priemende blik aankeek. 'Dat is een voorwaarde voor een carrière, maar het is niet alles!' Haar blik werd nog intensiever. 'Je bent een mooi meisje. Is er een man in je leven?'

'Nee,' antwoordde Angela gereserveerd.

'Maar de mannen lopen in bosjes achter je aan, vermoed ik, of vergis ik me?'

Angela perste haar lippen op elkaar. Wat had deze vrouw met haar privéleven te maken? Erg veel tact leek ze niet te hebben!

Om de mond van de diva verscheen een grimmig glimlachje.

'Ik weet wat je denkt, lieve kind. Maar ik vraag het niet uit nieuwsgierigheid. Ik vraag het omdat ik geen zin heb om mijn energie in iets te steken, waarvan vanaf het begin al duidelijk is dat het een verloren zaak is. De kunst is jaloers. Ze duldt geen concurrenten. Daar moet je je goed van bewust zijn voordat we beginnen. Je zult moeten kiezen: of het zingen gaat boven alles – inclusief een relatie of zelfs een huwelijk – of je hebt geen enkele kans om beroemd te worden. Velen hebben al geprobeerd...'

De stem van de lerares kreeg een ironische, bijna honende klank toen ze verder sprak: '... om van twee walletjes te eten, maar het is nog niemand gelukt. Niemand. Dus, wat gaan we doen, mijn kind?'

Angela hief haar hoofd en keek in de glimmend zwarte ogen van de oude vrouw, die kon zingen als een engel.

'Ik wil dit, donna Ludovica,' antwoordde ze trots. 'Ik heb genoeg van mannen. Genoeg voor de rest van mijn leven!'

Plotseling begon de ton te beven.

Als de golven in de Tyrrheense Zee deinden de stoflagen om Ludovica heen en haar geschater was luid en parelend tegelijk. Ze wierp haar hoofd heen en weer, waarbij de steile, zwarte haren als grashalmen in een storm door de lucht vlogen.

Lachtranen liepen over de rimpelloze huid van haar wangen. Het duurde een hele poos voordat ze uitgelachen was.

Toen tilde Ludovica een verbazingwekkend smalle hand op en streelde met haar witte vingers over Angela's haar.

'Je bent nog heerlijk naïef, kindje, maar ik denk dat we het wel zullen kunnen vinden met elkaar!'

'Dat zou ik fijn vinden, donna Ludovica.'

Toen Angela weer vertrokken was, ging de diva opnieuw achter de vleugel zitten.

Het meisje heeft talent, dat is wel duidelijk, dacht ze. Maar als ze zich niet vergiste, was ze met een gouden lepeltje in de mond geboren en zulke mensen waren over het algemeen zwak en beschikten niet over de benodigde zelfdiscipline.

Nou ja, dacht de oude vrouw hoopvol, misschien had die sukkel die het hart van het arme kind gebroken had, want ze twijfelde er niet aan dat dat gebeurd was, onbewust toch iets goeds gedaan en haar eerzucht gewekt.

Zij, Ludovica Agnelli, vond het wel prima. Ze had haar actieve loopbaan beëindigd en genoot als lerares nu van de triomfen van haar leerlingen.

Het was al een jaar of tien geleden dat ze voor het laatst een vergelijkbare stem gehoord had. Hij leek, en dat ontroerde Ludovica toch wel, op die van haarzelf toen ze nog jong geweest was. En die cantor op het eiland Madeira had het waarschijnlijk ook gehoord, waarom had hij het meisje anders uitgerekend naar haar toegestuurd!

Ludovica kwam moeizaam overeind en liep naar haar bureau, waarop nog de aanbevelingsbrief lag die Angela Orlandi meegenomen had. Ze las hem nu pas door en zag haar vermoedens bevestigd.

'Ik heb u slechts één keer horen zingen, signora, vele jaren geleden, toen ik in Rome studeerde,' had de geestelijke geschreven. 'Maar nog altijd denk ik vaak aan die belevenis. En dus stuur ik nu signorina Orlandi naar u toe. Wanneer u haar stem gehoord hebt, zult u weten waarom!'

Ik zal het meisje kneden totdat haar stem een stiletto is waarmee elk hart opengereten kan worden, bezwoer de diva. Ze zal de wereld met jubelende kracht en betoverende lieflijkheid veroveren.

Want, anders dan vroeger, was dit tegenwoordig mogelijk sinds een man genaamd Emil Berliner in 1887 muziek en stemmen had weten te conserveren. Je was nu niet meer aangewezen op het publiek dat de operahuizen en kerken bezocht. De zwarte platen van schellak konden verstuurd worden naar de meest afgelegen plekken ter wereld en geïnteresseerden konden ze daar in hun eigen woonkamers beluisteren.

Ludovica Agnelli zelf had echter slechts een keer iets dergelijks geprobeerd. Toen ze het resultaat van deze plaat had gehoord, had ze verboden om het product te verspreiden.

Maar tegen de tijd dat Angela Orlandi zover was, zou de opnametechniek zeker verbeterd zijn; mensen verbeterden tenslotte continu alles wat ooit uitgevonden was.

En door de stem van Angela zouden de mensen ook weer herinnerd worden aan haar lerares, de grote sopraan Ludovica Agnelli.

Ze zou niet in de vergetelheid raken, besefte de ooit zo gevierde diva blij en besloot al haar kennis op Angela over te dragen.

4

'*D*o, re, mi, fa, so, la, ti, do – do, ti, la, so, fa, mi, re, do...'
'Goed zo, Angela!' riep Ludovica. 'En nu een terts hoger!'
Angela knikte en zwoegde zich door de lastige stemoefeningen
heen, waarmee elke zangles begon.

'Da, da, di, da, da! En nu in mol: da, da, di, da, da! En met
"la": la, la, li, la, la! Bes-majeur alsjeblieft...'
Angela volgde de bevelen op van haar lerares, die tijdens het
werk geen pardon kende en absoluut geen gevoel voor humor
had.

'La, la, li, la, la!' zong Angela en ze probeerde haar stem niet
al te lusteloos te laten klinken, maar Ludovica's gehoor kon ze
niet voor de gek houden.

Ze draaide zich op haar pianokruk om en Angela moest onwillekeurig denken aan een van de grote, ronde reclamezuilen
die ze hier in Rome voor het eerst gezien had.

'Je vindt dit niet leuk, natuurlijk niet. Geen mens kan hier
iets aangenaams van maken, maar het is noodzakelijk, mijn
kind. Alleen door telkens oefenen en eindeloos herhalen zul je
op een dag je stem kunnen inzetten en beheersen zoals een
solist zijn instrument. Nog een keer, liefje, houd vol, je doet het
heel goed!'

Nog een keer vanaf het begin.

En nog een keer en nog een keer.

Het herhalen van deze banale oefeningen kostte veel van
Angela's tijd; net als de spraak- en ademhalingsoefeningen die
Ludovica haar opgegeven had.

Elke dag begon ermee, in alle vroegte.

'Je hoeft je echt niet eerst aan te kleden,' had de diva gezegd.

'Een nachtjapon is het ideale kledingstuk hiervoor: het knelt nergens en biedt genoeg beschutting tegen de frisse ochtendlucht. Je opent je ramen en begint aan je werkdag: zes uur per dag, minimaal!'

En pas de tweede helft van die zes uur werd aan het zingen van muziekstukken besteed.

Angela zong volksliedjes en koorgezangen, religieuze en wereldse aria's, stukjes uit opera's en operettes, Franse chansons, ze zong klanknabootsingen waar geen tekst in voorkwam, ze neuriede, bromde, klakte en jodelde.

Er was niets maar dan ook helemaal niets wat in noten uitgedrukt kon worden, wat Ludovica haar niet liet doen.

'Je jaagt dat arme kind nog eens de dood in,' mopperde Benedetto Lacardo, een vroegere partner van de operazangeres, toen hij op een dag onverwacht kwamen binnenwaaien.

Ludovica snoof en zei toen grof: 'Verdwijn of maak je nuttig!'

Benedetto grijnsde en hief zijn handen in een dramatisch gebaar waarmee hij wilde aangeven dat hij onschuldig was aan de dreigende dood van het 'arme kind'. Hij verliet de woning en keerde een goed uur later weer terug met een groot aantal tassen om in de grote, rommelige keuken van de diva een heerlijk geurende maaltijd te bereiden.

Kort voordat Angela, die de hele dag nog niets gegeten had, op weg naar de keuken wilde, stak hij zijn grote hoofd door de deuropening en beval: 'Ophouden nu, we gaan eten!'

Ludovica, die hier al op had zitten wachten, kwam ogenblikkelijk overeind en liep naar de keuken. Ze pakte een van de wijnglazen die Benedetto al gevuld had en nam er een flinke slok uit. Met overtuiging proefde ze van de goede wijn.

Fantastico,' riep ze tevreden. 'Waar heb je die vandaan, schat?'

'Ik heb mijn bronnen voor dergelijke heerlijkheden,' antwoordde Bene, zoals de beroemde tenor over het algemeen genoemd werd. Ook hij nam een glas, maar alleen om het aan Angela's mond te zetten.

'Drink, kindje. Als je je zangstem hiermee bewatert, zal die prachtig gedeien. Ja, ja, lach maar niet en geloof een oude man nu maar wanneer die zijn ervaringen deelt.'

Angela moest lachen. Alles aan Benedetto was aantrekkelijk. Hij was niet alleen groot, hij was ook massief en gespierd als een figuur van Michelangelo. Zijn frisse, jeugdig uitziende gezicht logenstrafte zijn leeftijd van vijfenveertig jaar. Het zwarte, volle haar vertoonde hier en daar al wat grijs en stond in stekeltjes op zijn hoofd. Op het eerste gezicht leek het of de man een enorme bontmuts droeg.

Maar het beste aan Bene was zijn humor. Hij nam niets en niemand echt serieus, ook zichzelf niet.

Sinds hij ooit de rol van Wladimir in Borodins 'Prins Igor' gezongen had, droeg hij alleen nog maar Russische overhemden: wijd zittende, linnen kielen met opstaande kragen, die hem de bijnaam 'de Kozak' opgeleverd hadden.

Hij had kielen in de kleuren zwart, wit en grijs laten maken.

'Zwart kan bijna altijd. Wit is voor onder het rokkostuum en grijs voor wanneer ik een slecht humeur heb,' had hij Angela een keer uitgelegd.

Intussen had ze hem nog maar een paar keer in wit gezien, maar wel al maandenlang drie keer in de week in zwart. In grijs was hij echter nog niet een keer komen opdagen.

Angela genoot van Benes optredens op het opera- of concertpodium, maar ze was net zo dol op zijn uitvoeringen in Ludovica's keuken.

Het was op die dagen dat ze, voldaan en vrolijk van de wijn, geen tijd had om aan Paolo Pasqualini te denken.

Benedetto Lacardo was ook degene die uiteindelijk vond dat Angela lang genoeg alleen voor Ludovica gezongen had.

'Onze kleine engel heeft publiek nodig, een mopperkont zoals jij is niet meer genoeg stimulans voor haar,' zei hij, om Ludovica meteen daarop voor een voldongen feit te stellen: 'Ik organiseer aan het eind van het jaar een klein partijtje waarop ze Mozarts "Zerlina" kan zingen. Samen met mij, natuurlijk!'

Hij haalde zijn hand door Angela's honingblonde lokken. 'Alleen de allerbeste springplank is goed genoeg voor jou, schatje. Wat zeg je ervan?'

'Wat Angela zegt is volkomen onbelangrijk. Ik zal er namelijk iets van zeggen, Benedetto Lacardo! En het enige wat ik erover te zeggen heb is dit: nee. Nooit! Het is nog te vroeg, veel te vroeg voor een openbaar optreden.'

'Wie heeft het hier over optreden? Het gaat gewoon om een gezellige avond. Trouwens: ze zingt prachtig, ons kleintje. En de aandacht zal haar echt tot bloei brengen.'

'Ze is nog niet rijp genoeg, Bene.'

'Ze heeft de charme van een zingende maagd. De rijpheid komt wel met ervaring, of wil je me daarin tegenspreken?'

'O ja!'

Ludovica wilde hem, wat Angela betrof, in alles tegenspreken, maar het hielp allemaal niets.

'Ik heb de uitnodigingen al verstuurd,' zei hij breed grijnzend, terwijl hij zich achter een messenblok verschanste, om Ludovica's boze aanval voor te zijn.

De diva vloekte aan één stuk door, alleen haar prachtige stem zorgde ervoor dat het minder erg klonk. Alles leek een beetje op Verdi en Donizetti, meer dramatisch dan werkelijk dreigend.

Ludovica was boos, maar ze nam de uitdaging aan en zette alles op alles om haar pupil te laten zegevieren.

Don Giovanni ossia: Il Dissoluto Punito, Don Juan oftewel de losbandige gestraft, Mozarts *dramma giocoso*, het vrolijke drama rondom de wellustige, adellijke Don Giovanni, begon Angela's dagen te beheersen.

Hoewel Bene zwoer, dat hij alleen een duet op het programma had staan, dwong Ludovica haar leerling verschillende vrouwenrollen uit het stuk in te studeren – om haar karakter beter te kunnen begrijpen, legde ze uit.

En dus zong Angela niet alleen de complete partij van Zerlina, maar ook die van Donna Anna en Donna Elvira.

Toen ze zich op een dag aan het eind van oktober aan de beroemde Brief-aria waagde, stond Bene net in de keuken kalfsmedaillons aan te braden.

Angela probeerde niet alleen te zingen, maar deze Donna Anna ook echt te zijn, om haar gespletenheid zo geloofwaardig mogelijk neer te kunnen zetten. Ten slotte was ook zij, Angela Orlandi, misbruikt, net zoals deze vrouw die zij nu haar stem gaf. Ze zag de trouwfoto weer voor zich, die het bewijs vormde voor Paolo's boosaardigheid, zijn oneerlijkheid en zijn bedrog, en voelde opeens een enorme behoefte aan wraak: ook hij zou moeten huilen en lijden en hij zou verteerd worden door verlangen!

Na de eerste klanken verliet Benedetto Lacardo zijn braadpan en kwam hij in de deuropening staan.

Angela zag hem en de bewondering in zijn ogen spoorde haar niet alleen aan, maar zorgde er ook voor dat ze haar hele ziel en zaligheid in het optreden legde.

Toen ze klaar was, bleef het lang stil.

'Dat was heel goed,' zei Benedetto uiteindelijk, met een ongewoon zakelijke stem, zonder enig spoor van zijn gebruikelijke spot.

'Ik denk dat we voor vandaag wel mogen stoppen, lieve kind,' zei Ludovica voor het eerst uit zichzelf.

Tot meer lof was ze niet in staat. Niets was zo gevaarlijk als zelfoverschatting.

Terwijl ze van de kalfsmedaillons genoten, waarbij Bene een risotto met truffels serveerde, dacht Ludovica Agnelli erover na hoe behulpzaam en bevorderlijk liefdesverdriet toch kon zijn voor de kunst.

Angela was in verbluffend korte tijd zo goed geworden dat het bijna ontroerend was.

5

*H*et gezellige avondje van de stertenor Benedetto Lacardo stond gepland voor 27 december 1937. En niet in zijn etagewoning in de buurt van de Piazza di Popolo, nee: een van zijn bewonderaarsters had aangeboden om haar paleis ter beschikking te stellen.

Angela had speciaal voor de gelegenheid een nieuwe jurk laten maken. Het had lang geduurd voordat ze had kunnen kiezen tussen de vele stoffen van de naaister. Oorspronkelijk gaf ze de voorkeur aan een zijdebrokaten stof in een diepe, korenblauwe kleur, maar uiteindelijk had ze toch een onverklaarbaar gevoel gevolgd en gekozen voor wit Brussels kant.

'Dat is toch meer iets voor een bruidsjurk,' had Ludovica gezegd, die haar pupil uiteraard begeleidde, waarna ze Angela een lap donkergroene satijn voorgehouden had.

'Laat haar toch, Luda,' had Benedito zich ermee bemoeid, want ook hij had getuige willen zijn van deze belangrijke beslissing. 'Ons kleintje weet instinctief wat goed is. Dit wordt de dag dat ze zich voor het eerst openlijk aan haar publiek bindt, en dus is bruidskleding juist heel gepast.'

Angela had haar vriend een verblufte blik toegeworpen.

Het was namelijk precies die gedachte die haar tot deze keuze gebracht had. Een andere verbintenis dan deze zou er namelijk niet zijn – en voor één keer, voor deze ene keer, wilde ze zich als een bruid voelen.

Hoe kwam het dat Bene haar achterliggende gedachte beter doorzag dan zijzelf?

Maar Benedetto had alleen maar geglimlacht, ondoorgrondelijk, charmant en een beetje duivels.

De jurk had een diep decolleté en vroeg om een halssieraad.

'Je mag mijn collier dragen,' stelde Ludovica voor, toen de naaister het gewaad gebracht had en Angela het paste.

De oudere diva liep naar haar bureau, opende het geheime vakje, haalde er een etui uit en legde het collier van in briljanten gevatte, hazelnootgrote aquamarijnen om Angela's hals.

Bene kneep zijn ogen samen. Hij bekeek Angela lange tijd en schudde toen gedecideerd zijn hoofd:

'Dat is het niet. Dat is helemaal verkeerd...' Hij dacht na en staarde naar het zijden behang.

Opeens begon hij te glimlachen en riep stralend: 'Laat mij maar even! Ik heb een idee...'

De avond van de gedenkwaardige dag, meteen nadat Angela – begeleid door Ludovica – in het paleis aangekomen was, nam Bene zijn jonge vriendin apart en haalde onder uit zijn hoge hoed het sieraad dat hij voor Angela in gedachten had. Het was een bijzondere creatie: een S-vormige constructie van heel fijne veertjes, met aan beide uiteindes een zachtroze parel. Een kleintje aan de bovenkant en een grote, druppelvormige aan de onderste buiging van de S. Die hing precies boven het kuiltje tussen Angela's borsten.

Het sieraad was niet alleen het puntje op de i, het had precies het resultaat dat Bene voor ogen gehad had.

Het zou een handelsmerk worden.

Toen Benedetto Lacardo en de debuterende zangeres later namelijk het beroemde duet van Mozart 'Reich mir die Hand, mein Leben' zongen, had niemand in de zaal oog voor de bekende zanger.

Alle ogen waren gericht op deze betoverende, jonge vrouw.

Het onschuldige wit van het Brussels kant en de verenkrans om haar lange, slanke hals deden denken aan een vogel die net uit het ei gekropen was.

'Usignolo Bianco,' mompelde een mannelijke stem – en de naam was geboren.

Het was de beste vriend van de gastheer geweest die dit gezegd had, en het was Bene zelf geweest die hem gevraagd had dit te doen.

En dus was 'de Witte Nachtegaal', meteen al aan het begin van haar carrière Angela's professionele bijnaam geworden. Vanaf dat moment hoorde de naam net zo bij haar als de bijnaam 'de Kozak' bij Benedetto Lacardo.

Het duet was een daverend succes en het vakkundige publiek vroeg om een toegift, zoals Ludovica al voorspeld had.

Benedetto zong, passend bij zijn imago, een Russisch volkslied, maar Angela zong de 'Brief-aria' van Donna Anna.

Daarna nam ze de ovaties van het publiek in ontvangst en dronk in haar eentje een hele fles champagne leeg. Het maakte haar zo misselijk dat ze het feestje voortijdig moest verlaten.

De aanbiedingen van de twee opera-intendanten die aanwezig waren geweest, werden haar de volgende ochtend door Ludovica en Bene doorgegeven. Ze moesten haar bezweren dat het waar was.

'Usignolo Bianco, was hier zo door van slag dat ze ook de rest van het feestmenu niet binnen kon houden en gedwongen was om de rest van de dag na haar triomf in bed te blijven liggen met kamillethee en biscuitjes.

6

5 Januari 1937 was een koude en heldere dag. Telkens weer joegen windvlagen de dikke wolken door de lucht en volgens de verwachtingen zou het gaan sneeuwen.

Edmund Cohn zat in een café tegenover het Ulmer Münster, waar hij een kopje koffie dronk en genoot van een stuk heerlijke kwarktaart. Ondertussen las hij de *Daily Telegraph*, die hij twee dagen eerder in Wenen gekocht had. Hierin stond een interview met de Oostenrijkse bondskanselier Kurt Schuschnigg afgedrukt, die daarin sprak over de toekomst van zijn land.

'In Oostenrijk is een dictatuur ondenkbaar, dat is te on-Oostenrijks,' stond er geschreven. 'Maar een parlementaire democratie zoals in Engeland is ook onmogelijk. We willen niet terugkeren naar een partijenstelsel, nooit meer alles opgeven wat we met zulke grote offers bereikt hebben. We zullen niet toestaan dat er opnieuw extreme partijen als de communistische of de nationaalsocialistische partij aan de macht komen, wiens enige doel het was Oostenrijk te vernietigen!'

Bravo, dacht Edmund Cohn, goed gesproken.

Hij nipte van de hete koffie en las verheugd de samenvatting van het stuk: 'Een onoverbrugbare afgrond scheidt Oostenrijk van het nationaalsocialisme. We willen geen despotisme, we willen dat onze vrijheid geregeerd wordt door het recht!'

Hij knikte een paar keer instemmend. Wat hij hier las, stelde hem bijzonder gerust.

'Waar bent u zo blij om, papa?' vroeg David Cohn, die grijnsde over zijn hele smalle, bleke gezicht waarop de eerste baardhaartjes al te zien waren. Hij was een pientere knaap, hoewel wel wat zwak voor zijn vijftien jaar, maar dat zou vanzelf wel goed komen, wist Edmund Cohn nog uit zijn eigen puberteit. Hij had er destijds net zo uitgezien als David nu: klein, mager, met zwarte krullen en flaporen. En nu was hij één meter achtenzeventig en had hij een normaal postuur. Alleen de zwarte krullen en de flaporen waren gebleven.

'Omdat Schuschnigg zegt waar het op staat,' beantwoordde hij nu de vraag van zijn zoon. 'Dat is goed voor ons.'

'Maar ik dacht…' antwoordde David, maar toen begon hij te kuchen, te hoesten en vreselijk naar adem te happen. Zijn gezichtskleur werd van het ene moment op het andere knalrood. Rondom zijn oren werd het zelfs al paars. Onder de medelijdende blikken van de andere gasten sprong David op, rende naar een raam en gooide het open. De koude lucht van buiten leek dit keer te helpen, en langzaam nam de astma-aanval af.

'Van wie heb ik dat toch?' wilde David woedend weten, toen hij weer adem kon halen.

'Ik heb geen idee, David, ik zou het echt niet weten,' antwoordde Edmund bezorgd. Hij was de jongen naar het raam gevolgd en leidde hem nu weer voorzichtig terug naar de tafel, waar nog een half opgegeten schuimgebakje wachtte.

David schoof het bordje met het gebakje van zich af en zei moedeloos: 'Laten we maar betalen, papa. Ik hou er niet van, wanneer de mensen me zo aanstaren!'

Edmund knikte en wenkte de bediening. Hij betaalde de rekening, vouwde de krant netjes op en schoof die in zijn aktentas. Toen verlieten ze het café en liepen een zijstraatje in, waar Edmunds auto geparkeerd stond, een Maybach Zeppelin DS 8. Hij had de auto al sinds 1935 en was er erg aan gehecht.

Franzl Kofler, de chauffeur, had het zich gemakkelijk gemaakt. Hij at een belegd broodje en dronk er een flesje Ulmer Goldochsen bij. Hij nam een grote slok en moest toegeven dat het Duitse bier helemaal zo slecht nog niet was.

Verbaasd keek hij op, toen zijn baas zo snel alweer terugkwam. Maar toen hij de jongen zag, wist hij meteen wat er aan de hand was: David had weer eens een van zijn aanvallen gehad.

Zonder iets te zeggen greep de chauffeur in het handschoenenvakje waarin hij een reukflesje met kamperfoelieolie bewaarde dat de luchtwegen zou moeten ontspannen, zoals de Weense professor beweerde, bij wie de jongen onder behandeling was.

'Het is al voorbij,' bromde David nors, en hij negeerde het flesje.

Arme knul, dacht Franzl, terwijl hij het flesje weer terugstopte.

Arme kleine jongen, dacht ook Edmund Cohn, terwijl ze vanuit Ulm over de provinciale weg richting Stuttgart reden. Geen mens in de hele familie wordt hier verder door gekweld.

En opnieuw overdacht Edmund zijn leven, vroeg zich af waar hij zo'n enorme fout kon hebben gemaakt waardoor God zijn zoon op een dergelijke manier moest straffen, maar hij kwam er niet uit. Hij was een zachtaardige man, een lieve vader, hij hield van muziek en van kunst, en hij had nog nooit iemand bedrogen, afgezien dan van de kleine noodzakelijke misleidingen waartoe hij door het huidige politieke systeem in Duitsland gedwongen geweest was.

In elk geval had hij het dreigende onheil op tijd herkend en sinds 1935 geleidelijk zijn schaakstukken verzet.

En maar goed ook, dacht hij tevreden, toen ze de top van de Zwabische Jura bereikt hadden. Want van zijn connecties wist hij dat er nog dit jaar aanslagen op joodse vermogens gepland stonden. Maar hij had voorzorgsmaatregelen genomen: hij had geen officiële eigendommen meer in Duitsland, bovendien waren zijn familie en hij sinds een dik jaar in het bezit van Oostenrijkse paspoorten. Uit een aangeboren voorzichtigheid vermeed hij sindsdien het Duitse Rijksgebied, afgezien dan van een paar noodzakelijke uitzonderingen. Het uitstapje van vandaag viel daaronder, het was een uitzondering op de regel, uit liefde eigenlijk.

Want hoewel Edmund Cohn er al heel veel geld aan gespendeerd had, konden de Oostenrijkse artsen weinig doen om de astma-aanvallen van zijn zoon, waar die al sinds zijn derde last van had, te verlichten, laat staan te genezen.

Het feit dat David toch telkens weer lange periodes zonder aanvallen had, had hij te danken aan de geneesmiddelen en de bijzondere bezweringen van de oude Agathe, een kruidenvrouw en gebedsgenezeres in de buurt van waar de familie Cohn eerst woonde.

Agath, zoals de mensen haar kenden, woonde in een klein gehucht – tussen Wisslingen en de stad gelegen – dat uit slechts drie boerderijen bestond. Er werd van alles over haar beweerd, van aangeboren geneeskrachten tot helderziendheid tot zogenaamd contact met de duivel, dat laatste vooral door schijnheilige orthodoxe christenen, omdat Agath tot de katholieke minderheid in de omgeving behoorde. Edmund Cohn had nooit veel heil gezien in haar consulten, aangezien hij een rationalist was, die eigenlijk de therapie van die oude, onverzorgd uitziende vrouw als pure kwakzalverij had moeten afdoen. Maar Daisy, zijn vrouw, zwoer bij de kunsten van Agath, die haar op aanraden van Anna Pasqualini ooit geholpen had bij een zware voorhoofdsholteontsteking.

'Wat maakt het uit hoe – het belangrijkste is, dat het werkt,' had zijn vrouw hem destijds voorgehouden, toen hij haar verwijten gemaakt had vanwege dat bezoek.

En op precies dezelfde wijze had ze gereageerd toen de reguliere geneeskunde niets had opgeleverd bij Davids astma. Wat ertoe geleid had dat David nu ongeveer elk halfjaar een afspraak bij Agath had – wat vroeger ook geen probleem geweest was.

Maar nu hadden ze al voor de tweede keer de lange reis van Wenen naar het Zwabische land af moeten leggen.

Op de Geislinger Steige verdween de zon achter de wolken en een veel te vroege, vaalgrijze duisternis viel in. Edmund legde zijn hoofd in zijn nek en besloot wat te slapen.

Net toen de auto door Wisslingen reed, werd hij weer wakker. Bij Zum Hirschen zag hij een bijzonder dik paar naar buiten stappen. Pas in de tweede instantie herkende Edmund Cohn Margret, de dochter van de drukkerij-eigenaar Dussler. De nors kijkende man in bontjas en folkloristische hoed naast haar was waarschijnlijk haar echtgenoot.

Voor de kruidenierswinkel van Heinzmann stond een helft van de Pasqualini-tweeling sneeuw aan de kant te scheppen.

Een kleine jongen, waarschijnlijk zijn zoon, maakte sneeuwballen en gooide ze vol plezier tegen de etalageruit.

'Eigenlijk was het hier toch best leuk,' zei David Cohn, en in zijn stem klonk zoveel onbewuste heimwee dat zijn vader een steek in zijn hart voelde.

'Niet alleen eigenlijk,' antwoordde Edmund eerlijk. 'Het was echt leuk.'

En misschien wonen we op een dag ook wel weer hier, voegde hij er in gedachten aan toe, maar het was te gevaarlijk om dit hardop uit te spreken.

'Het ergste van alles is valse hoop te wekken,' had zijn vader altijd gezegd en die had echt wel geweten waar hij het over had. Alle eenentwintig generaties van zijn joodse familie, voorzover onderzocht en bekend, hadden ditzelfde kunnen zeggen met betrekking tot hun verblijfplaatsen en de landen waarin die lagen. Soms had een familie wel honderd of zelfs tweehonderd jaar op één en dezelfde locatie kunnen blijven, maar soms waren het ook niet meer dan enkele tientallen jaren geweest.

Als jongeman had Edmund een keer geprobeerd om al die plaatsen te vinden, op de landkaart aan te geven en met elkaar te verbinden. Hij was verbaasd geweest toen de lijnen uiteindelijk, op een paar kleine afwijkingen na, de letter M gevormd hadden.

Of W, wanneer je de kaart op zijn kop hield.

Vroeger had hij zich vaak afgevraagd of dit misschien een mythische betekenis had, maar tegen het einde van de puberteit had hij zich niet meer geïnteresseerd voor zulke dingen.

'Thuis is altijd daar waar je familie is,' zei hij dus tegen David, waarmee hij het onderwerp als beëindigd zag.

Maar zijn zoon zag dat anders. Die zag op dat moment vanuit de auto Rudi, de zoon van de Sparkasse-filiaalleider, die met een rijzweepje een patroon in de vers gevallen sneeuw voor het Sparkassegebouw tekende. Hij herinnerde zich de vrolijke speelafspraken die hij met Rudi gehad had en kreeg alleen maar meer heimwee.

Natuurlijk had zijn vader met hem gesproken over de redenen van de verhuizing, maar op het internaat in Wachau voelde hij zich een vreemde en was hij niet niet op zijn gemak.

De meeste jongens waren afkomstig van het platteland en spraken zulke sterke dialecten, dat David ze maar moeilijk kon verstaan. Bovendien waren ze allemaal katholiek en lieten ze hem merken dat hij een jood was. 'Jouw voorvaderen hebben Jezus Christus gekruisigd,' zoals een medescholier hem eens verweten had – en dit keer zowaar met moeite in het Hoogduits.

'Hier linksaf en dan over die landweg langs het bos,' wees Edmund Cohn de chauffeur.

'Ik weet het nog, meneer Cohn,' zei die. Tenslotte was hij hier al een keer eerder geweest.

Het huisje van Agath was een miniatuuruitgave van het hoofdgebouw waaraan het vast gebouwd was. Ooit was het bedoeld geweest voor de oude ouders of een van de overgebleven ouders van het boerengezin. In de piepkleine woonkamer had Agath haar goedlopende praktijk als kruidenvrouw en gebedsgenezeres.

'Je hoeft niet te wachten, Fanzl,' zei Cohn tegen de chauffeur. 'Het zal zoals altijd ongeveer anderhalf uur duren. Zorg dat je dan weer terug bent!'

'Prima, baas,' zei de chauffeur. 'Ik rij terug naar het dorp om een beetje op temperatuur te komen in een café!'

Edmund Cohn knikte en volgde zijn zoon, die al bij de voordeur stond. Er kwam net een klant van Agath naar buiten, hij mopperde over het weer, trok zijn jas dichter om zich heen en ging er vervolgens vandoor over het voetpad richting de stad.

Edmund Cohn had hun bezoek schriftelijk en met precieze opgave van datum en tijdstip aangekondigd. En dus mochten zijn zoon en hij meteen door naar de spreekkamer, voor een andere patiënte die in de eenvoudige keuken zat te wachten.

'Zelfs Agath trekt rijke lui voor,' zei de vrouw giftig. Ze had Edmund Cohn en zijn zoon natuurlijk herkend, en vergat voor het gemak even dat zijzelf op goed geluk hierheen gekomen was.

David, in zijn bleke, kleine hoofd nog altijd meer kind dan man, was nog steeds een beetje bang voor Agath, hoewel hij intussen al lang begrepen had dat deze vrouw hem beter kon helpen kon dan alle geneeskundige autoriteiten in Duitsland en Oostenrijk samen.

Agath was nooit echt jong geweest, maar leek ook niet ouder te worden. Ze was klein, tenger en had een verbazingwekkend dikke bos haar, die qua kleur ergens tussen bruin, blond en grijs in zat. Als een soort kroon lag het om haar magere hoofd gewikkeld; geen enkel haartje waagde het uit het arrangement los te raken.

Ze had een vrijwel rimpelloze huid van een bijna poppenachtige, roze kleur, zo goed als geen wenkbrauwen en hele heldere, waterblauwe ogen.

Voor die ogen was David nog het meest bang. Ze leken dwars door hem heen te kijken en elke verandering, hoe klein ook, op te merken; aan zijn lichaam met al zijn organen, aan zijn geest en zelfs aan zijn ziel, voorzover die bestond. Agath maakte iemand naakter dan welke lichamelijke ontbloting ook.

Terwijl Edmund Cohn plaatsnam op een stoel bij het raam, wenkte de oude vrouw David bij zich aan de eettafel.

'Ga zitten, knul, en laat me je eens bekijken,' zei ze, terwijl ze opstond en de jongen bij zijn kin pakte.

David voelde hoe het koude zweet hem uitbrak, terwijl zij hem met haar vreemde ogen bestudeerde.

Toen glimlachte ze vaag en wees met een magere wijsvinger naar een van de donkere haartjes op zijn kin.

'Daar groeit al wat,' bromde ze goedkeurend. 'Dan zul je het nu wel snel achter de rug hebben.' Waarmee ze herhaalde wat niemand van de familie Cohn echt kon geloven. Agath had namelijk al vanaf het begin beweerd dat er met het einde van de puberteit ook een einde aan de astma zou komen.

De controle leek dit keer nog langer dan anders te duren. Agath schoof Davids haar van zijn voorhoofd, legde twee vingers op elke slaap en daarna lange tijd haar rechterhand op zijn voorhoofd, alsof ze wilde voelen of hij koorts had. Daarna leek ze onzeker, bijna geschrokken.

Davids nervositeit nam toe en hij was blij toen ze eindelijk haar blik van hem afwendde.

Ze draaide zich nu om naar Edmund Cohn en bekeek ook hem lange tijd. Daarbij opende ze haar mond, alsof ze iets wilde zeggen, schudde toen haar hoofd, mompelde iets en liep naar haar medicijnkastje, dat zich in het bovenste deel van een houten buffetkast bevond. Ze rommelde er wat in rond, leek eindelijk gevonden te hebben wat ze zocht en stopte het in de zak van haar schort.

'Vandaag doen we het anders,' zei ze, en ze pakte een houten krukje dat naast de kachel stond en vroeger ooit voor het melken gebruikt was. Ze zette het krukje voor Davids stoel en nam erop plaats.

'Leg je handen op je knieën, jongen! Nee, niet zo, met de handpalmen naar boven!'

David, die niets anders wilde dan het allemaal zo snel mogelijk achter de rug hebben, gehoorzaamde zwijgend.

Agath greep in de zak van haar schort en haalde er een doosje uit tevoorschijn. Edmund, die de twee nauwkeurig in de gaten hield, zag met een soort plaatsvervangende schaamte dat het een voormalig schoenpoetsblikje was. Maar nu zat er een soort kleverige, vaalgroen gekleurde pasta in. Agath stak haar wijsvinger erin en verdeelde het smerige goedje over de handpalmen van de jongeman.

'Probeer nu aan niets te denken,' beval de oude vrouw, waarop Davids hoofd natuurlijk meteen vol gedachten liep.

De oude vrouw mompelde iets onverstaanbaars, terwijl ze haar handen op die van de jongen legde en ze daar liet liggen.

Even voelde David niets anders dan de knokige vingers van de oude vrouw. Maar toen kreeg hij het vreselijk heet, niet alleen daar waar hij de handen van Agath voelde, maar over zijn hele lichaam.

In zijn hoofd begon een caleidoscoop van beelden te draaien, banale gebeurtenissen, uit alle fases van zijn korte leven. Heel af en toe zag hij het gezicht van zijn grootvader Samuel, die hij alleen kende van het schilderij dat tot aan de verhuizing in de Cohn-villa gehangen had.

Plotseling werd David misselijk.

Hij trok zijn handen onder die van Agath vandaan, sprong

overeind, keek wild om zich heen, trok de deur open en rende de keuken in. In de stenen spoelbak gaf hij over, tot verbazing en afschuw van de daar nog altijd wachtende vrouw.

Terwijl David probeerde zijn braakneigingen de baas te worden, was Edmund binnen in de woonkamer opgestaan.

'Denkt u niet dat dat een beetje te veel van het goede was?' vroeg hij bijna vijandig. Pas nu rook hij de sterke, ranzige stank die van de zalf uitging en die zich door de warmte van de huid nog eens versterkt had.

'Het was noodzakelijk. De knul zal heel wat kracht nodig hebben,' antwoordde de oude vrouw, die vaak nogal scherp over kon komen, nu verbazingwekkend vredelievend.

De jongen was inmiddels teruggekomen en zei verbeten: 'Ik wil nu gaan, papa!'

'Bent u klaar?' vroeg Edmund aan Agath. Ze hadden tenslotte honderden kilometers gereden voor deze hocus pocus.

'Helemaal.'

De oude vrouw pakte haar donkere, wollen doek met franjes, die als omslagdoek diende en zei met een zeldzame vriendelijkheid, die waarschijnlijk te danken was aan het feit dat David zich zo onwel voelde: 'Moment, ik laat u even uit.'

'We zullen nog even moeten wachten. Ik heb de auto pas voor later besteld,' herinnerde Edmund zich weer toen ze al in de keuken waren.

Op dat moment herkende hij de man die intussen ook binnengekomen was.

Moritz Gruber, de bedrijfsleider van zijn voormalige firma's, keek hem aan. Het was Edmund meteen duidelijk dat Gruber geen klant van Agath was, maar dat zijn aanwezigheid hier met iets anders te maken had.

'Ik moet met u spreken, doctor Cohn,' zei hij. 'Mijn wagen staat buiten, laat me u even mee naar de uitgeverij nemen.'

'Dat zal niet gaan, meneer Gruber,' antwoordde Edmund Cohn een beetje verbaasd. 'Ik ben met mijn eigen auto. Mijn chauffeur kan elk moment hier zijn.'

Moritz Gruber, die een donkerblonde, atletische man van eind veertig was en die – geheel volgens de hedendaagse mode – sinds hun laatste ontmoeting een Hitler-snorretje had laten staan, glimlachte en zei: 'Uw chauffeur zit in Wisslingen in Zum Hirschen, ik heb hem gezien. Ik zal hem vanuit mijn kantoor opbellen en op de hoogte brengen. Dan kan hij u en de jongen bij de poort van de uitgeverij afhalen.'

Edmund Cohn vroeg zich af wat hiervan de bedoeling was, maar vond dat hij uit beleefdheid tegemoet moest komen aan het verzoek van deze man, die tenslotte lang bij hem in dienst geweest was en zijn werk altijd uitstekend gedaan had.

'De jongen kan zolang wel hier blijven,' mengde Agath zich nu in het gesprek.

Zowel Cohn als Gruber wierp haar een verbaasde blik toe.

Gruber was Cohn voor en wees op de wachtende vrouw. 'Wat moet hij hier doen? Je hebt toch nog klanten, Agath!'

David glipte snel langs de beide mannen heen naar buiten. Zich hier moeten zitten vervelen, dat was echt het laatste wat hij wilde!

Gruber volgde hem, alleen Edmund Cohn bleef nog een moment staan. Hij greep in de zak van zijn jas die hij de hele tijd aangehouden had, en haalde net zo'n flesje tevoorschijn, als de chauffeur in het handschoenenkastje van de auto bewaarde. 'Dit is wat de Weense professor hem voorschrijft. Ter ontspanning van de luchtwegen.'

Agath pakte het flesje uit zijn handen en schroefde het open. Ze bracht de opening van het medicijnflesje naar haar neus en rook er kort aan.

'Is niet verkeerd,' oordeelde ze, waarna ze het flesje weer dicht schroefde en aan Edmund teruggaf. 'Het verlicht een beetje.'

'Volgens hem is de astma chronisch en zal David er altijd last van blijven houden.'

'Dan vergist hij zich dus,' antwoordde Agath, een beetje afkeurend glimlachend. 'Ik weet wat ik weet.'

'We zullen het zien,' zei Edmund Cohn, die zich voornam om voor eens en voor altijd een einde aan dit circus te maken, wat Daisy ook zou zeggen.

In gedachten verzonken liep hij over het intussen sneeuwvrij gemaakte pad en merkte pas bij het tuinhekje dat Agath hem nog altijd volgde.

Met haar linkerhand hield ze de beide uiteinden van haar wollen sjaal bij elkaar en de rechterhand stak ze naar hem uit om afscheid te nemen. Dit had ze nog nooit gedaan.

Edmund was zo verbluft dat hij haar hand schudde ondanks het feit dat daaraan nog een gedeelte van de kleverige balsem kleefde.

'Het ga u goed, doctor Cohn,' zei Agath, en ze voegde er een beetje spijtig aan toe: 'U zult niet meer langs hoeven komen.'

Ik wou dat ik jouw zelfverzekerdheid en vertrouwen had, dacht Edmund, maar hij voelde toch een gevoel van opluchting.

Hij was al achter in de auto van Gruber geklommen, waarin David inmiddels al plaatsgenomen had, toen hij haar nog hoorde roepen: 'En doet u uw vader de groeten van mij! Ik heb hem altijd graag gemogen.'

Moritz Gruber reed weg, voordat Edmund Cohn Agath eraan kon herinneren, dat zijn vader zeventien jaar geleden in Warschau aan de vlektyfus gestorven was, wat ze toch eigenlijk had moeten weten.

Toen ze de oprit naar de voormalige Cohn-villa al opreden, bedacht Edmund dat hij vergeten was om Agath te betalen. En Agath had, verbazingwekkend genoeg, vergeten hem hieraan te herinneren. De prijzen die de genezeres vroeg, waren beslist niet ongehoord, eerder lachwekkend laag zelfs. En ook vroeg ze, tot Edmunds verbazing, aan iedereen hetzelfde. Maar ze vond wel degelijk dat een dienstverlening beloond moest worden. Ze liet iemand nooit weggaan zonder te betalen. Haar rode, metalen geldkistje, dat ze altijd demonstratief tevoorschijn haalde wanneer een behandeling klaar was, was al net zo beroemd als haar helende krachten en visioenen.

Waarschijnlijk was de oude vrouw geestelijk een beetje aan het aftakelen, wat haar vreemde gedrag van vandaag zou verklaren.

Op dat moment stopte de auto voor het huis waarin Edmund Cohn geboren was.

Voordat hij ook maar iets kon vragen, was Moritz Gruber al uitgestapt en had hij het achterportier geopend.

'Komt u alstublieft even mee,' zei hij tegen Edmund Cohn en zijn stem klonk bijna beschroomd. 'Ik wil u graag iets laten zien.'

Edmund, die gerekend had op een gesprek in het kantoor van de krantenuitgeverij, was verbaasd.

'Wacht jij maar even hier in de auto, David,' zei Gruber, waarna hij zich omdraaide en door de sneeuw richting de voordeur van de villa liep.

Cohn schudde zijn hoofd maar liep toen achter hem aan.

Bij de deur bleef Moritz Gruber staan en hij keek zijn voormalige baas met een aarzelende, afwachtende blik aan. Edmund haalde een beetje ongeduldig zijn schouders op en zei: 'U weet toch dat ik het huis verkocht heb, meneer Gruber. En dus heb ik ook geen sleutel meer, het spijt me!'

Gruber knikte. Hij stak zijn rechterhand in zijn broekzak en haalde er een sleutel uit.

'Maar ik heb er een. En de toestemming van de nieuwe eigenaar om hem vandaag te gebruiken!' Hij hield Edmund Cohn de sleutel voor. 'Alstublieft. Dit huis was ooit van u. Ik vind het dan ook niet meer dan gepast dat u de deur opent!'

Hij zei dit op een dramatische toon, alsof het om een ultimatum ging.

Waarschijnlijk praten ze allemaal zo binnen de partij, dacht Edmund spottend, want uiteraard was hij op de hoogte van het feit dat Gruber de plaatselijke groepsleider was. Hij vond deze hele poppenkast wat vreemd, maar wilde de zaak het liefst zo snel mogelijk achter de rug hebben. En dus pakte hij de sleutel aan, stak die in het slot en draaide hem twee keer om. Toen pakte hij de deurklink en opende de deur.

Meteen liep Gruber hem voorbij. Automatisch en zonder erbij na te denken greep Edmund Cohn naar de lichtschakelaar, waarop de elektrische verlichting in de hal en de salon begon te branden.

In de hal was het slechts een elektrisch peertje, maar in de salon hing nog altijd de kroonluchter van zijn grootvader, die ze hadden achtergelaten omdat hij volgens Daisy smakeloos was.

De kamers zagen er nog precies hetzelfde uit als na het vertrek van de familie Cohn. De lichte vlekken op het zijden behang in de salon, waar ooit de schilderijen van Edmund Cohns verzameling gehangen hadden, waren net zo duidelijk zichtbaar als de beschadigingen in het parket die tijdens de verhuizing ontstaan waren.

Ook de kluis, die ze vanwege het enorme gewicht hadden moeten achterlaten, was zichtbaar nu het wandtapijt dat er tot een jaar geleden nog voor gehangen had, intussen in hun eetkamer in Wenen hing.

De deur van het ijzeren gevaarte stond wijd open en de sleutel stak in het slot, registreerde Edmund onbewust.

'Wat moet dit allemaal?' vroeg hij zijn voormalige bedrijfsleider; hij begreep het nog altijd niet.

Edmund was zeer intelligent, maar hij was een estheet en componist, ook al verstopte hij zijn composities zelfs nog altijd voor Daisy. De wereld van Moritz Gruber kende hij niet en hij was ook niet in staat om diens gedachten en die van zijn partijgenoten te begrijpen, zelfs niet nu hem inmiddels wel duidelijk geworden was dat hier iets niet klopte.

Gruber antwoordde niet maar liep naar de kluis toe.

'Loopt u even met mij mee, meneer Cohn,' nodigde hij zijn voormalige werkgever uit.

Aarzelend zette Edmund zich in beweging. Toen hij naast Gruber stond, zag hij wat er in de brandkast lag. Het ging om een behoorlijk aantal, keurig gebundelde geldbiljetten en een paar vlakke met fluweel beklede cassettes.

De angst was nu zo aanwezig dat Edmund hem niet psychisch, maar fysiek voelde.

Een stalen vuist klemde zich om zijn bonkende hart en hoewel hij het opeens koud had, voelde hij tegelijkertijd een enorme hitte.

Hij stond als aan de grond genageld toen Moritz Gruber met één zwaai van zijn arm de inhoud van de kluis op de grond veegde.

Het geld viel op de smerige vloer. Een van de cassettes sprong open en toonde onder een beschermende glasplaat die door de val gebarsten was een rij geslepen diamanten van verschillende groottes.

Plotseling begreep Edmund Cohn alles.

Instinctief wilde hij vluchten, maar hij besefte dat de mensen die zojuist met de auto gearriveerd waren dit zouden verhinderen. Een grote man in een zwart uniform met daaroverheen een geopende, zwartleren jas betrad de kamer. Achter hem volgden drie vergelijkbaar geklede mannen.

De aanvoerder van de groep wierp Cohn een korte blik toe en wendde zich toen bijna vrolijk tot Moritz Gruber. 'Ik zie dat u de dief hebt kunnen pakken, meneer de groepsleider.'

Gruber knikte zwijgend.

Cohn had de indruk dat zijn voormalige bedrijfsleider het allemaal een beetje pijnlijk vond, maar hij deed niets. 'Waarom doet u dit?' vroeg hij daarom aan de in het zwart geklede officier, die hem bedachtzaam stond op te nemen.

De man leunde tegen het behang, stak zijn handen in de zakken van zijn leren jas en zei: 'Een tijdje geleden al hebben we de Duitse, Arische, maar helaas ook landsverraderlijke… stroman… gearresteerd aan wie u, meneer Cohn, uw uitgeverij, uw kunstverzameling en uw villa verkocht had. Bij het controleren van de papieren van deze meneer Britsch hebben we ook de overeenkomsten en kopieën van de schuldbrieven gevonden die hij voor u geschreven had als garantie voor een…' De stem van de Gestapoman werd nu bijtend ironisch. '… teruggave in de toekomst van diezelfde schilderijen, bedrijven en onroerende goederen, na terugbetaling van de vroegere verkoopprijs plus rente, welteverstaan.' De man deed een paar stappen richting Edmund Cohn, totdat hij vlak voor hem stond. 'U lijkt niet erg overtuigd te zijn van de duurzaamheid van het Derde Rijk, doctor Cohn!'

'Dat klopt,' antwoordde Edmund, die zich bewust was van de uitzichtloosheid van zijn situatie.

Maar hij was niet voorbereid op de klap die de in het zwart geklede man hem ploteseling gaf. Op de een of andere manier had die, ondanks alles, toch nog een enigszins geciviliseerde indruk op hem gemaakt.

'Die schilderijen zijn geen probleem,' zei de officier vervolgens, alsof er niets gebeurd was. 'Sinds deze maand is er een wet waardoor onteigende werken van verwerpelijke kunst niet vergoed hoeven te worden, en het is wel duidelijk dat het hier om dergelijke werken gaat. Maar wat de uitgeverij en de villa betreft, daar was u ons voor, hoewel dat nog wel te regelen valt. De overeenkomsten zullen ongeldig verklaard worden en wel dan als ze in strijd zijn met de wet, wat op dit moment helaas nog niet het geval is. Maar dat zal beslist niet lang meer duren.'

Edmund Cohn knikte een paar keer, maar vond die financiële kwesties op dit moment minder belangrijk. 'En wat was u nu van plan met mij te doen?' vroeg hij in plaats daarvan.

'U krijgt wat u verdient,' antwoordde de man in het zwarte uniform koel. 'U en vóór u uw vader en grootvader hebben zich verrijkt aan het Duitse volksvermogen. Het waren mensen van uw... Stam van Juda... die verdienden aan de Duitse ellende in het verleden, die profiteerden van elke maas in de wet en wier schuld het is dat ons vaderland door anderen geregeerd werd en leegbloedde.'

Dit klopte niet, maar het had geen zin om daarop te wijzen. Dat zag Edmund wel aan het gezicht en de ogen van deze man, die nu verder sprak.

'Oog om oog, tand om tand, dat is toch het joodse credo, of niet? Maar nu zullen u en uw gelijken het zijn die hun schulden met bloed zullen betalen!'

'Mag ik daaruit concluderen dat u mij zult ombrengen?'

'Niet op dit moment, maar later zeker, doctor Cohn.'

'Ik heb de Oostenrijkse nationaliteit.'

'Ook dat komt wel in orde, en wel al heel gauw. Maar tot die tijd bent u een crimineel, die door onze plaatselijk groepsleider hier betrapt is op diefstal en daarom door mij gearresteerd en naar de gevangenis gebracht wordt. Omdat u, sluw als joden nu eenmaal zijn,' zei de zwarte man spottend, 'zowel een huissleutel als een kluissleutel achtergehouden hebt, die u gebruikte toen u hoorde dat de koper van uw huis hier een aardig kapitaal neergelegd had. Wat hij u, tijdens uw laatste ontmoeting in Salzburg, dom genoeg verteld had. Begrepen?'

'Helemaal,' zei Edmund Cohn en hij besefte dat zijn vriend dr. Walter Britsch zijn hulpvaardigheid tegenover hem duur had moeten betalen. Hij wierp nog een laatste blik op het geld en de diamanten op de vloer en vroeg zich af of deze rekwisieten tot de standaarduitrusting van de man in het zwarte uniform hoorden of dat ze de spullen hadden moeten lenen. Van een afdeling van de rijksschatbewaarder van de NSDAP of een vergelijkbare instelling. Hij besefte dat hij een grote fout gemaakt had door dit misdadige systeem te onderschatten. Er zat waarschijnlijk iemand op het postkantoor van de stad, die verdachte brieven eruit pikte en ze las voordat ze bezorgd werden. Hij sloot uit dat Agath hier iets mee te maken zou hebben.

Maar na zijn brief aan haar had de Gestapo drie weken de tijd gehad om het toneelstukje hier voor te bereiden en 'redenen' te creëren, om hem te kunnen arresteren. Want op dit moment, zoals de man in het zwart zelf ook al gezegd had, was er nog geen wet die hen dit toegestaan zou hebben. Ze moesten hem dus kunnen beschuldigen van criminele handelingen om hem in de gevangenis te krijgen. En daar zouden ze hem dan net zolang vasthouden tot de wetten aangepast waren, de Nationaal-Socialistische staat zijn vermogen zou kunnen confisqueren en hij uit de weg geruimd kon worden.

Het lachwekkende aan dit alles was – voorzover lachen op dit moment mogelijk was – hoeveel moeite ze gedaan hadden om dit hele toneelstukje een schijn van rechtmatigheid te geven. Het was een amper te overtreffen perversiteit van de Duitse hang naar orde en misschien ook wel een voorzorgsmaatregel, omdat hij immers een buitenlander was. Vooralsnog was Oostenrijk een zelfstandige, soevereine staat en hij een ingezetene van dat land.

Plotseling dacht Cohn aan zijn zoon David die buiten in de auto op hem wachtte, en opnieuw werd hij overvallen door een gevoel van angst. Het was toch niet mogelijk dat ze ook onschuldige kinderen…?

'Hoe zit het met David?' vroeg hij verbeten, dit keer aan Gruber. Gruber kende de jongen sinds hij een baby was. Sabine Gruber, zijn nog niet zo lang geleden overleden vrouw, had David zelfs nog een tijdje pianoles gegeven.

Gruber keek naar de grond en zei niets.

De man in het zwart gaf het antwoord: 'Die is vijftien en dus strafrechtelijk aansprakelijk.' Zijn stem klonk nog steeds beleefd, maar de hoon erin was nu duidelijk te horen. 'Hij was erbij om u behulpzaam te zijn. "Op de uitkijk staan", die uitdrukking moet zelfs u toch wel bekend voorkomen, meneer de componist?'

Edmund begreep dat ze hem vroeger al bespioneerd moesten hebben. Ze wisten alles van hem, zelfs zijn diepste geheimen. Ze moesten handlangers in zijn directe omgeving hebben gehad. De herinnering aan de 'eigenlijk toch wel heel leuke tijd' in deze Zwabische plattelandsidylle viel op dit moment, samen met alle mooie verwachtingen van zijn leven, in duigen.

Opnieuw knikte Edmund Cohn, ernstig en nadenkend, zoals hij ook was. Toen keek hij de in zwart leer geklede man aan en zei met een onderkoelde kalmte: 'Laten we dan maar gaan, nu alles duidelijk is.'

Even flitste er in de ogen van de officier iets van bewondering, maar toen knikte hij en maakte een spottende handbeweging richting de deur. 'Na u, doctor!'

En zo verliet Edmund Cohn zijn ouderlijk huis opnieuw en dit keer voor het laatst.

In de houten betimmering van de hal ontdekte hij het met gekleurd gips gestopte gat dat hij ooit veroorzaakt had toen hij daar, op Davids leeftijd, een haak in de muur gedraaid had om een net aan te bevestigen zodat hij met een van de dienstmeisjes had kunnen tennissen. Zijn vader was woedend geweest.

Edmund opende de voordeur en zag zijn zoon als een donkere schaduw tegen de lichte sneeuw. De jongen had zich verveeld en was uit de auto geklommen.

De andere begeleiders van de Gestapoman hadden zich in hun wagens teruggetrokken, om zich te beschermen tegen de opnieuw vallende sneeuw. Ze hadden alleen hun uniform aan en de januariavond was intussen ijzig koud en winderig geworden.

Edmund zag een laatste, heel kleine kans.

'Ren weg, David!' schreeuwde hij met overslaande stem en ging er op datzelfde moment zelf ook vandoor, weg van David.

Hij kwam tot aan de azaleastruik die in het voorjaar altijd zo sprookjesachtig mooi bloeide toen de eerste kogel hem trof, waardoor hij voorover in de sneeuw viel.

Op hetzelfde moment werden de deuren van de twee Gestapowagens opengegooid en sprongen de mannen in uniform naar buiten.

David Cohn stond aan de bestuurderskant van Grubers auto. De hele breedte van de auto bevond zich tussen hem en de mannen.

De jongen zag zijn vader vallen, zag op de achtergrond de zwarte gestalte in de deuropening die een pistool in zijn uitgestrekte hand hield, en daarnaast Moritz Gruber. Zonder verder na te denken liet hij zich vallen op hetzelfde moment dat zijn vaders schreeuw wegstierf. Hij rolde de korte, steile helling naast de weg af. Opnieuw klonken er schoten. Een van de kogels vloog rakelings langs Davids hoofd en raakte een afgebroken tak, maar toen had hij al de beschermende duisternis van de bomen bereikt.

Hij stond op en haastte zich zonder ook maar ergens tegenaan te lopen door het kleine bosje dat ooit het paradijs van zijn kindertijd geweest was. David kende elke vierkante meter. Hij wist ook dat er onder het dak van de breed uitgegroeide dennen amper sneeuw op de grond lag, zodat hij geen verraderlijke sporen zou achterlaten. Aan het einde van het park stroomde de Krummbach, die nu bedekt was met een dikke laag ijs. David had vroeger wel vaker gebruikgemaakt van deze bevroren 'waterstraat'. Het was, in vergelijking met de gewone weg, een aanzienlijke kortere route naar het dorp Wisslingen, en dankzij de steile, dichtbegroeide oeverhelling kon hij vanaf de straat niet gezien worden. De sneeuw viel nu zo dicht dat het net een gordijn was en een ijskoude, bijna stormachtige wind waaide over het landschap.

David rende, struikelde en viel, stond weer op en luisterde. Hij hoopte maar dat zijn achtervolgers ervan uit zouden gaan dat hij de andere kant, het voetpad richting de stad gekozen had.

Eenmaal in Wisslingen klom hij voorzichtig de oever op, waarbij de struiken hem zowel grip als bescherming boden. Voorzichtig gluurde hij over de rand om zich te oriënteren. Meteen herkende hij het 'Italianenhuis', waarin de twee naaisters woonden.

David keek speurend naar links en rechts, maar in dit weer was er niemand op straat te zien. Voorzichtig trok hij zich helemaal omhoog en stak de weg over. Hij opende het tuinhek en liep naar de voordeur, die er nieuw uitzag en een ronde, metalen knop had in plaats van een klink.

David, die tot nu toe verdoofd was geweest van de schrik, voelde de zenuwen toeslaan. Zijn kin en zijn lippen begonnen te trillen en hij vergat zijn voorzichtigheid. Met vlakke hand begon hij op de houten deur te slaan.

Plotseling werd die geopend en David wankelde op de grote roodharige vrouw af, die hij nog net herkende als de oudere van de twee naaisters. Toen verloor hij het bewustzijn.

7

'*Het* komt allemaal weer goed, David,' zei Anna, terwijl ze zich boog over de koortsachtige jongen die met een vuurrood gezicht in bed lag. Het was een leugen, maar het was een liefdevolle leugen, want het kind was ernstig ziek.

David kreunde en riep om zijn moeder.

Anna pakte de schaal die op een commode vlak bij het bed stond, kneep de lap die in het koude water lag nog een keer uit en legde hem op het voorhoofd van de jongen.

Toen stak ze haar linkerhand onder Davids hoofd, hielp hem overeind en probeerde hem wat thee te laten drinken uit het kopje dat ze in haar rechterhand hield.

'Je moet drinken, David, zoveel mogelijk, anders word je niet beter,' zei Anna streng en David gehoorzaamde, meer vanwege de klank van haar stem dan door wat ze zei.

Sinds zijn aankomst had hij zulke hoge koorts, dat hij telkens opnieuw in een delirium terechtkwam. Het was blijkbaar een verschrikkelijke droomwereld, want steeds weer riep hij korte zinnen of schreeuwde hij het panisch uit, waardoor Anna zelf ook bang werd. Ze besefte maar al te goed dat ze de aanwezigheid van deze joodse jongen verborgen moest houden. Het weinige wat hij haar verteld had, stukje bij beetje, en telkens weer onderbroken door koortsrillingen, was genoeg geweest om duidelijk te maken waarom het hier ging.

Nog nooit sinds ze de huizen van Else en haar van elkaar had gescheiden, had ze stilgestaan bij de vraag of dit huis gehorig zou zijn of niet. Overdag waren ze allebei met hun werk bezig – en 's nachts sliep Anna altijd vast. Gelukkig lag Elses slaapkamer aan de andere kant van het huis en zou ze in elk geval 's nachts niets kunnen horen. En overdag, bedacht Anna, zou ze, als het moest altijd nog de schuld aan de radio kunnen geven die ze kort geleden aangeschaft had.

Het gevaarlijkst echter waren de bezoekjes van familieleden of klanten, want het gedrag van de jonge patiënt was op dit moment nog onvoorspelbaar.

En dus had Anna meteen de dag na Davids komst een bordje aan haar voordeur gehangen met de tekst: 'Wegens ziekte voorlopig gesloten.'

Met als gevolg dat meteen de eerste klant zich naar de winkel van haar schoondochter gespoed had.

'Wat is er aan de hand met jullie moeder?' had ze gevraagd aan Gustel en Peter Pasqualini. Zij hadden zich, toen ze eenmaal begrepen waar de klant op doelde, behoorlijk zorgen gemaakt. De ziekte moest wel heel ernstig zijn wanneer Anna zich erdoor van haar werk liet houden. Sinds de zenuwinstorting na Stefans dood was Anna Pasqualini nooit meer ziek geweest. Integendeel: in het hele dorp stond ze bekend om haar onverwoestbare, lichamelijke gestel. Wanneer ze al af en toe een bezoekje aan Agath gebracht had, dan was dat altijd vanwege de kinderen of kleinkinderen geweest.

Peter had tijden op de voordeur staan kloppen, zo lang had het geduurd voordat zijn moeder eindelijk opendeed.

Ze droeg een versleten, rode ochtendjas, had een wollen doek om haar hoofd gebonden en een dikke sjaal om haar hals gewikkeld.

'Maak je maar niet ongerust, het komt vanzelf wel weer in orde,' zei ze met schorre stem. 'En kom maar niet te dichtbij. Ik ben al bij de dokter geweest, in de stad. Volgens hem is het de griep en die is besmettelijk.'

Onwillekeurig deed Peter Pasqualini een stap achteruit. Hij herinnerde zich dat hij ooit gelezen had dat de Spaanse griep, die na de Eerste Wereldoorlog geheerst had, bijna dertig miljoen slachtoffers geëist had. Hij was niet snel bang, maar hij had thuis wel twee kleine kinderen, de vierjarige Anton en de anderhalf jaar oude Irmgard. En kleine kinderen waren gevoelig voor infectieziektes.

'Moeten we u wat uit de winkel brengen, moeder?' vroeg Peter behulpzaam.

Anna dacht even na en antwoordde toen, onnadenkend en met normale stem: 'Zwarte thee, citroenen, wanneer jullie die hebben en een grote fles azijn.' Toen besefte ze wat ze gedaan had en deed snel of ze een hoestaanval kreeg.

'Ik zal je de spullen zo snel mogelijk brengen,' beloofde Peter, waarna hij er vlug weer vandoor ging.

Ook bij haar dochter Else deed ze net alsof ze de griep had, toen die rond de middag aan de deur verscheen om haar te vertellen dat ze over een paar dagen weer eens op kamp zou gaan.

'Hebt u me echt niet nodig, moeder?' vroeg Else, die hoopte dat ze weg kon.

'Nee, nee, ga gerust, Else,' zei Anna, die nerveus haar oren gespitst hield en blij was toen haar dochter weer vertrok.

Opnieuw nam Anna plaats naast Davids bed. Ze maakte beenwindsels met azijnwater en dwong de jongen telkens opnieuw om een kopje warme thee te drinken.

Maar ondanks alle moeite verslechterde zijn toestand zienderogen. Het leek erop alsof hij tijdens zijn vlucht een longontsteking had opgelopen. Geen wonder, aangezien hij haar verteld had dat hij zijn jas in Grubers auto had laten liggen.

Anna overwoog er een dokter bij te halen maar ze verwierp die gedachte meteen weer. De dokter in de stad was weliswaar een uitstekende arts, maar ook een fanatiek lid van de partij en een overtuigd jodenhater. Ze wist zeker dat hij de jongen niet in bescherming zou nemen, ook niet onder het mom van het medisch beroepsgeheim. Maar aan de andere kant, wanneer ze niets zou doen, zou hij overlijden. Ze kon nu al zien dat zijn bloedsomloop door de dagenlang aanhoudende koorts verzwakt was en het niet meer lang zou volhouden.

En dus sleepte Anna zuchtend en puffend de twee grote, houten tobbes, waarin ze normaal gesproken de was weekte, vanuit de waskeuken naar boven, stookte de kachel in de keuken op totdat die bijna gloeide, en verhitte water in grote pannen.

Een van de houten tobbes vulde ze met koud, de andere met

zulk heet water, dat het nog net te verdragen was. Daarna schudde ze de zieke jongen net zolang heen en weer totdat hij aanspreekbaar was en beval ze hem op een stoel te gaan zitten. Daar kleedde ze hem helemaal uit, wat David apathisch over zich heen liet komen.

De jongen was vel over been, maar desondanks te zwaar voor Anna om te dragen. En dus pakte ze hem onder zijn armen en sprak hem op ferme toon toe, zoals ze vroeger bij haar tweeling gedaan had wanneer die weer eens iets hadden uitgehaald.

'Je stapt nu hier in die tobbe, David. Onmiddellijk! En waag het niet om moeilijk te doen!'

David, die veel te moe was om haar tegen te spreken, deed wat hem gezegd werd. Met hulp van Anna lag hij uiteindelijk in de tobbe met heet water, wat hem uitstekend beviel. Hij ontspande totaal en wilde niets liever dan helemaal in dit hete bad oplossen. Dan zouden zeker ook die verschrikkelijke hoofdpijn en de druk op zijn borst verdwijnen.

Maar Anna kende geen medelijden. Na korte tijd dwong ze hem in de andere, koude tobbe en David ontwaakte even uit zijn sluimertoestand.

Daarna droeg de vrouw hem weer op in het hete bad te stappen, wat David maar al te graag deed.

Hier liet ze hem even met rust om hem vervolgens met ferme woorden weer terug het koude water in te drijven.

In totaal herhaalde ze dit vijf keer, waarbij David bij de laatste wisseling naar het koude water wat minder passief werd en tegen begon te stribbelen.

Anna lachte en zei: 'Ik zie dat de kuur al begint te werken.'

Ze liet David uit de koude tobbe stappen en begon hem met een badhanddoek droog te wrijven. Daarna trok ze hem een veel te grote flanellen herenpyjama aan en liet hem terug in zijn bed stappen.

'We komen er wel,' verzekerde ze David, terwijl ze – behalve de deken – ook nog een dik dekbed over hem heen legde en de uiteindes onder de matras stopte.

En dat was het laatste wat David die dag hoorde.

Toen hij de volgende ochtend om elf uur wakker werd, waren beide dekens nat van het zweet. Hij was zwak, maar koorts-vrij.

Anna had een jong haantje geslacht, geplukt en gebraden.

'Eet maar goed, jongen,' sprak ze David toe, toen die met toe-nemende smaak een groot bord kippensoep met noedels naar binnen werkte.

Daarna sliep hij opnieuw vier uur, terwijl Anna in de keuken de dekens en de matras droogde.

Toen David daarna opnieuw ontwaakte, voelde hij zich sterk genoeg om uitgebreider over zijn belevenissen te vertellen. En zijn verhaal verschilde op enkele belangrijke punten van wat Anna ondertussen in de *Ostalbboten* gelezen had.

Toen hij klaar was, was het lang stil.

'Is mijn vader dood?' vroeg de jongen ten slotte.

Anna aarzelde, maar in zijn ogen zag ze dat hij het wist. Hij zocht alleen bevestiging om definitief een einde aan zijn door ziekte geplaagde dromen te kunnen maken.

'Ja,' zei ze dus. 'Hij is dood, David. In de krant stond dat hij een diefstal pleegde waarbij Moritz Gruber hem heeft betrapt. Toen die dreigde met de politie heeft je vader zich verzet en geprobeerd te vluchten en is hij neergeschoten door toeval-lig aanwezige partijgenoten van de groepsleider, die hem net kwamen afhalen voor een bijeenkomst.'

'Dat is belachelijk,' riep de jongen. 'Mijn vader hoeft hele-maal niets te stelen, wij hebben geld genoeg en mijn opa in En-geland is zelfs erg rijk.'

'In de kranten staat... tegenwoordig... wel meer en niet alles is waar,' peinsde Anna hardop. Ze bedacht dat Moritz Gruber een stuk slimmer was dan ze altijd gedacht had, als hij Edmund Cohn op deze manier in de val had kunnen lokken.

'Het is omdat wij joden zijn en de nazi's ons hier niet willen.'

Het is nog veel erger, lieve jongen, had Anna hem nu kunnen vertellen, want na de ruzie met Else had ze de moeite genomen om Hitlers *Mein Kampf* te lezen.

Ze had het boek zowel saai als beklemmend gevonden. De honderden pagina's met Hitlers woorden hadden Anna name-lijk duidelijk gemaakt dat de man niet alleen aan zelfoverschatting, maar ook aan grootheidswaanzin leed. Sommige hoofd-stukken waren over de joden gegaan. En helaas was het zo dat Adolf Hitler de joden niet alleen niet duldde, maar dat hij ze wilde uitroeien.

Het was alsof de jongen haar gedachten kon lezen.

'Mijn opa Wolffsohn heeft papa al jaren geleden gevraagd met ons naar Engeland te komen omdat het daar beter zou zijn voor mensen zoals wij. Maar papa zei altijd dat zijn wortels hier liggen. Hij hield van de Duitsers, van hun muziek, hun taal en hun cultuur en volgens hem zou die hele nazi-nachtmerrie op een dag vanzelf weer voorbij zijn.'

'David, zeg eens eerlijk: heb jij iets gestolen uit jullie vroegere huis? Of had je vader jou gevraagd om op de uitkijk te staan, voor wanneer er… mensen zouden komen?'

'Nee. Gruber zei dat ik buiten moest wachten omdat hij mijn vader iets wilde laten zien. Toen heeft hij hem de huissleutel gegeven en zijn ze samen naar binnen gegaan. En toen kwamen die mannen in die zwarte uniformen en toen…'

Een gesmoorde snik verhinderde dat David verder kon spreken.

'Het is al goed, David,' zei Anna troostend. Ze had het zich al min of meer zo voorgesteld, maar ze wilde het zeker weten.

Wat is dit voor vervloekte wereld, dacht ze verdrietig, waar figuren als Gruber en zijn maatjes vaders vermoorden en die nadien ook nog eens voor criminelen uitmaken?

'Je moet nu maar weer wat gaan slapen, David. Je bent nog altijd erg zwak!'

Dat in de krant, die de oude Samuel Cohn destijds nog opgericht had en die ervoor zorgde dat Moritz Gruber brood op de plank kreeg, een oproep aan alle lezers gestaan had om de voortvluchtige jodenjongen die medeschuldig was geweest aan diefstal, op te pakken en aan de autoriteiten over te leveren, vertelde ze hem niet.

In datzelfde artikel stond ook dat de burgers gewaarschuwd waren om toch vooral geen 'vals medelijden met deze strafbare jongeman' te hebben, omdat dat wel eens ernstige gevolgen zou kunnen hebben. Maar dat hield ze ook voor zich.

Eerst moest David weer gezond worden. En dan moesten ze kijken of ze iets konden verzinnen om hem weer over de Oostenrijkse grens naar Wenen te krijgen, waar zijn moeder zich waarschijnlijk vreselijke zorgen om hem maakte.

8

Op een zaterdagmiddag halverwege januari stond er weer een zogenaamde 'verduisteringsoefening' op het programma, zoals die sinds de winter van 1936 regelmatig gehouden werden.

Toen Else Pasqualini haar moeder hier voor het eerst over verteld had, had dit onmiddellijk Anna's vermoedens bevestigd.

'Zie je wel! Ik zei het toch: die Hitler wil niets liever dan weer een oorlog.'

'Klets toch niet, moeder,' had Else geantwoord. 'Wanneer u de moeite zou nemen om de toespraken van de Führer te lezen of er naar te luisteren op de radio, dan zou u weten dat alles wat hij doet er juist op gericht is om de vrede hier in Duitsland te bewaren.'

'Voor wie dat gelooft,' had Anna gebromd. Maar in gedachten concludeerde ze dat haar dochter toch wat minder intelligent was dan haar broer. Want met Peter, die nu regelmatig partijbijeenkomsten bijwoonde en dus heel goed op de hoogte was, kon ze overal heel open over praten. Zolang die gesprekken tenminste onder vier ogen bij haar thuis plaatsvonden. Bij Peter was dit niet mogelijk, aangezien Gustel en haar ouders eveneens gevallen waren voor de charmes van die besnorde korporaal die – naast nog veel meer onzin – de luchtbescherming propageerde als 'nationale taak'. Om de vrede te bewaren natuurlijk.

En Paul... mijn god, Paul!

Plotseling werd Anna overvallen door een enorm gevoel van heimwee naar de zoon met wie ze zich altijd het meest verbonden gevoeld had.

Al twee jaar had ze niets meer van hem gehoord.

'Waarom, waarom laat hij niets meer van zich horen?' had ze wanhopig geroepen en voor het eerst in lange tijd had ze weer gehuild.

Nu keek ze haar dochter Else na, die zich met zoveel plezier voorbereidde op die verduisteringsoefening dat je zou denken dat het om een pleziertripje ging.

Mijn domme, naïeve meisje, dacht Anna bezorgd, maar diep in haar hart was ze blij dat Else weer verdween, alleen al vanwege haar geheime gast.

De plaatselijk groepsleider Moritz Gruber liet zich pas laat die zaterdagmiddag zien bij de oefening, die plaatsvond tijdens een weekendbijeenkomst waarbij vertegenwoordigers van alle Nationaal-Socialistische organisaties uit de omgeving in een oude hut van de Alpenvereniging bij elkaar kwamen.

Hij zag er bleek en vermoeid uit en kwam nogal nerveus over. Sommigen beweerden dat hij problemen met leidinggevenden zou hebben, vanwege die nog altijd niet gepakte joodse jongen, maar lang kon hierover niet gespeculeerd worden. Want als afsluiting van deze 'verduisteringsdag' was het de bedoeling dat de mogelijkheden van de brandbestrijding na een luchtaanval gedemonstreerd zouden worden. Hiervoor werd een oude, vervallen hut in brand gestoken. De aanwezige functionarissen lieten de jongens en de meisjes van de Hitlerjugend zien hoe de brand, met behulp van water in emmers, handpompen en vuurzwepen, weer geblust kon worden.

Toen de demonstratie voorbij was, werden de jongere deelnemers naar huis gestuurd, waarna de functionarissen in de gezellige hut een feestelijke maaltijd geserveerd kregen. Het bier en de wijn vloeiden rijkelijk.

Schorsch Ketterer, die zijn trekharmonica bij zich had, speelde de 'Sneeuwwals' en andere populaire deuntjes en algauw vormden zich de eerste danspaartjes.

Moritz Gruber had tijdens het eten bijna dwangmatig snel een grote pul bier leeggedronken, waardoor zijn gezicht weer wat kleur gekregen had. Ook zijn humeur leek verbeterd te zijn, want voor het eerst sinds de dood van zijn vrouw had hij weer oog voor de geneugten des levens.

Hij pakte Else Pasqualini, die naast hem zat, bij de arm en trok haar mee naar de ruimte voor de bar die als dansvloer gebruikt werd.

'Nou,' zei hij na enkele passen, 'jij danst zo licht als een veertje, Else!'

'Ik ben ook zo licht als een veertje,' antwoordde Else, voor haar doen ongewoon koket.

'En zo plat als ik altijd gedacht heb, ben je duidelijk niet,' zei Gruber waarderend, nadat hij haar tegen zich aan getrokken had en haar stevige, kleine borsten voelde. Zijn hand, die tot dan toe op Elses rug gelegen had, gleed naar beneden en omvatte haar billen, die door de vele wandelingen en oefeningen met de meisjes gespierd en strak geworden waren.

'Helemaal niet verkeerd,' mompelde hij, terwijl hij haar nog wat dichter tegen zich aan trok.

Else kreeg het warm, deels van verlegenheid, deels als gevolg van een gevoel dat ze tot dan toe nog niet gekend had. Ze wist niet hoe ze zich moest gedragen, maar Moritz Gruber was haar behulpzaam.

Tijdens een kleine pauze begeleidde hij haar niet terug naar de tafel, maar bleef aan de bar staan en zei: 'Else en ik willen graag een glaasje wijn. De wijn die ik laatst uit de Pfalz meegenomen heb.'

'Ik mag toch nog geen alcohol drinken,' protesteerde Else zwak, maar de groepsleider wimpelde haar bezwaren weg en zei beslist: 'Vandaag mag het, Else.'

Else, die er inmiddels aan gewend was om bevelen op te volgen, gehoorzaamde braaf.

In de eerste instantie vond ze de wijn maar zuur, maar Moritz Gruber bleef haar maar toe proosten. En nadat het eerste glas leeg was begon de drank haar al beter te smaken en de groepsleider schonk haar meteen gedienstig bij.

'Drink maar lekker op. Van wijn krijg je heldere ogen en rode wangen. Je hebt er nog nooit zo aantrekkelijk uitgezien.'

En zo voelde ze zich ook.

Tijdens een tweede dans, waarbij iedereen zong: *Fliege mit mir in den Himmel hinein, mein Mädel, ich lade dich ein...*' trok Moritz

Gruber de metalen haarspeldjes uit Elses knot en maakte de strenge vlecht los, die ze met suikerwater verstevigd had. In kleine, smalle golfjes vielen de rode haren nu om Elses smalle hoofd heen, waardoor ze er bijna ondeugend uitzag.

Met waarderend gegrom werd deze verbazingwekkende metamorfose door het inmiddels al aardig aangeschoten gezelschap becommentarieerd.

Schorsch speelde nu een polka en Moritz Gruber, die nu niet meer alleen goed gehumeurd, maar compleet uitgelaten was, zwaaide Else zo wild heen en weer dat een van de mouwen van haar uniformbloes onder haar oksel scheurde.

'Moet je kijken!' riep haar danspartner geamuseerd, terwijl hij twee vingers in het gat stak en naar beneden trok, waardoor de opening nog groter werd.

Iedereen lachte en allemaal zaten ze aan Else, die dat – na nog een glas wijn – absoluut niet vervelend, maar eerder grappig vond. Toen Else op een gegeven moment even het kleine kamertje moest opzoeken, sloot Moritz Gruber snel een dealtje met de waard van de hut. Hij overhandigde hem een geldbiljet en kreeg in ruil daarvoor een grote sleutel. En toen het dronken gezelschap niet veel later uit elkaar ging om in de gescheiden slaapzalen hun bedden op te zoeken, bevond Else zich opeens met de groepsleider in de kamer van de waard, waarin een comfortabel tweepersoonsbed stond.

'Nu niet moeilijk doen,' mopperde Moritz Gruber, terwijl hij haar uit haar uniform hielp. Want in een kort, helder moment Else was namelijk even gaan twijfelen.

'Dit is toch iets heel natuurlijks,' zei hij, en hij zorgde ervoor dat hij zich snel uitkleedde, voordat Else nog meer bedenkingen zou krijgen.

Maar ook Else leek het allemaal inmiddels weer heel 'natuurlijk' te vinden. In elk geval voelde ze geen weerstand toen Moritz Grubers tastende hand al die plekjes vond die ze zelf alleen maar van beschaamde blikken in de spiegel kende. Toen hij zijn ding bij haar naar binnen duwde, voelde ze een stekende pijn. Ze uitte een korte kreet en ontwaakte weer heel even uit haar wijnroes. Maar alles wat Moritz Gruber die nacht verder met haar deed, was zo nieuw en opwindend dat ze het niet meer kon opbrengen om er serieus tegen in opstand te komen.

Dus zo is het als mannen en vrouwen samenkomen, dacht ze nog, voordat ze allebei in een diepe slaap vielen.

Toen Else weer wakker werd, vond ze Moritz Gruber, zonder deken en poedelnaakt, zachtjes mompelend naast haar.

'Nee! Niet schieten!' riep hij plotseling, terwijl hij overeind schoot en met de lege blik van een slaapwandelaar naar het raam staarde, waarachter de hemel net lichter begon te kleuren. Toen viel hij weer terug, staarde naar het houten plafond en mompelde op wanhopige toon: 'Heeft alles gezien. Heeft alles gezien, dat kleine rotjoch. Moet weg... weg!'

Else, die medelijden met haar kersverse minnaar kreeg, legde een hand op zijn blote, behaarde arm en zei teder: 'Je droomt, Moritzje. Word wakker, dan is alles voorbij!'

Daadwerkelijk sloeg Moritz op dat moment zijn ogen op en keek gejaagd om zich heen. Maar toen hij niemand anders zag dan de roodharige dochter van de Italiaan, verdwenen alle nachtelijke spoken uit zijn hoofd.

Hij glimlachte tevreden toen hij zich de afgelopen nacht herinnerde en pakte de naakte Else beet.

Hij had genoeg moeten betalen voor deze kamer en wilde daarom ook zoveel mogelijk waar voor zijn geld krijgen.

9

'*W*at is er toch met u aan de hand, moeder?' vroeg Else,
toen ze Anna op een dag begin februari zag tijdens
het voeren van de ganzen. Haar moeder joeg de vogels aan de
kant, die het weer eens snaterend op Else gemunt hadden alsof
die hun aartsvijand was, en vroeg: 'Hoezo? Wat zou er aan de
hand moeten zijn?'

'Sinds u die griep hebt gehad, rent u de hele tijd naar de wc.
Zelfs 's nachts. En ontken het maar niet, want ik kan het horen
wanneer u rondloopt!'

'Sinds wanneer gaat het jou iets aan hoe mijn blaas functio-
neert?' antwoordde Anna scherp, terwijl ze bedacht dat ze nu
dus wist dat het huis gehorig was. Ze moest de jongen beslist
vertellen dat hij in zijn kamer moest blijven en de kamerpot
moest gebruiken. David had namelijk een gevoelige blaas over-
gehouden aan zijn ziekte, waardoor hij continu naar de wc
moest.

'Ik zou in elk geval maar eens naar de dokter gaan,' adviseerde Else, nu daadwerkelijk bezorgd.

'Tuurlijk, voor elk wissewasje naar de dokter,' bromde Anna.
'Agath doet het ook prima!'

Ze had de genezeres toch al een keer willen bezoeken, vanwege haar toenemende slaapproblemen. Want sinds de jonge
Cohn bij haar was, deed ze van angst 's nachts geen oog meer
dicht. En zelfs wanneer ze wel sliep was ze nog op haar hoede
voor voetstappen die op het huis afkwamen, vuisten die op
deuren sloegen en die de arme jongen vervolgens uit zijn bed
zouden trekken en naar bestemmingen zouden brengen, waarover weinig goeds verteld werd. Anna wist niet precies hoe het

zat, maar de vermoedens die soms geuit werden aan de stamtafel van Zum Hirschen, vaak onder invloed van bier en meestal pas nadat de minder hardnekkige drinkers naar huis waren,
klonken allesbehalve vertrouwenwekkend. Zo had Anna toen
ze haar oom weer een keer hielp in de bediening, gehoord dat
Moritz Gruber meteen na het 'voorval' niet alleen extra bewa-
king van het busstation, maar ook van het treinstation in de
stad geëist had. Bovendien liet hij nog altijd alle wegen die vanuit Wisslingen naar de stad liepen controleren, inclusief de
voetpaden, waarvoor hij zelfs boswachters en jagers ingezet
had. Want in het dikke pak sneeuw van dit jaar zou elk spoor
zichtbaar zijn.

Wat een toestanden, enkel om een vijftienjarig kind te vinden, had Anna eerst nog gedacht. Maar uit de verhalen van
haar dochter en haar zoon Peter had ze inmiddels begrepen
wat Grubers redenen waren. Waarbij de interpretaties van haar
beide kinderen overigens wel geheel verschillend waren.

'Moritz zegt dat het bijzonder laaghartig van Cohn was om
iemand te bestelen die hem eerst nota bene geholpen had
door alles van hem over te kopen,' zei Else. 'En hij zegt ook
dat iemand die al op vijftienjarige leeftijd zijn vader bij het
stelen helpt, duidelijk op een plek hoort waar hem tucht en ge-
hoorzaamheid bijgebracht wordt.'

'Waarschijnlijk heeft David gezien hoe ze Edmund Cohn
neergeschoten hebben,' vermoedde Peter daarentegen. 'En de
heren van de Gestapo of de SS, wat meestal samengaat, willen
daar natuurlijk geen getuigen van hebben. Ik vermoed zo dat
zij ook degenen zijn die Gruber op zijn huid zitten. De familie
Cohn heeft tenslotte inmiddels de Oostenrijkse nationaliteit en
die oude Wolffsohn in Engeland is een bekende wetenschapper
met goede connecties!'

'Hoe dan ook: dat ze Edmund doodgeschoten hebben, was
een verschrikkelijke misdaad,' zei Anna verbitterd.

Na die woorden had Peter zijn ellebogen op de woonkamer-
tafel gezet en moeizaam over zijn slapen gewreven. 'Ik had
nooit lid van de partij moeten worden!' zei hij. 'Het is niets
meer dan een politiek getinte groep… criminelen.'

Hij lachte spottend voordat hij verder sprak: 'Wat een onge-looflijke vergissing om te denken dat ik van binnenuit iets zou kunnen veranderen. Het enige wat verandert, ben ikzelf. Ik kan amper nog slapen wanneer ik erover nadenk, moeder.'

Anna knikte. 'Ik zal wat voor je meenemen, als ik binnen-kort naar Agath ga,' beloofde ze hem.

Aan al het andere was niets meer te doen. Uittreding uit de partij zou het einde betekenen van Gustels winkel en dat zou waarschijnlijk nog het minst erge van alle gevolgen zijn. En toch kon ze Peter niet over David Cohn vertellen. Hoe minder haar zoon wist, hoe beter het voor hem en zijn gezin was.

Het was Anna toch al wel duidelijk geworden dat het op het moment onmogelijk was om de jongen weg te sturen zonder dat hij daarbij in de klauwen van de moordenaars van zijn vader zou lopen. Ze moest wachten totdat de ijver van Moritz Grubers en zijn kompanen afgenomen was.

Nog een geluk dat ze tenminste de worstpakketten van haar oom had, dat ze de kippen en ganzen had en een kelder vol in-gemaakt voedsel, zodat haar gestegen voedselconsumptie niet te veel opviel.

Want sinds David weer enigszins gezond was, had de vijf-tienjarige jongen de eetlust van een jonge leeuw.

Halverwege deze overpeinzingen besefte Anna opeens dat Else de groepsleider Moritz genoemd had en ze voelde hoe iets in haar in opstand kwam, bij de gedachte…

Maar ze moest zich niet zo aanstellen: zoiets was ondenkbaar bij het preutse karakter van haar dochter. En het was algemeen bekend hoe familiair het eraan toeging bij die nazi's.

Bovendien: die man kon haar vader zijn, bedacht Anna, om er vervolgens heel snel aan toe te voegen: maar dan wel met een andere moeder!

Moritz Gruber en die achterbakse Eberhard Hittlemayer hadden ervoor gezorgd dat zij haar kapitaal kwijtgeraakt was en nooit, nooit zou Anna dit vergeten!

Er was slechts één iemand die ze meer haatte dan die twee: de Italiaanse vrouw die hier als een boze fee in een sprookje verschenen was, angst, bloed, dood en ellende achterlatend.

Opnieuw proefde ze de bittere smaak van teleurstelling, woede en hulpeloosheid, die ze met haar sterke wil telkens weer wist te onderdrukken, zodat de goede herinneringen niet zouden verdwijnen.

'Als ik haar nog eens in mijn handen krijg!'

10

'Iets tegen slaapproblemen dus. Voor een volwassene of voor een kind?' vroeg Agath, toen Anna de volgende dag tegenover haar zat.

'Voor een volwassene natuurlijk. Mijn kinderen zijn inmiddels ook al groot.'

'Ja, ja. Maar je hebt immers ook kleinkinderen, Anna.'

'Die slapen prima.'

'Een goed geweten...' reageerde Agath scherp, maar Anna viel haar in de rede: 'Mijn zondes gaan alleen mij wat aan. En mij alleen!'

'Het is al goed. Wind je niet op. Een oud mens als ik wil gewoon af en toe even een gezegde uitspreken!' zei de genezeres sussend, terwijl ze in haar houten kist rommelde waarin ze haar medicamenten bewaarde.

Uiteindelijk overhandigde ze Anna een stoffen zakje met gedroogde bladeren en vertelde haar hoe ze die moest gebruiken: 'Een halve liter water aan de kook brengen, twee theelepels hiervan erin doen en het geheel een halfuurtje laten trekken. De thee vervolgens direct voor het naar bed gaan opdrinken!'

'Bedankt,' zei Anna, die zich afvroeg of de inhoud van het zakje wel genoeg zou zijn voor Peter en haar samen.

'Het is genoeg,' verzekerde Agath haar alsof ze gedachten kon lezen, waarna ze zonder enige overgang vroeg: 'Heb je de laatste tijd nog wel eens iets van Paul gehoord?'

Anna staarde de oude vrouw achterdochtig aan. Ze had behalve haar zoon Peter niemand verteld dat ze nieuws van Paul ontvangen had sinds hij vertrokken was. En Peter zou niets zeggen, dat wist ze zeker.

'Nee, niets,' antwoordde ze dus voorzichtig en ergens klopte dat immers ook wel. Hij had al twee jaar niets meer van zich laten horen.

'Ik zou tot Judas Thaddeüs kunnen bidden,' stelde Agath nu voor. 'Dat is de heilige tot wie je je met hopeloze zaken moet wenden. Van hem kun je op aan. Hij lost elk probleem op.'

'Fantastisch, dan weet ik wel wat dingen die ik hem zou kunnen vragen,' zei Anna spottend. De dominee had haar altijd verteld hoe verkeerd het was een of andere heilige om hulp te bidden. 'Je moet het zelf doen,' zei hij altijd. En dat iedereen direct verantwoording schuldig was aan God, zonder tussenkomst van vage heilige tussenpersonen.

Agath glimlachte. 'Soms verdwijnen problemen op een manier die wij zelf niet hadden kunnen bedenken. Maar laten we er maar over ophouden. Ik ben er niet op uit om zieltjes te winnen, Anna.'

Daar zou je ook niet veel mee opschieten, dacht Anna. Ze was een lutheraanse in hart en ziel. En ook al zwoer ze bij de kruidenmiddeltjes van Agath: een reden om dan maar meteen alle onzin te geloven die zij uitkraamde was dat beslist niet.

'Neem nog een flesje van deze druppeltjes mee. De kosten blijven hetzelfde en je zult het nodig hebben. Het is voor de nieren. Twee druppels per tien kilo gewicht, drie maal daags.'

'Maar ik heb helemaal geen nierproblemen,' zei Anna snel, zonder erbij na te denken.

Agath vertrok haar lippen een beetje. 'Ik weet wat ik weet,' zei ze eigenwijs. Het was haar lievelingszin waarmee maakte ze een einde maakte aan elke overbodige discussie. 'En lees de bijsluiter!'

Anna knikte berustend en bedacht dat de oude vrouw steeds vreemder werd.

'Dat kost dan twee mark,' zei Agath, die haar beruchte rode geldkistje erbij gepakt had.

'Je wordt er niet goedkoper op,' mopperde Anna, terwijl ze het geld uit haar portemonnee haalde.

'Ik richt me naar de prijs van een kilo boter. Altijd al gedaan! En iedereen moet zelf weten of zijn gezondheid dat waard is.'

'Het is al goed, Agath,' zei Anna verzoenend, want diep in haar hart mocht en waardeerde ze de vrouw wel.

Die nam met een knikje afscheid en liep toen naar de keuken, waar ze een pot rozenbottelthee op het vuur had staan.

Toen haar nichtje Ella binnenkwam, schonk ze ook voor haar een kopje thee in, waarbij ze bijna automatisch haar veel gezegde zinnetje uitsprak: 'Het is belangrijk om in de winter rozenbottels binnen te krijgen, hetzij als thee, hetzij als jam, vanwege het tekort aan zon en de daarmee afnemende levenskrachten.'

'Ja, ja, tante Agath, ik weet het,' zei de jongere vrouw vriendelijk, om daarna te vragen: 'Wat wilde Anna van u?'

'Thee voor de nieren.'

'Sinds wanneer heeft zij last van haar nieren?' vroeg Ella verbaasd. 'Ze was toch altijd kerngezond?'

'Niets is voor altijd. Gezondheid, geluk en godzijdank ook het ongeluk niet. Aan alles komt een eind. Belangrijk is alleen hoe je ermee omgaat.'

'Volgens mij hebt u vandaag weer een van uw piekerdagen.'

'Die kun je niet vaak genoeg hebben, bij alles wat ik moet zien!' antwoordde Agath, en haar stem klonk zo verdrietig, dat Ella opschrok.

Ze begreep dat haar tante het niet had over dingen die ze geobserveerd had, maar over dingen die zich in haar hoofd afspeelden. Die te maken hadden met haar bijzondere gave, de gave van helderziendheid, die ook verschillende van haar voorouders al gehad hadden, zowel vrouwen als mannen.

Ella wist ook dat Agath hier maar weinig over losliet – misschien omdat ze dat niet mocht. Misschien golden er in de wereld waar die inzichten vandaan kwamen ook verboden.

'Het is een moeilijke zaak,' mompelde de oude vrouw bezorgd. 'Een heel moeilijke zaak. En het is nog helemaal niet duidelijk hoe het zal aflopen. Veel dingen zijn onherroepelijk, Ella. Dat voel je meteen. Maar sommige dingen zijn te beïnvloeden. En dit valt daaronder, dat weet ik intussen.'

Ella knikte, hoewel ze er eigenlijk helemaal niets van begreep. Alleen dat Agath zich nu waarschijnlijk weer terug zou trekken en voor niemand aanspreekbaar zou zijn. Net zo lang totdat bereikt was wat ze zich voorgenomen had. 'Ermee bezig zijn', noemde haar tante dergelijke inspanningen.

'Het is alsof je iemand nog net op tijd opzij kunt trekken, voordat het rotsblok naar beneden komt,' had ze Ella een keer uitgelegd.

'Ik moet ermee bezig zijn,' zei de oude vrouw nu daadwerkelijk, en Ella begreep de hint.

Ze dronk haar thee op en wees op het bord met noedels, dat ze meegenomen had. 'Eet ook wat, tante Agath!'

'Pas wanneer ik klaar ben, Ella.'

Bezorgd keek Ella de oude vrouw na, toen die in haar praktijkkamer verdween.

In de woonkamer haalde Agath een dikke kaars tevoorschijn uit de la onder de eettafel en droeg die naar het kleine altaartje dat zich in een hoek van de kamer bevond. Er stond een gipsen figuur van de Maagd en Moeder Gods Maria, evenals een standbeeld van de heilige Barbara, de beschermheilige van de stervenden, aan wie Agath haar patiënten met hopeloze kwalen toevertrouwde. Links van de madonna stond een uit hout gesneden beeldje van de heilige Judas Thaddeüs. Hij droeg een zwaar, bijna manshoog zwaard in zijn hand waarmee hij de gordiaanse knopen op de menselijke levenswegen door kon hakken.

Voor hem brandde Agath vandaag haar kaars. Ze trok de lont recht en stak de kaars aan. Toen knielde ze op haar bidbankje en ging op in haar gebed. Lang, heel lang voerde ze een intensief tweegesprek met deze beschermheilige, voor al die zware, bijna uitzichtloze gevallen.

11

$\mathcal{D}$e brief van Paul Pasqualini bereikte Anna op 17 februari 1938. Hij maakte deel uit van een groter pakket. Paul had haar monsters van verschillende producten toegestuurd waarop een grappige, gele kok haar toezwaaide, en geschreven dat hij sinds enige tijd een goede functie bij de firma Rapp in Stuttgart bekleedde. Hij vroeg haar echter hier met niemand over te praten.

Anna was vreselijk opgelucht, hoewel ze op dat moment enorme zorgen had. Nog altijd lag er een dik pak sneeuw in en rond Wisslingen. Van haar dochter wist ze dat Moritz Gruber tot de conclusie gekomen was dat iemand de jonge Cohn verstopt moest hebben. Het net was gesloten en zonder hulp zou het onmogelijk zijn om zo lang in de vrije natuur te overleven. Mogelijke verstopplekken als schuurtjes, hutten of de huisjes bij de volkstuintjes aan de rand van de stad waren inmiddels al lang doorzocht, maar de groepsleider was nog niet van plan om op te geven.

Als Paul in de buurt is, zal hij wel een oplossing vinden, dacht Anna, die de jongen na zes weken huisarrest bijna niet meer in bedwang kon houden.

David Cohn had heimwee, was bang en leed onder een tekort aan beweging. Hij wilde naar zijn moeder, wat meer dan begrijpelijk was. Elke dag weer moest Anna hem duidelijk maken dat elke stap uit huis hem op dit moment nog direct in de val zou lokken. Een hele nacht lang piekerde ze over hoe het nu verder moest.

De dag erop zei ze tijdens het gezamenlijk ontbijt tegen de jongen: 'Ik moet naar de stad, David. Wees alsjeblieft voorzichtig. Doe je kamerdeur op slot en kom er niet uit totdat ik weer terug ben! Ben ik duidelijk?'

'Ja, ik heb het begrepen,' bromde de jongen nors.

Anna kon het hem niet kwalijk nemen, maar er was geen alternatief. Ze liep naar de bushalte en wachtte op de lijnbus naar de stad. Daar aangekomen begaf ze zich naar het postkantoor en vroeg een telefoongesprek naar Stuttgart aan. Het telefoonnummer stond op het briefpapier van de firma dat Paul gebruikt had.

In een kleine, krappe ruimte wachtte Anna ongeduldig totdat ze een belletje hoorde. Voorzichtig, omdat er immers elektriciteit in het spel was, nam ze de zwarte hoorn op, zoals de postmedewerkster haar had laten zien, en was diep onder de indruk toen ze al snel de stem van haar verloren zoon aan de andere kant hoorde.

'Hier spreekt je moeder, Paul,' zei ze plechtig, bijna streng, toch wel onder de indruk van deze hele situatie. 'Ik heb je brief en het pakketje gekregen, heel erg bedankt. En...' Haar stem klonk nu dringend. 'Ik moet met je spreken, Paul. Zo snel mogelijk!'

Paul was met stomheid geslagen. Hij had nooit gedacht dat zijn moeder zo snel zou reageren en nog wel per telefoon!

'Het is dringend, Paul,' zei Anna nu en pas toen realiseerde hij zich dat er wel iets ernstigs gebeurd moest zijn als ze zelfs op zoek naar een telefoon gegaan was.

'Oké,' zei hij dus. 'Moet ik naar Wisslingen komen?'

Haar antwoord liet zo lang op zich wachten dat hij al begon te denken dat de verbinding verbroken was. Maar toen zei ze: 'Eigenlijk kom ik liever naar jou toe.'

Vanaf dat moment wist Paul zeker dat er iets niet in de haak was. Zijn moeder was haar hele leven lang nog nooit in de Zwabische hoofdstad geweest. Hij kreeg een vreemd gevoel in zijn maag. Iets waarvan hij tegenwoordig wel vaker last had, sinds zijn chef hem verteld had dat Hitler al in 1935 de algemene dienstplicht ingevoerd had. 'Wat,' zo had zijn werkgever eraan toegevoegd, 'voor een Italiaan als u natuurlijk van geen enkel belang is.'

Wat het ook was waardoor zijn moeder zo van slag was, Paul wilde het zo snel mogelijk weten. Hij had nooit gehouden van onzekerheden, maar in zijn huidige situatie betekenden ze een gevaar voor zijn welzijn.

'Goed, moeder,' zei hij dus. 'Koop zondagochtend een treinkaartje en kom hiernaartoe. Ik woon aan de Weinsteige, nummer 48. Neem gewoon bij het station een taxi en noem dit adres. Als u er bent, bel dan aan, en ik kom naar beneden om de taxichauffeur te betalen!'

'Dank je wel, Paul,' antwoordde Anna. 'Je kunt op me rekenen.' Daarna legde ze de zwarte hoorn weer terug op de haak aan de muur, betaalde aan het loket de gemaakte kosten en verliet het postkantoor.

12

*S*tokstijf zat Anna op de houten bank naar buiten te kijken, naar de Neckar, die als een grijs lint op slechts een steenworp afstand het traject van de trein volgde. Stuttgart kon nu niet meer al te ver zijn, dacht ze. Ze had nog nooit eerder met de trein gereisd en voelde zich dus opgelucht. Maar opeens verduisterde de coupé en meteen daarna was het helemaal donker.

'Het is gewoon een tunnel, zo meteen wordt het weer licht,' zei de man die tegenover haar zat geruststellend.

'Godzijdank,' mompelde Anna, toen de voorspelling van de man inderdaad uitkwam. 'Zijn we nu in Stuttgart?'

De man knikte. 'Over ongeveer een minuut zijn we er!'

'Ik ben nog nooit in de hoofdstad geweest,' bekende Anna een beetje verlegen.

Voor het enorme stationsgebouw liep ze aarzelend in de richting van de rij taxi's.

'Ik wil graag naar de Weinsteige,' zei Anna verlegen tegen een man die tegen de zijkant van zijn wagen geleund een krakeling stond te eten.

'Stapt u dan maar in,' antwoordde de taxichauffeur, terwijl hij de rest van zijn krakeling in de zak van zijn jasje stak en het achterportier voor haar opende.

'Kost het meer als ik voorin zit?' vroeg Anna.

De taxichauffeur moest lachen. 'Voor deze keer niet,' zei hij toen. Hij sloeg het achterportier weer dicht en opende het voorportier. Hij nam haar bagage aan, wat Anna niet bijster beviel, maar ze zag dat er inderdaad niet genoeg plek was voor haarzelf en haar tas.

'Doet u voorzichtig, er zitten weckpotten in,' zei ze tegen de man toen die haar tas naar de achterkant van de auto droeg.

'Goed dat u het zegt,' antwoordde de taxichauffeur. Hij schoof de tas in een hoek van de bagageruimte en legde er zelfs nog een kleed overheen.

Toen ze door de stad reden, zag Anna talloze grote, prachtige gebouwen van meerdere verdiepingen. Sommige zagen eruit zoals ze zich een echt kasteel voorgesteld had. Nu begreep ze wat Stefan destijds bewogen had om naar Stuttgart te willen reizen. Zoiets had hij dus willen bouwen. En vanwege haar had hij die plannen laten varen!

De tranen sprongen Anna in de ogen. Pas nu, na zoveel jaar, begreep ze de omvang van Stefans opoffering.

Ze verbaasde zich over de vele auto's, vrachtwagens, bussen en trams, die hier in de hoofdstad de weg met elkaar moesten delen en ze keek verbluft naar de mensen die zich, bepakt met koffers, tassen en manden, net zo naarstig en talrijk als mieren over de trottoirs haastten.

Toen waren ze er.

'Moment, ik haal even mijn zoon,' kondigde Anna aan, terwijl ze uit de auto klom. Ze liep naar een groot huis dat boven een hoge muur uittroonde, met daarop duidelijk in koperen cijfers '48'.

Op het naambordje boven de bel stond slechts één naam: 'Proc. Paul Pasqualini.'

Wat is 'proc'? vroeg Anna zich verbaasd af, maar toen dacht ze weer aan de wachtende chauffeur, drukte hard op de bel en even later stond Paul voor haar.

Hij was ouder geworden en zag er op de een of andere manier anders uit. Waar dat aan lag, kon Anna niet zeggen.

'Mijn jongen,' zei ze schor en plotseling liepen de tranen over haar wangen.

'Niet huilen, moeder,' zei Paul, die zijn armen uitstrekte en haar tegen zich aan drukte. Dit gebaar deed Anna goed, hoewel ze het ook wel een beetje gênant vond. Tenslotte stonden ze nog altijd voor het huis, in het volle zicht van de taxichauffeur en eventuele voorbijgangers.

Zoiets was gewoon niet gepast, niet hier in het Zwabenland

tenminste. Dat was de jongen zeker vergeten in het verre Italië. Waarschijnlijk was dit ook een Italiaanse manier van begroeten. Geen wonder dat de vrouwen daar allemaal net zo lichtzinnig waren als die Sofia.

Anna pakte haar zakdoek, die in de zak van haar jas zat en Paul liet haar los uit zijn omarming. Hij betaalde de chauffeur en nam de tas aan die deze intussen uit de bagageruimte gehaald had.

'Mijn god, wat zit daarin?' vroeg Paul, en hij lachte toen hij de ouderwetse, leren tas waarin de glazen met peren heen en weer rammelden, de trap op droeg.

'Ingemaakte peren. Daar hou je toch zo van,' vertelde Anna hem.

Ingemaakte peren.

Het woord opende een luikje in Pauls hoofd. Hij rook weer de peren aan de boom naast de oude schuur, hij kon ze weer proeven, vers of ingemaakt, zwemmend in de suiker- en kaneelstroop die hij, wanneer Peter hem niet voor geweest was, direct uit de weckfles gedronken had. Wat hem elke keer weer een flink standje van zijn moeder opgeleverd had, gevold door haar beroemde uitspraak: 'We zijn hier niet bij de wilden!'

De ingemaakte peren stonden meer dan wat ook synoniem voor het onbezorgde deel van zijn jeugd, en plotseling voelde hij zich sentimenteel worden.

'Je woont hier niet verkeerd,' becommentarieerde Anna de salon, waar Paul haar naar binnen geloodst had. De ruimte stond vol kostbare, antieke meubels en boven de ovale tafel van gepolijst wortelhout hing een grote, meerarmige kroonluchter. Op de vloer lagen oriëntaalse tapijten, op sommige plekken zelfs over elkaar heen, zoals ze verbaasd vaststelde.

'Het is een dienstwoning,' legde Paul uit, 'en die meubels stonden er al.'

'De wereld gaat aan luxe ten onder,' zei Anna, die altijd geleerd had dat bescheidenheid de ware deugd in de ogen van de Heer was.

Paul lachte, maar het klonk een beetje beledigd. 'Het is niet te hopen dat de wereld al zo snel ten onder zal gaan.'

'Die van mij misschien wel,' zei Anna, die voorzichtig op een crèmegeel gestreepte stoel met wel heel dunne pootjes was gaan zitten.

Typisch moeder, dacht Paul, tegen wil en dank toch weer grijnzend. Meteen ter zake, zonder overbodige inleidingen.

Paul bekeek haar nu wat nauwkeuriger en ontdekte een aantal scherpe lijnen in haar gezicht die er voor zijn vertrek nog niet geweest waren. Ze liepen van haar neus naar haar kin en stonden als een krans van uitroeptekens op haar bovenlip. Ook boven de neus ontdekte hij een diepe gleuf die hij nog nooit eerder gezien had. Ik zou wel eens willen weten voor hoeveel van die rimpels ik verantwoordelijk ben, dacht hij plotseling vol berouw.

Ook de koperkleurige haren van zijn moeder hadden hun glans verloren en lagen nu mat op haar smalle hoofd.

'Wat is er aan de hand, mama?' vroeg hij, en de tedere klank van zijn stem waarvan hij zichzelf helemaal niet bewust was, bracht opnieuw de tranen in Anna's ogen.

'Ik zit in een vreselijke situatie,' bekende ze. En toen vertelde ze hem wat er allemaal gebeurd was. En dat ze niet meer wist hoe het nu verder moest.

'Lieve hemel,' mompelde Paul, toen ze uitgepraat was. Daarna zweeg hij een hele tijd en dacht na.

Hij had meer dan drie jaar in Italië doorgebracht en was de laatste anderhalf jaar te druk geweest om zich uitgebreid met de politiek bezig te houden, maar uiteraard had hij over de toenemende hardheid van de Duitse staat tegenover tegenstanders van het regime en joden gehoord en gelezen. Dat die laatsten geen hogescholen meer mochten bezoeken, niet meer als ambtenaren mochten werken, niet meer in bioscopen en zwembaden mochten komen. Er was gesproken over nog veel meer beperkingen en over de schijnbaar onverzadigbare hebzucht van dit ras, waarmee ze het Duitse volk hadden uitgezogen.

Het was dan ook geen wonder dat mensen als de familie Cohn hun bezittingen verkocht hadden en naar het buitenland vertrokken waren, om daar een bestaan buiten het bereik van de Nationaal-Socialistische staat op te bouwen. Maar dat Edmund Cohn vervolgens was teruggekomen om een zware diefstal in zijn voormalige villa te begaan, hield Paul voor uitgesloten. En dat de vijftienjarige David hem daarbij geholpen had beschouwde hij als absolute onzin. Deze zaak stonk, dat was wel duidelijk. Bovendien werd iemand niet doodgeschoten alleen omdat hij betrapt was bij een diefstal. En de bewering dat het tijdens de vlucht was gebeurd, was waarschijnlijk alleen als rechtvaardiging bedoeld.

Edmund Cohn was niet iemand geweest die op de vlucht sloeg. En hij had medelijden met de jongen die nu ook verdacht werd van bepaalde criminele activiteiten. Maar dat zijn moeder gelijk had met haar bewering, dat Hitler alle joden zou willen uitroeien, dat hield Paul voor ondenkbaar.

Waarschijnlijk had de Führer in zijn jonge jaren, waarin een mens nog niet helemaal in balans is, dingen gezegd die nu uit hun verband gerukt werden. In dit geval moest er dus wel sprake zijn van een persoonlijke vete tussen de plaatselijk groepsleider en diens voormalige chef, waarbij Gruber zijn partijvriendjes erbij betrokken had.

Hoe dan ook, bedacht Paul, zijn moeder zat er tot over haar oren in en moest geholpen worden. En hij wilde het risico wel nemen om bij de hulpactie te helpen. Want waarschijnlijk wachtte ook haar de gevangenis als de vluchteling ontdekt zou worden.

Zonder dat hij het wist, vertrok Pauls gezicht zich in allerlei grimassen.

Net als vroeger, dacht Anna en aan Pauls gezicht kon ze zien hoe gecompliceerd haar situatie was.

Plotseling stond Paul op, waarop zijn moeder hetzelfde deed. Hij nam haar opnieuw in zijn armen en drukte haar tegen zich aan. Hier, in de afzondering van de salon, kon ze er wel van genieten.

'Maakt u zich maar geen zorgen meer, mama. Ik zal wel wat verzinnen om David onopvallend terug naar zijn moeder in Wenen te krijgen!'

Anna kende haar zoon en wist dat hij dit niet zomaar zei om haar te troosten. Hij had waarschijnlijk een plan en haar zoon had zijn plannen nog altijd weten door te zetten.

'En trek nu uw jas weer aan, moeder,' zei hij toen. 'Ik neem u mee uit. Vergeet even alle zorgen en geniet!'

Ze aten in een restaurant dat zo deftig was dat Anna zich bleef verbazen.

Het tafellaken was van sneeuwwit damast dat zo gesteven was dat de hoeken kaarsrecht afstonden, in plaats van gewoon naar beneden te hangen. De servetten waren van hetzelfde materiaal en staken in zware, zilveren ringen. Midden op tafel stond een bloemenarrangement van roze lelies. Waar hebben ze lelies vandaan, in februari, vroeg Anna zich verwonderd af.

Het serviesgoed was van het fijnste porselein en had een gouden randje en de glazen waren van kristal en geslepen als diamanten.

Een man in rokkostuum bracht hen de soep met deegballetjes van het beste Ulmer meel. Ze hadden zo'n donkergele kleur, dat Anna vermoedde dat de kok wel een half ei per balletje gebruikt had en er bovendien nog saffraan aan toegevoegd moest hebben, wat allebei natuurlijk een vreselijke verspilling was.

Ze praatten over koetjes en kalfjes, totdat de ober het hoofdgerecht bracht en het grotere gezelschap dat ook in de eetzaal gezeten had, vertrokken was.

Daarna waren ze alleen en Paul vertelde zijn moeder hoe zijn leven er de afgelopen vijf jaar uitgezien had. Hij vertelde over zijn Italiaanse grootouders, over Roberto en Rosalia en hun kinderen, over Gina, Giulio en de twee 'G's', wat Anna bijzonder interesseerde. Ook beschreef hij zijn ontmoeting met Mussolini en zijn werkzaamheden als docent, waarbij hij het begrip 'universiteit' vermeed en zijn moeder in de waan liet, dat het om een positie als basisschoolleraar gegaan was, zoals hij oorspronkelijk immers ook gewild had.

'En wat betekent dat "proc." op je naambordje?' wilde Anna ten slotte weten.

'Dat ik procuratiehouder ben,' antwoordde Paul zo bescheiden mogelijk. 'Bij de firma Rapp hier in Stuttgart, die soepen, sauzen, toetjes en voedsel in blik maakt.'

'En hoe komt iemand van een school in Italië bij soepen in Duitsland terecht?'

Ook dat legde hij haar uit, geheel naar waarheid dit keer.

'En kun je dat werk aan?' vroeg Anna verbaasd. 'Hoe weet je je staande te houden binnen een vakgebied waarvan je helemaal niets weet?'

'Ik ben een kameleon,' antwoordde Paul tevreden, zelf verrast over deze treffende vergelijking.

'Wat is dat?' wilde zijn moeder weten, die dat woord nog nooit gehoord had.

'Dat is een dier dat telkens de kleur van zijn omgeving kan aannemen.'

'En waarom doet dat dier dat?'

'Om te overleven, mama. En precies dat probeer ik ook.'

Hij had haar natuurlijk kunnen vertellen dat het niet allemaal zo eenvoudig was als het klonk. Hij had kunnen vertellen over zijn korte nachten, waarin hij de verschillende producten van de firma Rapp bestudeerd had en zich beziggehouden had met recepten, met voedselwetten, met belastingvoorschriften, boeken over bedrijfskunde, marktanalyses, handels- en vertegenwoordigingsnetwerken, de regels met betrekking tot handel met het buitenland, leveringslogistiek en reclamemaatregelen, boekhoudings- en balansproblemen en nog veel meer. Hij had hard gewerkt, nog harder dan in Napels en hij had de waardering van meneer Rapp, die hij aanvankelijk nog zomaar gekregen had, terecht verdiend.

Toch had hij wel wat jaloezie veroorzaakt bij degenen die al voor hem bij het bedrijf gewerkt hadden. Zij hadden een hekel aan deze man, die geweldige nieuwe ideeën ontwikkelde en daarmee vervolgens ook nog eens succes had, vooral omdat hem dit allemaal gelukt was ondanks het feit dat hij buitenlander was – zij het uit het bevriende Italië.

Maar dit hield hij allemaal liever voor zich.

Ook sprak hij niet over Angela en zijn martelende, hopeloze liefde voor haar. Zijn moeder had al genoeg zorgen aan haar hoofd, hij wilde haar niet nog meer belasten.

'Vertel over Peter en Gustel, over hun kinderen en over Else.'

Vertel me alles uit Wisslingen, moeder,' vroeg hij in plaats daarvan.

Anna voldeed aan zijn verzoek en vertelde hem alles wat ze wist, behalve over haar vermoeden dat Else misschien iets met Moritz Gruber had. En ook dat Peter was toegetreden tot de Hitler-partij, verzweeg ze liever, evenals het feit dat haar oom zo ziek en nog slechts een schaduw van zichzelf was. Paul zou zich alleen maar zorgen maken – maar het zou niets aan de zaken veranderen.

Na het dessert, dat uit ijs met slagroom bestond – Anna had nog nooit zoiets heerlijks gegeten – waren moeder en zoon allebei weer helemaal op de hoogte, met uitzondering van die dingen die ze verborgen gehouden hadden.

Tijdens een afsluitend kopje koffie beloofden ze elkaar om te zwijgen over de wederzijdse openbaringen. Bovendien vroeg Paul aan Anna of ze zijn aanwezigheid in Stuttgart aan niemand wilde verraden, ook niet aan de familie.

Een reden hiervoor noemde hij niet. Maar dat die er moest zijn, was natuurlijk duidelijk.

'En wat die jongen betreft, die bij u... op bezoek... is, daar zal ik wat voor regelen. Het kan even duren, maar ik meld me wel. Daar kunt u op rekenen, mama.' Paul boog een beetje naar voren en sprak nu zachter, hoewel er niemand in de buurt was: 'En wees tot die tijd alstublieft zo voorzichtig mogelijk. Het zou ook beter zijn wanneer u niet meer belt en mij ook niet schrijft. Ik ben de komende tijd veel onderweg en ik vind het niet prettig wanneer mijn collega's zich met mijn privézaken bezighouden.'

Anna hoorde de waarschuwing in zijn stem en begreep hem volkomen. De situatie met Edmund Cohn had haar duidelijk gemaakt dat je tegenwoordig niet voorzichtig genoeg kon zijn. Tenslotte moest iemand Moritz Gruber en zijn SS-vrienden verteld hebben dat Cohn een bezoek aan Duitsland zou brengen, en Agath was dat zeker niet geweest.

'Ik zal u nog wat van Stuttgart laten zien, voorzover dat vanuit de auto mogelijk is,' zei Paul, toen ze het restaurant verlaten hadden. 'En na die kleine rondrit zal ik u dan naar huis brengen, moeder.'

'Naar Wisslingen?'

Paul moest lachen. 'Het is amper vijftig kilometer en de weg is tegenwoordig heel goed.'

Anna klom in de auto van haar zoon, die nog groter en mooier was dan de taxi, en bekeek vanaf haar comfortabele zitplaats de bezienswaardigheden van de hoofdstad. Kon mijn Stefan dit ook allemaal maar zien, dacht ze genietend, en ze zag ook het mooie huis weer voor zich waarin Paul blijkbaar helemaal alleen woonde.

Toen ze uiteindelijk in Wisslingen aankwamen, was het al donker. Paul sloeg vanaf de hoofdstraat de weg naar de school in, reed om het gebouw heen en stopte ten slotte in de schaduw van het schoolplein.

Het is echt een slimme vent, dacht Anna geamuseerd, want hier was op dit moment op een zondag natuurlijk geen mens die hen zou kunnen zien.

'Ik meld me weer,' verzekerde Paul haar voor de tweede keer, terwijl hij haar nu nog zwaardere tas uit de kofferbak tilde. Hij had hem namelijk, nadat Anna haar peren en de blikken worst uitgepakt had, helemaal opgevuld met allerlei nuttige producten van de firma Rapp.

Toen reikten ze elkaar de hand, maar het was geen zwaar afscheid. Dit keer zouden ze niet weer vele lange jaren verliezen, dat wisten ze allebei.

13

'*W*aar bent u geweest?' vroeg Else beschuldigend, nog voordat haar moeder de sleutel in het slot had kunnen steken.

Anna draaide zich om.

Haar dochter droeg een gebreide rok met bijpassend truitje en had alleen een wollen sjaal om haar schouders geslagen. Dit en haar snelle komst vanaf de achterkant van het huis maakten duidelijk dat Else haar moeder had zitten opwachten.

'En waar was jij?' kaatste Anna terug, die het onaangename gevoel dat haar langzaam bekroop probeerde te onderdrukken.

'Thuis,' antwoordde Else tot haar moeders verbazing.

'Ik dacht dat je vandaag naar Geislingen wilde, naar die districtsbijeenkomst?'

'Die ging niet door,' zei Else, die blijkbaar verwachtte dat haar moeder haar binnen zou vragen.

En het zou natuurlijk ook heel vreemd zijn als ze dit niet zou doen.

Anna deed een schietgebedje. Ze hoopte maar dat de jongen haar bevelen ter harte genomen had en zei: 'Kom snel binnen, Else, je wordt nog ziek als we hier langer buiten blijven staan!'

Meteen liep Else langs haar heen naar binnen. Als een vos die een spoor ruikt, stak ze haar neus in de lucht en liep vooruit naar de keuken.

Ze moet iets gehoord hebben, dacht Anna en probeerde niet in paniek te raken. Ze zette haar tas in de gang en volgde haar dochter.

Else stond midden in de keuken en keek om zich heen alsof ze er nog nooit eerder geweest was.

Anna besloot de koe bij de hoorns te vatten. 'Zoek je iets, Else?' vroeg ze.

Else was vastbesloten de zaak vandaag tot op de bodem uit te zoeken. 'Ik heb af en toe de indruk dat u hier niet alleen in huis bent. Is er misschien iets wat u mij moet vertellen, moeder?'

'Inderdaad, Else.'

'En dat is?'

'Dat ik de indruk heb dat jij probeert de zaken om te draaien. Jij bent degene die de laatste paar weken niet altijd alleen is, en dan vooral 's nachts niet.'

Hoewel het slechts een vaag vermoeden van Anna geweest was, dat ze zelf telkens weer als onmogelijk afgedaan had, liep Else nu helemaal rood aan.

'Dat gaat u helemaal niets aan, moeder,' zei ze boos.

'O nee?' vroeg Anna nu zelfgenoegzaam.

'Ik vind van niet!' blafte Else. 'Tenslotte verdien ik mijn eigen geld en over een jaar ben ik meerderjarig!'

'Je probeert van onderwerp te veranderen. Maar ik heb helemaal geen zin om het nu te hebben over de marter die deze winter hier in de kelder huist en daar mijn rubberen laarzen en de tuinslang aangevreten heeft, zolang ik me moet afvragen waarom jij al sinds zes weken geen maandverband meer hebt hoeven wassen en ophangen.'

Opnieuw werd Else rood en dit keer wist ze echt even niet meer wat ze moest zeggen.

'Dat heb ik boven opgehangen, naast de kachel,' beweerde ze vervolgens op dusdanige wijze dat het duidelijk was dat ze loog.

'Dan is het goed,' zei Anna, die probeerde rustig te blijven.

'En dan heb je de laatste tijd zeker ook af en toe iets gegeten wat bedorven was. Een aantal van jouw meisjes heeft thuis namelijk verteld dat jij tijdens de afgelopen twee kampeer-weekenden zo misselijk was dat je 's ochtends vroeg, nog voor het ontbijt, naar buiten gerend bent om over te geven!'

Nu werd Else krijtwit. Ze ging op de dichtstbijzijnde stoel zitten en was plotseling weer het geremde meisje vol complexen, dat ze vroeger geweest was.

'Ik geloof dat het echt zo is, moeder,' zei ze ten slotte zo zacht, dat Anna haar amper kon verstaan. 'Ik ben bang dat ik een kind krijg!'

Nu was het Anna's beurt om te gaan zitten. Ze had nog steeds gehoopt dat ze zich vergist had, maar deze bevestiging sloeg de grond onder haar voeten weg.

'Toch niet van die Gruber?' vroeg ze, hoewel ze het antwoord eigenlijk wel wist.

'Ja,' bekende Else.

In Anna's hoofd buitelden de gedachten over elkaar heen.

'Dat dit nu uitgerekend mij moet overkomen,' beklaagde Else zichzelf en haar lot.

Wie zich brandt, moet op de blaren zitten, dacht Anna, maar ze zei het niet. Ze zag de zorgen van haar dochter, die nu ook de hare waren en over zorgen had ze nog nooit grapjes gemaakt.

Misschien was het wel gewoon een verstoring van het maandelijkse ritme, zoals Else al wel vaker gehad had, hoopte ze.

'Bemoei je voortaan in elk geval liever met je eigen zaken,' zei Anna ten slotte vinniger dan ze eigenlijk bedoelde. 'Laat die marter nu maar aan mij over.'

14

*T*oen Paul Pasqualini op 10 maart 1938 's ochtends staande
de krant las met een kopje mokkakoffie in de hand, een
gewoonte die hij uit Italië had meegenomen, overviel hem een
gevoel van opluchting.

Al weken lang gonsde het in de gangen van firma Rapp van de
vermoedens en geruchten. Toespelingen van vertegenwoordigers
of handelaren die afweken van de officiële bekendmakingen op
de radio en in de kranten.

Een dag eerder had de Oostenrijkse bondskanselier Kurt
Schuschnigg in een toespraak voor partijbureaucraten van het
vaderlandse front in Innsbruck een referendum voor een onafhankelijk Oostenrijk aangekondigd voor 13 maart.

Hij had dus nog even tijd.

Zijn zorgvuldige planning zou niet voor niets geweest zijn en
hij zou de belofte aan zijn moeder kunnen nakomen.

Paul had namelijk voor zaterdag 12 maart, zoals beloofd,
'iets geregeld', om David Cohn de Duits-Oostenrijkse grens
over te brengen, naar zijn moeder en zus. In het kader hiervan was Paul, enkele dagen na Anna's bezoek, naar Wenen
afgereisd.

Daar had hij Daisy Cohn bezocht en haar verteld wat er allemaal aan de hand was.

Daisy was totaal van streek geweest. Ze begreep helemaal
niets meer van de wereld. Haar man en haar zoon, die een diefstal gepleegd zouden hebben? Nooit! Ze hadden genoeg geld,
ze hoefden niet te stelen.

'Hier moet Moritz Gruber achter zitten. Hij is altijd al jaloers
op onze familie geweest is,' vermoedde ze.

Paul, die dezelfde mening toegedaan was, had haar aange-raden om naar haar familie in Engeland te gaan, en wel zodra David weer thuis was.

'Ik twijfel er niet aan dat Oostenrijk op wat voor manier dan ook zal worden ingelijfd bij het Duitse Rijk. En ik vermoed dat dit niet al te lang meer gaat duren. Maar bij uw ouders in Engeland bent u veilig voor de nazi's, mevrouw Cohn.'

'Ik ben u en uw moeder zo dankbaar,' had Daisy Cohn ge-snikt. Telkens opnieuw had ze Pauls handen gedrukt en hem verzekerd: 'Nooit, nooit zal ik u en uw familie en wat u voor ons gedaan hebt vergeten.'

'Maar het is nog niet voorbij,' had Paul geprobeerd haar euforie te temperen, maar Daisy had verder niets meer willen horen: haar David leefde en het zou nog slechts enkele dagen duren voordat ze hem weer in haar armen zou kunnen sluiten.

'U moet mij in elk geval het adres van uw ouders in Engeland geven, voor het geval dat er toch nog iets tussenkomt,' had Paul haar gezegd.

Daisy had snel aan dit verzoek voldaan en geprobeerd om hem, samen met het adres, ook wat geld toe te stoppen, maar Paul had het niet aangenomen.

'Ik doe dit niet voor het geld,' had hij gezegd.

Op de terugweg had Paul nog even getwijfeld of hij zijn moe-der op de hoogte moest brengen, maar hij had het niet gedaan. Anna zou het huis niet voor langere tijd verlaten, niet in de hui-dige situatie.

Het was beter om onverwacht op te duiken en dan zo snel mogelijk weer met de jongen te verdwijnen.

15

'En dus... wil ik u vragen om de hand van uw dochter, mevrouw Pasqualini,' zei Moritz Gruber op beleefd formele toon. Hij boog er licht bij en maakte nog altijd geen aanstalten om te gaan zitten.

Anna moest toegeven dat de man in elk geval manieren had.

Naast hem stond Else, die moeite moest doen om niet al te vergenoegd te glimlachen. Alle complexen waren weer verdwenen, de positie van toekomstige echtgenote van de plaatselijke groepsleider had meer gedaan voor haar zelfbewustzijn dan wat ook. De nieuwe rol van bruid en haar zwangerschap zorgden er bovendien voor dat ze er aantrekkelijk en vrouwelijk uitzag.

Het was allemaal ontzettend meegevallen.

'Laat ze maar kletsen,' had Moritz Gruber met een verbazingwekkende nonchalance gezegd, hij had er zelfs om gegrinnikt. 'Een man mag trots zijn wanneer hij op mijn leeftijd nog een keer vader wordt en voor mij is het zelfs extra leuk omdat het voor het eerst is. Bovendien: jij bent vrijgezel, Else, en ik ben weduwnaar, dus wat houdt ons tegen om een gezinnetje te stichten?'

Een Duitse familie, had Else plechtig gedacht, en dat het ook de Führer was aan wie ze dit kind zou schenken, als nieuw lid van het trotse en glorierijke volk dat ze onder zijn leiding nu gauw zouden zijn.

'Het moet een jongetje worden,' had ze vurig gewenst, 'een jongen, die later ooit in dit hoopvolle Duitsland een belangrijke functie zal bekleden.'

Anna had ondertussen alle verschillende opties bekeken en

ingezien dat er geen alternatieven waren, in elk geval niet voor Else. Ze moest ermee zien te leven dat een van de veroorzakers en profiteurs van haar financiële debacle, de meest hardnekkige vervolger en bedrieger van haar huidige pleegzoon, nu haar schoonzoon zou worden.

'Het is, zoals het is,' zei ze dus, maar deed geen moeite om haar gebrek aan enthousiasme te verbergen.

Meteen daarna realiseerde ze zich dat dit dezelfde woorden waren die haar vader destijds naar aanleiding van haar eigen huwelijksaankondiging gebruikt had, zij het om een andere reden.

'Wanneer er een kind op komst is, zit er niets anders op,' voegde ze er dus nog aan toe en maakte een vaag handgebaar, waarop het bruidspaar eindelijk ging zitten.

'Ik weet niet of u wel beseft hoe lucratief mijn baan is en hoeveel invloed ik heb,' zei Moritz Gruber, die nu op zijn beurt geen enkele moeite deed om zijn spottende neerbuigendheid te verbergen. Hij was tenslotte de bedrijfsleider van de *Ostalbboten*, de groepsleider van Wisslingen en een gewaardeerd partijlid met uitstekende connecties. Bovendien kon hij binnenkort ook nog eens een aandeel van zijn vaders erfenis uit de Pfalz verwachten.

Die roodharige heks mocht blij zijn dat hij haar dochter niet met de baby liet zitten, dat hij een man was die niet wegliep voor zijn verantwoordelijkheden.

'We willen niet al te lang wachten met trouwen, moeder. En: in kleine kring.'

'Dat is denk ik ook beter, gezien de hele situatie,' kon Anna niet nalaten te zeggen.

'En natuurlijk alleen maar op het stadhuis,' bemoeide nu ook de bruidegom zich ermee. 'Ik ben uit de kerk gestapt!'

De roodharige vrouw deed haar mond open, zag toen de ogen van haar dochter die opnieuw begonnen te glanzen van angst, en slikte de opmerking die ze had willen maken in. Het is niet jouw leven, maar dat van je dochter, zei ze tegen zichzelf en vroeg in plaats daarvan naar de datum waarop de bruiloft zou moeten plaatsvinden.

'We hebben het huwelijk vanmiddag afgekondigd,' vertelde de bruidegom haar, terwijl Else haar aankeek alsof ze haar wilde hypnotiseren.

Ze hebben het dus eerst geregeld, en daarna pas gevraagd, schoot het door Anna's hoofd en ze verbaasde zich erover dat ze geen woede voelde, maar eerder juist een gevoel van kalmte en opluchting. Alsof met deze manier van handelen haar eigen verantwoordelijkheid voor dit huwelijk was weggenomen of in elk geval sterk verminderd.

'Uw oom, in zijn hoedanigheid van wettelijk voogd van mijn toekomstige vrouw, heeft de huwelijksafkondiging al onder-tekend, u hoeft zelf dus niet meer naar het stadhuis, mevrouw Pasqualini,' zei Moritz Gruber.

'Dan is het goed,' antwoordde Anna en ze glimlachte voor het eerst tijdens dit hele gesprek. Maar het was een grimmige glim-lach, omdat ze zich realiseerde hoe moeilijk deze toekomstige schoonzoon het haar oom moest hebben gemaakt om hem zover te krijgen dat hij – zonder overleg met haar – ondertekend had.

Die arme oom Eugen!

Waarschijnlijk was hij nu als de dood voor haar reactie hier-op. Maar hoe kon ze het die oude, verzwakte man kwalijk nemen dat hij zich had laten ompraten door zo'n praatjesmaker en partijbons als Gruber, ook al had die hem vast en zeker niets verteld van Elses zwangerschap.

'We trouwen op 26 maart, moeder. Na de bruiloft op het stadhuis is er een lunch in Zum Hirschen voor onszelf, de ge-tuigen en u, omdat Moritz' ouders immers al overleden zijn.'

Anna bedacht dat haar eigen bruiloft hiermee vergeleken een massabijeenkomst geweest was en haar familiegevoel sprak op.

'Maar je broers zul je toch hopelijk wel uitnodigen?'

'Hoe bedoelt u: mijn "broers"?' antwoordde Else koel. 'Peter mag wat mij betreft komen als hij daar belang aan hecht, maar wat Paul betreft, we weten niet eens waar die uithangt!'

'In elk geval zullen Elses broers geen getuigen zijn,' maakte Moritz Gruber duidelijk, om er vervolgens, enigszins opschep-perig aan toe te voegen: 'Dat doen twee SS-vrienden van mij.'

'Prima, heil Hitler dan maar!' zei Anna sarcastisch.

De groepsleider trok gepikeerd zijn wenkbrauwen op. 'Ik hou er niet van als iemand spot met de Duitse groet!'

Anna kreeg de kans niet meer om hierop te reageren, want op dat moment werd er driftig op het raam van de woonkamer geklopt. Anna's maag trok pijnlijk samen toen ze de uniformen herkende, die de mannen voor het raam droegen. Hadden ze nu toch de plek gevonden, waar ze David na het gesprek met haar dochter naartoe gebracht had?'

Else stond al bij het raam en opende het.

'Het ultimatum heeft ze op de knieën gedwongen, Moritz,' riep de voorste SS-officier opgewonden. 'Schuschnigg heeft om tien voor acht op de radio zijn aftreden aangekondigd. En...'

De man boog naar voren, zodat Moritz Gruber hem beter zou kunnen verstaan en zei: 'En ik weet uit betrouwbare bron dat wij morgen Oostenrijk zullen binnenvallen.'

Even was het volkomen stil.

Lieve god! Hoe moet dat nu met David, vroeg Anna zich af en het koude zweet brak haar uit bij de gedachte aan de consequenties van deze nieuwe politieke situatie. De jongen kon tenslotte niet voor altijd op de hooizolder in de schuur boven de ganzenstal blijven!

Voor de overige aanwezigen gold echter dat ze overspoeld werden door een gevoel dat enkel omschreven kon worden als ontroerd patriotisme.

Moritz Gruber hief zijn rechterarm en wachtte totdat iedereen het hem nadeed. Toen zei hij met geëmotioneerde stem: 'Heil Hitler!'

'Heil Hitler!' antwoordden Else en de twee SS-officieren, en Anna durfde te wedden dat geen van de vier het ook maar een heel klein beetje sarcastisch bedoelde.

16

$\mathcal{P}$aul Pasqualini hoorde de mededeling in het late nieuws, toen hij terugkwam van een vergadering met de levensmiddelenchemicus Otto Kolb, die hij begin 1937 had leren kennen.

Otto Kolb was al jaren voor deze ontmoeting begonnen met een experiment, waarbij reeds klaargemaakte goulash ontdaan werd van alle vocht. Hierdoor werden zowel volume als gewicht van het gerecht aanzienlijk gereduceerd, een eigenschap die transport van grote hoeveelheden vereenvoudigde en goedkoper maakte. Voor het bereiden van het gerecht hoefde nu enkel nog kokend water aan het vlees en de saus in poedervorm toegevoegd te worden, waardoor er een eetbare maaltijd ontstond, beweerde de uitvinder van deze ongebruikelijke manier van koken.

Aanvankelijk had Paul dit vreemde idee van de magere, slimme en enigszins links overkomende chemicus gewoon grappig gevonden. Maar anders dan het kleine aantal mensen met wie Otto Kolb al eerder over het op de markt brengen van zijn product had gesproken, had hij zich bereid verklaard om het experiment van begin tot eind te volgen, inclusief meerdere proefsessies.

'Het smaakt heerlijk,' had hij meteen na het proeven van de eerste, op deze manier klaargemaakte goulashmaaltijd moeten toegeven.

'Dat zei ik toch,' had de chemicus zelfverzekerd geantwoord.

Voorzichtig had Paul nog een paar weken gewacht of deze ongebruikelijke manier van koken geen nare bijwerkingen zou geven. Maar toen die uitgebleven waren, had hij de enorme mogelijkheden van Otto Kolbs ontdekking durven erkennen: gerechten met belangrijke, prestatieverhogende proteïnen, die maandenlang houdbaar waren. Daar zou zeker genoeg vraag naar zijn.

Paul schoof deze gedachten nu aan de kant en luisterde naar de extra nieuwsuitzending.

Nu Schuschnigg was afgetreden, zou Duitsland Oostenrijk snel binnen gaan vallen, mogelijk zelfs de komende nacht al, berichtte de nieuwslezer.

Zijn plan om David Cohn de volgende dag naar Oostenrijk te brengen was hiermee dus onuitvoerbaar geworden.

Hij herinnerde zich Daisy Cohns vreselijke angst en wist zeker dat zij Wenen nu zo snel mogelijk zou verlaten.

Wat er dus met David moest gebeuren, was voorlopig onduidelijk. De goed voorbereide rit naar Oostenrijk zou, wanneer de situatie niet zo onverwacht snel veranderd was, met relatief weinig risico uitvoerbaar geweest zijn.

Maar een vlucht naar een ander land vormde een heel wat groter probleem.

Ik moet er nog een keer goed over nadenken, zei Paul tegen zichzelf, terwijl hij zijn kleren uittrok en naar de badkamer liep. En ik moet contact opnemen met de grootouders in Engeland.

In de spiegel keek hij lang naar zijn vermoeide gezicht.

Hij zag het intense verlangen in zijn ogen dat maar niet wilde verdwijnen, en kreunde luid.

Angela.

Hij had haar al meer dan tweeëntwintig maanden niet meer gezien en zag, na zijn vergeefse reis naar Napels, ook geen kans om hier verandering in te brengen. Waarbij hij zich sowieso moest afvragen of een eventueel weerzien veel zou kunnen veranderen.

Paul perste zijn lippen op elkaar en beet daarbij zo hard met zijn tanden op zijn onderlip dat die begon te bloeden.

Snel spuugde hij het bloed in de wastafel, waardoor hij plotseling weer moest denken aan de bloedrode jurk van Angela op het feest van de contessa Vibaldi.

Hij pakte het tandenpoetsglas en smeet het, in een plotselinge opwelling van woede, op de zwart-wit betegelde vloer van de badkamer kapot.

Daarna haalde hij stoffer en blik en veegde de glasscherven, die nu overal lagen, bij elkaar.

Hij was zijn hele leven lang nog nooit zo rijk en vooraanstaand geweest – en ook nog nooit zo ongelukkig.

17

De tweede poging om David Cohn het land uit te krijgen was een spontane actie geweest, waarbij snel en doortastend handelen noodzakelijk geweest was.

De hoofdofficier, met wie Paul de afgelopen drie dagen over leveringen van conserven van Rapp aan het leger onderhandeld had, bleek niet alleen een liefhebber van alcoholische dranken, maar ook een hobbyhistoricus te zijn.

En dus besloot Paul op 16 maart een 'nachtdienst' op kantoor te draaien, waarna hij zijn klant de volgende ochtend een aanlokkelijk voorstel deed: 'Ter afsluiting van onze aangename besprekingen zou ik u een interessante historische excursie kunnen aanbieden, luitenant-generaal. In combinatie met het beste wat Zwaben op culinair gebied te bieden heeft,' stelde Paul voor. Hij wist dat de man pas de volgende dag weer terug moest.

'Met alle plezier,' antwoordde die dan ook verheugd.

En zo herhaalde Paul de truc, die destijds zijn entree in het imperium van Rapp mogelijk gemaakt had. Op 17 maart reed hij samen met de hoofdofficier naar de Hohenstaufen, waarbij hij zich deze keer de historische feiten kon besparen: de man was uitstekend op de hoogte.

Zijn oude schoolvriend Baste Gabler had Paul echter ook deze keer ingelicht: 'Geef hem goed te eten, Baste, maar ook weer niet te veel. Prijs de Zwabische rozenbottelwijn aan als locale specialiteit. En zorg dat hij behoorlijk wat drinkt, Baste. Je weet wat ik bedoel. Hij moet echt stomdronken worden!'

Baste had begrijpend geknikt, maar was niet direct overtuigd geweest.

'Maar Paul, hij is wel een hele hoge pief in het leger!' had hij geprotesteerd. 'Kijk naar die kabels op zijn schouders en die zilveren ster. Als hij er wat aan overhoudt, ben ik de pineut!'

'Die houdt er echt niets aan over, daarvoor drinkt hij te vaak. Iemand als hij zal echt niet over een kater klagen, hij weet niet beter!'

Dit argument overtuigde hem meteen. En Baste besloot de man gewoon meerdere keren en luid genoeg te waarschuwen voor de nadelige gevolgen van rozenbottelwijn, wanneer je er te veel van dronk. Voor eventuele getuigen, welteverstaan.

En dus gebeurde er precies waar Paul al op gehoopt had.

Dronk de luitenant-generaal aanvankelijk de wijn nog uit interesse, zodra die hem leek te smaken, wat natuurlijk te verwachten geweest was, dronk hij ervan zoals andere mensen water drinken. Wat hij niet kon weten en wat de smaak van de drank zo heerlijk intens maakte, was dat Baste elke keer de helft van zijn glas met jenever vulde.

Al na het tweede glas dat de gast leeggedronken had, begon Pauls vriend Baste met zijn handen te wringen en maande hij de man rustig aan te doen, maar de hoge militair lachte slechts en antwoordde dat een gezonde man ook een gezonde dorst mocht hebben.

De door Paul gewenste toestand trad in tussen het vierde en vijfde glas, waarna hij snel betaalde. Hij begeleidde de wankelende en lallende hoofdofficier naar zijn auto, waar die al snel en luid snurkend in slaap viel.

Tegen halfnegen 's avonds arriveerde Paul in Wisslingen. Hij parkeerde de auto met de slapende officier naast de perenboom en moest even aan Konstanze denken, die de afgelopen herfst overleden was. Toen viel zijn blik op het oude huis, dat nu een onderdeel van de bouwfirma van zijn broer geworden was. De tijden veranderen, dacht hij met een vleugje weemoed, terwijl hij het korte stukje liep. Voorzichtig opende hij de niet afgesloten deur van zijn ouderlijk huis en stuitte op een schot, dat de rest van de benedenverdieping afscheidde. In het halfdonkere, kleine gangetje zag hij een wit bord, waarop te lezen stond: KLEERMAKERIJ E. PASQUALINI. Een zwarte pijl wees naar boven.

Even wist Paul niet wat hij moest doen, maar toen herinnerde hij zich weer wat zijn moeder verteld had over haar conflict met Else. Hij draaide zich om en verdween, zo stilletjes mogelijk, weer naar buiten.

Hij kende het huis goed genoeg om te begrijpen waar hij nu heen moest.

Hij liep om het gebouw heen en jawel hoor: aan de Bachstraße bevond zich een tweede ingang.

Dat had ze me toch wel even mogen vertellen, dacht hij geergerd en keek nerveus om zich heen, voordat hij aan de bel trok. De nieuwe deur had namelijk een ronde knop in plaats van een klink.

Achter de deur bewoog niets.

Pauls vertrouwen tot dan toe, dat zijn moeder op dit tijdstip 's avonds thuis zou zijn, aangezien ze een alom gezochte 'crimineel' in huis verstopte, verdween net zo plotseling als de sneeuw de afgelopen dagen.

Hij wilde zijn plan al als mislukt bestempelen, toen er opeens licht door het glazen gedeelte van de deur heen viel. De voorzichtige voetstappen van Anna werden gedempt door de sisal vloerbedekking, waardoor Paul bijna schrok toen de deur plotseling openging en zijn moeder voor hem stond.

'Eindelijk!' zei ze en trok hem naar binnen.

Ze wisten allebei dat te veel praten gevaarlijk kon zijn.

'Waar is hij?'

'In de schuur, boven de ganzen!'

Onwillekeurig moest Paul grijnzen. Wat slim van Anna! De ganzenstal was waarschijnlijk de enige plek in de hele buurt waar Else nooit vrijwillig naar binnen zou gaan. Hoewel het daar tijdens de ijskoude winterweken beslist niet aangenaam geweest kon zijn voor de jongen.

Zijn moeder leek zijn gedachten te raden, want terwijl ze een dik vest aantrok zei ze: 'Tot aan de dag dat ik bij jou in Stuttgart was, zat hij hier in huis. Maar Else...'

Ze zuchtte en maakte de zin niet af.

Maar Paul begreep haar toch wel.

Zijn zusje was altijd al nieuwsgierig geweest en geheimen bewaren kon ze niet.

Ze moesten dus voorzichtig zijn.

'Ik ga eerst,' zei hij. Anna knikte en zei, voordat hij de kans kreeg om ernaar te vragen: 'Hij heeft daar alles wat ik hem mee kon geven.'

Paul verliet rustig het huis, stak zijn handen in de zakken van zijn jas en liep op zijn gemak, als een man die net iets onbelangrijks afgehandeld heeft. De wijde jas en zijn hoed maakten dat zijn silhouet dat van elke willekeurige man had kunnen zijn. Toch hoopte hij van harte dat zijn zus niet thuis was en toevallig net uit het raam keek.

Voor de schuur was het pikdonker.

Paul bleef zo ver mogelijk van de ganzenstal verwijderd. Hij wist maar al te goed dat die dieren beter waren dan welke waakhond ook. Hun gehoor was sterk ontwikkeld en ze wisten voetstappen en stemmen van bekende personen haarfijn te onderscheiden van die van vreemden. Ganzen konden weliswaar vijfentwintig jaar oud worden, het waren ook slachtdieren. Paul had geen idee of zijn moeder sommige ervan zo lang in leven gehouden had dat ze hem nog zouden herkennen, en hij durfde het er niet op te wagen. Zelfs het gesnater van een paar van deze dieren maakte al behoorlijk wat lawaai – en dat was nu wel het laatste wat hij kon gebruiken.

Als een schaduw sloop Anna langs hem heen. Ze opende het hangslot en betrad de schuur, waarbij ze zachtjes floot.

'Luister nu eens goed,' zei ze half fluisterend tegen de ganzen, van wie ze de aanwezigheid in het donker slechts kon vermoeden. 'Jullie houden je mond, begrepen? Het is Paul maar, die David komt ophalen.'

Daarna liep ze langs de bakstenen muur en deed toen die eindigde, drie stappen in het niets, totdat ze de balken kon voelen waarin klimrichels gekerfd waren.

Alleen zo kon je op de hooizolder komen. De jongen lag precies onder de kruisvormige opening in de buitenmuur, die als ventilatiegat fungeerde.

Anna schudde hem zacht heen en weer.

'Het is zover, David. Paul staat beneden en zal je wegbrengen.'

David was zo slim om niets te zeggen. Wekenlang had hij op

dit moment gewacht. Hij pakte zijn rugzak, die Anna voor hem ingepakt had en kroop op handen en voeten naar de rand van de ruim vijf meter hoge hooizolder.

De naaister schoof langs hem heen en fluisterde: 'Laat mij maar eerst, ik weet de weg!'

Anna ging op haar buik liggen en schoof net zo lang naar achteren en beneden tot haar voeten de eerste richel voelden. Eerst hield ze zich nog vast aan de rand van de hooizolder, maar algauw vond ze de bovenste van de handgrepen.

Voorzichtig klom ze de eerste twee richels van de geïmproviseerde ladder naar beneden, waarna ze de jongen fluisterend vertelde wat hij moest doen.

'Ik heb het,' meldde David zich uiteindelijk, toen hij met zijn voeten en handen houvast gevonden had.

'Dan nu naar beneden, maar langzaam. Voet voor voet,' beval Anna.

Maar het kostte David geen enkele moeite. Hij had overdag al vaker op zijn buik gelegen om te kijken hoe je naar beneden kon komen.

Halverwege begon Anna opnieuw tegen de ganzen te praten en met succes.

Ze hoorden de dieren weliswaar scharrelen, maar geen ervan begon te snateren of te gillen.

Voordat ze de schuur verlieten, hield Anna de jongen nog even tegen. Ze trok haar warme vest uit en stopte vervolgens een arm van de jongen in de mouw van het dikke schapenwollen kledingstuk. David begreep wat ze wilde en trok het vest helemaal over zich heen. Daarna sloeg hij zijn armen om de vrouw die zijn leven gered had en drukte een enigszins stoppelige wang tegen die van haar.

'Bedankt voor alles,' fluisterde hij en hij probeerde vergeefs zijn tranen te bedwingen. Anna drukte hem stevig tegen haar vlakke boezem en zei: 'Succes, jongen! Ik zal aan je denken.'

Toen duwde ze hem naar buiten en trok de deur achter hem dicht. Maar in plaats van het hangslot weer vast te maken, gebruikte ze nu de houten grendel. Dat was sneller en haar ganzen zouden echt niet toevallig net vannacht gestolen worden.

Ze liep langs de schuur heen naar Paul, die op de hoek op hen had staan wachten.

'Hup, naar binnen,' fluisterde hij tegen David, terwijl hij het achterportier van de auto opende.

Op dat moment zag David de geüniformeerde man op de passagiersstoel.

Verstard van schrik bleef hij staan. Was dit soms weer een val?

Paul was hem voor en schudde zijn hoofd.

'Dit is je ticket om weg te komen, jongen,' fluisterde hij en hij wees op de vloer bij de achterbank: 'Ga op de grond liggen!'

David begreep het en positioneerde zich zo goed en kwaad als het ging op de grond.

Paul trok zijn wijde jas uit en legde die over de jongen heen. Daarna haalde hij uit de kofferbak een paar kartonnen dozen, die hij zo op de achterbank neerlegde dat de jongen echt bijna niet meer te zien was.

Toen hij de klep van de kofferbak weer dichtklapte, werd de hoofdofficier even wakker. Maar meteen draaide hij zich naar de andere kant en zonk terug in zijn dronken coma.

'Dag, moeder. Ik meld me binnenkort wel weer,' fluisterde Paul.

'God zij met jullie,' mompelde Anna en keek hen na totdat ze de weg op bogen en richting de dorpsstraat verdwenen.

In rustig tempo reed Paul Pasqualini door zijn geboortedorp. Kort voordat ze de doorgaande weg bereikten, stapte een man in het uniform van de technische hulpdiensten in het licht van de koplampen. Hij hield een rood bord omhoog.

Paul remde af en stopte.

De geüniformeerde man liep naar de kant van de chauffeur, terwijl Paul het raampje naar beneden draaide.

Paul wierp een blik op de nog jonge man maar kende hem niet. Dit keer geloofde hij niet meer zo in een toevallige controle en hij was blij dat hij zo voorzichtig geweest was.

'Papieren alstublieft,' vroeg de man met het rode stopteken om meteen daarna, bij het zien van de slapende luitenant-generaal, zijn eis weer in te trekken en zich te verontschuldigen.

'Een goede reis verder, heren,' wenste hij braaf. Vervolgens pakte hij het bord over in zijn linkerhand om de snurkende hoofdofficier met de Duitse groet zijn verering te tonen. Zo bleef hij staan, totdat Paul hem niet meer kon zien in de achteruitkijkspiegel.

Niet te geloven hoe volhardend die Gruber is, dacht Paul. En hij bedacht dat die groots opgezette, langdurige opsporingsactie toch wel te maken moest hebben met de koppigheid en ijdelheid van de man. Waarschijnlijk wilde hij, koste wat kost, aan zijn meerderen bewijzen dat in zijn regio geen jood kon ontkomen.

In vlot tempo reed Paul tot voor het hotel Zeppelin, waar zijn geüniformeerde gast logeerde.

'Jij blijft hier en verroert je niet!' beval hij David, voordat hij de hoofdofficier wakker maakte. De portier moest eraan te pas komen om de dronken luitenant-generaal van de auto naar de lift en van daaruit naar zijn hotelbed te slepen.

Uit voorzorg opende Paul nog de knopen van zijn strak zittende uniformjas.

'Die hoge pieten zien er in dronken toestand ook niet veel beter uit dan de gewone mensen,' vond de portier, toen ze samen weer in de lift naar beneden stonden.

'Zo is het maar net,' antwoordde Paul. Hij gaf de man een flinke fooi en liep toen terug naar de Daimler, die hij voor de ingang geparkeerd had.

'We zijn er bijna, David, maar tot dan moet je nog even blijven liggen,' legde hij de jongen uit.

Na een kwartiertje bereikten ze de poort van de firma Rapp.

De nachtportier verliet gehaast zijn hokje om persoonlijk voor de procurator open te doen.

'U hoeft niet af te sluiten, ik kom direct weer terug,' zei Paul tegen de man.

Hij reed om het fabrieksgebouw heen en stopte voor een van de grote loodsen. Daar stapte hij uit en bevrijdde ook David uit zijn benarde positie.

Stijf klauterde de jongen uit de wagen en volgde Paul, die

met grote stappen op de hal af liep en daar een zijdeur opende. Hier stonden meerdere vrachtwagens te wachten die de producten van de firma Rapp naar de Duitse groothandels en naar de buurlanden moesten brengen. Bij de auto, die hij persoonlijk tijdens zijn 'nachtdienst' geprepareerd had, bleef Paul staan.

Hij overhandigde de jongen een horloge, een aktentas en een scherp mes en vertelde hem wat hij moest doen: 'Je stapt via de chauffeurscabine in en drukt aan de linkerkant, links, vergis je niet, de achterwand opzij die ik daar losgeschroefd heb. Door de spleet die zo ontstaat kruip je in de laadruimte, waarna je de zware dozen die nu nog achterin staan naar voren, tegen de scheidingswand aan schuift, zodat het er vanuit de cabine weer normaal uitziet en de chauffeur niets in de gaten krijgt. Je stapelt de dozen op elkaar, tot aan het zeil; ook aan de zijkanten. Daarna heb je als het goed is nog precies genoeg plek over om in te staan. De vrachtwagen moet twee keer langs de douane, aan de Duitse en aan de Zwitserse kant. Aan de Duitse kant zullen ze de laadruimte verzegelen, maar dat maakt voor jou niets uit. Inclusief alle wachttijd heeft de auto, vanaf nu gerekend, maximaal zestien uur nodig, totdat hij over de grens is. Blijf zolang in het midden van de laadruimte en probeer vooral niet aan de touwen te frunniken of naar buiten te kijken. Begrepen?'

'Begrepen,' zei David schor, die moest denken aan zijn door astma veroorzaakte claustrofobie. En of, ondanks de kunstjes van Agath, die nare benauwdheid niet toch weer terug zou komen, hoewel er nog maar een paar maanden voorbij waren sinds de laatste behandeling.

'Je hebt geen keus, knul, een andere mogelijkheid is er niet als je Duitsland uit wilt,' sprak Paul de jongen moed in, want hij zag dat David bang was.

'Het lukt me wel,' zei de jongen en zijn stem klonk koppig.

Paul glimlachte en knikte David opbeurend toe.

'Ik weet zeker dat het je lukt. En vergeet alsjeblieft niet: ook ik ben hierbij betrokken, mocht je je onverstandig gedragen en gesnapt worden.'

'En wat doe ik zodra die zestien uur voorbij zijn?'

'Je wacht totdat de chauffeur ergens stopt om wat te eten. Dan pak je het mes en snijdt de touwen, waarmee het zeil vastgemaakt is, door. Die zijn taai, maar het gaat. Daarna klim je naar buiten en kijkt in de aktentas. Daarin zit geld en het adres van een man in Zwitserland, die je naar Engeland, naar je opa en oma zal brengen.'

'En wanneer de chauffeur niet stopt onderweg?'

'Dan zeg je tegen de mensen die de wagen lossen, dat je je in Stuttgart in de vrachtwagen verstopt hebt. Dat zal ook geen ramp zijn, maar de andere variant is beter, voor jou en voor mij!'

Paul opende de deur van de vrachtwagen en David klom op de stoel. Hij schoof helemaal door naar links, ging staan en begon tegen de achterwand van de cabine aan te drukken.

Paul wachtte nog even totdat de jongen zich door de kier gewurmd had, sloot toen de deur af en verliet het gebouw.

Een dikke zestien uur nadat de vrachtwagen vertrokken was en de chauffeur een langere pauze nam, sneed David Cohn de touwen van het afdekzeil door. Hij koos een plek die ver van de chauffeurscabine af lag, wrong zich door het gat, bungelde kort met zijn benen in de lucht en liet zich toen naar beneden glijden, waar hij al snel op de grond terechtkwam.

Achter hem bevond zich een klein bosje, waar hij naartoe strompelde zonder door de chauffeur gezien te worden.

Toen die weer verder gereden was, zonder de beschadiging aan zijn afdekzeil opgemerkt te hebben, liep David naar het dichtstbijzijnde dorpje, een gehucht met de naam Weinfelden.

Daar begaf hij zich naar een herberg, bestelde wat te eten en drinken en genoot van deze eerste maaltijd in vrijheid.

Nadat hij de rekening betaald had, vroeg hij de weg naar het postkantoor om te kunnen telefoneren met de man die hem naar zijn grootouders zou brengen.

Terwijl hij wachtte totdat de man arriveerde – hij had gezegd dat hij er ongeveer twee uur over zou doen – bedacht David hoe verbazend goed hij zijn zware ziekte en alle drie de stadia van zijn gevangenschap doorstaan had: het kleine kamertje in de woning van de naaister, dat hij nooit had mogen verlaten, de hooizolder boven de ganzenstal en ten slotte de benauwde ruimte in de laadbak van de vrachtwagen.

Hij voelde zo'n grote, niet te bevatten opluchting, dat hij in een onbedaarlijk snikken uitbarstte dat niet meer wilde stoppen.

Pas toen een vriendelijke vrouw hem in een bijna onverstaanbaar dialect vroeg of hij misschien een zakdoek nodig had, kwam hij weer een beetje tot zichzelf.

Dankbaar nam hij de zakdoek aan en droeg die, zonder hem ooit nog een keer te wassen, de volgende drieënzestig jaar van zijn leven met zich mee. Hij bezwoer zichzelf dat dit aandenken ervoor zou zorgen dat hij dit nooit zou vergeten.

18

Op een wisselvallige dag in april van het jaar 1938 had Paul Pasqualini een afspraak met de levensmiddelchemicus Otto Kolb in diens woonplaats Blaubeuren, om de laatste puntjes op de i te zetten.

Op aandringen van Paul was de formule van Kolb in het laboratorium van de firma Rapp onderzocht en verder uitgewerkt. Het zou nu niet lang meer duren voordat het product op de markt gebracht kon worden.

'Maar ik deel toch ook mee in de omzet?' vroeg de uitvinder bezorgd.

'Uiteraard. En wel volgens het percentage dat in het contract staat,' stelde Paul de wantrouwende man gerust. 'En experimenteert u vooral door met groentemaaltijden, meneer Kolb. Ook daarin zijn wij zeer geïnteresseerd.'

De aprilzon, in combinatie met een korte regenbui, toverde een prachtige regenboog aan de hemel. Paul besloot om dit als een goed voorteken voor dit project te zien.

Omdat hij de volgende dag nog een afspraak had met een grootafnemer in Ulm, reed hij niet terug naar Stuttgart, maar overnachtte hij in deze domstad aan de Donau.

Hij zat net in gasthof 'Drei goldene Kannen' te genieten van een avondmaaltijd, toen hij een man zag die hij als jongen eens tijdens een kerkconcert in de stad had leren kennen. Na dat concert hadden ze toen ruzie gekregen.

De man had hem ook herkend en kwam met zijn wijnglas in de hand naar Pauls tafeltje bij de haard gelopen.

'Paul Pasqualini. De eerste violist!' zei de man geamuseerd, en ook Paul wist het nog precies.

'Rolf Springler. De trompetsolist!'

'Wat doe jij hier in Ulm?' vroeg Rolf Springler.

Paul vertelde hem over zijn aanstelling bij de firma Rapp en, na een tweede glas wijn, ook over de uitvinding van Kolb.

'Moet je je voorstellen wat je daarmee allemaal kunt doen!' zei Paul.

'Heel interessant,' antwoordde Springler, die opeens weer helemaal nuchter leek.

Het bleek dat Springler de muziek kort na hun ontmoeting van destijds vaarwel gezegd had en economie was gaan studeren.

Intussen werkte hij als adviseur voor de leider van het NS-departement voor agrarische politiek, Richard Walter Darré.

'Paul, ik kan je met mensen in contact brengen, die zich heel serieus voor deze zaak interesseren,' verkondigde hij, en Paul besloot dat deze avond niet beter had kunnen verlopen.

Nog geen twee weken later volgde een ontmoeting met Richard Springlers mensen. En nog een week later ontving de firma Rapp een brief, waarin medegedeeld werd dat het 'experiment Kolb' nu een geheime zaak van het rijk geworden was. De afzet op de gewone markt van de hiervan afgeleide producten werd door de staat verboden. Het rijksministerie voor Voeding wilde echter wel graag een middelgrote, en voor de militaire bevoorradingspunten een grote voorraad van deze gedroogde producten bestellen en ze zouden dat ook in de toekomst graag blijven doen.

Paul had hierover gemengde gevoelens. Het was nu niet bepaald zijn bedoeling geweest om met de uitvinding van Kolb bij te dragen aan het vergemakkelijken van de voedselvoorziening van het leger of andere militaire instellingen.

De kwestie rondom deze uitvinding van Otto Kolb ontwikkelde zich vervolgens zoals dat ook bij de tovenaarsleerling gebeurd was. Hij had, in al zijn naïviteit, de kurk uit de fles getrokken en de geest eruit gelaten. De fles behoorde nu niet langer aan de firma Rapp en de acties van de ontsnapte, zich telkens vermeerderende geesten waren amper nog te beïnvloeden.

Paul had zijn bezwaren aan de eigenaar van de firma voorgelegd maar die bleek ouder, realistischer en patriottistischer dan zijn lievelingsprocurateur te zijn.

'Bemoei je daar maar niet mee, Paolo!' had hij gezegd.

'Wij gaan ons echt niet verzetten tegen zulke grote opdrachten! Jij bent een buitenlander dus jij snapt dat misschien niet, maar het leger dient ons vaderland en zal het in nood verdedigen, wat een eervolle taak is. Wanneer wij zouden weigeren, te leveren, zou niemand daar begrip voor hebben en zouden jij en ik behoorlijk in de problemen komen. Dus kijk nu maar niet zo moeilijk! De zaak die jij je hier op de hals gehaald hebt, zal voor omzetten en winsten gaan zorgen waarvan ik tot nu toe alleen maar heb kunnen dromen.'

'Maar waarom dat leveringsverbod? Waarom zouden we die producten van Kolb niet ook mogen verkopen aan de civiele bevolking?'

'Wanneer deze producten vrij te koop zouden zijn, dan zou ook een eventuele vijand ervan kunnen profiteren,' had meneer Rapp geantwoord. En Paul moest toegeven dat dit aannemelijk klonk – wanneer je de zaak vanuit een militair oogpunt bekeek.

Nou ja, dacht hij, terwijl hij probeerde om zijn ergernis te onderdrukken. Soldaten moeten toch eten. En wanneer wij daar niet voor zorgen, dan doen anderen het wel.

Misschien had zijn baas wel gelijk met zijn argumenten: het verdedigen van het vaderland was een eervolle taak en dus was het leveren van voedsel aan de troepen dat ook.

Toch lukte het Paul niet om dat kleine stemmetje in zijn hoofd het zwijgen op te leggen dat telkens weer opmerkte dat hij, Paul Pasqualini, hiermee iemand geworden was die *goed wil maar slecht doet…*

19

$\mathcal{B}$egin mei 1938 moest Paul weer eens voor zaken naar Rome. Het contact was tot stand gekomen via de heren die hij destijds in het restaurant van zijn schoolvriend Sebastian zo enthousiast had weten te maken voor de producten van de firma Rapp.

Dit keer ging het om een grote levering van soepkruiden in korrelvorm.

Tijdens pasta, vis, kip en een heerlijke *zabaione*, weggespoeld met veel goede wijn, werden ze het sneller eens dan Paul gedacht had.

De volgende ochtend, het was een donderdag, vertrok Paul naar het hoofdstation, waar hij een retourticket eerste klasse naar Napels kocht. Hij zocht een goed hotel en ging vervolgens de stad in.

In de Galleria Umberto I kocht hij een paar elegante bruine schoenen die goed bij zijn nieuwe zomerkostuum pasten. Later die dag wachtte hij aan het einde van een straat, die naar de begraafplaats Santo Michele leidde, op een van de jonge dienstmeisjes van de familie Orlandi.

'Ik kan u niets nieuws vertellen, signore,' zei die spijtig. 'Signora Angela is nooit meer langsgekomen en zelfs haar naam mag niet meer genoemd worden.'

Paul bedankte het meisje en liep gedeprimeerd terug naar zijn hotel.

Al tijdens een eerder bezoek aan Napels, enkele weken na het bereiken van de meerderjarige leeftijd van zijn geliefde, had hij het jonge meisje voor het eerst opgewacht en uitgevraagd. De informatie die Paul zo graag wilde hebben, was na het toesteken van enkele geldbiljetten bereidwillig verstrekt: Angela was weliswaar kort na haar eenentwintigste verjaardag even thuis geweest, maar had de villa al heel snel weer verlaten. De vrouw des huizes had enkele weken daarna het personeel bij-een geroepen en medegedeeld dat de signorina zonder haar toestemming getrouwd was en nu in het noorden van het land woonde. Ze had iedereen opgedragen hierover te zwijgen, om een schandaal te vermijden.

Was dit nu een list van Sofia of was het daadwerkelijk denk-baar dat Angela hem vergeten was en met iemand anders ge-trouwd was, had Paul zich afgevraagd. Zijn hart had hevig ont-kend maar zijn koele verstand had hem er fijntjes op gewezen dat er inmiddels twee jaar voorbijgegaan waren sinds ze elkaar voor het laatst gezien hadden. In twee jaar tijd kon er veel ver-anderen – wat zijn eigen leven nog maar eens liet zien.

Wat zocht hij dus nog hier in Napels, dacht Paul, terwijl hij naar de halve maan keek, die boven zee aan de heldere voor-jaarshemel stond. De persoon van wie hij hield was hier niet meer, dat stond vast en alles wat hem aan haar herinnerde maak-te de pijn die sluimerde, maar nooit helemaal verdwenen was, alleen maar erger. Hij besloot niet meer verder te zoeken.

De volgende ochtend, hij had net een wandeling naar het Castel Sant'Elmo achter de rug, herinnerde hij zich dat zijn oma Pasqualini destijds gezegd had dat ze elke vrijdag rond het middaguur aan het einde van de markt in de buurt van de fontein zou staan.

En vandaag was het vrijdag.

Tegen de middag slenterde hij over de weekmarkt en bekeek de bonte mix van fruit en groenten uit deze landstreek. Aan het eind van de markt kwam de fontein in zicht.

Pas op het tweede gezicht herkende Paul zijn grootmoeder. Ze was magerder geworden en droeg een gebloemde hoofddoek tegen de hete middagzon. Op een tafel in de schaduw van een gestreepte parasol had ze haar waren uitgestald: eieren, tuin-kruiden en grote, bijna doorzichtig lijkende, lichtgele pruimen.

Ze bediende net een klant voor wie ze eieren in een papieren tas uittelde, toen Paul bij de tafel kwam staan en met een plagend glimlachje zei: 'Buon giorno, signora Pasqualini!'

De oude vrouw hief haar hoofd op en haar gerimpelde gezicht begon te stralen.

'Paolo! Mijn god, wat een verrassing!'

Ze liet de eieren en de klant voor wat ze waren en liep om de tafel heen, waarna ze als een jong meisje op Paul afvloog.

Paul pakte de oude vrouw om haar middel en tilde haar op, waarop zij hem over zijn hele gezicht kuste.

Toen ze eindelijk klaar was, herinnerde ze zich weer haar wachtende klant en zei, nog helemaal euforisch door dit weerzien: 'Dit is mijn Duitse kleinzoon, signore!'

Maar opeens verdween alle blijdschap uit haar gezicht. Ze leek ontdaan, staarde eerst Paul, daarna haar klant aan. Het was zo'n hulpeloze, radeloze blik, dat het geen van de twee mannen ontging.

Paul, die de reactie van zijn oma niet begreep, bekeek de klant nu wat nauwkeuriger.

Hoewel de man een lelijk litteken op een van zijn wangen had, was de gelijkenis tussen hen overduidelijk. Ze waren even groot en ongeveer even oud, hadden dezelfde haargrens, dezelfde donkere krullen, de vorm van hun neus was vrijwel identiek, evenals de wenkbrauwen en de lippen en zelfs het kuiltje in de kin, dat Paul van zijn vader geërfd had, bevond zich bij de man tegenover hem op dezelfde plek.

De gelijkenis was te groot om toeval te kunnen zijn.

De man leek tot dezelfde conclusie te zijn gekomen.

Hij stak zijn linkerhand naar Paul uit, waarop die pas merkte dat de rechterhand van de man – en zo te zien ook een groot deel van zijn arm – miste.

'Mijn naam is Orlandi, Stefano Orlandi.'

'Paul Pasqualini,' antwoordde Paul en hij drukte automatisch de hand van zijn dubbelganger.

Pas daarna drong het tot hem door wat hij gehoord had.

Deze man was Angela's broer.

Mijn god!

Maar wat betekende deze gelijkenis?

Toch niet…

De oude vrouw die alles gevolgd had, sloeg nu de handen voor haar gezicht.

Ze kreunde luid en riep toen: 'Dit heb ik niet gewild! Ik zweer dat dit niet mijn bedoeling was!'

'Het is al goed, signora Pasqualini,' zei Stefano Orlandi vergoelijkend en hij legde even zijn hand op die van de oude vrouw. 'Niemand hoeft dit te weten! Uw… Duitse kleinzoon…' even vertrok zijn mond zich tot een spottend glimlachje, 'en ik zullen samen een kopje koffie gaan drinken en wat met elkaar praten. Meer zal er niet gebeuren, ik beloof het.'

'Dank u, signore,' fluisterde de oude vrouw.

Onvast liep ze terug naar haar tafel, schoof de rieten mandjes met eieren recht, zodat haar handen iets te doen hadden en mompelde, zonder op te kijken: 'Het is ook allemaal zo gecompliceerd…'

'Zo is het leven,' antwoordde Stefano, terwijl hij opbeurend naar haar glimlachte. 'En ik weet zeker dat uw Duitse schoonzoon nog wel een keer langs zal komen.' Toen legde hij het geld voor de eieren op de tafel, knikte de oude vrouw nog een keer toe en wenkte Paul toen met zijn ogen mee.

Paul stak enkel een hand op ter afscheid.

Hij vertrouwde zijn stem niet. In zijn hoofd heerste volledige chaos, zijn hart bonsde wild en zijn maag trok samen bij de gedachte aan het komende gesprek.

Wat zou hij in hemelsnaam te horen krijgen?

Stefano liep met grote passen richting een kleine bar. Daar koos hij een tafeltje uit op het met wijnranken overdekte terras en bestelde twee espresso's.

'Hier drink ik meestal even wat nadat ik eieren gekocht heb,' zei hij zo terloops, dat Paul langzaam weer een beetje rustig werd.

De ober bracht de kopjes koffie en verdween toen weer in de koele schaduw van de bar.

'Ik weet wat je denkt, Paolo – mag ik je zo noemen, of vind je dat vervelend?'

'Absoluut niet,' mompelde Paul. Hij nam een slok koffie en verbrandde zijn tong.

'Ze is niet je halfzus. Dat was toch waar je bang voor was, of niet soms?'

'Ja,' antwoordde Paul, die verbaasd was over de kracht van zijn stem, want precies op dat moment begon alles om hem heen te draaien. Het was alsof hij in een draaimolen zat die sneller dan normaal in het rond draaide. Met beide handen klemde hij zich aan de leuningen van zijn stoel vast en wachtte af.

'Maar ik ben wel je broer!' ging de man verder, om zichzelf toen snel te verbeteren: 'Je halfbroer, wel te verstaan. We hebben dezelfde vader.'

'Anders zou de gelijkenis ook niet te verklaren geweest zijn,' hoorde Paul zichzelf zeggen. Zijn hoofd, zijn hart, zijn ledematen en zijn verbrande tong hadden op de een of ander manier het contact met elkaar verloren.

'Een grappa voor de signore!' riep Stefano naar de ober.

Totdat het drankje gebracht en geconsumeerd was, werd er geen woord meer gewisseld.

'En Angela is echt geen... familie van me?'

'Echt niet. Dat is onmogelijk. Onze gemeenschappelijke vader heeft Napels in mei 1908 verlaten en is nooit meer teruggeweest.'

Paul knikte.

Zijn vader was in de herfst van 1908 voor het eerst in Wisslingen opgedoken en had de plaats, voorzover hij wist, daarna nooit meer voor langere tijd verlaten.

En Angela was in 1916 geboren, hier in Napels.

'Angela's vader is de overleden echtgenoot van mijn moeder, die ik lange tijd ook als mijn... verwekker... gezien heb: Sandro Orlandi. Ikzelf ben op eerste kerstdag 1908 geboren; zo'n negen maanden na het huwelijk van mijn ouders. Het moet dus enkele dagen daarvoor geweest zijn dat zij en Stefano Pasqualini...' Hij aarzelde even om het woord uit te spreken en ging toen verder: '... samengekomen zijn!'

Paul knikte opnieuw. Het was niet te geloven.

'Heeft je moeder je dit allemaal verteld?' vroeg hij ten slotte.

Stefano Orlandi schudde zijn hoofd. 'Nee. Nooit. Ik weet

zeker dat ze nog liever zou sterven. Ik ben er toevallig achter gekomen. Dankzij een vriendelijke aanwijzing van onze grootmoeder Pasqualini.'

Stefano dronk zijn inmiddels lauw geworden espresso in één teug leeg en voegde er toen met een klein, spottend glimlachje aan toe: 'Maar ook wij, nonna Pasqualini en ik, hebben het er nog nooit over gehad. We weten het, en dat is genoeg. Zij blijft het eiervrouwtje dat ik elke vrijdag bezoek. We babbelen een beetje over mijn vrouw Olivia, mijn twee kinderen Felicia en Leopoldo, het weer en de eieren. En zo is het ook het beste, als je begrijpt wat ik bedoel.'

'Helemaal,' mompelde Paul, die koortsachtig nadacht hoe hij de volgende vraag moest formuleren.

'Angela zit in Rome,' was Stefano hem voor. 'Mijn moeder heeft haar destijds, na dat feestje bij de contessa Vibaldi, naar Madeira gestuurd, om begrijpelijke redenen, zoals wij allebei nu weten!'

En of, dacht Paul en de woede borrelde in hem op toen hij weer dacht aan de arrogantie van deze vrouw. Ze had geprobeerd om haar eigen schandalige gedrag te verbergen, dat uiteraard aan het licht gekomen was als die Stefano en hij elkaar eerder hadden ontmoet!

'Ik moet toegeven dat ik haar in de eerste instantie nog behulpzaam geweest ben omdat ik kwaad was. Mijn moeder weet heel goed hoe ze mensen zo ver moet krijgen dat ze haar... ter wille... zijn!'

Ze kan doodvallen, dacht Paul woedend. Wat trouwens niets meer zou helpen, na wat er inmiddels allemaal gebeurd was. De vrouw van wie hij hield, was met iemand anders getrouwd. Waarom anders zou ze nu in Rome zitten?

'Komt Angela's echtgenoot uit Rome?' vroeg Paul, en op dat moment wist hij dat hij haar wilde zien.

Hij zou haar vinden. Hij zou haar in zijn armen houden en smeken om met hem naar Duitsland te gaan. Haar man kon hem niets schelen. Ook die kon doodvallen! Waar het om ging, was dat hij en Angela weer samen zouden zijn!

'Over welke echtgenoot heb je het, Paolo?' vroeg Stefano

verbaasd. 'Angela is helemaal niet getrouwd. Ze studeert zang in Rome en…'

Hij kreeg niet de kans om zijn zin af te maken.

Paul sprong zo plotseling op, dat hij tegen de tafel stootte waardoor het stenen vaasje met kleine gele roosjes kapotviel.

'Ik reis meteen terug! Waar kan ik haar vinden?'

Stefano noemde hem Angela's adres in Rome en ze spraken af dat ze contact zouden houden.

Paul was nog nooit zo ongeduldig geweest. Hij wilde Napels zo snel mogelijk verlaten, maar op het laatste moment besefte hij dat hij vergeten was zijn nieuwe broer iets belangrijks te vertellen.

'Er is nog een derde,' zei hij, toen Stefano betaald had. 'Ik ben de helft van een tweeling. Mijn broer heet Peter en we hebben ook nog een zusje: Else!'

'Ik heb altijd al meer broers en zussen willen hebben,' antwoordde Stefano met een klein, ironisch glimlachje. 'Maar ik had nooit gedacht dat ik ze op een dag op de weekmarkt zou krijgen!'

'Zo is het leven,' antwoordde Paul en herhaalde daarmee onbewust de woorden die zijn halfbroer nog geen uur eerder gesproken had.

'Als God het wil, kunnen we op een dag allemaal bij elkaar zijn,' verwoordde Stefano zijn hoop en de angst van zijn moeder in één zin. Toen legde hij zijn gezonde arm om zijn broer heen en wenste hem van harte succes met het veroveren van Angela's hart.

20

Met de wijsvinger van haar rechterhand streek Angela lief-devol over de ruggen van de boeken die de vorige huur-ster verzameld had. Intussen had ze bijna alle werken al gelezen.

Aan jullie heb ik mijn leven te danken, dacht ze dankbaar. Of in elk geval mijn verstand. Aan jullie en aan de muziek!

Vervolgens ging ze weer verder met het inpakken van haar eigen schamele bezittingen in de kisten die Benedetto haar voor de verhuizing gegeven had.

Alles wat ik bezit in twee kisten, bedacht ze een beetje schamper, om zichzelf vervolgens snel te corrigeren.

Natuurlijk was dit niet alles. Ze moest ervoor zorgen dat haar persoonlijke bezittingen uit Napels ook naar Rome gebracht zouden worden.

Stefano zou haar daarbij vast wel willen helpen. Ze moest hem sowieso nog spreken om hem van de laatste ontwikkelingen op de hoogte te brengen.

En eigenlijk zou ik ook weer eens met mijn moeder moeten praten, dacht ze, terwijl ze de mooie, witte kanten jurk uit de kast haalde en in een hoes deed, zodat hij de verhuizing goed zou doorstaan. Ze had het tenslotte goed bedoeld!

Ze zou dus haar best doen om zich met Sofia te verzoenen, hoe moeilijk ze dat ook vond. Ook nu Angela inzag hoe nood-zakelijk de scheiding tussen Paolo Pasqualini en haarzelf ge-weest was, nam ze haar moeder het gedwongen verblijf op Madeira nog altijd kwalijk.

Angela liep naar de vleugel en verzamelde de bladmuziek, die daar overal verspreid lag. De houten kisten lagen al voor de helft vol met ontelbare muziekschriften.

Je kunt wel zien, wat mijn leven hier bepaald heeft, dacht ze geamuseerd. Toen werd er aan de deur geklopt.

O god, Ludovica weer! dacht Angela, en ze trok een grimas. Ze had intussen meer dan genoeg van het gedrag van de lerares. Zij had haar eigen leven en Ludovica moest zich maar eens met dat van haarzelf gaan bemoeien!'

'Binnen,' riep ze dus niet al te vriendelijk en ze voegde er nog aan toe: 'Ik ben bezig, ik heb echt geen tijd voor verdere discussies!'

'Wat een warm welkom,' hoorde ze een mannelijke stem zeggen, een stem die Angela nooit zou vergeten!

Ze sprong zo snel op dat ze er duizelig van werd en steun moest zoeken bij een van de houten kisten.

'Paolo? Hoe kom jij hier terecht?'

'Je broer Stefano heeft me je adres gegeven.'

'O, werkelijk?' mompelde Angela. Ze liep naar een stoel en ging zitten. Het was niet alleen de duizeligheid.

Een flauw gevoel maakte zich van haar meester.

Paul deed een stap in haar richting, maar bleef toen staan. Hij bekeek haar aandachtig en zei met hoorbare teleurstelling in zijn stem: 'Je lijkt niet blij te zijn met mijn bezoek, Angela!'

De woede die haar overviel was sterker dan de misselijkheid.

'Wat denk je wel niet?' riep ze kwaad. 'Eerst schaamteloos tegen me liegen, praten over trouwen en vervolgens verdwijnen en dan duik je hier opeens weer op alsof er nooit iets gebeurd is!'

Nu kwam hij toch dichterbij en bleef voor haar staan.

Zijn gezicht stond ernstig en de spijt in zijn stem was net zo duidelijk hoorbaar als eerder de teleurstelling.

'Goed, ik heb je niet de waarheid verteld over mijn baan aan de universiteit. Dat was fout, maar ik was bang dat ik je kwijt zou raken als ik... eerlijk was. Maar dat is allemaal niet meer belangrijk, Angela! Ik kan je nu het leven bieden dat je gewend bent. Ik heb een heel goede baan als procurator bij een levensmiddelenbedrijf in Duitsland en een mooi, ruim huis. En jij bent intussen meerderjarig en ongebonden, heeft je broer me verteld. We kunnen trouwen, vandaag nog als je dat wilt.'

Angela keek hem aan.

Of hij was een geweldige bedrieger, of hij geloofde zelf wat hij zei.

'En hoe zit het met je vrouw?'

'Welke vrouw?'

Hij leek daadwerkelijk verbaasd te zijn over deze vraag.

Angela kwam overeind en liep naar de eerste kist. Ze moest even zoeken maar uiteindelijk vond ze de trouwfoto die tussen twee vellen bladmuziek lag.

Zonder verder commentaar gaf ze hem aan Paul, die verwonderd had staan toekijken.

Hij wierp een korte blik op de foto en keek toen verbluft op.

'Waar heb je die vandaan, Angela?' vroeg hij.

'Van mijn moeder,' antwoordde Angela, die wachtte op de excuses en smoesjes die nu zouden komen.

'Hoewel het me een raadsel is hoe deze foto in haar bezit is gekomen, verandert het niets aan wat er tussen ons is!'

'Vind je dat?'

Angela had er graag nog iets aan toegevoegd, iets scherps, sarcastisch, maar de onbeschaamdheid van haar voormalige minnaar maakte dat ze met stomheid geslagen was.

'Nee, natuurlijk niet. Goed, waarschijnlijk wilde ze ermee bewijzen dat ik niet in Pesciotta geboren ben, maar dat kan toch niet zo doorslaggevend voor je geweest zijn dat je... al die tijd... geen van mijn brieven beantwoord...'

Plotseling zweeg hij. Hij had het begrepen.

'Dacht je dat ik dat ben?' vroeg hij, maar al op het moment dat hij het uitsprak, wist hij dat dat het geweest moest zijn. 'Angela: dit is mijn broer. Mijn tweelingbroer Peter. Hij is met Augusta Heinzmann, een meisje uit het dorp, getrouwd in het jaar dat ik naar Italië kwam!'

Hij pakte haar hoofd met beide handen beet en dwong haar, hem aan te kijken, terwijl hij verder sprak: 'Jouw moeder wilde jou natuurlijk wijsmaken dat ik getrouwd was. Ze wilde ons uit elkaar drijven en het maakte haar niet uit, hoe.'

'Maar... waarom?'

'Ik denk dat ze je dat beter zelf kan vertellen, Angela. Of

vraag het je broer Stefano, hij is ook op de hoogte. Dat is een zaak van jullie familie. Ik wil vooral de kwesties uit de weg ruimen die jou en mij betreffen! Geloof me alsjeblieft, Angela: ik was en ben niet getrouwd. Er zijn leugens in mijn leven, maar dit is er niet één van. De enige vrouw met wie ik zou willen trouwen, ben jij!'

'Je bedoelt…' stamelde Angela. 'Maar…'

Ze staarde Paul aan, zag de angst, de bezorgdheid, de opwinding en, o god, de overweldigende liefde in zijn ogen.

Hij vertelde de waarheid.

Zijn gezicht leek zich van haar te verwijderen, steeds verder, tot het uiteindelijk nog slechts heel klein aan het einde van een lange, zwarte tunnel te zien was, die steeds smaller leek te worden.

Alle kleur trok uit haar gezicht en Paul kon haar nog net op tijd opvangen, voordat ze op de houten vloer van de salon zou vallen.

Hij droeg haar naar de met fluweel beklede divan. In de badkamer vond hij een handdoek die hij onder koud water hield en uitwrong, voordat hij Angela's voorhoofd ermee bette.

Ze zag er teer en allerliefst uit, net zo onschuldig als Sneeuwwitje uit het sprookje van de gebroeders Grimm.

Ook daar was er een valse, oude heks geweest die op de achtergrond haar kwade listen uitgebroed had, dacht Paul verbitterd. Hij geloofde namelijk geen moment dat Sofia Orlandi de trouwfoto van zijn broer toevallig in handen gekregen had.

Ze moest iemand naar Wisslingen gestuurd hebben om zijn familie te bespioneren. Misschien had ze zelf weer een reis naar het Zwabische land gemaakt en was ze daar op het idee gekomen om Angela met een trouwfoto van zijn broer te confronteren, om zijn zogenaamde bedrog te bewijzen. Hoe dan ook had Sofia Orlandi dit keer bijna een catastrofe veroorzaakt. Het had Angela en hem bijna voorgoed uit elkaar gedreven.

Ik vermoord haar, dacht Paul woedend, om hier vervolgens meteen weer van terug te komen. Het zou er nog bij moeten komen dat hij in de gevangenis terecht zou komen. Dan zou die oude heks zelfs na haar dood nog triomferen!

Het duurde een behoorlijke tijd, voordat Angela haar ogen weer opsloeg.

'Lieveling,' zei Paul teder. 'Ik zal je alles vertellen. Elk detail, vanaf het begin. Maar één ding moet je geloven, lieve schat: ik ben een vrij man, ik ben echt niet getrouwd.'

'Maar ik wel, Paolo. Ik ben sinds drie dagen de vrouw van de zanger Benedetto Lacardo!'

Zonder enige waarschuwing vooraf rolden nu de tranen uit Angela's ogen. Ze gleden zonder een enkele snik onafgebroken over haar bleke wangen. Haar ogen drukten zo veel pijn uit, dat Paul het niet kon aanzien.

Hij liep naar het raam en keek lang naar de binnenplaats van het gebouw, waar net een tuinman de bloeiende bloembedden van onkruid bevrijdde.

Paul zag de rozen en de gladiolen, de dieprood gloeiende begoniaperken, hij hoorde het water van de fontein klateren en een geelzwarte vogel vloog vlak langs hem heen. En toch had Paul het gevoel dat hij naar een film stond te kijken, waarin hij zelf geen rol speelde. Hij was een toeschouwer geworden, zij het geenszins een neutrale. Hij draaide zich om en keek naar Angela, die haar tranen intussen weggeveegd had en was gaan zitten.

'Hou je van die man?' vroeg hij ten slotte en onderdrukte de neiging om naar haar toe te lopen en haar door elkaar te schudden. Net zolang door elkaar te schudden, totdat ze hem zou bekennen dat het allemaal niet waar was, dat ze het alleen maar verzonnen had om hem te straffen.

'Nee,' antwoordde ze, zonder ook maar even na te hoeven denken. 'Ik vond hem aardig en hij was heel lief voor me.'

Paul kon zich niet langer inhouden. Hij vloog op haar af en schreeuwde: 'En omdat hij zo aardig en lief was, moest je met hem trouwen en zijn bed delen, of omgekeerd, verdomme, is dat een reden om te trouwen?'

'Als je maar genoeg teleurgesteld bent en vreselijk eenzaam, dan wel, ja.'

Angela stond op en streek haar jurk glad.

Alles was voorbij, ze had geen zin in verdere discussies. Toch kon ze het niet laten om, enigszins verbitterd te zeggen: 'Ik geloof niet dat ik de enige ben die fouten gemaakt heeft, en ik zou het op prijs stellen wanneer je niet tegen me schreeuwt.'

Paul zag hoe ze probeerde haar waardigheid terug te krijgen en dat verscheurde zijn hart meer dan alles wat daarvoor gebeurd was.

Zonder langer na te denken liep hij naar haar toe, legde zijn armen om haar heen en drukte haar tegen zich aan.

Na een moment legde Angela haar wang tegen zijn schouder.

Zo bleven ze een poos staan.

Toen schraapte Paul zijn keel en zei met rauwe stem: 'Hou je nog van mij, Angela?'

Hij voelde de beweging tegen zijn schouder toen ze knikte.

'In dat geval moet er toch een oplossing voor deze ellende te vinden zijn. Je vraagt een scheiding aan en trouwt met mij!'

'Dat zal niet gaan, Paul,' mompelde Angela. 'Ik ben zwanger. Ik verwacht een kind van Benedetto!'

Op dat moment begonnen talloze klokken te luiden. Het was twaalf uur 's middags en het krachtige, daverende geluid liet bijna alle ramen in Rome trillen.

'Dat zijn de doodsklokken voor onze liefde,' zei Angela bitter, terwijl ze zich van hem losmaakte. Ze liep naar de houten kist en sloeg het nog altijd openstaande deksel dicht.

Het was een afsluitend gebaar en het was Paul duidelijk dat ze nu van hem verwachtte dat hij zou vertrekken en haar zou achterlaten in de omstandigheden die ze zelf had gecreëerd.

21

*L*udovica Agnelli had kosten noch moeite gespaard. Ze had een taxi besteld en had zich naar de Via Giulia laten brengen, waar Benedetto Lacardo intussen een monumentaal pand bewoonde, naast de villa van de voormalige bouwmeester Antonio Sangello.

Ze zwoegde de paar trappen naar het terras op en duwde de deur naar de salon open.

Benedetto lag met een lichtblauw satijnen kussen onder zijn hoofd op de grond en snurkte licht.

Ludovica bekeek hem met een grimmig glimlachje.

Toen ging ze achter de piano zitten en speelde een paar akkoorden uit de nornenscène uit de *Götterdämmerung* van Wagner.

Als door een wesp gestoken vloog Bene overeind.

'Ik ken iemand die je kan helpen,' zei Ludovica, zonder enige inleiding.

'Die wie moet helpen?' vroeg Benedetto wrevelig, hoewel hij een vermoeden had wat zijn vriendin bedoelde.

'Die Angela van haar… last… kan bevrijden,' zei de Diva ter verduidelijking.

Benedetto ging nu rechtop staan. De Russische kiel die de lange siësta ook niet ongeschonden doorstaan had, toonde minder vouwen dan het voorhoofd van de beroemde zanger.

Wie dacht Ludovica eigenlijk wel niet dat ze was? Goed, Angela's carrière werd door deze onverwachte zwangerschap onderbroken op een moment waarop ze net een beetje bekend begon te worden. Maar negen maanden, waarvan er inmiddels al enkele voorbij waren, waren tenslotte geen heel leven. En een kind was een kind.

Zijn kind, in dit geval. Zijn eerste en zijn enige.

'Je bent te laat, goede vriendin,' zei hij scherp en ook een beetje boosaardig, omdat hij wist wat zijn volgende boodschap zou losmaken: 'Angela en ik zijn drie dagen geleden getrouwd. Ze zal zich nog tijdens haar zwangerschap voorbereiden op het operaseizoen van volgend jaar, als het kind er eenmaal is gaat ze weer verder met zingen. En haar optreden zal inslaan als een bom. Geloof me maar, lieve, ik weet waarover ik het heb.'

'Jij weet waarover je het hebt, jaja! Zowel wat opera als wat het leven betreft zeker!' brieste Ludovica, bij wie dit nieuws als een mokerslag aankwam. 'Eerst sleep je haar veel te vroeg voor een publiek, waar ze vervolgens iedereen verrast met haar kunnen, en daarna maak je haar, idioot die je bent, zwanger en sluit je haar voor een jaar op. Weet jij wel dat er gevallen bekend zijn van vrouwen die na hun zwangerschap hun stem kwijt waren?'

Benedetto, voor wie dit nu net zijn grote angst was, ontplofte.

'Er zijn net zoveel voorbeelden dat de stem na het krijgen van een kind juist rijper en voller was dan daarvoor,' gromde hij terug. 'Bovendien is het jou helemaal niet om Angela te doen, maar hoopte je gewoon dat jouw eigen roem door die van haar weer in de lift zou komen, dat zit hierachter!'

'Je liegt! Terwijl ik het nota bene ben die jou in contact met die arme, kleine meid gebracht heeft! Ik heb moeite gedaan, heel veel moeite, om iets van die stem van haar te maken en dan komt er een woesteling zoals jij, die al het werk in één keer tenietdoet. En of het nog niet genoeg is dat je haar zwanger gemaakt hebt, haal je het nu zelfs in je hoofd om met haar te trouwen! Alsof jij niet weet dat een getrouwde zangeres nog maar half zo betoverend is voor het publiek. Geef toe dat ik gelijk heb, geef het maar toe, Benedetto Lacardo!'

'Hou toch je mond, vetzak. Het gaat je allemaal helemaal niets aan, begrepen, helemaal niets.'

De woordenwisseling werd steeds onaangenamer en als Benedetto ergens een hekel aan had, dan was dat wel aan dit soort situaties. Hij pakte een fles rode wijn die altijd binnen handbereik stond, vulde een groot glas en goot de wijn in één keer naar binnen.

Normaal gesproken gebruikte hij de drank om zijn keel te smeren. Maar vandaag had hij de wijn nodig om de gal weg te spoelen, die nog steeds omhoog borrelde na deze onaangename ruzie met zijn dikke, oude vriendin.

Hij vulde het glas opnieuw, maar voordat hij het aan zijn lippen kon zetten wilde Ludovica weten: 'Waar zit ze eigenlijk, dat zwangere duifje van je?'

Benedetto wierp een blik op het horloge dat aan een lange, gouden ketting om zijn hals hing en moest toegeven dat die vraag terecht was. Het was even na tienen 's avonds.

'Ze is vanochtend naar haar eigen woning vertrokken om haar spullen in te pakken.'

'Vanochtend,' echode Ludovica en schudde vertwijfeld haar hoofd. 'En je vraagt je niet af waarom ze nog niet terug is?'

Benedetto schudde zijn hoofd. Hij was al te lang vrijgezel om iets achter zulke dingen te zoeken.

Maar Ludovica werd nu echt bezorgd. 'Dat is niets voor haar! Helemaal niets,' zei ze bezorgd, terwijl ze alweer richting de deur liep. 'Je bent een rund, Benedetto Lacardo. En een egoïst. Als er maar niets gebeurd is!'

Maar dat dat wel zo was, zagen ze allebei meteen zodra ze na een roekeloze autorit Angela's woning binnenstapten.

Angela zat weggedoken in een hoek van de roze-rood gestreepte divan, terwijl aan de andere kant van de kamer, op een versleten, leren stoel, een hen onbekende man zat.

Hij ging meteen staan.

Angela zag bleek en had zichtbaar gehuild.

Zou haar moeder overleden zijn? vroeg Benedetto zich bezorgd af en hij begon zich meteen te schamen omdat ze die arme dame in Napels haar dochter onthouden hadden.

Maar Ludovica kon haar blik niet van die onbekende jongeman afhouden. Hij was minstens vijftien jaar jonger dan Benedetto, groot en aantrekkelijk.

De mix van trots en verlegenheid die op zijn gezicht te lezen was, liet alle alarmbellen in het hoofd van de ervaren vrouw rinkelen. Hier klopte iets niet, schoot het door haar hoofd.

'We maakten ons zorgen over je, Angela,' zei Benedetto, die

probeerde om niet al te verwijtend te klinken nu zijn vrouw er toch al zo ellendig uitzag. Ook hij bekeek de vreemde man iets nauwkeuriger.

Waarschijnlijk was het haar broer geweest die haar de les gelezen had vanwege haar stiekeme huwelijk, dacht hij ongemakkelijk. Maar het bleek nog veel erger te zijn.

'Het spijt me zo, Benedetto,' stamelde Angela. Ze begon vreselijk te snikken, terwijl de vreemde man zijn lippen op elkaar perste. Lang kon hij er echter niet over nadenken, want zijn vrouw begon nu aan één stuk door te vertellen: 'Ik wil niet dezelfde fout maken als mijn moeder! Ik wil eerlijk en oprecht zijn tegen je, Bene! Je bent altijd zo vriendelijk en lief... en ik... maar... hoe had ik kunnen weten hoe gemeen en oneerlijk... zoiets kan niemand zich voorstellen... en dat van mijn eigen moeder!'

Angela pakte een zakdoekje en snoot haar neus. Benedetto kreeg het vermoeden dat hier toch meer achter moest zitten dan de verontwaardiging van Angela's familie over hun heimelijke huwelijk.

'Mijn naam is Paul Pasqualini,' zei de man, die tot nu toe zwijgend voor de leren stoel was blijven staan. 'Ik denk dat ik u een verklaring schuldig ben, signor Lacardo. Angela en ik waren... verloofd. Door misverstanden en... nou ja, anders kan ik het niet noemen, infame intriges, zijn wij van elkaar gescheiden en probeerde men mij te laten geloven dat Angela intussen met iemand anders getrouwd was!'

'Hoe bedoelt u, probeerde u te laten geloven? Het klopt, meneer!' zei Benedetto, voor wie de tragiek van deze situatie nog altijd niet duidelijk was.

'Ze wilden het hem laten geloven voordat wij getrouwd waren, Benedetto. Al lang ervoor.'

'Dat is heel vervelend, maar blijkbaar ging het om een voorspelling die uitgekomen is,' brieste Benedetto, die langzaam begon te vermoeden hoe deze zaak zich verder zou ontwikkelen.

Angela drukte haar rug tegen de achterkant van de divan en keek met trillende onderlip naar de grond.

'Je begrijpt het niet, Bene. Mij hebben ze hetzelfde gezegd. Dat híj getrouwd was. Als ik daar niet van overtuigd was geweest, dan was ik nooit... met jou...' Ze stokte, hief toen haar hoofd op en zei met vaste stem: 'Ik kan niet als vrouw met je leven, Benedetto, niet nu ik weet hoe alles gegaan is! Ik hou van Paolo. Ik heb nooit van iemand anders gehouden en tegen jou heb ik ook nooit gezegd...'

De schelle lach van Ludovica Agnelli, waarvan iedereen vergeten was dat ze er ook nog was, deed ze verstommen. De oude diva hield zich met één hand vast aan een sierlijke, Franse commode, met de andere maaide ze door de lucht als iemand die dreigt te verdrinken. Haar gezicht was rood aangelopen, ze kon niet stoppen met lachen en de tranen biggelden over haar wangen.

'Die is goed,' hikte ze, toen ze even adem kon halen. 'Dit is beter dan welke operette dan ook: de zojuist getrouwde vrouw presenteert haar oude minnaar en verlangt dat haar echtgenoot instemt met een illegale verhouding! En dat met zijn kind in haar buik!'

Angela draaide zich om en zei met een van woede bevende stem: 'Hou jij je hierbuiten, Ludovica!'

'Maar waarom, lieve schat? Wanneer er hier openlijk gediscussieerd wordt over aan wie jij in de toekomst wilt toebehoren, dan mag toch iedereen hier aanwezig zijn mening daarover geven? Wat is die van u eigenlijk, meneer?' Benedetto's stem droop van hoon. Voor hem was cynisme de enige manier om zijn gezicht nog enigszins te redden.

'Ik heb Angela voorgesteld dat ze een scheiding aanvraagt.'

'Er bestaat geen echtscheiding in Italië.'

'Dat weet ik, maar ik heb de Duitse nationaliteit,' zei Paul, hoewel hij wist dat dat op dit moment een leugen was. In Duitsland was hij een Italiaan, maar dat deed er nu niet toe. Uiteindelijk zou daar wel een oplossing voor worden gevonden. Hij was in elk geval niet van plan om Angela hierdoor opnieuw te verliezen.

'Angela zou, wanneer ze in Duitsland trouwt, nooit meer haar vaderland in mogen, beseft u dat, signor Pasqualini? Wilt u haar dat werkelijk aandoen?' vroeg Ludovica, die het lachen nu echt was vergaan.

Wanneer deze idioot het voor elkaar zou krijgen om Angela mee naar Duitsland te nemen, dan kon die haar carrière net zo goed op haar buik schrijven. En de comeback van haar, Ludovica's, roem ging dan ook niet door. Bovendien, zo realiseerde de oude diva zich tot haar eigen verbazing, zou ze de kleine meid missen. Ze voelde hoe, alleen al bij de gedachte, haar hart samenkromp.

Ik vind haar echt aardig, dacht Ludovica ontroerd en ze voelde zich bereid om voor het meisje te vechten. Want natuurlijk was deze hele liefdesgeschiedenis kinderlijke onzin, waar niets dan tranen en ellende van zouden komen.

Een huwelijk was een huwelijk en wat vroeger gebeurd was behoorde definitief tot het verleden. Die jonge heethoofd hier moest daar alleen nog even van doordrongen worden. En dus keek de oude zangeres de knappe, jonge Teutoon in de ogen en zei op ernstige, indringende toon: 'Het kind spreekt de Duitse taal niet eens. U zou haar niet alleen haar vaderland voor altijd afpakken, maar ook de ontplooiing van haar talent verhinderen. Ik neem aan dat u hiervan niet op de hoogte bent, maar Angela heeft een grote carrière als zangeres voor zich.'

'Als men haar tenminste niet met zogenaamde liefde gevangen probeert te houden. En tot een burgerlijke, Duitse huisvrouw degradeert!' vulde Benedetto aan, die nu onwillekeurig toch met de absurditeit van de hele situatie begon te spelen. Toneelspeler die je bent, dacht hij sarcastisch.

Maar Ludovica stond aan zijn kant en deed er nog een schepje bovenop, door met haar vinger op de jongeman te wijzen en te roepen: 'Precies. Helemaal volgens de laatste inzichten in uw thuisland, of niet soms?'

De dubbele aanval leek effect te hebben.

Benedetto herkende in de compleet in elkaar gedoken lichaamshouding van zijn huilende vrouw niet alleen verscheurdheid, maar ook last van gewetensbezwaren en angst voor de toekomst.

Maar het gezicht van de man verhardde juist en hij zei stijfjes: 'Alleen Angela kan hierover beslissen. Ik wil haar in geen geval dwingen tot iets wat haar zou kunnen schaden of waarvan ze later spijt zou kunnen krijgen.'

Angela snikte en jammerde: 'Ik weet zelf helemaal niet wat juist is en wat ik moet doen, zonder nog meer fouten te maken. Ik wil niemand pijn doen maar ik wil ook geen leugen leven... en... dan is er ook nog de verantwoordelijkheid voor het kind!'

'Precies. Daar moet je nu in de eerste instantie aan denken!' riep Ludovica, die een uur eerder datzelfde kind nog als een last gezien had waarvan Angela bevrijd moest worden.

Lang bleef het vervolgens stil. Op de schouw tikte de koperen klok van de huiseigenares en door de wijd geopende ramen drongen allerlei nachtgeluiden.

Wat een krankzinnige situatie, dacht Benedetto, niet zonder zelfspot. Al vijfentwintig jaar lang cirkelden de vrouwen om hem heen als motten om het licht. Altijd had hij gekregen wat hij wilde, maar toespelingen van de dames op een huwelijk had hij altijd lachend van de hand gewezen. Bij Angela echter was het anders geweest. Juist het feit dat ze hem als man amper leek op te merken had hem zo gecharmeerd. Vanwege haar was hij alles vergeten waarom zijn leven tot dan toe gedraaid had: eerst zijn gebruikelijke voorzichtigheid, zodat het niet tot een gedwongen bruiloft kon komen, vervolgens zijn voornemen om altijd vrijgezel te blijven.

Hij had haar willen bezitten, koste wat kost, zelfs als hij daarvoor moest betalen met een zwangerschap en een huwelijk.

Ludovica's blik zocht en vond nu de zijne en ze kwamen tot een zwijgende overeenkomst. Er moest tijd gewonnen worden, zoveel was duidelijk.

Benedetto Lacardo wendde zich tot de man, die blijkbaar Duitser was, hoewel hij Italiaans sprak alsof het zijn moedertaal was.

'U zult toch moeten inzien dat dit allemaal nogal onverwacht komt voor mij!'

Paul knikte. Hij kon het de man niet kwalijk nemen dat hij behoorlijk geschokt was. Hij moest toch wel sterke gevoelens koesteren voor Angela omdat hij met haar getrouwd was.

'We zijn allemaal volwassen en verstandige mensen. Het moet u toch duidelijk zijn dat een huwelijk een feit is dat u ter kennisgeving aan moet nemen en waaraan u niet eenvoudig voorbij kunt gaan.'

Opnieuw knikte Paul, zij het met tegenzin.

'En hetzelfde geldt voor Angela's zwangerschap!'

'Maar ik hou van hem, Benedetto,' zei Angela koppig.

'Je denkt dat dat zo is,' probeerde haar echtgenoot haar te verbeteren. Vervolgens wendde hij zich weer tot Paul. Hij geloofde dat het beter was om deze situatie van man tot man te bespreken. 'Ik ben geen man die zal proberen een vrouw vast te houden wanneer zij dat zelf niet wil. Ook niet wanneer ik de wet aan mijn kant heb.' Hij maakte een afwijzend handgebaar toen hij zag dat zijn vrouw haar mond opende om iets te zeggen en sprak met luide stem verder: 'Niemand van ons kan iets doen aan de... complicaties... die nu ontstaan zijn. Maar ik verlang, en toch wel terecht denk ik, dat op dit moment nog geen beslissingen genomen worden. In elk geval niet zolang dit kind nog niet geboren is.'

'Maar dat zal niets aan mijn mening veranderen, Bene. Ik wil niet... net zoals mijn moeder...'

'We zullen zien,' viel Benedetto haar opnieuw in de rede. 'Een kind is zijn eigen advocaat en moeder zijn verandert een vrouw soms meer dan dat jij je nu kunt voorstellen.'

'Ik...' begon Angela weer, maar haar echtgenoot maakte een gebaar dat zo definitief was, dat het meer zei dan wat voor woorden dan ook.

'Neem me niet kwalijk,' zei Benedetto, die opeens voelde hoe uitgeput hij was. 'Maar ik geloof dat je niet beseft wat je me hier aandoet, Angela, slechts drie dagen na ons huwelijk!'

Hier was niets tegen in te brengen.

Ludovica voelde de schaamte van het vroegere paar en besloot snel gebruik te maken van deze gemoedstoestand: 'Ik stel voor dat de heren nu vertrekken. Het is zeker niet bevorderlijk voor Angela's toestand wanneer deze discussie nog langer duurt. Bovendien is het al laat. Ik zal nog even thee voor je zetten, lieve kind, en daarna ga je slapen.'

De blik die de oude diva de beide mannen toewierp, was zo duidelijk dat noch de één, noch de ander er iets tegenin durfde te brengen. En geen van beiden waagde het om anders dan met woorden afscheid van Angela te nemen.

'Kan ik u ergens heen brengen?' vroeg Benedetto, toen ze even later samen op het trottoir voor Angela's woning stonden.

'Nee, bedankt. Ik loop wel naar mijn hotel.'

'Goedenacht dan maar, signore,' zei Benedetto Lacardo beleefd, terwijl hij stiekem tot zijn naamheilige bad of die toch maar een paar vreselijke nachtmerries richting deze Paolo Pasqualini wilde sturen.

Het was de vierde nacht van zijn huwelijk en Benedetto Lacardo vond dat het zijn goed recht was om iets dergelijks te wensen.

Ludovica bleef die nacht bij Angela en geen van de beide vrouwen deed uiteraard een oog dicht.

De oude zangeres, geschoold door het leven en door de dramaturgie van de opera, praatte op Angela in, die hierdoor alleen maar meer begon te twijfelen en verscheurd raakte.

Tegen de ochtend bereikten ze uiteindelijk een compromis: Angela beloofde om voor de geboorte van het kind geen besluit te nemen en Paolo Pasqualini tot die tijd ook niet meer te zien. In ruil daarvoor wilde Angela zolang in haar eigen woning blijven wonen en van Benedetto de belofte geen gebruik te maken van zijn huwelijkse rechten.

22

$\mathcal{V}$anwege ernstige gordelroos, die zich als een purperkleurige sjerp over haar schouder, rug, borst en rechterheup had verspreid, was het Anna bespaard gebleven om de bruiloft van haar dochter Else bij te moeten wonen.

Meer dan een kwart jaar had ze er last van gehad.

'De pijn zal altijd blijven, Anna,' had Agath haar voorspeld – en zo was het ook.

'Het is meer een ziekte van de ziel dan van het lichaam! Het is een uiting van onmacht en verzet tegen dingen die toch niet te veranderen zijn.'

'Je hebt gelijk, Agath,' was Anna het met haar eens. Ze wist precies waartegen ze zich zo zinloos verzette.

Maar het was toch gebeurd: haar dochter heette nu Elsbetha Gruber, Elsbetha, want Moritz Gruber had erop gestaan dat zijn vrouw voortaan haar volledige doopnaam zou gebruiken.

'Omdat die zo arisch klinkt,' had hij als reden gegeven.

Anna vond het absurd.

Doopnaam of niet, haar dochter was altijd Else geweest. En ze was niet van plan daar iets aan te veranderen, enkel en alleen omdat ze nu mevrouw Gruber was.

Begin juli – Else had inmiddels al een behoorlijke zwangerschapsbuik, waardoor ze haar uniformrok had moeten inruilen voor normale kleding – kwam de volgende klap.

Vroeg op een avond, Anna wilde net het groentebed voor het huis van onkruid ontdoen, kwam Else haastig aangelopen en riep al vanuit de verte: 'U gelooft nooit wat ik te vertellen heb, moeder!'

Anna richtte zich op.

Op de bleke wangen van haar dochter gloeiden rode blosjes en haar ogen glansden zo trots, dat de angst Anna om het hart sloeg.

'Wat is er, Else?'

'Stelt u zich voor, moeder, Moritz heeft de Cohn-villa gekocht. Zodra er geschilderd is, zullen we erintrekken.'

'In de Cohn-villa?' herhaalde Anna, die haar eigen stem moest horen om het vreselijk nieuws te kunnen geloven.

Else knikte ijverig. 'Moritz zegt dat hij het gewoon heeft gevraagd, aangezien het huis inmiddels van de staat is en de villa voor hem, als baas van de uitgeverij, uitermate gunstig gesitueerd is.'

'Ja, ja,' mompelde Anna, terwijl ze over het bed heen stapte naar de bank tegen de huismuur, zodat ze eerst eens even kon gaan zitten.

'En de prijs die het gemeentelijk grondbedrijf noemde was zo gunstig, dat Moritz gewoon wel moest toehappen.'

'Dan heeft hij nu dus alles wat ooit van de familie Cohn was,' zei Anna en ze werd overweldigd door een gevoel van schaamte.

Haar schoonzoon had namelijk al in mei zijn erfdeel uit de Pfalz gebruikt om de Cohn-uitgeverij te kopen, nadat het vroegere koopcontract met doctor Britsch ongeldig verklaard was. En ook hier was de koopprijs belachelijk laag geweest.

Terwijl Else opgewonden verder babbelde over welke gordijnen ze wilde en welke meubels ze waar zou neerzetten, voelde Anna weer hoe David Cohn zich bij het afscheid tegen haar aan gedrukt had en dat ze het gevoel gehad had dat ze enkele weken lang een derde zoon had.

'Maar de kroonluchter houden we natuurlijk. Volgens Moritz vind je zoiets niet meer zo snel. En hij snapt dan ook niet hoe zulke hebzuchtige mensen als de Cohns die zomaar hebben kunnen laten hangen!'

'Sommige dingen op de wereld zijn nu eenmaal onbegrijpelijk, Else,' zei Anna, terwijl ze probeerde rustig te blijven. Else kon er tenslotte ook niets aan doen, ze was gewoon een beetje dom.

'Maar met die gordijnen moet u me helpen, moeder,' zei haar dochter nu en het klonk meer als een bevel dan als een vraag.

Zover zou het echter niet komen, want de volgende dag ontdekte Anna dat ze nu zelfs gezichtsroos gekregen had.

'Je kunt je het beste maar een tijdje terugtrekken, totdat het helemaal over is,' adviseerde Agath haar naar aanleiding van deze nieuwe variant van de meer geestelijke dan lichamelijke ziekte. 'Die blaasjes zijn namelijk besmettelijk en Else is in verwachting. En juist bij zwangeren kun je in deze toestand maar beter uit de buurt blijven!'

Toen Elsbetha Gruber dit hoorde, liet ze zich door haar man naar de stad rijden, waar ze de baal stof, waarmee haar moeder aan de slag had moeten gaan, naar haar oude leermeester bracht.

'Ik wil je moeder pas weer zien wanneer ze absoluut niemand meer kan aansteken,' zei Moritz Gruber.

En ook van de hulp van Peter en Augusta werd geen gebruikgemaakt bij de verhuizing.

Uit voorzorg.

'De winkel van Gustel is een drukbezochte locatie. Juist op dat soort plekken raak je besmet. Waarschijnlijk is het nog slechts een kwestie van tijd voordat zij en hun kinderen het ook te pakken hebben,' beweerde Elsbetha's man.

Eigenlijk kwam het hem wel prima uit dat de nieuwe familie niet bij de verhuizing aanwezig was, omdat hun hulp hem dan ook niet tot dankbaarheid zou verplichten.

'Ik ben met jou getrouwd, Elsbetha. In je familie ben ik verder niet geïnteresseerd,' zei Moritz Gruber tegen zijn vrouw. 'Jij behoort nu tot een heel andere klasse, daar moet je wel aan denken bij toekomstige uitnodigingen! Je broer Peter is weliswaar lid van de partij, maar ik vertrouw hem voor geen cent – om nog maar te zwijgen van je moeder. Het lijkt wel of die het allemaal niet wil snappen.'

'Ze was altijd al een beetje eigengereid,' zei Else, maar ze nam zich toch voor om eens een hartig woordje met Anna te gaan praten. Het was tenslotte ongepast dat die telkens weer met scherpe opmerkingen tegen de partij of zelfs tegen de Führer kwam, terwijl haar dochter nu de vrouw van de plaatselijk groepsleider was.

De angst voor een mogelijke besmetting verhinderde ook dat

Elsbetha haar moeder liet komen toen de geboorte van het kind zich aankondigde.

'Waarom komt het nu ook nog te vroeg?' jammerde Elsbetha, die besefte dat haar zondige gedrag voor het huwelijk nu echt niet meer te verdoezelen was.

'Wat maakt het uit,' zei haar echtgenoot zelfbewust. 'Daar durft echt niemand wat over te zeggen, hoor! Als het maar een jongetje is!'

Elsbetha had een makkelijke bevalling en bracht uiteindelijk een kind ter wereld, dat amper drie kilo woog en, afgezien van het ontbrekende Hitlersnorretje, een perfecte miniatuuruitgave van zijn vader was.

Moritz Gruber was verrukt. Hij kuste Elsbetha op haar bezwete voorhoofd en bedankte haar ontroerd.

'Hij heet Adolf,' besliste hij, zonder naar Elsbetha's wensen te informeren.

Er blijft mij ook niets bespaard, dacht Anna, toen haar zoon Peter haar op de hoogte bracht van de laatste ontwikkelingen.

Omdat er geen doop was maar alleen een naamsviering in de vriendenkring van de Grubers, duurde het nog tot eind september – toen alle huidafwijkingen definitief verdwenen waren – voor Anna de gelegenheid kreeg om haar derde kleinkind te leren kennen.

Else had haar in de villa uitgenodigd voor de zondagmiddag en Anna Pasqualini zag in dat ze dit niet kon weigeren.

Met zwaar gemoed naderde ze het huis. Voor de azaleastruik bleef ze staan en dacht aan de gebeurtenissen waarover David Cohn haar verteld had. Op dat moment ging de voordeur open en stapte haar schoonzoon, groepsleider Moritz Gruber, naar buiten.

23

*D*oor bemiddeling van Anna ontmoette Paul Pasqualini in de vroege herfst van 1938 voor het eerst in vijf jaar weer zijn broer Peter in het restaurant van zijn schoolvriend Sebastian aan de voet van de Hohenstaufen.

'Wat was je dit keer van plan?' wilde Baste nieuwsgierig weten. Maar Paul vertelde hem dat het dit keer om een heel gewone, zij het discrete, ontmoeting ging.

'Ik begrijp het,' antwoordde Baste. Hoewel hij zich er wel over verbaasde dat Paul voor dit etentje de hele zijkamer gereserveerd had.

'Daar heb ik zo mijn redenen voor,' zei Paul, maar meer wilde hij niet verraden.

Paul vertelde zijn tweelingbroer uitgebreid over de Italiaanse familie, in het bijzonder over de grootouders, wat Peter natuurlijk zeer interesseerde. En ook over zijn liefde voor Angela vertelde hij, waarbij hij haar haastig gesloten huwelijk wel verzweeg.

'En hoe is het met jou?' vroeg hij zijn broer ten slotte, toen hij uitverteld was.

'Ik doe tegenwoordig vooral veel stratenbouw en wat nieuwbouw voor partij-instellingen in de stad. In de normale huizenbouw is momenteel weinig te doen. De mensen zijn voorzichtig geworden en houden de hand op de knip!'

'Klopt.' Paul knikte. 'En met de werkloosheid is het weliswaar beter geworden, maar het is nog lang niet voorbij!'

'Werkloosheid is hier in de omgeving amper een probleem. In de landbouw zijn altijd nog mensen nodig – en veel industrie is hier immers niet!'

'Wat in dit geval bijna een geluk is,' vond Paul, die uit Stuttgart heel andere berichten kende. Daar waren heel veel mensen die geen werk meer hadden. Er heerste honger en armoede.

'En hoe is het met Gustel en de kinderen?'

'Gustel gaat helemaal op in haar winkel. Ze is een echte zakenvrouw geworden en met de kinderen gaat het goed. Anton is nu vier en Irmgard twee. Jammer dat je geen tijd hebt om langs te komen. Je neefje en nichtje zouden het vast leuk gevonden hebben om hun oom Paul eindelijk eens te leren kennen en Gustel zou beslist weer eens lekker Zwabisch voor je gekookt hebben.'

Paul hoorde het onderliggende verwijt in de stem van zijn broer en begreep dat hij nu toch met een verklaring voor deze vreemde, geheimzinnige ontmoeting in Hohenstaufen moest komen. Niet alleen om nieuwe vragen te voorkomen, maar vooral om zijn positie binnen de firma Rapp niet in gevaar te brengen. Daar zou namelijk niemand begrijpen hoe een Napolitaanse hoogleraar met de Italiaanse nationaliteit een tweelingbroer in Wisslingen plus een grote familie in dezelfde plaats kon hebben.

'Ik kan niet bij jullie op bezoek komen,' zei hij dus en hij liet zijn stem zakken, hoewel ze de kleine zijkamer helemaal voor zich alleen hadden. 'Ik heb in Stuttgart een behoorlijk... verantwoordelijke... functie, op voorwaarde dat ik geen contact meer heb met mijn vroegere omgeving. Het was al riskant genoeg om jou hier te ontmoeten.'

Peter keek zijn broer lange tijd aan en zei toen, waarbij de teleurstelling duidelijk te horen was, ook al deed hij zijn best om die te verbergen: 'Dat had ik nu niet gedacht, Paul. Dat ook jij je met dit regime...' – op het laatste moment verzachtte hij de zin wat – '... inlaat!'

Voor Paul was het niet makkelijk dat Peter hem voor een geheime functionaris of informant van het Hitler-regime hield, maar hij had het immers zelf gesuggereerd. En dus richtte hij zich op het woordje 'ook'.

'Wie in onze familie nog meer dan?'

'Nou, Else. Samen met onze geweldige zwager, meneer de

groepsleider Moritz Gruber. Je wilt me toch niet vertellen dat je dat niet wist!'

Natuurlijk was Paul op de hoogte. Zijn moeder had het hem geschreven, zonder verder commentaar overigens, wat hem opnieuw bewezen had hoe slim Anna toch was.

Maar nu deed hij of hij verrast was. Zo zouden ze een avondvullend gespreksonderwerp hebben en zou hij misschien ook terloops achter Peters politieke standpunt kunnen komen.

Maar die was voorzichtig geworden na Pauls 'bekentenis' en vertelde over alles en nog wat, behalve over hoe hijzelf dacht over het Hitler-regime. Met als resultaat dat – hoe langer ze met elkaar spraken – de verwijdering tussen de tweelingbroers groter werd dan in al die jaren dat ze elkaar niet gezien hadden.

Toen Peter weer thuis in bed naast de slapende Gustel lag, vroeg hij zich af of hij niet toch verkeerd zat wat zijn afkeer van Hitler en diens partij betrof. Als zelfs zijn broer Paul, die hij toch altijd hoog ingeschat had, nu al een aanhanger van deze zaak geworden was!

Paul daarentegen, die pas een uur later dan zijn broer in bed lag, piekerde de rest van de nacht over of hij misschien niet toch beter open had kunnen zijn. Uiteraard had hij Peters terughoudendheid gevoeld. Het werd al licht toen Paul eindelijk inzag dat het toch beter was om een vervreemding op de koop toe te nemen dan zijn functie bij de firma Rapp in gevaar te brengen. Want alleen met deze baan kon hij Angela die levensstandaard bieden, die ze gewend was.

24

$\mathcal{M}$et een bijna manische ijver had Angela zich na Pauls vertrek weer op haar zanglessen gestort.

Maar vanwege haar voortschrijdende zwangerschap ging het haar allemaal steeds meer moeite kosten, zodat Ludovica op een dag zei: 'Je moet nu echt een tijdje gaan stoppen met zingen, lieve kind!'

'Je begrijpt het niet, Ludovica,' hield Angela haar poot stijf.

O, ik begrijp jou heel goed, dacht Ludovica, maar ze was te slim om dit hardop te zeggen. Het zingen is het verdovende middel dat jou overeind houdt. Het zingen en het lezen!

Want Angela had de dikke diva zover gekregen dat ze haar elke keer een boek meegaf, wanneer ze voor haar zanglessen kwam.

En er was nog een middel waarvan noch Benedetto, noch Ludovica op de hoogte was, hoewel ze het misschien wel vermoedden: elke week ontving Angela twee keer post van Paul Pasqualini en minstens zo vaak stuurde ze zelf brieven naar Stuttgart.

Benedetto kwam een paar keer per week op de meest uiteenlopende en onmogelijke tijdstippen bij haar langs, om een espresso of een glas wijn te drinken of gewoon om te kijken hoe het met Angela ging.

En elke zondag, stipt om zeven uur, haalde hij Angela af om samen een hapje te gaan eten, aangezien hij op zondag geen verplichtingen bij de opera had.

Tot Angela's verbazing maakte hij haar geen enkel verwijt meer. Hij gedroeg zich als een goede vriend, vertelde haar de laatste roddels en ontwikkelingen bij de opera, bracht kleine attenties mee en zorgde ervoor dat ze regelmatig en goed te eten kreeg.

Hij deed tijdens deze gezamenlijke uurtjes trouw zijn best om verloren terrein terug te winnen.

'Ik heb een aanvraag voor een telefoonverbinding in jouw woning ingediend,' vertelde hij Angela op een zondagavond tijdens het eten.

'Dat is toch helemaal niet nodig. En bovendien veel te duur voor een huurwoning,' antwoordde Angela.

'Het is ook voor mijn eigen gemoedsrust,' beweerde Benedetto, maar ten slotte kwam hij met de ware reden voor deze maatregel: 'Al een tijdje voor ons huwelijk had ik een aanbod voor een gastrol bij de Metropolitan Opera in New York aangenomen,' bekende Benedetto haar. 'Eigenlijk had ik je ermee willen verrassen. Als een soort verlate huwelijksreis. Maar die gaat er nu om verschillende redenen uiteraard niet van komen.'

Angela knikte schuldbewust. Het was niet het enige plan van Benedetto dat hij vanwege de laatste ontwikkelingen had moeten opgeven.

'Eind oktober zal ik weer terug zijn, op tijd voor de geboorte,' beloofde Benedetto en Angela schaamde zich opnieuw. Ondanks alle narigheid verheugde Benedetto zich nog steeds zo ontzettend op het kind, dat haar hart er pijn van deed.

Toen hij vertrokken was, merkte Angela hoezeer ze zijn luide opgewektheid miste. Zelfs Paolo's komst had die niet kunnen temperen.

Een leven aan de zijde van Benedetto zou zeker ook iets aangenaams hebben, moest Angela zichzelf toegeven, toen ze op de eerste oktoberdag 's ochtends wakker werd en nog even genoot van de warmte van het bed. Bene had het talent om het leven positief te benaderen, en dat werkte aanstekelijk. Het was bovendien bewonderenswaardig wanneer je wist hoe verdrietig en radeloos hij tegelijkertijd was.

Bijna net zo erg als zijzelf.

Bij de gemeenschappelijke toekomst in Duitsland, die Paolo zo enthousiast in zijn brieven beschreef, kon ze zich absoluut nog niets voorstellen wanneer ze erover probeerde na te denken. Het was een vreemd en ver land, waar het vaak regende, zo had ze gehoord. En hoe zouden Paolo's familieleden en collega's het vinden, wanneer ze echt definitief daar naartoe zou komen?

Onwillekeurig verliep het precies zoals haar echtgenoot dat graag gezien had: ze schoof dergelijke gedachten gewoon aan de kant totdat er echt een besluit genomen moest worden. Tot na de geboorte van dit kind, dat in haar lichaam groeide en zijn aanwezigheid steeds vaker met krachtige schoppen en stoten duidelijk maakte.

Angela wist dat Benedetto hoopte op een zoon, een stamhouder die zijn naam zou voortzetten.

Zelf wist ze niet zo goed welk geslacht ze moest wensen voor het kind, totdat ze besefte dat Benedetto haar waarschijnlijk makkelijker zou laten gaan als het een meisje was.

Een paar weken eerder had ze besloten om haar broer en ook haar moeder een brief te schrijven. Beiden had ze over haar huwelijk en de zwangerschap verteld.

Stefano had haar praktisch per omgaande post geantwoord. Hij had haar gefeliciteerd, zij het met voorzichtige, terughoudende woorden, die Angela maar al te goed kon verklaren, aangezien Paolo haar van hun ontmoeting in Napels verteld had.

Van haar moeder had ze niets gehoord.

Net toen ze hierover nadacht, voelde ze onder haar navel een scherpe steek; en meteen daarna een golf van hitte, die vanuit haar buik opsteeg naar haar haarwortels en daar, in haar hoofd, leek te blijven hangen.

Zweetdruppeltjes vormden zich op haar voorhoofd.

Angela ging overeind zitten en luisterde naar haar lichaam. Het was toch onmogelijk dat het kind nu al kwam?

Volgens haar arts was ze pas over ruim drie weken uitgerekend. Ze had dit nog maar net gedacht, toen de onheilspellende gebeurtenis zich herhaalde, zij het nu veel heftiger, waardoor ze hardop kreunde.

Toen het weer voorbij was bleef ze radeloos op de rand van haar bed zitten. Moest ze met haar nieuwe telefoon de dokter opbellen en hem om een verklaring voor dit fenomeen vragen? Of beter eerst Ludovica?

Ze voelde zich merkwaardig zwak en niet in staat om dergelijke beslissingen te nemen. Ten slotte ging ze moeizaam staan en schuifelde naar de telefoon. Hierbij zag ze dat haar benen helemaal opgezwollen waren; haar enkels waren al niet meer te zien.

Terwijl ze ongerust de blauwige zwellingen bekeek, sloeg een nieuwe golf van pijn en hitte over haar heen. Angela stak haar hand uit om steun te zoeken aan de rand van de eettafel, maar het was al te laat.

Ze greep in de lucht en zakte als een opblaaspop in elkaar.

Een weldadige duisternis omhulde haar en verdrong alles: de hitte, de pijn en de angst die haar kort daarvoor nog overvallen had.

25

*H*et nieuws over het Verdrag van München, dat op 29 september 1938 was gesloten, bracht weer een beetje rust voor Paul, die zich toch zorgen gemaakt had over het gebruik van de uitvinding van Otto Kolb. De oorlogsdreiging, veroorzaakt door de smeulende kwestie rondom het Sudetenland, was vanaf nu voorbij en de vrede tussen de Europese landen gegarandeerd.

Toen Paul op de eerste oktober in zijn kantoor zat, een hoge, met donker hout betimmerde kamer, zag hij in de *Stuttgarter Zeitung* de foto van Mussolini, de man die de loop van zijn leven zo bepalend had beïnvloed.

Met een brede glimlach op zijn markante gezicht marcheerde hij naast de Führer en rijkskanselier Adolf Hitler de heren Chamberlain en Daladier tegemoet.

Wat zou er gebeurd zijn als ik die architectuurwedstrijd niet gewonnen had, vroeg Paul zich af, terwijl hij de foto bekeek. En meteen daarna waar Italië nu zou staan, wanneer deze man nog altijd les zou geven aan de kinderen van de basisschool in Gualtieri.

Maar toen herinnerde hij zich hoe zijn moeder over vragen waarin de woorden 'als' en 'dan' een belangrijke rol speelden, placht te zeggen: 'Als de aap niet over zijn hele lichaam behaard zou zijn, dan was hij misschien wel een mens!'

Twee verdiepingen hoger bekeek directeur Rapp de omzet, die de firma inmiddels met de gedroogde goulash gedraaid had, waarbij de aanzienlijke winst noch onder reclame, noch onder ingewikkelde en dure verkoopmethodes te lijden gehad had.

Hij bestudeerde ook de andere cijfers en kon vaststellen dat de zaken van het Rapp-imperium aanzienlijk beter geworden waren sinds Paul Pasqualini er bedrijfsleider geworden was.

Ook controleerde Helmut Rapp de declaratieformulieren van Paul. Lang zat hij erover na te denken, terwijl hij speelde met zijn zware, bronzen briefopener.

'Laat de professor even bij mij komen,' vroeg hij vervolgens aan zijn secretaresse. Hij had – net als alle andere medewerkers binnen het bedrijf – deze betiteling van de Italiaan overgenomen.

'Ik moet even kijken of hij er wel is, chef. Hij wilde deze week naar Milaan en misschien ook nog naar Venetië!'

'Natuurlijk,' bromde de ondernemer wrevelig, terwijl hij zijn half opgerookte sigaar zo woest in de bronzen asbak smeet dat de vonken in het rond vlogen en kleine gaatjes in het vilt van de onderlegger brandden.

Maar de secretaresse vond Paul in zijn kantoor en vroeg hem, even bij de chef langs te gaan.

'U moet bij meneer komen, professor. Maar wees voorzichtig: hij gooit met zijn sigaren!'

Paul knikte, kwam overeind en pakte zijn jasje. In principe was er niets wat hem verweten kon worden, afgezien dan van het bedrog waarmee hij bij deze firma terechtgekomen was. Hij was nog altijd als de dood dat dit uit zou komen en nu zelfs nog meer, sinds hij Angela beloofd had dat ze bij hem in Duitsland kon komen wonen.

Terwijl hij de brede, houten trap opliep en zich vervolgens door de lange gang heen haastte die naar Rapps heiligdom leidde, overlegde hij koortsachtig wat de aanleiding geweest zou kunnen zijn, waardoor de chef nu achter zijn valse nationaliteit gekomen was.

'Ik moest komen, meneer Rapp?'

'Neem plaats, Paul! Ik wil je een voorstel doen.'

Paul ging zitten, waarna zijn chef ging staan en voor het grote raam heen en weer begon te lopen terwijl hij sprak.

'Het gaat goed met onze firma sinds jij de bedrijfsleiding in handen hebt, Paul!'

Paul was opgelucht en knikte gevleid.

Dit was niet de ouverture voor een preek, of zelfs een ontslag, dat was wel duidelijk.

'En dus heb ik besloten om je… nog vaster… aan de firma te binden. Ik betaal je een provisie voor die deal met de gedroogde goulash en bied je daarnaast nog een aandeel aan… van… laten we zeggen, vijf procent van de totaalwinst.'

'Tien procent,' zei Paul automatisch, want het onderhandelen en afdingen zat hem inmiddels in het bloed.

Hij schrok er zelf van.

Even gleed een lichte blos van woede over de wangen van de fabrikant, maar toen brak hij in schaterlachen uit.

'Je bent en je blijft een Italiaan,' riep hij geamuseerd. Even was hij stil en toen zei hij beslist: 'Zeven. Zeven procent en geen cent meer. Zijn we het eens?'

'Daar kan ik wel mee leven,' antwoordde Paul, die niet de minste moeite deed om zijn brede grijns te verbergen.

Ze bespraken de details van het aandelencontract voordat Paul terugkeerde naar zijn kantoor en de zaak in al zijn facetten nog eens de revue liet passeren. Daarna beëindigde hij bij uitzondering zijn werkdag een keer rond het middaguur en reed naar een café dat hoog boven het Neckardal lag.

De zon scheen nog warm op het beschutte terras. Paul bestelde gevuld kalfsvlees met spätzle en een fles Cannstatter Zuckerle.

Langzaam en genietend at hij de lekkere maaltijd en dronk de fles wijn tot op de laatste druppel leeg, terwijl hij uitkeek over de roestkleurige en lichtgele bladeren aan de wijnstokken, die gloeiden in de zon.

Wat kan de wereld toch mooi zijn, dacht hij dankbaar.

Al het andere zal vast ook goed komen.

26

Achteraf had Paul niet meer kunnen zeggen wanneer het gevoel van euforie plaatsgemaakt had voor nervositeit. Hoewel hij niet van plan geweest was om die dag nog terug naar de firma te gaan, vroeg hij zijn chauffeur toch om hem bij het bedrijf af te zetten.

Hij bekeek de post die zijn secretaresse intussen op zijn bureau gelegd had, maar vond niets belangrijks of zorgwekkends.

De gedachte dat er wat gebeurd zou kunnen zijn met zijn moeder, verdrong hij snel weer. Hij had zijn broer Peter zowel zijn adres als telefoonnummer, zakelijk en privé, gegeven. Peter zou niet aarzelen om in zo'n geval direct contact met hem op te nemen.

Toch nam het onrustige gevoel van uur tot uur toe, zodat Paul zich aan het einde van de middag niet langer kon beheersen.

Hij deed wat hij tot dan toe nog nooit eerder gedaan had: hij pakte de telefoon om Angela in Rome op te bellen. Toen de verbinding tot stand gekomen was, liet hij de telefoon lang overgaan, maar niemand nam op. Misschien was ze uit. Of boodschappen doen.

Twee uur later herhaalde Paul de poging, maar ook dit keer vergeefs.

Zijn onrust had nu plaatsgemaakt voor een kalme vastbeslotenheid.

Op een blad papier noteerde hij de belangrijkste dingen voor zijn secretaresse, hij ruimde zijn bureau op en droeg de chauffeur op hem naar de Weinsteige te brengen.

'Wacht hier alstublieft op mij. Straks wil ik dat u me naar Ulm brengt. Daar zal ik de nachttrein naar Milaan nemen.'

Haastig pakte hij de noodzakelijkste spullen bij elkaar en drong er vervolgens bij de chauffeur op aan zo snel mogelijk te rijden. Iets in hem zei hem dat Angela hem dringend nodig had, ook al werd de baby pas op zijn vroegst over drie weken verwacht.

Toen hij eindelijk in Rome aangekomen was, scheen de zon daar vriendelijk. De zuidelijke flair legde zich als een bonte mantel over zijn gemoed en Paul begon zich een beetje te schamen voor zijn hysterie, waarachter waarschijnlijk niets anders stak dan heimwee.

Hij kreeg een beetje last van gewetensbezwaren toen hij besefte dat hij met dit overhaaste bezoek inging tegen de afspraak die hij met Ludovica Agnelli en Benedetto Lacardo gemaakt had, maar ook die gedachte schoof hij snel weer aan de kant. Hij verheugde zich te veel op het weerzien met Angela.

Toen de taxi hem afgezet had voor het huis waar ze woonde, nam hij de traptreden met twee tegelijk om nog sneller boven te kunnen komen.

Bij de voordeur drukte hij meerdere keren op de bel. Hij luisterde gespannen, maar niemand kwam naar de deur om die te openen.

Paul belde opnieuw aan en nog een keer, maar zonder succes.

Hij voelde de teleurstelling opkomen, maar hij was niet van plan om zo snel op te geven. Op de binnenplaats ontmoette hij de conciërge die bezig was met het bijeenvegen van de bladeren, die van de grote ahornboom afgewaaid waren.

'De signora is erg ziek,' zei de man meteen dramatisch, nadat Paul hem ernaar gevraagd had. 'Donna Ludovica, die beroemde zangeres, u weet wel, heeft haar gisteravond bewusteloos aangetroffen. Ze is met de ambulance naar het ziekenhuis gebracht. Ik zeg het u, het arme kind zag er verschrikkelijk uit, vreselijk!'

Paul pakte de verblufte man zo krachtig bij de schouders dat die begon te protesteren.

'En waar is ze nu? Ik moet het weten!'

'Wat denkt u wel! Laat u mij onmiddellijk weer los!'

'Neemt u mij niet kwalijk, het spijt me. Maar ik ben zo gespannen. Weet u waar ze signorina Orlandi naartoe gebracht hebben?'

'Ik heb geen idee,' mompelde de man beledigd en hij deed uit voorzorg een stapje achteruit. 'Bovendien is de dame getrouwd. Ze heet nu Lacardo!'

Paul knikte en dacht koortsachtig na. Een stad als Rome had enorm veel ziekenhuizen. Het zou tijd kosten om overal naar een patiënte met de naam Angela Orlandi of Angela Lacardo te vragen.

Toen dacht hij weer aan de zanglerares die ervoor gezorgd had dat Angela naar het ziekenhuis gebracht was.

'Kunt u mij het adres van donna Ludovica geven?'

'Natuurlijk,' antwoordde de conciërge. 'En ook alle hoteladressen van signor Lacardo tijdens zijn Amerika-rondreis. Hij heeft me die lijst zelf gegeven. Hij is een verstandige en voorzichtige echtgenoot, meneer!'

Zo langzaam dat het Paul bijna tot waanzin dreef, schreef de conciërge vervolgens letter voor letter het adres van Ludovica op een papiertje. Paul trok het uit zijn handen en ging ervandoor.

Een klein uurtje later belde hij aan bij de deur van de grote etagewoning van Ludovica. Het leek een eeuwigheid te duren voordat er eindelijk opengedaan werd.

'Waar is Angela?' wist Paul uit te brengen.

'Wacht even, Paolo, ik kom meteen,' zei Ludovica, die de gemaakte afspraak alweer vergeten leek te zijn. 'Het gaat niet goed met haar.'

Angela bleek in de vrouwenkliniek van dottore Fabricio te liggen, een huis dat meer deed denken aan een luxe hotel dan aan een ziekenhuis.

'Het is een gerenommeerd adres in Rome voor bevallingen,' verzekerde Ludovica Agnelli hem, toen ze eindelijk bij de kliniek aangekomen waren en naar de chef-arts gevraagd hadden.

'Goed dat u gekomen bent, signore,' zei de dottore ernstig, terwijl hij hen een stoel aanbood.

'Hoe gaat het met haar?' vroeg Paul, wiens stem trilde van angst.

'Slecht,' bekende de arts zonder omhaal. 'Zoals ik zei, het is goed dat u er bent. Uw vrouw is helaas nog altijd buiten bewustzijn en we kunnen de beslissing onmogelijk nog langer voor ons uit schuiven.'

'Welke beslissing?' vroeg Paul schor, maar de gezichtsuitdrukking van de arts zei genoeg.

'Hoe we verder moeten handelen. Het heeft geen zin om de medische problematiek tot in detail uit te leggen aan een leek, maar helaas is de toestand dusdanig dat we moeten kiezen tussen een operatie, die weliswaar het leven van de moeder zal redden, maar wel de exitus van de foetus tot gevolg heeft, of een normale geboorte die het kind vermoedelijk zal overleven, maar de moeder zeer waarschijnlijk niet.'

Met stomheid geslagen staarde Paul de grijsharige medicus aan. 'U bent gek geworden,' wist hij uiteindelijk uit te brengen. 'Wanneer dit kind Angela het leven kan gaan kosten, bevrijdt u haar er dan van, maakt niet uit hoe, als ze maar in leven blijft!'

'Dat is niet toegestaan,' klonk op dat moment een vrouwelijke stem. Paul draaide zich om.

In de deuropening stond Sofia Orlandi. Ze droeg een grijs kostuum en haar nog altijd donkere haar was in de nek tot een strenge knot samengebonden.

Sofia voelde de blikken van de drie aanwezigen en herhaalde met vaste stem: 'De Katholieke Kerk staat niet toe dat het leven van een ongeboren kind ten gunste van de moeder op het spel gezet wordt!'

De dottore knikte bezorgd. Hij leidde deze kliniek onder de verantwoordelijkheid van de kerk en zag zich dus genoodzaakt om in te stemmen met deze pas gearriveerde dame. 'Dat is inderdaad het officiële standpunt van het Vaticaan.'

Paul schoot overeind. 'Het moet niet gekker worden!' schreeuwde hij. 'Wat kan mij die paus schelen? En u...' met zijn vinger wees hij naar Sofia, 'wat komt u zich nu weer met ons leven bemoeien en doen alsof u de hoedster van de katholieke geboden bent? Uitgerekend u! Alsof u al niet genoeg ongeluk veroorzaakt hebt, signora Orlandi!'

Zijn gezicht was nu vlak voor het hare en de woede benam hem dusdanig de adem dat zijn stem een halve octaaf hoger klonk dan normaal. 'Wat bent u eigenlijk voor moeder? Eerst speldt u Angela leugens op de mouw waardoor ze uit teleurstelling trouwt en nu ze daar ligt en zich niet kan weren, wilt u haar ook nog eens dood hebben!'

Sofia Orlandi week niet terug.

Met een koude blik bekeek ze de zoon van haar vijandin.

'Er is er maar één die mag beslissen over leven of dood,' zei ze tegen de arts. Ze ademde diep in om er vervolgens tegen Paul op verachtelijke toon aan toe te voegen: 'Misschien dat dat in uw ketterse religie anders is, maar bij ons in Italië wordt dit gerespecteerd.' Toen draaide ze zich weer om naar de arts en zei: 'Ik heb alles gehoord wat u vertelde, dottore. Ik ben de moeder van Angela Lacardo, terwijl deze meneer hier in geen geval haar echtgenoot is, zoals u blijkbaar geloofde!'

De arts leek in de war te zijn. Eerst staarde hij de man aan die keek alsof hij bereid was om hem met een pistool te dwingen zijn scalpel ter hand te nemen, daarna weer de genadeloze dame die beweerde dat ze de moeder van de patiënte was.

'U vindt mij in de ziekenhuiskapel wanneer er nieuws is, dottore,' maakte Sofia nu een einde aan verdere discussies. 'Ik zal daar het enige doen wat men kan in een situatie als deze: ik zal bidden. God zal de dingen regelen zoals Hij het wil en wij zullen ons daarnaar moeten schikken. Zelfs u, signor Pasqualini!'

En met die woorden draaide ze zich om en verliet de kamer zonder de deur achter zich te sluiten. Nog even weerklonken haar voetstappen op de marmeren vloer van de hal, daarna was het stil.

De dokter poetste verlegen zijn bril, voordat hij durfde te vragen: 'En waar is signor Lacardo?'

'In Boston,' antwoordde Ludovica. 'Hij zingt daar vandaag de rol van Alvaro!'

'Hoe passend,' mompelde de arts met een vleugje ironie. Hij vond het wel treffend dat de echtgenoot van deze ongelukkige kraamvrouw uitgerekend een stuk uit Verdi's opera 'De kracht van het noodlot' moest zingen.

Ook de oude sopraan moest glimlachen toen ze de gedachten van de arts aan zijn gezichtsuitdrukking aflas.

Alleen Paul, die minder bekend was met opera en die het op dit moment ook helemaal niets zou kunnen interesseren, begreep de opmerking niet.

'Mag ik naar haar toe?' vroeg hij in plaats daarvan en hij nam daarbij zo'n dreigende houding aan dat de dokter hem niet durfde te weigeren, vooral omdat Ludovica Agnelli na even nagedacht te hebben ook zei: 'Ik denk dat dat verstandig is. Wanneer er iets is wat haar weer bij bewustzijn zou kunnen brengen, dan is het wel de aanwezigheid van deze meneer hier!'

Waarmee ze gelijk zou blijken te hebben.

Zonder te letten op de arts of de nonnen, die in de kamer bezig waren met grotendeels nutteloze handelingen, sprak Paul op Angela in, waarbij hij allebei haar handen beetpakte. 'Je moet wakker worden, liefste! Het kindje wil eruit. En jij moet het daarbij helpen, hoor je me, Angela? Alsjeblieft, doe je ogen open en verman je! Het komt allemaal goed, als je maar doet wat de dokter zegt!'

Hij zei het telkens opnieuw, als een boeddhistische monnik die zijn mantra herhaalde.

De nonnen, die geen idee hadden en er nog altijd van uitgingen dat deze man de echtgenoot was, wisselden een ontroerde blik. Ze kregen hier bijna nooit de gelegenheid om de vaders van de toekomstige kinderen te zien en waren dus hevig aangedaan door zijn liefde en schijnbaar grenzeloze geduld.

Midden in de nacht gebeurde dan toch het wonder. Angela sloeg haar ogen op. Haar blik was helder en ze kon verstaan wat Paul tegen haar zei.

'Probeert u te persen, signora!' beval de arts, die zijn kans schoon zag.

Angela, die niets anders voelde dan een doffe pijn, volgde zijn aanwijzingen dapper op.

Aanvankelijk voelde ze geen verandering in haar toestand

hoezeer ze ook haar best deed. Maar toen gebeurde er iets unieks. Als kind was Angela tijdens een verblijf op hun landgoed eens van de rug van een paard gevallen en schrijlings op een omgevallen boomstam terechtgekomen. Het was alsof de stam haar in tweeën had willen splijten en dit gevoel had ze nu weer.

De nonnen kwamen haastig aangesneld en de dokter dirigeerde Paul naar de achtergrond. De twee doorwaakte nachten en de weeïge geur van het bloed zorgden ervoor dat hij een beetje duizelig werd, maar niemand bekommerde zich om hem. Hij leunde tegen de witgekalkte muur en zijn maag wilde net gaan protesteren toen een lange en hoge schreeuw van Angela hem weer naar het bed dreef. Erdoorheen was een nieuwe schreeuw hoorbaar en Paul zag, over de wijde kap van een van de nonnen heen, een vreselijk uitziend, slijmrood bundeltje, waaruit een pikzwarte bos met verbazingwekkend lange haartjes tevoorschijn stak.

'Het lijkt gezond te zijn,' zei de non opgelucht en verdween met het spartelende ding in een zijkamertje.

'En... Angela?' fluisterde Paul bezorgd.

'We zullen zien,' bromde de arts, wiens optimisme wat Angela betrof, nog altijd gering was. 'U kunt het beste ook maar naar de kapel gaan om te bidden, signore!'

Paul schudde heftig zijn hoofd. Hij had geen zin om daar die vreselijke Sofia Orlandi tegen het lijf te lopen.

Hij ging op een stoel zitten, die een van de zusters vanuit een hoek tevoorschijn trok en probeerde zich op Angela te concentreren.

Toen alle activiteiten rondom haar beëindigd waren en Angela's gekwelde lichaam met een wit laken afgedekt was, schoof hij met zijn stoel dichterbij en sprak met halfluide stem op haar in, kalmerend en opbeurend tegelijk. De twee nonnen die meeluisterden, keken gespannen toe hoe de woorden van deze man meer leken te doen dan alle medicijnen die de patiënte eerder waren toegediend. Angela's verkrampte gezichtsuitdrukking ontspande langzaam en een soort vrede leek over haar neer te dalen. Ten slotte sliepen ze allebei, de kraamvrouw in haar bed en de man in elkaar gedoken op de stoel. Maar zelfs in zijn slaap hield hij haar hand nog vast.

Sofia Orlandi bezocht ondertussen haar nieuwe kleindochter. Het wezentje, dat Paul bij haar entree in deze wereld nog zo lelijk gevonden had, bleek gewassen en verpakt in een met kant afgezet slaapzakje een ware schoonheid te zijn.

'De gelijkenis met uzelf is verbluffend, signora,' stelde de kinderverpleegster vast, toen Sofia haar kleindochter voor het eerst in de armen hield.

'Echt? Vindt u?' vroeg deze verbaasd, waarbij deze verbazing meer voortkwam uit de emotie die haar overviel. Ze voelde een zo overweldigende, diepe liefde voor dit kleine schepseltje, zoals ze die na Stefano's dood niet meer gevoeld had.

Ze vergat de kapel en bracht de meeste tijd door in de kamer van het kind. Met ongebruikelijk geduld voedde ze het kleintje met een flesje melk van een andere vrouw uit de kliniek, speelde met de piepkleine handjes, die zich met verrassende kracht om haar wijsvinger klemden, en werd daarbij overspoeld door een onbeschrijfelijk gevoel van geluk. Slechts heel af en toe verliet ze de kamer om zich wat op te frissen of om naar de kamer aan de andere kant van de gang te gaan, waar haar dochter vocht voor haar leven.

Een van deze afwezigheden werd door Paul benut om Angela's dochter eens beter te bekijken. Ook hij kon er niet omheen, de grote gelijkenis met grootmoeder Orlandi was treffend. Maar toen hij erover begon na te denken wat deze constante herinnering aan Sofia Orlandi in de toekomst met hem zou doen, schoof hij die gedachte snel weer van zich af. Dit kind was een ander mens en overeenkomsten in het uiterlijk zeiden niets over vergelijkbare karaktertrekken.

Terwijl het meisje op instructie van Sofia gedoopt werd met de naam Leonora, weigerden Angela's nieren nog altijd vrijwel alle dienst. Op aandringen van Paul Pasqualini was er inmiddels een urologisch specialist bijgehaald.

Ondanks de felle protesten van Sofia had Paul het voor elkaar gekregen dat er een veldbed voor hem in Angela's kamer gezet was. Hij week nu alleen nog van haar zijde wanneer Sofia Orlandi verscheen, om – demonstratief gebruikmakend haar rechten als moeder – enkele uren aan het bed van haar dochter te waken.

Vergeefs probeerde ze met hatelijke opmerkingen de nonnen tegen Paul op te zetten. De vrome vrouwen hadden genoeg gezien en gehoord en ze hadden een hart; iets wat deze moeder en grootmoeder blijkbaar niet had. Want zelfs de gebeden die ze continu aan de rand van Angela's bed prevelde, klonken als beledigde beschuldigingen aan het adres van God.

De strijd om Angela's leven duurde drie lange dagen.

En eindelijk, op de vierde ochtend, ontwaakte ze uit haar verdoofde toestand.

'Godzijdank!' riep Paul opgelucht, toen hij zag dat haar ogen weer helder stonden en haar vingers de druk van de zijne beantwoordden.

Ze was nog behoorlijk zwak, maar ze zou het overleven.

'Waar is mijn kind?' fluisterde ze. 'Is het gezond?'

'Jazeker,' verzekerde Paul en een van de nonnen ging op weg om het kleintje te halen.

Even later rolde de verpleegster het bedje naar binnen, op de hielen gevolgd door Sofia Orlandi, die het er helemaal niet mee eens was dat het slaapje van de baby werd onderbroken om haar aan de borst van haar moeder te leggen. Paul moest zich inhouden om de vrouw niet aan te vliegen en haar de kamer uit te gooien.

'Mijn schatje,' fluisterde Angela en drukte haar wang tegen de zachte donshaartjes van haar dochter. 'Ik noem haar Paola!'

'Dat zal niet gaan. Het kind is al gedoopt. Ze heet Leonora!'

Angela opende haar mond, maar bedacht zich toen, terwijl haar moeder verklaarde: 'Die nooddoop was een voorzorgsmaatregel. Tenslotte was ze ruim drie weken te vroeg en voor het geval ze nog voor de doop overleden zou zijn…'

'Maar gelukkig is dat niet gebeurd,' viel een van de nonnen haar in de rede, terwijl Paul stond te beven van woede.

'Ik denk dat we moeder en kind nu het beste maar even alleen kunnen laten,' beval een tweede non gedecideerd. Het was haar niet ontgaan hoe Paul zich voelde en dit leek haar de beste manier om hem voor ondoordachte handelingen te behoeden.

Paul knikte slechts, liep nu toch naar de ziekenhuiskapel en bedankte God voor de goede afloop. En plotseling voelde hij zich zo leeg, dat hij begon te huilen en daar heel lang niet meer mee kon stoppen.

27

$\mathcal{B}$enedetto Lacardo verscheen een dag voordat Paul weer moest vertrekken. Talloze telegrammen en zelfs telefoongesprekken vanuit de firma Rapp maanden hem al sinds ruim een week dat hij naar Stuttgart terug moest komen.

Als eerste haastte Benedetto zich naar het bed van zijn zieke vrouw, waar hij echter door een resolute non tegengehouden werd.

De signora had orders van de dokter gekregen 's middags strikte rust te houden.

En dus ging Benedetto op zoek naar zijn kleine dochter. Sofia Orlandi deed net een paar boodschappen in de stad waardoor de kersverse vader het geluk had volkomen ongestoord van deze eerste ontmoeting te kunnen genieten.

'Wat een schattig wezentje!' riep de zanger enthousiast. Zijn geschoolde stem galmde zo luid door de ruimte dat twee andere baby's er wakker van werden en begonnen te huilen.

De verpleegster legde haar wijsvinger tegen haar lippen, maar dat maakte weinig indruk op Benedetto.

'Dit kind is het geluk van mijn leven,' verklaarde hij amper zachter terwijl hij het kind zacht in zijn armen wiegde en begon te zingen. Het was een Romeins kinderliedje dat zijn eigen kindermeisje destijds voor hem gezongen had.

Opmerkelijk genoeg waren de twee andere zuigelingen daarop weer stil, terwijl Leonora haar zwart bewimperde oogleden opende. In haar donkere ogen verscheen een glinstering en iets wat op een glimlachje leek gleed over haar gezichtje.

Benedetto zag het meteen.

'Ze lacht, zuster, ziet u dat, ze heeft naar me gelachen, ik weet het zeker!'

De verpleegster antwoordde niet maar deed ook niet de moeite om hem te corrigeren.

Jonge vaders waren allemaal even kinderachtig en deze hier, hoe beroemd ook, was daarop geen uitzondering.

Benedetto zong nog een klein stukje uit de *Zauberflöte*: '*Ein Mädchen oder Weibchen wünscht Papageno sich, ja, so ein süßes Täubchen wär Seligkeit für mich!*', maar daarna pakte de verpleegster het 'geluk van zijn leven' weer van hem af om de luier te verschonen. Zelfs dit vertederde de zanger, vooral omdat hij het kleine kinderlijfje zo goed kon bewonderen.

Toen de verpleegster bijna klaar was met het opnieuw inbakeren van het kind, ging de deur open en betrad een donkerharige, goeduitziende vrouw van middelbare leeftijd de kamer.

'Wat doet die man hier?' vroeg ze scherp, terwijl ze naast de commode kwam staan en een hand op Leonora legde. Het gebaar was beschermend, maar tegelijkertijd ook zo bezitterig, dat Benedetto enigszins ontstemd zei: 'Ik ben de vader van dit kind – en wie bent u, als ik vragen mag?'

'Ik ben de moeder,' verklaarde Sofia autoritair.

'Dat, lieve mevrouw, lijkt me sterk aangezien de dame met wie ik getrouwd ben de moeder is. Dus, nog een keer: wie bent u?'

'Mijn naam is Sofia Orlandi. Ik ben de moeder van uw vrouw, signor Lacardo.'

Benedetto, die heel wat toneelervaring had, maakte van zijn talent gebruik door meteen een stuk vriendelijker verder te gaan: 'Geachte schoonmama, eindelijk heb ik het genoegen om u te leren kennen!'

'Het genoegen is geheel wederzijds,' antwoordde Sofia koeltjes.

De man was veel te oud voor Angela, maar goed: hij was een Italiaan, hij was katholiek en hij had absoluut niets te maken met die rode heks in Duitsland en haar hele kliek.

'Goed dat u eindelijk terug bent,' zei Sofia dus. 'Het is de hoogste tijd dat hier eindelijk een beetje orde op zaken gesteld wordt!'

'Wat bedoelt u?' vroeg de zanger verbaasd.

'Ik neem aan dat het niet alleen in mijn, maar vooral ook in uw belang is, dat u een hartig woordje met die… die signor Pasqualini gaat spreken, die nu al twaalf dagen de aandacht van mijn dochter in beslag neemt. Volstrekt ongepast en dat is nog het minste wat ik hierover te zeggen heb!'

Benedetto Lacardo merkte hoe het bloed in zijn oren begon te ruisen. Waarom, verdomme, kon die kerel zich niet aan de afspraak houden? dacht hij woedend.

Gedreven door de uitdagende blik van zijn schoonmoeder ging hij voor de tweede keer op weg naar zijn vrouw. Die bleek nu wakker en Paul Pasqualini zat op een stoel naast haar bed.

Sofia Orlandi was hem uiteraard gevolgd. Ze wist precies wat er nu ging komen: het gevecht om haar dochter.

'Ik zie dat u geen man bent die zich aan zijn woord kan houden,' opende Benedetto Lacardo de discussie, voordat iemand hem voor kon zijn.

'Zou je mij niet eerst eens begroeten,' zei Angela, die zich voorgenomen had om deze confrontatie meteen wat van zijn scherpte te ontnemen. Ze wist hoe belabberd ze er nog steeds uitzag en hoopte erop dat Benedetto dit zou zien en zich zou weten te beheersen.

En precies zo ging het ook.

Benedetto kwam naast Angela's bed staan. Hij keek naar haar smal geworden, bleke gezicht met de donkere kringen onder de ogen en voelde een groot gevoel van medelijden in zich opstijgen.

'Mijn arme kind,' zei hij, terwijl hij bukte en een lichte kus op haar koude voorhoofd drukte. Maar toen hij zich weer oprichtte, zag hij zijn opponent vlak voor zich en zijn woede keerde terug.

'Ik had toch wel verwacht dat u zo fatsoenlijk zou zijn om met uw… bezoek… hier te wachten totdat mijn vrouw en kind uit het ziekenhuis ontslagen zouden zijn,' brieste hij, terwijl hij probeerde de gekwelde blik in Angela's ogen te vermijden.

'Wanneer Paolo hier niet geweest was en mij aangemoedigd had om verder te leven, dan zou ik nooit de kracht gevonden hebben om dit allemaal te doorstaan. Dan zou je nu een weduwnaar zijn, Benedetto. Een kinderloze weduwnaar, welteverstaan!'

'Dat is een wel erg sentimentele uitleg van de situatie. Je hebt je leven te danken aan de kunde van de artsen, lieve kind, en niet aan zijn zogenaamde praatjes. Mijn vraag is: waarom was hij hier, terwijl hij toch beloofd had om te wachten tot na de geboorte?'

'Hij voelde dat er iets aan de hand was met mij,' antwoordde Angela, om meteen te beseffen dat ze dit beter anders had kunnen formuleren.

'O ja? Is de liefde zo groot dat jullie nu zelfs al telepathische boodschappen met elkaar uit kunnen wisselen? Wat ontroerend! En waarom, vraag ik me dan af, hebben jullie geen gebruik van die gave gemaakt voordat ik, idioot die ik was, om je hand vroeg?'

Toen begreep ook hij dat hij een verkeerde woordkeus gemaakt had.

Paul ving de bal, die Benedetto hem zo ondoordacht toegespeeld had, meteen op. 'Wanneer u zelf al zegt dat het... idioot... was om met Angela te trouwen, dan neem ik aan dat u er ook niets op tegen hebt, wanneer die fout gecorrigeerd wordt. Ik vraag u, nee, ik smeek u: laat Angela vrij. Wij zullen naar Duitsland gaan en u niet meer lastigvallen.'

Bij die woorden kon Sofia Orlandi zich niet langer inhouden. 'Dat staat u toch niet toe, signor Lacardo?' riep ze. 'Het is uw taak om deze man terecht te wijzen. Het heilige sacrament van het huwelijk...'

'Houdt u zich erbuiten, moeder. En verdwijnt u alstublieft! Wanneer u er niet geweest was, dan had deze... krankzinnige... discussie nooit hoeven plaatsvinden.'

'Ik had je strenger moeten opvoeden en je niet aan de schadelijke invloed van tante Serafina...'

'Verlaat mijn kamer! Nu! Ik wil helemaal niets meer horen,' schreeuwde Angela met overslaande stem. Haar bleke gezicht vertoonde nu rode, ronde vlekken op de wangen en de opwinding deed de blauwige ader aan haar slaap zichtbaar kloppen.

'Rustig, schat,' zei Paul bezorgd, terwijl hij haar hand pakte. Er komt een dag dat ik die vrouw vermoord, dacht hij verbitterd. Hij was nog nooit iemand tegengekomen die de dingen zo wist te verdraaien als Angela's moeder.

'Goed, dan ga ik,' zei Sofia met alle Mazone-arrogantie die ze wist op te brengen.

De opluchting was van de gezichten van Angela en Paul af te lezen toen ze eindelijk de deurklink beetpakte. Maar het was nog niet voorbij.

'Iemand die bewust zijn ongeluk opzoekt, kan niet bekeerd worden,' zei Sofia tegen haar schoonzoon. 'Maar het is een zonde om een onmondig kind de dupe van een dergelijke situatie te laten worden. Het is uw kind, Benedetto Lacardo, en ik hoop dat u verstandig genoeg zult zijn om haar hiervoor te behoeden.'

Toen stapte ze eindelijk de kamer uit en trok de deur achter zich dicht.

Maar het gif dat ze achtergelaten had, verspreidde zich in Benedetto als een infectie. Hij had bijna een halfjaar de tijd gehad om na te denken over zijn overhaast gesloten huwelijk. Hij wist dat het mislukt was en dat zijn vrouw niet tegen te houden zou zijn wanneer deze Duitser haar zou vragen om te kiezen, wat tijdens zijn afwezigheid misschien ook al wel gebeurd was. Maar waar hij geen rekening mee gehouden had, was de plotselinge, heftige liefde die hij voor zijn kind voelde. Angela's moeder moest het gezien en herkend hebben, want haar woorden waren weldoordacht geweest, dat was hem wel duidelijk.

'Prima. Je mag met hem meegaan, Angela, wanneer je dat per se wilt,' zei hij dus. 'Maar het kind blijft hier bij mij, in Italië.'

Sprakeloos staarde Angela hem aan. Ze had verschillende scenario's de revue laten passeren; maar een dergelijke eis van Benedetto had er niet tussen gezeten.

'Dat kun je niet van me vragen,' jammerde ze toen. 'Ik ben toch de moeder!'

'En ik ben de vader,' antwoordde Benedetto. Het idee zijn dagen te kunnen doorbrengen met zijn kleine, schattige dochtertje, beviel hem steeds beter, hoe meer hij erover nadacht.

'Bene, jij hebt noch de tijd, noch het geduld om voor zo'n kleintje te zorgen. Je zou een kindermeisje in dienst moeten nemen en de opvoeding dus uit handen moeten geven. Is dat wat je wilt?'

'Ik wil het in elk geval liever dan dat ik mijn dochter in een vreemde cultuur laat opgroeien met een stiefvader die, wanneer jij hem een eigen kind schenkt, de interesse in haar zal verliezen.'

Paul sprong op en riep: 'Ik verzeker u...' Maar Benedetto viel hem in de rede. 'Wat, signor Pasqualini? Wat wilt u me dit keer beloven, om het dan, wanneer het u uitkomt, snel weer te vergeten? U verwacht toch zeker niet dat ik uw beloftes nog serieus neem?'

'Ik zal laten uitzoeken of zo'n... onmenselijke... handelwijze überhaupt wel wettelijk...'

'De wet, mein Herr...' Benedetto gebruikte deze Duitse woorden met grote ironie, 'de wet staat in dit geval geheel aan mijn kant. Echtscheiding bestaat niet in Italië en voogdij over een Italiaans kind zal voor een Italiaanse rechtbank, mocht het zo ver komen, gegarandeerd aan de Italiaanse vader toegekend worden en niet aan een moeder, die zich in Duitsland in een buitenechtelijke verhouding of een, naar Italiaanse begrippen, bigamistisch huwelijk bevindt. Of denk jij daar anders over, Angela?'

Maar de jonge moeder kon al niet meer antwoorden. Opnieuw was ze het bewustzijn verloren, waardoor haar verblijf in het ziekenhuis met nog een week verlengd zou worden.

En Paul Pasqualini zag zich uiteindelijk gedwongen om terug naar Duitsland te gaan.

Toen Angela na in totaal zes weken uit het ziekenhuis ontslagen werd, trok ze weer in haar oude woning.

Benedetto Lacardo was akkoord gegaan met een scheiding van tafel en bed en vond het ook goed dat Leonora bij Angela zou opgroeien, mits hij, wanneer hij dat wilde, het kind kon zien.

Angela schreef een lange brief aan Paolo, waarin ze hem uitlegde dat het onmogelijk voor haar was om van haar kind gescheiden te worden, ook niet wanneer ze daarvoor met hem zou kunnen samenleven. Ze verzekerde hem van haar eeuwige liefde en vroeg hem om zo vaak zijn werk en zijn levenssituatie dat toe zouden laten, bij haar in Rome langs te komen.

Paul, die al bang geweest was voor deze reactie van Angela, las de brief enkele weken lang elke dag. Maar zelfs hij, die toch anders nooit om ideeën verlegen zat, kon geen oplossing voor dit dilemma bedenken.

Hij vervloekte Sofia Orlandi telkens wanneer hij aan haar dacht, en stortte zich als een waanzinnige op zijn werk bij de firma Rapp. Iets wat hem geen windeieren legde. Het ging hem algauw zo goed dat het leek alsof het lot hem voor zijn persoonlijke ongeluk wilde compenseren.

28

*T*ijdens de Kristallnacht van 9 op 10 november 1938 werd duidelijk dat Anna gelijk gehad had met haar vermoedens over wat de Führer met de joden van plan was.

Paul bewonderde het scherpe verstand van zijn moeder, die hij nu regelmatig stiekem ontmoette wanneer hij op doorreis was.

'En je zult zien dat ook mijn voorspelling over Hitlers "vredesbemoeienissen" juist is,' zei ze tegen hem, toen ze in mei 1939 samen in een klein café in Kirchheim an der Teck zaten.

'Ik zie het inmiddels ook zo, moeder,' moest Paul toegeven, nadat hij er zeker van was dat ze op dit uur de enige gasten in de ruimte waren en dat er ook geen deuren openstonden. 'Die man is uit op oorlog!'

Anna knikte bezorgd.

Ze was moeder van twee dienstplichtige zoons en wist welke gevaren een oorlog voor hen zou betekenen – nog afgezien van alle overige ellende die ermee gepaard zou gaan.

Paul schepte twee lepeltjes suiker in zijn koffie en begon zijn moeder vervolgens te vertellen wat hij al zo lang van plan geweest was: 'Ik ben nooit vergeten hoe verschrikkelijk het was toen we destijds al het geld en de huizen uit de erfenis verloren!

'Ik ook niet Paul.'

Nog een keer verzekerde Paul zich ervan dat dit gesprek niet door vreemde oren opgevangen zou kunnen worden. Toen zei hij: 'En daarom heb ik beetje bij beetje het meeste geld dat ik op mijn rekeningen had staan, ingewisseld voor goud en diamanten. Zonder dat iemand het wist en heel voorzichtig.'

'Dat was heel slim van je, Paul,' prees Anna hem, terwijl ze een groot stuk van haar kersentaart afsneed. 'Maar zorg dat je het goed verstopt, jongen. Want als dieven daar lucht van krijgen…!'

Paul moest een beetje lachen. 'Dat dacht ik ook al. En daarom heb ik het… naar het buitenland… gebracht. De spullen liggen nu allemaal in een kluis in Zürich. Hier heb je het briefje met de nummercode en het sleutelwoord.'

Hij zag de verbazing in de ogen van zijn moeder en voegde eraan toe: 'Ik reis nogal wat en mocht er wat met me gebeuren, dan wil ik dat u het krijgt!'

'Waarom ik? Je zult toch niet altijd vrijgezel blijven en dan…'

Paul schudde zijn hoofd en viel haar in de rede: 'Ik zal niet trouwen, en ook geen eigen gezin krijgen.'

'Hoe kun je zoiets nu zeggen, Paul?' vroeg Anna verontwaardigd.

'Je bent een jongeman van net zevenentwintig. Dan kun je dat toch nog niet uitsluiten!'

'Jawel, moeder, dat kan wel,' antwoordde Paul. In zijn stem klonk zoveel verdriet en vastbeslotenheid dat zijn moeder ervan schrok. Ze was ervaren genoeg om te kunnen raden wat hier achter zat en Pauls zinspelingen wezen op iets waarvoor ze al zo lang bang geweest was.

'Er is dus een vrouw van wie je houdt, maar die je niet kunt krijgen. Klopt dat?' vroeg ze nu, op haar bekende directe manier.

Paul aarzelde even maar wist dat het geen zin had om tegen haar te liegen. Wanneer Anna eenmaal een vermoeden had, en dat was nu het geval, dan zou ze zich niet meer zo makkelijk laten afleiden.

'Ja, dat klopt. Maar het is gecompliceerder dan u misschien denkt.'

Anna knikte en liet het erbij.

Paul moest zichzelf bekennen dat zijn liefde voor Angela door alle complicaties van hun relatie niet kleiner, maar juist nog groter dan vroeger geworden was. Het leek wel een verslaving: als hij haar een paar weken niet gezien had, bedacht hij wel weer een reden om naar Rome af te reizen. Dan vielen ze elkaar in de armen en brachten enkele dagen in een liefdesroes door. Als hij dan de stad weer moest verlaten volgde er telkens weer een vloed van wanhopige tranen.

Toch was hij in staat dat verdriet op de terugreis alweer te vergeten, omdat dan het verlangen opnieuw en nog heftiger dan eerst de kop weer opstak. Haar liefde was als een drank die de dorst alleen maar erger maakte in plaats van die te stillen. Paul had geen idee waar dit uiteindelijk toe leiden zou – en hoe het misschien zou eindigen. Maar één ding stond vast: zijn geld had Angela niet nodig. Ze was welgesteld, zo had Stefano Orlandi die haar vermogen beheerde, hem verzekerd.

Onder de opmerkzame blikken van zijn moeder dronk Paul nu zijn koffie en zei vervolgens spijtig: 'Ik moet weer gaan, mama. Het werk roept. Ik ben op weg naar Milaan en dan verder naar Rome.'

Anna knikte. Met haar gebaksvorkje schoof ze de laatste taartkruimels bij elkaar en op haar koffielepeltje. Paul moest onwillekeurig grijnzen. Zijn spaarzame moeder: vooral niets verspillen!

'Je zult wel blij zijn met het "staalpact", dat von Ribbentrop en Galeazzo gisteren in Berlijn hebben ondertekend,' zei ze spottend, terwijl ze glimlachte. 'Dat moet toch een grote opluchting voor jou zijn, met je Italiaanse geliefde daar in Rome, dat Hitler en Mussolini zo samenwerken!'

'Hoe komt u daar nu bij?' vroeg Paul verbaasd.

'Ik luister naar je als je iets vertelt,' legde Anna uit en ze kon haar voldoening over deze voltreffer niet helemaal verbergen. 'En je hebt het nogal vaak over Rome. Sinds de afgelopen herfst ben je er al minstens drie keer geweest, of vergis ik me?'

Paul was blij dat op dat moment de serveerster verscheen zodat hij niet hoefde te antwoorden. Hij haalde een geldbiljet uit zijn portemonnee en riep, luider dan noodzakelijk was: 'Ik wil graag betalen, juffrouw!'

Anna glimlachte.

Paul betaalde de rekening en gaf een veel te hoge fooi.

De jonge serveerster was amper weer verdwenen of Anna

ging verder met het gesprek. 'Je bent oud en wijs genoeg om zelf te weten wat je moet doen of laten , Paul. Maar denk eraan: ontrouw is een zware zonde en voor alle zonden moet je boeten, jongen. Is het niet nu, dan later!'

'Dit is anders,' protesteerde Paul. Pas toen realiseerde hij zich dat zijn moeder hem opnieuw beet gehad had. Ze keek intussen in haar handtas om te controleren of haar buskaartje er nog wel in zat.

'Dat zegt iedereen die in zo'n situatie zit,' zei ze toen ze opkeek. En ze zei er achteraan dat er niet echt veel fantasie nodig was om te raden dat de vrouw in kwestie getrouwd was.

'Dan weet u nu dus wat u weten wilde,' bromde Paul gepikeerd, terwijl hij haar in haar donkerblauwe jas hielp.

'Precies!' zei Anna, tevreden over haar eigen opmerkzaamheid.

Maar u weet nog niet alles, dacht Paul, terwijl hij haar bij de arm nam en naar de bushalte begeleidde. Gelukkig hebt u daar geen idee van.

Want eerlijk gezegd, durfde hij zich niet de reactie van zijn moeder voor te stellen als die erachter zou komen dat zijn getrouwde, Romeinse geliefde uitgerekend de dochter was van de vrouw die in haar ogen schuldig was aan de dood van zijn vader.

29

Op 31 augustus 1939 zou Angela tijdens een operamani-festatie de rol van Gianetta uit Donizetti's 'Der Liebes-trank' zingen, aan de zijde van Benedetto als Nemorino en Elvira de Higaldo, een Spaanse gast-coloratuursopraan, die was aangetrokken voor de rol va Adina.

Benedetto had er al in januari voor gezorgd dat er een kindermeisje was aangenomen dat voor Leonora kon zorgen, terwijl haar moeder zich voorbereidde op haar eerste optreden in een opera. En hij was het ook die op het idee kwam om de woning te huren die net vrijgekomen was op Angela's verdieping.

Leonora en Lucia, het kindermeisje, trokken daarin, terwijl Benedetto en Ludovica alles in het werk stelden om met Angela de laatste puntjes op de i te zetten.

'Dit wordt een beslissende dag voor je, lieve kind,' herhaalde Benedetto telkens weer. 'Wanneer je dit goed doorstaat, dan ligt je verdere carrière voor je als een rode loper richting onsterfelijkheid!'

Maar Angela vond hele andere dingen belangrijk: Paolo was in Rome. Hij was bij haar en zou in het publiek zitten en dat was beter dan wat ook!

Deze uitvoering werd door kenners als cruciaal moment in de geschiedenis van de opera gezien.

De Spaanse zong de moeilijke coloratuurpartijen als een engel, Benedetto was nog nooit zo goed in vorm geweest en Angela, de debutante, straalde naast deze twee sterren. Losse bloemen en hele boeketten vlogen het podium op, waardoor de telkens opnieuw buigende artiesten uiteindelijk over een waar tapijt van bloemen liepen. Er kwam geen einde aan het da capo- en bravogeroep, en ook tijdens het aansluitende gala was iedereen vol lof. Voor het eerst in haar leven moest Angela handtekeningen uitdelen. Ze schreef haar naam op programmaboekjes en toegangskaartjes, in notitieboekjes en poëziealbums en bekeek daarbij telkens weer de ring die Paolo haar ter ere van deze gedenkwaardige avond cadeau gedaan had. Ze droeg hem als een trouwring aan haar rechterhand. Het was een grote, diepblauwe saffier, gevat in witgoud. Angela's witte kanten jurk, die ze ook deze avond weer droeg, samen met het bijzondere collier van Benedetto, maakten dat ze eruitzag als een ware schoonheid.

Benedetto, die goede connecties met de pers had, strooide de door hem verzonnen bijnaam kwistig in het rond en al snel werd er in de feestzaal enkel nog gesproken over 'Usignolo Bianco', de Witte Nachtegaal, en van de 'Zwarte Engel', aangezien de Spaanse helemaal in het zwart aan het feestmaal verschenen was.

Gewaarschuwd door Ludovica woonde Angela het banket aan de zijde van haar echtgenoot bij.

'Wat je privé doet, moet je zelf weten, maar officieel is Benedetto je echtgenoot. Onderschat niet de macht van het katholicisme in een land als het onze: je hoeft maar iets te laten merken van je relatie met Paolo Pasqualini of je kunt je carrière wel op je buik schrijven!'

Angela, die wist dat haar strenge lerares gelijk had, had er van tevoren al met Paul over gesproken. Met tegenzin was hij ermee akkoord gegaan.

Maar toen het hem tussen de pasta en de vis te bont werd met Benedetto's kusjes en handjes vasthouden, wendde hij zich met een dusdanige charme tot de jonge soubrette die ze hem als tafeldame hadden toebedeeld, dat Angela wit wegtrok.

Zodra het enigszins gepast was, verliet ze het feest.

Paul volgde haar een goed uur later. In haar woning aangekomen zat Angela hem al furieus op te wachten.

'Wat denk je wel niet,' riep ze opgewonden, terwijl ze met gebalde vuisten tegen het gesteven hemd van zijn smoking sloeg. 'Wekenlang smacht ik naar je en dan ben je er eindelijk en begin je met andere vrouwen te flirten!'

'En jij?' vroeg Paul, terwijl hij haar polsen beetpakte. 'Jij speelt zo overtuigend de gelukkige echtgenote, dat ik me afvraag of je dat niet ook echt bent als ik in Duitsland zit en naar jou hunker!'

'Je bent gek. Er is niets tussen Benedetto en mij! Goed, hij probeert het af en toe, maar ik heb hem duidelijk te verstaan gegeven...'

'Aha, ik dacht het wel. Zweer me alsjeblieft dat hij je niet heeft aangeraakt!'

'Daar kan ik gerust een eed op afleggen, maar hoe zit het met jou? Hoe trouw ben jij wanneer je in Stuttgart zit, helemaal alleen in je woning, 's avonds of op zondag... of...'

Maar even later verzoenden ze zich alweer met de liefdesdaad, die dit keer stormachtiger verliep dan ooit.

Het kind had noch Angela's stem, noch haar figuur negatief beïnvloed. Integendeel zelfs. Haar borsten waren voller en vrouwelijker geworden en haar heupen wat ronder, maar ze had nog altijd dezelfde smalle, breekbaar ogende taille.

En er was nog iets gebeurd: door de zwangerschap en de geboorte was Angela's lichamelijke gevoel veranderd. Was ze zich vroeger amper bewust geweest van haar aantrekkingskracht, nu wist ze die meesterlijk in te zetten. Ze voelde de macht die ze hierdoor over haar geliefde had en speelde er dan ook mee. Ze lokte uit en wees af, liet zich zogenaamd veroveren, om zich meteen daarop hartstochtelijk, frivool en geraffineerd op hem te werpen alsof ze Diana, de godin van de maan en de jacht was.

'Ik ben zo gelukkig, zo ongelooflijk gelukkig,' mompelde Angela uiteindelijk, voordat ze met haar hoofd tegen Pauls schouder in slaap viel. Achter de zware gordijnen was inmiddels een nieuwe dag aangebroken.

'Ik ben ook gelukkig,' zei Paul hardop en hij wist dat het waar was, in elk geval op dit moment.

Ze sliepen tot vroeg in de middag en hoorden dan ook niet de krantenjongen op de piazza voor het hotel die zich helemaal schor schreeuwde met de nieuwste krantenkoppen.

Het waren niet de verwachte koppen. Het succes van de

opera was door de politieke gebeurtenissen naar het binnenkatern van de krant verdrongen.

'Hitler valt Polen binnen' en 'Komt er een tweede wereldoorlog?' waren de onderwerpen die die dag niet alleen de Romeinen bezighielden. Dreigde er daadwerkelijk een nieuwe oorlog? De Italiaanse troepen waren tenslotte in mei al Albanië binnen gemarcheerd!

Toen Paul op 2 september 's ochtends weer vertrok, kocht hij op het station alle kranten die hij maar kon krijgen.

Terwijl hij door het nazomerse landschap richting noorden reed, las hij alle artikelen die over de acties van de Führer gingen. Daarbij moest hij denken aan zijn moeder en haar opmerking over hoe blij hij toch kon zijn dat Italië een bondgenoot van Duitsland was en geen potentiële vijand.

Twee dagen later verklaarden Engeland en Frankrijk Duitsland de oorlog.

Mijn god, laat het daarbij blijven en laat het snel voorbij zijn, dacht Paul.

Angstig probeerde hij zich voor te stellen hoe het zou zijn wanneer hij Angela plotseling niet meer zou kunnen opzoeken, maar hij troostte zich snel met de gedachte aan het door zijn moeder genoemde verdrag tussen Mussolini en Hitler.

Hoe dit politiek ook gezien moest worden: niemand in deze twee betrokken landen hoopte waarschijnlijk vuriger dat dit pact stand zou houden, dan Angela Orlandi in Rome en Paul Pasqualini in Stuttgart.

30

*E*en paar dagen voor kerst 1939 ontving Peter Pasqualini zijn oproep voor militaire dienst.

Hij besloot het zijn vrouw Gustel pas na de feestdagen te vertellen. Zijn moeder bracht hij echter al diezelfde dag op de hoogte van de oproep, die gepland stond voor 2 januari 1940. En hij deed daarbij geen poging om zijn gebrek aan patriottistisch enthousiasme te verbergen.

'Ik zie noch de rechtvaardiging, noch het nut van deze oorlog in!'

Peter had een werknemer in zijn bouwploeg die tijdens de Eerste Wereldoorlog na een aanval een tijdje levend onder puin begraven geweest was en sindsdien weigerde om in een gebouw te slapen. En hij kwam dagelijks een verre neef van zijn moeder tegen, bij wie een shrapnel zijn been afgerukt had en die sindsdien met een houten prothese en een wandelstok hinkend door het leven ging.

'Mijn verzoek om vrijstelling vanwege persoonlijke onmisbaarheid is afgewezen,' vertelde hij bitter, 'omdat mijn bedrijf niet van belang voor de oorlog zou zijn. En dat uitgerekend nu, nu ik net mijn hoofd een beetje boven water weet te houden in deze toch al zo moeilijke tijden!'

'Je zou eens met Moritz kunnen gaan praten,' stelde Anna voor, hoewel ze haar tong wel kon afbijten vanwege een dergelijk advies. 'Misschien dat hij ervoor kan zorgen dat ze zich bedenken. Hij heeft tenslotte aardig wat invloed binnen de partij, die zwager van je!'

'Ze bedenken zich echt niet meer, moeder. Ze zijn daar nog erger dan Pontius Pilatus,' gromde Peter, verwijzend naar de uitspraak dat wat nu eenmaal geschreven was ook geschreven bleef.

Anna zuchtte, maar ze was niet iemand die zichzelf wat wijsmaakte. Eigenlijk wist zij ook wel dat Peter hoe dan ook na de jaarwisseling in dienst moest.

En toen Anna, na een behoorlijk beladen kerstfeest en het afscheid van Peter, haar zoon Paul weer een keer zag, was haar eerste vraag dan ook of hij ook een oproep gekregen had.

Paul schudde zijn hoofd. 'Als bedrijfsleider van een firma in levensmiddelen ben ik onmisbaar,' zei hij. Even leek het of hij er nog iets aan toe wilde voegen, maar hij bedacht zich en zweeg.

Anna fronste haar voorhoofd en besloot om de koe nu eindelijk maar eens bij de hoorns te vatten.

'Er is iets met jou, Paul, heb ik gelijk of niet?'

'Wat zou er met mij moeten zijn?' draaide Paul de vraag om, in de hoop niet te hoeven antwoorden. Maar zijn moeder was nu niet meer tegen te houden.

'Ik ben niet op mijn achterhoofd gevallen,' zei ze scherp. 'Denk je nu echt dat ik me nooit afvraag waarom wij elkaar altijd in het geheim moeten ontmoeten, alsof we spionnen zijn?'

En omdat Paul stoïcijns bleef zwijgen, ging ze verder: 'Dat jij je niet meer in Wisslingen durft te vertonen, heeft echt al lang niets meer te maken met dat mislukte huwelijk van je destijds. Dus, voor de draad ermee!'

Paul haalde zijn schouders op, boog zich naar voren en zei zo zacht dat ze het nog maar net kon verstaan: 'Ik heb een Italiaans paspoort, moeder. Ik heb de Italiaanse nationaliteit, begrijpt u?'

Anna sperde verbaasd haar ogen open. 'Jij hebt… maar… hoe is dat nu mogelijk, Paul?'

'Dat is een ander verhaal. Waar het om gaat, is dat het zo is, moeder.'

'Asjemenou,' mompelde Anna. Ze had alles verwacht, maar niet dit.

Snel dacht ze na en kwam tot de conclusie dat ze dit toch liever had dan dat haar zoon een spion van de nazi's zou zijn, iets waarvoor ze tot nu toe bang geweest was. Bovendien maakte dit ook een einde aan haar angst voor een tweede dienstoproep.

'Maar u mag er met niemand over spreken, moeder, anders ben ik erbij. Juist nu, nu vaders van families, zoals Peter, moeten vechten in de oorlog en hun leven op het spel zetten!' bezwoer Paul haar.

Anna zag hoe bang hij was en knikte ernstig. 'Je kunt op me rekenen, Paul. Ik zal zwijgen als het graf. In elk geval begrijp ik nu waarom we altijd in restaurants en cafés...'

Op dat moment liet haar stem het afweten en Paul zag de tranen in de ogen van zijn anders altijd zo beheerste en nuchtere moeder. Snel legde hij zijn hand op die van haar. 'Er gebeurt heus niets met Peter, moeder. U kent hem toch. Die is voorzichtig en slim bovendien. Hij zorgt er echt wel voor dat hij niet ergens terechtkomt waar het gevaarlijk kan worden.'

'Laten we het hopen,' mompelde de roodharige vrouw, terwijl ze haar neus in een zakdoek snoot. 'In elk geval moet jij proberen te voorkomen dat je je zwager Moritz tegen het lijf loopt, zodat die niet kan gaan nadenken over waarom jij nog hier bent en je broer Peter in het veld. Die Moritz is een geniepig type, geloof me Paul, ook al vind ik het moeilijk om zo over mijn schoonzoon te moeten praten. Maar hij zal niet rusten voordat hij erachter gekomen is waarom jij geen dienstoproep gekregen hebt. En wie weet waarop hij tijdens een dergelijk onderzoek nog meer zou kunnen stuiten! En op je zus Else hoeven we in dit geval niet te rekenen.'

Paul knikte. Dat was hem vanaf het begin al wel duidelijk geweest.

'Ik pas goed op, moeder,' zei hij geruststellend, maar Anna liet zich niet zo makkelijk tevredenstellen.

'En hoe stel je je voor dat dit uiteindelijk verdergaat? Ik bedoel, op een gegeven moment zal je paspoort verlopen, en wat dan?'

'Geen idee, mama,' antwoordde Paul onverbloemd.

'Maak je vooral geen illusies! Want alles komt een keer uit, hoe goed je het ook probeert te verbergen. Ik hoop alleen voor je dat dat gebeurt wanneer de tijden weer wat minder problematisch zijn.'

'Dat hoop ik ook, mama. Het is de enige hoop die ik wat dit betreft nog heb,' bekende Paul, terwijl hij weer bedacht dat het ondenkbaar was om Angela naar Duitsland te halen, zolang deze oorlog nog zou duren.

Daarna spraken ze nog wat over Peters kinderen en over de verwende, kleine Adolf Gruber, die zich volgens Anna tot een heuse familietiran ontwikkelde.

Die avond zat Paul alleen in zijn auto aan de rand van een bos in de buurt van Schwäbisch Gmünd en dacht na.

Hij moest weer denken aan de jonge Cohn en hoe die plotseling had moeten vluchten. De jongen had zijn leven helemaal aan Anna's moed en, toegegeven, ook een beetje aan die van hem, Paul Pasqualini, te danken.

Het was weliswaar onwaarschijnlijk dat hijzelf ooit tot een dergelijke, plotselinge vlucht gedwongen zou worden, maar geluk was niet te koop en voorkomen was beter dan genezen.

Ik moet wat regelen, dacht Paul, toen hij eindelijk de wagen startte om terug te rijden naar Stuttgart.

Toen hij zijn woning aan de Weinsteige bereikte, was de hemel boven de Zwabische hoofdstad onbewolkt. De nacht was helder en koud en ontelbare lichtgevende sterren schitterden in het heelal.

Honderden kilometers verderop zag zijn tweelingbroer Peter Pasqualini dezelfde hemel. Hij zat gehurkt in zijn schuilplaats, een deel van de veel geroemde Atlantische Muur, en vond de oorlog voornamelijk saai. Hoewel hij wel het vermoeden had dat dit niet voor altijd zo zou blijven…

31

Sofia Orlandi was in de stad naar de kapper geweest om haar haar weer eens te laten bijkleuren, wat inmiddels noodzakelijk geworden was.

Ze had net besloten om in het Ristorante Santa Lucia, haar lievelingsrestaurant, een kleine maaltijd te nuttigen, toen een gillende sirene haar de lust ontnam.

Als vluchtende ratten renden de mensen over straten en pleinen weg, richting de ingangen van het 'Napoli sotterranea', het oeroude, onderaardse tunnelstelsel. Ooit was dit een door geheimzinnige legendes omgeven ontmoetingsplek voor liefdespaartjes, zwarte handelaars en smokkelaars, maar inmiddels was het gedurende deze voorzomerdagen van 1943 het toevluchtsoord voor de Napolitanen tijdens de luchtaanvallen van de Geallieerden geworden.

De aanvallen kwamen steeds vaker voor en daarmee werd de angst van de Napolitanen voor het verlies van lijf en leden steeds groter.

Sofia snoof verachtelijk.

Ze had geen zin om in die smalle, ondergrondse tunnels op elkaar gepakt te moeten zitten met stinkende, slecht geklede mensen.

'Taxi,' riep ze, toen ze in de buurt gekomen wasvan de firma waardoor ze zich liet rondrijden wanneer haar eigen chauffeur niet beschikbaar was.

Maar de beide auto's en bijbehorende chauffeurs waren in geen velden of wegen te bekennen.

'Laffe honden!' schold Sofia hardop. Ze bekeek haar schoeisel en besloot om de oneffen maar kortere weg naar de hoger gelegen straat te nemen, die langs de Villa Mazone-Orlandi liep.

De waarschuwende sirenes waren nog niet helemaal weggestorven toen vanaf zee de eerste vliegtuigen al naderden.

Sofia hoorde de motoren en keerde zich om.

Uit de buiken van de vliegmachines vielen donkere, langwerpige voorwerpen naar beneden. De zwerm vloog voorbij, maar de kwaadaardige vracht viel op de aarde, om zich daar met een oorverdovend lawaai in de bodem te vreten, de aardkorst open te rijten en alles wat zich op die plek bevond te vernietigen.

'Lieve god,' mompelde Sofia, die tot nu toe nog geen van deze aanvallen had meegemaakt. Tot voor een paar dagen had ze zich nog op het buitengoed van de familie, in de buurt van Salerno opgehouden.

Toen Stefano het afgelopen weekend eerder naar Napels teruggekeerd was voor een belangrijke afspraak, had ze erop gestaan om mee te rijden. Zoals haar schoondochter en kleinkinderen van het plattelandsleven hielden, zo haatte Sofia het.

'Er gebeurt echt niets met mij,' had Sofia volgehouden. 'Een villawijk is geen strategisch doelwit.'

'En toch zou ik liever zien dat u bij Olivia en de kinderen bleef,' had Stefano het nog een laatste keer geprobeerd, maar zoals altijd was hij weer niet opgewassen tegen de eigengereidheid van zijn moeder.

Sofia wilde net weer verder lopen, toen een volgende groep vliegtuigen aan de hemel verscheen. Net als de eersten schoten ook deze over Sofia heen, maar dit keer verloren ze hun bommen niet boven de haven, maar pas later.

Met grote ogen staarde Sofia naar de dodelijke wapens die uit de buiken van de vliegtuigen naar beneden vielen. Duidelijk kon ze de bommen onderscheiden en plotseling besefte ze dat de inslagen dit keer niet ver weg zouden zijn, maar heel dichtbij.

Met een bonkend hart haastte ze zich verder naar boven, maar ze was veel te langzaam om nog te kunnen ontkomen.

Ze hoorde de inslag, die klonk alsof de hele wereld explodeerde. Bij de volgende was ze al niet meer echt bij bewustzijn.

Plotseling was ze gehuld in een schitterende vuurgloed. Ze voelde een schokgolf die haar mee leek te dragen over de tuinen aan de rand van de stad heen, naar een plek ergens op zee. Het moest wel de zee zijn, want daarna was alles koel en heel stil.

Toen Sofia weer bijkwam, was het al nacht. Verbaasd keek ze om zich heen en ging overeind zitten. Ze bevond zich aan de rand van een enorme krater. Naast haar zag ze de wortels van een boom en grote brokstukken van een kapot gebarsten muur.

'Waar ben ik?' vroeg Sofia hardop en verward, maar toen ze de smeulende hopen van planken zag die ooit een wit prieeltje gevormd hadden, herinnerde ze het zich weer.

De bommen. Ze was in een luchtaanval terechtgekomen.

Ze trok haar benen op en zag opgelucht dat die haar nog gehoorzaamden. Voorzichtig draaide ze haar hoofd en bovenlichaam; eerst naar links, daarna naar rechts. Ze voelde geen pijn.

Pas nu ging ze helemaal staan en keek om zich heen en nam de compleet vernielde omgeving in zich op. Ze kon het amper geloven, maar ze had een bomaanslag ongeschonden overleefd!

Sofia zocht haar handtas, waarin zich haar portemonnee en huissleutels bevonden. Na korte tijd vond ze het tasje, dat evenmin beschadigd was. Ook de portemonnee en de sleutels waren er nog. Ten slotte manoeuvreerde ze zich om ontwortelde bomen heen, klauterde over hopen aarde en werkte zich zo langzaam naar boven toe, waar de straat moest zijn. Maar die bleek veranderd in een chaos van diepe kraters en heuvels van aarde en stenen.

Toen ze het eerste, vernielde huis zag, schreeuwde ze het uit. Haar ontsteltenis sloeg om in paniek, toen ze zich opeens realiseerde dat ze haar eigen geschreeuw niet gehoord had.

Was ze misschien…? O mijn god: nee!

Sofia Orlandi opende opnieuw haar mond en riep zo hard ze kon om hulp.

Maar ook dit keer hoorde ze niets.

Ze drukte haar handpalmen tegen haar oren en slikte een

paar keer. Het moest de luchtdrukgolf geweest zijn, die de bommen veroorzaakt hadden, dacht ze. Het zou wel weer overgaan.

Een halfuur later vond ze de plek, waar ooit de Villa Mazone-Orlandi gestaan had. Alleen het skelet van het huis stond er nog; tuin en park lagen bezaaid onder het puin.

Lang bekeek Sofia het tafereel.

Beelden uit het verleden trokken aan haar geestesoog voorbij: haar jeugd, liefdevol verzorgd door tante Serafina, haar opvliegende maar zorgzame vader. De heerlijke uurtjes in de tuin, de eerst dromen van het jonge meisje in haar bed op de bovenverdieping, de onvergetelijke, geweldige uren met verstrekkende gevolgen in Stefano's armen. Sandro's dood en de nieuwe vrijheid; haar koppige verzet tegen het lot, nadat het weerzien met haar geliefde en zijn dood samengevallen waren.

Haar kinderen, die zich met elke nieuwe dag van hun leven verder van haar verwijderd hadden. Haar zogenaamde geluk met de wisselende minnaars. De vervreemding van haar zoon hierdoor. De angst voor ontdekking van de grootste leugen van haar leven, die tot de breuk met haar dochter geleid had.

Alles was voorbij, uiteengevallen als deze stenen.

Sofia kromp in elkaar, toen ze een stevige hand op haar schouder voelde. Ze draaide zich om en zag een man in een donker uniform, die aan één stuk door zijn mond opende en weer sloot.

'Ik kan u niet horen,' zei Sofia, maar ze wist niet zeker of de woorden ook werkelijk uit haar mond gekomen waren.

Blijkbaar wel, want de man knikte en pakte haar voorzichtig bij de arm. Opnieuw klapte zijn mond open en dicht, maar Sofia hoorde helemaal niets.

Ze werd naar een ziekenhuis gebracht. Ze probeerde haar naam en adres te noemen en al snel daarna verscheen haar zoon Stefano.

Hij praatte opgewonden op haar in, maar Sofia kon alleen zijn lippen zien bewegen.

Tien dagen lang werd ze met medicijnen en apparaten behandeld. Allerlei tests werden met haar gedaan, maar de doofheid bleef.

Op een avond verscheen de hoofdarts aan Sofia's bed.

In tegenstelling tot alle anderen deed hij geen poging om met haar te spreken. Hij liet een verpleegster een notitieblok brengen en schreef vervolgens met een vulpen die hij uit de borstzak van zijn witte jas haalde, in grote letters een boodschap voor Sofia op het papier: *Het spijt me, u te moeten meedelen dat u doof zult blijven, signora Orlandi.*

Totaal in de war keek Sofia hem aan.

'Dat kan niet waar zijn,' schreeuwde ze toen, zonder er zelf ook maar iets van te horen.

Maar de arts knikte nadrukkelijk.

'Jawel, helaas, signora!' vormden zijn lippen, en dit keer kon Sofia zien wat hij zei.

Ze wilde alleen zijn en voor haar geestesoog de beelden die ze voor de ruïne van de familievilla ook al gezien had. Het was de langere versie van de film van haar leven.

Twee keer liet Sofia hem stoppen.

De eerste keer toen ze bij het zien van de St. Pieterskerk in Rome God had afgezworen; de tweede keer toen ze bij de gedachte aan een mogelijk weerzien met Stefano in het hiernamaals besloten had om weer vroom te worden.

Het leven in het hiernamaals lag, zoals ze al met vijftien jaar geconcludeerd had, nog altijd achter sluiers van geheimzinnigheid verborgen. Niemand wist wat zich daarachter verborg.

Maar haar leven hier bracht geen geluk.

De liefde van haar kinderen, de enige verwarmende liefde die ouder wordende mensen vaak nog over hebben, had ze lichtzinnig en egoïstisch verspeeld, zo moest ze nu toegeven. Zelfs Stefano, die voor haar zorgde, deed dit niet uit liefde maar uit plichtsgevoel.

Wat haar hier op aarde nog restte was een eiland geworden waarop zij, omgeven door een zee van eenzaamheid, langzaam zou wegkwijnen. Geen woorden, geen zinnen, geen lachen en geen huilen, geen zingen en geen musiceren, geen teder geroep, geen giechelend gefluister, geen gesnurk, geen geblaf, geen gekwetter van vogels zou nog haar brug naar de anderen zijn, zelfs het toeteren van een schip of van een auto zouden niet meer tot haar door kunnen dringen.

Ze was alleen.

En dat was nog niet alles. Ze was ook nog eens helemaal op haar eigen gedachten aangewezen.

Vroeger had Sofia zich vaak afgevraagd hoe de hel eruit zou zien en natuurlijk had ze daarbij aan de hel in het hiernamaals gedacht.

Maar nu had ze een vermoeden, nee, ze had het al snel na de diagnose geweten, dat de hel voor haar hier en nu was.

Sofia besloot dat ze dit niet wilde, wat er ook achter die sluier van geheimzinnigheden op haar mocht wachten.

Ze stond op en liep naar de wastafel van haar ziekenkamer, waarop een waterglas stond. Ze tilde het omhoog en liet het op het porseleinen bekken vallen.

Zoals ze al verwacht had brak het.

Sofia zocht een geschikte scherf uit, liep terug naar haar bed en kroop erin. Ze stopte het hoofdkussen in haar rug, zodat ze ondersteund kon zitten en maakte zich op om haar polsslagaders door te snijden.

Eerst schrok ze toen het bloed tevoorschijn spoot, maar daarna keek ze tevreden toe hoe het haar lichaam verliet en het witte bed rood kleurde.

Ze leunde achterover in de kussens en zonk als een drenkeling langzaam weg in een warme, kleverige duisternis.

32

'Neem plaats, professor!' nodigde Helmut Rapp Paul uit, nadat die door de secretaresse naar het bureau van de chef gebracht was.

De ondernemer zat met een zorgelijk gezicht achter zijn grote bureau.

Hij leek nog kleiner en krommer sinds hij zijn zoon verloren had. De jongeman had namelijk niet alleen zijn vader dwarsgezeten, maar had het ook aan de stok gekregen met het openbaar gezag en was onlangs wegens dienstweigering geëxecuteerd.

Paul ging op de met leer beklede stoel zitten, terwijl Helmut Rapp de lade van zijn bureau opende en Paul een exemplaar van de *Neue Zürcher Zeitung* overhandigde.

Het was de uitgave van 26 juli 1943 en Paul vroeg zich voor de zoveelste keer af hoe het zijn baas toch altijd lukte om dergelijke nieuwsbladen in zijn bezit te krijgen.

Snel las Paul het artikel door dat ging over de arrestatie van Mussolini op 25 juli. Hij voelde Rapps blik op zich rusten, hoewel zijn ogen op de krantenletters gericht bleven.

'Wat is jouw oordeel hierover, Paul?'

Paul dacht even na, maar besloot toen om eerlijk te zijn. 'Ik denk dat dit het begin van het einde van de samenwerking tussen Italië en nazi-Duitsland is.'

'Ik zie dat ook zo,' was zijn baas het met hem eens.

Nu gaat hij zo meteen natuurlijk zeggen dat het beter is dat ik me uit de firma terugtrek, dacht Paul. Hij kende de scherpe opmerkingen van zijn collega's over de lakse houding van de Italianen in het Balkanconflict, waar de Grieken hen al in 1941 tot een terugtrekking gedwongen hadden. Pas de Duitse legereenheden, die hun bondgenoten te hulp geschoten waren, hadden de Grieken uiteindelijk tot een capitulatie kunnen dwingen. 'Legereenheden die bij andere slagvelden moesten worden weggehaald, alleen omdat die vervloekte spaghettivreters niet genoeg pit hebben,' had Gebhard Ritter, de boekhouder, aan tafel in de kantine luid geroepen, en hij had niet eens zijn stem gedempt toen de chef-inkoper met een hoofdbeweging waarschuwend richting de 'professor' gewezen had, die net op dat moment de ruimte binnengekomen was.

Nee, Paul was zich maar al te goed bewust van zijn onzekere positie.

'Ik loop al een tijdje te piekeren over hoe het verder moet, wanneer onze twijfels bewaarheid worden,' zei Helmut Rapp op dat moment.

Goed, daar gaan we, dacht Paul, die het tot dan toe vermeden had om al te bewust over deze situatie na te denken. Daarvoor waren zijn regelmatige reisjes naar Rome en Angela te veel afhankelijk van de firma Rapp. Maar aan allebei zou nu wel een einde komen.

'Weet je, Paul, een zoon zoals jij, dat is wat ik altijd al gewild heb: intelligent, fantasierijk, stijlvol en aangepast. Tegen elke complicatie opgewassen. Maar, nou ja, het mocht nu eenmaal niet zo zijn. Mijn Gerhard was een... koppige dromer. Zulke mensen worden zelden oud en sterven nog minder vaak in hun bed.'

Hij zuchtte een beetje voordat hij ter zake kwam: 'Hoe dan ook, toen ik gisteravond een flesje Spätburgunder zat te drinken, vroeg ik me af waarom ik mijn wens eigenlijk niet in vervulling zou laten gaan. Ik weet niet hoe goed jouw verhouding met je familieleden in Italië nog is, en ik heb je eigenlijk ook nog nooit gevraagd in hoeverre jij je nog steeds Italiaan voelt, maar voor het geval dat dit geen belemmering zou vormen: ik bied aan je te adopteren, Paul. Met alle rechten en plichten die daarbij horen!'

Paul was met stomheid geslagen. Koortsachtig dacht hij na. Was het verraad wanneer hij dit aanbod aannam? Verraad aan zijn vader, wiens naam hij dan niet langer zou dragen? Of verraad aan zijn moeder die van deze naam, die van haar man gehouden had en al haar hoop op de twee Duitse Pasqualini's, haar zoons, gevestigd had? Die erop rekende dat de onbekendheid waaronder haar man, de immigrant, zo geleden had, vermengd met Zwabisch bloed en Zwabische vlijt in de tweede generatie wel zou verdwijnen. Die bad dat niet alleen Peter, maar ook hij een plekje binnen een van de families in Wisslingen zou vinden? Hij wist hoezeer Anna hoopte dat hij zijn Italiaanse geliefde zou vergeten en op een dag toch weer in het dorp zou komen wonen.

Aan de andere kant zou de hele kwestie rondom zijn nationaliteit dan voor eens en voor altijd geregeld zijn en veel andere dingen ook. De familie Rapp was een respectabel Stuttgarter geslacht met een uitgebreid netwerk dat zeer nuttig was, zo had Paul al lang gemerkt.

Bovendien was Helmut Rapp een rijk man en zijn zoon zou dit dus ook zijn.

'Maar ik er een paar dagen over nadenken, meneer Rapp?' vroeg Paul, die wist dat zijn chef verbaasd geweest zou zijn wanneer hij dit aanbod meteen zou hebben geaccepteerd.

'Natuurlijk,' antwoordde de ondernemer. 'Zoiets moet je uiteraard eerst van alle kanten bekijken!'

'In elk geval wil ik u alvast bedanken voor uw grote vertrouwen in mij,' zei Paul.

Meneer Rapp stond op en liep naar zijn grote, antieke kast, waarin hij – zo wist Paul – zijn privépapieren bewaarde. Nu bleek echter dat de kast ook een barretje verborg, waaruit Helmut Rapp een cognacfles en twee glazen haalde.

Omslachtig schonk hij de glazen halfvol en wees vervolgens op een van de twee.

'Wat je ook gaat beslissen, mijn jongen, ik vind dat we erop moeten drinken!'

Paul pakte zijn glas en ging staan.

'Op de toekomst,' zei Helmut Rapp en proostte hem toe.

'Op de toekomst,' herhaalde Paul en sprak in gedachten zijn nieuwe naam al een keer uit: Paul Rapp.

Het klonk behoorlijk Duits, deed meteen aan de producten

van de firma denken en niemand zou nog durven twijfelen aan of vragen naar zijn etnische achtergrond.

Helmut Rapp liet de cognac voorzichtig in zijn glas ronddraaien en zei peinzend: 'Al te lang moeten we er natuurlijk niet mee wachten, je snapt wel waarom.'

'Inderdaad,' stemde Paul met hem in. Ze mochten het risico niet lopen dat de tot nu toe geallieerde Italianen misschien binnenkort wel de vijand zouden worden, wat bij de huidige oorlogssituatie niet geheel uit te sluiten was.

'Ik zal zo snel mogelijk beslissen,' beloofde Paul.

Angela zou natuurlijk nooit Rapp willen heten, maar dat was nu niet belangrijk. Ze was intussen in Rome behoorlijk bekend onder de naam Orlandi en zou alleen daarom al haar meisjesnaam willen behouden.

Twee dagen later, op 30 juli 1943, verscheen Paul opnieuw in Helmut Rapps kantoor.

'Ik heb erover nagedacht. Ik ga akkoord met een adoptie en beloof u een goede en trouwe zoon te zijn!' verklaarde Paul enigszins plechtig, nadat de secretaresse de deur achter zich gesloten had.

'Dan zal het zo zijn,' antwoordde Helmut Rapp een beetje ontroerd.

Vervolgens belde hij naar de juridisch adviseur van de firma en vroeg hem een adoptiecontract op te stellen.

Kort voordat Paul weer wilde gaan, schoot Helmut Rapp nog iets te binnen. 'Als je wilt, kunnen we vanavond samen naar de staatsopera gaan. Daar wordt de *Tannhäuser* opgevoerd, met een fantastische bezetting. Aansluitend is er nog een etentje, waarbij verschillende belangrijke mensen uit de kunstwereld, maar ook uit de politiek en het bedrijfsleven aanwezig zullen zijn. Ik zou het leuk vinden als je meekwam, Paul!'

Paul hield van muziek, hoewel niet zo van de opera's van Wagner, maar hij wilde zijn nieuwe vader ook niet meteen teleurstellen.

'Lijkt me leuk – en ik voel me vereerd,' zei hij dus. Ze spraken af elkaar in de foyer van het operagebouw te ontmoeten, een halfuur voordat de voorstelling zou beginnen.

Die bleek een groot succes te zijn. Paul moest toegeven dat de enscenering geweldig geweest was, ook al vond hij de muziek nog altijd te zwaar en bombastisch. In gedachten vergeleek hij het met de speelse dramatiek van de Italiaanse componisten en hij wist dat hij wat dit betreft altijd een Italiaan zou blijven, adoptie of niet.

Het souper zou plaatsvinden in hotel Zeppelin, waar Paul inmiddels regelmatig kwam.

Als eerste dronk het feestgezelschap een glas champagne in de grote hal. Tussen de vrijwel uitsluitend in smoking geklede heren en dames in avondkleding waren ook veel uniformen van de meest uiteenlopende rangen te zien. Er werd weinig over de opera gesproken, maar wel veel over de oorlog.

'Met Operatie Citadel, het grote offensief aan het oostfront, is het tij weer gekeerd,' beweerde een pantsergeneraal met verlof juist toen er in de buurt van de ingang wat rumoerigheid ontstond.

Er klonk Heil-Hitler-geroep en tussen de hoofden van de omstanders ontdekte Paul nu voor wie die begroeting gold: Heinrich Himmler, de leider van de SS.

'Hij wordt binnenkort waarschijnlijk ook minister van Binnenlandse Zaken,' fluisterde een dame in een paarse avondjurk tegen haar begeleider. 'Dat heb ik in de hoogste kringen gehoord!'

Op Paul, die de man enkel uit de kranten kende, kwam Himmler niet bijzonder sympathiek over. Aan zijn lichaamstaal was al te zien hoe belangrijk hij zichzelf vond, zelfs zonder te weten welke wijsheden hij daar zo druk gesticulerend prijsgaf.

Terwijl de gasten hun glazen leegdronken en de obers de lege glazen op zilveren dienbladen weer verzamelden, dwaalde Pauls blik over de mensen heen.

Het was de crème de la crème van Zuid-Duitsland, die hier bijeen was en hij was erbij!

De man in uniform, die naast Himmler stond, draaide zich

nu om. Paul herkende hem meteen. Het was de luitenant-generaal, die hij in Hohenstaufen zo dronken gevoerd had!

Nog voordat Paul kon beslissen of dit gunstig voor hem was of niet, wrong de man zich al door de groep mensen heen en riep met dreunende stem: 'Zo komen we elkaar weer tegen, professor. Hoe gaat het met u?'

'Goed, dank u,' zei Paul en voegde eraan toe: 'We maken er allemaal het beste van!'

Ze babbelden nog wat, totdat de gong ze naar de feestzaal sommeerde, waar de maaltijd wachtte.

Paul concentreerde zich op de plaatsschikking en zwaaide nog even naar meneer Rapp, die aan de eretafel geplaatst was. Hijzelf zat, zo las hij, aan tafel nummer 9, vlak bij de deur.

Toen hij net zijn plek wilde opzoeken, viel zijn blik opnieuw op de luitenant-generaal, die naast de eretafel onder aan het podium stond en in gesprek was met een heer in SS-uniform. Waarschijnlijk kwam het omdat Paul hem nog nooit eerder in deze zwart-zilveren outfit gezien had, want het drong pas tot hem door toen deze man zijn hand hief en in zijn, Pauls richting wees.

Plotseling besefte Paul wie dit was: zijn bijna-schoonvader Erich Dussler, drukkerij-eigenaar in Wisslingen, een SS'er van het eerste uur en jeugdvriend van de Heinrich Himmler!

Wat daarna gebeurde ging zo vanzelfsprekend dat het leek alsof Paul het al honderden keren geoefend had.

Hij pakte een glas van het dienblad van een voorbijlopende ober die naast lege ook nog gevulde glazen had, nam een kleine slok en keek toen in de richting van de wijd openstaande zaaldeur. Met zijn rechterhand maakte hij een gebaar alsof hij in de nog altijd met mensen gevulde hal iemand herkend had, waarna hij met het glas in de hand nog een keer terug liep.

In de hal aangekomen zette hij zijn glas meteen weer op een statafel, liep met een stijf glimlachje de lange lobby door en verliet het hotel. Hij liep nog een stukje, waarbij hij zichzelf dwong een normaal tempo aan te houden, en verdween toen in het tunneltje dat naar het station leidde.

Daar versnelde hij zijn pas. Hij haastte zich de trap op die naar de perrons voerde en wierp ondertussen een blik op het grote vertrekbord met klapletters en -cijfers. De eerst vertrekkende trein had als eindbestemming Aalen, via Schorndorf en Schwäbisch Gmünd.

De trein had zich al in beweging gezet, maar met een sprong wist Paul nog net op tijd het balkonnetje van de laatste wagon te bereiken.

Daar bleef hij in de milde avondlucht staan en verwijderde eerst zijn vlinderstrikje dat hij vervolgens in de zak van zijn smokingjasje stopte. Die gooide hij vlak voor Schorndorf in het dichte struikgewas langs het spoor, even later gevolgd door de cumberband. Zijn eenvoudige overhemd knoopte hij open en de mouwen rolde hij tot boven zijn ellebogen op. Nu was hij een man in een zwarte broek en wit overhemd; niets bijzonders, afgezien dan van de zwarte lakschoenen. Maar die hoefde hij gelukkig niet te verstoppen, want de conducteur deed op deze late rit geen moeite meer om de treinkaartjes van de paar passagiers te controleren.

Toen de trein kort voor Schwäbisch Gmünd voor een rood signaallicht moest wachten, sprong Paul ervanaf. Vervolgens begon hij aan een straffe nachtwandeling die hem over velden en weilanden, langs de voet van de Hohenstaufen, naar het grondgebied van de districtshoofdstad bracht. Het kostte hem weinig moeite om de weg te vinden. De maan scheen helder en tijdens zijn jeugd was hij hier wel vaker langsgekomen, als zijn moeder de familie in Schwäbisch Gmünd weer eens had willen bezoeken.

Direct achter de Hohenstaufen, aan de uiterste noordoostelijke rand van de gemeente Wisslingen, lag een boomgaard, die nog altijd aan Anna toebehoorde. De gaard grensde aan een heuvel die hier en daar begroeid was met sleedoornstruiken. De Wisslingers kwamen hier bijna nooit, omdat er in de spleten tussen het leisteen hele groepen adders verborgen zaten. Tijdens een fruitoogst jaren geleden hadden de twee Pasqualinijongens hier een heel kalkstenen grottenstelsel onder de leisteenlagen ontdekt. Totdat ze een jaar of twaalf geweest waren hadden ze in die gangen en grotten regelmatig indiaantje gespeeld of rovertje of politieagentje. Later had Peter zich hier nog een keer verstopt toen zijn rapport zo slecht was dat hij het niet aan zijn moeder had durven laten zien. Hij was pas weer tevoorschijn gekomen toen Paul hem gevonden en mee naar huis genomen had.

Niemand wist verder iets van deze verstopplek af en Peter bevond zich nog altijd aan het westfront.

Terwijl Paul nu een legerslaapzak uitrolde, een petroleumlamp aanstak, een flesje bier pakte, een blikje smeerworst opende en een stuk legerbrood aansneed, prees hij zichzelf om zijn vooruitziende blik. Het achterste deel van de grot stond volgestapeld met water, bier, wijn, jenever en conserven van de firma Rapp en andere producenten. Er was een petroleumstel, genoeg reservebrandstof, serviesgoed en bestek. Hij had zelfs voor medicijnen, kleding, ondergoed, sokken en schoenen gezorgd.

Alleen papieren, andere identificatiepapieren, had Paul niet kunnen regelen. Hij beschikte dan wel over de nodige connecties, maar niet met vervalsers of andere mensen die zich met dat soort dingen bezighielden.

Maar goed.

In elk geval was hij goed voldoende voorzien om in rust te kunnen nadenken over hoe het nu verder moest.

Uitgerekend die Dussler, dacht Paul woedend, voordat hij eindelijk in slaap viel. De man was in zijn ogen een soort wraakengel, die net op het moment verscheen dat hij dacht dat hij eindelijk een einde aan de complicaties in zijn leven kon maken – zij het onverdiend en uitsluitend dankzij de genade van zijn baas. Dussler had natuurlijk bij de luitenant-generaal naar hem geïnformeerd, dat had zijn handbeweging wel duidelijk gemaakt. En uiteraard had de officier hem toen verteld over die 'Italiaanse professor', met wie hij een avond zo gezellig gedronken had. En ongetwijfeld had Dussler daarna de luitenant-generaal, en misschien ook wel Himmler, op de hoogte gebracht van Pauls werkelijke identiteit.

Het zou nu snel duidelijk worden dat de hele kwestie rondom zijn Italiaanse nationaliteit gebaseerd was op bedrog, aangezien er geen officiële aanvragen bij de betreffende instanties te vinden waren? Ze zouden ontdekken dat Paul Pasqualini een dienstplichtig, Duits staatsburger was die zich door middel van valse opgaven aan zijn eervolle plicht om voor het vaderland te vechten, had ontrokken.

Uiterlijk vanmiddag zouden alle Wisslingers en bewoners van de districtshoofdstad op de hoogte zijn van zijn bedrog, zijn 'toneelstukje' – wat zijn academische titel betrof – en zijn 'lafheid', daar zou de oude Dussler wel voor zorgen. En Helmut Rapp zou intens bedroefd zijn vanwege deze misleidende bijna-zoon, iets wat Paul oprecht betreurde.

Maar daar ging het nu allemaal niet om.

Waar het om ging was dat hij als hij gevonden zou worden, het er niet levend van af zou brengen. Ze zouden hem net als Gerhard Rapp, die koppige dromer, doodschieten.

33

$\mathcal{V}$roeg de volgende dag, het was 1 augustus 1943, werd Peter
Pasqualini in de buurt van de Franse boerderij, waar hij in-
gekwartierd was, door een kogel van een partizaan in zijn been
getroffen.

De arts concludeerde dat Peters scheenbeen ook beschadigd
was en liet hem naar een Duits ziekenhuis overbrengen.

Vier dagen later werd hij in een militair hospitaal in de buurt
van Koblenz geopereerd.

'Met een beetje geluk wordt dit je ticket naar huis,' zei de
arts, die geen blad voor zijn mond nam.

Peter knikte en probeerde met een oude munt een wond-
infectie te veroorzaken die, zo hoopte hij, langere verzorging
nodig zou maken en hem dus zou behoeden voor een terugkeer
naar het front.

'Die oorlog is toch al lang verloren,' werd er gefluisterd door
de kameraden die teruggekeerd waren van het oostfront. 'Bij
Stalingrad hebben we alles verspeeld!'

Maar ze moesten voorzichtig zijn. Met zulke opmerkingen
kon je je leven op het spel zetten.

Peter deed zijn best, maar dankzij zijn jonge, gezonde ge-
steldheid herstelde zijn been toch voorspoedig.

Op een van de laatste dagen van augustus werd hij voor een
genezingsverlof naar huis gestuurd, maar vier weken later zou
hij zich alweer moeten melden bij zijn eenheid bij de Atlantische Muur.

'Volgens de dokter komt het allemaal weer goed,' zei Peter in
plaats van een begroeting, toen hij de winkel van zijn vrouw
binnen hinkte.

'Je was vast weer onvoorzichtig waardoor je je te veel naar voren hebt gewaagd,' riep Gustel in tranen, terwijl ze hem omarmde en tegen zich aan drukte.

De beide kinderen bekeken hun vader, die ze al meer dan een jaar niet meer gezien hadden, met enige terughoudendheid.

'Loop snel naar oma Anna, Anton,' riep Gustel naar haar oudste. 'En zeg tegen haar dat papa thuis is!'

Dat zou haar schoonmoeder opvrolijken, want sinds die oude Dussler met de roddels over Paul was begonnen, was ze somber en mensenschuw geworden.

Peter hoorde pas dagen later over het schandaal, maar hij nam het allemaal opmerkelijk gelaten.

'Niemand weet wat mensen ertoe aanzet om bepaalde dingen wel of niet te doen,' zei hij tegen zijn vrouw, die maar niet uitgesproken raakte over het oneerbare gedrag van haar zwager.

Maar toen hij alleen met zijn moeder was, bleek wat hij er werkelijk van vond.

'Paul had groot gelijk dat hij wilde proberen om onder deze waanzin uit te komen. Jammer, dat het hem niet gelukt is. Ik zou u dingen kunnen vertellen, moeder, zo vreselijk, dat ze bijna niet te geloven zijn!'

In het militaire hospitaal in Koblenz had hij gehoord over de massa-executies in Polen. Joden waren het blijkbaar geweest. Burgers en Duitse soldaten waren ertoe gedwongen... het was onvoorstelbaar! En over kampen was er verteld, waarin mensen vergast werden alsof het ongedierte betrof.

Maar daarover vertelde hij zijn moeder natuurlijk niets. Het zou haar alleen nog maar somberder gemaakt hebben nu ze ook al zorgen om Paul had.

'Waar denk jij dat hij zit, Peter?' vroeg ze nu, omdat het vroeger altijd zo geweest was dat de ene P geweten of tenminste vermoed had waar de ander te vinden was.

Peter vertrok peinzend zijn mond. 'Hij zal wel naar het buitenland proberen te ontkomen. Naar Zwitserland, neem ik aan!'

'Zoiets dacht ik ook al,' zei Anna, want ze herinnerde zich Pauls verhaal over het goud en de diamanten, die hij daar gedeponeerd had.

Maar hij zal toch ook wel weten dat de grens naar Zwitserland hermetisch afgesloten is, bedacht Peter later, terwijl hij in de tuin in een ligstoel lag uit te rusten.

Bovendien moest hij eerst in de buurt van de grens zien te komen, en ook dat was niet eenvoudig met al die strenge controles.

Het nietsdoen begon hem al snel op de zenuwen te werken en hij begon met wandelingen, die elke dag een stukje langer werden. Algauw was hij weer behoorlijk goed op de been en kon hij de stok die hij in het begin nog nodig gehad had, laten staan.

Op een aangename septemberdag wilde hij de weilanden rondom het dorp verkennen. De vroege peren in de hoger gelegen gaarden waren weliswaar alleen goed voor compote of vruchtenwijn, maar hij wilde kijken of het fruit binnenkort al geoogst zou kunnen worden. Voor een brede, scheef gegroeide perenboom, die Bergamotte Souleurs droeg, een heerlijke peersoort, die een voorvader ooit uit Frankrijk geïmporteerd had en die in combinatie met de Zwabische Boskoopappels voor een lekker pittige vruchtenwijn zorgde, bleef hij staan en keek met samengeknepen ogen omhoog, richting de Slangenberg. Zoals altijd was het achterste gedeelte van dit stuk land tegen de helling begroeid met nooit gemaaid gras, brandnetels en doornige sleedoornstruiken; niets wees erop dat Peters vermoeden juist was.

En toch wilde hij het weten.

Hij vond een dikke tak, die waarschijnlijk tijdens een zomerse onweersbui van een van de bomen gerukt was, en klopte daarmee voorzichtig op de grond om de slangen te verjagen, voordat hij zich een weg door de weerbarstige begroeiing richting de verborgen ingang van de grot baande.

Daar aangekomen, aarzelde hij even, maar wrong zich toen toch door de smalle doorgang.

Vroeger ging dit makkelijker, dacht hij een beetje grinnikend. De laatste keer dat hij hier naar binnen gegaan was, was hij dertien jaar oud geweest.

Er was een kleine voorkamer, een soort halletje, zoals ze deze opening destijds genoemd hadden. Daarna verbreedde en verhoogde de grot zich dusdanig dat je er met gemak kon staan; ook nu nog, als volwassen man, zoals Peter merkte.

In eerste instantie zag hij helemaal niets, maar toen zijn ogen aan de duisternis gewend waren, herkende hij in een hoek een zakvormig voorwerp.

Voorzichtig sloop hij dichterbij, maar schrok toch toen de zak opeens overeind schoot en met scherpe stem riep: 'Handen omhoog, of ik schiet!'

Peter hief weliswaar zijn armen boven zijn hoofd, maar geschrokken was hij niet meer. Hij had het goed geraden.

'Mij hoef je niet neer te schieten, Paul,' zei hij grijnzend.

De straal van een zaklamp scheen in zijn gezicht en Paul probeerde Peters bedoelingen in te schatten. Hij stond letterlijk en figuurlijk met zijn rug tegen de muur, hij kon zich geen fouten veroorloven, en dus liet hij het pistool weliswaar zakken, maar legde het niet weg.

'Wat kom je hier doen, Peter?'

'Kijken, of ik gelijk had.'

'En nu?'

Pas nu drong het tot Peter door, wat Paul bedoelde. Hij tikte tegen zijn voorhoofd en zei verontwaardigd: 'Je denkt toch zeker niet dat ik je zou verraden?'

'Eigenlijk niet. Maar je weet immers nooit... hoe mensen kunnen veranderen wanneer ze... nou ja... trouwen bijvoorbeeld. Of een zwager hebben die hen met zijn partijconnecties goed kan helpen, wanneer ze dat zouden willen...'

'Nu houd je je mond, Paul, of ik sla 'm dicht! En leg dat pistool weg, idioot, voordat er een ongeluk gebeurt. Ik maak me zorgen om je, dat mag toch zeker wel?'

'Sorry,' zei Paul, terwijl hij bedacht dat hij door al dat verstoppertje spelen van de afgelopen jaren misschien toch een beetje paranoïde geworden was, wanneer hij zelfs zijn tweelingbroer al niet meer vertrouwde.

Hij stopte het pistool weer terug onder de slaapzak en stak de petroleumlamp aan. Peter keek toe en kon nu eindelijk het perfect uitgeruste kamp wat beter in zich opnemen.

Hij floot bewonderend tussen zijn tanden. 'Je bent hier werkelijk van alles voorzien. Zelfs aan het front zijn we niet zo goed uitgerust!'

'Dat geloof ik meteen. Ik ken ze namelijk, die inkopers bij het leger. Geloof me, Peter, ze willen er alleen zelf allemaal beter van worden! En nu ga je zitten en praat je met me! Je bent in drie weken tijd de eerste met wie ik dat kan doen!'

'Wees blij!' Peter lachte. Toen zei hij: 'Je hoeft echt niet bang te zijn. De meeste mensen in het dorp denken dat je naar Zwitserland probeert te vluchten, Dussler en zijn kompanen al helemaal. Dat je zo brutaal bent dat je je uitgerekend hier verscholen houdt, gelooft niemand, behalve ik.'

'Dan is het goed,' bromde Paul, terwijl hij tussen zijn voorraden op zoek ging naar een fles brandewijn, om het weerzien passend te kunnen vieren. Maar Peter was niet van plan het wantrouwen van zijn broer zo makkelijk te vergeten. Misschien was het wel goed om nu eindelijk eens open kaart met elkaar te spelen.

'Wat je daarnet zei, dat je me niet meer kunt vertrouwen... nee, laat me uitpraten!' onderbrak Peter de poging van zijn broer om hem in de rede te vallen. 'Dat geldt andersom ook. Wanneer ik weer denk aan ons vreemde gesprek bij Baste in Hohenstaufen, toen was ik het juist die begon te twijfelen of ik nog wel open met jou kon praten, nadat je mij over jouw verantwoordelijke positie in Stuttgart verteld had.'

Paul knikte. Hij kon zich dat gesprek nog maar al te goed herinneren.

'Ik moest voorzichtig zijn. Ook toen al.'

'Zoiets dacht ik al.'

Peter schudde zijn hoofd en liet zich langs de rotswand naar beneden, in een zittende positie zakken, voordat hij concludeerde: 'Jij hebt wel het talent om je in de meest bizarre situaties te manoeuvreren, dat moet ik je nageven!'

'Inderdaad,' antwoordde Paul vol zelfspot. Hij schonk wat brandewijn in een koffiekopje en een waterglas en overhandigde zijn broer het glas, voordat hij naast hem ging zitten.

'Op het leven!' zei hij toen en stootte met zijn kopje tegen Peters glas.

'Op het leven!' antwoordde die. Ze dronken allebei een slok. Peter strekte voorzichtig zijn gewonde been uit en kreunde een beetje.

'Wat is er met je been aan de hand?' vroeg Paul meteen.

'Een mislukte poging om uit dienst ontslagen te worden,' antwoordde zijn broer met een scheve grijns. 'Als die kogel me iets meer naar links geraakt had, dan zou ik nu niet meer terug hoeven.'

'En wat wordt er in legerkringen gezegd? Hoe lang gaat deze hele toestand nog duren?' vroeg Paul, zelfverzekerder dan hij zich eigenlijk voelde.

'De één zegt een paar maanden, de ander denkt dat het nog wel een jaar of langer kan duren. Maar bijna iedereen is ervan overtuigd dat deze rotoorlog een verloren zaak is.'

'Dat is niet wat ik wilde horen,' moest Paul toegeven. 'Ik had gehoopt dat het sneller ging.'

Ze zaten nu dicht naast elkaar, de ruggen tegen de kalkwand van de grot geleund. Lang tijd zwegen ze beiden.

'Zo ongeveer moet het ook in de baarmoeder geweest zijn,' zei Paul na een poosje. Hij had zich al lange tijd niet meer zo verbonden met zijn broer gevoeld.

'Ja, alleen nog wat krapper,' antwoordde Peter lachend. 'Ik kan me nog goed herinneren hoeveel plek jij destijds al voor jezelf opeiste.'

Toen zwegen ze weer.

'En hoe dacht je hierooit weer weg te komen?' vroeg Peter ten slotte.

'Ik weet het niet, maar ik verzin vast wel iets.'

'Waarschijnlijk wel. Jij vindt overal altijd wat op. Dat heb je van moeder. Die kan ook listig zijn wanneer het erop aankomt.'

Paul glimlachte.

Peter had niet geheel ongelijk, maar de echt vindingrijke was toch hun vader geweest.

Paul vulde hun drankjes nog een keer bij en vertelde Peter over Angela, zijn grote liefde. Het was alweer bijna tien weken geleden sinds hij haar voor het laatst gezien had, tien lange weken, en het verlangen was inmiddels bijna overweldigend.

Tot zijn verbazing bleek het een opluchting om over haar te kunnen praten.

Daarna was het weer stil.

'En jij, ben jij gelukkig?' vroeg Paul zijn broer na een hele poos.

Peter dacht na voordat hij zijn broer antwoord gaf, en eigenlijk was het een antwoord aan zichzelf, want in de afgelopen twee weken had hij zichzelf deze vraag ook al gesteld.

'Op dit moment ben ik gelukkig, nu ik hier zo met jou samen zit en alles tussen ons weer net zo is als vroeger. Ik ben gelukkig, dat ik het front tot nu toe overleefd heb. Ik ben gelukkig met dit verlof en 's avonds, als ik mijn slapende kinderen kan bekijken voordat ik bij Gustel in bed ga liggen. En soms ben ik daar ook gelukkig. Maar als we het over de dagelijkse dingen hebben, dan bespeur ik – hoe zal ik het zeggen – een... onoverbrugbare kloof... tussen wat we allebei denken en willen!'

Hij schoof nog wat dichter naar zijn broer toe voordat hij zijn grote geheim prijsgaf: 'Ik had het nooit verwacht, maar ik ben van mijn vrouw vervreemd. Ik wist niet dat zoiets zo... pijnlijk kan zijn, maar, geloof me Paul, dat is het wel! Het doet meer pijn dan mijn gewonde been of welke andere narigheid ook.'

'Maar waarom?' vroeg Paul verbaasd. 'Gustel is toch een aardige, meegaande meid?'

'Dat is ze ook. En bovendien een goede moeder. En ook echt wel een echtgenote met wie je blij mag zijn, als je begrijpt wat ik bedoel...'

'Waar ligt het dan aan?'

Peter zuchtte. De zucht klonk alsof hij hem al veel vaker geslaakt had.

'De winkel is voor haar het allerbelangrijkste. In elk geval belangrijker dan ik. Wat de kinderen betreft durf ik dat niet te zeggen. Als de kas 's avonds klopt, dan zou de wereld ten onder kunnen gaan en ze zou het niet erg vinden! De gedachten aan haar winkel beïnvloeden alles, onze relatie, de zorgen over hoe het verdergaat met de oorlog, met ons Duitsers en ook met mij, wanneer ik weer terug moet naar het front. Gustel kan zich niet voorstellen hoe het is om elke dag te leven met de wetenschap dat het je laatste kan zijn. En dat andere dingen dus ook belangrijk zijn, niet alleen de materiële. Ze begrijpt niet wat er aan de hand is, Paul. Ze ziet de gesneuvelden die zij kent nog altijd als uitzonderingen op de regel; een uitzondering die niets te maken heeft met haar geordende leventje.'

'En jouw verwonding dan, heeft die haar niet aan het denken gezet?'

'Dat met mijn been ziet ze meer als een ongelukje. Ze denkt dat dat voorkomen had kunnen worden, als ik maar voorzichtiger geweest was.'

'Tja, dat is wel een beetje… naïef,' moest Paul toegeven.

'Het is niet naïef, ze is er echt van overtuigd. Zo is het haar geleerd. Je zou onze zwager eens moeten horen. Zoals die spreekt over de wereldheerschappij die Hitler met deze oorlog zal bereiken, over de ondergang van inferieure rassen en over de grote ommekeer, zodra de "wonderwapens" ingezet zullen worden. Onze zus Else gelooft het echt allemaal, maar mijn Gustel gelooft helaas ook bijna alles. In elk geval zo lang zij ondanks de levensmiddelenschaarste nog genoeg waar geleverd krijgt en voldoende weet te verkopen. Ze ziet het allemaal heel simpel: papa Hitler zorgt voor de grote wereld en voor de kleine wereld zorgt zij. Ze heeft geen twijfels, geen kritische vragen, geen dromen, geen plannen en geen andere voorstelling van het leven dan haar eigen winkel. Die vormt haar kosmos!'

Behoorlijk bekrompen dus, dacht Paul, maar hij was tactvol genoeg om dit niet te zeggen. In plaats daarvan zei hij vergoelijkend: 'Jij hebt de afgelopen jaren het nodige meegemaakt en gezien, Peter, waarvan zij geen idee heeft. En zoiets verandert een mens. Je kunt het Gustel niet kwalijk nemen dat zij hier in Wisslingen niet tot dezelfde inzichten komt als jij. Wanneer de oorlog voorbij is en alles is weer een beetje genormaliseerd, dan zal ook dat allemaal wel weer… in orde komen!'

Maar denkend aan Gustels vader had hij daar niet echt veel vertrouwen in. Ook die was winkelier geweest en hij had al net zo'n bekrompen karakter gehad.

Daarna spraken ze nog lang over de meest uiteenlopende zaken: over hun jeugd, het kattenkwaad dat ze uitgehaald hadden, over hun vader die – zoals ze verbaasd vaststelden – bij elk van hen een compleet ander beeld achtergelaten had, en natuurlijk over Anna, hun moeder.

'Ik moet haar vertellen waar je zit, Paul,' zei Peter dringend. Hij dacht aan het bleke, smalle gezicht, dat Anna gekregen had sinds het schandaal rondom zijn broer openbaar geworden was.

'Als je denkt dat dat nodig is,' antwoordde Paul.

Misschien was het inderdaad wel beter wanneer moeder zou weten waar hij zich ophield. De situatie met de jonge Cohn had tenslotte wel bewezen dat ze discreet en voorzichtig kon zijn.

Ten slotte krabbelde Peter overeind. 'Ik moet er weer vandoor, Paul, en ik denk ook dat het beter is dat ik niet nog een keer terugkom. Voor moeder is dat anders, die komt immers vaak genoeg hier in de buurt, vooral nu in de oogsttijd. Niemand zal dat vreemd vinden, zelfs Else niet!'

Ze lachten allebei, hoewel ze toch ook wel medelijden hadden met hun verblinde zusje, dat nog erger was dan Gustel.

'Ga met God en pas goed op jezelf!' zei Paul met schorre stem en ze omarmden elkaar lange tijd.

Peter kroop vanuit de grot terug in het daglicht, dat inmiddels al langzaam plaatsmaakte voor de invallende duisternis. Met een lange stok kamde hij zijn voetstappen weer uit het hoge gras en liep toen het licht naar beneden lopende pad richting het dorp af.

Toen hij thuiskwam, sloot Gustel net de metalen geldcassette waarin ze 's avonds haar geld opborg.

'Ik gooi deze nog even snel bij de Sparkasse naar binnen, zodat het in veiligheid is!' riep ze Peter toe, terwijl ze zich naar buiten haastte.

Peter maakte meteen rechtsomkeert en verliet eveneens het huis.

Hij liep de andere kant op dan zijn vrouw, namelijk richting Zum Hirschen, waar sinds de dood van zijn oom diens zoon Hubert nu waard en slager was.

Die avond kwam Peter pas laat thuis. Zijn voetstappen waren zwaar en dat had niets met zijn gewonde been te maken.

Gustel, die hem had horen binnenkomen, draaide zich geergerd op haar andere zij.

Ook goed, dacht Peter en viel in een diepe slaap.

34

*H*et bombardement van de geallieerden in de eerste helft van 1943 had de rederij Mazone-Orlandi weliswaar zwaar beschadigd, maar niet compleet verwoest.

Het was dankzij Stefano Orlandi's slimme strategie dat de firma tot nu toe slechts drie schepen verloren had. De rest van de vloot had hij nog net op tijd door schijnverkopen voor een staatsvordering weten te behoeden. Daarbij had hij de schepen naar plekken gestuurd die ver weg van het oorlogsgeweld lagen. Daar voeren ze met kleinere vrachten weliswaar amper het havengeld bij elkaar, maar na de oorlog zouden ze in elk geval nog inzetbaar zijn.

Heel anders was het met de rederij zelf in de haven van Napels. Dokken, hallen en kantoorgebouwen waren beschadigd en wat nog te gebruiken was, was ingenomen door de Duitse legereenheden die na de arrestatie van Mussolini Napels bezet hadden.

Om hun terreursysteem en de hardnekkige partizanengevechten van de *resistenza* te ontlopen, was Stefano's gezin samen met zijn moeder naar het buitengoed van de familie Orlandi in de buurt van Salerno verhuisd. Daar zouden ze voor de duur van de oorlog blijven.

Sofia had haar zelfmoordpoging die zomer op een haar na overleefd. Een nachtzuster die haar taak erg serieus nam, had haar half doodgebloed gevonden en dankzij onmiddellijke reddingsmaatregelen had er voor Sofia niets anders op gezeten dan terug te keren naar haar persoonlijke hel op aarde.

Ze was behoorlijk verzwakt en nog altijd aangewezen op Olivia's hulp.

'We vertellen Angela niets van dit alles,' had Stefano meteen na het voorval gezegd. 'Reizen is gevaarlijk, zo niet onmogelijk en elk nieuws dat we Angela zouden kunnen geven, zou haar alleen maar belasten.' Vervolgens had hij zijn zus een brief geschreven, waarin hij haar alleen op de hoogte bracht van de verhuizing.

De dag voordat ook hij naar Salerno zou afreizen, ging Stefano nog een laatste keer de stad in. Het was vrijdag, en ook in deze moeilijke tijd verschenen de handelaars uit de voorsteden op de weekmarkt. Tussen de Napolitanen wemelde het ook van de Duitse soldaten in hun uniformen. Stefano baande zich een weg door de vele marktbezoekers en stelde geamuseerd vast hoezeer het aanbod veranderd was. Kostbaarheden als kippen, konijnen of eieren lagen verborgen onder aardappel- of groentekisten en werden alleen nog verkocht aan vaste klanten en zeker niet aan Duitsers.

Hij vond zijn oma, die zo te zien alleen nog maar keukenkruiden, courgettes, wortels en kleine, groenblauwe druiven verkocht, op haar gebruikelijke plekje. Stefano wachtte tot er geen klanten meer bij haar kraampje stonden en liep er toen naartoe.

'Ik ben blij, dat ik u hier gezond en wel aantref,' zei hij opgelucht, aangezien de familie Pasqualini immers ook woonde in het gebied dat door het bombardement getroffen was.

'Dat gevoel is geheel wederzijds,' antwoordde de oude vrouw, die zich grote zorgen over het lot van deze kleinzoon gemaakt had.

'Ik was gelukkig thuis toen het gebeurde, in het voormalige huis van mijn grootmoeder Orlandi,' wist Stefano zijn nonna gerust te stellen. 'Het huis bleef onbeschadigd en mijn vrouw en kinderen bevonden zich op het platteland.'

'Ook bij ons is met niemand iets gebeurd,' vertelde Maria Pasqualini, terwijl ze stiekem wat eieren in een zak stopte. 'Zelfs het huis, de ramen en de werkplaats zijn heel gebleven, hoewel op de begraafplaats, op slechts een steenworp afstand, drie bommen neergekomen zijn.'

'Dan had u meer geluk dan onze familie: de Villa Mazone is compleet verwoest.'

'Ik heb het gezien, ja.' Maria Pasqualini knikte, om er meteen aan toe te voegen: 'Hoe gaat het met uw moeder, signore?'

'Zij was lopend onderweg naar huis toen het gebeurde. Helaas is ze nu volledig doof.'

'Wat vreselijk! En dat voor zo'n jonge vrouw!'

Stefano moest hier wel een beetje om lachen. Zoiets kon alleen een vrouw van dik in de zeventig zeggen. 'Mijn moeder is drieënvijftig,' zei hij, waarop Maria Pasqualini, ervan overtuigd dat hij daarmee haar bewering wilde bevestigen, antwoordde: 'Dat bedoel ik!'

Stefano besefte dat ze het hier nooit over eens zouden worden en liet het maar zo. 'Mijn gezin zit, zoals gezegd, op ons landgoed bij Salerno en ik zal ze vandaag achterna reizen. Ik wilde alleen nog even afscheid van u nemen, signora. Je weet tenslotte maar nooit, of je elkaar nog eens terug zal zien in deze moeilijke tijden.'

De oude vrouw knikte. 'Dat weet je inderdaad nooit,' zei ze treurig en ze overwoog heel even of ze haar kleinzoon zou vertellen over de ziekte die haar steeds magerder maakte, maar ze besloot er toch van af te zien.

'Ik heb een foto voor u bij me,' zei Stefano ondertussen en hij haalde een envelop uit zijn boodschappenmand.

Aandachtig bekeek de oude vrouw de foto die Stefano een tijdje geleden had laten maken. Het was een afbeelding van hem en zijn gezin.

Toen glimlachte ze.

'Uw zoon lijkt op uw vrouw, maar uw dochter is het evenbeeld van onze dochter Gina!' zei ze spontaan, waarna ze hevig schrok.

Wat ze daar gezegd had, was tegen alle ongeschreven regels.

Maar Stefano was helemaal niet beledigd, hij glimlachte juist toegeeflijk en zei toen een beetje weemoedig: 'Wie weet leer ik haar ooit nog een keer kennen.'

'Dat zou geweldig zijn,' antwoordde de oude vrouw, die haar tranen nu niet meer tegen kon houden. 'Het ga u goed, signore,' zei ze met schorre stem, want het was haar volkomen duidelijk dat ze elkaar nooit meer zouden zien. 'Hooguit drie maanden nog,' had de arts gezegd, die ze geconsulteerd had, 'en misschien vier.'

'Tot ziens,' zei Stefano en hij drukte lang de hand van de oude vrouw.

'U hebt mij zo gelukkig gemaakt, Stefano,' bekende Maria Pasqualini nu toch. Ze wilde er nog iets aan toevoegen, maar op dat moment kwam er een Duitse officier naast de reder staan, die vragend op de druiven wees.

Stefano knikte nog een keer ter afscheid en verwijderde zich toen. De eieren stopte hij automatisch in zijn mand.

Nog voordat Maria Pasqualini de onrijpe vruchten voor de Duitser in een zak had kunnen stoppen, huilden de sirenes alweer en binnen de kortste keren waren alle marktkooplui, samen met hun klanten, in het labyrint van het onderaardse Napels verdwenen.

35

'Er moet iets gebeurd zijn, waarom zou ik anders al zolang niets meer van hem gehoord hebben?' zei Angela op 12 september tegen Ludovica, die voor de bijna vijfjarige Leonora een perzik zat te schillen en erop lette dat het meisje daarmee niet op haar mooie jurkje knoeide.

'Het is oorlog, Angela!' antwoordde de diva. 'Je kunt niet verwachten dat het postverkeer daar niet onder te lijden heeft.'

'Ik heb naar zijn werk gebeld, wat ik nog nooit eerder gedaan heb,' bekende Angela, 'en ik heb naar hem gevraagd...'

'En wat zeiden ze?'

'Helemaal niets. De vrouw daar hing meteen weer op en bij hem thuis werd helemaal niet opgenomen.'

'Het werkelijke wonder is dat er überhaupt een verbinding tot stand kwam.'

Angela knikte bedrukt en vertelde Ludovica maar niet wat ze allemaal in het werk had moeten stellen om de verbinding met Stuttgart mogelijk te maken. Gelukkig had ze fans met goede connecties, anders zou het haar echt niet gelukt zijn.

'Misschien hebben ze hem wel naar het front gestuurd en moet hij vechten voor zijn vaderland, net zoals de rest?' opperde de oude zangeres, die inmiddels minder sympathie dan ooit voor de Duitsers had. Was die vervloekte kerel maar gebleven waar hij thuishoorde, dan zou Angela nu heel wat minder zorgen hebben. Ze zou gewoon de vrouw van Benedetto Lacardo zijn en haar carrière zou niet te lijden hebben onder verlangens naar en zorgen om een man die dit niet verdiende, dacht Ludovica ongenadig, terwijl het kind aan haar wist te ontsnappen.

'Ik wil naar jou toe, mama!' riep Leonora, terwijl ze op Angela's schoot kroop. Angela drukte het meisje, dat steeds meer op haar grootmoeder Sofia ging lijken, aan haar hart. Het was alsof haar dochter aanvoelde wanneer haar moeder extra behoefte aan haar nabijheid en warmte had, en ze was gul met haar liefde. Alle nervositeit en angst vielen van Angela af zodra Leonora haar dunne armpjes om haar hals sloeg en haar zachte lippen het kuiltje in haar hals vonden. En dat was waarin Leonora verschilde van de oma, op wie ze uiterlijk zo leek: dit kind gaf ontzettend graag, terwijl ze zelf verbluffend weinig eisen stelde. Misschien wel omdat iedereen zo gek op haar was. Waarschijnlijk was het de som van alle liefde en sympathie, die haar zo meegaand maakte. En dat terwijl ze alle reden had om zich als een verwend nest te gedragen, want zowel het kindermeisje als Ludovica en vooral haar vader verwenden haar verschrikkelijk.

Onwillekeurig moest Angela glimlachen toen ze aan Bene dacht, terwijl ze het kind in haar armen heen en weer wiegde.

Zoals bij alles wat hij deed, overdreef Benedetto ook zijn rol als vader. Sinds Leonora kon lopen, had hij er een gewoonte van gemaakt om haar mee te nemen naar de repetities in de opera om haar zo muzikaliteit bij te brengen.

Dat de repetities hier niet onder te lijden hadden, was vooral te danken aan het vriendelijke karakter van het kind en de tact van Lucia, het kindermeisje.

De kleine meid leek daadwerkelijk van de muziek en het zingen te houden. Meestal zat ze op haar knietjes in de coulissen te luisteren, terwijl het kindermeisje haar zoet hield met koekjes en fruit. Dit deed ze totdat Benedetto's aandacht geheel opgeslokt werd door de repetities, waardoor hij zijn kleine dochter volslagen vergat, wat over het algemeen niet langer dan een kwartiertje duurde. Daarna nam Lucia het kleintje meestal mee voor een wandeling in het park, om vervolgens kort voor het einde van de repetities weer terug te komen en te beweren dat ze maar heel even weggeweest waren.

Angela had het al lang opgegeven om zich met deze situatie te bemoeien. Ze had er een gewoonte van gemaakt om Benedetto's repetities – voorzover zijzelf niet ook in het ensemble zat – voor persoonlijke uitstapjes te gebruiken: de kapper, de kleermaakster of om met vriendinnen af te spreken. Ze had haar leven op orde, en de rollen die haar aangeboden werden, werden steeds groter en interessanter.

'Wanneer we die verschrikkelijke oorlog niet hadden, dan had je al lang in de belangrijkste operahuizen van Europa gezongen,' beweerde Ludovica, wat lichtelijk overdreven was, zoals ze zelf ook wel wist. Angela's stem, die prachtig maar nog altijd jeugdig licht was, ontwikkelde zich steeds meer naarmate haar repertoire zich uitbreidde. Ze was nu zevenentwintig en op z'n vroegst rond haar dertigste zou ze haar top bereiken, zo wist de ervaren lerares.

Angela's huwelijksleven, voorzover dat nog bestond, verliep ondertussen verbazingwekkend probleemloos.

Afgezien van de repetities in de opera, waarvoor hij Leonora en Lucia altijd afhaalde, kwam Bene nog altijd af en toe langs als hij daar zin in had. Maar op zondag verscheen hij altijd stipt om zeven uur, kuste zijn kleine dochter voordat die naar bed gebracht werd, en ging vervolgens met haar moeder uit eten. De pogingen om haar terug te winnen, had hij inmiddels opgegeven.

Hij had een huishoudster in dienst genomen, een jonge vrouw uit Besilicata, die niet alleen kookte en het huis schoonmaakte, maar ook Benedetto's bed opmaakte en erin sliep.

'Dat krijg je ervan! Zodra dit bekend wordt, zal men denken dat jij je plichten als echtgenote verwaarloost,' had Ludovica Angela verweten, toen ze dit hoorde. Maar Angela voelde zich niet gekwetst, eerder opgelucht. En in Rome hadden ze op dat moment wel andere dingen om over te praten. Over de wapenstilstand van Cassibile bijvoorbeeld, die enige dagen eerder in opdracht van koning Victor Emanuel III tussen de Badoglio-regering en de geallieerden gesloten was. Meteen een dag later, als een soort antwoord op deze afspraak, bezetten Duitse troepen Noord-Italië. Ze bevrijdden de gevangengenomen Mussolini en breidden het door hen bezette gebied uit tot Rome. Het koninkrijk Italië viel in twee delen uiteen.

De Romeinen ondergingen het gelaten, zoals alles wat hen tijdens deze oorlogsjaren gebeurd was. Goed, ze hadden wat strubbelingen met de rest van Europa gehad en het was nog niet bekend hoe het nu verder zou gaan, maar het betekende nog lang niet dat het Romeinse leven nu anders verliep dan anders. Als geen ander waren de inwoners van Rome in staat om zich met de routine van alledag te weren tegen dit soort buitengewone omstandigheden.

Benedetto daarentegen was woedend geweest omdat de politieke ontwikkelingen de première van de opera *Turandot* in het water hadden laten vallen. En daar had hij zich juist de hele zomer op voorbereid.

Angela, die oorspronkelijk de rol van Turandot had zullen spelen, was deze titelrol uiteindelijk toch nog kwijtgeraakt aan de beduidend oudere, vast in het culturele relatienetwerk van Rome verankerde sopraan Lisa Dora.

Voor haar bleef de rol van Liu, een jonge slavin, over, waardoor ze het minder erg vond dat de voorstelling nu naar november verschoven was.

Haar gevoelens met betrekking tot de politieke ontwikkelingen waren dubbel. Aan de ene kant vond ze de Duitse bezetting natuurlijk vreselijk, maar aan de andere kant boden de omstandigheden in Rome wel een mogelijkheid om Paul weer te zien. Had ze naar haar broer geluisterd, door samen met haar kind ook naar het landgoed van de Orlandi's te vertrekken, dan zou een dergelijke ontmoeting zeker onmogelijk geworden zijn.

'De hele wereld is gek geworden,' zei ze nu en ze legde het kind, dat intussen in slaap gevallen was, voorzichtig op de divan en dekte het toe.

'Sinds de geboorte van Leonora ben ik het niet vaak meer met je eens,' antwoordde Ludovica, terwijl ze naar de keuken schommelde om een espresso klaar te maken, 'maar wat dit betreft zitten we volledig op één lijn, schat!'

36

'*Wakker worden, Paul. Word wakker!*' drong een bekende stem tot Pauls onrustige dromen door.

Paul schoot overeind. Hoewel het pikdonker was in de grot, wist hij meteen wie er gekomen was. De fluorescerende wijzers van de wekker naast hem vertelden hem dat het twintig voor drie was.

'Moeder,' stamelde hij verward. 'Wat doet u hier, midden in de nacht?'

Die vraag was terecht, aangezien Anna hem een dag eerder nog bezocht had.

'Er is iets gebeurd,' zei ze met zo'n hoge en ijle stem, dat hij schrok.

'Wat?'

'Ik ben er altijd al bang voor geweest!' riep Anna. 'Die vervloekte Hittelmayer met zijn fabriek!'

Nu snapte Paul het: 'Dus dat was de knal die ik gisteren hoorde, zelfs hierboven nog…'

'Precies!' Anna schreeuwde nu bijna, met wanhoop in haar stem. 'Hij was op weg naar de stad, om een vriend op te zoeken. En waarschijnlijk was hij net ter hoogte van de fabriek, toen ze die begonnen te bombarderen. Er is alleen nog een groot gat over. Ze hebben de lichamen teruggevonden van een paar werknemers die zich in de hallen bevonden, nog min of meer intact, maar overlevenden zijn er niet. En van hen die buiten in de buurt waren, langs het spoor of onderweg, is helemaal niets meer over. Hij is dood, Paul, dood…' Opnieuw snikte ze.

Paul voelde hoe een kilte bezit van hem nam. Hij werd erdoor verlamd alsof hij van ijs was, waardoor hij amper zijn lippen van elkaar kon krijgen.

'Wie is dood, moeder, over wie hebt u het?' vroeg hij, hoewel hij het eigenlijk al wel wist.

'Peter,' antwoordde Anna, die plotseling weer kalm leek. 'Je broer. Hij was nog bij me voordat hij op pad ging.'

Ze boog naar voren, klemde zich aan haar overgebleven zoon vast en barstte uit in een onbedaarlijke huilbui, die haar hele lichaam deed schokken.

Paul hield haar vast en zei geen woord. Hij kende geen woorden die haar en zijn pijn hadden kunnen uitdrukken. Dit leed liet zich niet verzachten.

'Ik vermoord hem,' wist Anna uiteindelijk uit te brengen. 'Ik vermoord hem. Ik wurg hem met mijn blote handen!'

Paul hoefde niet te vragen wie ze bedoelde. Ook hij zou die gewetenloze, misdadige snordrager wat aangedaan hebben als hij daarvoor de kans gehad had.

Peter, die zo gehoopt had dat hij na de oorlog zijn dromen waar zou kunnen maken.

Nu was hijzelf een droom, een lichaamsloze geest die ze nooit meer zouden kunnen aanraken. Hij drukte zijn moeder nog iets dichter tegen zich aan en wachtte totdat haar tranen op waren.

'Hoe is Gustel eronder?'

Anna maakte zich van hem los en zei met rauwe stem: 'Ze weet nog niets. Ik heb haar verteld dat haar man vroeg is opgehaald omdat ze hem dringend nodig hadden op zijn post!' Anna Pasqualini haalde kort haar schouders op. 'Ze geloofde het.'

Paul staarde naar het bleke, onbewogen gezicht van zijn moeder en was ervan overtuigd dat ze haar verstand weer had verloren, net zoals na de dood van zijn vader.

Even glimlachte Anna; hij voelde het meer dan dat hij het zag.

'Het is niet wat je denkt,' zei ze toen. 'En zorg nu eindelijk eens voor wat licht!'

Automatisch deed Paul wat ze vroeg. De petroleumlamp flakkerde, maar bleef branden.

Pas nu zag hij de grote tas die ze bij zich had. 'Wat heb je allemaal meegebracht?' vroeg hij, meer om iets te zeggen, dan uit interesse.

Anna keek op. Ze was nu echt kalm.

'Jouw vrijbrief,' zei ze met bittere ironie. 'Hij was in zijn burgerkleding!'

Toen stond ze op en haalde Peters uniform uit de tas. Zijn uniformhemd, zijn laarzen, het ondergoed, de sokken. Zijn militaire zakboekje, zijn identiteitsplaatje, zijn stalen helm, zijn koppel. Niets was ze vergeten, ook niet zijn verlofpas en andere papieren.

'En geef mij jouw Italiaanse paspoort. Ik zal ervoor zorgen dat het gevonden wordt. Tussen het spoor en de fabriek. Daar, waar hij ook ongeveer gelopen moet hebben!'

'Dat gaat toch niet, moeder,' zei Paul, die meteen begreep wat ze van plan was.

'Niemand, behalve ik, kan jullie uit elkaar houden, waarschijnlijk zelfs Gustel niet...'

'Maar toch. Zoiets zou... respectloos zijn!'

Anna lachte, kort en grimmig.

'Jongen,' zei ze toen. 'Ik heb een man en nu ook nog een zoon verloren. Dat lijkt me meer dan genoeg. Ik kan je niet beloven dat je hiermee Zwitserland zult bereiken, maar naar Frankrijk moet het zeker lukken. En van daaruit kun je ook naar Zwitserland komen. Je bent altijd al een slimme jongen geweest, Paul, jij vindt wel een manier om te ontsnappen!'

'Moeder, ik zeg u toch...'

'Jij bent nu stil en doet wat ik zeg. Ik heb alles zorgvuldig tegen elkaar afgewogen. Hier kun je niet blijven. De partijbonzen in de stad weten van dit grottenstelsel. Een geoloog heeft het vorig jaar gevonden en toen het districtsbestuur op de hoogte gebracht. Aanvankelijk toonden ze niet veel interesse in deze "ontdekking", maar ondertussen bestaan er plannen om hier geheime dossiers op te slaan en andere spullen, die ze graag veilig willen stellen. Dat weet ik van je zwager. Ik wilde het jou natuurlijk niet vertellen voordat ik er een oplossing voor gevonden had. Deze oplossing zou ik echter nooit zelf bedacht hebben!' Ze lachte nog een keer bitter voordat ze verderging: 'Hoe sneller je hier weg bent, Paul, hoe beter. Op dit moment is iedereen nog te veel afgeleid en hebben ze andere zorgen aan hun hoofd. Je zou dus kunnen zeggen dat dit het ideale moment is.'

'Ik weet het niet, moeder, ik vind dit moeilijk. Bovendien denk ik dat ik het zo ook wel ga redden.'

'Doe niet zo dom, Paul! Voor Peter maakt het niets meer uit en voor jou kan het je redding zijn als je je voor hem uitgeeft. Je kunt in elk geval niet naar mij of naar wie dan ook in het dorp komen, ze willen heel Wisslingen naar je doorzoeken, zei Else – en niet zonder reden. Ze vermoeden nog steeds dat ik iets met de verdwijning van die kleine Cohn te maken had, dus waarom zou ik dan uitgerekend mijn eigen zoon niet verstoppen?'

Ze zag dat Paul nog altijd aarzelde en voegde eraan toe: 'Je moet echt niet denken dat je hulp gaat krijgen als Paul Pasqualini, de man die zich voor militaire dienst gedrukt heeft. Dit land is één grote gevangenis geworden en opzichters en verklikkers zitten overal! En hoe slechter ze ervoor staan in hun ellendige oorlog, hoe fanatieker ze achter de deserteurs aan gaan. Als jij je niet kunt legitimeren, krijg je een kort proces waarna ze je direct zullen executeren.'

'Ik weet het, moeder, en toch…'

Paul leunde tegen de rotswand en dwong zichzelf na te denken. Hij dacht weer aan de opmerking van zijn broer, over hoe listig Anna kon zijn als het echt belangrijk was. En nu ging het om zijn leven en niemand, behalve hijzelf, had daar zoveel belang bij als zijn moeder. Behalve Angela dan misschien.

De gedachte aan Angela bracht hem ten slotte tot een beslissing.

Hij wilde haar weerzien, koste wat kost!

37

Op 23 september, de dag waarop de door de Duitsers be-vrijde Benito Mussolini de 'Repubblica Sociale Italiana' uitriep en de Zuid-Italiaanse Badoglio-regering de oorlog ver-klaarde, werd Paul Pasqualini's lege kist begraven. Dit ge-beurde samen met de over het algemeen eveneens lege kisten van de in totaal tweeëntwintig mensen uit Wisslingen, die bij de luchtaanval op de Hittelmayer-fabriek gedood waren. Het ging om vijf mannen, van wie er vier ouder dan zestig geweest waren, en zeventien arbeidsplichtige vrouwen.

De plaatselijk groepsleider Moritz Gruber had een pompeuze rouwplechtigheid georganiseerd, die een dag na de dienst in de stad plaatsvond. Daar waren tweeëntachtig mensen om het leven gekomen: negen arbeiders van middelbare leeftijd, negen-endertig arbeidsplichtige vrouwen en vierendertig passanten, treinreizigers en burgers, onder wie twaalf kinderen.

Else Gruber had haar man weten over te halen haar broer Paul stilzwijgend mee te begraven, waardoor de familie veel pijnlijke verklaringen bespaard zouden blijven.

De doodsklokken konden niet geluid worden, aangezien die verwijderd waren om omgesmolten te worden tot munitie, maar de blaaskapel speelde verschillende treurmarsen. De dominee hield een preek, gebaseerd op een zin uit het eerste klaaglied van Jeremia: 'Heer, zie mijn ellende aan, want de vijand maakt zich groot!' Naar mening van plaatselijk groepsleider Gruber concentreerde hij zich daarbij echter te veel op de ellende en vervloekte hij de bluffende vijanden die dit veroorzaakt had-den te weinig. Helaas kwam de dominee niet ver, omdat na korte tijd alweer de sirenes klonken om een nieuwe luchtaanval aan te kondigen, waardoor het begrafenisgezelschap, inclusief muziekkapel, partij- en districtsfunctionarissen en de dominee zelf, naar de bunker onder de school en de kelders van de omliggende huizen gedreven werden.

Toen het onheil weer voorbij was – dit keer gelukkig zonder schade veroorzaakt te hebben – deden alleen de naaste familieleden nog de moeite om opnieuw naar de begraafplaats te komen, om hun doden ter aarde te dragen.

Anna bleef net zo lang aan het graf van haar zoon staan tot de jonge partijleden die erbij geroepen waren om de twee oude doodgravers te helpen, de aarden heuvel op het graf hadden voltooid en het kruis met de verkeerde naam erop hadden neergezet.

Pas toen ging ze naar huis.

Tot diep in de nacht zat ze op de bank voor het huis. Hoewel het al eind september was, was het een hete dag geweest en de warmte bleef op deze beschutte plek lang hangen.

Anna rook de geur van de naderende herfst en bekeek haar gladiolen die afstaken tegen de donkere nachthemel. Voor het eerst sinds zijn dood benijdde ze Stefano. Hem was veel ellende bespaard gebleven.

En wie kon zeggen wat hen nog allemaal te wachten stond?

38

Algauw werd duidelijk dat Paul Pasqualini niet alleen de schoenen van zijn tweelingbroer Peter aangetrokken had – hij moest er ook in marcheren.

Wat precies Peters taak in deze oorlog was geweest, was tijdens het bezoek in de grot niet besproken. Paul wist alleen dat hij bij de Atlantische Muur ingezet was.

Meteen toen hij zich meldde bij het verzamelpunt in Mannheim, kreeg hij te maken met de eerste complicaties van deze persoonsverwisseling.

'Daar ben je weer,' riep een blozende man in hetzelfde uniform hem toe, terwijl hij Paul vriendschappelijk op de schouders sloeg.

'Je ziet er weer patent uit, Pit,' constateerde de soldaat, na een vorsende blik.

'Lekker voer bij ons moe'r,' waagde Paul een grapje.

'Ah, ja. Hebben ze jouw vrouw ook al aan het werk gezet?' concludeerde de man met de blozende wangen hieruit, terwijl hij naast zijn vermeende kameraad op de houten bank plaatsnam.

Verdomme, dacht Paul geschrokken. Ik moet voorzichtig zijn! Zelfs een onschuldig grapje kon al verkeerd uitpakken, want meteen aan het begin van zijn leven als Peter had hij al niet meer gedacht aan diens gezinssituatie. Bovendien had hij natuurlijk geen idee, hoe deze forse man heette, die hem Pit genoemd had en het blijkbaar goed had kunnen vinden met Peter. Maar Paul wist zich eruit te redden.

'Zeg,' vroeg hij de man na wat neutrale woorden, 'mag ik jouw verlofkaart eens zien? Mijn zwager de groepsleider, je weet wel, beweerde dat er een "formele fout" gemaakt was en dat ik daardoor problemen zou kunnen krijgen bij een eventuele controle. Ik wilde eens even kijken of die van jou er anders uitziet dan de mijne.'

De blozende jongeman greep zonder te vragen in de binnenzak van zijn uniformjasje en overhandigde Paul zijn portefeuille.

'Hier heb je alles. Typisch weer voor die partijbonzen: ze sturen ons daarheen waar het gevaarlijk is, terwijl ze zelf met hun luie gat in hun kantoortjes zitten en voor muggenzifter spelen. Ik word niet goed van zulke types!'

'Moritz is ook een klootzak,' zei Paul, terwijl hij snel de papieren doorkeek. De man heette Eduard Kahle en was commandant bij de Organisation Todt. Waarschijnlijk had hijzelf een vergelijkbare functie, alleen dan iets hoger geplaatst, aangezien Peters uniform een andere kraag had.

Peter had dus gewerkt voor de Organisation Todt, wat ook eigenlijk wel logisch was: Peter was metselaar geweest en de kennis van dergelijke mensen was goud waard bij de bouw van verdedigingswerken.

Tot zover alles goed.

Paul ontspande zich een beetje en hoopte maar dat hij geen schietapparaten hoefde te hanteren waarvan de bediening en inzet hem vreemd waren.

De speciale trein arriveerde.

Eduard Kahle pakte zijn rugzak en zei tegen Paul: 'Volg me, ouwe jongen. Ik ben een meester in het inkwartieren en of dat nu in Franse gehuchten is of in Duitse legertreinen: wie met mij reist, heeft altijd een goed plekje.'

'Vooruit dan maar,' antwoordde Paul, terwijl hij achter hem aan draafde.

Ze reden met de nodige tussenstops vier dagen en vijf nachten. Paul slenterde daarbij regelmatig door de trein, waarbij hij de stemming van de soldaten probeerde te peilen. Het meest interessante gesprek ving hij kort na Evreux op, toen hij twee officiers hoorde praten over hoe de 'woestijnvos' Rommel zich opgewonden had over de toestand van de legendarische Atlantische Muur, waar in Duitsland zoveel propaganda voor gemaakt werd.

'Alleen maar bluf,' zou de veldmaarschalk geroepen hebben. Ook Von Rundstedt, de opperbevelhebber West, zou die mening toegedaan geweest zijn.

'Goed, maar volgens de legerleiding was het te gevaarlijk om zo veel materiaal en mensen alleen voor de bouw van de Atlantische Muur in te zetten, terwijl de situatie in het oosten op verschillende plekken zo nijpend is!' antwoordde de andere officier, terwijl hij Paul, die binnen gehoorsafstand was blijven staan, een waakzame blik toewierp. Spionnen zaten overal en hij besefte dat zulke gesprekken misschien beter niet in een trein gevoerd konden worden.

Paul, die wel vermoedde wat de man dacht, reageerde snel en zei, gespeeld braaf: 'Neem me niet kwalijk, luitenant, dat ik hier even ben blijven staan, hoewel het de eerste klasse is, maar ik was geblesseerd en mijn been speelt af en toe nog op...'

De man was meteen gerustgesteld en zei vriendelijk: 'Het is al goed, kameraad. Die pijn gaat wel weer over!' Zijn blik viel op het embleem van de 'Organisation Todt' op Pauls kraag, en hij voegde eraan toe: 'We hebben elke verstandige man nodig die we kunnen krijgen. De laatste tijd vertrouwt Speer bij de bouwtroepen te veel op de gerekruteerde Franse dwangarbeiders. Terwijl iedereen die logisch na kan denken weet dat daar problemen van zullen komen. Het verzet zal van de gelegenheid gebruikmaken en infiltreren in jullie clubje, maar dat hebben ze in Berlijn blijkbaar niet bedacht.'

Paul knikte peinzend en maakte zich toen uit de voeten, waarbij hij niet vergat om een beetje te hinken.

's Ochtends vroeg op de vijfde dag hadden ze het eindstation bereikt en werden ze met troepentransportwagens naar hun plaatsen van bestemming gebracht.

Paul verbleef samen met zes andere soldaten op een boerderij. Aan de vriendelijke begroeting – niet alleen door zijn kameraden, maar ook door de Franse 'gastheren' – kon hij merken dat zijn broer Peter hier een goede indruk gemaakt moest hebben. Maar ook vielen hem de uitdagende blikken van de twintigjarige boerendochter op en haar teleurstelling toen hij geen bijzondere aandacht aan haar schonk en haar pogingen, hem alleen te ontmoeten, behendig uit de weg ging.

Was het misschien toch niet alleen de grote interesse in de winkel geweest die Gustel zo van Peter vervreemd had? vroeg hij zich af, toen hij 's avonds in de kamer lag, die hij met Eduard deelde.

Maar Peter was dood en kon hier geen antwoord meer op geven. Dan moest die Française maar denken dat zijn gevoelens voor haar tijdens zijn verlof veranderd waren. Hij verlangde naar Angela en verder naar niemand.

Maar Angela was ver weg, en Zwitserland ook.

Het optimisme van zijn moeder, dat hij daar vanuit Frankrijk wel naartoe zou kunnen komen, kon hij niet meer delen, na alles wat hij op weg hier naartoe gezien en gehoord had.

Vooralsnog zat hij hier vast en zag hij ook geen mogelijkheid om daar verandering in te brengen.

Eduard in het bed tegenover hem begon luidkeels te snurken en zo begon Pauls eerste kennismaking met de oorlog met een chronisch gebrek aan slaap.

De volgende maanden bracht Paul door met het aanbrengen van barricades op stranden en in brandingszones. Samen met zijn troep – intussen was hij erachter gekomen dat zijn titel die van frontleider was – maakte hij hindernissen van rijen zogenaamde 'Tsjechische egels', hindernisbalken, die vaak mijnen of springgranaten aan de uiteinden hadden zitten, en prikkeldraadversperringen. De oevergebieden werden met brede stroken mijnen bewapend. Ook werden er talrijke 'Rommelasperges' geïnstalleerd, die bestonden uit masten met daartussen gespannen draad en bedoeld waren om luchtlandingsoperaties te bemoeilijken of zelfs onmogelijk te maken. Er werden greppels gegraven, en antitankmuren en brandvallen maakten het aantal hindernissen compleet.

Kort voor Kerstmis kregen ze bezoek van een inspectiegroep uit Berlijn.

Een majoor met de naam Lauder bekeek nauwkeurig het werk van de fronttroep X/8, waarvoor Paul verantwoordelijk was.

'Goed werk, frontleider,' sprak hij lovend. 'Hoe was uw naam ook alweer?'

'Pasqualini, majoor!'

De officier fronste zijn wenkbrauwen. Hij was net terug uit Salò en kon niet bepaald veel sympathie opbrengen voor de mensen die hij daar had leren kennen.

'Italiaan?' vroeg hij met onverbloemde antipathie.

'Een van mijn overgrootvaders,' antwoordde Paul. 'Ik ben een geboren en getogen Zwaab!'

'Ah, ja. Dat zijn goede en vlijtige mensen,' vond de majoor. Hij was al bijna weer bij zijn auto, toen hij aan iets dacht: 'Zegt u eens, spreekt u ook Italiaans?'

'Ja, ja, heel goed zelfs,' antwoordde Paul onnadenkend en bedacht meteen dat hij nu waarschijnlijk zijn eigen graf gegraven had. Maar het tegendeel bleek waar, want de man grijnsde breed en zei: 'U weet niet hoe blij ik daarmee ben, frontleider!'

Ruim een week later ontving Paul een marsorder naar het door Duitsland bezette Italië. Hij was aangesteld als hoofdfrontleider bij het uitbouwen van het aantal vestingen langs de 'Gotenlinie', een verdedigingswal die van Viareggio aan de Ligurische Zee naar Pesaro aan de Adriatische Zee moest gaan lopen.

39

*T*oen Angela haar dochter weer afhaalde, na een korte 'vakantie' bij haar papa in de Via Giulia, kwam haar op het terras een mooi meisje van een jaar of zes tegemoet. Als een soort lerares wilde ze net de tekening van de één jaar jongere Leonora bekritiseren.

'Een koe heeft hoorns en een heel andere staart dan een paard,' leerde ze het kleinere meisje. 'Bovendien is een koe bruin of zwart gevlekt en nooit rood!'

'Maar ik heb maar drie kleuren. Het gras is al groen en de lucht moet blauw, dat is toch zo, mama?'

'Absoluut,' bevestigde Angela geamuseerd, waarna ze zich tot het andere meisje wendde.

'En wie ben jij?'

'Ik heet Beatrice.'

'Dat is mijn nichtje,' riep Isabel, Benedetto's huishoudster, door de openstaande terrasdeur.

'Binnenkort krijgt ze een zusje. Of een broertje,' vertelde Beatrice triomfantelijk, waarbij ze met haar vinger op Leonora wees.

'Is dat waar, mama?' vroeg het kleintje hoopvol. Ze wilde niets liever dan een klein broertje of zusje.

'Nee, lieverd, dat is niet waar,' moest Angela haar dochter teleurstellen.

'Ja, toch wel, het klopt,' klonk op dat moment de sonore stem van Benedetto Lacardo.

'Wat bedoel je, Bene?' vroeg Angela, enigszins onthutst, maar toen zag ze het al.

De huishoudster was in de deur naar de salon komen staan.

Ze droeg een enorme, zwangere buik voor zich uit en de manier, waarop ze naast de beroemde zanger stond, sprak boekdelen.

'Ik ben door het dolle heen,' zei Bene, nog voordat Angela in staat was om te reageren. Toen wendde hij zich tot zijn maîtresse en zei zacht: 'Geef de meisjes nog wat te eten voordat Leonora ons weer moet gaan verlaten, Isabel!'

De huishoudster verdween met de twee kinderen naar binnen. Benedetto Lacardo bekeek met een plagerig glimlachje zijn echtgenote en vroeg: 'Je hebt er toch niets op tegen dat ik nog een keer vader word, Angela, of wel?'

'Natuurlijk niet,' antwoordde Angela snel, maar innerlijk stak het haar toch wel. Niet uit jaloezie, nee. Haar hart behoorde aan Paolo Pasqualini, ook al had ze al heel lang niets meer van hem gehoord.

Maar Benedetto zou dit nieuwe kind met net zoveel liefde overladen als zijn tot nu toe enige kind, wat betekende dat Leonora zijn aandacht in het vervolg zou moeten delen. Want deze Isabel, een sterke brunette met de koppigheid die zo typisch was voor mensen uit de Basilicata, was niet het type vrouw dat zou toestaan dat haar partner onderscheid zou maken tussen Leonora en dit toekomstige broertje of zusje.

'Uiteraard zal ik dit kind erkennen,' zei Bene, die haar gezichtsuitdrukking nauwkeurig geobserveerd had. 'Ook officieel!'

Angela moest toegeven dat ze dit niet plezierig vond. Goed, zij leefde haar eigen leven en liever zonder de vreugdes van de lichamelijke liefde, dan dat ze haar echtgenoot dergelijke rechten zou toestaan, maar dat was een zaak tussen Bene en haar. Een nieuw kind van de beroemde zanger zou echter niet onopgemerkt blijven, evenals het feit dat zijn echtgenote geen enkel teken van een zwangerschap vertoond had.

'Het is altijd nog beter om als bedrogen echtgenote bekend te staan, dan dat ze schrijven over jouw liefdesrelatie met een Duitser,' zei Bene, die het leedvermaak niet helemaal uit zijn stem kon houden. Mijn god, hij had tenslotte genoeg welwillendheid en geduld getoond tegenover deze vrouw. Maar hij zou niet toestaan dat dit mislukte huwelijk hem zijn levensgeluk zou ontnemen. Wanneer zij dit keer degene was die leed onder de omstandigheden, dan was dit niet meer dan terecht.

En dat was ook wat Angela tegen zichzelf zei, terwijl ze Benedetto's aanbod aannam en een glas dronk van de rode wijn, die hij altijd binnen handbereik had.

'Misschien raakt het allemaal wel helemaal ondergesneeuwd door de politieke ontwikkelingen! Zo interessant zijn wij nu ook weer niet,' probeerde Benedetto haar op te monteren, want boosaardig blijven kon hij toch niet.

'Laten we het hopen!' mompelde Angela, die dat maar al te graag wilde geloven.

'Nog wat gehoord van die Duitser van je?'

'Helemaal niets. Ik ben bang dat hij toch opgeroepen is voor militaire dienst, hoewel hij altijd beweerd heeft dat hij in zijn functie van bedrijfsleider van een levensmiddelenfirma niets te vrezen had.'

'Tegenwoordig is niets meer ondenkbaar,' zei Benedetto somber. Hij had nog niet zo lang geleden een conflict met de Duitse bezetters gehad. Hij had namelijk gedaan alsof hij ziek was, zodat hij geen Schubertliederen had hoeven zingen ter ere van een verjaardagsfeest van een van hun 'opperhoofden', zoals Benedetto deze mannen respectloos genoemd had.

'Als jij niet een beetje beter op je woorden let en je wat beleefder opstelt, dan beland je nog eens in de kerker,' had Ludovica hem daarna gewaarschuwd. Wat niet bijzonder veel indruk op Benedetto gemaakt had, waardoor Ludovica zich genoodzaakt gevoeld had om nog wat duidelijker te worden: 'Jij denkt dat jouw bekendheid en populariteit bij de Romeinen je wel zullen beschermen, maar vergis je niet. Die Duitsers hebben geen humor en ze zijn gemeen, zij hebben geen respect voor de kunst!'

Dit was meteen een dubbele slag geweest, want ze had ook Angela willen raken.

Waar je je in deze dagen in Rome ook bevond, overal stuitte je op de gehate Duitse soldaten.

'Lang gaat deze terreur niet meer duren,' had Benedetto onlangs nog in een openbare gelegenheid verkondigd, zonder na te denken over wie daar allemaal aanwezig konden zijn.

'Het verzet wordt steeds machtiger. Binnenkort bevrijden wij onszelf van de Duitsers, zoals het ook de Napolitanen gelukt is, nog voordat de geallieerden het voor ze konden doen.'

Hoe dan ook, voorlopig waren ze er nog steeds, die Duitse bezetters. Het dagelijkse leven was inmiddels behoorlijk zwaar geworden en datzelfde gold voor het culturele leven.

Onlangs nog, toen Angela met een vriendin had afgesproken, was ze drie keer langs een controlepost gekomen. Toen ze eindelijk op de plek van bestemming was, had ze haar vriendin hierover verteld en haar verhaal besloten met: 'Die vervloekte Duitsers. Laat ze naar de hel lopen!'

Pas 's avonds toen ze in haar bed lag, drong het tot haar door wat ze gezegd had. Ze vroeg Paolo, die zich niet kon verweren, om vergiffenis en zuchtte toen diep.

Het leven was niet altijd even makkelijk!

40

Soms wenste Paul Pasqualini dat hij aan de Atlantische Muur gebleven was. Het aantal Duitse bouwvakkers en ingenieurs binnen de 'Organisation Todt' nam langzaam af, terwijl steeds meer concentratiekampers, gevangenen uit werk- en politiekampen en andere gevangenen van het nazi-regime ingezet werden.

De lijdensweg van deze mensen was van hun gezichten en uitgemergelde lichamen af te lezen en de verhalen die ze vertelden, deden Paul huiveren.

Wat voor mensen waren dat die in staat waren om andere mensen zulke dingen aan te doen, vroeg hij zich af, en hoe was het zover gekomen dat hijzelf in dienst van dergelijke monsters gekomen was?

Het antwoord hierop was eenvoudig: verzet had geen zin en al te openlijk getoonde menselijkheid betekende in het gunstigste geval dat je een andere functie kreeg, van hoofdfrontleider tot nazi-werkslaaf. Maar werd de 'te lakse' behandeling van een dwangarbeider als rebellie gezien, dan kon dit resulteren in een onmiddellijke executie.

En dus besloot Paul om in deze situatie zijn listigheid optimaal in te zetten, aangezien hij niet anders kon dan proberen 'zijn mensen' te helpen.

Behoedzaam en dankzij zijn uitstekende beheersing van de taal zette hij een ruilhandel met de lokale bevolking op. In ruil voor fruit, levensmiddelen en wijn – al naargelang de wensen van de hem toevertrouwde dwangarbeiders – leende hij regelmatig zijn veelzijdig getalenteerde specialisten aan de locale bevolking uit. Het meest gewild waren de gediplomeerde of autodidactisch geschoolde elektriciens, automonteurs en gewone monteurs, maar ook was er vraag naar installateurs, timmermannen en ingenieurs.

Hierdoor bleven Pauls mannen, in tegenstelling tot de rest, goed gevoed, waardoor ze beter werkten dan de anderen.

Paul bracht heel wat avonden door met het schrijven van brieven naar familie voor zijn analfabete Italiaanse dwangarbeiders, die vooral afkomstig waren uit het zuiden.

's Nachts lag hij wakker en dacht badend in het zweet na over wat er zou gebeuren als er een 'lek' in zijn particuliere suborganisatie van Organisation Todt zou ontstaan.

Maar als door een wonder kreeg niemand lucht van de verboden ruilhandel, noch Pauls partijgetrouwe kameraden, noch de handlangers van de Italiaanse Sociale Republiek, die nog gevaarlijker waren dan de Duitsers die hen controleerden.

Ondertussen stond Europa in brand. Duitse steden werden vernietigd door de bommenregens van de geallieerden en in een tegenaanval bombardeerden in januari 1944 vierhonderd Duitse vliegtuigen de Britse hoofdstad.

Het Russische Eerste Oekraïense Front, onder leiding van generaal Zjoekov, begon met een offensief tegen de Duitse Legergroep Zuid, al snel gevolgd door het Russische Tweede en Derde Oekraïense Front. De Duitsers moesten Odessa verlaten en de Russen veroverden Sebastopol.

Maar het definitieve keerpunt in de oorlog was toch wel operatie 'Overlord', de invasie van de Britten, Amerikanen en Canadezen in Normandië.

Paul dacht aan zijn verdedigingsbouwwerken aan de Atlantische Muur en hoe nutteloos die nu bleken te zijn. Al die 'Tsjechische egels' en 'Rommelasperges' leken gefaald te hebben, want de geallieerde troepen rukten steeds dieper het binnenland in.

Misschien is het nu wel snel voorbij, hoopte Paul vurig.

Zijn verlangen naar Angela was inmiddels zo ondraaglijk geworden, dat hij besloot om een gewaagde manoeuvre uit te voeren. Als verstekeling zou hij met een bevoorradingstransport mee naar Rome rijden om Angela op te zoeken. Twee dagen later wilde hij dan op dezelfde manier weer terugreizen.

Paul was zich terdege bewust van het risico dat hij hierbij zou lopen, maar dat kon hem niets schelen. Hij had Angela al meer dan een jaar niet meer gezien. Zijn leven stond dagelijks op het spel en hij wilde niet sterven zonder haar nog een keer teruggezien te hebben.

Maar twee dagen voor de geplande trip kwam het verrassende bericht van een intocht van geallieerde troepen in Rome.

'De Duisters hebben zich achter de Tiber teruggetrokken,' wist de transportofficier, die Paul met meerdere kisten wijn omgekocht had, te berichten.

Maar Angela's woning lag aan de andere kant van de Tiber en was nu dus onbereikbaar voor hem geworden. De teleurstelling maakte hem woedend. Met een pikhouweel hakte hij doelloos op een berg aarde in, net zolang totdat de transportofficier hem het werktuig uit handen nam en hem dwong een gedeelte van de omkopingswijn samen met hem te drinken.

Volledig beneveld door de alcohol viel Paul ten slotte in slaap.

Tegen drie uur 's ochtends werd hij weer wakker, jammer genoeg nuchter, maar zonder ongemakken.

Hij krulde zich op zijn veldbed in elkaar en huilde.

Twee dagen later kwam het bevel voor het hele Adriatische front, waartoe Pauls troep behoorde, om zich achter de zogenaamde Georglinie terug te trekken.

41

*O*p 20 april 1945 had Moritz Gruber de angstige bevolking bijeen geroepen in de gymzaal van de school.

Vrouwen van alle leeftijden, jongeren, oorlogsinvaliden en oude mannen waren aanwezig.

Elsbetha Gruber zat met opgewonden, rode wangen tussen de paar notabelen en genoot van haar rol als vrouw van de belangrijkste man van het dorp. Haar moeder zat naast haar schoondochter Gustel, die op het laatste moment ook nog gekomen was, nadat ze de dagelijkse kas opgemaakt had. 'Ik heb al sinds september 1943 niets meer van mijn Peter gehoord,' vertelde Gustel net aan een ver familielid. Anna keek beschaamd weg en was voor deze ene keer blij toen haar schoonzoon begon te spreken.

Hij had niet meer zoveel praatjes als in de jaren ervoor, maar leek nog altijd heilig in een overwinning van de Duitsers te geloven. De enige reden waarom hij zijn dorpsgenoten bij elkaar geroepen had, was om een oproep van partijleider Wilhem Murr voor te lezen: 'Volksgenoten! Soldaten! Partijgenoten! Met bittere gevechten verdedigt de Duitse natie de heilige grond van het vaderland! De vernietigingsplannen van onze vijanden zijn verschrikkelijk, ze zijn barbaars en moeten uit alle macht tegengehouden worden. Ons volk heeft al heel wat dodelijke gevaren moeten doorstaan. Maar telkens is het, dankzij soms bovenmenselijke inspanningen, de baas over zijn eigen lot geworden!'

Anna snoof, wat haar een waarschuwende blik van Gustel opleverde.

'Zo was het en zo zal het ook dit keer zijn. Wie zich dus overgeeft aan de vijand zal uitgestoten en veracht worden. Zelfs de vijand zal hem verachten! Wie luistert naar de propaganda van de vijand zal daar met zijn leven voor moeten betalen. De strijd om het leven van tachtig miljoen Duitsers is meedogenloos. Slechts één ding is belangrijk: tot het uiterste strijden tegen de vijanden van ons volk!'

'Hij zal nog een keer wensen dat hij ons deze onzin nooit voorgelezen had,' zei Anna halfluid.

Gustel trok wit weg en siste: 'U brengt ons zo nog allemaal in gevaar, moeder!'

Anna Pasqualini perste vol verachting haar lippen op elkaar maar zweeg, terwijl haar schoonzoon verder preekte: 'En dus mag ons hele denken en handelen enkel het onvermoeibare verzet en daarmee de overwinning gelden. In deze beslissende uren denken wij ook nog eens aan de waarschuwing van onze beroemde Zwabenzoon, Friedrich Schiller: "Een volk, dat voor zijne eer niet alles waagt, verdient geen volk te zijn!" Stuttgart, 10 april 1945.'

'Zelfs Schiller is niet meer veilig voor deze waanzin,' wond Anna zich op, die nu ook geen moeite meer deed om haar stem te dempen, en sommige aanwezigen knikten haar toe.

'Hij moet niet denken dat hij ons voor de gek kan houden,' zei de oude schoenmaker Spannagel, toen die na de bijeenkomst een stukje met Anna meeliep.

'Precies,' antwoordde ze. 'Ik luister elke dag naar Radio Beromünster en ik weet dat wat ze daar zeggen geen propaganda van de vijand is.'

'Daarvoor hoef ik niet eens naar de radio te luisteren,' zei de schoenmaker. 'Je hoeft hier alleen maar naar de langstrekkende soldaten te luisteren. De Amerikanen en Fransen hebben ons Württembergse gebied al bereikt, daar is niets meer aan te doen en de andere regio's zijn al lang bezet.'

Anna knikte bedrukt en concludeerde: 'De oorlog is verloren, dat is de waarheid. En die kerel in Berlijn stuurt ons belachelijke bevelen van de Führer, zoals die over de "verschroeide aarde" in maart! Laat hij in Berlijn maar vernietigen wat hij wil, voordat de "vijand het in handen krijgt en er gebruik van maakt". Wij hier kijken wel uit voordat we kapotmaken wat we nog voor de toekomst zouden kunnen redden.'

'Dat is precies waarover ik het even met je wil hebben, Anna,' zei de schoenmaker. Hij dempte vertrouwelijk zijn stem voordat hij zijn nieuwtje prijsgaf: 'Vraag me niet hoe ik dit weet, maar de Amerikanen staan al beneden in het dal. Het zal nog hooguit één, twee dagen duren, dan staan ze hier!'

Voor Anna kwam dit niet als een grote verrassing. Ze was alleen verbaasd omdat de oude schoenmaker, die sinds de executie van de burgemeester de rol van dorpsoudste overgenomen had, dit uitgerekend met haar wilde delen.

Maar lang hoefde ze zich hierover niet te verwonderen. De oude man kwam nu ter zake: 'Wanneer ze komen, moet jij zien te voorkomen dat die schoonzoon van je de Volkssturm mobiliseert, anders gaat ons dorp net zo in as op als Wäschenbeuren!'

Wäschenbeuren was een gemeente ten westen van de Hohenstaufen. Daar had de Volkssturm zich verzet tegen de bezetting van de Amerikanen, waarop vijf burgers en een soldaat de dood gevonden hadden, honderdvijftien huizen verwoest en zeshonderd inwoners dakloos geworden waren.

'Zoiets mag hier niet gebeuren, wij hebben al genoeg slachtoffers te betreuren en schade geleden!' argumenteerde de schoenmaker.

'En hoe moet ik dat voor elkaar krijgen, heb je daar misschien ook een recept voor?' vroeg Anna spottend.

'Jij bedenkt vast wel iets,' zei de schoenmaker. 'Je bent de slimste van het dorp, dat is in elk geval wat je overleden oom altijd beweerde!'

'Bedankt voor het compliment,' bromde Anna sarcastisch, maar heimelijk voelde ze zich toch wel een beetje gevleid.

'Ik geef wel een seintje wanneer het zover is,' beloofde de schoenmaker.

En wie vertelt het jou, meneer Spannagel? had Anna nog willen vragen, maar hij was al weg. Waarschijnlijk had ze toch geen antwoord gekregen. Zoiets was toch nog te gevaarlijk in deze tijd.

Peinzend liep ze langs de Krummbach richting haar huis.

Was het maar vast achter de rug, dacht ze en ze verdrong de gedachte aan Paul, van wie ze al maanden niets meer gehoord had.

42

Op 22 april 1945, de appelbomen stonden in volle bloei en de aarde dampte en rook naar voorjaar, hoorde Anna, die nog half in slaap was, een steentje dat tegen het raam van haar slaapkamer gegooid werd.

Meteen daarop volgde een tweede.

Anna ging overeind zitten. Op de wekker zag ze dat het even na zessen 's ochtends was. Ze gleed in haar pantoffels en slofte naar het raam. In de voortuin stond de zesjarige achterkleinzoon van de schoenmaker.

Anna opende het luik en daarna het raam. Amper had de jongen haar hoofd gezien, of hij riep met gedempte stem: 'Ik moet doorgeven dat het zover is, mevrouw Pasqualini!'

'Goed, jongen. Ga maar snel terug en zeg dat ik het regel!"

'Vergeet niet om een vlag uit het raam te hangen, anders schieten ze op uw huis!'

'Ik zal eraan denken. Vooruit nu, voordat iemand je ziet!'

De jongen knikte, draaide zich om en rende de straat uit.

Anna waste zich snel en kleedde zich aan. Ze stak de al klaar liggende, witte vlag tussen de scharnieren van het luik en controleerde of hij goed vast zat. Dat zou er nog bij moeten komen, dat de Amerikanen haar huis kapot zouden schieten. Het enige huis dat ik nog overheb en dat mijn Stefan gebouwd heeft, dacht ze.

Ze pakte de fiets, aangezien het nog een behoorlijk eind was naar de Cohn-villa, waarin haar dochter met haar gezin woonde.

Anna trapte flink door en pakte voor de zekerheid het paadje langs de Krummbach. Dat ging weliswaar moeizamer dan over de veldweg, maar hier kon ze er tenminste enigszins zeker van zijn dat ze geen pantservoertuigen tegen zou komen.

Toen Anna de sleutel tevoorschijn haalde die Else haar na de geboorte van het kind voor geval van nood gegeven had, hoorde ze binnen in het huis de hoge en kijvende stem van haar dochter.

Snel opende ze de deur en liep de brede, houten trap op naar boven. De slaapkamerdeur stond open en ze werd getrakteerd op een merkwaardige scène.

Terwijl haar schoonzoon een witte vlag – gefabriceerd van een groot tafellaken dat vastgespijkerd was aan twee aan elkaar getimmerde bezemstelen – door het geopende raam naar buiten wilde steken, probeerde Else dit juist te verhinderen. Ze omklemde de onderste bezemsteel en probeerde zo haar man bij het raam weg te trekken. Moritz Gruber probeerde vergeefs de steel uit Elses handen los te rukken.

'Die vlag komt hier niet uit het raam te hangen! Niet bij ons!'

'Denk toch eens een beetje na,' riep Moritz verbitterd, terwijl hij weer bij het raam probeerde te komen.

'Nooit!' schreeuwde Else, die geen centimeter week. 'Over mijn lijk!'

'Over dat van jou misschien. Maar ik ben van plan om hier levend uit te komen...'

'Schaam je, lafaard. De Führer heeft nog zo gezegd...'

'De Führer kan de pot op,' zei Gruber nu grof.

'En denk aan ons kind. Wil je nu echt dat hij door een Amerikaan neergeschoten wordt?'

'Je moet inderdaad aan je kind denken, Else,' bemoeide Anna zich nu met de situatie. De beide kemphanen hadden haar nog niet eens opgemerkt.

'Wat doet u hier, moeder?' vroeg Else verbluft.

'Ik moet met je man spreken,' legde Anna uit, 'en wel meteen!'

Ze wendde zich tot haar dochter en zei nonchalant: 'Neem ons niet kwalijk, Else!' Toen pakte ze haar schoonzoon bij de arm, duwde hem richting de deur en zei: 'En neem je vlag mee!'

Moritz Gruber was zo perplex dat hij automatisch gehoorzaamde.

Ook Else was verbaasd. Dat uitgerekend haar moeder hier nu kwam verhinderen dat die verschrikkelijke witte vlag gehesen werd, dat had ze nooit voor mogelijk gehouden.

Anna sloot de slaapkamerdeur achter zich, draaide vliegensvlug de sleutel om en stak die in de zak van jaar jas

Moritz Gruber keek haar verbijsterd aan, terwijl Else zich in de slaapkamer langzaam begon te realiseren dat de dingen toch anders liepen, dan ze gedacht had.

Met haar vlakke hand sloeg ze tegen de deur en schreeuwde woedend: 'Laat me eruit, moeder!'

'Hou je mond en ga weg bij de deur. En, voor het geval dat je het nog niet helemaal verleerd bent, bid, mijn kind!'

Nu wendde Anna zich tot haar schoonzoon. 'Jij hebt je de afgelopen tien jaar gedragen als iemand die zijn geweten in de garderobe heeft afgegeven, Moritz Gruber: opportunistisch en onverantwoordelijk. Je hebt lopen pochen als een pauw, met je rang als groepsleider en met je SS-vriendjes. O, wat vond je jezelf belangrijk, alsof Hitler je persoonlijk elke ochtend vertelde wat je allemaal moest doen, als "eerste man" hier in het dorp. Laat nu maar eens zien dat er toch nog een restje karakter over is, pak die vlag en loop er de Amerikanen mee tegemoet!' Haar stem werd dreigend, toen ze eraan toevoegde: 'Doe het, Moritz, of ik doe het!'

'Dit kunt u toch niet serieus menen, moeder,' stamelde Elses man.

'Heel serieus! Hier…!' Anna wees op de bezemstelen met het vredestafelkleed in zijn hand. 'Dit is het enige wat je nog kunt doen voor Wisslingen. Misschien heb je er later nog wat aan, wanneer je de Amerikanen moet uitleggen waarom je altijd zo lovend was over de nazi's in die krant van je, of eigenlijk in de krant die je die arme Cohn afgetroggeld hebt. Nog afgezien van alle andere verklaringen die de overwinnaars waarschijnlijk van je zullen willen hebben…'

Moritz Gruber staarde haar besluiteloos aan.

Hij was, zoals Anna al vastgesteld had, meer een opportunist dan een fanatiekeling. Maar hij was vooral slim. Zonder verder nog een woord te zeggen, pakte hij de bezemsteelvlag en liep de trap af.

Anna Pasqualini volgde hem tot aan de voordeur. Ze keek toe hoe hij het tafelkleed om de bezemstelen heen wikkelde, om de vlag beter te kunnen transporteren. Toen pakte hij haar fiets en ging er vandoor. De vlag hield hij in zijn linkerhand.

Nadat hij het bos voorbij was, smeet hij de fiets in de struiken en ging lopend verder. Zweet parelde op zijn voorhoofd, hoewel de ochtend nog fris was. De vlag had hij ondertussen weer uitgerold en droeg hij nu zichtbaar voor zich uit.

Na twintig minuten zag hij de eerste pantservoertuigen.

Ze reden dicht op elkaar en kropen als een reusachtige slang over de velden. Moritz Grubers keel werd droog en zijn handen ijskoud.

Hij ging in het midden van de weg lopen en bedacht dat dit zijn straf was voor wedden op het verkeerde paard. En waarschijnlijk was dit pas de eerste van vele straffen: er zouden beslist nog meer volgen.

Hij hoopte bijna dat ze hem meteen zouden neerschieten, dan was het maar voorbij. Toen hij nog zo'n vijftig meter van ze verwijderd was, bleef de pantsercolonne staan. Gruber stopte ook meteen.

Uit het eerste pantservoertuig klom een man met een machinegeweer in de hand. Hij werd geflankeerd door twee andere soldaten, die van achteren kwamen. Langzaam kwamen ze op hem af gelopen.

Moritz Gruber zwaaide met de vlag, heel voorzichtig, om de Amerikanen vooral niet tot overhaaste handelingen te verleiden.

Toen zei hij, licht stotterend in het beetje Engels dat hij ooit geleerd had, dat hij de taak gekregen had om het dorp Wisslingen zonder strijd over te geven.

Zijn vrouw Elsbetha bekeek vanuit haar slaapkamer hoe de pantserslang zich het dorp in bewoog. Ze ging op de wijnrode satijnen bedsprei zitten en begon zachtjes te huilen.

Het waren bittere tranen die ze huilde voor het mislukte nazi-rijk en haar geliefde Führer, want Elsbetha was, zoals haar moeder al lang geleden in had moeten zien, behoorlijk naïef.

Anna, die regelmatig even door het sleutelgat keek, zorgde voor de kleine Adolf, die intussen wakker geworden was. Ze maakte een stevig ontbijt voor hem klaar met behulp van enkele producten uit de overvolle voorraadkast van haar dochter, aangezien ze er zeker van was dat dit de laatste maaltijd van het kind in dit huis zou zijn.

Tegen negen uur opende ze de slaapkamerdeur van haar dochter en zei tegen het klagelijk hoopje ellende dat ineengedoken op de sprei lag: 'Pak de meest noodzakelijke dingen bij elkaar, Else. Ze zullen dit huis opeisen. Het is het mooiste in de hele omtrek.'

'Maar ze kunnen toch niet… dit is toch ons huis, moeder!'

'En of ze dat kunnen,' antwoordde Anna, terwijl ze op een stoel klom om de koffer te pakken, die boven op de kledingkast lag.

'Wat je niet meeneemt, ben je kwijt,' vertelde ze haar dochter met vooruitziende blik.

Else stond op en staarde besluiteloos naar de commode. Ze kon nog niet helemaal geloven wat haar moeder daar zei.

Maar die klapte de koffer al open en vroeg kordaat: 'Waar liggen de spullen van Adolf?'

'In zijn kamer. Maar die koffer is echt niet groot genoeg voor ons alle drie. Die heeft Moritz alleen al voor zichzelf nodig.'

Domme gans, dacht Anna, maar ze zei het niet.

Adolf, die zijn ontbijt op had, kwam nu vanuit de keuken naar boven gelopen.

'Gaan we op reis, mama?' vroeg hij hoopvol.

'Precies, jongen,' zei Anna, terwijl ze hem over zijn blonde haartjes streelde. 'Mama en jij komen bij mij logeren!'

'En Moritz?' vroeg Else scherp.

'Voor hem zullen de Amerikanen vandaag wel iets vinden,' veronderstelde Anna, waarmee ze weer eens gelijk zou krijgen.

43

*P*aul Pasqualini was aan het eind van zijn fysieke en mentale krachten toen hij in de nacht van 9 op 10 mei 1945 op weg was naar Wisslingen. Driekwart jaar van verschrikkingen, geweld en vlucht lagen achter hem.

Had hij halverwege het jaar 1944 nog gehoopt dat hij relatief onschuldig uit deze waanzin tevoorschijn zou kunnen komen: inmiddels wist hij hoe de wet van de oorlog luidde: de snelste overleeft. Hij of ik…

Zijn laatste bevel had hem opgedragen om mee te werken aan een uitbouw van de 'Alpenvesting'. Hij had vermoeide, uitgemergelde dwangarbeiders aan het werk moeten zetten, zodat de regeringsleiders, militaire – en partijbonzen de mogelijkheid zouden hebben om zich in een 'onneembare vesting' terug te trekken. Daar hadden ze vervolgens de blijkbaar onvermijdelijke confrontatie op Duitse bodem tussen de bolsjewistische Sovjet-Unie en het kapitalistische Amerika willen afwachten, om zich vervolgens als onderhandelingspartner aan de overwinnaars aan te bieden. Een truc van de strategen in Berlijn, om de complete militaire nederlaag toch nog in een gedeeltelijke overwinning te kunnen omzetten.

'Ik ben toch niet zo gek dat ik die onzin nog geloof,' had Paul openlijk tegen zijn eerste frontleider gezegd, in een gesprek onder vier ogen.

'Ik geloof er ook niet in, maar ik ben te oud en te moe om me ertegen te verzetten of te deserteren. Ik zal net zolang zonder al te veel enthousiasme meespelen, totdat de geallieerden me gevangennemen. En als je slim bent, doe jij hetzelfde!'

Maar Paul had geen zin om mee te bouwen aan de Alpenvesting. Hier was echt geen ruimte meer voor onderhandelingen die de moraal van zijn ondergeschikten – en die van hem – nog zouden kunnen versterken.

Op een avond besloot hij dan ook om ervandoor te gaan en hij liet de leden van zijn troep vrij om te blijven of om hem te volgen.

Drie van de jongens sloten zich bij hem aan, de rest was de mening van de eerste frontleider toegedaan: ze voelden zich te oud of te uitgeput voor Pauls onderneming – soms ook allebei.

De maanden die volgden waren onbeschrijflijk; een acrobatische toer. Ze moesten niet alleen over de Alpen zien te komen, maar ook tussen de verschillende vijanden door manoeuvreren. Van alle kanten kwamen geallieerden, Partizanen alle soorten opgejaagde burgers. Zelfs kinderen.

Het was een niet-aflatende chaos geweest.

Paul had gedood, verwond, gestolen en gelogen om te overleven en het was hem, samen met zijn kameraden, gelukt.

Twee van zijn begeleiders waren in Oostenrijk gebleven, de derde had hem in de buurt van Murnau verlaten.

Sindsdien wasPaul in zijn eentje langs uiteengevallen eenheden, Volkssturm-groepen en bezetters weten te komen. Hij verplaatste zich bij voorkeur 's nachts, en voorzover mogelijk in de beschutting van de bossen.

Tot nu toe had hij geluk gehad, hoewel hij één keer, in de buurt van Biberach an der Riss, bijna in een kamp van Fransen terechtgekomen was.

Het laatste stuk weg naar het dorp Wisslingen liep tussen de weilanden en door het open veld. Paul besefte dat ze hem daar goed zouden kunnen zien. Hij besloot om aan de rand van het bos te wachten totdat het donker was.

Een paar van de Duitse soldaten die hij onderweg tegengekomen was, hadden beweerd dat de oorlog voorbij was. Maar dat soort nieuwtjes had Paul onderweg al te veel gehoord om het nog te geloven.

Eindelijk stond de maan aan de bewolkte hemel en was het zo donker geworden dat hij het risico durfde te nemen om naar zijn ouderlijk huis te lopen.

Op het laatste moment herinnerde hij zich het verhaal van de jonge Cohn, die tijdens zijn vlucht gebruikgemaakt had van de Krummbach, en hij besloot om eveneens dit slechter begaanbare, maar verscholen liggende pad langs de oevers van de beek te nemen.

Toen hij voor het huis van zijn moeder stond en op de bel drukte, bedacht hij dat die jongen zich destijds waarschijnlijk net zo gevoeld moest hebben als zijn redder nu: opgejaagd, nerveus en bang.

Binnen werden geluiden hoorbaar, de deur ging open en tegenover hem stond Anna. Ze was ouder geworden, nog magerder dan vroeger, maar haar lichaamshouding was kaarsrecht en de blik in haar ogen was helder en onderzoekend.

In eerste instantie zag ze niet wie deze vermagerde man in het versleten uniform met de staalgrijze, wild krullende haren was.

'Moeder,' zei Paul en het klonk als een snik.

'Paul?' vroeg ze ongelovig, maar toen had hij zijn armen al om haar heen geslagen en begon hij pas echt te snikken.

Anna hield hem vast en voelde hoe de tranen over haar wangen rolden, hoewel ze niet gedacht had dat ze nog tranen overhad nadat de verzwegen dood van Peter zo zwaar op haar geweten gedrukt had.

'Kom binnen,' zei ze ten slotte. 'We hebben bezoek!'

Paul, die absoluut geen behoefte voelde om met wat voor bezoek dan ook geconfronteerd te worden, probeerde tegen te stribbelen. Maar zijn moeder pakte hem bij de arm en trok hem mee naar de woonkamer.

Geschrokken bleef Paul in de deuropening staan, want het eerste wat hij zag was een Amerikaans officiersuniform, waarvan de borstpartij gedecoreerd was met talrijke ordetekens en onderscheidingen.

'Kun je het geloven, mijn Paul is weer thuis!' riep Anna naar de Amerikaan.

Deze ging staan. Hij was groot, heel slank, had een bleek, smal gezicht en zwarte haren. Hoewel die heel kort geknipt waren, krulden ze toch.

Een vage, verre herinnering kwam bij Paul op.

'David?' vroeg hij ongelovig.

De man knikte glimlachend. Hij greep in zijn broekzak en haalde er een zakdoekje uit, dat eruitzag alsof het van een vrouw was. Hij keek er even met een eigenaardige gezichts-uitdrukking naar en stopte het toen weer terug in zijn zak. Ondertussen duwde Anna Paul een stukje verder de kamer in. De mannen stonden nu tegenover elkaar.

Lang bekeken ze elkaar, allebei met stomheid geslagen.

Uiteindelijk deed David als eerste zijn mond open. 'Ik geloof dat we allebei behoorlijk veranderd zijn,' concludeerde hij en vervolgens barstten ze allebei, alsof iemand ze daartoe bevel gegeven had, in lachen uit.

Ze lachten totdat de tranen hen over de wangen biggelden en het hysterische gelach werkte als een balsem op de wonden van de afgelopen jaren.

'Je hebt gelijk. We zijn inderdaad veranderd, David,' ant-woordde Paul, toen hij weer wat gekalmeerd was, terwijl hij de tranen uit zijn ooghoeken wreef.

Daarna zette Anna koffie van echte koffiebonen die David meegebracht had. Erbij aten ze cornedbeef, brood en als toet-je een reep chocolade.

Paul en Anna genoten allebei uitgebreid van dit alles, ter-wijl David zich tevredenstelde met een kopje koffie.

Om elf uur verontschuldigde Pauls moeder zich en ging naar bed; het was een lange, vermoeiende dag geweest.

Maar David opende een fles whisky en haalde twee glazen uit de servieskast – hij wist nog altijd de weg hier in huis.

Ze spraken niet veel terwijl ze dronken, er waren niet veel woorden nodig.

'Ik ben met de hele familie naar Amerika geëmigreerd,' zei David op een gegeven moment. 'Ik heb nu de Amerikaanse na-tionaliteit, dankzij grootvaders geld en connecties.' En even later, met verbittering in zijn stem: 'Ik wil nooit meer in Duits-land wonen. Mijn thuis is nu daar...'

Paul vertelde: 'Ik ben in 1943 mijn baan in Stuttgart kwijt-geraakt, de nazi's zaten toen achter me aan.'

David knikte. 'Je moeder heeft me de rest al verteld.'

Ze waren bij hun derde glas aangekomen, toen David zei: 'Ik ben je heel wat verschuldigd, Paul. Als jij er niet geweest was...'

Paul wimpelde het weg. 'Dat is allemaal achter de rug,' zei hij vermoeid. 'Waar het om gaat, is dat we nog leven!'

'Dat klopt,' antwoordde David, 'maar het ene sluit het andere niet uit. Wat kan ik voor jou doen, Paul? Geloof me, ik heb mogelijkheden.' Hij grijnsde verlegen en voegde er met sympathieke zelfspot, maar zeer geloofwaardig aan toe: 'Ik ben een belangrijk man!'

Paul keek hem aan en werd nu heel serieus. 'Ik wil mezelf weer zijn,' zei hij toen.

'Dat is een peulenschil,' antwoordde David. 'Dat staat niet in verhouding tot wat jij voor mij gedaan hebt, voorzover zoiets überhaupt mogelijk is.'

Paul nam peinzend nog een slok whisky. Hij was het eigenlijk niet van plan geweest, maar zei als vanzelf: 'Als je echt iets voor me zou willen doen, David, dan zou ik graag een licentie krijgen om een krant uit te geven!'

'Ik begrijp het,' zei David en knikte.

'Dat is waarvoor ik geleerd heb, kranten maken. Daarvoor heb ik de diploma's en ook het talent. Zelfs het kapitaal. Het was altijd mijn droom...'

'Die wens is wel vervulbaar,' ze David. 'Wanneer je wilt, kun je de *Ostalbboten* overnemen. Vooralsnog als legerkrant, maar ik ben ervan overtuigd dat dat slechts tijdelijk is.'

'En hoe zit het dan met Moritz Gruber?'

David vertrok grimmig zijn mond.

'Je zwager is voorlopig geïnterneerd en zal dat ook nog wel even blijven, dat vertelde ik je moeder vanavond ook al. Bovendien zullen de militaire autoriteiten zich buigen over de omstandigheden waaronder de voormalige groepsleider onze krant, het huis en de uitgeverij heeft "verkregen".... Je kunt ervan uitgaan, Paul, dat al die contracten en andere papieren nietig verklaard zullen worden! Hij heeft tenslotte mijn vader op zijn geweten.'

Op dit moment moest Paul opeens aan Angela denken. Hij

zag haar duidelijker voor zich dan in al die tijd, sinds hij haar voor het laatst in zijn armen gehouden had.

Ze glimlachte naar hem, lief en ondeugend tegelijk. Hij hoorde haar stem, voelde haar warmte en haar geur, de zachte druk van haar vingers in zijn nek.

Het was het laatste, wat hij die dag voelde. De alcohol waaraan hij niet meer gewend was, bleek te veel van het goede, waardoor hij in de hoek van de zachte bank wegzakte, en daar de rest van de nacht doorbracht, diep in slaap en volledig aangekleed.

Toen Anna hem de volgende ochtend wekte, bleek ze een houten tobbe met heet sop voor hem klaargemaakt te hebben, waar de verloren zoon zich dan ook genietend in liet glijden. David, die ook bij Anna overnacht had, kwam even later ook naar beneden en nam plaats in een tweede tobbe met heet water.

'Waarom grijns je zo, overwinnaar?' vroeg Paul sloom, toen hij de glimlach zag, die niet meer van Davids gezicht leek te verdwijnen.

'Vanwege die tobbes,' antwoordde David.

Paul ging op zijn buik liggen en besloot er verder niet op in te gaan. Iedereen had zijn herinneringen en die konden niet altijd uitgelegd worden.

44

$\mathscr{D}$e eerste uitgave van de *Ostalbkoerier*, voorheen *Ostalbboten*, onder regie van de nieuwe bedrijfsleider Paul Pasqualini, verscheen op 1 december 1945.

Maar in juli al hadden de drukmachines het weer gedaan en was er dankzij David Cohns bemiddeling een nieuwsblad geproduceerd in de vorm van een oorlogskrant. De landelijke artikelen waren voor het hele Amerikaanse bezettingsgebied hetzelfde. Paul had alleen nog de regionale berichten en de ambtelijke bekendmakingen toe hoeven voegen.

De eerste echte uitgave van de nieuwe krant bestond uit vier pagina's en verscheen, vanwege papiergebrek, slechts twee keer per week.

Paul kon in zijn krant ook berichten over de vele arrestaties die voorafgingen aan de denazificatie.

In Wisslingen werden buiten de reeds gearresteerde groepsleider nog vijf andere personen opgepakt, waaronder Erich Dussler en zijn schoonzoon. In de stad lag het aantal gevangengenomen mensen zelfs ver boven de honderd. Maar de meesten werden al na enkele weken weer vrijgelaten.

David Cohn had er niet alleen voor gezorgd dat Paul een krant uit kon geven, maar ook dat Augusta Pasqualini een officiële brief kreeg, waarin de verwisseling van haar man Peter met diens tweelingbroer Paul tijdens het bombardement rechtgezet werd. Peter was dus als soldaat tijdens zijn verlof gesneuveld, wat sociaal gezien natuurlijk van belang was.

Gustel was verdrietig en opgelucht tegelijk.

'Nu heb ik tenminste recht op een weduwepensioen,' vertelde

ze haar schoonmoeder Anna, toen die samen met Paul langskwam om de jonge weduwe te steunen. Ze zei dit nog voordat
ze haar verdriet over de dood van haar man toonde, waarop
Paul concludeerde dat zijn broer dus toch gelijk gehad had met
zijn mening over zijn echtgenote.

Maar veel tijd om hierover na te denken, had hij niet. Het
werk dreigde hem boven het hoofd te groeien, aangezien hij in
het begin alles bij de krant zelf moest doen. Hij moest zelf de
regionale artikelen schrijven, redigeren, zetten en drukken. Hij
had dus niet alleen de taken die hij tijdens zijn opleiding tot
drukker had geleerd, maar ook nog eens het werk van redacteur en bedrijfsleider van de uitgeverij.

Wonder boven wonder ging het hem allemaal goed af.

'Mijn vorige leven als oplichter komt nu goed van pas,' vertelde hij David Cohn op een avond grijnzend. 'Als professor
heb ik uitstekend leren formuleren en alle andere belangrijke
zaken weet ik uit mijn tijd als bedrijfsleider bij de firma Rapp
in Stuttgart.'

Die was overigens, tijdens een van de vele luchtaanvallen
op Stuttgart, volledig verwoest. En in januari 1945 hadden de
bommen ook het woonhuis van de directeur geraakt. Samen
met zijn huishoudster en de portiersfamilie van de firma, die op
de benedenverdieping gewoond had, was de ondernemer Rapp
omgekomen, had David Cohn Paul verteld.

De Amerikaanse jood bekleedde een hoge functie binnen het
bezettingsleger.

'Ik heb een kleine, maar niet onbelangrijke, technische uitvinding gedaan,' had David grijnzend uitgelegd, toen Paul hem
gevraagd had hoe hem dit ondanks zijn jeugd gelukt was.

David Cohn voorzag Anna en haar familie liefdevol van etens-
waren, poedermelk en luxe goederen zoals bananen, koffie en
zelfs chocolade, zodat niemand hoefde te lijden onder de levensmiddelenschaarste in de eerste tijd na de oorlog.

Daarnaast hielp David Paul waar hij maar kon bij de op-
bouw van een nieuw bestaan. Hij probeerde die paar wensen
die Paul had te vervullen, met één uitzondering.

'Het is op dit moment onmogelijk om een reis naar Rome

voor je te regelen,' moest hij het verzoek van zijn voormalige redder en huidige vriend afwijzen. 'Je zult nog een poosje geduld moeten hebben, Paul!'

Met tegenzin accepteerde Paul dit slechte nieuws.

Hij bleef Angela schrijven, hoewel hij wist hoe weinig deze pogingen tot contact waarschijnlijk zouden opleveren.

De wereld stond nog altijd op zijn kop.

Dit besef drong echter pas echt tot hem door toen David hem op een dag – het was eind december 1945 – op een trip naar Stuttgart begeleidde.

'Mijn god,' stamelde hij, terwijl ze tussen de ruïnes en puinhopen van de voormalige binnenstad door reden.

'Zo ziet het er op dit moment in alle grote Duitse steden uit,' vertelde David.

Paul sloeg zijn handen voor zijn gezicht toen ze langs zijn voormalige woning in de Weinsteige reden. De hele straat was hier praktisch weggevaagd; er stonden enkel nog een paar restanten van muren.

Op de terugreis was het stil in de auto.

'Zoiets mag nooit meer gebeuren, David,' zei Paul ernstig, toen David hem voor zijn ouderlijk huis afzette.

'Dat zie ik net zo,' antwoordde David, maar hij voegde er nog iets aan toe waaraan Paul nog niet gedacht had: 'En het is onze taak om dit te voorkomen. Mensen zoals jij en ik. Jij hebt met je krant de kans om voor vrede te pleiten en later ook voor de democratie, mocht die er in Duitsland ooit komen. En mijn kansen liggen aan de andere kant van de plas en geloof me, Paul, ik zal ze benutten!'

Paul dacht tijdens die voorlaatste nacht van het jaar 1945 lang na en besefte dat David de spijker op zijn kop geslagen had. Het was niet genoeg om zijn werk zo goed mogelijk te doen. Hij moest een hoger doel nastreven en dat doel was het behoud van de vrede. Iedereen die deze oorlog meegemaakt had, zou daaraan moeten meewerken. Maar de Duitsers die schuldig waren aan het ontstaan van die hele oorlog waren dit helemaal verplicht, met alle kracht die ze zouden kunnen opbrengen.

Gesterkt door deze gedachten stortte hij zich opnieuw op zijn werk. Hiermee verdrong hij het kwellende verlangen naar Angela. Hij werkte zo hard dat Anna zich geroepen voelde om hem te waarschuwen: 'Waarom doe je dit, zoon?' vroeg ze hem, toen ze op een vroege ochtend in het voorjaar van 1946 persoonlijk in de drukkerij langskwam.

'Je hebt inmiddels hulp genoeg. Je zou het nu toch wel een beetje rustiger aan kunnen doen en de anderen hun werk laten doen. Dat kunnen ze, Paul, dat heb je zelf al zo vaak gezegd. Dus waarom zou jij bijna elke nacht doorwerken? Je gaat er nog een keer aan onderdoor en dan heb jij bereikt wat die hele oorlog niet voor elkaar gekregen heeft: namelijk dat je je gezondheid kwijt bent!'

Paul moest toegeven dat zijn moeder niet helemaal ongelijk had, maar hij wilde en kon niet ophouden met nadenken. Hoe ging het met Angela? Waarom liet ze niets van zich horen? Inmiddels functioneerde de post immers weer min of meer naar behoren.

Was ze terug naar Napels gegaan? Of had ze de laatste jaren van de oorlog doorgebracht op het landgoed van haar familie en verbleef ze daar nog altijd? Of was er misschien iets met haar gebeurd?

Zo langzamerhand zou elk nieuws, zelfs wanneer het slecht was, beter zijn dan deze martelende onzekerheid, dacht hij verdrietig.

Maar toen het nieuws over Angela eindelijk kwam, was Paul toch alles behalve opgelucht.

In het algemene deel van de krant, die hij nog altijd vanuit de oorlogskrant-centrale in Frankfurt toegezonden kreeg, stond in oktober 1946 ook een artikel over een opzienbarende opvoering van de Verdi-opera *Nabucco* in de Metropolitan Opera van New York met twee Italiaanse gastzangers. De journalist raakte niet uitgepraat over de zangkunsten en schoonheid van de 'Usignolo Bianco', de Witte Nachtegaal, Angala Orlandi. De altijd in het wit geklede vrouwelijk ster uit Italië stond afgebeeld samen met haar gezin, de zanger Benedetto Lacardo, die de rol van Ismaël gezongen had, en haar twee kinderen.

Haar twee kinderen, dacht Paul geschokt, terwijl hij de foto nog eens goed bekeek. Het meisje moest Leonora zijn. De jongen naast haar leek een jaar of drie en kon dus onmogelijk van hem zijn.

Het was Benedetto Lacardo's kind, net zoals het eerste. Je hoefde niet helderziend te zijn om dit te kunnen zien: de gelijkenis tussen vader en zoon was treffend.

Angela had zich tijdens hun scheiding bedacht en zich weer bij haar echtgenoot aangesloten. Een verstandige beslissing, vanuit haar oogpunt.

De pijn kwam pas een tijdje later, maar hij kwam met volle kracht. Paul leefde wekenlang bijna uitsluitend op koffie, sigaretten en whisky; net zolang tot Anna, die het waarschuwen beu was, haar vijfendertigjarige lievelingszoon op een nacht de fles uit zijn handen trok en hem een enorme oorvijg gaf.

'Er zijn nog wel meer moeders met knappe dochters,' zei ze de volgende ochtend, toen ze zag dat hij het begrepen had en bereid was om verder te leven.

'Ik geef de voorkeur aan werken,' antwoordde Paul, en dat was precies wat hij dan ook deed.

45

$\mathcal{T}$ijdens zijn internering had Moritz Gruber de denazificatie-vragenlijst ingevuld. Sluwe vos die hij was, had hij de daar gestelde vragen zo beantwoord dat hem amper iets te verwijten viel. En hij kwam ermee weg.

Ondanks David Cohns intensieve bemoeienis werd hij 'in mindere mate schuldig' bevonden. Dat hij indirect verantwoordelijk was voor de dood van Edmund Cohn kon niet worden bewezen aangezien er, buiten de destijds nog minderjarige David, geen verdere getuigen meer waren. Na de afschaffing van de onrechtsstaat van de afgelopen jaren liet de denazificatierechtbank, die nu volgens het oude rechtsprincipe 'in dubio pro reo' werkte, deze zaak buiten beschouwing en liet de voormalige groepsleider van Wisslingen al na tien maanden gevangenschap vrij.

Toen Moritz Gruber eind maart 1946 terugkwam, vond hij zijn vrouw en zoon Adolf in de woning boven die van zijn schoonmoeder terug, waar Elsbetha, die inmiddels weer gewoon Else heette, ooit haar dameskleermakerij gehad had.

Van oppakken van dit werk was echter geen sprake. Niemand kon het zich veroorloven om kleding te laten maken. Er was zelfs geen vraag naar verstel- of herstelwerk. De twee vrouwen en de kleine Adolf leefden van Anna's voorraden en de gulle gaven van haar voormalige beschermeling David Cohn.

'En hoe moet het nu verder met ons, Moritz?' vroeg Else haar man, nadat ze hem eerst bonen in tomatensaus, cornedbeef en een banaan voorgezet had als maaltijd. Hij genoot net van een kop goede bonenkoffie en dronk hem tot de laatste druppel leeg voordat hij haar vraag beantwoordde.

'Waarschijnlijk verhuis ik naar de omgeving van Frankfurt. Tijdens mijn internering heb ik wat mensen leren kennen met interessante ideeën, en ik heb tenslotte ook nog wat bezittingen... ik bedoel... ik had mijn ogen natuurlijk niet in mijn zak de afgelopen jaren...!'

Hij nam nog een paar stukjes chocolade, kauwde er aandachtig op en concludeerde toen: 'Chocolade. Dat kregen onze nachtvliegers ook altijd om wakker te blijven!'

Maar Else interesseerde zich op dat moment noch voor chocolade, noch voor nachtvliegers. Ze wilde weten hoe haar man de toekomst zag.

'En hoe moet dat dan met ons, wanneer jij naar Frankfurt vertrekt? Moeten Adolf en ik mee, of hoe stel je je dat voor?'

Moritz Gruber stak nog een stuk chocolade in zijn mond. Deze vraag had hij verwacht. Hij vond het niet leuk, maar het was beter om dit zo snel mogelijk achter de rug te hebben. Bovendien kon Else soms een beetje langzaam van begrip zijn, waardoor het beter was om duidelijke taal te gebruiken.

'Ik heb besloten dat jij en Adolf hier bij jouw moeder blijven,' zei hij dus.

Else begreep niet meteen waar hij op aanstuurde.

'Nou, ik weet het niet: jij daar en ik hier – dat is toch geen huwelijk, Moritz!'

'Is ons huwelijk dat ooit wel echt geweest?' vroeg Moritz Gruber en nog altijd begreep Else de verborgen boodschap in zijn woorden niet.

'Wat bedoel je daarmee?' brieste ze.

'Dat we toch alleen maar getrouwd zijn omdat jij zwanger was. Omdat een buitenechtelijk kind hebben in het dorp waar ik groepsleider was niet verstandig was met het oog op mijn functie. Maar die functie is er nu niet meer en dus zie ik ook geen reden om verder te gaan met dit huwelijk, dat voor mij nooit een... huwelijk uit liefde... was!'

Else staarde de man aan met wie ze acht jaar getrouwd geweest was. Acht jaar, waarin zij continu geprobeerd had om het hem in alles naar zijn zin te maken, thuis, in het openbaar en ook in bed. En nu zei hij zoiets! Praatte hij ijskoud over zijn toekomst in Frankfurt. Zijn toekomst na de oorlog, waarvoor hij blijkbaar al tijdens de twaalf jaar van het 'duizendjarige rijk' voorzorgsmaatregelen getroffen had, als ze hem tenminste goed begreep. En dat terwijl hij haar en de mensen hier in het dorp de leuzen vanuit Berlijn en op het laatst zelfs nog de oproep tot volhouden van partijleider Murr voorgelezen had!

Talloze gebeurtenissen schoten haar nu door het hoofd. Het geval van die troepenbevoorradingstrein bijvoorbeeld, die tussen de stad en het volgende station van de gemeente Wisslingen had moeten stoppen omdat het spoor tijdens een beschieting beschadigd was.

Toen ambtenaren van het rijksspoor de goederenwagons ten slotte na twee dagen geopend hadden, bleek een deel van de lading uit de oorspronkelijk verzegelde wagens verdwenen.

Else herinnerde zich ook die nacht dat ze zo slecht geslapen had en ze het geluid van vrachtwagens vanuit de uitgeverij had gehoord. Het waren niet de twee vrachtwagens geweest die de gedrukte kranten afhaalden; die kwamen altijd om vier uur 's ochtends. Maar het was volgens de wekker vijf uur geweest, toen ze deze auto's hoorde. Toen ze Moritz er tijdens het ontbijt op had aangesproken, had hij haar uitgelachen en beweerd dat ze het gedroomd had. 'Je weet toch zelf wel welke vrachtwagens er hier in de buurt nog zijn, nadat bijna alles wat kan rijden geconfisqeerd is!'

Else zag het hele voorval nu in een ander licht, net zoals sommige andere dingen die haar opgevallen waren.

Maar Moritz Gruber, die haar had zitten observeren, antwoordde al voordat ze nog maar iets had kunnen zeggen.

'Denk maar niet dat er iets te bewijzen valt,' zei hij, waarbij hij ook nog eens zo brutaal was om het laatste stukje chocolade in zijn mond te stoppen. 'Van mij mag je meteen naar die Amerikaanse vriend van je toe rennen. Maar ik verzeker je: je bereikt er niets mee. Ik ben voorzichtig geweest!'

'Je bent een zwijn, Moritz,' zei Else met toegeknepen lippen, maar haar echtgenoot glimlachte slechts en antwoordde spottend: 'En jij ook, Else. Dat is de waarheid, ook al heb ik ervan genoten...'

Else sprong op en schreeuwde: 'Ik ben wat jij van mij gemaakt hebt. Jij en je Führer en die hele vervloekte kliek!'

'Dat is jouw probleem, Else,' zei Gruber, terwijl hij een Amerikaanse sigaret op stak. 'Uiteraard zal ik betalen voor Adolfs onderhoud,' zei hij toen. 'De jongen is tenslotte mijn kind!'

'En je zult ook voor mij moeten zorgen,' antwoordde Else verbitterd, terwijl ze zich voornam om hem helemaal uit te kleden zodra hij zijn geld eenmaal zou hebben. Maar Moritz Gruber liet zich niet afschrikken door deze aankondiging.

'Je bent echt een beetje... naïef... Else,' zei hij, terwijl hij het hele pakje sigaretten onopvallend in zijn jaszak liet glijden. 'Anders zou je je toch wel herinneren dat je voordat we trouwden een huwelijkscontract ondertekend hebt.'

Even was Else stil, toen besefte ze dat hij de waarheid sprak. 'Dat is gebruikelijk in keurige families zoals de mijne,' had hij haar destijds verzekerd.

Dat had je er nu van.

Zij mocht van hem de jongen opvoeden – wat moest hij met een extra mond te voeden waar hij nog niets aan had. En zijzelf werd afgedankt als een stuk vuil. Ze zou in het vervolg niet alleen de vrouw van de voormalige groepsleider zijn – een status, die haar momenteel al genoeg vijandigheden en hoon opleverde – maar ook nog eens een gescheiden vrouw. En een gescheiden vrouw stond in de bekrompen, vrome gemeenschap van deze omgeving nog lager aangeschreven dan een prostituee.

Een herleving van haar carrière als kleermaakster kon ze dus wel op haar buik schrijven.

Else Gruber, vroeger Pasqualini, was inderdaad naïef, een beetje dom zelfs, maar ze was geen vrouw die een dergelijke klap zonder enige tegenaanval onderging.

Ze trok de dikke, gewatteerde theemuts van de koffiekan en deed alsof ze zichzelf nog een kopje in wilde schenken. Maar toen goot ze de gloeiend hete koffie doelbewust over de linker helft van het hoofd van haar echtgenoot, over zijn linkerwang en het linkeroor, tot over zijn hals en bovenarm.

Moritz Gruber gilde als een mager speenvarken, sprong overeind en schokte als iemand die een epileptische aanval had.

Else keek hem onaangedaan aan en zei toen met een valse vriendelijke blik: 'Neem me niet kwalijk, Moritz, ik ben bang dat ik uitgeschoten ben.'

Hij antwoordde niet, maar rende naar de wasbak, draaide de kraan open en hield zijn pijnlijke gezichtshelft eronder.

Anna, die het geschreeuw gehoord had, kwam de keuken in gerend.

'Wat is hier aan de hand?' vroeg ze verbaasd.

'Niets, moeder,' zei Else koel. 'Moritz en ik bespraken net onze scheiding...'

Een kleine week na dit voorval vond Anna op de keukentafel een brief van haar dochter.

Ik was en ben slachtoffer van het voorbije regime, schreef Else. *Als ik in Wisslingen blijf, zal ik de rest van mijn leven met scheve ogen worden aangekeken en buitengesloten, zoals dat nu ook al gebeurt. Mijn man, die voor mij verantwoordelijk was, heeft me verlaten en zijn kind gaat elke dag, hoe ouder hij wordt, meer op hem lijken. Ik kan deze constante herinnering aan mijn mislukte huwelijk niet langer verdragen en dus vertrek ik ook. Waar ik heen ga kan ik geen kind gebruiken en dus laat ik Adolf bij u. Moritz zal voorzien in het onderhoud van de jongen en via de scheidingsdocumenten zal ik zijn adres te weten komen, zodat u contact met hem zult kunnen opnemen. Ik weet dat u het niet eens zult zijn met deze gang van zaken, moeder, en daarom schrijf ik u. U had gelijk wat Hitler betrof en ook wat alle andere dingen betrof, maar daar heb ik op dit moment ook niets meer aan. Ik laat wel weer iets van me horen. Blijf gezond en vind steun bij Paul, die was tenslotte altijd al uw lieveling. Else.*

Anna las de brief telkens opnieuw, piekerde en verweet zichzelf nachtenlang dat ze bij Else iets verkeerd gedaan of nagelaten had. Toen ze er uiteindelijk met Paul over sprak, pakte hij haar hand. 'Niet alle mensen zijn gelijk, moeder,' zei hij alleen. 'En ik weet zeker dat u niets verkeerd hebt gedaan.'

Anna zuchtte. Helemaal kon ze het nog niet loslaten, maar ze nam zich voor om in elk geval Adolf goed te behandelen. Het was al erg genoeg voor de jongen dat zijn gevluchte ouders hem met deze voornaam opgezadeld hadden.

46

*I*n 1949 waren eindelijk alle formaliteiten afgewikkeld en werd het voor David Cohn mogelijk om de opnieuw op zijn naam gezette uitgeverij inclusief de voormalige Cohn-villa aan Paul Pasqualini te verkopen.

Hiervoor opende Paul zijn depot bij de Zürcher Bank. Voor het deel van de koopprijs dat hij niet kon betalen, behield David een aandeel van dertig procent in de uitgeverij.

'Laten we het vieren,' stelde David voor, toen ze samen het bureau van de notaris in Zürich verlieten.

'Ik vrees dat ik moet passen, David,' zei Paul aarzelend. 'Ik heb namelijk eigenlijk al een afspraak met Magda!'

Magdalena Blümel was een van zijn redactrices en de afgelopen tijd was ze voor hem een onmisbare assistente geworden. Hij had nu voor het eerst een privéafspraak met haar.

'Ik heb anders iets heel speciaals in gedachten,' drong David aan. 'En ik denk dat het je zal interesseren!'

En dus boekten ze twee kamers in Hotel Baur au Lac en kleedde Paul zich na een vroeg diner om in de smoking die David tevoorschijn getoverd had.

Vervolgens namen ze een taxi naar de opera.

Ze waren zo laat dat ze hun loge op de eerste verdieping rennend moesten opzoeken. Amper waren ze in de diepe, met rood fluweel beklede stoelen verzonken, of het doek ging al open en het orkest begon met de ouverture van de *Zauberflöte*.

Paul had deze opera niet meer gehoord sinds die ooit in de grote stad opgevoerd was, met hemzelf als violist in het amateurorkest. Hij vond de muziek prachtig.

Hij glimlachte blij naar David en gaf hem met een knikje te

verstaan dat dit muzikale geschenk helemaal aan zijn smaak voldeed.

De rol van Tamino werd door een Fransman vertolkt, de rol van Papageno door een bekende Weense zanger en de rol van Pamina door een nog jonge Zwitserse, die het afgelopen jaar al tijdens verschillende concerten en in meerdere opera's in Zwitserland geschitterd had.

Toen het eindelijk de beurt was aan de Koningin van de Nacht, die met haar beroemde coloratuuraria meteen alle aandacht trok, dacht Paul eerst dat hij het verkeerd hoorde.

Hij boog naar voren en luisterde geboeid. De zangeres had een fantastische, sensationeel goede stem. De tonen kwamen met een parelende helderheid over haar lippen en ze haalde de moeilijke coloraturen met een ongelooflijke zekerheid en kracht. Ze was, zoals de rol voorschreef, een uitdagende, moederlijke furie, die tegelijkertijd vrouwelijk zacht en breekbaar overkwam.

Verbazingwekkend genoeg was ze niet zoals gebruikelijk donker, maar juist in een zilverachtig witte jurk gekleed, en alleen een zwarte, kanten sluier waarmee ze koketteerde en speelde, hing vanaf haar zilveren pruik tot op de grond.

'Usignolo Bianco,' fluisterde David Paul toe, terwijl hij hem veelbetekenend aankeek.

Natuurlijk wist Paul al lang dat dit de bijnaam van zijn geliefde Angela was. Hij had het dus niet verkeerd gehoord, het was geen wensdroom geweest die weer in niets zou oplossen. Hij had zich niet vergist.

Het was Angela.

De tweeëneenhalf uur die volgden verkeerde hij in een roes. Hij had het gevoel dat de hele opera slechts een dialoog tussen Angela en hemzelf was, een strijd zoals die van hun leven: de goede en kwade sferen die, zonder dat de hoofdrolspelers er iets aan konden doen, met elkaar vermengd waren; het doorworstelen van ellende en nacht naar licht en een gemeenschappelijke toekomst.

'Het spijt me, David, maar ik moet haar spreken!' zei hij toen het doek nog maar amper gevallen was.

'Dat dacht ik al,' antwoordde David glimlachend, want uiter-aard hadden ze het al vaker over Pauls grote, ongelukkige liefde gehad.

Verward verliet Paul samen met David de zaal. 'Laten we naar het hotel teruggaan,' zei de jonge Amerikaan. 'Ik heb iets geregeld voor je.'

'Waarom doe je dit, David?' vroeg Paul verbluft.

'Omdat ik van mening ben dat het niet goed is om een relatie aan te gaan zolang dingen uit het verleden nog niet opgelost zijn.'

'Welke relatie?' wilde Paul weten, maar het was een retori-sche vraag. Hij wist precies waar David op doelde – en die zag dan ook met een ironisch glimlachje af van een antwoord.

In een kleine salon van het hotel wachtte Paul op Angela's komst. Hij kon zich niet herinneren ooit zo nerveus geweest te zijn. Wanhopig proberend zich een houding te geven, bestu-deerde hij de gravures aan de muur, die verschillende Alpen-landschappen vertoonden, terwijl hij opnieuw tegen zichzelf zei dat Angela de vrouw van een andere man was, met wie ze twee kinderen had. Niemand kon hem verwijten dat hij haar weer wilde zien, maar hij zou wel een noodzakelijke afstand moeten bewaren.

Angela betrad de salon ruim een uur later. Zonder make-up, kostuum en pruik was ze een moderne vrouw van begin dertig, op het toppunt van haar vrouwelijke schoonheid. Haar honing-kleurige haar droeg ze opgestoken en een strak gesneden, sterk getailleerde jurk accentueerde prachtig haar vrouwelijke ron-dingen. Maar haar gezicht was bleek en aan haar ogen die hem onrustig opnamen, zag hij dat ze net zo zenuwachtig was als hij.

'Je hebt grijze haren gekregen,' zei ze bij wijze van begroe-ting. Onwillekeurig tilde ze haar hand op, om Pauls staalgrijze haren aan te raken, maar halverwege stopte ze.

Paul herkende in dit afgebroken gebaar het voornemen dat hij zelf ook had: ze wilde afstand houden.

Het zou nu absurd geweest zijn om haar nog goedenavond te wensen of met vergelijkbare woorden te beginnen en dus besloot hij maar gewoon direct verder te gaan met het gesprek.

'Dat heeft zo zijn redenen,' zei hij veelzeggend, terwijl hij over zijn dichte haardos streek. 'Maar ga zitten. Wil je iets drinken?'

'O ja, graag. Water. Heel veel water. Van zingen krijg je dorst,' zei ze met een spottende ondertoon. 'En een klein glaasje wijn alsjeblieft!'

Paul bestelde, na even overlegd te hebben, een fles rode wijn en een grote karaf water.

Nadat de ober weer vertrokken was en Angela's ergste dorst gelest, viel er een gespannen stilte.

'Hoe gaat het met je man en kinderen?' vroeg Paul ten slotte, waarbij hij niet kon verhinderen dat de vraag scherp en gekwetst klonk.

'Heel goed, dank je,' antwoordde Angela, terwijl ze een slokje van de wijn nam.

'Wat fijn voor jullie,' constateerde Paul, terwijl hij een hete woede in zich voelde opstijgen. Ze vond het blijkbaar niet eens nodig om hem uit te leggen waarom ze weer in Benedetto's armen gevlucht was! Het leek wel of hij haar expliciet om deze verklaring moest vragen en dat was ook precies wat hij nu wilde. Plotseling begreep hij wat David bedoeld had met 'dingen uit het verleden die nog niet opgelost zijn'. Hij had het onderdrukt, al die jaren had hij voor zichzelf verdrongen hoe pijnlijk en onverdraaglijk hij dit gevonden had.

'Ik wacht,' zei hij dus met scherpe stem. Het klonk als een ultimatum.

Angela trok haar wenkbrauwen op en keek hem verbaasd aan. 'Waarop wacht je, Paolo?'

'Op je uitleg. Hoe het heeft kunnen gebeuren dat je tegen alle afspraken in…'

Paul haalde diep adem en begon toen, zonder dat hij het zelf doorhad, luider te praten: 'Dat je naar die vervloekte… Kozak teruggekeerd bent en nog een kind met hem op de wereld gezet hebt! Terwijl ik leefde met de hoop op een gemeenschappelijke toekomst. Alleen daardoor is het me gelukt om de oorlog te overleven en in al die waanzin niet mijn verstand te verliezen.

Ik dacht aan jou en verlangde naar jou, bij de Atlantische Muur, in het fascistische Noord-Italië, tijdens de gevechten in de Alpen en god weet waar nog meer. En daarna heb ik als een gek gewerkt om een thuis voor jou voor te bereiden. Om er vervolgens achter te komen dat jij je – neem me niet kwalijk dat ik bij deze woordkeuze blijf – al lang ergens anders ingenesteld had, een luxe leventje in Amerika leidde, aan de zijde van Benedetto en jullie schattige kindjes... maar... nou ja. Waarschijnlijk was het ook te veel gevraagd om mij te vertellen dat je van gedachten veranderd was, zodat ook ik op een gegeven moment vrij zou zijn om een ander leven op te bouwen!'

Angela staarde hem met licht geopende mond aan.

'Volgens mij ben je gek geworden,' zei ze uiteindelijk.

Paul schudde beslist zijn hoofd en zei met een bijtende ironie: 'Ik was het, lieverd. Gek op jou!'

Hij bekeek haar met een genadeloze felheid. Nooit had hij gedacht dat ze zo met zijn gevoelens zou kunnen spelen. Ondanks haar drieëndertig jaar zag ze er meisjesachtig onschuldig uit en daadwerkelijk enigszins verontwaardigd. Waarschijnlijk probeerde ze zijn medelijden op te wekken, wilde ze dat hij begrip zou tonen voor haar moeilijke situatie destijds, in het bedreigde en bezette Rome. Paul voelde een golf van misselijkheid in zich opkomen. Hij wilde dit niet meemaken, noch haar smeekbedes, noch zijn eigen schijnheilige vergeving. Het was het beste als hij nu vertrok. David had zich vergist. Het menselijke verleden was niet 'op te ruimen', zoals de puinhopen en brokstukken van de gebombardeerde steden. Beschadigingen aan de ziel bleven. Die waren alleen met liefde te helen – dat zag hij plotseling in, maar op Angela's liefde had hij geen recht, en hij wilde die liefde ook niet meer.

Hij ging staan en zei: 'Het spijt me, maar ik geloof niet dat verder praten nog zin heeft.'

Paul keerde zich om en had de deurklink al in zijn hand toen hij haar stem weer hoorde.

'We hebben nog helemaal niet gepraat,' zei ze met een kwaadaardig soort sarcasme. 'Dat waren alleen maar beschuldigingen waarop ik blijkbaar niet mag reageren!'

Ook Angela was nu gaan staan, liep naar hem toe en trok met een energiek gebaar Pauls hand van de deurklink.

'En nu wil ik je eens vertellen wat ik heb meegemaakt, Paolo Pasqualini! Hoe ik me voelde toen ik niets, niets en nog eens niets van jou hoorde! Goed, in het begin probeerde ik mezelf nog wijs te maken dat je mijn bericht, dat ik het laatste jaar van de oorlog en het eerste jaar daarna op het landgoed van mijn familie had doorgebracht, nooit gekregen had. Maar daarna, Paolo, waren er toch wel mogelijkheden om aan informatie over mij te komen, als je dat gewild had. Ik heb mijn woning in Rome altijd aangehouden en de huisbaas heeft me mijn post regelmatig doorgestuurd. Bovendien: Ludovica heeft Rome nooit verlaten en ook bij de opera hebben ze altijd geweten waar ik was. Ik heb vreselijk geleden, Paul, maanden en jaren voor je gevreesd. Uiteindelijk moest ik wel denken dat er iets met je gebeurd was, want ik achtte het uitgesloten dat je je niet zou melden als je nog zou leven. Ik hield je voor dood, totdat eergisteren die Amerikaan bij me opdook en in jouw naam om een gesprek vroeg.'

Paul was in de war.

Haar woorden klonken aannemelijk en oprecht, als je even buiten beschouwing liet dat zij, in de periode dat ze zogenaamd voor hem vreesde, had de lakens gedeeld met Benedetto en vervolgens zijn kind gedragen en gebaard.

En dat zei hij haar ook.

Angela werd nog bleker dan ze al was. Lange tijd zweeg ze, maar toen fluisterde ze met kleurloze lippen: 'Dacht je echt dat ik tot zoiets in staat zou zijn?'

Paul vertrok zijn mond tot een cynische glimlach. Hij greep in het borstzakje van zijn smoking, haalde zijn portefeuille tevoorschijn en klapte hem open. Achter zijn nieuwe paspoort had hij het krantenknipsel met het familieportret van de Lacardo's verborgen. Hij legde het op de tafel van de salon.

Angela wierp er een blik op, maar toonde geen enkel teken van verrassing of zelfs schaamte.

'Ja, en?' vroeg ze niet begrijpend. Maar toen schrok ze en

drong het tot haar door. 'Jij dacht... mijn god: jij dacht dat dat mijn kind was?'

'Natuurlijk!' riep Paul geïrriteerd. 'Van wie anders? Het staat er toch ook onder. Hier: de beroemde zangeres Angela Orlandi, haar echtgenoot Benedetto Lacardo en hun kinderen!'

'Dat klopt maar ten dele,' legde Angela uit. 'Het zijn Benedetto's kinderen, begrijp je?'

'Nee,' zei Paul nors. De aanblik van deze gefotografeerde idylle greep hem elke keer dat hij ernaar keek weer aan. Maar nu Angela het probeerde te ontkennen, deed het nog eens extra pijn.

'Mijn god, begrijp het dan!' riep Angela nu. 'Die jongen is het kind van Benedetto met een andere vrouw!'

Heel langzaam drongen de woorden tot hem door. Benedetto's kind met een andere vrouw? Mijn god! Dan had hij... dan zou hij...

Ze stond nu vlak voor hem. Hij zag de dunne, donsachtige haartjes op haar wangen, hij zag haar lippen, die als in een schreeuw geopend waren en die steeds dichterbij leken te komen.

Eindelijk begreep hij het.

Opnieuw was het een foto geweest die voor misverstanden gezorgd had en dit keer was hij het die de verkeerde conclusies getrokken had.

De kus was niets anders dan het vervolg op de beschuldigingen, maar dan op een andere manier. Ze liefkoosden elkaar niet, ze pijnigden en werden gepijnigd.

Pas met de hartstocht van de daaropvolgende nacht werd alle agressiviteit aan de kant geveegd en kwam er plaats voor tederheid.

In de vroege uren van de ochtend spraken ze over de toekomst.

'Het is onmogelijk voor mij om te scheiden,' zei Angela somber. 'Dat is bij ons nog altijd illegaal!'

'Je zou de Duitse nationaliteit kunnen aanvragen, dan zou het toch mogelijk moeten zijn...'

'Misschien. Maar dan zou ik niet meer in Italië kunnen optreden. Ik hou van je, Paolo, ik hou meer van je dan van wat of wie ook ter wereld, maar de ervaringen van de afgelopen jaren hebben me geleerd hoe belangrijk het is om op eigen benen te staan en een beroep uit te oefenen. Bezittingen en vermogen kunnen van de ene op de andere dag verdwenen zijn. Alleen dat wat in de mens zit, blijft bij hem zo lang als hij leeft!'

Paul dacht aan wat zijn eigen familie allemaal meegemaakt had en moest haar gelijk geven.

'Bovendien is Benedetto een goede en edelmoedige man. Hij zorgt niet alleen geweldig voor Leonora, maar ook voor mij. Wanneer ik hem zou verlaten om een Duitse te worden, dan zou dat ook hem schaden. Rome is tenslotte de zetel van het Vaticaan en de Katholieke Kerk is faliekant tegen echtscheiding. Als verlaten man zou hij niet alleen als slecht bekend komen te staan, wat al niet bepaald gunstig is voor een beroemd tenor; maar als bekend paar zouden wij ook in het algemeen als slecht voorbeeld gezien worden. De opera van Rome zou door de Kerk onder druk gezet worden en ik weet wel bijna zeker dat ze zouden proberen om Bene, om verdere problemen te voorkomen, vanuit de voorste gelederen van het ensemble naar achteren te verplaatsen, wat het begin van het einde van zijn carrière zou betekenen. Zoiets kan ik hem niet aandoen, niet na alles wat hij voor mij gedaan heeft! Bovendien zou ik, in elk geval op dit moment, er moeite mee hebben om Duitse te worden. Paolo, je weet niet wat wij in Rome onder de Duitse bezetting allemaal hebben moeten doorstaan!'

Dit laatste kon Paul wel begrijpen. Hij had in Noord-Italië immers zelf gezien hoe sommige van zijn landgenoten zich tegenover hun voormalige bondgenoten gedragen hadden. Maar feit bleef dat Benedetto Lacardo pas midden vijftig was. Zijn gezondheid was blijkbaar uitstekend, wat betekende dat een huwelijk voor Paolo er voorlopig niet in zat.

'Ik zou zo graag kinderen met je gekregen hebben,' bekende Paul, terwijl hij Angela tegen zijn borst aan trok. Ze nestelde haar hoofd tegen zijn hals en probeerde hem met kleine kusjes te troosten.

'Dat zal helaas niet gaan,' fluisterde ze, en Paul voelde haar tranen op zijn huid. 'Na Leonora's geboorte hebben ze mij verteld dat ik geen kinderen meer kan krijgen.'

Ze bedreven nog een keer de liefde en toen ze na afloop uitgeput naast elkaar lagen zei Angela: 'Als jij graag wilt trouwen en kinderen wilt, Paolo, dan houd ik je niet tegen!'

Paul legde zijn vingers tegen haar mond. 'Stil, Angela. Zoiets wil ik nooit meer horen!'

Ze ontrok zich aan zijn greep en ging overeind zitten. 'Jawel, Paolo. Ik weet dat dit moeilijk is voor jou en ik wil niet jij hier ooit spijt van gaat krijgen.'

'Nu is het genoeg, Angela! Ik wil alleen jou, begrijp dat dan eindelijk!'

'Maar we zullen elkaar niet heel vaak kunnen zien, en altijd alleen maar in het geheim!'

Paul besefte dat ze gelijk had, maar hij was vastbesloten om haar nooit meer te verliezen.

'Als de omstandigheden waaronder onze relatie kan bestaan niet te veranderen zijn, dan zal ik ze moeten accepteren!' concludeerde hij. Toen zwaaide hij zijn benen over de bedrand en zei: 'Maar als ik nu niet gauw een stevig ontbijt krijg, dan val ik flauw!'

Angela lachte en kroop ook uit bed. Ze sloeg haar armen om hem heen en voelde nog één keer zijn naakte, warme en stevige lichaam.

'Dat moeten we natuurlijk voorkomen, lieveling!' zei ze en ze bedacht dat ze nog nooit in haar leven zo gelukkig geweest was als op deze ochtend.

47

$\mathcal{D}$e teleurgestelde verwachtingen van Magdalena Blümel brachten Paul Pasqualini op een geweldig zakelijk idee.

In een poging haar te troosten en haar, in plaats van een aanzoek, een interessant zakelijk voorstel te doen, kwam Paul op het idee om een vrouwentijdschrift uit te geven.

Hij deed wat navraag en onderzocht de markt die op dat moment nog weinig concurrerende producten bood. Vervolgens sprak hij erover met David, die meteen enthousiast was.

'Dat is precies wat vrouwen op dit moment willen!' verzekerde zijn Amerikaanse vriend, die meteen tijdens zijn volgende reis naar Amerika een aantal Amerikaanse tijdschriften insloeg om mee te nemen.

'Zoiets zou het hier toch nooit goed doen,' zei Magda, toen de beide mannen haar voor een gesprek uitgenodigd hadden en haar de Amerikaanse tijdschriften lieten zien. 'Het zou sowieso eerst heel voorzichtig op het karakter en de behoeftes van de Duitse vrouwen moeten worden afgestemd.'

'Doe jij dat dan, Magda,' daagde Paul haar uit. 'Ik geef je volledig de vrije hand. Wij schatten jou allebei hoog in en vertrouwen op je instinct. Zelf snappen we er toch niets van,' verzekerde hij haar, terwijl hij naar David knipoogde: 'Wij zijn tenslotte maar mannen!'

Magdalena werd langzamerhand enthousiast. De opdracht sterkte haar zelfbewustzijn en compenseerde, zoals Paul al gehoopt had, het liefdesverdriet dat hij veroorzaakt had.

In de vroege zomer van 1950 verscheen het nieuwe vrouwentijdschrift, dat op Pauls uitdrukkelijke verzoek de naam *Angela* had gekregen.

Magdalena was ertegen geweest omdat ze bang was dat die naam te moeilijk uitspreekbaar was voor de Duitsers.

'Dat zal wel meevallen,' vond Paul, die zich op dit punt niets aantrok van de mening van de nieuwe chef-redactrice.

En de oplage-aantallen bewezen al snel dat hij het bij het rechte eind gehad had. Sowieso begon Pauls harde werken zich eindelijk terug te betalen. In zijn uitgeverij verschenen inmiddels niet alleen meer de *Ostalbkurier*, die onder de ingekorte naam *Kurier* inmiddels een belangrijke, landelijke krant geworden was, maar ook een wekelijks tijdschrift en het vrouwentijdschrift *Angela*.

Tegen het midden van de jaren vijftig was Paul een van de belangrijkste uitgevers binnen de Bondsrepubliek Duitsland geworden.

De voormalige Cohn-villa had hij volledig laten renoveren. Hier woonde hij alleen met zijn huishoudster, een ver familielid, die tijdens de oorlog haar man verloren had.

Anna had geweigerd het huis te verlaten dat haar man ooit gebouwd had. Hoewel Paul zijn moeder graag bij zich gehad had, respecteerde hij deze beslissing. Hij vermoedde niet wat er eigenlijk achter deze argumenten verscholen lag: de opgroeiende Adolf leek zoveel op zijn vader dat Anna bang was dat de jongen zich de woede of zelfs wraakzucht van David Cohn op de hals zou kunnen halen – en die kwam nogal eens in de villa op bezoek. Maar de fijngevoelige David merkte maar al te goed hoe ijverig Anna probeerde elke ontmoeting tussen hem en de inmiddels zestienjarige Adolf te verhinderen.

Op een avond in 1954, toen ze terugkwam van een bezoek aan Gustel, trof Anna Pasqualini de Amerikaan en de jongen in een geanimeerd gesprek aan. Ze verstond echter geen woord van wat er gezegd werd, aangezien de conversatie in het Engels gevoerd werd. Hoewel ze trots was op haar pleegzoon, weerhield dat haar er niet van om haar kleinzoon een goedbedoeld standje te geven: 'Dat zie ik echt graag: jou hier te zien zitten, kletsend in een vreemde taal, terwijl je boven in de boomgaard peren zou moeten plukken!'

'Daar was ik zo mee klaar oma,' probeerde Adolf haar te sussen. 'De manden staan al in de schuur.'

Maar Anna was nog niet tevreden: 'De kippen en ganzen moeten ook nog gevoerd worden!'

'Is ook al gebeurd,' zei Adolf, terwijl David bekende: 'In de keuken stond nog een restje aardappelsalade van het middageten. Ik was zo vrij om dat op te eten. Is dat erg?'

'Het is onvergeeflijk!' zei Anna met een gevleide glimlach.

Ze kende Davids voorliefde voor haar Zwabische aardappelsalade en maakte die dus standaard klaar wanneer ze wist dat hij weer eens op bezoek bij de uitgeverij of in de villa was. Meestal bracht ze de salade er zelfs zelf heen. Ze haalde nu de pruimentaart van de verstopplek en zette hem op tafel. David en Adolf vielen er bijna tegelijk op aan.

'Adolf is een getalenteerde jongeman en snel van begrip,' zei David Cohn, terwijl hij koude slagroom uit een aardewerken pot op zijn stuk taart schepte. Daarbij keek hij Anna recht in de ogen en glimlachte zo doortrapt dat ze vuurrood werd toen ze begreep dat hij haar doorhad.

'Waar ziet u me eigenlijk voor aan,' strooide David nog eens wat extra zout in de wond. 'Voor iemand die wraak wil nemen of zo?'

'Waar hebben jullie het over?' wilde Adolf nu weten, maar zijn oma zei meteen: 'Hou jij je mond nu maar zolang die nog niet leeg is!'

'Dan wordt het voorlopig niets,' antwoordde Adolf, terwijl hij nog een stuk taart naar binnen propte.

David en Anna moesten allebei lachen.

'Die jongen eet me nog een keer arm,' zei Anna hoofdschuddend.

'Dat is normaal op die leeftijd,' zei David. Maar toen werd hij weer ernstig. 'Hij vertelde me net dat hij graag naar Amerika wil als hij volgend jaar eindexamen gedaan heeft!'

'Naar Amerika?'

Anna was oprecht geschrokken. Amerika was ver weg en ondanks alles was ze gek op de jongen. 'Hij is toch nog veel te jong voor zo'n beslissing!'

'Dat vindt u alleen maar, oma!'

'Word jij nu eerst maar eens droog achter de oren, dan zien we wel weer verder!' zei Anna, die hoopte dat hij het hele idee snel weer vergeten zou zijn.

En dat zei ze ook tegen David, toen de jongen naar zijn kamer verdwenen was.

'Ik weet niet of het zo simpel zal zijn,' antwoordde David. 'Ik heb juist de indruk dat hij op die manier het verleden achter zich wil laten.'

'Dat is precies wat ik bedoel. Hij denkt nog zo kinderlijk. Het verleden achter zich laten, wie kan dat nou, David? Het verleden draag je met je mee, tot aan je dood. Hij weet dat alleen nog niet.'

Maar David schudde zijn hoofd. 'Natuurlijk klopt dat. Maar toch. In een andere omgeving word je er in elk geval niet constant mee geconfronteerd. In feite heb ik destijds hetzelfde gedaan en uw dochter ook. Om nog maar te zwijgen van uw schoonzoon Moritz. Die woont nu in Hamburg en heeft een bloeiend bedrijf. Schrootverwerking!'

'Net iets voor hem,' zei Anna met een zeldzaam boosaardig glimlachje.

David Cohn had haar ook nog kunnen vertellen wat haar dochter nu deed, maar hij wist hoe pijnlijk het voor haar zou zijn om te horen dat Else zich inmiddels tot een van de meest gevraagde prostituees van Frankfurt ontwikkeld had.

Alleen daarom al was het waarschijnlijk beter dat haar zoon naar een ander continent zou gaan. Zonen verdroegen zulke waarheden namelijk nog slechter dan vrome moeders.

'Blijf je nog een tijdje bij Paul?' probeerde Anna het gesprek op een ander antwoord te brengen.

'Nee. Hij gaat morgen op reis en wat we moesten bespreken, hebben we inmiddels besproken.'

'Hij werkt veel te hard,' klaagde Anna, hoewel ze maar al te goed wist dat de tripjes die Paul maakte niet altijd van zakelijke aard waren. Waarschijnlijk zat die Italiaanse er nog altijd achter, dacht ze.

Maar wat dit reisje betrof had ze ongelijk. Paul bezocht een

bijeenkomst van ondernemers in Hannover. Tijdens het feest-
banket zat hij naast de minister van Economische Zaken, Ludwig Erhardt, de vader van de nieuwe munt, de Duitse mark.

Paul had kort na de oorlog al eens met hem van doen gehad,
toen de Sociaal-Economische Raad Erhardt tot directeur be-
drijfsbestuur gekozen had.

'De bouwactiviteit binnen de Bondsrepubliek staat op het
punt een enorme ontwikkeling door te maken,' vertrouwde
Erhardt Paul na het eten toe. Samen dronken ze in een hoek
van de zaal met kleine tafeltjes en rood beklede stoelen nog een
borreltje. De minister van Economische Zaken en honorair
professor rechts- en staatswetenschappen aan de universiteit
van Bonn nam genietend een trek van zijn dikke sigaar en blies
rookkringetjes in de lucht, voordat hij er bezorgd aan toevoegde:
'Wat onze jonge republiek voor bijna onoplosbare problemen
zal stellen!'

Paul knikte en vertelde over zijn eigen ervaringen: 'Alle be-
drijfstakken hebben te lijden onder het verlies van gekwalifi-
ceerde arbeidskrachten als gevolg van de oorlog! En dat met
meer dan genoeg vacatures, terwijl in andere landen de werke-
loosheid soms zo hoog is dat de mensen amper voor zichzelf en
hun families kunnen zorgen. In het thuisland van mijn vader
bijvoorbeeld...'

Paul stopte, want op dat moment kreeg hij een geweldig idee.
Zonder te aarzelen, vertelde hij het aan de minister van Economische Zaken.

Die keek hem lang en nadenkend aan en knikte toen. 'Wanneer u dat tot voor elkaar weet te krijgen, Pasqualini, dan sta
ik bij u in het krijt!'

48

*E*en week later, na heel veel telefoongesprekken, reisde Paul naar Rome.

Daar had hij een bijzonder weerzien.

Zijn voormalige huisgenoot en vriend, de advocaat Emilio Rigotti, had zijn destijds nogal overmoedig gemaakte belofte waargemaakt en was de politiek ingegaan.

In Bari, waar hij het advocatenkantoor van zijn vader had geleid, had hij de rechtenprofessor en christendemocratische politicus Aldo Moro ontmoet, van wie gezegd werd dat hij bij de volgende verkiezingen een ministerpost zou krijgen.

Al in 1952 had Rigotti het advocatenkantoor verkocht om naar Rome te verhuizen, waar hij inmiddels de nodige connecties met de christendemocratische partij had.

Paul was dankzij Angela al enige tijd op de hoogte van Emilio's nieuwe carrière en plannen.

Aan de telefoon had Emilio een ontmoeting voorgesteld in een restaurant in de buurt van het Palazzo Venezia, dat Paul meteen weer herkende als de locatie waar hij destijds, na zijn audiëntie bij Benito Mussolini, gedineerd had.

Zo is de cirkel weer rond, dacht Paul geamuseerd, terwijl hij Emilio hartelijk omarmde.

'Het kan soms vreemd lopen in het leven,' vond ook Emilio, toen ze het eerste glas op hun weerzien dronken.

'Hoe gaat het met Editha?' wilde Paul weten.

'Uitstekend. We hebben inmiddels twee zoons, Paolo – naar jou vernoemd – en Mariano,' vertelde Emilio hem glimlachend. 'En nu houd je me niet langer meer in spanning en vertel je me eindelijk over je "economisch-politieke idee"!'

Paul legde hem uitvoerig uit wat hij in gedachten had om de nieuwe generatie arme Italiaanse boeren – en zonen van handwerkers, en tevens de Duitse economie te helpen. Na een korte scholing tot bouwvakker zouden de Italianen voor een bepaalde tijd naar de in opkomst zijnde jonge Bondsrepubliek verhuizen, om daar mee te werken aan de explosief toenemende bouwactiviteiten.

Paul had zelfs al een naam voor deze groep mensen bedacht. 'Ze zullen gastarbeiders zijn bij ons, Emilio,' zei hij enthousiast. 'Ze zullen hun geld verdienen waar meer dan genoeg werk is, namelijk in de hevig verwoeste gebieden van het naoorlogse Duitsland. En een groot deel van hun salaris kunnen ze dan naar huis sturen, waar hun families ervan kunnen profiteren.'

Emilio liet zijn aperitief in zijn glas ronddraaien en dacht na over dit aanbod.

'Het zou heel wat sociale problemen oplossen – vooral in Zuid-Italië,' moest hij toegeven.

Nadat ze heerlijk gegeten en over voorbije tijden gepraat hadden, beloofde Emilio dat hij zou proberen erachter te komen hoe de politiek tegenover Pauls voorstel stond.

Het was al nacht toen Paul bij Angela's woning aankwam.

Toen ze moe maar voldaan in Angela's bed lagen, vroeg Paul naar Leonora, van wie hij vermoedde dat ze op het landgoed van de familie was.

'Ja, daar is ze inderdaad,' bevestigde Angela. 'Ze is de lieveling van mijn moeder en ook Leonora verafgoodt haar oma.'

'Echt waar?' vroeg Paul, die dubbel verbaasd was. Hij kon zich niet voorstellen dat iemand het goed kon vinden met Sofia Orlandi, en al helemaal geen jong meisje van zestien. Bovendien was Sofia voorzover hij wist nog altijd stokdoof.

'Ik weet wat je denkt,' zei Angela glimlachend. 'Ook ik hield het niet voor mogelijk. Maar het is alsof Leonora een bijzondere sleutel tot het hart van mijn moeder heeft Ze is helemaal gek op het kind, al vanaf het allereerste moment. En Leonora is gek op haar. In het begin was zij ook de enige bij wie mijn moeder de woorden van de lippen af kon lezen. Je had moeten zien hoe het kleine meisje dat destijds zelf nog maar amper kon praten, de klanken net zolang vormde tot haar grootmoeder begreep wat ze wilde zeggen. En hoe ze erop gestaan had dat ze antwoord kreeg! Dat mijn moeder niet ook nog haar spraakvermogen verloren heeft en ze vandaag de dag in staat is om ondanks haar handicap met ons te communiceren hebben wij allemaal uitsluitend aan Leonora te danken!'

'Ongelooflijk,' mompelde Paul. Ze spraken zelden over Angela's moeder. Zelfs nu nog werd zijn keel dichtgesnoerd door wrokgevoelens als hij dacht aan haar gedrag – en aan het gevolg daarvan.

Angela voelde hoe Pauls ademhaling veranderde en legde kalmerend een hand op zijn blote arm. Ze streelde hem zacht, totdat ze voelde dat hij in slaap gevallen was. Toen dacht ze aan haar gastoptreden in Londen en dat ze de volgende keer misschien beter daar zouden kunnen afspreken.

Ze was beroemd, en ook Paul was inmiddels een bekend man geworden. Het werd steeds moeilijker voor hen om ongemerkt wat dagen en nachten samen door te brengen. Italië was op dit gebied – in elk geval wat de publieke opinie betrof – nog altijd zwaar onder invloed van de Katholieke Kerk. Een relatie zoals die van hen zou waarschijnlijk in de bladen als zondig worden beschreven, als de journalisten erachter zouden komen. En in het Duitsland onder Konrad Adenauer waren ze al niet minder preuts en kleinburgerlijk.

Angela had de afgelopen weken al vaker journalisten van een boulevardblaadje zien rondhangen in de kleine bar, van waaruit de ingang naar haar woonhuis makkelijk in de gaten kon worden gehouden. En ze durfde niet te voorspellen of de nieuwe huisbeheerder in staat was om weerstand te bieden aan vragen of zelfs steekpenningen.

Het was dus beter dat ze elkaar in de toekomst als Paul in Rome was in verschillende hotels zouden ontmoeten, hoewel Angela daar een hekel aan had. Ze zouden dan twee verschillende kamers moeten boeken en Paul zou geen andere keuze hebben dan 's ochtends vroeg naar zijn eigen kamer terug te sluipen. En zelfs dan bestond altijd nog het gevaar dat ze ontdekt zouden worden.

Angela zuchtte zacht en kroop nog wat dichter tegen Paul aan.

Soms wenste ze dat ze een gewone huisvrouw en echtgenote was. Maar zodra ze nadacht over of dat dan in Italië of Duitsland moest zijn, begonnen de problemen.

Waarschijnlijk is het toch het beste dat ik blijf wie ik ben, dacht ze nog, voordat ze eindelijk in slaap viel.

Ook Paul had nagedacht over hun geheime ontmoetingen en het gevaar dat mensen daar achter zouden komen. En zoals altijd bedacht hij een geschikte oplossing.

'We bouwen zelf een hotel,' zei hij opgewekt, terwijl hij genietend zijn croissant in zijn koffie dipte toen ze na een gastoptreden van Angela in Parijs weer eens bij elkaar waren. 'Dan kunnen we daar een suite voor onszelf inrichten en ons elke keer een paar dagen lang voelen als een echtpaar met een eigen woning.'

Even was Angela met stomheid geslagen, maar toen begon ze wel wat in het voorstel te zien.

'En waar zou dat hotel moeten komen?'

'Aan het Gardameer, dacht ik. De Duitsers hebben namelijk inmiddels hun liefde voor Italië ontdekt. Ze zingen "O sole mio" en "Santa Lucia". De meesten vinden het nog te ver om naar de kust te reizen, maar Noord-Italië heeft een heerlijk, betrouwbaar klimaat, palmen en meren. Ze zijn alleen nog een beetje huiverig voor de vreemde taal. Maar als wij ze een hotel aanbieden waarin Duits gesproken wordt, geloof me: dan weten ze niet hoe snel ze hun scooters, motorfietsen en splinternieuwe Volkswagens moeten pakken om op weg te gaan naar "het land waar de citroenen bloeien"! Je kunt zeggen wat je wilt over mijn landgenoten, maar ze kennen hun Goethe – en die weet hun verlangens aan te wakkeren!'

'Voor zoiets heb je wel een geschikt stuk land nodig – en vakmensen die zo'n hotel kunnen ontwerpen.'

'Beide heb ik tot mijn beschikking,' zei Paul vrolijk. 'Emilio Rigotti heeft mij in contact met een partijvriend uit Garda gebracht, die bereid zou zijn om mij een grondstuk aan de rand van het meer te verkopen. En mijn neef Anton, de zoon van mijn overleden tweelingbroer Peter, heeft niet alleen een opleiding tot metselaar afgerond, maar is inmiddels zelfs architect. Ik heb er al met hem over gesproken. Hij zou het hotel wel willen tekenen en is ook bereid om de bouwleiding op zich te nemen.'

En zo gebeurde het ook.

Anton Pasqualini, de kleinzoon van bouwmeester Stefano Pasqualini, stapte begin 1956 op zijn motor en legde de afstand, waarover zijn grootvader destijds maanden gedaan had, in slechts twee dagen af.

Hij betrok een kamer op het landgoed van de verkoper van het grondstuk, Giovanni Fanfini, een gerenommeerd wijnhandelaar, en stortte zich vol enthousiasme op zijn nieuwe taak.

Opdrachtgever en oom Paolo Pasqualini kwam regelmatig langs om te kijken hoe het werk vorderde. Ook hij logeerde dan in het grote huis van de familie Fanfani, waar hij regelmatig de operazangeres Angela Orlandi ontmoette. Die had een uitgebreid interview aan de plaatselijke krant gegeven, waarbij ze niet nagelaten had om te vermelden wat een weldaad het klimaat aan het Gardameer voor haar zwaarbelaste stem was. En dat ze daarom zo vaak mogelijk een paar dagen in Garda probeerde door te brengen. Meestal werd de beroemde diva daarbij begeleid door haar dochter Leonora, een knap, jong meisje, en haar dove moeder, die er ondanks haar leeftijd van dik in de zestig nog altijd als een gedistingeerde dame uitzag.

En omdat de mensen rondom het Gardameer het erg druk hadden met het ontvangen van de nieuwe Duitse toeristen, bleef Pauls verhouding met Angela Orlandi geheim.

Leonora Lacardo lukte het om haar grootmoeder Sofia tot steeds langere verblijven aan het Gardameer over te halen. Het jonge meisje ontdekte haar interesse in de regionale plantkunde en zwierf wekenlang door de omgeving, zogenaamd op zoek naar mossen en varens.

Sofia Orlandi lag ondertussen gewikkeld in een lichte, wollen deken op het terras van het landgoed, hoog boven het meer, waar ze genoot van de nog milde herfstdagen van deze bevoorrechte regio. Ze was al net zo verrast als haar dochter Angela toen ze begin november 1956 moest vaststellen dat er in de schaduw van het nieuwe hotel in aanbouw een nieuwe, geheime relatie ontstaan was.

'Ik ga trouwen, mama,' verklaarde Leonora haar verblufte moeder tijdens diens bezoek op 22 november, het feest van de heilige Cecilia. Angela had, als een soort dankbetuiging aan het gastvrije dorp, de feestelijke dienst in de parochiekerk met een paar liederen opgevrolijkt, en ze waren net allemaal samengekomen voor een kleine feestmaaltijd. Angela ergerde zich een beetje aan de constante aanwezigheid van haar moeder en dochter, aangezien ze Paul verwachtte, die dit keer – vanwege Sofia Orlandi – in het Grandhotel aan de promenade zou moeten overnachten.

Nog voordat ze haar dochter kon vertellen dat die met negentien jaar nog veel te jong was om ook maar aan zulke definitieve stappen te denken omdat ze nog niet eens begonnen was aan haar opleiding tot tolk en omdat niet elke verliefdheid meteen maar voor het altaar hoefde te eindigen, riep haar dochter al stralend: 'We verwachten een baby, mama!'

Het feit dat Leonora dit nieuws meteen in het meervoud verkondigde en ook het woord 'baby' gebruikte, dat met name de Duitsers hadden overgenomen uit het Amerikaans, bracht alle alarmbellen in Angela's hoofd aan het rinkelen.

'En wie is de vader?' vroeg ze daarom, terwijl ze alle verwijten vooralsnog even terzijde schoof.

'Antonio Pasqualini,' antwoordde Leonora zo vanzelfsprekend alsof niemand iets anders kon hebben verwacht.

'Wie is het?' riep Sofia Orlandi, die zoals altijd haar ogen niet van de mond van haar kleindochter afhield, met vreemde, hoge stem.

Leonora draaide zich naar haar om.

'Antonio Pasqualini, de architect die voor zijn oom Paolo het nieuwe hotel aan het meer bouwt, oma!'

Sofia stootte een klank uit, waar haar dochter enorm van schrok. Ze sprong op, pakte haar eigen glas, waarin nog een restje sherry zat en liet haar moeder van de opwekkende vloei-stof drinken.

'Wat is er met haar aan de hand, mama?' vroeg Leonora enigszins bedrukt. Juist van haar geliefde grootmoeder had ze wat meer steun verwacht op dit moment.

'Dat leg ik je later nog wel eens uit,' zei Angela, terwijl ze haar moeder overeind hielp. Deze gaf aan dat ze naar haar kamer gebracht wilde worden.

De familie Fanfani, met vier kinderen en vijf kleinkinderen wel gewend aan dramatische familiescènes, dekte Leonora's schokkende bekentenis toe met heel veel spaghetti, citroen-forellen, gesmoord konijn en de heerlijke wijn van hun eigen wijngaard.

Angela liep meteen na het dessert naar het Grandhotel, om Paolo het nieuws te vertellen.

'Mijn god!' reageerde die. 'Niet te geloven. Wat zal mijn arme moeder er wel niet van zeggen!'

'Dat is niet belangrijk,' zei Angela beslist. Zij had er intussen over nagedacht. 'Of moet de geschiedenis zich nog een keer herhalen?'

'Nee,' zei Paul tenslotte. 'Maar het blijft niet te geloven!'

'Dat ben ik niet met je eens. Eigenlijk is het juist heel conse-quent!'

'En waar zie jij die consequentie dan?' wilde Paul weten, die haar gedachtegang niet kon volgen.

'De Pasqualini-mannen oefenen blijkbaar een magische aantrekkingskracht uit op de Mazone-vrouwen!' antwoordde Angela, terwijl ze zijn hand pakte.

'En omgekeerd,' moest Paul nu toegeven. Hij trok haar hand naar zijn mond en zei plagend: 'Lieve oma!'

Angela begon te lachen. 'Het is niet anders,' zei ze toen koket, terwijl ze haar armen om zijn hals sloeg.

Toen Angela – het was inmiddels al bijna ochtend – eindelijk uit Pauls bed kroop en door de frisse lucht van de novemberdag terug naar het huis van de familie Fanfini sloop, was ze blij dat het hotel nu bijna klaar was. Hoe ouder ze werd, hoe vervelender ze dit verstopspelletje en wisselen van bedden begon te vinden.

Hoewel ze moe was van de korte nacht, schreef ze nog een lange brief aan haar moeder waarin ze haar alles vertelde waarover zoveel jaren lang gezwegen was: haar mislukte huwelijk, haar jarenlange verhouding met Paolo Pasqualini. Ook schreef ze dat haar broer en zijzelf al lang wisten wie daadwerkelijk Stefano's vader geweest was en deed ze een beroep op Sofia's inzicht en inschikkelijkheid, al was het maar omwille van haar liefde voor Leonora.

De zon kwam net op, toen ze de brief onder de deur van Sofia's kamer door schoof.

49

Op 25 maart 1957 verwachtte het nieuwe Hotel Europa zijn eerste gasten. Het betrof een dubbel feest: de bruiloft van het jonge paar en de inwijding van het hotel.

Het idee voor de naam was afkomstig van de architect en bruidegom Anton Pasqualini en ook de datum voor de feestelijkheden was heel bewust door hem gekozen. Het was de dag, waarop in de Italiaanse hoofdstad het zogenaamde Verdrag van Rome, dat de basis van een Europese Unie moesten gaan vormen, door de landen België, Bondsrepubliek Duitsland, Frankrijk, Italië, Luxemburg en Nederland ondertekend werd.

'Gezien onze familiegeschiedenis lijkt me dat een uitermate geschikte datum,' had Anton tegen Leonora gezegd.

'Mij maakt het niets uit,' had die geantwoord. 'Ik ben al lang gelukkig dat we überhaupt kunnen trouwen!'

Ze had haar toekomstige man nog lang niet alles verteld wat zich naar aanleiding van dit huwelijk binnen haar familie afgespeeld had.

'Het mogelijk maken van dit huwelijk was niets minder dan een diplomatiek hoogstandje,' zei op dat moment ook Paul Pasqualini tegen Angela Orlandi.

Ze stonden bij de balustrade van de daktuin voor hun suite op de vijfde verdieping van het hotel op de uitkijk naar de beide bussen die het bruiloftsgezelschap hierheen zouden brengen.

De eerste van de twee waarin zich de Italiaanse gasten bevonden, draaide net op dat moment de laatste bocht naar het hotel in.

'Laten we ze gaan begroeten,' zei Angela opgelucht en ze trok Paul achter zich aan.

De samenstelling van het gezelschap maakte meer dan wat ook duidelijk hoeveel gesprekken en bekentenissen er aan dit huwelijk voorafgegaan moesten zijn: op de eerste rijen zaten de reder Stefano Orlandi, zijn vrouw Olivia en hun twee volwassen kinderen Felicia en Leopoldo. Meteen daarachter had de weduwe Gina Pivato uit Pesciotta a Mare, wier man tijdens de slag om Monte Cassino gesneuveld was, plaatsgenomen. Daarnaast zaten haar vierendertigjarige tweelingzoons Gianni en Giacomo met hun vrouwen en in totaal zeven halfvolwassen kinderen. In het midden van de bus zat een nog patent uitziende zeventiger met dik, spierwit haar, Roberto, een oudoom van de bruidegom. Zijn vrouw Rosalia, die naast hem zat, was een matrone van behoorlijke omvang. Hun vier kinderen, twee jonge mannen en vrouwen, ieder begeleid door hun respectievelijke wederhelften en vier kinderen, completeerden het Italiaanse feestgezelschap.

Emilio Rigotti en Editha hadden zich moeten verontschuldigen.

Emilio, inmiddels staatssecretaris onder minister Aldo Moro, was in belangrijke mate betrokken geweest bij de uitwerking van het Verdrag van Rome. Hij moest tijdens de staatsbezoeken in de hoofdstad aanwezig zijn.

De Italiaanse gasten waren nog maar amper begroet, of de Duitsers verschenen.

Anna zat naast de chauffeur van de Mercedes-bus. Achter haar hadden David Cohn en Adolf Gruber plaatsgenomen. Beiden waren speciaal vanwege de bruiloft vanuit Amerika gekomen en hadden al een paar dagen in Wisslingen achter de rug.

Augusta Kottmann, weduwe van Peter Pasqualini, de moeder van de bruidegom, zat in een veel te krappe, blauw-wit gestippelde zijden jurk op haar stoel en transpireerde van gewichtigheid en opwinding. Haar nieuwe echtgenoot Gebhard Kottmann was een welbespraakte, blozende man. Hij was, zoals hij later aan iedereen uitvoerig in het Zwabisch zou vertellen, verzekeringsagent.

Ook Irmgard, de zus van de bruidegom, werd begeleid door haar echtgenoot, een donkere, voormalige bezetter met wie ze twee schattige, koffiebruine kindjes had: de tweejarige tweeling Hans en Heinz. De jonge waardin van Zum Hirschen probeerde haar drie jongens, die bij het uitstappen over elkaar heen duikelden, in toom te houden. Als allerlaatste klom de waard van Zum Hirschen, een kleinzoon van Eugen Sailer, uit de Duitse bus.

Paul begroette iedereen hartelijk en nam het vervolgens op zich om de beide groepen aan elkaar voor te stellen, terwijl Angela nerveus in de richting van de hotelingang keek, waar ze elk moment haar moeder verwachtte.

Tussendoor arriveerde er nog een derde voertuig met gasten. Luid toeterend, in een overdreven grote, met bloemen versierde limousine – alsof het hier om zijn eigen bruiloft ging – kwam Benedetto Lacardo aangereden. Hij werd begeleiding door Isabel en hun gemeenschappelijke zoon Carlo. En achterin, de hele achterbank in beslag nemend, troonde een berg van duifgrijs kant, die bij nader inzien Ludovica Agnelli bleek te zijn.

'Waar blijft je moeder?' fluisterde Paul tegen Angela, nadat hij op zijn horloge gekeken had. Het was tijd om naar de kerk te gaan

'Stefano is al naar boven gegaan om haar te halen!' antwoordde Angela, die hoopte dat haar moeder, die niet wars was van wat aandachttrekkerij, zich dit keer zou gedragen. Alsjeblieft niet vandaag, de dag die zo belangrijk is voor mijn Leonora zo, dacht Angela gespannen.

Alsof haar smeekbede gehoord was, verscheen op dat moment Sofia Orlandi aan de arm van haar zoon Stefano.

Ze droeg een nauwgesloten, zwarte jurk met een zwartkanten bolerovestje en had in plaats van een hoed een paar struisvogelveren met een zwart, kanten sluiertje in haar nog altijd donkere haar gestoken. Ze zag eruit als een koningin.

Paul ging naast zijn moeder staan en schoof een hand onder haar elleboog. Toen hij haar aanraakte, voelde hij Anna's onrustige hartslag. Dit moment had ze meer dan wat ook gevreesd.

De beide vrouwen bekeken elkaar met een lange blik.

Anna droeg haar eigen, voormalige trouwjurk, die haar nog altijd paste. Bijna tegelijkertijd maakten de beide vrouwen zich van hun zoons los en liepen op elkaar af. Toen ze dicht voor elkaar stonden, bekeken ze elkaar opnieuw.

Sofia opende als eerste haar mond en zei met de overdreven articulatie, die zo typerend is voor doven: 'De tijden zijn veranderd!'

Anna glimlachte een beetje, wat haar magere, ernstige gezicht verbazingwekkend deed opleven en duidelijk maakte dat ook zij ooit een aantrekkelijke vrouw geweest was.

'Zo is het!'

Het was het resultaat van de vele gesprekken tussen haar en haar zoon Paul – voorafgaand aan deze bruiloft.

Op dat moment kwam er een roze gelakte, Amerikaanse sportwagen aan rijden. Roze was ook de kleur van de kleding van de vrouw met een enorme bos rood haar, die achter het stuur zat. En eveneens roze geverfd was de vacht van de poedel, die op de achterbank zat en die tekeerging alsof hij de eigenaar van deze opvallende wagen was.

'Else?' schrok Anna, ontdaan door de aanblik van haar dochter, van wie ze al jaren niets meer gehoord had. Maar ze hadden geen tijd om zich op te winden aangezien op dat moment de kerkklokken met een luid gebeier de bruiloft aankondigden. De gesprekken verstomden en het bruiloftsgezelschap haastte zich naar de kerk, waar ze zich over de weinige banken verdeelden.

De eerste rij werd beleefd overgelaten aan Sofia en Anna, die respectievelijk aan het hoofd van het Italiaanse en het Duitse deel van de grote familie stonden.

En zo zaten ze ten slotte naast elkaar, de twee vrouwen van Stefano Pasqualini.

Leonora werd onder begeleiding van Händels 'Largo' aan de arm van Paul Pasqualini naar het altaar geleid, waar haar bruidegom Anton haar al stond op te wachten. De twee mannen van Angela waren dit overeengekomen, nadat Benedetto beseft had dat hij onmogelijk tegelijk kon zingen en naar het altaar lopen.

Terwijl Ludovica alle registers van het orgel opentrok, bekeek Anna de vele vergulde engelen en heiligen, waarmee deze kerk zo uitbundig versierd was. Ze zag de weelderige boeketten met hun verleidelijke geuren waarmee de ruimte gedecoreerd was en dacht terug aan de sobere kapel waarin zijzelf destijds getrouwd was. Maar op een gegeven moment, dacht Anna, komen ze weer samen, de lutheranen en de katholieken, net zoals de volken van Europa!

'Neemt u, Antonio Pasqualini,' hoorde ze nu de pastoor spreken, 'de hier aanwezige Leonora Lacardo aan tot uw wettige echtgenote, zult u haar liefhebben en eren, in goede en in slechte tijden? Wat is daarop uw antwoord?'

Toen ook Leonora 'ja, ik wil' gezegd had, reikte Anna opzij en legde haar harde, eeltige hand op de zachte, slanke hand van Sofia. Hun vingers verstrengelden zich moeiteloos in elkaar en zo, elkaar vasthoudend, bleven ze zitten terwijl Angela Orlandi het Ave Maria zong.

Sofia hoorde er niets van, maar in een flits had ze het gevoel dat de sluier rondom het geheim van het leven in het hiernamaals opgelicht werd. De liefde in het leven hier en de veelbelovende, nieuwe wereld leken haar opeens één en hetzelfde: een toestand van geluk; vluchtig en tijdens het leven op aarde vaak bemoeilijkt, maar allesomvattend, volkomen en volmaakt in het hiernamaals.

Paul, die naast zijn halfbroer Stefano plaatsgenomen had, dacht aan zijn vioolspel voor de Duce, aan de voorbije jaren en aan de verwarringen en vergissingen van menselijke gevoelens, toen de pastoor de sjaal om de handen van het jonge paar heen bond en zijn zegen uitsprak.

Hij voelde de blik van Angela en las daarin de vraag: zal het op een dag ook voor ons mogelijk zijn om wettig getrouwd te zijn?

Misschien, dacht Paul Pasqualini.

Vast en zeker, sprak het uit Angela's ogen.

De Mazone-vrouwen en de Pasqualini-mannen.

Een onmogelijke combinatie in de eerste generatie.

Een vraagteken in de tweede.

Een gezegend verbond in de derde: een Pasqualini en een

Mazone waren daadwerkelijk getrouwd en een nieuw, nu legitiem kind zou niet lang meer op zich laten wachten.

Toen ze de kerk verlieten had de vochtige ochtendmist plaatsgemaakt voor een stralende voorjaarsdag.

Op het moment dat ze zich op het plein voor de kerk verzamelden om het bruidspaar te feliciteren, werd op het stadhuis, ter ere van het Verdrag van Rome, de eerste stap op weg naar een Europese Unie, de vlag gehesen.

Vrolijk wapperde die in de voorjaarswind, als om uiting te geven aan de hoop die deze dag met zich meebracht.

Dankwoord

Ik bedank mijn agenten Peter Sterz en Joachim Jessen voor hun adviezen, begeleiding en geduld tijdens het hele schrijf-proces. Daarnaast Gerhard Seidl voor zijn vakkundige en wel-overwogen beoordeling van het manuscript. Tevens wil ik chef-lector dr. Maria Dürig, hoofd van de persafdeling, dr. Berit Böhm, marketingmanager Brigitte Nummer en alle anderen bij uitgeverij Limes die heeft meegewerkt, hartelijk bedanken voor hun opbeurende woorden, hun ondersteuning en hun zorgvul-digheid bij het maken van dit boek.

Lees ook de andere boeken van
Van Holkema & Warendorf

Kate Furnivall

Bloeiende mimosa

Sint-Petersburg, 1910. Valentina Ivanova is een bijzonder
getalenteerde en geliefde pianiste in de hoogste kringen
van Sint-Petersburg. Als ze op een dag echter valt voor de
charmes van Jens Friis, een Deense ingenieur, dreigt haar
wereld in te storten. Haar ouders keuren Jens niet goed en
om de financiële problemen van het gezin op te lossen
dwingen ze haar zich te verloven met de zoon van een
graaf.

Terwijl Valentina voor haar onafhankelijkheid vecht, na-
dert de revolutie met rasse schreden.
De aristocratie in Rusland komt zwaar onder druk te staan
en het is aan Valentina om zichzelf en haar jongere zusje
Katja te beschermen tegen het oproer dat Sint-Petersburg
overspoelt. Valentina komt voor een onmogelijke keuze te
staan die haar leven voorgoed zal veranderen…

ISBN 978 90 475 1750 4

Ana Veloso

De ranken van de passiebloem

Brazilië, 1827. Aan de oever van de Rio Paraíso vindt Raúl Almeida een zwaargewonde vrouw. Vastbesloten haar te redden, neemt hij haar mee naar zijn huis. Wanneer de vrouw bijkomt, heeft ze echter geen idee wie ze is of waar ze zich bevindt. Bovendien verstaat ze hem niet. Raúl vermoedt dat ze Duitse is, afkomstig uit een van de nederzettingen van de kolonisten.

Terwijl de vrouw herstelt, ontstaat er langzaam een hechte band tussen de twee. Maar wanneer Raúl een artikel in een oude krant vindt over de vermoorde Johannes Wagner en zijn vermiste drieëntwintigjarige echtgenote Klara slaat de angst hem om het hart. Welke duistere geheimen liggen er achter het geheugenverlies van zijn grote liefde?

ISBN 978 90 475 1556 2